Richard Freiherr von Rosen
Als Panzeroffizier
in Ost und West

パンツァー・エース
若き男爵のティーガー重戦車戦記

リヒャルト・フォン・ローゼン
並木均 訳

HOBBY JAPAN
軍事選書

Contents

カバーイラスト
黒川健史

装丁
金井久幸
［TwoThree］

本文デザイン
岩本 巧
［TwoThree］

編集協力
**アルタープレス
合同会社**

※訳者による注は、文中の［］で示しています。

パンツァー・エース

若き男爵のティーガー重戦車戦記

序文

　このような回想録を今更なぜ出版するのかと訊かれるのも、もっともなことである。これらの思い出は、私の記憶がもっと定かだった何年も前、自分の日記や両親がためておいた多くの軍事郵便を参照することができた時に記したものである。

　当時、私はわが子と孫たちのために戦争体験を書き留めた。一九二二年生まれの私が青春期に何を体験し、何に耐えねばならなかったかなど、彼らには想像しがたかった。それまで平和と安全しか知らなかった彼らは、当時がどういう状況だったのか、興味津々だった。


　あの戦争が始まった時、私は一七歳だった。ギムナジウムに通い、ギリシャ語やラテン語、数学を猛勉強していた。一八歳になると召集され、一九歳にして初の辛い戦争体験をし、辛くも死を逃れた。二一歳の誕生日には、クルスクの戦いでティーガー戦車四輌からなる小隊を率いており、二二歳の誕生日にはノルマンディ戦線への輸送途上にあった。二三歳の誕生日の二日後に捕虜収容所から出て、帰郷した。これが私の青春期だったが、それは不安と危惧の時代でもあった――自分の命よりも故郷の家族のことが気掛かりだった。私の同世代は大部分がこうした体験をしたが、その多くは終戦まで生きながらえることがなかったのである。

　われわれは祖国を守るために出征した、あるいは、少なくともそう信じていた。この戦争を引き起こしたのが誰で、どうして始まったのかを考えることはあまりなかった。当時の私の頭の中を占めていたのは「能力を実証すること」であり、それについては多くのわが戦友も同じだった。両親もそれには口出しできなかった。

　召集された後、軍人である前に人間である上官たちに出会ったことは幸運だった。われわれ若輩者は彼らに大人の生き方の手ほどきを受け、人間形成に影響を受けた。

彼らは私の青春期の熱狂の中で、人間と軍人の模範であり、そうあり続けた。私を信頼してくれ、早い段階から責任を負わせてくれたのであり、それが生死にかかわる問題であることも往々にしてあった。

彼らの助けと指導がなければ、当時の私は何事も克服し得なかっただろう。

九〇代になった今でも身近に感じる彼ら七人の思い出に、この回想録を捧ぐ。同時に、戦友でも部下でもあった第503重戦車大隊第3中隊の戦車兵たちにも本書を捧げたい。友情の絆は今日に至るもしっかりと結ばれている。

二〇一三年三月

リヒャルト・フォン・ローゼン男爵

フランツ＝ルドルフ・シュルツ
1940年時は中尉であり、第35戦車連隊の士官候補生課程教官だった。戦後はドイツ連邦議会第4代国防委員になった。

ハンス＝デトロフ・フォン・コッセル
1941年時は中尉で、第35戦車連隊第1中隊長だった。1943年夏、少佐にして第35戦車連隊第I大隊長だった時に戦死した。

クレメンス・フォン・カゲネク伯爵
1943年から1944年にかけて、大尉にして第503重戦車大隊長だった。

ヴァルター・シェルフ
1943年から1944年にかけ、当初は中尉、後に大尉として第503重戦車大隊第3中隊長を務めた。

ロルフ・フロンメ
1944年時、ロルフ・フロンメ大尉は第503重戦車大隊長だった。

ゲオルク・フォン・プレッテンベルク伯爵
1945年時、騎隊大尉ゲオルク・フォン・プレッテンベルク伯爵は第4重装騎兵大隊長だった。

ノルデヴィン・フォン・ディースト＝ケルバー
1945年時の第503重戦車大隊最後の大隊長。

【二】第二次世界大戦勃発

われわれは、一九三九年の七月と八月にもエルツ山地のオーバーベーレンブルクを再訪していた。今回の滞在も以前と何ら変わらなかった。母親と一緒に何度もハイキングし、その中には一九三八年一〇月に「併合された」ズデーテンラントも含まれていた。それは例えば、マリアシャインの修道院教会やボヘミアの中部山地などである。さらに、自分のオートバイでオーバーベーレンブルクにやってきていた私は、バイクでザクセン・スイスやドレスデンなどへ小旅行に何度も出かけた。それでも、新聞は隅々まで読み込み、ラジオではニュースを毎日聞いていた。一九三八年時と同様に、外交の緊迫化はいたる所で感じられた。

八月も後半になると、一段と切迫した雰囲気になった。警報のテストと灯火管制の訓練、初となる私有車の徴発、予備役の召集といった出来事が、差し迫った紛争を既に指し示していた。われわれは平和最後の一〇日を過ごした。ラジオには行進曲があふれ、民族ドイツ人［※ドイツ国外に居住するドイツ系住民］に対するポーランド人の残虐行為についての最新ニュースが絶え間なく報じられており、その合間には、一段と危険になっていく脅威についての報道があった。報じられた多くは、八月三一日のグライヴィッツ放送局への攻撃といった、ナチス演出によるものだったが、実際に発生したものもあった。誰を信じればよいのか。大人が決まって言うには、「奇跡でもない限り、ポーランドとの戦争はもう止められない」。あるいは「収穫が始まれば戦争が始まる」だった。

意外にも、八月二三日にはまたも一息つくことができた。少し前には想像もできなかったことが起きたのである。西側連合国の背後で、宿敵のヒトラーとスターリンが不可侵条約を結んだのだ。バルト諸国が影響圏としてソ連に委ねられるとする秘密議定書については、ほとんど知られることがなかった。ぎりぎりになって災いが回避されるのだろうか？　誰もがそれを切望していた。だが、八月三一日の午後、次のような噂が急速に広まった。

1939年		
	3月15、16日	●「残存チェコ」へのドイツ軍の進駐、「ベーメン・メーレン国家保護領」の設立
	3月22日	●旧ドイツ・メーメル地域を併合
	3月26日	●国境問題解決に向けたドイツの提案に対するポーランドの最終的拒絶
	3月31日	●ポーランドに対する英仏の保障宣言
	8月23日	●秘密議定書付き独ソ不可侵条約の締結
	8月25日	●ポーランド―イギリス相互援助協定
	9月1日	●ポーランドに対するドイツの攻撃開始
	9月3日	●ドイツに対する英仏の宣戦布告
	9月17日	●ポーランド東部へのソ連軍の進駐

国会議事堂が明日、「政府の宣言受け入れ」のために召集されるのだという。それが何を意味するかは、かなりはっきりしていた。そして九月一日金曜日。誰もがラジオを取り囲んだ。われわれもそれに耳を傾けた。最後に聞こえたのは、破滅的な文章を読むヒトラーの声だった。「……午前五時四五分より、今や反撃の砲火が加えられている！」。もうこれで間違いなかった。つまり戦争になったのだ。

意気消沈が広がった。次は何が起きるだろうか。大人は、一九一七年と一八年の戦時中の惨状を思い出した。カブラの冬［※カブラを食べて凌いだ飢饉］、石炭不足、超満員の野戦病院、あまりに多くの家族の悲劇。最初の措置がラジオで早くも発表された。食糧配給券、性別・年齢別の衣服配給券、燃料配給、運転禁止、石炭分配、せわしない活動――全て準備されていたのだ。今後は灯火管制と買いだめ、疎開の数年となりそうだった。ニュース源は、宣伝省が編集したニュースを報じていた国営放送と、同様な統制を受けていた新聞しかなかった。外国放送はまだ禁止されていなかったが、特に危機の際には、その多くが内容的にわれわれの実情と一致していなかった。戦争勃発時には、外国放送にも幾多の誇張があり、信用できるものではなかった。当時の私は、ポーランドに対する政府の要求、すなわち、ポーランド回廊を通過してオストプロイセンに至る鉄道と治外法権の道路を認めよ、との要求は当然だと考えていた。オストプロイセンは一九一九年以降、ドイツ本土から地理的に分離されていた地域である。同様に、ヴェルサイユ条約によって国際連盟の権限下に置かれたダンツィヒの復帰要求もなされた。ポーランド回廊とポーゼンのドイツ系住民に対するポーランド人の残虐行為は、私には信用に足るものだったが、グライヴィッツ放送局への襲撃については当時から疑わしく思えた。ポーランド人に対する同情がほとんどなかったのは間違いないが、西側諸国との戦争は非常に危険に思えたし、不可避ではないようにも見えた。陶酔感や戦争への熱狂といったものは、われわれの世代にもほとんどなかった。だが、祖国が危機に瀕しているのなら、立ち上がらねばならなかった。その紛争を起こしたのがどんな事件かなど、どうでもよかった。当時、多くの人々が、戦争は短期で、すぐに勝利するものと内心では思っていた。ポーランドからの最初の臨時ニュースは、「またも総統が正しかった」という希望を裏づけるものだった。しかし、その二日後、これに水を差す事態が生じた。あの日が日曜日だったことはよく覚えている。イナおばさんがラジオを聞いていたところ、フランスとイギリスがドイツに宣戦を布告したという。ポーランドに対する些細な戦争が、これで世界大戦のようになってしまった。英連邦諸国全体と戦争状態になったからである。オーストラリア、インド、そして数日後には南アフリカ連邦とカナダもこれに続いた。風雲急を告げていた。

私はラシュタットに帰る支度をした。車やバイクでの私的な移動は禁じられていたため、ディポルディスヴァルデ郡庁で特別許可を得ねばならず、そこでガソリン五リットルの購入許可証を受け取った。ラシュタットに帰るにはそれで十分だった。九月九日の日曜日［※原文ママ。九日は土曜日］、朝食を取ってから出発し、一四カ月後に入営することになるバンベルクの戦車兵用兵舎に一泊した。翌日にはラシュタットに着いた。私は管区指導部《クライスライトゥング》［※ナチ党地方組織「大管区」の下位組織「管区」の本部］の「オートバイ伝令」になり、ナンバープレートには赤い三角形が付けられた。これはバイクの運転を許可する印である。ラシュタットは立ち退き予定の、いわゆるレッドゾーンにあった。婦女子は既に避難していた。全ての学校と同様、ほとんどの店は閉められていた。ライン正面近くは、まだ極めて平和だった。フランス軍はマジノ線に、ドイツ軍はヴェストヴァル［※ズィークフリート線］に就いており、爆破されていたのはヴィンタースドルフの大きな橋だけだった。双方ともに撃ち合う気がなかったので、ライン川の片側から反対側まで気楽に通行できた。少なくともライン川上流域ではそうだった。当時はこれを「奇妙な戦争《ドロール・ドゥ・ゲール》」（座り込み戦争《ズィッツクリーク》）と称した。

　私は家の手伝いができた。家々の夜間の灯火管制は厳しく検査されており、いい加減なことをすると罰せられた。街区管理者《ブロックヴァールト》［※民間防空組織の下級責任者］が来て玄関のドアをノックし、「暗くしろ！」と怒鳴られたことが一度ならずともあった。一条の光も漏らしてはならなかった。防空演習と灯火管制訓練は平時にも極めて頻繁に行われていた。しかし、当時はさほど真剣には受け取られておらず、単に自分のいる部屋を暗くするだけだった。だが、戦時の今や、灯火管制は日常だった。そこに私のやるべきことがあり、忙しかった。夕方に窓の前に置くための、黒い紙を被せた木枠を作らねばならなかった。間に合わせの解決法ではもう不十分であり、長期的な使用に耐えるものでなければならなかった。そのうちにやり方が完壁になった。寝室には黒カーテンを付け、居間は巻き上げ式ブラインドで通気口を覆い隠したが、これは時おり調整する必要があった。街灯は完全に消え、村は真っ暗闇になった。列車の車室には青い薄明りしかなく、車輛のヘッドライトには全て遮光カバーが付けられた――それには細長い開口部があった。これによって、少なくとも車輛がこちらに向いていることは分かった。懐中電灯にすらカバーが付けられていたので、光線はつま先にやっと届く程度だった。歩行者は衝突しないよう、青光りするメダルを襟元に付けた。地下には防空壕が設けられ、一九四〇年五月にフランス軍に砲撃された際には、避難所にもなった。

　私は一〇月からバーデン＝バーデンのギムナジウムに通わねばならなかった。毎朝ラシュタット駅で顔を合わせる生徒はほんの数人しかいなかった。われわれは普段は学校に通っていたが、時おり好んでバッテルトに登ったり、午前中に保養施設の読書室で過ごしたりした。バーデン＝バーデンの人々にとって、われわれは所詮「ヴェストヴァルのジプシー」でしかなく、誰かが欠けても、ほとんど目立たなかった。学校は一九四〇年一月七日から再開されたが、一九三九年から四〇年にかけた厳冬に

1940年10月、ギムナジウム生徒だった18歳のリヒャルト・フォン・ローゼン男爵。

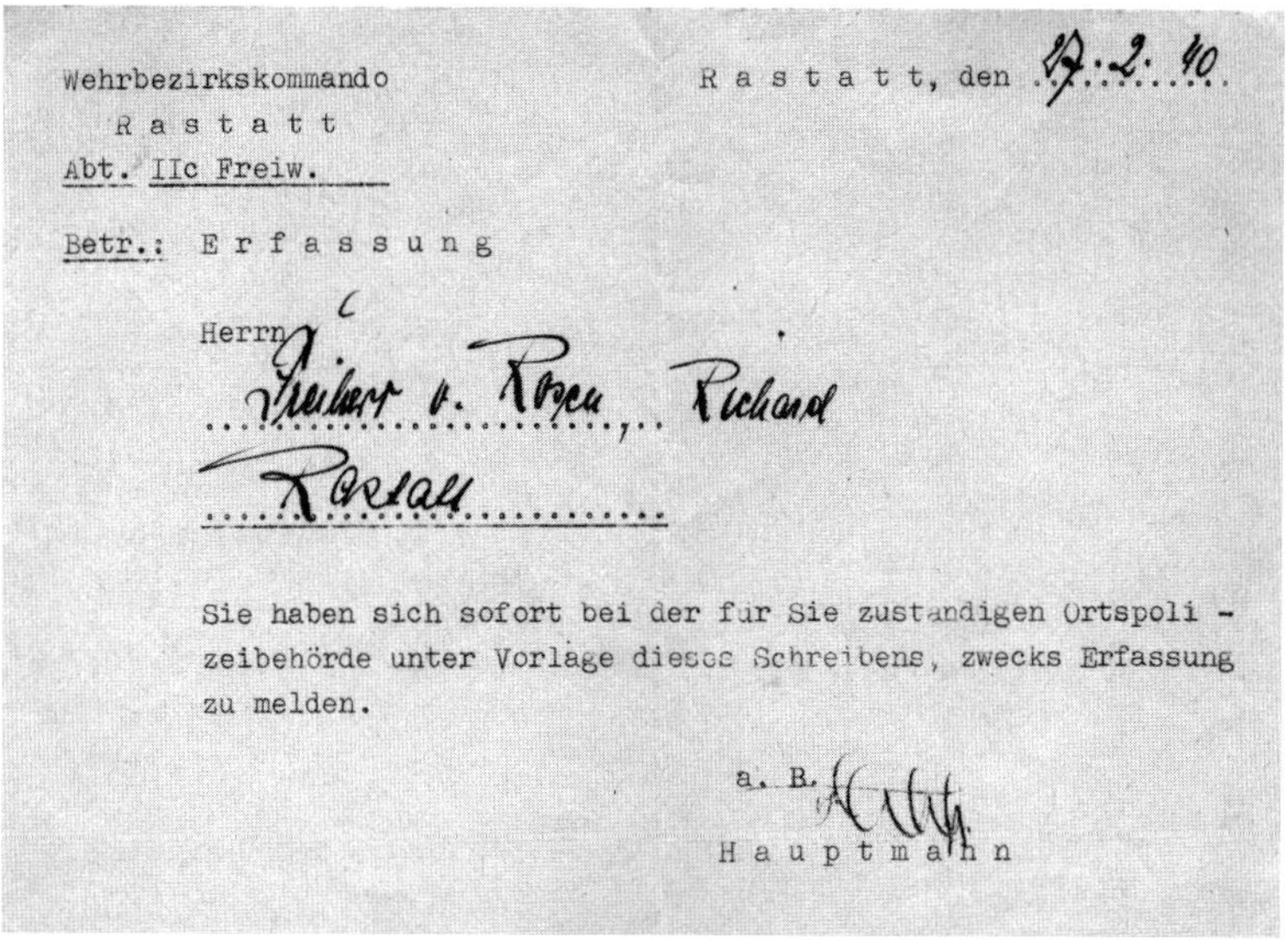

Wehrbezirkskommando　　　　Rastatt, den 17.2.40
Rastatt
Abt. IIc Freiw.

Betr.: Erfassung

Herrn
Freiherr v. Rosen, Richard
Rastatt

Sie haben sich sofort bei der für Sie zustandigen Ortspoli - zeibehörde unter Vorlage dieses Schreibens, zwecks Erfassung zu melden.

a. B.
Hauptmann

軍籍登録のため地元警察署への出頭を命じるラシュタット徴募区本部からリヒャルト・フォン・ローゼン男爵宛の正式要請書。［※本文内容：「軍籍登録のため、直ちに貴下の所轄警察署に本状提示のもと出頭されたい」］

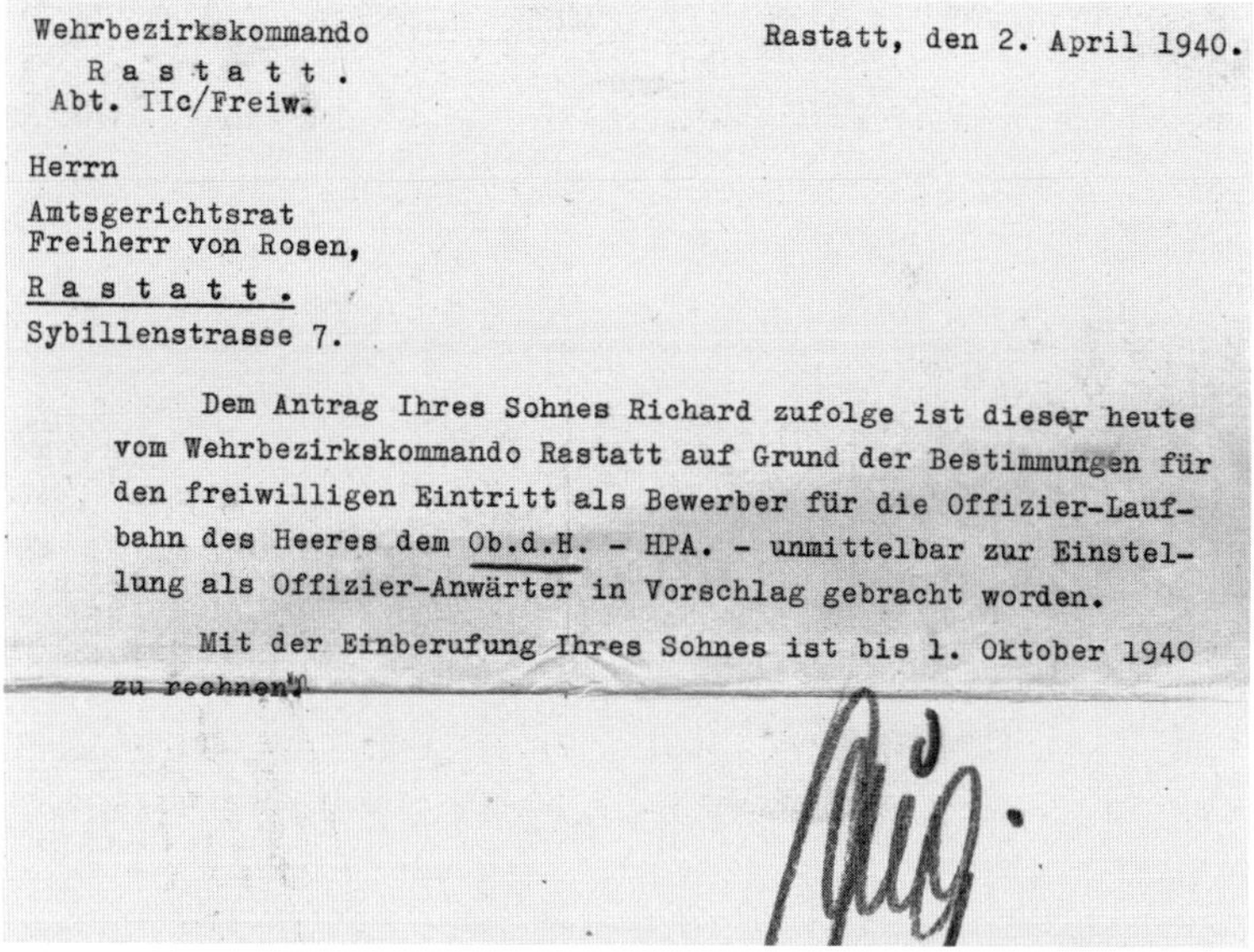

Wehrbezirkskommando　　　　Rastatt, den 2. April 1940.
Rastatt.
Abt. IIc/Freiw.

Herrn
Amtsgerichtsrat
Freiherr von Rosen,
Rastatt.
Sybillenstrasse 7.

Dem Antrag Ihres Sohnes Richard zufolge ist dieser heute vom Wehrbezirkskommando Rastatt auf Grund der Bestimmungen für den freiwilligen Eintritt als Bewerber für die Offizier-Laufbahn des Heeres dem Ob.d.H. - HPA. - unmittelbar zur Einstellung als Offizier-Anwärter in Vorschlag gebracht worden.

Mit der Einberufung Ihres Sohnes ist bis 1. Oktober 1940 zu rechnen.

リヒャルト・フォン・ローゼン男爵による士官候補生志願および1940 年10月1日召集予定に関するラシュタット徴募区本部の暫定通知［※フォン・ローゼンの父親に送付されたもの］。この当時はまだ英本土航空戦が進行中だった。バルカン半島、アフリカ、そして最終的なソ連における戦役は、1941年になってようやく始まった。［※本文内容：「貴下の子息リヒャルトの申請により、ラシュタット徴募区本部は本日、陸軍将校職志望者志願入隊規程に基づき、同人を直ちに士官候補者として編入するよう、陸軍総司令部——陸軍人事局（HPA）——に提案した。貴下子息の召集は1940年10月1日までに行われる予定」］

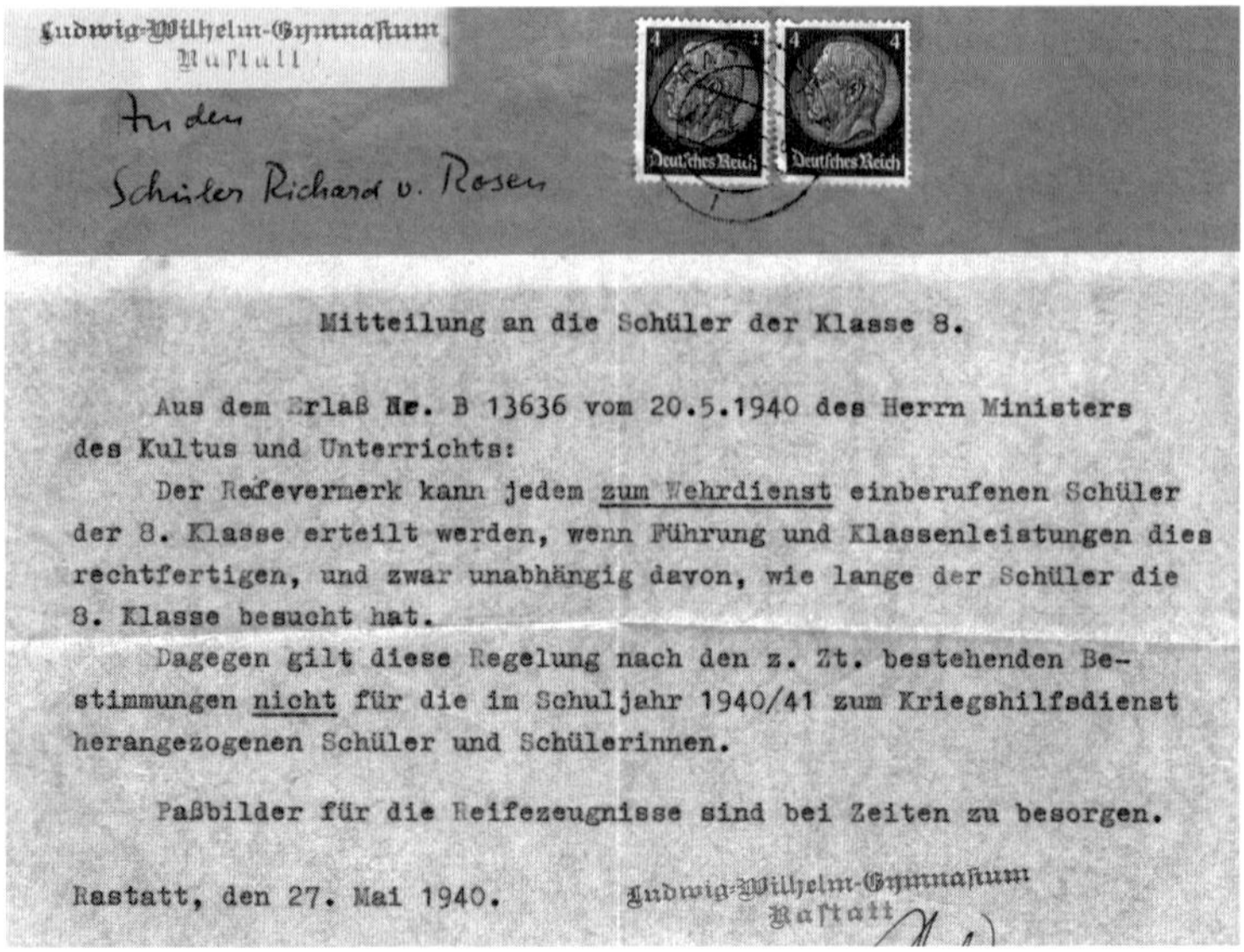

Ludwig-Wilhelm-Gymnasium
Rastatt

An den
Schüler Richard v. Rosen

Deutsches Reich
Deutsches Reich

Mitteilung an die Schüler der Klasse 8.

Aus dem Erlaß Nr. B 13636 vom 20.5.1940 des Herrn Ministers des Kultus und Unterrichts:

Der Reifevermerk kann jedem zum Wehrdienst einberufenen Schüler der 8. Klasse erteilt werden, wenn Führung und Klassenleistungen dies rechtfertigen, und zwar unabhängig davon, wie lange der Schüler die 8. Klasse besucht hat.

Dagegen gilt diese Regelung nach den z. Zt. bestehenden Bestimmungen nicht für die im Schuljahr 1940/41 zum Kriegshilfsdienst herangezogenen Schüler und Schülerinnen.

Paßbilder für die Reifezeugnisse sind bei Zeiten zu besorgen.

Rastatt, den 27. Mai 1940.

Ludwig-Wilhelm-Gymnasium
Rastatt

ラシュタットのルートヴィヒ＝ヴィルヘルム・ギムナジウム校から生徒リヒャルト・フォン・ローゼン男爵に送付された1940年5月の手紙。［※本文内容：「8学年生に告ぐ。文部相閣下の1940年5月20日付け政令He. B 13636号により、兵役に召集された8学年生に対しては、品行および学業成績が相応の場合、8学年の出席日数にかかわらず、卒業資格覚書を授与可能である。ただし、現行規程によれば、同規定は1940年度に補助兵役に動員された学生および女学生には適用されない。修了証明書用写真は随時調達のこと」］

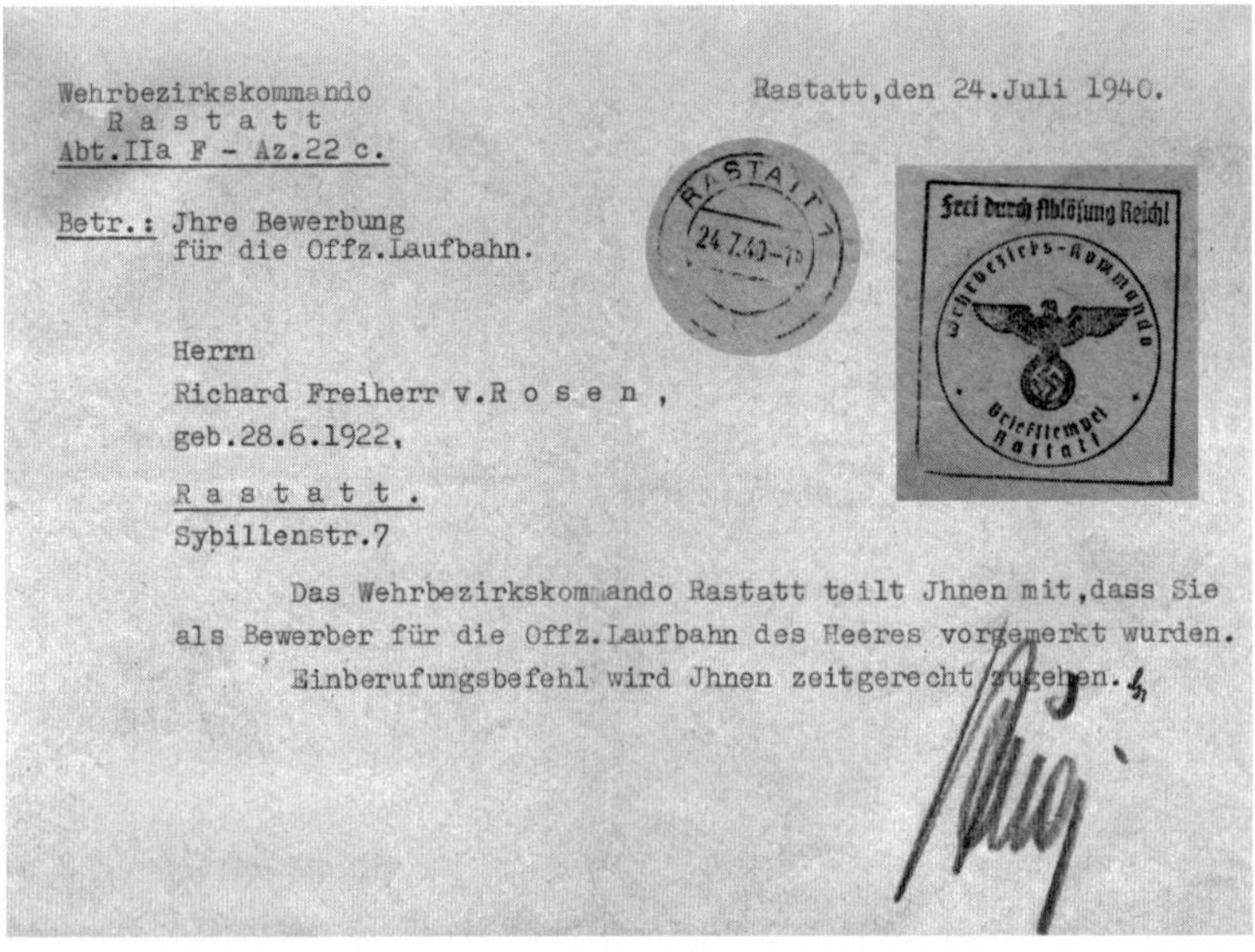

Wehrbezirkskommando
Rastatt
Abt.IIa F - Az.22 c.

Rastatt,den 24.Juli 1940.

Betr.: Jhre Bewerbung für die Offz.Laufbahn.

RASTATT 1
24.7.40

Frei durch Ablösung Reich
Wehrbezirks-Kommando
Briefstempel
Rastatt

Herrn
Richard Freiherr v.R o s e n ,
geb.28.6.1922,

R a s t a t t .
Sybillenstr.7

Das Wehrbezirkskommando Rastatt teilt Jhnen mit,dass Sie als Bewerber für die Offz.Laufbahn des Heeres vorgemerkt wurden.

Einberufungsbefehl wird Jhnen zeitgerecht zugehen.

ここに至って通知も既に軍隊調になっている。陸軍将校職への出願を確認する徴募区本部の通知。［※本文内容：「ラシュタット徴募区本部は、貴下が陸軍将校職志望者として登録された旨通知する。召集令状は随時送致される」］

1940年10月にラシュタットの実家に宛てた初の軍事郵便。[※消印は「1940年10月26日、バンベルク」となっており、本文には「おそらくここにしばらく滞在します」などと書かれている]

フォン・ローゼンが長年住んでいたバーデンのラシュタット付近所在の国家労働奉仕団のメンバー。

軍人が購入可能な絵葉書には一般的な型式の戦車の写真が付いており、この場合はⅣ号戦車の初期型[※A型]。

バンベルク市を通過中の国防軍の車列。

バンベルクで1940年10月に撮影された男爵リヒャルト・フォン・ローゼン二等装甲兵。戦車兵用の黒い制服には、装甲部隊の兵科色であるピンクが輝いており(残念ながら写真では分からないが)、襟のパイピング、肩章、襟章にそれが取り付けられていた。略帽の徽章の上にもピンクの山形が付いていた。

は暖房に利用できるコークスがなかったため、しばらくしてまたも閉校せねばならなかった。

一九四〇年二月初旬、私はかねてから現役将校になりたいと思っていたので、現役将校職志望者として願書を提出した。出願先は装甲部隊だ。一九四〇年二月末には志願者として登録され、その後まもなく「軍務適格性あり《クリーグスフェアヴェンドゥンクスフェーイヒ》」と判定された。七月初め、二日半の「心理検査」を受けるようシュトゥットガルトに呼集された。この試験は恐れられており、不合格率は常に高かったが、私は意気揚々と帰宅した。その間、私が復活祭の日に転校した学校の八学年生は、以下のような正式通知を受けていた。すなわち、「品行および学業成績が相応の場合」、兵役に召集された八学年の生徒全員に卒業資格覚書（アビトゥーア）を発行するというものだった。したがって、私のクラスは一九四〇年初夏から空席がかなり出た。彼らのほとんどは自ら志願しており、一部はＳＳにも志願していた。彼らはとりあえず三カ月間の労働奉仕をせねばならなかった。私はその一方、一〇月一日に召集予定との伝達を徴募区本部から受け取った。希望が叶ったようだ。現役将校キャリア志望者として、労働奉仕を免除された。ここで、当時のわれわれの心理状態に多大な影響を与えた出来事に関する年表をまずは挿入しておこう。

私は緒戦の勝利にほろ酔い気分になった。ノルウェーの英軍を制したのは第一級の大胆な奇襲だった。ナルヴィクの戦いは非常に劇的だった。ディートル将軍は、ナルヴィクとスウェーデン国境付近の山岳地帯においてバイエルンとオーストリアの山岳猟兵と共に四週間の防衛戦を戦い、国民的英雄になった。一九四〇年五月末に英軍がノルウェーから撤退し、少なくとも空陸においては国防軍が英軍よりも非常に優れていることが分かった。これと同時に西方戦役が開始されたことは完全に想定外であり、驚くべきことだった。ベルギーとオランダの中立違反は不可避としてわれわれに受け入れられた。

西方でのわが軍の成功は、当初は信じがたいように思えた。毎日、父親と一緒に、臨時ニュースや国防軍発表で頻繁に報じられる新たな戦線を色付きピンで地図上に示した。臨時ニュースは一本も聞き逃したくなかったので、ラジオ受信機は過熱していた。当時の、戦果華々しい頃の国防軍発表はまだ非常に信用でき、粉飾がなかった。休戦が一九一八年のドイツ降伏と同じ場所（コンピエーニュ）、同じ客車、同じ式典で演出されたことで、わ

■スカンディナヴィアの占領

1940年

1月16日	●スカンディナヴィアでの軍事行動に向けて連合軍が準備を開始
1月27日	●「ヴェーザー演習」(デンマークとノルウェーの基地の占領)開進研究の準備開始
2月5日	●連合軍最高司令部がナルヴィクに数個師団を派遣すると決定
4月7日	●イギリス遠征軍の船積み
4月7日	●ドイツ艦隊がデンマークとノルウェーに向けて出港
4月9日	●ドイツ軍がクリスチャンサンド、スタヴァンゲル、ベルゲン、トロンハイム及びナルヴィクに上陸、デンマーク占領
4月14日〜19日	●連合軍部隊がナルヴィク北、ナムソス及びオンダルスネスに上陸
5月24日	●英国内閣がノルウェー作戦の中止を決定
6月10日	●ノルウェー軍降伏

■西方戦役

1940年

5月10日	●午前5時35分——ドイツ軍が西方で攻勢開始
5月13日	●ドイツ軍がディナンとセダンでマース川を渡河
5月15日	●オランダ降伏
5月20日	●英仏海峡沿岸に到達
5月24日	●ヒトラーの命令によりダンケルク直前で装甲部隊が停止
5月26日	●ダンケルクで包囲された連合軍部隊の撤退開始
5月28日	●ベルギー降伏
6月4日	●連合軍将兵33万8000人がダンケルクからの撤退を完了
6月14日	●パリの無血占領
6月17日	●フランス—スイス国境に到達
6月22日	●独仏の停戦
6月25日	●午前1時35分——休戦

れわれは深く満足した。かつての雪辱は果たされた。われわれは今や休戦条件において非常に妥協的かつ寛大になることができた。少なくとも、当時はそのように思えた。

その後の数日間、フランスからやってきたドイツ軍の車列は朝から晩まで途切れることなくラシュタットを殷々《いんいん》と通過し、平時の駐屯地へと帰っていった。ラシュタット第111歩兵連隊と第35砲兵大隊も戻ってきた。熱狂、安堵、手を振る群衆、花――凱旋する陸軍を誰もがそうやって迎えたものだ。私はといえば、相変わらず通学せねばならなかった！　イギリスの地図を購入したのは、今度はイギリスが相手になることが分かりきっていたからだ。だが、周知のとおり、そうなることはなかった。

そして、遂にその時がやってきた。一九四〇年一〇月一八日、私はバンベルクの第35戦車補充大隊に召集された。士官候補生として戦車隊に入りたいという希望が叶ったのである。学校から帰宅した昼頃、書状が家に届けられているのが分かった。母が玄関のドアを開けてくれ、なにやら改まって食卓に案内してくれた。それは卓上に置かれていた。母は後日、書状の内容を知った時の私の嬉しそうな顔にとても感動したと言った。時は来たれり、目論見はうまくいった。軍人になるのだ！　今はもう夢ではなく、現実だ。昼食後、なるべく多くの同級生や知人にこの幸運を知らせようと、自転車で街に出た。「でも、訓練を受ける頃には戦争はとっくに終わっているな」と内心では思った。「ひょっとしたら、せめて占領軍兵士としてフランスに行けるかもしれないぞ」。この戦争が何をもたらすか、何年も続くことさえ予期できたなら！　父にはそのような予感があり、ポーランドとフランスでわが軍が勝利しても、自分の意見を曲げることはなかった。つまり、目下の敵の中でヒトラーと和平を結ぶ国は一つもないということだ。だが、私はこの時点ではそれについて何ら心配していなかった。

翌日、学校に行き、先生や同級生に別れを告げ、校長に退学届を提出した。かくして私の学生時代は終わった――長らく待ち焦がれていたことだったが、いざそうなると、とても奇妙に感じられた。残り五日間を過ごした私は両親に駅まで送ってもらい、バンベルクの駐屯地に車で向かった。わずかながらの胃のむかつきを感じながら、戦車兵用兵舎の当直将校に出頭を報告した。われわれ一八歳の少年四一人は、第3中隊のもとで第35及び第

36戦車連隊に向けた訓練を受けることになった。一部屋八人のわれわれは、互いに腹の内を探り合った。自分が何の名人か、女の子の扱いかスポーツか、あるいはビール飲みの名人か、それについて、どんなホラを吹くか。私にとってこれは――スポーツを除いて――全く未知の領域だった。それから一緒に食堂に行き、ビールを初めて飲んだ！　ひどい味だったが、男っぽかった。翌日から、人生の厳しさが始まった。われわれは〇六〇〇時から帰営時間の二二〇〇時まで活動していた。教練につぐ教練。教官の一団がわれわれにけしかける。「候補生、ちょっと待て。貴様らに思い知らせてやる！」。私は二本足で歩くよりも、ほとんど地面に伏せて動いた。教科は多様であり、武器の訓練（小銃は何個の部品に分解されるか？）、兵舎の清掃、服装またはロッカーの呼集点検、常に必然的になされる再点検。こんな馬鹿げたことでも、われわれには全て楽しかった。急き立《せ》てられるほどに、気分は良くなった。「われらは不屈の男たち、屈服なんかさせられない！」。そして最初に覚えた曲：「軍人であることは本当に素晴らしいよ、アンネマリー」

　われわれはバンベルクで二週間過ごした後に移動した。私は二〇人の同期生と共に、フランスのオセール・アン・デア・ヨンヌにいる野戦部隊の第35戦車連隊に向かった。われわれはここで士官候補生教育課程に編入された。主任教官は、戦後の連邦軍時代に連邦議会の軍代表となるシュルツ中尉だった。彼がいると、われわれの教官も突如として人間になった。しかし、そうでなければ笑ってなどいられなかった。特に、助手を務める二人の上等兵《オーバーゲフライター》は非常にサディスティックだった。彼らの好き放題にされたので、この時期は地獄だった。われわれはそれにも耐えられると思われており、敢えて不平を言う者は誰もいなかった。私は「フォン［※貴族］」だったためか、その二人の野蛮人に目を付けられた。ある晩の帰営時間後に、われわれが寝間着のままベッドから放り投げられ、羊の群れが午後に走った泥だらけの村道を匍匐前進させられた時には、私も平静を失った。居室検査の際に、同期生の水筒にコーヒーが一口残っていたという理由だけで、これだった。再び消灯になり、われわれは汚れきった寝間着のまま藁袋の上に横たわったが、私は頭に毛布を被せ、怒りのあまり大声で泣いた。これほど下劣なことをされるとは想像だにしなかった。反抗心も増した。「負けるなよ、彼らを勝たせてなるものか」と。

　この頃、われわれは連隊長のエーバーバッハ大佐に一人ひとり紹介された。彼は人間味があり、温かく、関心を持ってくれた。彼の質問と暇の告げ方からして、私には好意的だということが分かった。これで怒りが鎮まった。一九四〇年一二月初旬、連隊はラインラントに移動した。われわれの教育課程は、ゾーリンゲン＝ヘーシャイトにある旅館ヴィンドヘーフェルの大ホールで実施された。女将のエラおばさんは毅然とした女性であり、自由時間に教官がわれわれに悪さをしないように配慮してくれた。私は化膿した片足の切開手術を受けたため、一九四〇年一二月一三日から、ヴッパータール＝エルバーフェルト病院の病床に伏していた。クリスマスから新年にかけてもそうだった。一九四一年一月二六日に教育課程に復帰すると、ちょうど戦車操縦訓練が始まっていた。この時期は楽しかった。長い休憩時には、車体だけの訓練用I号戦車でいつも女子高の前を通るようにし、ガタガタと音を立てながら校庭で名誉の一周をした。その際は自分たちが恐ろしく強くなったように感じられた。しかし、残念ながらわれわれには外出許可がなく、示された好意に返礼する機会もなかった。

　われわれの教育課程は一九四一年二月六日に終了した。またも連隊の移動が噂されていたが、その前にわれわれは真の士官候補生になった。その間、自らをファーネンユンカー《二等兵勤務士官候補生》と呼び、第35戦車連隊の中隊八個中に分散して配属された。私は、ロシアで早々に戦死することになるエッケ・ゾルフと共に第1中隊に編入された。中隊長はフォン・コッセル中尉だった。中隊はオプラデン近郊の小さな町パットシャイトの私有地にあった。われわれ二人のファーネンユンカーは、地元のカトリック司祭ツィンマーマン神父のもとを訪れた。バスルームと本物のベッドを備えた素晴らしい宿営――私はその主任司祭と長らく手紙のやり取りをした。

　一九四一年二月半ば、連隊は南フランスのコニャック地方に移動し、小村マリニャックに位置するわが第1中隊は新たに新兵を迎えた。その一部は村の学校に収容された。私は相部屋の先任になった。大部屋一つ、藁袋のベッド一三床、ロッカーなし、水道の蛇口は校庭に一つだったため、自分の身を清潔に保つのが大変だった。中隊長と本部員は、村から一キロメートル離れた見晴らしの良い丘の上の小さな城の中にいた。周りはブドウ畑、ブドウ畑、ブドウ畑だった。われわれファーネンユンカーは、正午になるたびに将校集会所で中隊の将校たちと食

バンベルクで新兵になったばかりのフォン・ローゼンは、士官候補生の一団と共に第35戦車連隊が1940年11月初頭から駐屯していたフランスのオーセール近郊に移動した。

ジョワニー/ヨンヌ近郊のセナンにあるシャトーは宿泊施設として使われていた。フォン・ローゼンは「×」印のついた部屋に宿泊していた。新兵訓練は非常に厳しく、1940年12月7日まで続いた。

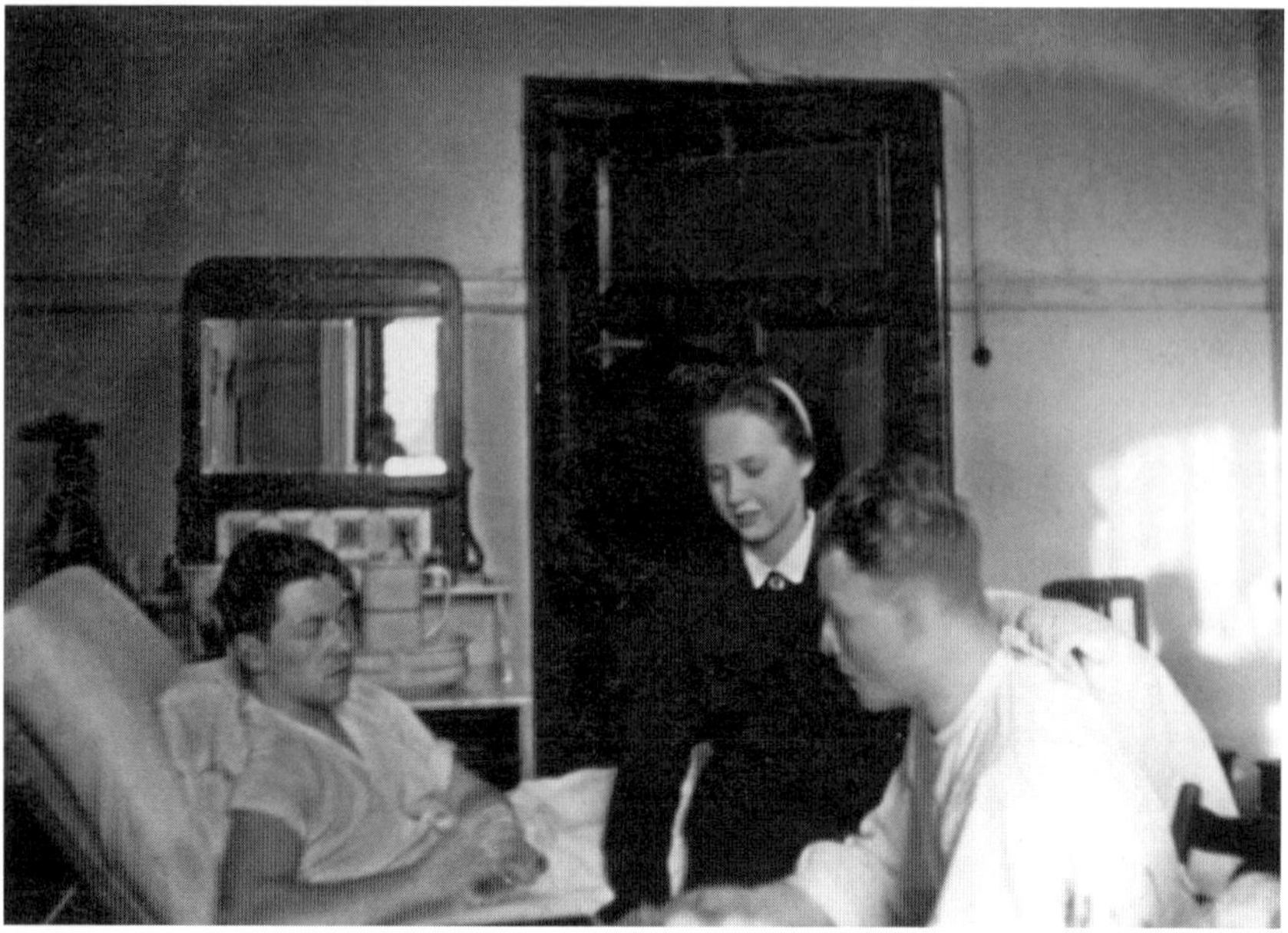

蜂巣炎《ほうそうえん》を患ったフォン・ローゼンは1940年12月13日からヴッパータール＝エルバーフェルトの軍病院に入院した。写真は同室者が看護師に世話されているところ。

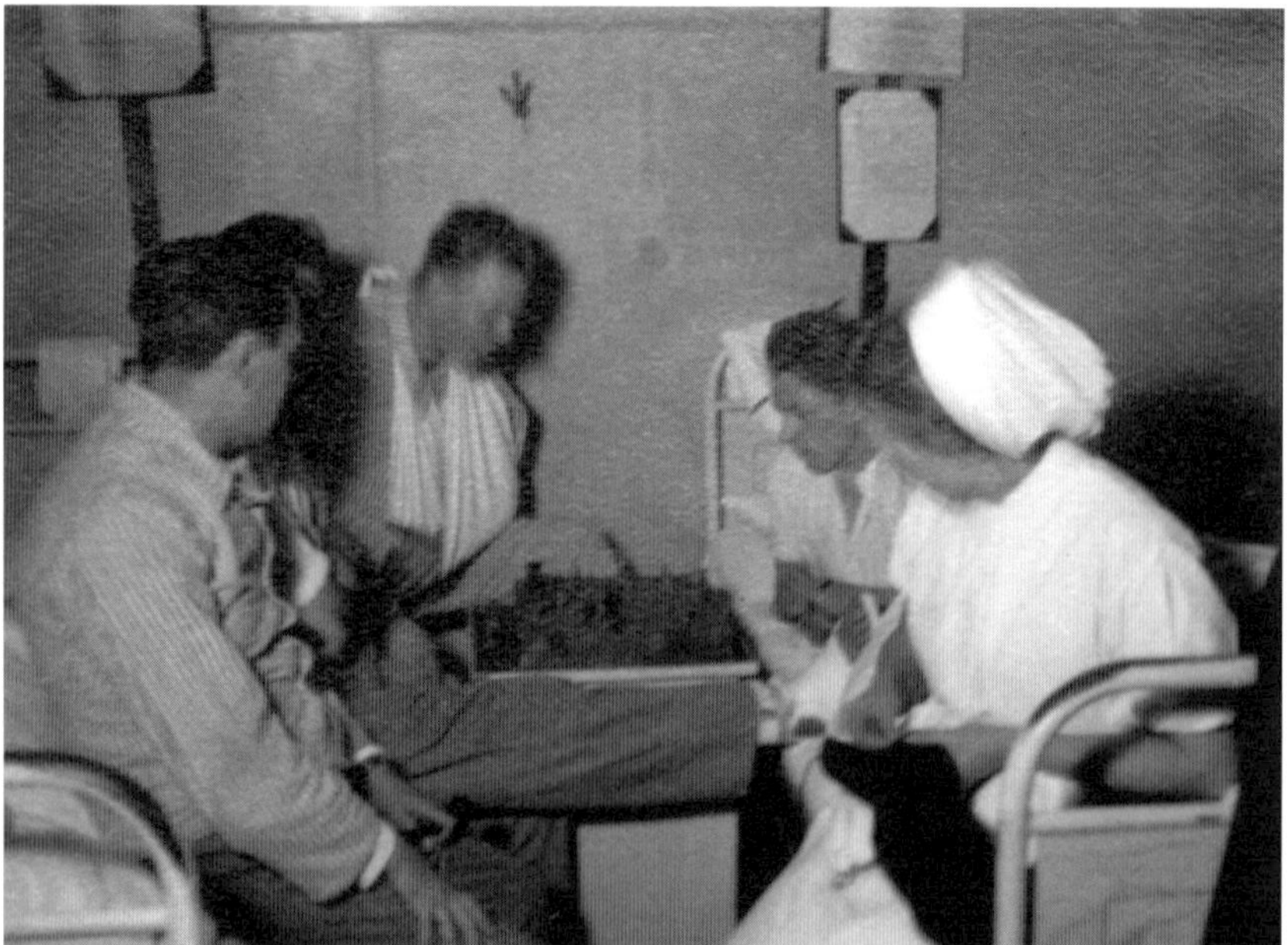

軍病院の看護師とのチェスゲーム。治療は1941年2月6日まで続いた。

操縦教官が計器盤や軽戦車の機能について説明しているところ。

1941年1月末にゾーリンゲンで行われた戦車操縦訓練。上部構造物も砲塔もない車体だけのI号戦車教習車が街中を走っている場面。

1941年1月と2月にゾーリンゲンで行われたファーネンユンカー課程の第1分隊と共に写真に納まるフォン・ローゼン(「×」印)。

「普通の」冬には十分に暖かかった軍用ロングコートを着たフォン・ローゼン。

オプラデン近郊のパットシャイトの民間宿泊施設。写真に写る人物はツィンマーマン主任司祭。フォン・ローゼンはファーネンユンカー課程修了後、第35戦車連隊第1中隊に配属された。

1941年2月中旬、再び鉄道で今度は南フランスに運ばれた。停車駅ごとに警備兵が列車に沿って巡察した。開いた扉の左上に立っているのがフォン・ローゼン(「×」印)。

家畜車はワラが敷かれているだけであり、快適な旅どころではなかった。保温容器からもう一杯おかわり。

シャトー・ジボーには第35戦車連隊第1中隊の本部が置かれ、シャトーの周囲には名高いコニャックが生産されるブドウ畑がある。1941年春の南フランスは既に心地よい暖かさになっており、前庭で気持ちよく過ごすことができた。

小農村マリニャックにはファーネンユンカーたちが宿営していた。

日曜日には「カジノ」[※将校集会所]での食事の後、ファーネンユンカーも城の庭に据えられた心地よい椅子に座ることが許された。

蓄音機のメロディーに耳を傾けながら、南フランスの太陽を満喫するケーニヒ少尉。彼は早くも1941年7月にスタリ＝ビホフの橋で戦死した。

1941年4月、第35戦車連隊は本国に戻った。コニャックで貨車に積み込まれる直前の写真。

歩哨交代前のフォン・ローゼン（写真左端）と戦友たち

事せねばならなかった。ナイフとフォークで食事ができる上に洗練された会話をし、当番兵に給仕させる人々と一緒にいるのは、実に気分が良いものだった。だが、これはわれわれにとっては昼休みが短くなるということでもあり、そのたびに洗濯、着替え、城までの駆け足、食事後にまた駆け足、勤務開始に間に合うよう着替え、という手順が伴った。遅刻などしようものなら痛い目にあった。「むろん分かっておるな、士官候補生諸君」。週に一度は城で男だらけの晩餐会があった。上等な料理に上質のボルドーワインが供され、暖炉の火、柔らかい安楽椅子もあった。コッセル中尉は親切で話好きの上、好奇心もユーモアもあった。私は彼に気に入られた。何より、勤務表には戦車訓練が含まれており、基礎訓練がほとんどないこともあって、楽しみが増した。それに加えて私はもう新兵ではなく、歩哨として、更には教練助手としての任務も割り当てられた。

一九四一年三月中旬、われわれはオーストリアのブルゲンラントに移動したが、その直前にはバルカン戦役が始まっていた。これはわれわれには完全に予想外のことだった。この戦役の目的は、ドイツに同調せずにギリシャを攻撃して敗北に瀕するイタリア軍部隊を守ること、そ

国防軍兵士の鉄道輸送は原始的な状況下で行われることがしばしばあった。貨車内にはトイレがなかったため、命懸けで用を足さなければならないことも往々にしてあった。

■バルカン戦役

1939年	4月7日	●イタリア軍がアルバニアを占領
1940年	10月28日	●イタリア軍がギリシャ攻撃を開始
	10月29日	●英軍がクレタ島を占領
1941年	2月24日	●英内閣政府が「ギリシャ遠征」を決定
	3月7日	●英軍がピレウスとヴォロスに上陸
	3月9日	●イタリア軍がギリシャに新たな攻撃
	3月16日	●イタリアの攻撃が頓挫、ドイツがイタリア軍の負担軽減のための作戦を準備
	3月25日	●ユーゴスラビアが三国(独伊日)同盟に加盟
	3月27日	●三国同盟に反対する軍事クーデターがベオグラードで発生
	4月6日	●ドイツ軍がバルカン戦役を開始
	4月17日	●ユーゴスラビア軍が降伏(捕虜34万4000人)
	4月6日〜27日	●ギリシャ占領
	4月21日	●ギリシャ降伏
	4月27日	●アテネ占領
	4月24日〜30日	●駐ギリシャ英軍部隊(約5万人)がエジプトに退避

して、英軍がバルカンで地歩を固めるのを防ぐことだった。だが、全てがあっという間に終わってしまい、われわれの出番は皆無だった。この頃、私は一等兵勤務士官候補生《ファーネンユンカーゲフライター》に昇進した。今や真の軍人だ。ある土曜日、素晴らしいかな、われわれはウィーンで丸一日を過ごした！　しかし、こうした素晴らしいことは二度とあり得なかった。われわれはまたも移動し、鉄道輸送をじっと我慢せねばならなかった：家畜貨車、藁、煤、汚物だ。

　われわれはベーメン・メーレン保護領を越えた。今度はどこに行くのだろうか。わが中隊は一九四一年四月二五日、当時のヴァルテガウ（現ポーランド領）にあったポーゼン近郊の大演習場ヴァルテラーガーに到着した。外は麗《うるわ》しい春であり、素晴らしい時季だった。土日は中隊のトラックがポーゼンまで走っていた。勤務がない時、私はいつもそこに通った。そこで名付け親のヴィリー・ザイドリッツと会い、まともな食事を一緒に食べに行った。毎週土曜日の夜は劇場かオペラに出かけ、その後はトラックでまた二〇キロメートル離れた演習場に戻ってきた。オーバーベーレンブルク出身の友人シャインプフルーク家も訪問した。その間にも、バルト・ドイツ人［※バルト海沿岸地域のドイツ系住民］の父親がポーゼンに到着していた。私はこの友達二人と鉄道模型で遊んだ。暇を告げる際、シャインプフルーク夫人が「あなたのお母さんは可哀想」と言った。夫人の息子二人も軍人になったと思う。戦争はまだまだ続いた。

　わが連隊の中では、これから世界はどうなるのだろうかという噂が飛び交っていた。それによると、わが軍はソ連邦を自由に通過してイランあるいはイラクに到達し、そこから今度はスエズ運河、紅海そしてエジプトまで突破するのだという。ロシア人がわれわれに鉄道と自動車道を用意してくれているというのである。あるいは、われわれがロンメルと交代するのだとも。ソ連への攻撃を思いついた者は一人もいなかった。

　一九四一年五月一日までに、わが第35戦車連隊が属する第4装甲師団の全部隊がヴァルテラーガーに集結していた。演習場が活気づき始めた。毎日のように大小の演習が行われたが、その際は沼地の横断に重点が置かれた。中隊全体が沼地にはまってしまうこともよくあり、整備中隊の重牽引車を使ってやっとのことで引っ張り出さねばならなかった。さらに、毒ガス訓練も精力的に推進された。次の敵が必ず毒ガスを使うことを予期しておくよう、頭に叩き込まれた。わが戦車は長らく整備中隊にあったので、私は一日中そこで手伝いをし、多くを学んだ。五週間ほどして第1中隊の査閲があったが、これは申し分ないほど順調にいった。求められた課題は全て完璧にこなしたが、わが戦車のみ、深い沼にはまり込んでしまった。操縦手は連隊長のエーバーバッハ大佐からものすごい大目玉を食らった。戦車教育以外に、内務にも手抜かりはなかった。服装の点検や「仮装舞踏会」［※種々の軍装を着脱させて何度も整列させる新兵いじめ］など、何度もさせられた。これを担当しているのは、われらがクレプツィヒ先任下士官《シュピース》だ。かくして演習場での七週間はあっという間に過ぎていった。今や対ソ戦の噂が時々ささやかれていた。われわれが演習場にいた最後の週に、第35戦車連隊は更に五〇輌のⅢ号戦車を新たに受領し、そのうちの八輌がわが第1中隊に割り当てられた。したがって、中隊は今やⅢ号戦車を一七輌装備し、うち六輌は三・七センチ戦車砲搭載型、一一輌は五センチ戦車砲搭載型だった。これに加えて、二センチ戦車砲を搭載したⅡ号戦車も四輌あった。私は一九四一年三月から一等兵《ゲフライター》であり、今や五センチ砲搭載型Ⅲ号戦車の砲手になった。乗員は五名だった（車長、操縦手、通信手、砲手、装填手）。この戦車には主砲のほかに機関銃二挺も備わっていた。これ以外に、個人携帯用として機関短銃一挺、Ｐ08拳銃五挺、卵型および柄付手榴弾若干もあった。したがって、個々の戦車の火力は非常に大きかった上に、強力な装甲が施され、速力もかなりあった。二四歳の中隊長フォン・コッセル中尉は、私にとっての理想的将校を体現していた――われわれは皆、彼のために砲火をかいくぐって進んだ。中尉は騎兵の出身で、中隊の指揮と兵の扱いに関する彼の人間味あるやり方に、私は大きな影響を受けた。彼は勇敢である上、たとえ危機的な状況にあっても冷静沈着であり、私は何度も感銘を受けたものだ。中尉はあらゆる点で私の模範だった。最後の日々にはやることが多々あった。真新しい火器を試射し、針路指示計《クルスクライゼル》［※ジャイロコンパス］を取り付け、戦車には必要物を搭載せねばならなかった。一輌の戦車にどれだけの装備が積み込まれるか、有効な収納法によってどれだけ収まるか、恐ろしいほどだった。私は貴重品を家に送った。今や前進命令がいつ発せられてもおかしくない日々だった。

この地図はポーランド戦役後に新設されたヴァルテラント帝国大管区を示しており、その首都は西部のポーゼンにあった。ヴァルテラントに属するヴァルテラーガーが、第35戦車連隊が属する第4装甲師団の行き先だった。

ブルゲンラント州マルツで宿泊施設の従業員と撮った素晴らしい記念写真。ここからハンガリー国境まではそう遠くない。

第35戦車連隊第1中隊長はハンス＝デトロフ・フォン・コッセル中尉だった。第35戦車連隊は1941年、マインフランケン発祥の第4装甲師団の鎧をまとった「拳」になった。同師団の司令部は1938年にヴュルツブルクで編成された。

揺り木馬に乗るプレプスター伍長。このIII号戦車には牽引ロープが取り付けられている。操縦手用展望孔横の前面装甲板には、不鮮明ながら第4装甲師団の部隊章が描かれているのが分かる。

1941年4月、ブルゲンラント州マルツの新たな宿営施設に到着。手前にあるIII号戦車「114」号車は5センチ短砲身を備えている。フォン・ローゼンは砲手としてさまざまな戦車に同乗した。砲塔番号の横にある白熊は第1中隊の印だった。第I大隊（フォン・ラウヘルト少佐）のほかの中隊は、それぞれ別の色の熊を描いていた。

ブルゲンラント州マルツで撮られたIII号戦車上の集合写真。フォン・ローゼンの戦友であるエッケハルト・ゾルフとフリッツ・フィッシャーが写っているのが分かる。

戦車内のいたる場所に装備品や私物が収納された。背景に見えるのは戦車に給油するためのタンク車。

ヴィーナー゠ノイシュタットから来た第35戦車連隊の戦車は花で飾られて送り出された。先を見越し、既に多くの予備履帯が戦車の車体下部先端や前面装甲に付けられていた。

1941年4月末の日曜日にはウィーン近郊のシェーンブルン宮殿を訪れた。

シェーンブルン宮殿の大庭園。カメラを持っていた兵士が写真を撮り、仲間にそれをプリントさせてやった。かくして多くの記念写真が時代を超えて今日まで残ったのである。

東部国境に向かうところ。第35戦車連隊は1904年にポーゼン近郊に開設された大演習場ヴァルテラーガーへと新たに移動した。写真は、工兵によってヴァルテ川に設置された橋を戦車が渡っているところ。

1941年5月のヴァルテラーガー。対ソ戦役に備えて、第35戦車連隊の戦車部隊と工兵部隊がヴァルテ川を渡る訓練をしている。

白樺の枝で偽装された第1中隊の砲塔番号「114」号車。白熊は、一度は砲塔番号の後ろに、別の折に砲塔番号の前に描かれたが、その理由は不明。

不整地走行中にすっかり泥濘に沈み込んだ「114」号車。シャベルで泥を掘って救い出してやらなければならないが、操縦手のブラウン伍長は冷めた表情。

最初の攻撃目標であるコブリンに到達したところ。中隊はまだ一発も撃っていなかった。コブリンのソ連軍燃料庫で中隊に給油。

燃料を満タンにした戦車が新たな出動命令を待つ。フォン・ローゼン(「×」印)も出発信号が発せられるのを待っているが、それまでは夏の日差しを満喫する。

コブリンのソ連軍燃料庫で給油。写真手前に見えるのはエッケハルト・ゾルフ。

【二】東部戦線にて 一九四一年～一九四三年

初の能力実証：「バルバロッサ」作戦（一九四一年六月～八月）

出動準備

六月一一日一九〇〇時、中隊はヴァルテラーガーを出発し、最寄りの駅に向かった。そこで夜中の〇三〇〇時まで積み込みが行われた。完全な灯火管制をせねばならなかったので、暗闇の中でこれをするのは本当に難しかった。だが、またも滞りなく行われた。朝方に出発し、ポーランド総督府領をそっくり通過した。一九〇〇時にワルシャワの前に立った。灯火管制が全くなされておらず、われわれ全員が奇妙に感じた。背の高い建物や往来する路面電車など、あらゆる場所に灯が見えた――戦争二年目にして、見慣れない光景だった。翌朝〇三〇〇時、独ソ境界線から七〇キロメートル離れたシェドルツェに到着した。〇四三〇時、戦車の卸下《しゃが》が始まったが、荷役ホームが最適だったので、半時間で完了した。〇七〇〇時、境界線に向かって進軍した。ポーランドの埃っぽい田舎道を半日かけて移動した。われわれのほとんどにとって、ここの光景は全く目新しかった。それに対し、ポーランド戦役の参戦者には珍しくもなかった。家屋は全木製で、屋根は藁だけで覆われていた。ここには石造りの建物はなく、つるべ井戸は非常に風変りだった。全ては、後にロシアで何週間も見ることになるものとまるで同じだった。小さな町も全て木でできていた。ここでは特に多くのユダヤ人が目についた。彼ら全員に黄色い星の目印が付けられていた。

われわれの出動準備区域は厳密に定められており、果てしない大きな森が部隊の集結場となった。ここにはいくつもの師団が並んでおり、空中偵察に対して完璧に偽装されていた。われわれの戦車連隊はヴォヒン地区におり、わが第1中隊は森の中央に本部を構えた。われわれ

■1941年におけるロシア戦役

1939年	8月23日	●独ソ不可侵条約
1940年	6月14日	●ソ連がリトアニアに最後通牒
	6月15日	●ソ連がリトアニアに進駐
	6月16日	●ソ連がエストニアとラトヴィアに最後通牒
	6月17日	●ソ連がエストニアとラトヴィアに進駐
	6月26日〜28日	●ソ連がベッサラビアとブコヴィナに進駐
	11月12日〜13日	●ソ連外相モロトフがベルリンを訪問（利害関係の範囲についての合意なし）
1941年	1月31日	●最初の「バルバロッサ」作戦開進訓令の完成
	3月27日	●ユーゴスラヴィアでクーデター、「バルバロッサ」作戦が少なくとも三週間延期
	4月5日	●ソ連とユーゴスラヴィアが友好・不可侵条約を締結
	6月22日	●0315時——ドイツがソ連に攻撃開始（宣戦布告なし）
	6月22日〜7月10日	●ビャリストクとミンスクで同時戦闘（捕虜三〇万人）
	7月2日〜15日	●ドニエプルとデュナの戦い
	7月8日〜8月5日	●スモレンスクの戦い
	8月1日〜9日	●ロスラヴリの戦い（私の初負傷）
	10月4日〜12月5日	●ドイツ軍がモスクワに進撃
	12月5日	●ソ連軍が反撃開始

はここで四日間寝泊まりし、乗員一組ごとに幕舎一つを張った。天気にも恵まれ、一日じゅう技術的な仕事に追われたが、このような環境の中で非常に楽しい時間を過ごした。ここは落葉樹林だけの素晴らしい森だった。唯一悪かったのは、ロキトノ沼がすぐ近くにあり、蚊が多いことだった。しかし、四日後に大雨が降り始め、もう幕舎の中にはいられなくなった。われわれは約五キロメートル離れた廠舎に移動し、そこで中隊は何より雨に濡れずにすむ快適な宿所を見つけた。戦車はまたも少し離れた森の中に置かれ、空中偵察に対して申し分ない覆いが得られた。オイル交換、武器の手入れ、そして何よりも新たなガソリン・トレーラーのための燃料補給装置の設置など、多くの作業が行われた。それぞれの戦車の後ろには、各二〇〇リットルのドラム缶二本を載せた二輪トレーラーが連結された。戦車の戦闘室にはポンプがあり、走行中に内部から給油できるようになっていた。また、戦闘の前には分離装置を紐で引っ張って戦車内からトレーラーを切り離すこともできた。しかし、この装置全体の有効性が証明されることはなく、結局は破棄された。いずれにせよ、この装置を戦車に取り付けるのは大仕事だった。もっとも、それもうまくこなしたが。

六月一六日、われわれは実弾を搭載することになった。一輌の戦車につき約四〇〇〇発の機銃弾を弾帯に込めるため、一日じゅう忙しかった。さらに、各戦車には約七〇発の榴弾と約六〇発の徹甲弾、一〇発の特殊弾が積まれた。同様に、拳銃弾や照明弾、手榴弾も装塡、収納した。同じ日にコレラの予防接種を受けた。これは出動の前にもう二回行われた。夕方、私は第3中隊の四人と共に車で第4中隊に向かい、そこでクラウゼ中尉からロシア語の手ほどきを簡単に受けた。ロシア語の読み書き以外に、実際に使える表現もいくつか習った。それ以外は何も分からなかった。

六月一八日の夕方、中隊長がわれわれを呼集し、数日後に進軍する旨を知らせた。同時に、中隊に課された第一の任務についても発表した。中隊は前衛であり、湿地帯を伴う鬱蒼とした森林地帯を突破し、六〇キロメートル先のコブリンに向けて可及的速やかに進撃することになっていた。境界線におけるソ連軍の兵力については、正確には分からなかった。先頭車輛はプレプスター伍長を車長とする114号車だった。今までは遊びのようなものだったが、数日後には極めて厳しい状況になるであろうことを知り、少しばかり不安な気持ちが忍び寄ってきた。夕方には、ソ連空挺部隊の来襲が見込まれるとの連絡があり、歩哨を倍増せねばならなかった。

六月二〇日は連隊の呼集で始まった。第35戦車連隊の全員が三角形に整列すると、連隊長のエーバーバッハ大佐が非常に驚くべき演説をぶち、来たるべき敵について説明した。「諸子は、われわれの想像を絶するほど原始的な生活をしている人間の国に赴くであろう。彼らにはまともなトイレすらないのだ!」。およそこう言ったが、これはおそらく、来たるべき敵に対する恐怖心を払拭するためか、あるいは優越感をわれわれに与えるためだったのだろう。最後に、ポーランド戦役とフランス戦役で仆《たお》れた戦友を追悼してから営所に戻った。

六月二一日の朝、荷物を全て戦車に積み込んだが、空間が限られる中では容易どころではなかった。戦車は全車が砲塔後部にブリキ箱、いわゆる「リュックサック」を一つ備えていた。その中には、各乗員が荷物鞄一つ、外套、小物若干を収納することができた。二つ目の荷物鞄は前もって預けており、師団段列のもとにあった。戦車の後部には大きな木箱があり、その中に毛布や幕舎用布などを入れていた。更にその中には、収集した「小冊子《ブロシューレ》」、つまり鹵獲品用のスペースもあった。そのため、この箱は「小冊子箱《ブロシューレンキステ》」と呼ばれていた。ほとんどの戦車はそうしたものを一つ持っていた。フェンダーの上には、空《から》の弾薬箱一個を固定した。これらは密閉性の良い小さな木箱で、ブリキで裏打ちされていた。その中にはわれわれの糧食が入っていた。「リュックサック」の周りには針金一本で水筒が吊るされており、いつでもすぐに手元に取れた。

進攻前日にまたも特別糧食を受領し、一部を機関室に、一部を戦闘室に収納した。それらは各員につき米あるいは野菜の缶詰が三個、パンが五袋、ショカコーラ〔※カフェインとコーラの実を主成分とするチョコレート〕三箱、エスビットコッヘル〔※固形燃料を使う調理用具〕一個だった。それに加えて、われわれはまだ非常用携帯口糧の配給を受けていた。特別糧食や非常用携帯口糧は、命ぜられた時にしか手を付けることができなかった。昼頃には全てを終えていた。

一六〇〇時、中隊員が戦車脇に整列し、中隊長がユーモアたっぷりに演説してから解散、今や森から出されて道路上に並べられた戦車に向かった。一七〇〇時頃、大隊本部が轟々と通過していき、わが中隊がそれに続いた。われわれはヴォヒンを通過し、その後はひたすらブレスト＝リトフスクを目指して進んだ。目的地は、ブーク川から三キロメートルほど離れたその都市の北にある森であり、ブーク川はその都市の地点で境界線を形成していた。途中で、果てしない森の中に労働奉仕団が建設した巨大な燃料貯蔵所を通過した。道の左右には国家労働奉仕団の若者たちが立っており、羨望の眼差しでこちらを見ていた。

辺りが次第に暗くなり、操縦手にとっては闇の中で操縦するのが難しくなり始めた。技術的な問題によって短時間たびたび停止した。私はその間、砲手席で眠り込んでいた。どんな姿勢でも、最も不快な体位でも眠ることを習得するには、長い時間が掛かった。しかも、砲手席は柔らかくなく、快適でないことは確かだった。私の背丈では、まっすぐ座ることもできなかった。とはいえ、すぐ全てに慣れてしまった。

二四〇〇時頃に目覚めると、ちょうど準備陣地に到着したところだった。戦車は各車が指定場所に誘導され、給油されたほか、銃砲腔が清掃され、オイルが拭き取られた。全てが非の打ち所がないほど偽装された。いよいよ只ならぬ状況になってきたため、履帯痕が消された。敵機の出現が予想された。準備万端整うと、各員がまた横になり、寝ようとした。作戦の発動が下令されれば、〇三一五時に作戦行動を始めねばならなかった。発令がなければ、なおも待機することになっていた。

戦役の開始

一九四一年六月二二日。そのとき私は、実はまどろむことができていた。だが、〇三〇〇時からはもう誰も寝てなどいられなかった。われわれは緊張感に満ち、興奮していた。全員が起き、あれこれ話し合った。ここでは〇三一五時ちょうどに最初の砲声が聞こえた。今やあらゆる方面からわが砲兵隊の途方もなく強力な砲火がソ連軍陣地に対して開かれた。すぐ近くには一〇・五センチ砲の陣地が一つあった。間もなく朝の空が赤く染まり、辺り一面が燃え盛った。ソ連軍は一発も撃ち返してこなかった。半時間後、砲撃は少し弱まったものの再び強まり、遂には完全に停止した。遠くで機関銃の連射音が聞こえた。わが軍の自動車化歩兵《シュッツェン》はブーク川を越えて橋頭堡を築いた。〇四〇〇時前、中隊戦闘部門の全員が整列し、ドイツ東部軍《オストヘーア》に対する「総統」の日日命令を中隊長が読み上げた。「今や能力を実証する時が諸子にも到来した。

ボルシェヴィズムからヨーロッパ文化を救えるか否かは諸子次第である」

われわれの装輪車輌、要するに段列《トロス》は、さほど進んでいなかった。戦車中隊は戦車乗員、すなわち戦闘部門と、戦闘段列《ゲフェヒツトロス》とに分かれており、これは更に段列Ⅰと段列Ⅱに細分化されていた。戦闘段列も中隊の先頭にあった。われわれの気分は最高だった。朝に再び軍事郵便を受け取った。それから前進命令を待った。ところが、ブーク川手前のわが軍の自動車化歩兵と工兵は、まださほど進んでいなかった。自動車化歩兵は、早朝には大きな損失もなくブーク川の向こう側に橋頭堡を構築しており、工兵は今やそこで軍橋の建設に取り掛かっていた。昼前にはこれが終わった。一三〇〇時、わが第1中隊が前進命令を受けた。われわれは「道路」上を行進したが、早くもここで土埃との戦いが始まっていた。防塵ゴーグルはわれわれ全員が持っていたが、それがなければ何も見えない状態だった。今や車列が四方八方からわれわれのいる道路に縫うようにして入り込んできた。われわれは装甲師団［※著者が所属した第4装甲師団］の前衛中隊となっていたので、進軍に当たっては最優先権があった。途中、道路が渋滞していたので何度か停止した。ここで、わが軍の負傷者に初めて遭遇した。彼らも第4装甲師団に所属する第12狙撃兵連隊の伍長一人と一等兵一人だったが、両人ともに軽傷で、ソ連軍の戦法についてわれわれに説明してくれた。対岸の沼地では、自動車化歩兵の行動が困難を極めていた。〇〇三〇時前、われわれはその間に設置が完了したブーク架橋に到着した。ここの川幅は約一五〇メートルあった。ここでまたも二時間近く待たされた。通行する部隊で橋が破損していたからである。一六三〇時頃、中隊はようやくブーク架橋を渡り、ロシアの地に入った。コニャックの瓶からグイっと一口飲みながら進撃を続けた。何人かの自動車化歩兵に連行されてきた捕虜もそこで初めて見た。彼らは軍服をなかなか巧みに着こなしており、汚れて不潔な軍服が素晴らしい偽装になっていた。ロシア側の大地は非常に湿っていたので、はまり込まないよう気をつけねばならなかった。とはいえ、全てうまくいった。中隊は密集しながらかなりのスピードで走行し、まずは森林地帯を通過したが、そこは既に自動車化歩兵が通過していた。いたる所にソ連軍の軍需物資が散乱していた。ソ連軍は慌てて撤退していた。約五キロメートル走行してから、大隊が集合できるよう長めの小休止を取った。大隊長のフォン・ラウへルト少佐がわれわれに向かって前方にやってきた。今や中隊には三輌のⅣ号戦車（七・五センチ砲一門および機銃二挺を搭載）が配備され、隊列を組んでコブリンに進撃した。敵の抵抗を予期しておく必要があった。われわれの先頭車輌はプレプスター伍長の戦車であり、次にケーニヒ少尉と第一集団の車輌、それに続いて中隊長、三輌のⅣ号戦車、われわれの大きな集団、第Ⅱ小隊、軽戦車小隊、そして中隊の殿《しんがり》を務める第Ⅲ小隊がやってきた。その後に続いたのは、第2、第3、第4中隊、第Ⅱ大隊の順だった。わが戦車連隊には、戦車猟兵、工兵、砲兵といったほかの兵科も割り当てられており、それらが師団内で打撃団《シュトースグルッペ》「エーバーバッハ」を形成した。これは、われらが連隊長のエーバーバッハ大佐にちなんで命名されたものだった。大佐は既にフランスにおいて騎士鉄十字章を受章しており、一九四一年から四二年に年が変わる頃には、彼の打撃団が成し遂げた傑出した戦果に対し、装甲部隊で二番目の将校として柏葉騎士鉄十字章を授与されることになった。今やわれわれの任務は可能な限り敵陣深く侵入することだった。徐々に薄暗くなってきた六月二二日二一〇〇時前、われわれは未知の世界へと入っていった。

当初は開けた土地を進んだ。茂みの後ろで、死んだソ連兵の死体を初めて見た。その光景には動揺すらせず、常々思っていたほどではなかった。森の端の背後には常に敵がいると思われたが、彼らがなぜ防御にうってつけの土地で戦おうとしないのか、われわれには理解できなかった。先頭車輌は無線で中隊長に詳細を逐一報告した。各戦車には最低でも受信機が一台あり、大部分は送信機も一台備えていた。進軍は林道へと続き、密林の中央を突っ切った。敵影は依然として皆無だった。ゆっくりと真っ暗になった。私はまだコニャックの瓶を持っていた。それはわれわれが南仏にいた頃に入手したものだったが、今や最後の一口も終わった。われわれの気分は申し分なかった。私は砲の後ろに座っていたが、忍び寄ってきた漆黒の夜の中では、照準器を覗いても何も見えなかったため、ゆっくりと眠り込んでしまった。何事にもうろたえることがない装填手のエシュリマン二等装甲兵《パンツァーシュッツェ》も同じだった。砲塔に立つ車長のフォルツ軍曹《フェルトヴェーベル》は、操縦手のイェンチェク二等兵と咽頭マイクロフォンとヘッドフォンでつながっていた。これほど暗い夜は細い覘視孔《てんしこう》を覗いても操縦がほとんどできないので、車長は操縦手に道を示してやらねばならなかった。それに加え、凄まじい土埃だった。小休止で戦車から降りるや、くるぶしの上まで細かい砂に埋まってしまった。狭い林道でも進軍は大した中断もなく続けられ、先頭戦車は常に中隊と無線で連絡を取り合っていた。夜半前にブレスト＝リトフスクとモスクワを結ぶ主要滑走路《ロルバーン》［※「ロルバーン」とは進撃路を意味するドイツ軍用語］に到着した。これまで会敵は皆無だった。

　ロルバーンは今やわれわれの今後の前進路となっていた。これらは、複製したロシアの地図には高速道《アウトバーン》と記されていた。だが、われわれのアウトバーンからは程遠かった。路盤がしっかりしている普通の田舎道だったが、ロシアにしては非常に珍しかった。われわれは今やプリピャチの大湿地帯の真っただ中に入り込み、道の左右に立とうものなら、すぐに沈み込んでしまった。敵にはいまだ何の動きもなかった。道路上には道路建設用機械が散乱していた。ということは、ロシア人は国境方向に道路を拡張しているところだったのだ。一時間ほどして再び前進し、そうこうしているうちに〇二三〇時になり、六月二三日の朝がゆっくりと明けた。進軍は今や滞りなく続行した。とはいえ、途中で停止することも頻繁にあった。というのも、この湿地帯には橋が無数にあり、ソ連軍は自軍の重戦車が通れるように橋を改築中だったからだ。これらの橋は全て迂回せねばならなかった。ようやく最初の集落にたどり着いた。特にわれわれの目についたのは、出入り口の門、みすぼらしい格子細工、五月一日からモミの緑で周囲を飾られたままになっていたスターリンの小さな写真だった。村の中央には集会用の演台が一つあった。後にこれと同じものをどの村や町でも見ることができた。住民はわれわれに非常に好意的で、バターや卵を戦車まで持ってきてくれた。全住民が道の左右に立ってこちらに盛んに手を振った。彼らは最果ての村から駆けつけてきたのだった。太陽がゆっくり昇り、〇九〇〇時前にコブリンのシルエットが遠くに見えた。更にその一五分後、その町の最初の家々に到達した。

　この夜、中隊は六〇キロメートル以上を走破したが、これは道路事情からすれば刮目すべき成果だった。残念ながら、第3装甲師団がわれわれより先にコブリンに到着しており、既にロルバーン上を行進していた。同師団はブーク川を渡河する際に二カ所の頑丈な橋を使用できたので、われわれのように軍橋の敷設を待つ必要がなく、その分だけ前進が早かった。第3装甲師団の後を追わねばならなかったわれわれは、わずかながら落胆した。ある大庭園に戦車を止め、当然のことながら念入りに偽装し、些細な欠陥を取り除くと、自分のやるべきことに集中できた。ガソリンの補給はまだなかったが、すぐに運搬されてくるはずだった。その間にもある噂が飛び交った。なんでも、町にはまだ戦利品がごっそりあり、大きな倉庫からそれを持ち出すために、中隊長がⅡ号戦車一輌を派遣したというのだ。持ち場を離れる報告をしてから、私も町の中をうろついた。うっかり拳銃の携帯を忘れた私は、辺りにドイツ兵が一人もおらず、あまり信用ならなそうな人間が大勢いることに、はっと気づいた。彼らが機嫌を損ね始めたので、にぎやかな市街区に引き返した。ちょうど、拳銃を持った兵士が路上の売店をこじ開けたところに来合わせ、その店からタバコと石鹸をいっぱいに詰めた大袋を持って中隊に帰った。そこで全てを公平に分けた。今やわが戦車には三〇個の素晴らしい化粧石鹸が備わった。ほかの仲間も同じような略奪品を持ってきた。正午には特別糧食の缶一つを開けることが許された。食事の最中に前進命令が発せられ、燃料補給に向かわねばならなかった。途中で中央広場を通ると、そこには――二輌のソ連軍戦車に挟まれて――レーニンの巨大な石膏像が立っていた。われわれがやがて気づいたように、どの都市にもレーニンとスターリンの像が少なくとも一つ設置され、中には一つのベンチに一緒に座っている像もあった。周辺部の町をいくつか通過し、貨物駅に到着すると、巨大な燃料庫があった。そこで、エアフィルターとエンジン用のオイル缶、猛暑の中で特に重要な水缶その他、多くの実用品を入手した。その後、巨大なタンクから燃料を補給したが、ロシアの燃料補給装置が粗末だったため、問題がいくつか生じた。中隊全体が給油した後、われわれは付近に整列し、戦利品を公平に分配した。それらはシャツにパンツ、肌着、毛布、寝袋、飯盒、党章、ズボン、ブーツなどだったが、中隊はそれ以外にもバター木箱一個と大きなオランダ産チーズ数個も調達していた。これも公平に配布され、チーズにバターを塗って非常に美味しく食べた。パンが残っていなかったからだ。この程度の不便は喜んで我慢した。

夕方近くに再び町を通過し、主要ロルバーン上に出たが、そこでは今や第3装甲師団がわれわれの目前で戦っていた。ソ連軍戦車は夜間に町を攻撃しようとしたものの、猛反撃され、じきに哀れな残骸を曝すことになった。第1中隊はコブリンの約一〇キロメートル後方で防御に当たらねばならなかった。暗くなってきたので、われわ

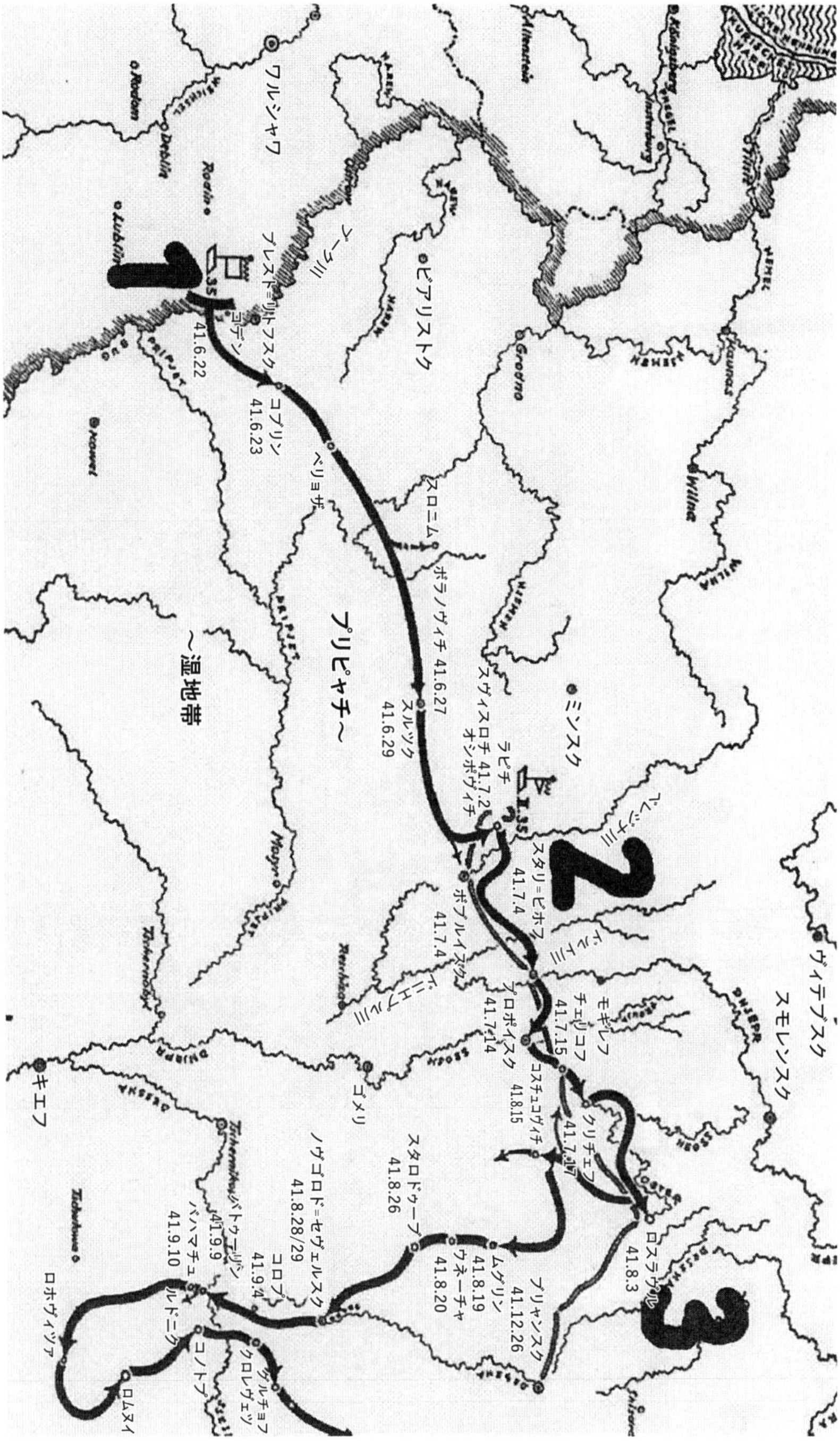

1941年6月22日(1)にスタリ＝ビホフ(2)を経由してロスラヴル(3)の手前まで達した第35戦車連隊(第4装甲師団所属)の前進ルート。フォン・ローゼンは1941年8月3日に負傷し、第1中隊を離れなければならなかった。その後、第4装甲師団は南下した。[※地名の訳出については、地図が雑然となるのを避けるため、大都市と本書に登場するもののみに限定した]

第4装甲師団の攻撃発起点からわずか東に位置するブレスト＝リトフスクの城塞は、多大な損失を出した戦闘の後の1941年6月29日、歩兵部隊に攻略された。

コブリンで補給行動中の第4装甲師団のアインハイツディーゼル。右側にあるのは擱座したソ連軍のT26-A。フェンダーにソビエトの星が描かれているのが興味深い。

ソ連のいたる場所と同様、コブリンの中心部にもスターリン像が立っており、ここでは星形の花壇に囲まれた公園内にそれがあった。

1941年6月26日のコブリン。放棄されたソ連軍戦車とトラクターを検分しているところ。写真右側に見えるのは回収部隊の18トン牽引車であり、第1大隊の熊の部隊章が付いている。

この珍しいT26-A軽戦車は、片方の砲塔に4.5センチ砲1門、もう片方には機銃1挺を搭載していた。興味深いのは、向こうの鎧戸に描かれた矢印とその上の「v.C.」という記号であり、これは「von Cossel」（フォン・コッセル）の略で、第1中隊の所在地を示している。

第35戦車連隊のオートバイ伝令が宿所を見つけた。しかし、この丸太小屋は利用できそうにない。

農家の家屋は戦闘中に砲撃や焼討によって炎上することが常だった。民間人はそのために生活を奪われた。

第4装甲師団は1941年にはグデーリアン装甲集団内で戦った。そのため、ここに写っているKfz 15のように「G」の文字が全車輌に付けられていた。向こうには「クルップ＝プロッツェ」が見える。

ソ連軍捕虜の集団が、一部手を上げながら路上のドイツ軍戦車に近づいてくるところ。

ベレザ付近の森林地帯で撃破されたドイツ軍のⅣ号戦車。弾薬庫の爆発によって大破した。

手前にあるのは、円筒形の砲塔と4.5センチ砲を持つソ連軍のT26戦車1933年型。その向こうに見えるのは、爆発したIV号戦車の一部。

捕虜縦隊がサイドカーに先導されながら後方に護送されている。その向こうではドイツ軍戦車が人を押し分けて前進している。写真左には、警備に立っている数人のドイツ軍歩兵が見える。

第35戦車連隊の1トン牽引車が被弾し、後部が燃え尽きた。

最後まで抵抗したソ連軍の4.5センチPak。それを迂回する第4装甲師団のオートバイと車輌。

ベレザ＝カルトゥスカ［※ベリョザ］・ロルバーンに放置されたソ連軍T-37型水陸両用戦車だが、機銃は取り外されている。背後に写るのは第35戦車連隊のIII号戦車。

林の中に移動したプレプスター伍長の戦車「114」号車。本車の下には壕が掘られており、その上を本車が覆っている。さらに、転輪まで土で覆われている。かくして戦車乗員にとって安全な夜間宿所が出来上がった。

森で休息中の第35戦車連隊第I大隊本部の兵員とトレーラー付きアインハイツディーゼル。

高速車が砂塵の尾を引きながら戦車縦列を追い越していく。「グデーリアン」装甲集団を意味する「G」があらゆる車輌に見える。

前進中の第35戦車連隊の戦車とトラック。乗員が戦車の上に陣取っている。操縦手のみが戦車の中に座って操縦しなければならない。

Kfz 15の助手席に座る第4装甲師団長フォン・ランゲルマン将軍。同車の前部フェンダーには師団旗と同師団の部隊章が見える。護衛するのはオートバイ伝令、無線装甲車その他の随伴車輌。

前進中の重砲大隊。18トン牽引車で牽引されているのは、13メートルという長大な砲身を持つ24センチ砲3《ドライ》。その前には別の牽引車が見える。分解された砲は6台の運搬車に分散して輸送された。写真右には、放置されたトラックを物色する民間人の姿が見える。

舗装された道で前線に向かう重砲大隊の21センチ大口径砲。この砲は二つに分解された上で12トン牽引車に牽引された。

1941年の典型的な進撃風景。燃料トレーラーを連結した「114」号車。対ソ戦役最初の数カ月間は、長距離を進軍した。射撃準備のできた防空用の機銃と偽装用の枝は、戦車と乗員を守るためのもの。

ある村で停止した際に民間人の一団を撮った写真。当初、ドイツ兵はボリシェヴィズムからの解放者として迎えられることが多かった。

第1中隊長フォン・コッセル中尉がオートバイ伝令から報告を受ける。背景にあるのは第2中隊の戦車。

第1中隊の戦車。砲塔側面には白熊が描かれている。

砲塔後部の収納箱に装備品を詰め込んだ第1中隊の戦車乗員。

きちんと箱に詰められた高級種のロシア産鹵獲タバコ。普通のソ連兵はマホルカの屑を新聞紙で丸めて巻きタバコを作った。

どの兵士にとっても一日の中で最も重要な時はおやつの時間だった。この写真には、幕舎用布の上でのびのびと食事をしている戦車乗員が写っている。

戦車上でスカート[※トランプ遊びの一種]に興じているところ。乗員がのんきに戦車上で座っているので、この付近には敵がいないのだろう。

1輌のIII号戦車に指示しているところ。数人の兵士は迷彩カバー付きのヘルメットを被っている。1941年の夏には、偽装用ネットはまだ珍しかった。Kfz 15 のフェンダーには――写真ではほとんど識別できないが――第4装甲師団の部隊章が描かれている。

あらゆる種類の車輌がバラーノヴィチを通過していく。向こうの町の上には煙がもうもうと立っているのが見える。

バラーノヴィチの飛行場を経由して攻撃中の第1中隊。

被弾した飛行機がいたる所で炎上している。手前に写るのはIII号戦車の5センチ短砲身。

バラーノヴィチの飛行場に置かれたソ連軍の「マーティン爆撃機」。背景には格納庫や建物がはっきり見える。

このソ連軍のYak-1戦闘機は着陸時に倒立し、その際にプロペラ翼が曲がってしまった。その後、機体は正常の姿勢に戻された。

第4装甲師団第35戦車連隊第1中隊のIII号戦車（写真右）が第3装甲師団のIII号戦車と遭遇。すなわち敵の包囲に成功！

路上で被弾、放置されたソ連軍の15.5センチ野戦榴弾砲。戦死したソ連兵がまだ砲脚の下にいる。ソ連軍はこれら高性能の砲を大量に配備していた。

第2中隊のIII号戦車2輌が林端方向の防御に当たる中、弾薬を補給している。少し下手の松の低木の脇には、I号戦車を改造した弾薬運搬車がいる。

松の低木が生える小山の後ろでは、ソ連軍捕虜が後送されるのを待っている。向こうに見えるのはIII号戦車の後部。待機しているトラックは第35戦車連隊第II大隊本部のもの。

れはある林の中の待機陣地に就き、そこで偽装を施すことができた。半時間後、ちょうど準備できた時に別命がもたらされた。今度は別の場所に防御のため投入されることになった。そのうちに真っ暗になり、辺り一面が火事であることに気づいた。近づいてみると、燃えているのは戦車の残骸だと分かった。第3装甲師団に撃破されて発火したものだった。夜半頃、中隊は農場で停止し、第Ⅲ小隊が防御に当たり、残りのわれわれは眠ることができた。納屋から十分な藁を持ってきた私は、エンジンがかなり暖かいわが戦車の後ろで、捕獲した寝袋にくるまってぐっすりと眠った。

起床は〇四〇〇時ちょうどだった。中隊は一〇分後には再び段々と前進した。毎朝こうだった。ここでは何かも、とんでもない早さで進めねばならなかった。洗濯したりコーヒーを飲んだりすることは贅沢だったので、省略された。われわれは油と汗が混じった土埃にまみれ、まるでブタのように見えた。制服はもはや黒ではなく、不潔な灰色になっていた。じきにロルバーンに到達したが、そこは筆舌に尽くしがたい光景を呈していた。われわれの目前には燃え尽きたソ連軍戦車が列をなしており、その一部には大きな弾痕があったほか、味方戦闘機の低空攻撃で撃破されたものもあった。この日の午前中だけで、少なくともソ連の戦車師団まるごと一個分の戦車を見た。それに加え、あらゆる口径の砲、野戦炊事車その他の装備品があった。本当に想像を絶していた。大きな湿地がロルバーンの左右にまたも現れ始めた。道からそれてはならなかった。そこでわれわれは右寄りに走行しながら、一〇〇〇時前頃まで何キロメートルも進撃したが、その後は一日じゅう停止することにした。この長距離行進は操縦手以外の乗員には実に痛快だった。革クッションを入手していたわれわれは、ソファに座るように戦車の車体後部上に腰を下ろし、防塵ゴーグルをしながら——猛暑の中でひっきりなしに水筒を手にしつつ——ソ連軍の残骸を眺めた。腹がすけば、厚切りパンにバターを塗って勝手に食べた。兵士にとっては最高の時間だった。一〇〇〇時からは起き上がって車輌を整備したり、エアフィルターを掃除したりした。これはこの暑さでは極めて重要なことだった。土埃が風に乗ってキャブレターノズルに入り込むと、エンジンが正常に吸気しなくなってしまうからだ。この土埃ではエアフィルターの掃除は満足にはできなかった。その後は思い思いにできた。まずはソ連軍の装備を詳しく調べたが、当然われわれは彼らの戦車に一番の関心があった。それから寝たり、手紙を書いたりと、各々が好きなように過ごした。一機のフィーゼラー・シュトルヒがロルバーンに沿って長らく飛んでおり、道路全体を監視していた。前線から後送されてきた捕虜が小さめの集団になってやってきた。彼らは大部分がモンゴル人のような顔つきをしていた。非合法にも、民間人の服装をしている者もいたが、すぐに軍人と分かった。日暮れに進撃を再開し、夜通し走行した。私は戦車の車体後部上で熟眠できた。

夜が白むとまた目が覚めたが、道の左右は同じ光景だった。中隊は一〇〇〇時頃、地上攻撃に対して橋を一カ所確保せよとの命令を受けた。すぐにその橋に到着し、配置に就いた。遮蔽物になりそうなものが皆無だったので、さほど好都合ではなかった。開豁地《かいかつち》での偽装は非常に困難だった。橋には対空防御用に八・八センチ砲陣地が一つ配置されており、われわれの間近にあった。ソ連軍はこの橋を奪取あるいはせめて破壊すべく、総力を投入するだろうといわれていた。われわれの戦車にはすべきことが多々あった。尋常ならざる長距離を移動してきており、全てを再点検する必要があったからである。履帯の修理、エアフィルターと兵装の清掃、燃料補給など、全てに多大な時間を必要とした。そして、私が気分転換にまた体を洗おうと思った途端に高射砲《フラック》が猛射を始めた。高高度に爆撃機六機が見えたが、それらは――高射砲火に攻め立てられ――すぐに反転した。いよいよ本格的になり始めた。われわれはこれ以上の邪魔をさせなかったが、一五分後にまたも来襲された。その機影を認めるや否や、爆弾が高射砲陣地内でも炸裂したが、さほど大きな損害は生じなかった。高射砲の射撃は見事であり、すぐに爆撃機一機が炎に包まれながら落ちてきた。それは速度を速めながら轟々と落下し、地上で大爆発して粉々になった。途中でちぎれた片翼は、燃え盛る松明《たいまつ》のようにゆっくりと地面に舞い落ちた。飛行機が撃墜されるのを初めて見たが、後に数多く目撃することになった。半時間後、ソ連軍の新たな空襲があった。爆弾が投下されるのが見え、離れ離れに置かれた戦車の間に落下した。われわれの中隊長付通信手ヒルトヴァイン一等兵は、破片で膝を負傷した。遮蔽物もなく全てを見届けたわれわれには、全てが完全に目新しかった。今になって中隊長が戦車の下に掩蔽壕を掘るよう命じた。われわれは大きな四角い穴を掘り、毛布を敷き、その穴を戦車で覆った。またも空襲があると、全員が急いで戦車の下に潜り込んだが、そこならかなり安全だった。こうした折に戦車から飛び降り、その下で横になるサルのような速さたるや、想像もできないだろう。この日の午前中、われわれは六度の空襲に耐えねばならなかった。その際、敵機三機のうち、一部は高射砲、一部は戦闘機によって撃墜された。

蚊には大いに悩まされたため、われわれは小さな火をつけてトランプに興じたが、私は二〇ライヒスマルクをすった。そもそも、こんな所でカネが何の役に立つというのか。掛け金は時に二〇〇ライヒスマルクに達することもあった。すると、幸いなことにこの遊びは禁止された。あとは平穏に過ごし、夜も邪魔されることがなかった。

翌日六月二六日の朝、われわれは敵襲を想定して警戒態勢に入ったが、またも何事も起きなかった。本格的な初戦を待つのが徐々に煩わしくなった。一一時頃、車輛の準備をなすよう下令された。大急ぎで全てを積み込んだ。ちょうど半時間後、これまでと同じようにロルバーン上を再び走行した。一五〇〇時頃、突如として戦闘用意を命ぜられた。実弾が装塡され、固定具が外された。ロルバーンの左にある飛行場を攻撃し、メルダースの航空団［※第51戦闘航空団］のためにこれを確保することがわれわれの任務だと知った。中隊はじきにロルバーンを左折し、狭い林道を進んでいった。ここは土埃がすさまじく、ハッチをしっかりと閉めているにもかかわらず、隙間から土埃が戦車の車内じゅうに入り込んだ。操縦手にとって、これはまたも大問題だった。彼らは文字通り灰色の壁の中に入り込んだのであり、前方の車輛の姿は全く見えなかった。私の照準器からは、なおさら何も見えなかった。こんな状況の中で、いま敵襲を受けたらどうなるだろうかといった、非常に奇妙な考えが浮かんだ。だが、われわれは泰然自若として未知の世界へと進み続けた。そうやって二〇キロメートルほど走った。途中で、前述の飛行場を砲撃している砲兵陣地を通過した。最後の安全地帯を後にした。いつ会敵してもおかしくなかった。不意に森の木々がまばらになり、真正面に大きな飛行場が広がった。辺り一面にソ連軍戦闘機があり、まだ燃えている機体や、とうに燃え尽きた機体が混在していた。メルダースの戦闘航空団が低空攻撃で仕事を完遂していた。敵影はもうどこにも見えなかった。中隊は一列縦隊で展開し、敵が隠れていそうな森の端に砲火を浴びせた。暗くなったところでこの飛行場から撤収した。その後はいつものように兵装の整備、食事、そして就寝と続いた。

一九四一年六月二七日〇二三〇時、早くも起床。睡眠時間は短かったが、これで元気になった。〇二四五時、中隊長がこの日の攻撃について発表した。中隊は飛行場を越えて付近の町バラーノヴィチに対する陽動攻撃を実施することになった。残りの中隊と第Ⅱ大隊は広範囲に攻撃を行っていた。部分的に頑強な敵の抵抗をそこで打ち破ることが彼らの役目だった。〇三〇〇時ちょうどに出発すると、すぐに戦闘用意を命ぜられた。われわれは一気に飛行場になだれ込み、これを確保した後にヤブの一帯を走り続けたが、これが非常にぬかるんでいたため、迂回を余儀なくされた。その後に大型燃料庫を通過したが、これには——後に判明したように——地雷が厳重に敷設されていた。危うく地雷の上を走るところだった。敵はこちらの進撃を追って非常に正確に砲撃してくるので、どこかに観測員がいるに違いなかった。着弾点はかなり近く、近くで一発爆発すると、戦車の中にいてもそのたびに思わず頭を引っ込めるほどだった。観測員は給水塔の中にいるのだろうと思い、銃撃を加えると同時に主砲を試したところ、成果があった。敵の砲撃がやんだのである。われわれは間近に迫ってきた町に向かって更に進んだ。前進路のすぐ脇の草地には高射砲八門があったが、新品だったため、おそらくわが軍に対して使われることもなかったのだろう——歓迎すべき鹵獲品だった。われわれは町への砲撃命令を受けたが、既に第2中隊が町に入っていたので、これは直ちに撤回された。町の外れに到達し、中に入ると、通りには人っ子一人いなかった。わが戦車は町外れで窪みにはまってしまった。ゆっくりながらもそれから脱出できたのは、ひとえに操縦手の腕のおかげだった。そうこうしているうちに、中隊ははるか先に行ってしまった。戦車で町のそこらじゅうを走り回ったものの、中隊の姿はどこにも見えなかった一方、敵はいたる所にいるものと思われた。非常に面倒な状況になってしまった。無線でようやく中隊と連絡がついたが、中隊は既に町を抜けて更に先を進撃しているところだった。彼らはある道で射撃位置に就き、ソ連軍が依然として銃撃してくる低木林を機銃掃射した。じきに敵の銃撃が完全にやんだ。彼らの戦車は期待を裏切らなかった。わが戦車の車載機銃は申し分なしというわけではなかった。それらは新品でまだ試射していなかった。この不備は次の機会に至急、埋め合わせる必要があった。

無線報告によると、こちらに向かっていた第18装甲師団が既にわれわれの近傍にいるとのことだった。これでビャリストク［※ビャウィストク］の包囲環が閉じた。中隊は反転して町に戻った。ここはさほど破壊されていない方だった。われわれは市街地の中央で停止した。各戦車に一人残り、あとは全員が「調達」に出かけることができた。すぐに食糧庫が見つかり、そこでわれわれは数百個の箱を見つけた。短剣で何カ所も突き刺し、ワイン、ミネラル水（暑いときに特に必要）、チョコレート、プラリネ、ボンボンといった、使えそうなものだけ全て頂戴した。じきに各戦車の上にいくつかの木箱が載せられた。乗員は各々が掘り出し物を交換し、誰もが欲しい物が手に入ったので、皆の顔が輝いた。私は非常に上等なリキュールを何本か見つけた。その間にも町中を殷々と通過していく第18装甲師団には、停車することが許されていなかった。彼らは仏頂面をしながらこちらを眺めていた。完全な戦時下よろしく、彼らが四方の安全を確保しながら街中を走り抜けていくというのに、こちらはもう長いことこの町におり、自由気ままに動いていることが滑稽に思えた。仲間が何かを引きずりながらこちらにやってきた。彼らは被服倉庫を見つけていた。誰もがシャツや靴下、パンツを始め、スカーフになる婦人服などを選べた。洗濯物を洗うことはもうなかった。いくらか汚れれば捨て、新しいシャツを取りだした。挙句の果てに、わが車長のフォルツ軍曹がビールの大樽を四つ持ってきた。わが戦車には一つ残っていたが、すぐに口を開けた。今やわれわれは走行中もずっと飲みっぱなしだった。じきにわれわれは、一切合財をどこに収納すればよいか分からなくなってしまった。戦争中とは、とてもいえなかった。三時間後、うだるような暑さの中、われわれは再び前進し、この町をまたも横断した。住民は勇気を出して再び家から出てきた。一時間後に飛行場に到着すると、わが軍の戦闘機が周囲を旋回していた。メルダースがここに着陸しようとしていた。ソ連兵の死体がいたる所に横たわっていたが、こうした光景には徐々に慣れてしまった。これは今では考えられないことだろう。半時間ほど走行したところで停止令が発せられた。わが戦車は森の陰に止められた。蚊にひどく悩まされたので、あちらこちらに小さな火を灯《とも》したが、大して役には立たなかった。われわれは昼の間じゅう戦車に取り掛かり、武器デカ《ヴァッフェンブレ》［※（デカ＝刑事）ドイツの兵隊用語で特に火器の照準規正を行う要員のこと］が私の［※訳補：主砲同軸］機銃を試射した。ようやくまた郵便がやってきたが、残念ながら私には何もなかった。夕方、全員そろって戦車の脇で寝た。翌日は私の誕生日だった。家にいる家族のことはしょっちゅう考えていた。そもそも故郷では戦争についてどんなことを耳にしているのだろうか、と。汚れた制服を着たわれわれは非常に落ち着かず、取れるシミは一つもなく、肌は土埃でネズミ色になり、毛穴は真っ黒だった。手で肌をなでると、黒くて丸い小さな塊ができ、体には指紋の痕がはっきりと浮かび上がった。全てがベタベタして汚く、おまけに臭かった。だが、どうしようもなかった。もう一度だけ洗濯用の水が手に入れば。いま風呂に入れれば……。だが、そんなことは考えてはならなかった。

〇一〇〇時に突如として起こされ、直ちに出発と知らされたが、暗闇の中では容易ではなかった。自分の誕生日のことを何気なく思い出した。再び走り出したものの、全員がうとうとしていた。二時間後に再停止すると、ゆっくり夜が明け始めた。今また寝ることが許された。朝になると、清潔なロシアの下着を初めて身に着け、汚れ物はあっさり捨てた。われわれはいつもそのようにした。ようやく体を少し洗うことができた。一人につき、バケツ四分の一の水で間に合わせねばならなかったが。水は洗う前から既に茶色になっており、終わったら更に……。

わが装填手のヴァルター・エシュリマンはニワトリを捕獲しにいき、しばらくすると、銃で仕留めた一羽を持って戻ってきた。われわれはそれを洗濯用バケツに入れて調理した。私が火の係となり、鶏肉がほとんど焼きあがった時、突如として銃声が一発聞こえ、エシュリマンが戦車から転がり落ちた。拳銃を掃除しようとして、自分の腹を真正面から撃ち抜いてしまったのだった。見た目はかなり絶望的だった。停車させたオートバイ伝令を通じ、約一〇分後に大隊付軍医が救急車でやってきた。とりあえず包帯を巻かれた彼は、手術が可能な中央包帯所に直ちに運ばれた。これで彼も一命をとりとめた。われわれの気分は今やひどく落ち込んでおり、私の誕生日の喜びなど完全に消え失せた上に、もう誰も鶏肉を味わおうとしなくなってしまった。私には別の装填手が割り当てられ、正午前には進撃が再開された。

われわれはまたも土埃にひどく煩わされ、喉がカラカラに乾き、目が痛んだ。土埃はあらゆる隙間から入ってきてしまうため、防塵ゴーグルでも防ぐことはできなかった。〇四〇〇時頃、われわれは以前に前進したロルバーン上にいた。われらが戦車は更に東に轟々と進んだ。ロシア産のガソリンとオイルを原因とするエンジン故障のために脱落し、整備廠送りになった戦車も若干あった。したがって、中隊の戦力はいくらか減じた。ロルバーンの左右はいまだに同じ光景だった。物資の向こうにまた物資――丸ごと破壊されたのだろうか。味方の燃料補給車がわれわれに追いつき、小休止中に燃料を入れた。それから日が暮れ、今や操縦手にとって重労働が再び始まった。私は砲塔に立ち、咽頭マイクロフォンを通じて操縦手に道を指示する一方、ほかの乗員は寝ていた。このような走行は非常に骨が折れ、暗闇の中では細心の注意が必要とされた。これが翌朝〇五〇〇時まで間断なく続いた。

今やスルツク［※スゥツク］に近づいたわれわれは、直ちに市街地に入った。その前には、建設中のボルシェヴィキ・ローマ様式の競技場があった。人物像の顔は青かったが、それ以外は石膏の白色だった。柱は上から下まで青く塗られていた。忘れてならないのがレーニンとスターリンの像であり、これらはどこでもなくてはならないものだった。われわれは町中に半時間ほど留まり、その間に一軒の店に襲い掛かったが、がっかりしたことに既に丸ごと略奪されていた。その後、極めてみすぼらしい舗道を更に進んだ。履帯がガラガラとものすごい音を立てた。町の中心には大広場があり、その周囲には党の建物がいくつかあった。ど真ん中には巨大な演壇があり、前面には十月革命を描いた大きなレリーフ、左右にはプロレタリアート絵画、更に背後には、あらゆる物よりも高くそびえる等身大以上のスターリン像があった。それに加え、いたる所に拡声器が設置されていた。ここで公的集会が開かれた。さらに、後のほかの場所でもそうだったように、町中では「万国の労働者よ、団結せよ」とかなんとか書かれていると思《おぼ》しき横断幕が街路に張られているのが見られた。町の中心部はほとんどが残っていたが、ほかの部分は完全に焼失していた――おそらくロシア人が自ら火をつけたのだろう。われわれの左右は巨大な廃墟となっており、煙突と大きな鉄製の暖炉だけが瓦礫の中から突き出ていた。

〇六〇〇時頃まで高速でロルバーン上を進み、その後、ある小村で止まった。またも戦車の整備に勤しみ、土埃の中をこれだけ走行してきた後でもあり、特にエアフィルターは掃除する必要があった。二時間後に全作業が終わり、今は自分のことも考えることができた。シュピースたちは数千個の卵の入った巨大な木箱を大量に調達しており、各々がそこから好きなだけ取ることができた。私はわが乗員のために一〇〇個を茹で、それを空の弾薬箱の中に入れた。生卵五〇個もそれに加わった。自分用には二〇個の卵でオムレツを一つ作り、一人で平らげた。油がなかったので非常に硬くなってしまった。その結果、胃袋が完全に空になるまでひどい腹痛に襲われ、猛烈に嘔吐したが、それでもまだ吐き気を覚えた。当然のことながら、このことで皆にからかわれてしまった。われわれは昼に更に前進した。私は戦車の車体後部上で横になった。惨めで気分も悪く、床ハッチを何度か使わねばならなかった！　かくしてわれわれは三、四時間ほど走行し、メルダースの航空団が駐屯する飛行場の脇で止まった。ここで再び休息したが、そのことで非常に落胆することになった。ようやく先頭になれると思い、われわれの実力を見せつけてやろうと思っていたところへ、またもや第3装甲師団がロルバーン上を前進していったからだ。じきにその機会を得ることになった。午後になり、中隊長の「100号車《フンデルター》」がエンジン故障で停止したため、修理せねばならなかった。隊長のフォン・コッセル中尉は今やわが戦車に乗り換えた。彼は自分の装填手ホーフヴェーバー二等兵を引き連れてきたが、この若者は大変なしっかり者であり、自分の仕事を心得ていた。これまで車長を務めてきたフォルツ軍曹が操縦手になり、ハルトマンは中隊長付通信手に留まった。私は今や中隊長車の砲手であり、栄誉に感じた。これだけ目立つ地位に就けたことは、やはり誇りに思えた。夕方にソ連軍機が飛行場に接近してきたため、友軍の戦闘機が直ちに発進し、少なくとも七機の敵機を次々と撃墜した。戦闘機は何度もわれわれ戦車の上空を旋回した。われわれは大喜びだった。夜にはまたも蚊に大いに悩まされた。

六月三〇日の午前には通常の野営生活に戻っていた。午後になってようやく出発し、ロルバーン上に出た。われわれも遂にそれなりの作戦行動に出動するのだと願った。しかし驚いたことに、道路の大渋滞のために途中でしょっちゅう休止した。三列が横並びになって一方向に進行することもよくあった。追い越すのは完全に無理だった。われわれに分かったのは、第Ⅱ大隊はわれわれとは別の指示を受けているということだった。彼らは、われわれもようやく実戦に参加できるようにと、ロルバーンを左折して第3装甲師団を左目に追い越すことになっていた。相変わらず第3装甲師団に追随せねばならないことに、われわれは非常に落胆した。夕方にはまたも小村で止まり、そこでロルバーン上の一区間の安全を確保することになった。薄暮の中、側溝の中でオイルを交換し、その後に戦車をみすぼらしい庭園の中に入れ、そこで偽装を施した。

二三四五時、歩哨が中隊全体を起こし、整列したわれわれは〇〇〇〇時ちょうどに中隊長の二四歳の誕生日を祝った。シャンパンとコニャックが何本か手に入り、次々と手渡された。中隊長が手短に礼を述べ、その間、何人かの前哨が斉射を一回行った。〇一〇〇時前には全員が再び寝た。〇五〇〇時に再出発したが、早朝はいつも非常に寒かった。われわれは第Ⅱ大隊の後に続くことになった。七月一日中にベレジナ川に接近した。白ロシアのベレジナ川は私にとっては当時から特別な川だった。ナポレオンの運命と、目前にある広大なロシアに思いを馳せた。われわれも似たようなことになるのだろうか。われわれも勝って自らの首を絞めるのだろうか。いつ、どうやって、どこでこの川をまた西方に向かって渡るのだろうか。ナポレオンも信じがたい勝利の行軍をしながらモスクワに到達したが、そこで大陸軍の大破局が始まったのだ。この頃の私は、そんなようなことをずっと考えていた。これからどうなるのだろうか。われわれは砲火の洗礼すらまだ受けていないではないか。

ベレジナ川では大変なことになっているようだった。ホフマン大隊がそこで橋頭堡を構築することになっていたが、ソ連軍の装甲列車に激しく攻め立てられていた。第6中隊が救援に向かった。われわれはロルバーンを左に折れ、ソ連軍が夜間に火を放とうとした橋を渡った。土砂降りの雨で道路の一部は底なしにぬかるんでいた。この日の空模様もさほど期待できそうになかった。泥まみれの中、われわれ戦車はオートバイやトラックを牽引してやらねばならなかった。かくして一日じゅう走行し、スヴィスロチの町を通過、半時間後にベレジナ川に到達した。川の手前一キロメートルで、ソ連軍の装甲列車が完全に破壊されて横たわっているのが見えた。ベレジナ川に架かる二本の橋は無傷のままだった。ソ連軍は何度もこちら側に橋頭堡を築こうとしたが、そこに布陣していた四連装対空機関砲によって完膚なきまでに粉砕された。われわれ戦車は大きな鉄道橋を越えることになったので、線路の間に厚板を敷かねばならなかった。わが第Ⅰ大隊は木がまばらな林の中で休息しており、夕方になると、そのすぐ隣に置かれた一五センチ砲陣地が砲撃を始めた。われわれは車輛用の大型幌で戦車の後ろに幕舎を設営し、なるべく快適にした。

夜になると殺人的な雨が降り始め、水が四方八方からと掘られていなかったのだ。幕舎の周囲に排水溝がきちん幕舎の中に入ってきた――幕舎の中に入ってきた――幕舎の周囲に排水溝がきちんと掘られていなかったのだ。われわれは完全に尻まで水に浸かって座っていた。次々と目覚め、できるだけ急いで戦車の中に移動した。そこは五人が寝るにはもちろん狭すぎた。われわれはひどく凍えていた上、座って寝たために体じゅうの節々が痛んだ。びしょ濡れになり、くたくたになり、凍え、しかも不快極まる場所で寝ねばならないことほど嫌なことはない。短時間の浅い眠り、飛び上がって起床、の繰り返し。朝方になると快晴になった。暖かい日差しの中で体も物も乾かした。その後、中隊長の誕生日ということもあり、景色の良い近場で遅ればせながらも素晴らしい食事を楽しんだ。粗末なテーブルの周りに敷いた毛布の上に乗員全員が寝転がった。バターにパン、ゆで卵、中隊長から直々にもらったフランスの極上赤ワイン、それに加えてカツレツもあった。われわれの戦車整備員は、オートバイでブタ一頭を連れてきていた上、近くの町からフライパンも持ってきていた。肉が平等に分けられると、そこらじゅうで愉快な焼肉パーティが早くも始まった。油はあり余るほどあったので、仕上がりは上々だった。いたる所でガソリンの火が小さく灯っていた。この頃はまだ燃料が手元に十分あった。われわれは一日じゅう横になって前進命令を待っていた。夜になってニュースを聞く機会があった。友軍部隊の途方もない戦果がまたも報告された！　この場にいることができ、本当に鼻高々だった。これで家からの便りさえあれば。至福の瞬間はいつも軍事郵便が配達される時だった。暗い中、われわれは戦車の上に座り、アコーディオン奏者のハンス・グラウペルが何曲か演奏すると、各々が夢心地になった。明日はいよいよわれわれも交戦できればいいのだが。

スタリ＝ビホフ作戦

一九四一年七月三日、われわれは早朝に出発した。当初、長引く雨のために道がひどく、ほとんど進まなかった。操縦手は全力を尽くさねばならず、装輪車は泥濘を通り抜けられないため、われわれが牽引してやらねばならなかった。しかし、ようやく道が良くなったので、ボブルイスク［※バブルイスク］方向に更に向かった。ここで遂にベレジナ川を渡ることになった。しかし残念ながら、迂回したためにわれわれが第3装甲師団を追い越すことはならなかった。モスクワに向けて、わが第4装甲師団と第3装甲師団との間で本格的な競争が生じた。今やわれわれはまたも第3装甲師団の後塵を拝していた。一一〇〇時にボブルイスクに到着した。そこに至る路上には膨大な数のソ連兵と馬の死体が横たわっており、耐えがたい悪臭を放っていた。その町を通過し、昼に軍橋でベレジナ川を渡った。今やようやく第3装甲師団も南に向かって別れ、われわれがロルバーンを自由に走行できるようになった。昼に小休止すると、大隊長のフォン・ラウヘルト少佐がわれわれの所にやってきて、連隊前衛としてモギレフ［※モギリョフ］方向にドニエプル川まで突進するよう第1中隊に命じた。フォン・コッセル中尉が自らの戦車で先頭を引き継ぎ、かなりの速度で未知の世界に向かっていった。ソ連兵は一人も姿を現さなかった。彼らは当初、戦わずに撤退することを好んだ。最初のドイツ軍部隊として入ったロシアの村々では、たいていパンと塩で歓迎された［※スラブ諸国におけるもてなしの儀式］。婦女子が村道に立ち、手を振ってくれた。われわれは解放者だったのだろうか。われわれは人々をボルシェヴィズムから解放せねばならないと信じていた。

一八〇〇時頃、ドニエプル川の支流ドルト［※ドルツィ］川に到達した。ロルバーンの木橋は破壊されていた。木の梁がまだ燃えていたので、少し前に火がつけられたに違いなかった。対岸のソ連軍歩兵と交戦した後、全てが静寂に戻った。浅瀬を捜索するため、Ⅱ号戦車を装備するわが軽戦車小隊が付近に派遣された。われらが連隊長のエーバーバッハ大佐は、滞っている理由を自分で確かめるべく、われわれのいる前方にやってきた。そこへ突然、師団司令部の伝令将校がオートバイで疾走してきて、師団の新たな命令を連隊長に伝えた。攻撃目標はもはやモギレフではなく、スタリ＝ビホフ［※ビハウ］のドニエプル川に架かる橋だった。地図を一見すると、距離は約五〇キロメートル。「コッセル、これは貴官の任務だ！」。七〇〇メートル上流に浅瀬が一カ所見つかったが、そこでの渡渉は困難だった。われわれは夜の帳《とばり》が下りる前に渡渉を始めた。一輌の戦車が川の中央で立ち往生した。水深が深く、車体前部の操縦席ハッチから水が車内に入り込んだためだった。対岸は本格的な湿地帯になっており、転輪の上まで泥に沈み込んでいる戦車もあった。苦労してやっと動かせる状態だった。密林がほぼ岸辺まで続いていたので、移動するにも細道しかなかった。とっくに暗闇になっており、ようやく最初の戦車三輌が向こう側の橋頭堡のロルバーンに到達できたが、中隊の大部分は依然として湿地と泥に苦戦していた。われわれはこのロルバーンで待機し、翌朝には攻撃を開始することになっていた。安全を期すため、私は別の戦車二輌の砲手と一晩じゅう共におり、機関短銃を抱えながら戦車の前に隠れるようにして横になっていた。夜明け早々に戦車のすぐ横で何人かを捕虜にした時になってようやく、ソ連軍と危うく鉢合わせするところだったと気づいた。ソ連兵は、自分たちにとっては戦争が終わったと喜んでいた。

一九四一年七月四日〇二三〇時、中隊が起床した。この時間には中隊の残余部分と、増援としてわれわれに配属された第4中隊の一小隊もわれわれに追及した。彼らにとっても平穏な夜などなく、全戦車に浅瀬と泥濘を通らせるべく、重労働の連続だった。中隊長が再びわれわれを呼集し、手短にこう指示を下した。「スタリ＝ビホフとドニエプル川の橋。一五分後に出発」。洗濯と朝食の時間はなく、野戦炊事車がここまでついて来られなかったため、どのみちコーヒーもない。すぐ近くの茂みでさっさと用を足して出発だ。われらが戦車が暖機運転し、先頭車が動きだす。攻勢作戦が始動する。先頭車は第Ⅰ小隊長のケーニヒ少尉、それに続くのはシュナイダー軍曹の戦車、そして私が砲手を務める中隊長車である。更にその後ろには、第Ⅱおよび第Ⅲ小隊、第4中隊所属小隊の重量級戦車、そして殿としてわが軽戦車小隊が続く。この素晴らしい夏の朝は本当にすがすがしいが、戦車自体の中はまたもムッとするほど蒸し暑い。二輌の先頭戦車がハッチを閉じて走行している一方、私と装塡手はハッチを開けており、中隊長も砲塔ハッチを開けている。われわれはロルバーンと森の左右を集中的に監視している。敵がそこに潜み、われわれの前進をどこかで阻止せんとしていることを見込んでおかねばならない。背の高いトウモロコシ畑が今や森に取って代わり、それが両側にある。先頭車が観測のためにしばし停止するや、突如としてあらゆる方向からわが戦車に銃弾がバラバラと降り注ぐ。私は訓練中にもなかったほどの速さで戦車の中に身を隠し、ハッチを固く締めた。わが先頭車は、道路を封鎖しているはずの二門の対戦車砲(Panzerabwehrkanone=Pak)と撃ち合った。歩兵が銃撃する中、それらは直ちに始末され、わが戦車の装甲に打撃を与え得なかった。われわれはとにかく先に進み、敵の面倒は後続部隊に任せた。われわれにとっての中心課題はドニエプル川に架かる橋に突進することであり、われわれの前進にとって重要なその橋をソ連軍が爆破する前に、可能な限り早くそこに到達し、敵の虚を突く必要があった。

われわれは、ある分岐点に到達した。地図によれば、スタリ＝ビホフ方向に伸びる野道と未舗装路に乗るには、ここでロルバーンを右折せねばならなかった。二キロメートル進むと湿地帯のある小さな川に到達し、木橋でそこを急いで渡った。前進の慌ただしさの中で、当初われわれは木橋が六輌目の戦車もろとも背後で崩れ落ちたことに気づかなかった。かくして中隊は二つに分断されてしまった。戦車五輌が渡河していたが、中隊の大部分は橋の瓦礫の前で止まったままだった。橋のあった場所を単純に迂回することはここでは不可能だったため、またも浅瀬を探さねばならなかった。しかし、それでは時間が掛かるため、敵を奇襲するしか成功の見込みがなかった。そこでコッセル中尉は、任務を達成すべく五輌の戦車と共に前進を続ける決断をした。長丁場であるため、われわれは速度を上げげた。戦車の中はハッチが閉まった今や猛烈に暑く、装填手も私も疲れて自分の座席で眠り込んでしまった。私の場合は前の晩に一睡もしていないこともあった。中隊長はわれわれを眠らせてくれたが、スタリ＝ビホフ市が地平線に見えてきたところでようやく起こされた。いよいよ正念場だった。この町にはドニエプル川に架かる橋があるため、防御措置が講じられているものと推測したが、依然として静まりかえっていた。ソ連軍は、ドイツ軍の主攻がモギレフ方向、すなわちもっと北方に現れていたので、われわれが今ここに姿を現すとは予想していなかった。

われわれは、戦車五輌という本当に笑ってしまうような戦力をもってその町の近傍に急いで迫る。開けた土地なので、遠くまで見渡せる。町の周囲に環状に構築された対戦車壕の前で急停止する。未完の場所があり、そこでなら壕を乗り越えることができる。前後一列になって進み続けるも、いまだ会敵なし。これだけ静かとは、ますます不気味だ。いずれイワンもわれわれがやってきたことに気づき、応戦してくるに違いない！　このような不確実な状況では、敵が発砲して姿を見せるまで、ことのほか緊張するものだ。戦うべき相手が分かってようやく緊張が止むのである。私は照準器を覗いて観察している。遠くが近くに見える。既にはっきりと見えている最初の家々で動きがある。車にトラック、荷車。更に一〇〇メートル行くと、最初の対戦車壕と並行に敷設された第二の壕にたどり着く。さあ始まったぞ。われわれは猛烈な対戦車砲火を食らうが、それらは狙いどころが悪い。何カ所かで閃光が走る。ソ連軍は土塁の中で、こちらがやってくるのを待っていたのだ。われわれは榴弾で応戦し、何発も見舞ってやる。この第二の対戦車壕も完成しておらず、間隙がいくつかある。そこを乗り越え、砲火を気にせずに途方もない速度で最初の家々まで達し、更に町の中へと進む。誰もが走って逃げている。われわれは強引に進み、町の中心部に来た。広場は荷車や軍用車、トラック、人だかりでごった返し、これらがドニエプル川に架かる橋に殺到するのは間違いない。

混乱を極めた状態だった。町は立ち退きの途中だったが、われわれの到来はロシア人にとっては予想外の早さだった。われらが二輌の先頭戦車が橋への進入路を探していると、ガソリンのドラム缶を満載したトラックが先頭車とわれわれの戦車の間に滑り込んできた。それが走行している最中、私が榴弾一発を撃ちこむと、すぐに真っ赤な炎に包まれて止まった。われわれはいくつかの道を荒々しく走り回り、先頭車が橋に通ずる傾斜路を見つけるまで、人通りのなくなった道を掃討した。全速で最後の一〇〇メートルを走破すると、目前に無傷の橋が！ここも逃げ惑うソ連軍兵士と民間人でごった返していた。中隊長は無線で大隊に報告し、われわれは五輌の戦車をもって無傷の橋を渡るところであり、対岸に橋頭堡を構築しようとしている旨を伝えた。大隊がわれわれから受信できた無電はこれが最後となった。今やわれわれの行く手を遮るものは全て蹂躙された。右も左も、手すりを乗り越えて川に飛び込む人々でいっぱいであり、身の毛もよだつような大混乱だった。

対岸に到着すると、目前の地形を観察するため一時停止した。われわれがいる道は、橋の終末部分から高い土手の上を走っていた。道の両側は低木で覆われていたが、かなりぬかるんでいるようだった。約一〇〇〇メートル向こうに第二の橋があるのが見て取れ、これは淀あるいはドニエプル川の支流の上に架かっていた。われわれの地図にはそれが記載されていなかった。中隊長は最後尾の戦車に対し、橋の上に留まり、それを確保するよう無線で命じた。彼は、第二の橋が万が一に爆破されるのを防ぐため、ほかの四輌の戦車と共にそこへ突進しようと

ボブルイスク手前の遮蔽物のない陣地で敵に砲撃するドイツ軍の15センチ榴弾砲。

ボブルイスクの瓦礫の山。ソ連西部は戦争の影響を多大に被った。

第4装甲師団第35戦車連隊第I大隊長マインラート・フォン・ラウヘルト少佐のスナップショット。1941年9月8日に騎士十字章を受章。

兵士たちは依然として自信に満ちており、更に前進する。

燃える納屋を背景に、停車して観測中の第1中隊のIII号戦車。

第35戦車連隊の前衛は、スヴィスロチ付近のこの鉄道橋でベレジナ川を渡ろうとしたが、引き返さなければならなかった。既に建材が到着しているものの、この鉄道橋は戦車が通行できない状態だった。対岸には既に第5中隊のIII号戦車1輌がいたが、履帯を失った状態だった。後に橋の改修工事が行われ、ようやく第35戦車連隊の大部分が渡ることができた。8トン牽引車に搭載された3.7センチ対空砲が対空防御を担っている。

ここでは急降下爆撃機が全てをやってのけた。鉄道橋の前の線路に至近弾が命中し、ソ連軍の装甲列車が無力化された。

高官の来訪を受けた第4装甲師団。第2装甲集団司令官グデーリアン上級大将がエーバーバッハ大佐と参謀将校に状況を説明させているところ。エーバーバッハは、第4装甲師団の第35及び36戦車連隊と共に戦った第5戦車旅団を率いていた。

自車Kfz15に乗って疾走中のエーバーバッハ大佐。既に1940年に騎士十字章を授与されていた。1941年12月31日には柏葉騎士十字章を受章した。

1941年の急進撃中に開催された最高レベルの幹部会議。1グデーリアン上級大将、2フォン・ランゲルマン将軍、3エーバーバッハ大佐、4フォン・ラウヘルト少佐、その他数人の将校。

会議が終わり、森の空き地での昼食会も終わった。テーブルに座っているのはハインリヒ・エーバーバッハ大佐ともう1人の将校のみ。

作業終了後の「114」号車の乗員。履帯のフェンダーに手のオイル痕が付いているのがはっきり見える。

ボブルイスク付近の木のまばらな林の中を走行。にわか雨によって林道がぬかった——後の泥濘期の前兆。前景には3.7センチ砲を搭載したIII号戦車、背景右にはII号軽戦車。

戦車には無数の注油箇所があり、機会あるごとにグリースポンプで注油する必要があった。グリースポンプには足踏みペダルが付いており、それによって内部に生じた圧力が高粘性潤滑油をホースからグリースニップルへと押し出す仕組みになっていた。

第35戦車連隊の前衛はボブルイスク付近のポンツーン橋を渡ってベレジナ川を横断した。これはその全景写真。背景には爆破された第二の鉄道橋が見えるが、残念ながら非常に不鮮明。

工兵部隊が設置したポンツーン橋に向かうII号軽戦車。地平線上には、爆破された鉄道橋がはっきりと見える。

工兵部隊によって建設されたポンツーン橋は軍橋とも呼ばれ、いくつもの個別部分を川幅に応じて組み立てるものだった。これらの橋は工兵による建造術の真の傑作であり、前進あるいは撤退する際にロシアの川を横断するための唯一の手段であることが往々にしてあった。地平線上には爆破された鉄道橋。

ボブルイスク付近のポンツーン橋に轟々と向かうII号戦車と第II大隊長車。

ボブルイスクを出発した第2中隊の一戦車が、緊急着陸したドイツ軍戦闘機Me-109Fの残骸に立ち寄っているところ。道端にあるこうした残骸は見物対象として人気だった。

撃墜されたソ連軍の地上攻撃機Su-2。本機は恐怖のIL-2「シュトルモヴィク」にじきに取って代わられた。

戦車兵は、オートバイを搭載してドルト川を渡渉できるか懐疑的だ。潜水戦車ならまだしも、砲や機銃にもカバーは付けられていない。砲塔には53という砲塔番号が見える。

ドルト川の水がIII号戦車の車体前面に危険なほど高く打ち寄せるが、すぐに渡渉に成功し、戦車は再び堅固な地を履帯の下に捉える。

第2中隊の一戦車が土手で立ち往生したため、引っ張り出してやらなければならない。手前右側の戦車の車体機銃は、乾燥と清掃のため取り外されている。

この装甲救急車はゴム製の渡船で運搬されている。装甲車がドルト川にはまり込む危険性は非常に高い。

今や第1中隊のKfz15がゴム製渡船に積まれる。ソ連軍捕虜は渡河点の延伸に協力し、今では渡河作業を見守っている。

装甲兵員輸送車に比べれば、Kfz15の方が運搬は容易である。向こうにあるのは破壊された木橋。

第4装甲師団の戦車がスタリ＝ビホフに入る。

スタリ＝ビホフの正教会。写真右にあるのは放置されたソ連軍の乗用車。

スタリ＝ビホフの教会の前に放置されていたソ連軍の乗用車は、第4装甲師団の部隊用道標となった。後には第17歩兵師団の車輌がこの前を通過した。

第4装甲師団のオートバイ狙撃兵がスタリ＝ビホフで停車しているところ。

橋をめぐる戦いを詳細に報じた雑誌『国防軍』からの写真。当然のことながら、その報告の中には戦車の損失については触れられていなかった。フォン・コッセル先遣隊の戦車が撃破された場所は、中央のキノコ雲のすぐ横。

フォン・コッセル先遣隊の撃破された3輌の戦車が土手を完全に塞いだ。この1葉はドイツ軍部隊が橋の土手を奪還した後に撮影されたもの。

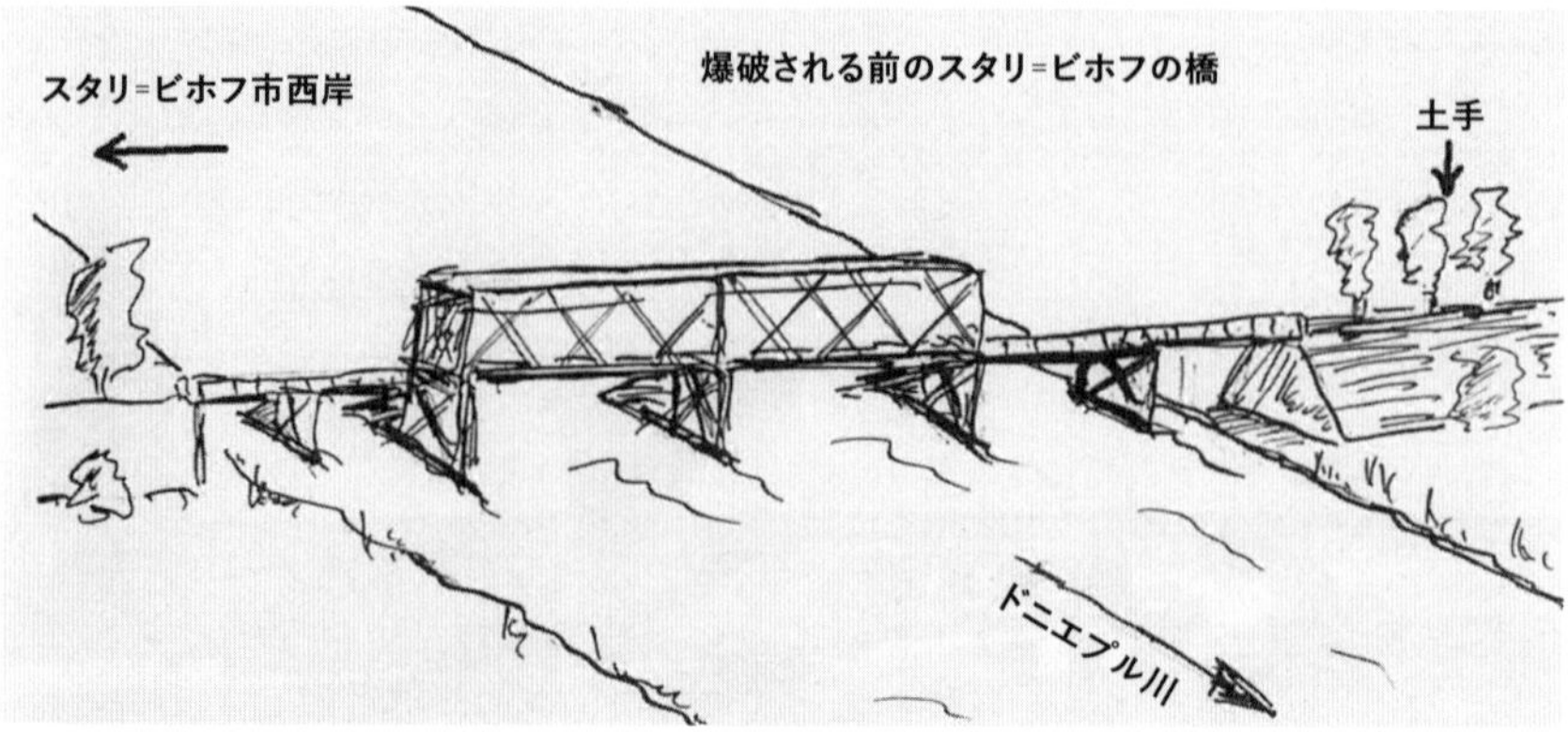

1941年7月4日にソ連軍に爆破される前の橋の姿を、戦いの後に描いたスケッチ。

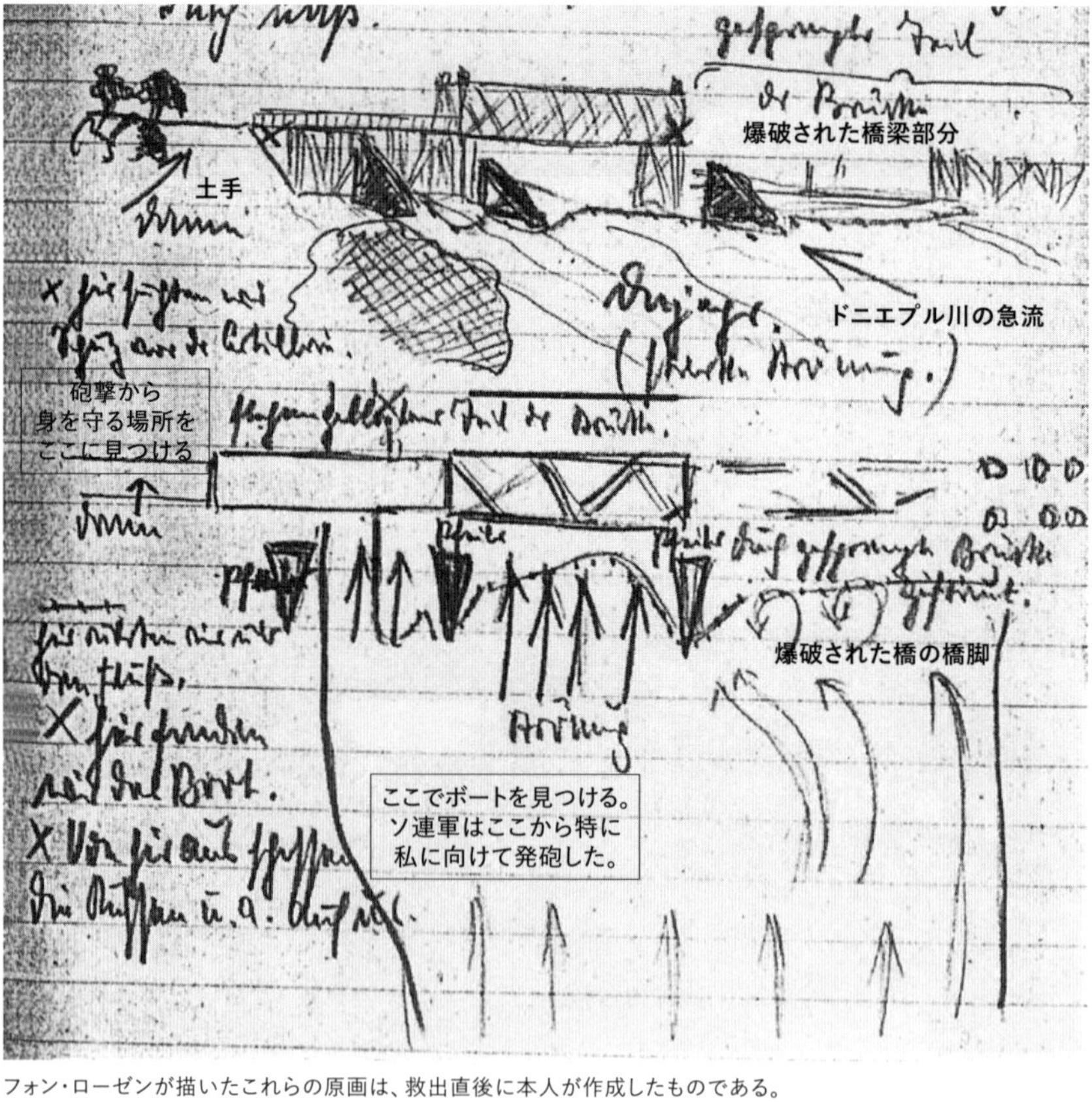

フォン・ローゼンが描いたこれらの原画は、救出直後に本人が作成したものである。

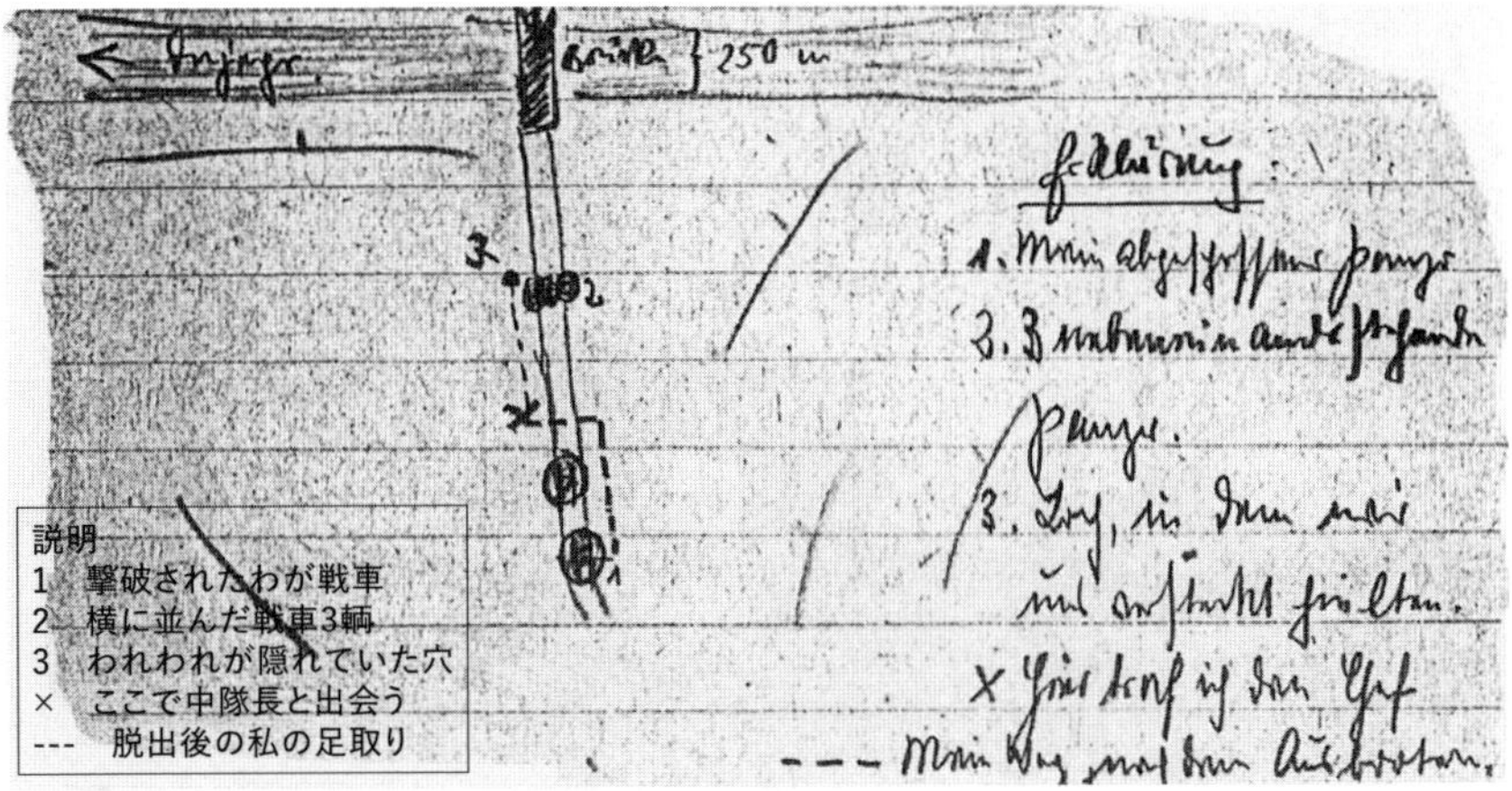

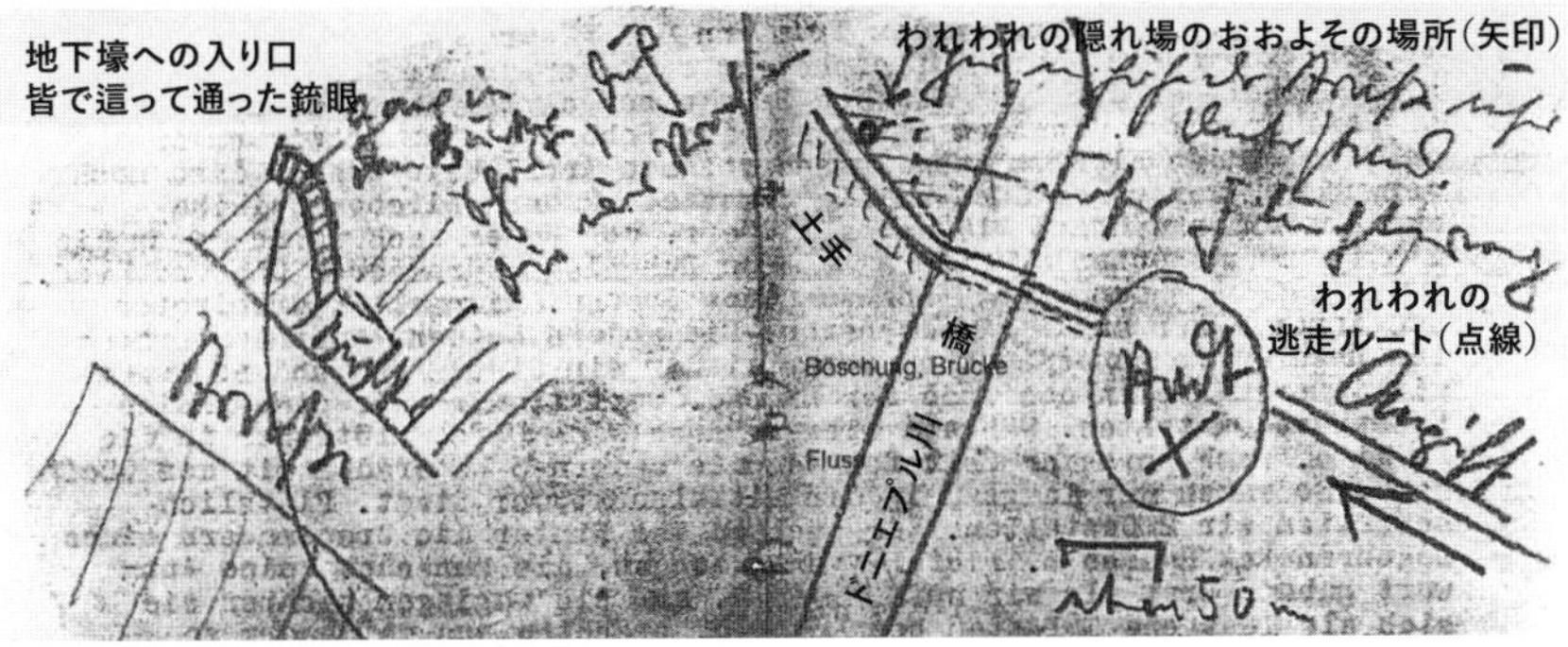

銃眼のある地下壕と下に続くトンネルの断面図　　地下壕、トンネルおよび入口の平面図

爆破された橋の手前、ドニエプル川の岸で休む歩兵。橋には狭い歩行板しか通じていない。渡河の可能性はまだない。

ここからは、依然として完全に保存されている橋の東部分がよく見える。工兵は既に架橋準備用の建材を調達している。

渋滞していた車列は、爆破された橋の左側に架けられた工兵橋を通ってようやくドニエプル川の対岸にたどり着くことができた。

工兵橋へと向かう長蛇の車列。これで更なる前進が可能となった。

看板によると、工兵橋の耐荷重は16トンである。したがって、この橋は実際には連隊所属の重いIII号戦車とIV号戦車がドニエプル川を渡るのには適していなかった。[※看板には「第159架橋大隊第2、第4中隊および装甲工兵によって1941年7月16日～18日に建造されたドニエプル橋」とある]

この写真では、橋脚の前に設置された流氷偏向器がよく分かる。第17歩兵師団の戦車猟兵大隊がちょうど工兵橋を渡っているところ。

第4装甲師団第35戦車連隊第I大隊長フォン・ラウヘルト少佐のIII号指揮戦車を写した写真2葉。指揮下の大隊の全戦車が熊をシンボルとして描いていたため、彼は「熊使い《ベーレンフューラー》」と呼ばれていた。

1941年7月、スタリ゠ビホフにおける第4装甲師団の戦車隊列。

ロングコートを着たフォン・コッセル中尉が、橋の土手で起きた出来事と脱出について、整列した部下に語っているところ。写真左から2番目はブルクハルト少尉。

急襲によってスタリ＝ビホフの橋を奪取しようとして失敗した作戦について、戦車連隊の将校に語るフォン・コッセル中尉。

Die Gräber in Stary Bychow an der Brücke
Lt. König (King) und seine Kameraden
橋の土手で戦死した戦友の墓。

第4装甲師団員のために林間の空き地で行なわれた野外礼拝。

左：リヒャルト・ケーニヒ少尉の墓。右：ズィークムント・ブロイ二等装甲兵の墓。

大隊付軍医が自車Kfz15の横で面倒な事務処理をしているところ。

丘に建てられた更なる墓。向こうでは戦友が進軍の続行を待っている。

できたばかりの墓の前で死者を偲ぶ。

III号戦車の上で休息を満喫する第1中隊の戦車乗員。

した。後方がどうなっているかなど、かまっていられなかった。われわれは、第I大隊がフォン・ラウヘルト少佐と共にわれわれの後に続き、背後の安全を確保してくれるよう願った。だが、実際はかなり違った。第I大隊は依然として遠く離れており、ようやくこの日の午後になってスタリ＝ビホフの街道で激しい戦闘を行ったのだった。大隊がドニエプル川にやってくるまでには何時間も掛かった。だが、われわれはその時点ではこうしたことを何ら知らなかった。さらに、ソ連軍がドニエプル川に「スターリン線」という強力な防御陣地を構築しており、これでドイツ軍の前進を最終的に阻止しようとしていたことも知らなかった。火砲・対戦車陣地は渡河に適するあらゆる場所にあり、特に橋のある場所では、深い梯陣形に配置された堡塁や塹壕、そして岸まで張り出した観測所がクモの巣のように岸辺付近の地を覆っていた。ソ連軍は川筋を守るために手に入るものは全て投入していた。われわれが後ほど気づいたことだが、スタリ＝ビホフの橋だけで六五門の対戦車砲が配置されており、これらが道を守ることになっていた。

そこで、われわれは橋を渡った後に一時停止し、中隊長が無線でほかの戦車に指示を出した。その後は大混乱になった。高架道路上のわれわれは格好の標的であり、左右から対戦車砲火を浴びる。「砲陣地、〇二〇〇時」と中隊長が私に叫ぶ。私は指示された方向に砲塔を旋回させ、榴弾を次から次へと撃ち出す。ソ連軍の陣地は完全に偽装されている。砲口炎でしか確認できず、どこから撃たれるか、どこを先に狙えばいいのか、まるで分からない中、いたる所で閃光が走る。突如として鳴り響く鋭い金属音、意識が朦朧としているところへ車体の下部前面に直撃弾。「左から砲火」と操縦手のフォルツ軍曹が叫ぶ。私は狂ったようにクランクを回して砲塔をその方向にもっていく。照準器を覗いてもほとんど何も分からないので、側面ハッチを押し開ける。これでは敵弾から身を守ることができないが、撃つには裸眼で見た方が良かった。暑さで空気が揺らめいていたため、照準器の中でも全てがぼやけて見えた。車体下部前面に更に二発食らうも跳弾、装甲は貫通されなかった。私は機械のように次々と撃ち、装填手が「装填よし」と叫ぶや発砲した。すると閉鎖機が自動的に開いて排莢され、装填手が再び装填した。じっくり考えている余裕などなく、いったん事態が本当に危うくなると、真の危険はほとんど意識されなくなった上、極度に敵に集中するようになった。

ケーニヒ少尉の乗った先頭車が反転し、われわれのそばを通り過ぎて橋の方へ疾走していくのが見えた。シュナイダー軍曹が乗る二番車も逆進してわれわれを通過していった。さては頭が完全にいかれたか？　今やわれわれが最先頭だ。当時の私には、両車ともに遠くまで行かず、命中弾を受けた後にわれわれのすぐ後ろで停止したということは分からなかった。私の持ち場では、照準器で前方を見るか、ハッチを開けて左を見るしかなかった一方、車長は全周覘視孔から状況を全て把握できる。停止した戦車が道を塞いでいるため、われわれにとっても戻る道はもはやなく、しかも道は高い土手の上を走っているため、横を通り過ぎることもできなかった。発砲し、命中弾を浴びながら、何分間そうやっていたのか、今はもう分からない。五分か、一〇分か。記憶の中では非常に長い時間だったように思える。突如としてわが戦車の後部が激しく炎上した。原因は何なのか、この状況では特定できなかった。機関室への直撃か、あるいはガソリン缶に命中しただけだったのか。いずれにせよ、戦車の後部だけでなく、すぐ横も激しく燃えていた。「脱出《ラウス》！」と中隊長が叫んだのとほぼ同時に、砲手ハッチからまず自分の頭を戦車の外に出し、炎の真っただ中に落ちたかと思うや土手を転がり落ち、ふと気づくとヤブの中にいた。つまずいて腹這いになりながら橋の方に進もうとしたが、遮蔽物が実質的にほとんどなかったので、辺り一面のタコツボにいる射手の標的にすぐになってしまった。耳のそばで銃弾が唸り、周囲の土を点々と舞い上げるのが見えた。中隊長やほかの乗員の姿は全く見えず、自分一人きりだった。どうしたものか。

私は死に物狂いで再び土手を駆け上がって一気に道を横切り、土手の反対側をまたも転がり落ちた。ここで横になって息を整え、再び標的にならないように、敢えて頭は上げなかった。すると、中隊長がゲールレ軍曹と共にこちらに這ってくるのが見えた。中隊長は腕に貫通銃創を負っており、見るからに痛そうだった。泥の中、私は彼の隣で横になった。われわれ同様に脱出を余儀なくされた別の戦車の乗員も、高めの草に辛うじて身を隠しながら全員こちらに這ってきた。私はズボンのポケットにだらしなく入れていた拳銃を取り出し、緊張からか自衛本能からか、ソ連軍陣地めがけてやみくもに撃った。だが、中隊長から「やめろ、弾を無駄にするな！」と言われてしまった。彼と私の間に対戦車砲弾がそのまま落ちた。ソ連軍の陣地からもこちらの小集団が見えたのだ。

ここから逃げねばならなかった。だが、どこへ？　周囲はソ連軍だらけだった。今や彼らが掩体から出てくると、いたる所に陣地があるのが初めて分かった。彼らにとって戦闘は終わり、今度は「ウサギ狩り」が始まった。こちらには武器がほとんどなく、彼らにとっては何でもなかったからである。われわれは、地面のどんな小さな起伏も掩体として使いながら、橋に向かって匍匐前進した。その時、先を這っていたプレッチャー伍長が突然、土手の中に通ずる穴を見つけた。それは、人一人が這って入れるほどの大きさだった。プレッチャーが地面から姿を消し、残ったわれわれはこの穴の中に前後一列、あるいは横二列になって這って入り、ソ連軍の視界から突如として消えた。ゲールレ軍曹だけが橋に向かって這っていた。彼がどうなったのか、戦死したのか、あるいは捕虜になったのか、今日に至るも分からない。

この穴は狭い地下通路への入り口で、一メートルを過ぎると急な登り坂になっており、一つの地下壕に通じていた。もっとも、そのことはこの時点では分からなかった。トンネルの中は真っ暗だった。差し当たって互いに密着しながら前後一列にうずくまって座り、ソ連軍がその壕の中にいるかもしれないと考えて、敢えてそれ以上は進まなかった。これで万事休すと思った。友軍ははるか遠くにいるし、われわれはソ連軍陣地の真っただ中にいるのだから、ここからどうやって抜け出られようか。助かるとは誰も思っていなかったが、それを口にする者は一人もいなかった。全員が押し黙り、途方に暮れ、感情を失っていた。自分にとって一つだけはっきりしていたのは、ソ連軍の捕虜にだけはならないということだった。ここに逃げ込むのに成功したのは誰か、今や私にも把握できた。フォン・コッセル中尉、プレッチャー伍長とフエッター伍長、トゥルバニッシュ及びオストヴァルト両一等兵のほかに、マルクグラーフ及びホフマン両二等兵もいた。これら全員が暗いトンネルの中で私の後ろに座っており、私の前にはレンナー及びビュフナー両二等兵がいた。そして今、ロシアの民間人が一人やってきて、トンネルの入り口にいるその二等兵二人の前に座った。彼は負傷して出血しており、泣き叫んでいた。そのうめき声でソ連軍の注意をこちらに引きつけるに違いなかった。どうすべきか。われわれは「口を塞ぐか始末しろ」とか何とか、レンナーとビュフナーに叫んだ。だが、事はそんなに容易なことではないし、列の三番目にいる私にもできることは何もなかった。いずれにせよ、時すでに遅し。トンネルの中では見えなかったが、ソ連兵は陣地から離れており、脱出した戦車乗員を探すために付近を整然と捜索していた。彼らは追い込み猟のように散兵線を張って進んでいた。何人かは既にわれわれの戦車の所におり、別の何人かはこちらの穴に真っ直ぐ向かってきた。

　突然、トンネルの前で粗暴な声が聞こえた。

「手を《ルキ》上げろ《ヴィエールフ》！」。負傷した民間人が四つん這いになって穴から這い出て行くと、私にはソ連兵のブーツが見えた。

「さあ《ダヴァイ》、さあ《ダヴァイ》！」。手のしぐさは見えなかったが、ビュフナーとレンナーが出口に這っていき、手を上げながらソ連兵に近づくと、喧噪の中で迎えられた。私は心臓が止まりそうになり、固まってしまった。前にはもう誰もいなかった。後ろの誰かが私の肩に両手を置き、あたかも私を放さないようにしていた。人生で忘れられない数秒だった。信じがたいことに、ソ連兵はトンネル内にドイツ兵がまだいるか確認せず、いつものようにトンネルの入り口に手榴弾を投げ込みもしなかった。もしそうなっていたら、私はそれを投げ返そうとしただろうし、もしソ連兵が這って入ってきたら、安全装置を外して用意していた拳銃で射殺していたことだろう。躊躇することはなかったと今までも思うし、事態はそれほど絶望的だったので、私はとうに観念していた。われわれが助かったのはなぜだろうか。

　この劇的な一瞬一瞬にも、ドイツ軍戦闘機が一機、ソ連軍陣地の上を低空旋回しながら搭載火器で敵を掃討していた。ソ連兵は掩体に隠れ、何度かの来襲を耐え忍ばねばならなかった。彼らはこちらへの注意をそらし、自らの安全を考えた。われわれはトンネル内に居座り続けた。誰もが自分のことで精一杯で、ある者は無感情になり、ある者は不安で緊張していた。今だけはしっかりしろ、諦めるな、私はそれだけを考えていたが、当初は頭の中が完全に混乱していた。気をしっかり持て、他人に影響されるな。フェッター伍長がトンネル入口の安全確保を引き継ぎ、私が中隊長の所へ這っていくと、どうやって戦車から脱出したかを彼が小声で説明してくれた。私が戦車から出た瞬間、ホーフヴェーバー二等兵も装填手用ハッチから脱出しようとしたが、戦車右側面に直撃を受け、重傷を負ったのだという。ひどい叫びようだったらしい。彼を助けることは誰にもできなかった。私はまさに一瞬早く脱出していたのだ。操縦手のフォルツ軍曹と通信手のハルトマン一等兵がどうやって脱出したのかについては彼にも分からなかった。二人の姿は見えなかった（フォルツはソ連軍の捕虜になったが、一〇日後にスモレンスクを占領したドイツ軍部隊に解放された）。コッセルとは、捕虜になることについても話した。生きたままソ連軍の手に落ちるつもりなどないことは、われわれには自明のことだった。私は拳銃をフェッター伍長に渡していた。中隊長には、その時が本当に来たらまず私に一発撃ってから自分を撃つよう頼んだ。この言葉は今日の読者には非現実的で驚くべきことに聞こえるかもしれない。だが、私はそれを今もはっきりと覚えている。コッセルは不思議そうにこちらを見て何も言わなかった。彼はきっと撃たなかっただろうと私は確信している。

われわれは既に一時間半、地下トンネルの中で座り込んでいたが、こちらを発見してくれてもいいはずの第I大隊の仲間の姿は全く見えなかった。外でソ連軍の銃声が時々高まるたびに、ドイツ軍の攻撃に押されているのだろうと願った。だが、何度もがっかりさせられた。まったく、友軍はどこにいるんだ。われわれはもう見捨てられたのか。何かが起きてもいいはずだった。誰が最初にそうしたのかはもう覚えていないが、われわれはトンネルの最後の五メートルを越え、小さな地下壕の中にたどり着いた。それは土手の頂上、つまり道路高の部分に直接設置されていた。大きさはだいたい二メートル四方で、背筋を伸ばして座れるほどの高さだった。天井は厚い梁が一層になっており、われわれには知る由もなかったが、外側は芝生で覆われていた。その地下壕は、土手の斜面に銃眼あるいは観測孔が一つ設けられており、一定の高さからドニエプル川の前方地とソ連軍の陣地全体を見渡すことができた。ここでわれわれは今や八人になった。隣り合って、というよりも重なり合って身を横たえ、トンネルから掩蔽壕に変わる箇所を、壕の中で見つけた麻袋で覆った。少なくとも、トンネルからは袋を外さなければこちらが見えないので、いくらか外界から閉ざされたように感じられた。おそらく単なる思い込みにすぎなかったのだろうが、当時はこれで心理的に大いに助けられたものだ。初めて一息入れることができたわれわれは、自分たちの置かれた窮地に今ようやく気づいた。フェッター伍長が私の拳銃を持って壕の入口に座り、ソ連兵が一人でもトンネルを通ってやってくれば射殺するよう準備を整えた。

私は銃眼に直接横たわり、この一帯を観察すると、ソ連軍陣地に加え、巧みに偽装した狙撃手を何人か発見できた。その背後には大河ドニエプルが悠々と流れていた。

対岸にはスタリ＝ビホフの家並みが見えた。そこにはドイツ兵はおろか、動物一匹いなかった。中隊長にとっては特に辛い状況だったろう。傷は痛むだろうし、わずかの包帯もなかったからだ。全ては戦車の中に置きっぱなしだった。時々、外で機関銃一挺の発砲音がした。そしてまたもソ連兵の声が聞こえた。彼らは何かを大声で話し合っており、声がまた近づいてきた。われわれは息を殺した。助かる一縷《いちる》の望みもほとんど残っていなかった。今やソ連兵はすぐ近くにいた。草の中で足を引きずる音が聞こえ、今やわれわれのすぐ真上で立ち止まっていた。パラシュートなしで飛び降りたような気分だった――いつか衝突し、全ての苦悩が終わる。彼らの足元の地面はうつろに響いたに違いない。一人が何度か足を踏み鳴らすと、天井と壁が揺れて土が中に降ってきた。さあ、これで捕まるな。興奮した声が聞こえた。ロシア語ができれば一言一言がはっきり分かっただろうに。彼らは再びゆっくり遠ざかっていった。今日は本当に奇跡が次から次へと起きた！　見つかったのか、またも難を逃れたのか、われわれには分からなかった。私は念のため銃眼を内部から土で塞ぎ、外から点検されても中が暗くて容易に見通せないようにした。これで隠れ場所が更に暗くなったが、大したことではなかった。とはいえ、これで落ち着いた。いくらか楽に横になれるよう、われわれは素手で地面を掘った。なぜそんなことをしたのだろうか。おそらく全くの自己保存本能だったのだろう。この作業で気が少し紛れ、助かる希望がいくらか湧いてきた。

ソ連軍の銃撃が再び盛んになった。砲撃も行われており、重砲弾が風を切りながらわれわれの頭上をスタリ＝ビホフ市の方向に飛んで行った。それを見ることはできなかったが、着弾から目標を推測した。とりわけ強い衝撃がし、われわれは縮み上がった。またしても天井と壁から砂が降ってきた。これは何だろうか。砲弾などではない。誰かがこう言った。「ソ連軍が橋を爆破したんだ」。もしそうなら、われわれ全員が終わりだ。味方が橋を越えて助けに来てくれるという最後の望みが絶たれてしまった。どうしてまたもこんな辛い目に。われわれは小声でのみ話した。互いに励まそうとした。そうしている間にも重苦しいほどの暑さになった。外では太陽が高く昇っていた。手元に飲み物は何もなかった。もう五時間もこの穴の中にいた。今日は助けが来ないことは、かなりはっきりしていた。今やソ連兵が再びやってくると、われわれは気力なく横になっていた。壕の前で、いや、壕の上でも彼らの足音がするのがはっきり分かった。相変わらず負傷者や姿をくらましたドイツ軍戦車兵を探していた。こちらに気づかれぬよう、今はどんなことがあっても声を出してはならなかった。ソ連兵が、停止したわれらが戦車の場所に移動し、われわれがいる地下壕をもう少し詳しく検分しようと思い至らなかったので、ほっとした。おそらく、この狭いトンネルの中を這って汚れるのが嫌だったのだろう。じきに外で大きなわめき声と騒ぎ声が聞こえた。ソ連兵がわれわれの戦車の中に入り、遺留品を分けようとしているようだった。私はカメラも個人携帯品も丸ごと戦車の中に残してきた。何時間たっても彼らがそこでガヤガヤと話しているのが聞こえた。時間はゆっくり緩慢に流れ、数分が数時間に思えた。壕の中の酸素が薄くなり、咳き込む者もいた。咳は骨身にしみ、どれだけ意志が強くても抑えることができなかった。ソ連兵に聞こえないことを願うしかなかった。この絶望的な状況に対する反応は人それぞれだった。私はひどい下痢、いわゆるピーピーになっていた。自分に残されていたのは、空になったトンネルに這っていき、そこに両手で窪みを掘ることだけだった。もちろん、紙など全く持ち合わせていなかった。われわれはまたも緊張した。銃撃はかなり前にやんでいたが、不意にまた始まった。どうもソ連軍がわれわれの真上の道に機関銃を据えて短連射しているようだった。どこに撃っているのかは分からなかった。突如として、ドイツ軍のMG34の発砲音がそれに割って入った。聞き慣れた音は完璧に聞き分けられた。もしや友軍が助けに来たのだろうか。

だがその時、撃っているのはソ連軍だと気づいた。われらが戦車の無傷の機関銃を使っていたのだ。この銃火が誰に向けられているのか当然わからず、われわれはまたも神経が引き裂かれるほど緊張した。しばらく銃撃がやんだかと思うと、不意にまた近くや遠くで始まった。かくして午後が過ぎていく中、われわれは絶望し、運命に甘んじながら、ぼんやりと前を見つめていた。私は繰り返し自分にこう言い聞かせようとした。われわれは損害もなく厳重な防御陣地を突破して町に入り、無傷で川を渡ってきたじゃないか、と。撃破された時も自分は負傷しなかったし、その後、遮蔽物がほとんどない開豁地で伏せてもわれわれは無事だった。この隠れ場所を見つけても、ソ連兵にはこれまで見つかっていない。全てがうまくいっていたのに、最後の最後になって何かがうまくいかず、助からないなどということがあり得るだろうか。

そんなことはあり得ないし、あってはならなかった。戦時だからこそ、私は祈りを忘れたことが一度もなかったし、特別に守られているのだと固く信じていた。何度も何度も、そう自分に言い聞かせた。フォン・コッセル中尉は傷に苦しんでいた。われわれは脱出の可能性につわれわれは脱出の可能性について話し合い、壕から出て泳いで川を渡ろうかと考えた。いが、ソ連兵がいたる所に布陣している上、どこに哨所や歩哨を配置しているかも分からなかったため、これは全く見込みなしに思えた。われわれに分かっていたのは、真上の道路に機関銃が据えられているということと、それが時たま短連射を繰り返していることだけであり、それに改めて肝を冷やしていた。しかも、外では今ごろ月が照っており、川にたどり着くのに横断せねばならない開けた地には、遮蔽物がほとんどありそうになかった。この企ては完全に無意味に思えた。なおも希望に思えたのは、翌朝にもし準備が整っていれば、味方がドニエプル川への攻撃を再開し、ここから助け出してくれるということだった。ひょっとして橋はまだ通行可能ではないかという希望もあった。外が暗くなり、月がいま雲に隠れる中、疲れ切ったわれわれの多くが寝入ってしまった。大きなイビキをかいたり、寝言を言ったりすると、揺さぶって起こさねばならなかった。夜は静まり返っており、どんな音も遠くまで聞こえた。またも足音にはっとした。待ち焦がれた夜でさえ、安らぎにはならなかった。足音が近づいてきたが、奇妙なことに人間の歩き方ではなかった。今やその音が真上に聞こえると、またも天井と壁から砂がわれわれの上に降ってきた。すると突然、頭上で鳴き声がし、牛がのんびり草を食んでいるのだと分かった。ソ連兵が話しているのが再びはっきり聞こえた。われわれの戦車の中にまだいるに違いなかった。何が起きているか、トンネルを下って入口から確かめてこいと中隊長に命ぜられた。トンネルの入り口に一時間ほどいると、ソ連兵がわれわれの戦車の中で明かりを灯しており、使えそうな物を相変わらず物色しているのが見えた。ソ連兵の手に落ちた無線関連の機密文書のことを思い、ぞっとした。われわれの壕の真上の道路に歩哨が二人立っているのも見えた。その間も月が煌々と照っており、銀の帯のようなドニエプル川が見えた。時々そこに照明弾が上がった。味方がもうスタリ＝ビホフにいるのだろうか。またも静まり返った。仲間の不規則な呼吸音しか聞こえなくなった。夜が明け始めたが、われわれがいる場所は嫌というほど寒かった。じきに明るくなり、私は腹具合にひどく悩まされた。

一九四一年七月五日。時計は〇四〇〇時を指していた。ドイツ軍の攻撃にとって最適の時がやってきた。しかし、動きは皆無だった。はるか彼方にドイツ軍戦車のエンジン音が聞こえると信じることで、再び希望が湧いてきた。だが、何も起きなかった。ドイツ軍機が一機、陣地の上を飛んでいた。〇五〇〇時になっても、依然として何の動きもなかった。われわれが解放されることは今日もないのだと、今や徐々にはっきりしてきた。心底がっかりした。再三にわたってソ連軍に気をもまされ、時が経てば経つほど、自分たちだけではどうしようもないことが明白になってきた。暗くなる夕方に壕から出て、ドニエプル川を泳いで渡ろうかと話し合った。われわれに残されたチャンスはそれしかなかった。昼頃にまた恐ろしく暑くなった。空腹は我慢できたが、喉の渇きは本当に辛かった。舌が口蓋に張り付き、体もヘトヘトだった。血迷った目で前を呆然と見つめ、運命に身を委ねた。夕方になれば逃げられるかもしれないという思いだけが気力を保つ助けになった。自分を見放したくないのであれば、やるしかなかった。越えねばならない土地を銃眼から観察した。岸辺にはソ連軍の前哨があるものと考えていたが、正確には何も分からなかった。ドニエプル川の対岸には何があるのか。そこには友軍がもういるのだろうか。今度は脱出について詳しく話し合った。銃眼を通って壕を出ようとした。そのためにはそれを大きくせねばならなかった。どの順番で壕を出るかを決めた。決行時刻は二二〇〇時に設定した。その頃には暗くなっているはずだった［※この時期の同地の日没は二一時半頃］。ソ連軍は既にこの地を何度も隈なく捜索していたので、自分たちの陣地の間にドイツ兵が隠れているとは思うまいと、われわれは推測した。ここの前線が三六時間も静かだったこともあり、おそらく歩哨もさほど警戒していないだろう。チャンスがあるとすればそこだった。われわれはそのようなことを自分に信じ込ませた。道路の土手に沿って川と橋まで腹這いになって進もうと思ったが、距離は概ね二五〇メートルから三〇〇メートルはあるはずであり、そこを遮蔽物なしで進まねばならなかった。

この日も前日と同じように時間がゆっくり経過した。ドイツ軍の砲兵隊が何度かソ連軍陣地を砲撃し、榴弾がわれわれの直近で炸裂した。一発でもわれわれの壕に命中すれば万事休す、この苦悩も終わるだろう。夕方頃、われわれの緊張と苛立ちは更に高まった。ほとんど誰もが奇矯な振る舞いをした。ある者は急に聞こえにくくなり、ある者は小便が止まらなくなるという異常な事態もあった。幸いなことに、履いている長靴が手渡しで回された。私自身の体調については前述したとおりである。この三六時間の間に八回から一〇回はその場を離れたと思う。二日間なにも食べていなかったのだから、そもそも腸には何もないはずだった。夕暮れがいよいよ迫ってきた。依然としてうだるように蒸し暑い上に、夕立が発生した。だが、われわれはそれを待っていた。二〇〇〇時頃に雷が鳴り始め、雨はほとんど降らなかったが、空は曇っていた。今夜は月がほとんど出そうになかった。われわれはこれを吉兆と捉えた。二一〇〇時頃、中隊長から合図を受けた私は、ポケットナイフで慎重に銃眼を開け始めた。ゆっくりながらも着実に行った。今や人一人がやっと通り抜けられるほどの大きさに開いた。われわれは最後の準備をし、鉄鋲の音でこちらに気づかれないよう、軍靴を脱いだ。戦車兵用の黒ジャケットも脱いだ。這う際に邪魔になるからだ。中隊長は、自分が先に進めなくなったとしても情けは一切無用だと言った。だが、われわれにとってそれは全くの論外だった。われらが中隊長を見捨てる――そんなことは絶対にできない！　一〇分後に準備完了し、緊張が頂点に達した。すると雲が切れ始め、全てがまたも月明かりに照らされてしまった。時折、一片の雲がやってきた。今や一刻たりとも無駄にできなかった。状況が有利であろうとなかろうと、すぐにでも始めねばならなかった。草原には霧が薄っすらかかっていた。一番手として壕から出ることになっていたのはオストヴァルト上等兵だった。彼の上半身が開口部をゆっくり押し進むのを、われわれはハラハラしながら見守った。既に外側に出たに違いないと思ったところへ、勢いを付けてまた戻ってきた。神経が極度に張り詰めた。二度目も同じで、三度目になってようやく彼の身体が完全に外に滑り出た。ソ連軍には何の動きもなかった。中隊長が次に続き、開口部から両脚を素早く外に出し、三番手として私の番が来た。頭を突き出すと、中隊長が三メートル前方で土手を這い下りているのが見えた。わずか数メートル向こうにイワンがいるのは分かっていたので、首筋に悪寒が走った。いつ首を撃たれるだろうか。私は思い切って外に出て、できるだけ音を立てずに中隊長の後を追った。賽は投げられたのであり、もうどうでもよかった。私はなるべく頭を低くした。ここの草は特に低かったが、そこから先はいくらか高くなり、少なくとも多少は身が隠せた。今や這って中隊長の目前に来たが、一番手のオストヴァルト上等兵の姿は見えなかった。事前に申し合わせておいたのと違う方向に行ったに違いなかった。われわれの後ろにはプレッチャー伍長とマルクグラーフ、そしてホフマンが続いていた。ほかはどこに行ってしまったのだろう。フェッター伍長とトゥルバニッシュは？　先に行かねば。われわれは草の中を腹這いになって進み、一メートルまた一メートルと土手の底部を苦労して前進した。突如として左手に金属音がした。ソ連軍の機銃手が武器を扱っているような音だった。何も見えなかったが、明らかに弾を装塡し続けているように聞こえた。押し殺した声が聞こえた。おそらく歩哨がこちらを見つけたのだろうが、銃が装弾不良を起こしたのだろう。われわれは地面に体を押しつけ、伏せたまま待った。私は今はマルクグラーフと一緒に先頭におり、残りは数メートル後ろにいた。われわれは今や己の運命を予期した。ソ連軍の陣地全体を警戒させるには一発で十分だっただろう。そうなったら一目散に川まで走ることになっていた。成算はあまりなかった。こうしている間にも真夜中になっているはずだった。不意に何かがシュルシュルと音を立てて飛来し、鈍い爆発音、強い衝撃波が生じてから泥の塊が降ってきた。ドイツ軍の火砲がまたもソ連軍陣地に攪乱射撃を加えており、よりによってわれわれはそこを通り抜けていかねばならなかった。

おそらくソ連兵は砲火を前にして頭を引っ込めたのだろう。彼らがこちらに気づかなかったことを説明できるのはそれしかない。これはチャンスだったが、友軍の砲火の中で横になっているのも、何とも居心地の悪いものだった。遠くでドーン、ドーンと砲声が聞こえた。数秒後、砲弾がシュルシュルと飛来し、われわれの周囲で炸裂した。砲火に乗じ、四つん這いになって今までより速く進んだ。川に近づいた。橋があるのが早くも見て取れたが、川の中央からこちら側までは橋があったものの、残り部分は爆破されて崩壊しているのが見えた。その瓦礫は川の中と対岸の手前の土地に横たわっていた。川の近くの土地はいくらか起伏しており、所々に背の低いヤブがあった。われわれは橋に到達した。第一目標は達成した。マルクグラーフがふと、アシに隠れた手漕ぎボートが下の川面に浮いているのに気づいた。最初は信じられなかったが、私にもそれが見えた。おそらく注意力がいくらか散漫になっていたのだろう。私はソ連軍の歩哨に全く気づかず、一気にボートに乗り込んで調べた。オールは手元にあった。突如として何かがシュルシュルと飛んできて、数メートル手前に水柱が高く上がった。私は身を隠そうとボートの中に伏せたが、木の壁ではさほど安全ではなかった。またも一飛びしてこのボートから降り、別のを探した。

プレッチャー伍長は橋の近くのアシの中で伏せていた。その横に脱ぎ捨てられた衣類があるのを見て取った私は、中隊長はどこですかと訊いた。彼は川を指さし、中隊長は向こう岸まで泳ぐつもりだと言った。対岸の友軍歩哨にわれわれのことを知らせ、できれば助けを呼ぼうとしているのだという。だが、対岸にいるのが味方なのか敵なのか、われわれには依然としてまるで分からなかった。その時、巨大な水柱がわれわれの頭上で崩れ、いつまでも止もうとしなかった。橋がまだ立っている箇所の下に残されたわれわれ四人は、本能的に上へ、つまり車道の真下へと逃げた。ここなら多少は身を守れたし、発見もされにくかった。われわれは身を寄せ合ってしゃがみこんだ。およそ二〇秒ごとに砲撃があり、榴弾が川あるいは対岸のいくらか手前、あるいはいくらか向こうに着弾するのが見えた。砲弾の破片が橋の上にバラバラと落ちるのが聞こえ、本当に生きた心地がしなかった。真向いの岸は煌々と照らされており、被弾した家がすぐに炎上した。突如として両岸から照明弾が上がり、対岸に落ちた。ソ連軍が何かに気づいたに違いなく、中央の橋脚を狙って発砲しているのが見えた。ちくしょう、もしや中隊長があそこにいるのか！　今やわれわれにもどうすることもできなかった。今度は反対側からも機銃火を浴びせられた。陣地全体が大混乱だった。われわれのすぐ近くにまたも斉射が何度か加えられたので、もはやここには留まれなかった。

われわれは、あれこれあまり考えることなく手漕ぎボートに突進し、プレッチャーがオールを引き受ける一方、マルクグラーフとホフマンはボートの中に寝そべり、私はそれを岸から押し離してから飛び乗った。ところが、砲撃で切れて橋からぶら下がっていた電話線に絡まってしまい、容易に進めなくなってしまった。プレッチャー伍長が遂にそれを解くや、今度は川の流れに引っ張られて翻弄されてしまった。押し流されたものの、プレッチャーがようやくオールで方向を定め、ボートを安定させることができた。われわれは流れに逆らってゆっくり進んだ。下流に当たる橋の下手には機銃座の巣があることが分かっていたため、橋の下をくぐって上流に向かった。最初の橋脚でまたも電話線に絡まってしまい、大いに苦労したあげくにようやくそれを解いた。川の流れによって橋脚に押しつけられたボートを私が押し離すと、その手前に設置された大きな流氷除けの後ろに初めて隠れることができた。奔流の中、今度は次の橋脚に向かって第二の流氷除けの後ろに隠れねばならなかった。プレッチャーが全力でオールを漕ぎ、徐々に次の橋脚に近づいた。そこでソ連軍に気づかれたに違いなかった。今回ばかりは疑いようもなく、銃弾が周囲で水をはねた。われわれは当初、対岸から銃撃されているものと思い、友軍がわれわれをソ連軍の斥候と見ているのだろうと考えて、こう叫んだ。「撃つな、味方だ！」。三回ほど叫んだだろうか、今となっては本当に奇跡だが、ソ連軍は撃ち方をやめた。われわれは今や第二の流氷除けの後ろに隠れており、そこから流れの緩やかな場所に移った。すると突然、「プレッチャー、プレッチャー」と弱々しく呼ぶ声が聞こえた。あれは中隊長じゃないか！　急いで岸に着くと、私はボートから飛び降りて川の中を歩いた。最初は浅かったものの次第に胸の深さになる中、破壊された橋の梁につかまりながら、中隊長の声がした場所に向かった。コッセルはここの梁につかまっており、よろめきながらこちらに歩み寄ってきた。彼は疲れ果てていた。われわれは無事に岸に着き、四方を守られた穴の中でとりあえず横になった。ここで初めて一息ついた。われわれ五人は幸運にもドニエプル川を越えた。全員が疲労困憊していたので、この脱出行が成功したのがほとんど信じられなかった。とはいえ、フェッターとトゥルバニッシュ、そしてオストヴァルドがどうなったのか、われわれには分からずじまいだった。

今や川原から岸辺の高みに移動する必要があった。細心の注意を払うべきは、ここのどこかに歩哨を置いているはずの友軍に撃たれて負傷などせぬようにすることだった。私はプレッチャー伍長と共に川原を這い、中隊長のために次の休憩場所を探した。川の間近に留まることができなかったからである。夜明け前にはここを去らねばならなかった。しばらく待っていると、中隊長がほかの二人とこちらに這ってきた。またも少し長めに小休止せねばならなかった。最後の一踏ん張りのため、改めて気を引き締め直した。私が中隊長のもとに留まる一方、ほかは友軍の歩哨を見つけ出そうと匍匐前進していた。あそこのソ連兵がまた何かに気づいたようだった。川の中ほどの、橋が残っている場所に機関銃一挺を据え、こちらの方向に何発か撃ち込んだのが曳光弾の弾道で分かった。またも頭を泥の中に突っ込んでいると、これも終わった。今や中隊長は戦傷で大変苦労しており、私はゆっくり這って共に先に進んだ。橋の端には瓦礫が散乱しており、せめてもの遮蔽になりそうだった。プレッチャーは、岸から町に至る急な上り坂を今や一人で歩き、最初の家々に着いた。われわれは、そこで待っていた彼とども常に遮蔽物を探しながら、家並みに沿って町の中に次々と忍び込み、家々の間を飛び越えた。約一五〇メートル離れた場所で道が最も高くなり、板塀が道路の視界を遮っていた。明るくなったため、これまで全てが敵側から丸見えだった。障害物を迂回しようとした時、われわれの一人が不意に味方の歩哨に気づいた。その歩哨はこちらがやってきたことに気づいておらず、注意を怠っていた。われわれは物陰から「そこの歩哨!」と呼び掛けた。完全に虚を突かれた彼が銃を構えると、われわれは正体を明かし、「撃つな!」と叫んだ。手を上げたまま彼に駆け寄ったが、できれば抱きしめてやりたかった。だが中隊長は、われわれがやってきたことに気づかなかったこの歩哨に、まずは大目玉を食らわせねばならなかった。歩哨に付き添われてその部隊のもとに連れて行かれると、当直将校が自分のキューベルワーゲンでわれわれを第35戦車連隊本部へと送り届けてくれた。本部はスタリ゠ビホフ外れの林の中にあった。われわれは朝の〇四〇〇時頃にそこに到着した。フォン・コッセル中尉が連隊長のキューベルワーゲンにゆっくり歩み寄ると、そのシートではエーバーバッハ大佐が寝ていた。コッセルがドアを開けるとエーバーバッハ大佐が目を覚ました。「コッセル!」。それ以上の言葉は出ず、二人は互いに抱き合った。われわれは、助かったことがいまだよく飲み込めず、言葉にならなかった。全身ずぶ濡れで上着も靴もなく、ボサボサの髪のまま連隊長の前に立っていた。本部員全員に非常呼集がかけられた。乾いた衣類とコートをもらい、コニャックの瓶が回され、厨房からは温かいブイヨンスープと鶏肉が持ってこられた。ここで知らされたのは、橋がまだ無傷だった二日前にブルクハルト中尉と四人の乗員が既に戻っていたということであり、われわれが到着した四時間後には、ドニエプル川を下って泳ぎ切ったフェッター伍長が戻ってきた。トゥルバニッシュはその際に溺れ、オストヴァルトについては手掛かりが皆無だった。したがって、元々の二五人のうち計一一人が帰還したことになる。ずっと後になって知ったことだが、わが戦車の操縦手フォルツ軍曹は、ロスラヴル［※ロスラヴリ］が占領された際にオストヴァルト伍長ともども一〇日間の捕虜の身から解放された。フォン・コッセル中尉はとりあえず連隊の戦闘指揮所に残り、それ以外のわれわれは〇六〇〇頃に原隊復帰し、温かく迎えられた。われわれが戻ったとのニュースは野火のごとく広がっていた。差し当たって食べ物をいくらかもらったが、〇八〇〇時頃に中隊全員が整列、古着を着た中隊長がたいそうな包帯をして現れた。彼は私に別れを告げた後、ベルリンのシャリテ病院に空輸された。一週間後に戻ってくるという——われわれはともかくもそうなることを願った。彼の代理はロスヒルト中尉になった。コッセルはその後、実際には二週間後にわれわれのもとに戻ってきた。残されたわれわれは、初めて丸一日ひたすら眠った。こうして過度の睡眠不足を取り戻した。連隊の命により、プレッチャー伍長と私は報告書を連名で記したが、それについては七〇年後の今日でも要点を挙げることができる。あの出来事は当時の私の記憶の中に、しかと刻まれた。われわれは新たな制服を着用し、私は今やブルクハルト少尉の戦車に砲手として乗り込んだ。その車輛は調子が良かったので、さほど手が掛からなかった。われわれはとりあえず横になって休んだ。私は、既に届いていた誕生日の郵便物を受け取った。両親からの小包の中には腕時計が！　人生初の時計だ！

　われわれはその後まもなく出発し、スタリ＝ビホフを占領した朝に通った前進路をまじまじと見た。町外れの素晴らしい森の中で再び待機態勢に入った。多少くつろぎ、水以外は必要な物が揃っていた。われわれはドニエプル川への攻撃が再び命ぜられるまで、ここに留まることになった。師団のオートバイ狙撃兵は川のすぐ手前にいた。飛行場自体にはメルダースの航空団の一部が駐屯していた。彼らは居住用の車輛や幕舎、野営用ベッド、ラジオなど、あらゆる物を持っていた。彼らがビールその他を必要とすれば、ユンカース輸送機が持ってきてくれた。片やわれわれは、使えるわずかな水で体と服を清潔に保たねばならず、途方もなく苦労した。われわれはブタのごとく汚れていた。戦車の横に幕舎を張り、毛布にくるまって寝た——それで全て満足だった。時が無為に過ぎる中、われわれは明日をも知れぬ生を再び満喫した。私はその晩、敵前で勇気を奮ったとして七月一日付けで伍長《ウンターオフィツィア》に昇進することを知った。全くの突然にこのようなことになり、ほとんど信じられなかった。少尉がシャンパン一本を手に入れてくれ、戦車の横で焚火を囲みながら一緒に飲んだ。

翌朝、「敵前での勇敢な行動」によって私が伍長に昇進した旨、整列した中隊員の前で発表された。午後には正式に下士官団に迎えられ、夕方には歩哨係として初の当直に就いた。ソ連の爆撃機一機がわれわれの真上を低空飛行しただけで、極めて平穏に過ぎた。この晩に歩哨を監督した私は、自分の肩章に銀モール《トレッセ》が本当に付いているかどうか、何度もそこに目をやった。

一九四一年七月一〇日、師団はドニエプル川対岸への攻撃を開始したが、今回は急襲ではなく、砲兵隊と空軍による相当な攻撃準備射爆撃の後に行われた。同日一一〇〇時、私はドニエプル川から帰還した戦友と共に連隊長のもとに出頭せねばならなかった。われわれは二級鉄十字章を授かり、ブルクハルト少尉とプレッチャー伍長は一級鉄十字章を受章した。私は誇らしかった。しかし、この日には予期せぬことがもう一つあった。フォン・コッセル中尉と共に復帰したわれわれ四人とブルクハルト少尉は、スタリ＝ビホフに向かうよう午後に大隊から命ぜられ、そこで第一陣部隊と共にドニエプル川を越え、わが戦車隊の面倒を見ることになったのである。その際は工兵小隊の分隊一個が随伴し、これがゴムボート一隻を運搬した。二輛の軽牽引車に乗ったわれわれは、かつての進撃路を走ってスタリ＝ビホフ市を抜け、橋の上手約一五〇メートルで停止した。対岸にはまだソ連軍がいた。二機のMe110がそこの陣地を低空攻撃するのを目撃したほか、狙撃兵連隊の最初の部隊が橋の残骸を越えて対岸に前進するさまを見届けた。彼らが間もなくそこに足場を固めると、初の捕虜がこちらにやってきた。今やわれわれも橋を乗り越え、またも対岸に戻った。道路の左でケーニヒ少尉の遺体を真っ先に見つけたが、彼の制服でそれと分かっただけだった。ぞっとする光景に、私は大きな衝撃を受けた。われわれは捜索を続け、戦車の横や道の上、岸辺の草地に散乱する戦友を発見した。まずは、私の装填手を務めていた若手のホーフヴェーバー。彼はひどく傷つけられており、ソ連軍にとどめの一発まで受けたに違いなかった。それからクロンペルト、リンデンベルガー、シュテーセル。シュテーセルは戦車の中に座ったままであり、リンデンベルガーもそこで直撃弾によって頭をもぎ取られていた。更に離れた場所にはゲールスベルガーが横たわっており、最後にはハンス・エーバースベルクも見つかった。彼は後退する戦友を勇敢にも掩護し、その際に腹部銃創という致命傷を負っていた。彼の戦友たちが連れて行こうとすると、自分のことは放っておき、これ以上かまうなと言ったという。ただ、両親にだけは手紙を書いてほしいと。同じ戦車に乗っていた仲間や近しい仲間がこんな恐ろしい状態――手足がバラバラになり、腐乱し、ほとんど見分けがつかない状態――になっているのを目の当たりにしたことは、この戦役中で最も辛いことだった。

自分の戦車に行ってみると、まだ使える物がいくつかあった。しかし、ほとんどの貴重品はソ連兵に奪われていた。そうこうしているうちに宣伝中隊員が一人やってきており、およそ可能なあらゆる場所で写真を撮った。われわれが隠れていた穴ももう一度見たが、ここから無事に出てきたのは奇跡としか言いようがなかった。夕方になると、オートバイ伝令によって呼び寄せられた中隊の一部が到着した。戦友の墓を掘り、そこに軍人らしく質素に埋葬してやった。なぜ彼らは死なねばならず、自分は命拾いしたのだろうか。

スターリン線を突破

七月一一日早朝、進撃準備を整えるよう命ぜられた。ドニエプル川を越えて更に東へと進む作戦が再始動した。われわれもようやく再投入されることになり、嬉しかった。昼頃、遂にスタリ＝ビホフ飛行場を出発した。ドニエプル川までの進軍途中の一時間内に、友軍が空中戦で七機を撃墜するのを見たが、当然のことながらこれで気分が大いに高揚した。一五〇〇時頃、われわれは工兵によってドニエプル川に建造された軍橋に到着した。スムーズに渡河できるよう、あらかじめ頻繁に停止していた。橋はソ連軍の軽砲で砲撃されたが、何ら命中しなかった。とはいえ、榴弾が周囲の水の中に落ちる最中に橋の上にいるというのは、あまり居心地が良いものではなかった。直ちに先に進み、より長い第二の橋を渡った。ソ連軍には道路全体が見えており、われわれはその間じゅう砲撃を受けた。じきに森に到達し、重砲と多連装ロケット砲《ネーベルヴェルファー》がどれほどの荒廃をもたらしたかをそこで目撃した。道路は大きめの対戦車障害物で封鎖されており、道路脇の一帯には地雷が埋設されていた。しかし、工兵が既に道路を啓開してくれており、自動車化歩兵がその地を占領してもいた。二〇キロメートルほど奥地に進んでから主要ロルバーンからそれ、小村で一泊した。側面防御のため、軽戦車小隊が送り出された。ほかの部隊は隠れたソ連兵を探すべく、まずは家々を隈なく捜索せねばならなかった。

進軍は翌日も早朝から続行された。わが戦車が然るべく動かないと思ったら、エンジンが問題を起こし、非常に過熱していた。ラジエターキャップを開けたところ、水がまるごと吹きこぼれ出た。水の補充は頻繁にせねばならなかった。原因は右の冷却ファンであり、固着しているため急いで直すことはできなかった。正午頃、またも抵抗に遭遇した。森の中から銃撃を受けたため、その前で休むしかなかったが、戦車の外には出られなかった。そこで、砲撃して森を炎上せしめた。一五〇〇時頃、わが第1中隊が攻撃を開始した。いったい何が起きているのか、正確なところは誰にも分からなかった。戦闘用意が下令され、一五分後に到達した開豁地で対戦車砲火を受けたものの、着弾はずっと手前だった。発砲炎が見えたので撃ち返したが、効果は何ら認められなかった。この際、ヴィーザー伍長が戦車の外で榴弾の破片を足に受けて負傷した。そこで、ロスヒルト中尉がわれわれに道を開くべくⅢ号戦車二輌を前方に送った。ドレーアー軍曹が撃たれて戦死し、ほかの乗員は脱出したが、マルクグラーフが軽傷を負った。彼らはかなり疲れ果てていたものの、全員がわれわれの戦車群のもとにたどり着いた。これ以上の正面攻撃は期待が持てなかった。したがって、われわれは第3中隊の一部と共に、ヤブ地とトウモロコシ畑に守られながらこの森林陣地を迂回した。ソ連軍の対戦車砲が前方に見えるや、すぐにその砲火に曝された。対戦車砲火の中、塹壕を一つ突破せねばならなかったが、損害なしでこれをやり遂げた。猪突猛進、更に敵陣に迫ると、遂にソ連軍の砲員が撤退した。砲身に手榴弾二発が突っ込まれたため、この砲は使えなくなった。とにかく前進するも、更なる対戦車砲火を激しく浴びた。どこからやってくるのか分からなかった。二輌の戦車がまたも被弾した。損失があまりに大きくなったので、無線で命令がこう発せられた。「撃ち方止め、防御、後進!」。われわれは命令を遂行したが、状況は非常に奇妙に思えた。わが戦車が後進すると、ソ連軍は後ろからわが戦車の後部を激しく撃ってきた。中隊も同じ道を後退した。その途中、われわれは撃破されたドレーアー軍曹の戦車を牽引しようとしたが、うまくいかなかった。それでも、使える物は全て取り出し、その戦車を空にした。夕暮れ時に大隊のいる森にたどり着いた。ほかの中隊も多少の損失を甘受せねばならなかった。到着後すぐに燃料と弾薬を補給した。わが戦車は激しく走り回ったためにキャブレターが発火し始めたが、すぐに消火できた。いずれにせよ、先に進めなかったため、冷却ファンを戦車整備兵に至急直してもらうほかなかった。

　翌朝、われわれはもう一度攻撃に向かうことになっていた。ところが、早々に中止になった。その後、戦車整備兵たちがわが戦車に取り掛かった。一〇〇〇時頃、ソ連軍がわれわれのいる林を攻撃するとの報がもたらされた。可動戦車は全車が退避して草原で配置に就き、一斉射撃した。その間もソ連軍砲兵は狙いをよく定めて砲撃していたため、われわれもしばしば戦車の下に入らねばならなかった。ソ連軍が波状攻撃を仕掛けてきたため、状況が非常に危機的に見えることも幾度かあった。徐々に味方の戦車も弾薬が尽き始め、われわれは戦闘準備の整っていない自分たちの戦車の脇で弾帯に弾をずっと込めていた。その間、すぐ近くに榴弾が落ちると、またも泥の中に飛び込んだ。こんな状況が一日じゅう続いた。午後にはわが戦車も準備が整った。夕方、第2中隊長のラハファル中尉が戦死したとの報が届いた。彼の戦車が地雷を踏んだため脱出せねばならず、ソ連軍の手に落ちたのだった。わが車も今や防御線の一部となり、夜間にソ連軍陣地へと迫った。この夜は、付近の家屋のいくつかに砲撃して炎上せしめた以外、特段の出来事はなかった。近隣の戦車では、忍び寄ってきた一人のソ連兵によって第3中隊のヴァロフスキ曹長《オーバーフェルトヴェーベル》が負傷した。

　夜明け頃に再びいくらか後退した。到着していた八・八センチ高射砲二門の射撃は実に見事だった。今やソ連軍がやってきてもおかしくなかった。彼らが撃った榴散弾が一度だけ観測所を直撃したが、それ以上は何も起きなかった。正午に配置転換となったわれわれは戦車を後退させ、隊列を組んでプロポイスク［※スラウハラド］に向かって原野を進んだ。今回は第Ⅱ大隊がわれわれの前にいた。これまでの進軍と全く同様、土埃に苦戦した。土地は見晴らしが悪く、多少の起伏があり、所どころ森に覆われていた。一六〇〇時頃、われわれはまたも長めに停止し、戦闘用意を命ぜられた。戦車の姿はヤブの中にうまく溶け込んだ。燃料を補給すると再び弾薬輸送車がやってきたので、榴弾を補充した。私自身は武装の準備をし、砲腔のオイルを拭き取り、今や準備万端整った。野戦炊事車が久々に温かい食べ物を持ってきてくれた。われわれは戦車を囲んで座り、シュピースも交えてあれこれと話した。ここ最近の激戦の日々がまだ印象として強かったので、会話はさほど明るいものではなかった。とはいえ、しょっちゅう変わる気分のこと、翌日にはもう正反対のことを考えているかもしれなかった。

われわれは、ある小川に架かる小さな橋のせいで長らく停止せねばならなかったが、そうこうしているうちに味方の工兵がそれを修復してくれていた。わが大隊は再び轟々と前進し、第1中隊は三番手だった。わが第Ⅰ大隊の前を行くのは第Ⅱ大隊であり、既にプロポイスク市近郊に押し迫っていた。ところが、暗くなってきたため、攻撃は翌朝に延期された。われわれは黄昏の中をなおも前進した。ソ連軍の戦闘機が上空で何機か旋回していたが、攻撃されることはなかった。辺りが漆黒の闇になってからようやく停止した。われわれがいる森は鬱蒼としていた。ロルバーンの左右いたる所にソ連兵が留まっているため、細心の注意が必要だった。彼らが戦車に肉薄し、モロトフカクテル［※火炎瓶］を投げつけることもあり得た。ソ連軍はここで初めてそれをわれわれに使用した。ただし、幸いにも大事には至らなかった。

一九四一年七月一五日。何人かで戦車の車体後部上でちょっと横になり、一五分間寝た。前方からは砲声が聞こえた。第Ⅱ大隊が砲撃を再び始めていた。〇一三〇時頃、われわれは進撃を再開した。森から出ると、すぐ右手で友軍の装甲偵察車一輌が燃えていた。ソ連軍がここのどこかに一〇・五センチ砲一門を据えており、まさにわれわれを砲撃していた。近隣の家一軒がまだ燃えており、全体が幽霊のように照らされていた。辺りは深い夜。ここで戦車間の距離を広げ、この危険な場所を全速で通過した。われわれはハッチを全て閉め、操縦手はアクセルペダルを思いきり踏んだ。戦車の間近で不気味な着弾音が響き、そのたびに私には一瞬の閃光が照準器から見えた。榴弾の破片が戦車に当たると不気味な金属音を発した。ここを通過した時はほっとした。砲撃は何の影響も及ぼし得なかった。その後まもなく、依然として敵に占拠されている村にやってきた。奴らは家という家から撃ってきたが、われわれは気にしなかった。銃弾が砲塔のすぐ近くで唸りを上げた。捜索小隊のオートバイ狙撃兵には感服するしかなかった。彼らはバイク上では完全に無防備であり、ただ頭を引っ込めながら戦車脇で可能な限り持ちこたえ、ここを首尾よく突破したが、後には甚大な損失を被ることになった。第Ⅱ大隊がプロポイスクに入ったという知らせが前線からもたらされ、その町の背後にある重要な大型橋三カ所を通ることが可能になった。これらの木橋は約四〇〇メートルの長さがあり、小さな川の窪地の上に架かっていた。その窪地は敵からも見えた。しかし、装甲師団は敵の真っただ中に突入し、左右に残したままの敵は後続部隊に任せた。

われわれも町に入ると、東が少し明るくなり始めた。まず幹線道路で停止し、ワイヤーカッターで電話線を切断した。その後、最重要拠点を確保するため、中隊が町じゅうに分散配置した。あちらこちらで早くも火の手が上がった。ソ連軍は撤退に当たり、全てに火を放った。われわれは防御のため、もう一輛と二時間ほど共にいた。それわれの戦車の乗員は、武器を投げ出して降伏した二〇人ほどのソ連軍捕虜を一軒の家から連行してきた。〇八〇〇時頃、われわれは市中で再集合した。その時、整備廠から出てきてばかりのマンデレルツ伍長の戦車が、爆破された橋を迂回しようとして地雷に触れたと知らされた。負傷者は出なかったが、起動輪が壊れてしまった。その戦車を牽引すべくブルクハルト少尉がわれわれの戦車で現場に向かった。その間、私は装填手と町に戻り、店をいくらか見て回った。だが、頂戴すべき物はここには多くなかった。長らく物色した雑貨店には、家具から下着、玩具まで、何でも揃っていた。もちろん、全て正真正銘のソ連の二束三文品だった。われわれの戦車はマンデレルツ車を牽引できずに戻ってきたので、安酒が入った二〇リットル樽一つを積んで中隊を追った。中隊を見つけるのには苦労した。住民が一万五〇〇〇人はいるかと思われる町を、半時間ほど掛けて隈なく走り回った。木造建築のため、今やいたる所が燃え始めていた。半時間後、再び中隊を見つけた。彼らは町外れで燃料庫を発見していた。各戦車から乗員二名ずつが出て、拳銃と手榴弾で武装し、燃料庫を調べた。だが、樽やタンクは空になっていることが分かった。中隊はここで、攻撃から町を守るよう任された。状況は概ね次のとおりだった。わが戦車はジャガイモ畑の最前に位置し、われわれの前方二〇〇メートルにはソ連軍が掘った対戦車壕があった。戦車自体は放棄された砲陣地内にあったので、非常に良好な射撃位置に就いていた。弾薬筒や火薬袋が散乱していた。われわれは日向で寝そべり、睡眠不足を取り戻そうとした。そのとき突然、ブルクハルト少尉がジャガイモ一株の後ろに頭一つを見つけた。少尉は私にそれをそっと指し示めした。私はすぐに砲手席に着き、ゆっくりと狙いを定める一方、そのソ連兵は姿を消さなかった。私が撃ち込んだ榴弾は完璧に命中した。状況全体が何やら奇妙に思えたので、どうなっているのか調べるべく、軽戦車小隊が前方に送り出された。すると、わが戦車と目前のジャガイモ畑の対戦車壕との間にタコツボが並んでいることが分かった。戦車からできることはさほど多くなかった。そこで、軽戦車小隊が戦車から降りる一方、われわれは姿を現した物すべてに戦車から発砲した。軽戦車小隊の乗員たちは手榴弾と拳銃でタコツボを次々と掃討していった。昼頃にはほとんどの穴を奪取し、時たま更に一つが見つかるだけとなった。突然、味方戦車一輌の間近で、これまで見つかっていなかった大きな穴から一人の政治将校《コミッサール》ともども一五人が不意に出てきた。その戦車が彼らに発砲すると、降伏の意思を示した。乗員が彼らを武装解除しようとした時、コミッサールが卵型手榴弾を投げると同時に、全員が再び壕の中に消えた。手榴弾一発を投げ入れたが、すぐに外に投げ返された。次の手榴弾でようやくコミッサールが死亡し、ほかは降伏した。

夕方までは全てがわりと平穏に過ぎていった。今や別の部隊――確かオートバイ狙撃兵だったと思う――が防御任務を引き継いだ。その前に、前方の土地を照らすべく近隣の村を砲撃して炎上せしめた。その際、中隊長車が腔発を起こし、発砲不能になった。わが戦車はまだ絶好調だったので、ブルクハルト少尉が出されてロスヒルト中尉が車長として乗り込んできた。元の中隊長車は武器整備廠に入った。中隊は前週、エンジン故障によって数輌の脱落を出しており、今やⅢ号戦車五輌しか保有していなかった。ソ連のオイル、ガソリン、道路による影響だった。われわれは、今ではほぼ完全に焼け落ちたプロポイスクを再び通過し、第Ⅰ大隊所属の別の中隊と共にソ連軍の攻撃に備えて背の高い麦畑の中で防御に就いた。戦車ごとに乗員一人が起きていねばならなかったので、私がようやく横になれたのは二四〇〇時頃だった。寝袋にくるまり、上に毛布を掛け、背の高い麦畑の中でぐっすり寝た。しかし、〇二〇〇時に起こされてしまった。第Ⅰ大隊の全員が整列し、既にクリチェフ［※クルィチャウ］まで進撃してそこに橋頭堡を築くことが可能な第Ⅱ大隊の後を追うことになった。その日の朝は豪雨だったのでハッチを全て閉め、走行中に睡眠をいくらか取ることが

路面が完全に傷んだ林道を苦労しながら前進する部隊。オートバイ狙撃兵はサイドカーを何度も押さなければならなかった。2センチ対空四連装砲を搭載した8トン牽引車がそれを追い越そうとする。

救急車と更なるサイドカーが戦車兵の前を過ぎていく。向こうには長蛇の車列が見える。

停車するサイドカーの脇を痛ましい積荷が通過していく。幌で覆われた戦死者が埋葬地に運ばれていくところ。

この林道は乾燥しきっており、行軍する兵や馬がすぐに大きな砂煙を巻き上げる。

プロポイスク周辺の森の中に設置された第3装甲師団第394狙撃兵連隊の墓地。白樺の幹は加工しやすいことから、こうした用途に特に重宝した。

1941年の対ソ戦役では、当初の予想を上回る犠牲者が出た。

Oblt. Krause mit Lt.Lange am
27.7.41 in früher Morgenstun-
de am selbstgezimmerten Tisch
an der Rollbahn sitzend zwi-
schen Tscherikoff und Kritschew.
Lt.Lange wurde bald darauf ver-
wundet.
1941年7月27日朝のクラウゼ中尉とランゲ少尉。［※写真内印字文内容：「1941年7月27日の早朝、チェリコフとクリチェフの間にあるロルバーンの脇で、手製机に着いているクラウゼ中尉とランゲ少尉」］

Russische 17,2 Kanone bei Tscherikoff
im Juli 1941
Otto Steppert und Heinz Böswillibald
チェリコフ付近で鹵獲された強力な17.2センチ砲。砲口には砲弾が逆さに押し込まれている。［※写真内印字文内容：「ソ連軍の17.2センチ砲、1941年7月、チェリコフ付近にて。オット・シュテッペルトおよびハインツ・ベスヴィリバルト」］

安全な距離から戦闘の推移を見守る。被弾したソ連軍のT-26型軽戦車が煙を上げる。[※原文ママ。煙はこの戦車からではなく、遠方で上がっているように見える]

リースコフカ付近のIII号戦車「112」号車。砲手がハッチを開けている。

1941年8月初旬、ロスラヴルを攻撃すべく広大無辺の原野で隊列を組む第35戦車連隊。

III号戦車の5センチ砲越しに撮影した1葉。地平線上にあるのは、被弾して炎上する目標。

被弾して大破したドイツ軍のIV号戦車。被弾損傷個所は戦車の両側面にある。

ロスラヴル手前の平坦な戦場に据えられたソ連軍の「対戦車砲兼高射砲」。巧みに偽装され、相応の貫通力を持つこの型の砲[※おそらく52-K 85mm高射砲]は、ドイツ軍装甲部隊に多大な損失を与えた。

整備小隊や整備中隊はすべきことで手一杯だった。これは新しいエンジンを取り付けているところ。埃や砂のほか、負荷による消耗も甚大だった。

このIII号戦車は前面装甲を3カ所貫通されている。操縦手と無線手は助かっただろうか。1941/1942 年のドイツ軍戦車には、T-34 や7.62センチPakの砲撃に耐えられる可能性はほとんどなかった。

溝に落ちたIII号戦車を路上に引き戻すべく前につながれた2輌のIV号戦車。

溝に落ちたIII号戦車を横から写した1葉。1941年8月3日、フォン・ローゼンは同車で手を負傷した。

橋ともども崩落したIII号戦車を上から見たところ。砲塔の上には対空識別用の国旗が張られている。砲手のフォン・ローゼンは、1941年8月3日に手を負傷して中隊を去らなければならず、全快後も原隊に復帰することはなかった。

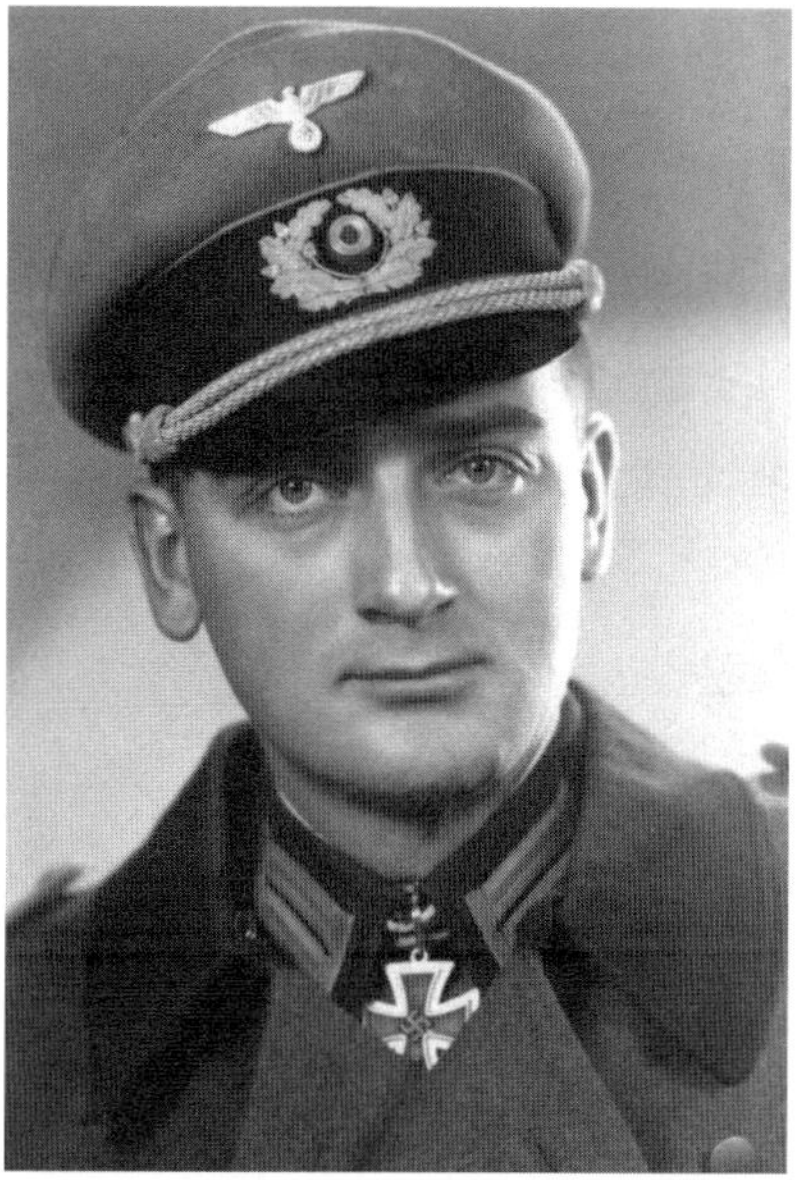

左：フォン・ローゼンの中隊長だったハンス＝デトロフ・フォン・コッセル中尉。1939年には既に二級・一級鉄十字章を受章している。右：1941年9月8日、デトロフ・フォン・コッセルは騎士十字章を授与された。

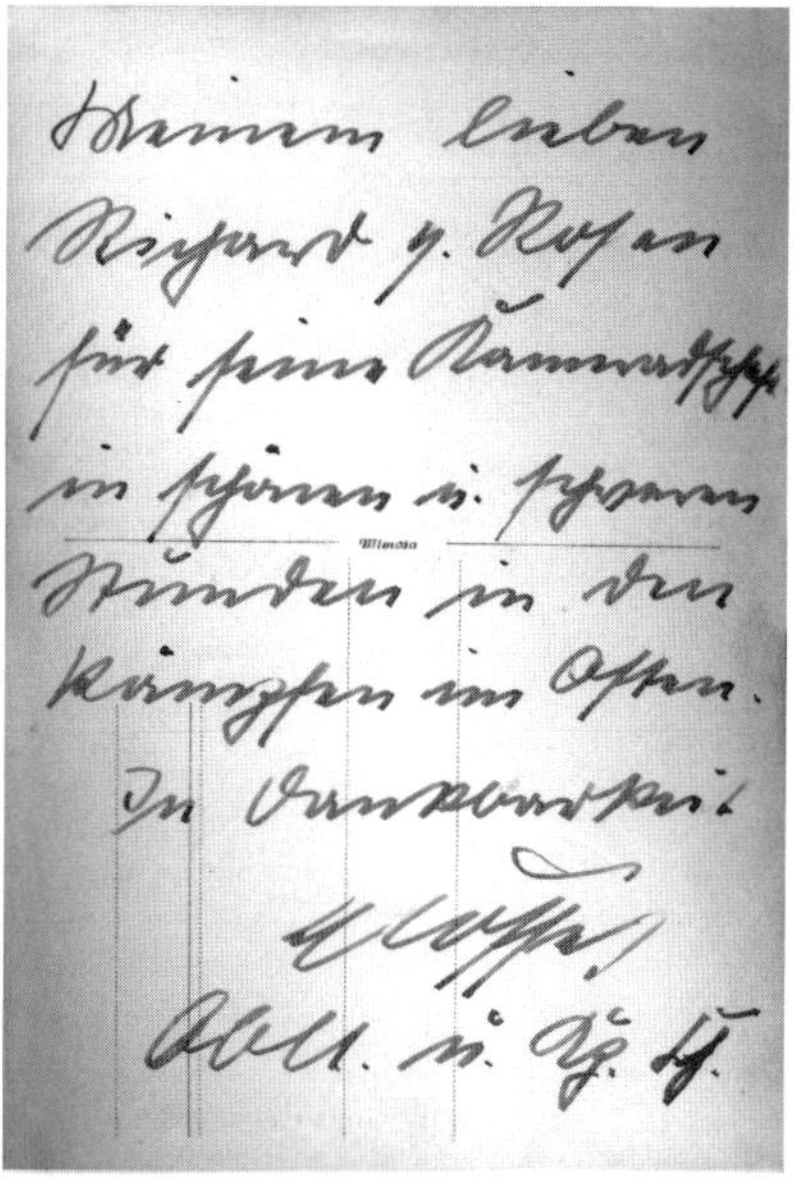

Meinem lieben
Richard v. Rosen
für seine Kameradschaft
in schönen u. schweren
Stunden in den
Kämpfen im Osten.
In Dankbarkeit!
Oblt. u. Kp. Ch.

左：戦車兵用制服を着たデトロフ・フォン・コッセル。1943年7月22日に第35戦車連隊第I大隊長として戦死し、死後に柏葉章を授与された。右：1941年8月3日、フォン・ローゼンが中隊を去るに当たり、デトロフ・フォン・コッセルは絵葉書を1葉送った。「東部での戦いにおいて、素晴らしくも困難な時に戦友でいてくれたわが親愛なるリヒャルト・フォン・ローゼンに。感謝の意を込めて。中隊長コッセル中尉より」

左：フォン・ローゼンの第1中隊が属した第35戦車連隊第I大隊の指揮官は、デトロフ・フォン・コッセルと同じく1941年9月8日に騎士十字章を受章したマインラート・フォン・ラウヘルト少佐だった。右：1944年2月12日に柏葉章を授与されたマインラート・フォン・ラウヘルト中佐。

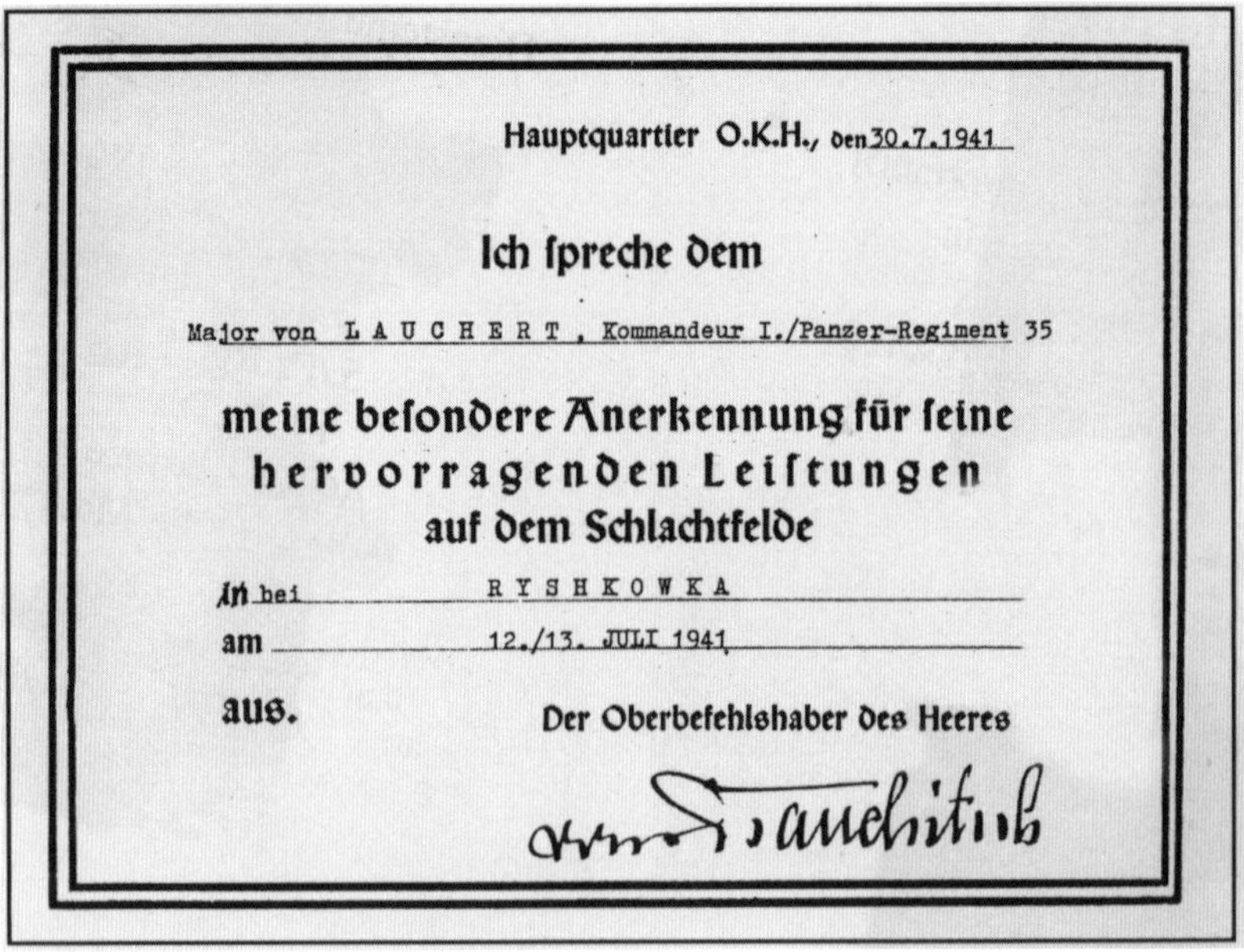

Hauptquartier O.K.H., den 30.7.1941

Ich spreche dem

Major von L A U C H E R T , Kommandeur I./Panzer-Regiment 35

meine besondere Anerkennung für seine
hervorragenden Leistungen
auf dem Schlachtfelde

bei R Y S H K O W K A

am 12./13. JULI 1941

aus.

Der Oberbefehlshaber des Heeres

ヴァルター・フォン・ブラウヒッチュ陸軍総司令官からフォン・ラウヘルト少佐に宛てられた感状。［※本文内容：「1941年7月12、13日にリシュコフカ付近にて達せられた卓越せる軍功に対し、特段の賛辞を呈す」］

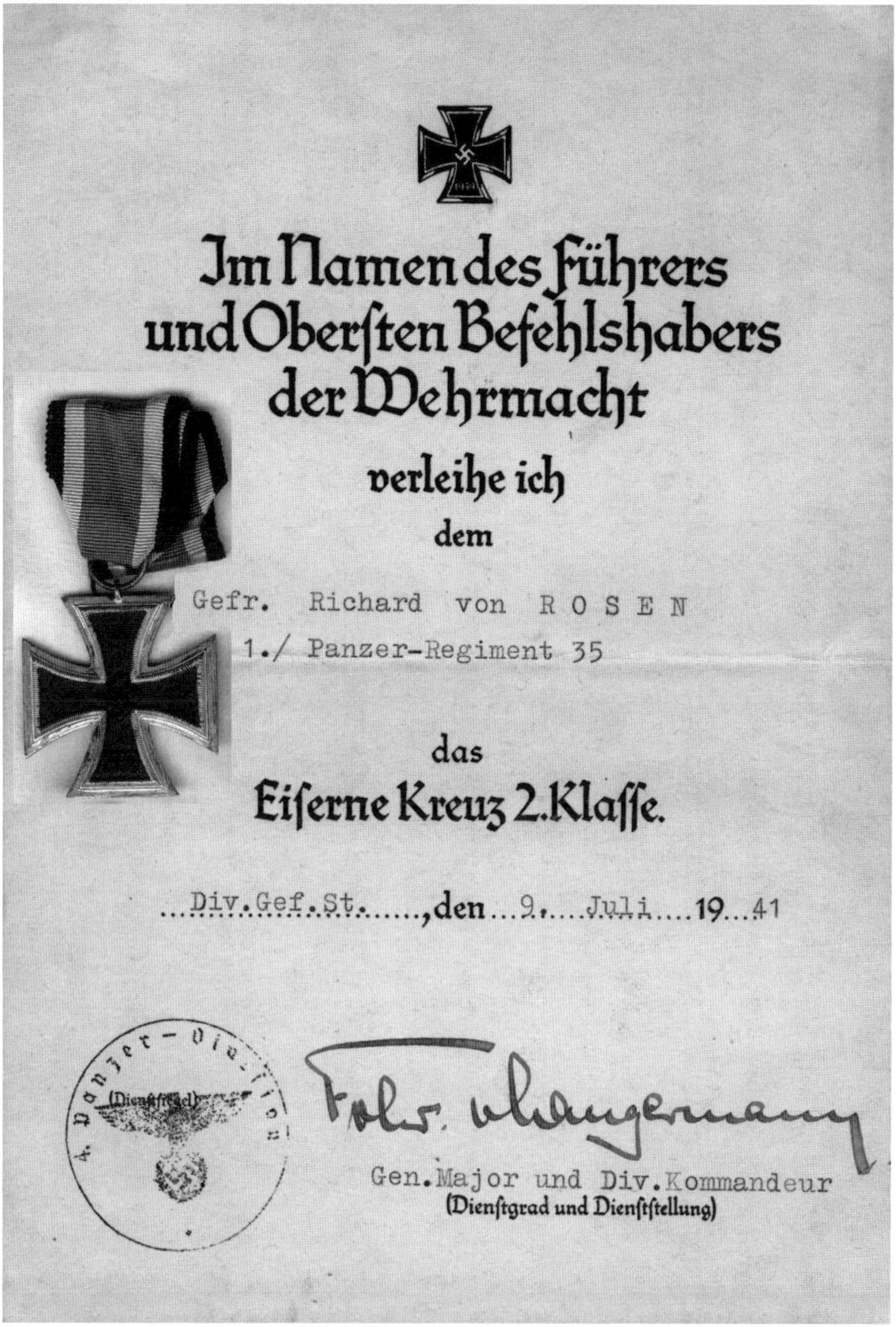

Im Namen des Führers
und Obersten Befehlshabers
der Wehrmacht

verleihe ich

dem

Gefr. Richard von ROSEN
1./ Panzer-Regiment 35

das

Eiserne Kreuz 2. Klasse.

Div.Gef.St. , den 9. Juli 19 41

(Dienstsiegel)

Gen.Major und Div.Kommandeur
(Dienstgrad und Dienststellung)

スタリ＝ビホフ橋での一件の直後、フォン・ローゼン一等兵は二級鉄十字章を授与された。勲記は第4装甲師団長フォン・ランゲルマン少将の署名入りだった。[※本文内容:「総統兼国防軍最高司令官の名において、第35戦車連隊第1中隊リヒャルト・フォン・ローゼン一等兵に二等鉄十字章を授与す。師団戦闘指揮所にて、1941年7月9日」]

左：エドゥアルド・アハッツ伍長は、第35戦車連隊の経験豊富な戦車兵の1人であり、スタリ＝ビホフ付近でソ連軍の捕虜になった。フォン・ローゼンは同人の日記をきっかけとして自身の戦争体験を記すことにした。右：フーゴ・プレッチャー伍長は、フォン・ローゼンほか多くの仲間を乗せたボートを漕いでドニエプル川を渡り、ソ連軍から彼らを救った。

第35戦車連隊第1中隊に所属していた頃のフォン・ローゼンには、1941年8月から新たに戦線に到着したソ連軍のT-34-76戦車は未経験だった。これは撃破された1輌を写した興味深い1葉で、外周に歯のない頑丈な後部起動輪がよく分かる。単純なローラーが履帯の歯と噛み合うことで、「カタッ、カタッ、カタッ、カタッ」という音がした。

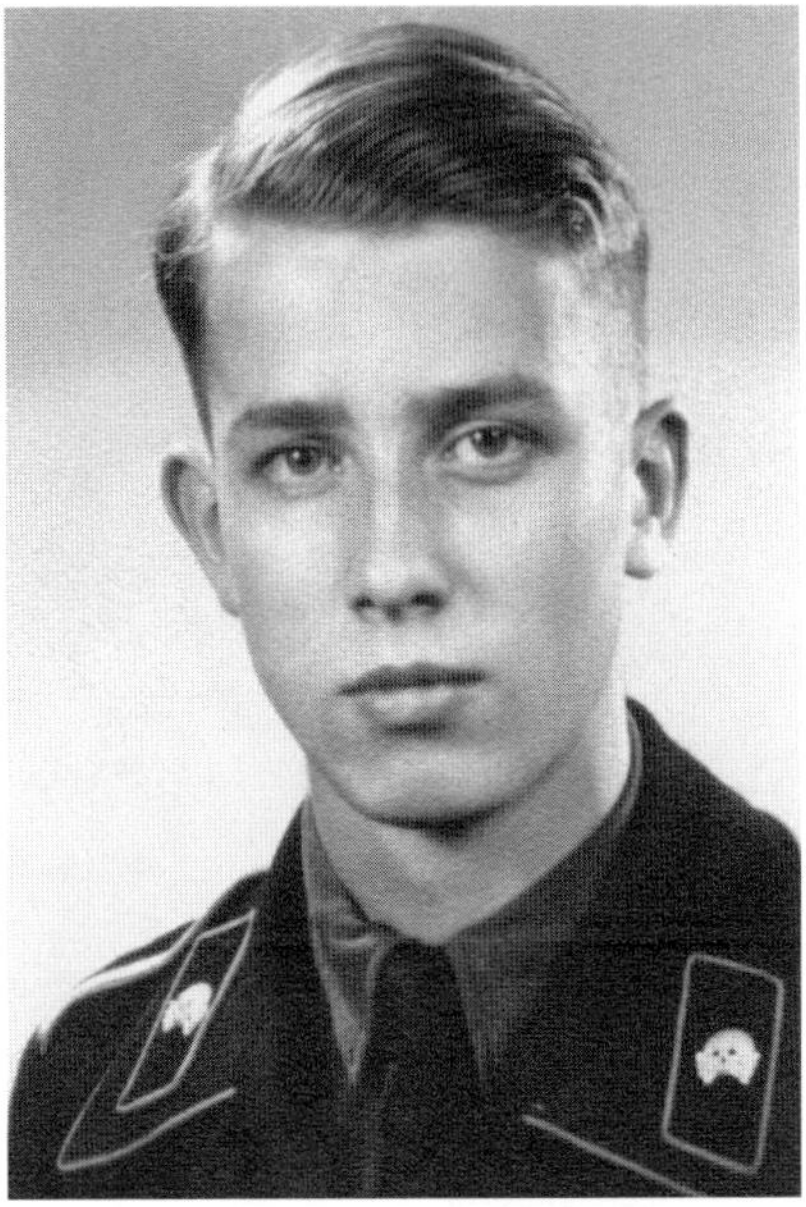

左:ソ連での進撃に関する最新の国防軍発表を病室で聞くフォン・ローゼン。右: スタリ＝ビホフ橋事件の艱難辛苦により、若いフォン・ローゼンも目に見えて成長した。この写真は伍長時のものであり、既に第35戦車連隊第1中隊を去っていた。

1941年8月。ソ連からグライツの軍病院に移動する際の様子。今回は家畜車ではなく、本物の客車。

左:ドイツ赤十字の親切な看護師たち。彼女らは、いたる場所で使われる消毒剤の石炭酸にちなんで「石炭酸のカワイ子ちゃん《カルボールモイスヒェン》」とも呼ばれた。右:グライツの軍病院の医長である軍医大尉シュルト博士。

フォン・ローゼン(写真右)が仲間の1人と郵便籠を運んでいるところ。軍病院では家族に手紙を書く時間がたっぷりあった。

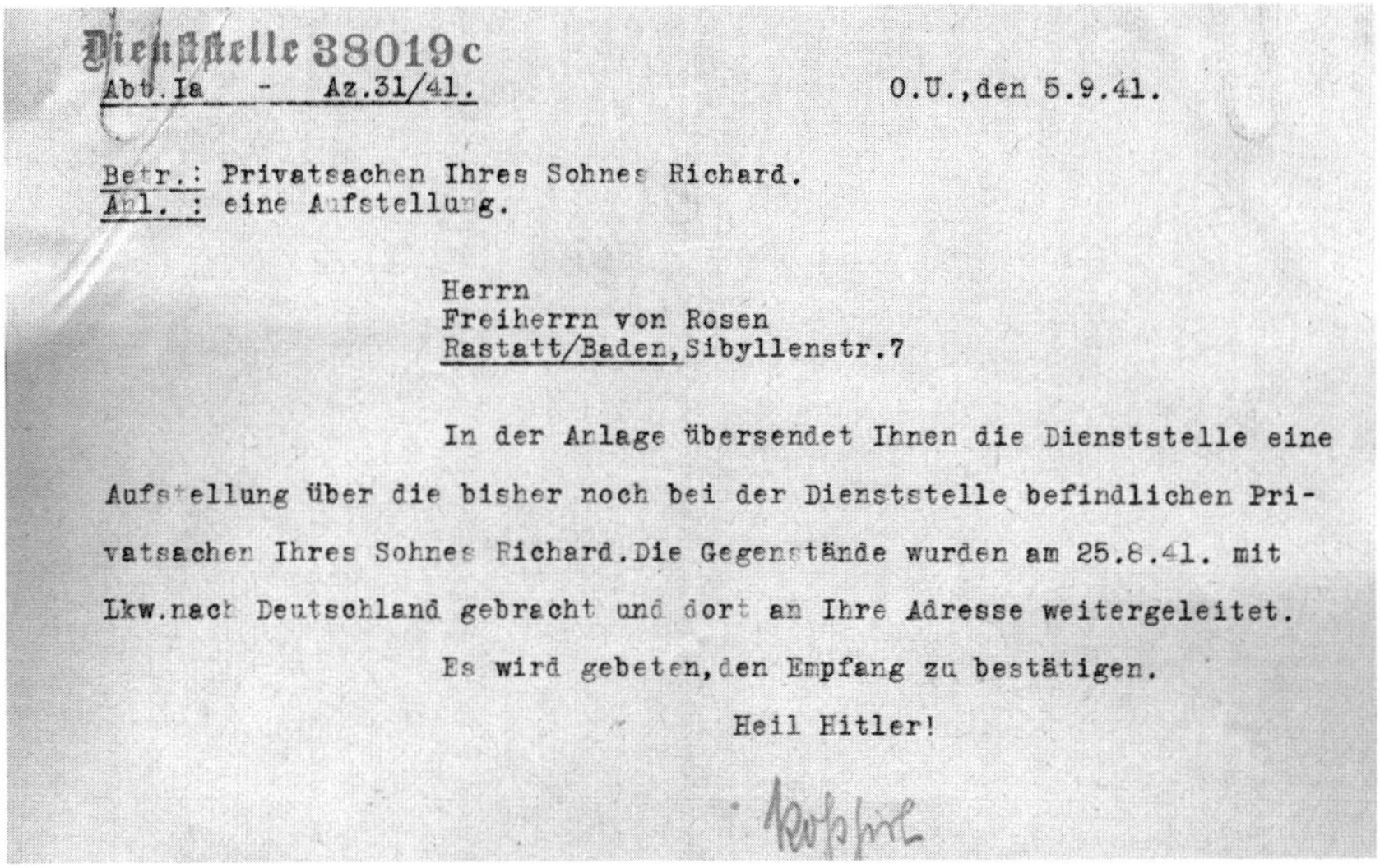

Dienststelle 38019 c
Abt. Ia - Az.31/41. O.U., den 5.9.41.

Betr.: Privatsachen Ihres Sohnes Richard.
Anl. : eine Aufstellung.

Herrn
Freiherrn von Rosen
Rastatt/Baden, Sibyllenstr.7

In der Anlage übersendet Ihnen die Dienststelle eine Aufstellung über die bisher noch bei der Dienststelle befindlichen Privatsachen Ihres Sohnes Richard. Die Gegenstände wurden am 25.8.41. mit Lkw. nach Deutschland gebracht und dort an Ihre Adresse weitergeleitet.

Es wird gebeten, den Empfang zu bestätigen.

Heil Hitler!

整理整頓！　フォン・ローゼンが負傷して本国に帰国した後、本人の父親に送られた私物送付に関する通知書。
[※本文概要：「貴下子息リヒャルトの私物を1941年8月25日にトラックにて責任所宛に発送したので、受領を通知されたし」]

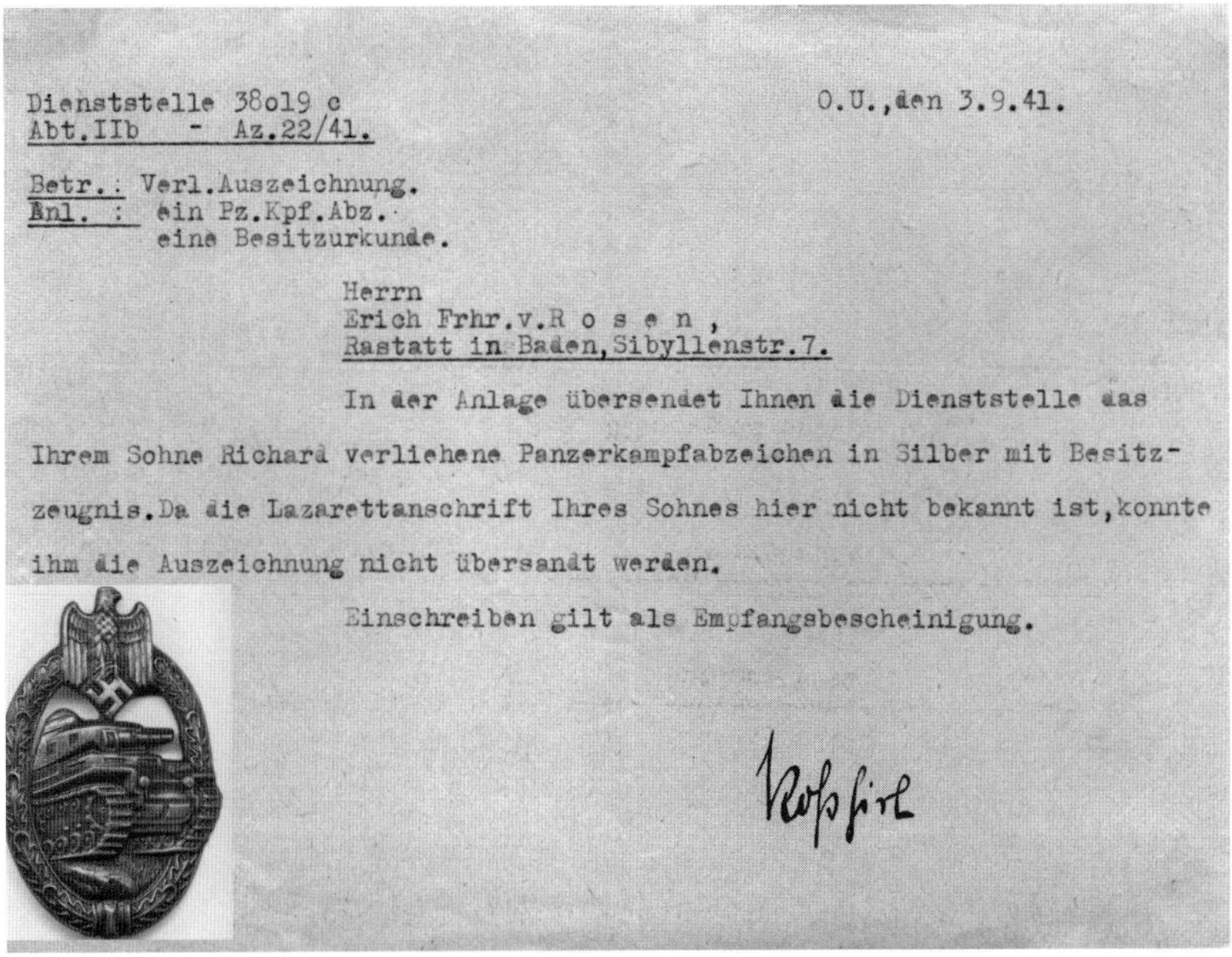

Dienststelle 38o19 c O.U., den 3.9.41.
Abt. IIb - Az.22/41.

Betr.: Verl. Auszeichnung.
Anl. : ein Pz.Kpf.Abz.
eine Besitzurkunde.

Herrn
Erich Frhr.v.R o s e n ,
Rastatt in Baden, Sibyllenstr.7.

In der Anlage übersendet Ihnen die Dienststelle das Ihrem Sohne Richard verliehene Panzerkampfabzeichen in Silber mit Besitzzeugnis. Da die Lazarettanschrift Ihres Sohnes hier nicht bekannt ist, konnte ihm die Auszeichnung nicht übersandt werden.

Einschreiben gilt als Empfangsbescheinigung.

戦車突撃銀章も父親[※エーリヒ・フォン・ローゼン男爵]宛に送られた。[※本文概要：「貴下子息の入院先住所が不明であり、送付不能なので、同人に授与された戦車突撃銀章を所持証書と共に貴下に送る」]

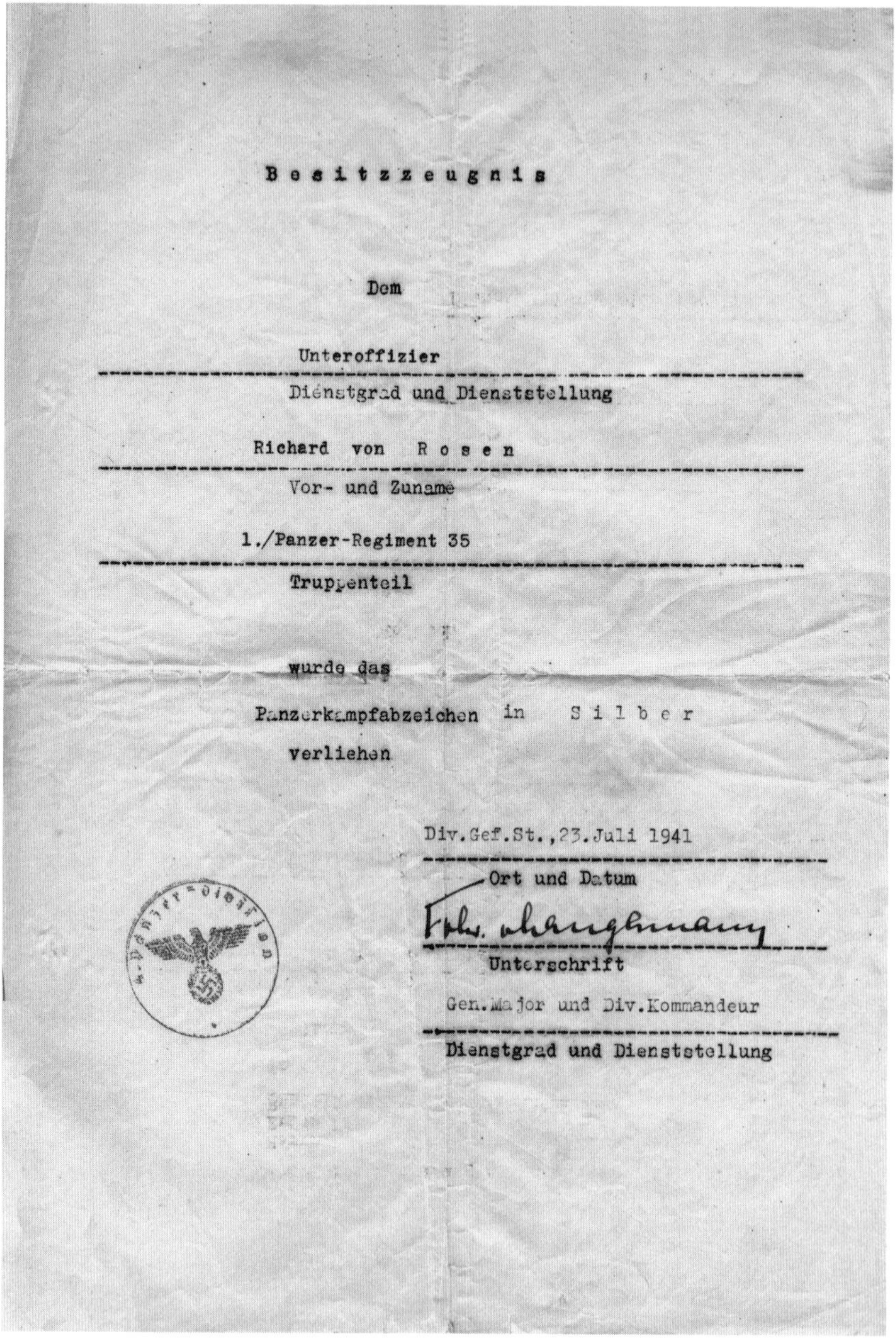

Besitzzeugnis

Dem

Unteroffizier

Dienstgrad und Dienststellung

Richard von Rosen

Vor- und Zuname

1./Panzer-Regiment 35

Truppenteil

wurde das

Panzerkampfabzeichen in Silber

verliehen

Div.Gef.St.,23.Juli 1941

Ort und Datum

Unterschrift

Gen.Major und Div.Kommandeur

Dienstgrad und Dienststellung

フォン・ローゼン伍長に授与された戦車突撃章の証書。オリジナルの記入用紙がない場合、所持証書は軍の事務所で普通の紙にタイプするのみだった。

できた。二五キロメートルほど走ったところで、突如として大隊全体が無線で後退を命ぜられたらしく、引き返してきたため、われわれはまたもプロポイスクを通過して戻り、ある森の中に移動した。天気が少し良くなってきた。戦車にはすべきことが非常に多く、いつも同じ作業の繰り返しだった。つまり武器の手入れなどであり、それには多大な時間が掛かった。しかも右の冷却ファンがまたも固着したため、数日前と全く同じ作業に取り掛からねばならなかった。しかし、これが終わると、たいてい時間が足りなかったとはいえ、少しは体を洗ったり髭を剃ったりできた。あるいは、毛布の上で横になって寝るなどした。一度でもゆっくり食事できれば御の字だった。森の中には見事なイチゴがあり、手元にどっさりあった砂糖をかけると素晴らしく美味かった上、われわれに非常に不足しているビタミンも含まれていた。

翌日の一五〇〇時頃、再び「戦闘用意」が下令され、その後間もなく、大隊はプロポイスクの背後にある三カ所の大型橋を渡った。われわれは今やロルバーンを三五キロメートル走り、チェリコフ［※原文ではTschernikowとなっているが、「Tscherikowの誤植と思われるため訂正して示す」］を通過、クリチェフの手前二三キロメートルのロルバーン右の森でようやく停止した。ここで二、三日、休養するとのことだった。戦車の横に幕舎を張り、そこでぐっすり寝た。ブタ一頭がまた連れてこられ、私はほんの小さな火の上で三時間かけて見事なローストポークを焼き上げた。味はほとんどわが家と同じだったが、ジャガイモがなかったので、パンで代用せざるを得なかった。

そうこうする間、ブルクハルト少尉は戦車を入手すべく整備廠に向かっていた。われわれは遂に、もっと多くの戦車を受け取らねばならない状態になった。彼はそこの状況を自分で確かめ、なるべく多くの戦車を中隊に持ち帰ることになった。ロルバーン上ではわが師団の部隊が殷々と絶え間なく通り過ぎていき、特に多くの重砲が見えたが、これはわれわれが当時考えたとおり、モスクワ砲撃のためのものだった。午後になって私は近くの水辺で水浴びをした。全身を洗えたのは、この戦役が始まって以来これが初めてだった。われわれは土埃や泥、油、火薬のせいで、カラスのごとく黒くなっていた。体じゅうが灰色になっており、毛穴は真っ黒だった。髪や髭には土埃がこびりついていた。

翌日は特段、何事もなかった。床屋が来てくれて、動物のようになった髪の毛を切ってもらうことができた。靴屋と仕立屋も前線にやってきた。両人とも山ほど仕事を与えられた。この日、既に三回の攻撃を達成していたわれわれは、戦車突撃章への推薦を受けた。ところが、師団には同章が一つも残っていなかったので、われわれがそれを受け取ったのはずっと後になってからだった。この日の夕方、第3中隊ではわれらが大隊長の誕生日のため、連隊付軍楽隊と共に歌唱会を行うことになっていた。しかし、夕刻になって突然、待機と戦闘用意を命ぜられた。そもそもここにあと数日は留まることになっていたのだから、何がどうなっているのか、さっぱり分からなかった。その後に知ったところによると、ソ連軍が再び後方のロルバーンを占領し、そこにいた装甲工兵を包囲したとのことだった。われわれは一九〇〇時頃に出発し、第3中隊が前衛を務めた。先頭車は、ヴァルテラーガーでわれわれの教育課程を指導してくれたホーンシュテッター少尉だった。われわれは再びチェリコフを通過し、間もなく橋一つを渡ると、激しい砲撃を受けた。そこは敵から丸見えだったため、戦車が橋を渡るたびに榴弾が至近に着弾した。何発かが橋に命中したものの、またたく間に修復された。二二〇〇時頃、敵の抵抗を受けることなく先頭車が包囲された工兵部隊に到達、もって同部隊は解放された。彼らが防御用に道路に敷設していた地雷は、すぐに脇に押しやられた。われわれは真っ暗な道路上を更に先へと進んだ。

負傷と本国戦線

私はここまで、Ⅲ号戦車の砲手として当時体験した東方戦役序盤の日々について、自分自身の言葉で語ってきた。スタリ＝ビホフの作戦について特に詳しく記したのは、その後の私の成長にとって、これがあらゆる門戸を開くものとなったからである。しかし、プロポイスクの橋をめぐる戦いで既に感じられたように、戦いは今やいっそう激しさを増していた。わが先頭戦車は、ロルバーンの左右にいる敵に目もくれずに更に突き進んだ。一九四一年八月三日にはロスラヴル［※ロスラヴリ］を奪取した。ほかの部隊が前にいたため、われわれはその町を迂回し、今や先鋒として敵を追い詰めようとした。私は先頭戦車に乗っており、われわれは撤退するソ連軍と再び接触できるよう速度を上げた。戦車の中が暑かったため、側面ハッチを開けたまま走行した。ロスラヴル外れの木橋は高速で走行する戦車の重さに耐えられずに崩壊し、われわれわれは転落してしまった。大したことはなかったが、落下してきた橋桁によって私の左手の指三本が押しつぶされた。応急処置をしてから中央包帯所に後送され、それから何人かの重傷者と共に救急車に揺られながら、一〇〇キロメール以上離れた最初の鉄道駅に着いた。鉄道施設は修理せねばならなかった上、ソ連の軌道は広軌だったため、中央ヨーロッパの軌間に合うよう釘を打ちなおす必要もあった。毎日三〇キロメートルから五〇キロメートルが完成していたとはいえ、鉄道は常に最前線からかなり離れていた。輸送されるのは主に弾薬と燃料、帰国便の場合は負傷者だった。七日間の鉄道旅――最初は藁を敷いた貨車、ポーランドとの国境からは病院列車で移動――の後、一九四一年八月一一日にチューリンゲンのグライツにある軍の本国病院に到着した。医師に恵まれ、三本の指は切断せずにすんだ。指の先端に穴が開けられ、六週にわたって伸展包帯の中で伸ばされた。翌日には母親がオーバーベーレンブルクから来てくれ、バート・オーバーシュレマで保養していた父も数日後には駆けつけてくれた。傷は一九四一年一〇月初旬にはかなり治り、わずかに指がこわばっただけだった。退院した私はバンベルクの戦車補充大隊に送られた。

その後、軍人になって初の休暇がやってきた。私は二週間の療養休暇をもらった。またも帰省できたことは素晴らしく、鉄十字章の付いた黒い制服を着て町で見せびらかした。父には行きつけの店に連れて行かれたが、自分のことを誇りに思ってくれて嬉しかった。

バンベルクの補充大隊に戻ると新兵の分隊（一六人）一個を与えられ、これを鍛えねばならなかった。私自身、新兵として兵舎で規律正しく過ごしたのは数日しかなかったので、こうした任務は全く馴染みのないものだった。私は鬼教官というよりは、まさに前線のブタ《フロントシュヴァイン》［※ドイツの兵隊用語で、前線で戦う兵士を意味する諧謔的表現］だった。したがって、苦労も多少あった。新年は再び六日間の非番となり、実家で過ごした。

一九四二年二月二五日、私は士官候補生としてベルリン近郊のヴュンスドルフ戦車学校での教育課程に入った。学科教官は、わが元中隊長コッセルの親友でもある第35戦車連隊のヴォルシュレーガー大尉であり、スタリ＝ビホフでの私の体験も知っていた。ヴォルシュレーガーも私には好意的だった。教育課程は楽しく、われわれは三カ月間、無数の教官や上官から昼はおろか、しばしば夜も観察・評価されていると感じながらも、「糸で操られたかのごとく」今期課程を修了した。私は全生徒グループ（聴講生四グループ）による唯一の夜間歩兵演習を計画してこれを指導したことで、非常に褒められた。戦車兵の私には歩兵のことはほとんど分からなかったが、ベルリンで復活祭を共に過ごした従兄のベルンハルト・シェーネ歩兵大尉が、演習の出発点や進行方法のみならず、演習指揮官として発すべき命令を全て造作なく教えてくれ、私はそれを筆記していたのである。私自身がやったことと言えば、演習開始時に整列した生徒グループの前でこの演習の目的について非常に熱心に伝え、特に、赤・緑・白色の発光信号弾が演習の開始、終了、中断を意味することを何度も繰り返し説明したことくらいだった。同期生たちは少し馬鹿にされたと感じており、そのことは課程修了時にわれわれの冗談新聞に載った一編の詩に表れていた。それはこう結ばれていた。「貴様らプロイセン人は口を開けば万歳と勝利、その徹底さがもたらす戦争の勝利！」。後の連邦軍時代も含め、私は全ての部隊指揮においてこの時と同様、念入りに（あるいは小うるさくも）行動したと思うが、部下に過大な要求をしたことは一度たりともなかった。

教育課程は一九四二年六月一日に終了し、生徒全員が〇九〇〇時に練兵場に整列した。われわれ全員が軍曹勤務士官候補生《ファーネンユンカーフェルトヴェーベル》に昇進した。次に最優秀修了者への表彰が行われた。本当に驚いたことに、私は最初に呼ばれて前に出て、わが聴講生同期の中で最高賞を受賞した。式典の後、われわれは部屋に座って軍曹を示す星を制服に取り付けた。一一〇〇時、再び練兵場に整列した。かなり改まった式典において、われわれの約七割が少尉に昇進した。課程最優秀者である私の昇進日は一九四二年六月一日ではなく、一九四二年二月一日だった（階級先任順）。そのため、同期生に比べて数カ月だけ勝っていた。少尉の制服はロッカーに吊るされていた。というのも、われわれは既に四週間前に制服購入許可証を受け取っており、制服を仕立ててもらうことができたからである。現役将校は自費で制服を調達する必要があったが、一度きりの被服補助金と月々の被服手当を支給されていた。注文できたのは上着と長ズボン、乗馬ズボン、長靴、コート、帽子、短剣、希望に応じて儀礼刀だった。このため、最後の数週間はわれわれも仕立屋も大忙しだった。

　翌朝〇七〇〇時、われわれはバスに乗ってベルリンに向かい、スポーツ宮殿でヒトラーの演説を聞いた。スポーツ宮殿は六月一日に任官した陸海空軍の少尉たちでいっぱいだった。四時間も待たされたあげく、一二〇〇時に行事が始まった。ゲーリングによる「総統入場」の紹介も、ヒトラーの演説も、私の印象には残らなかった。上がった歓声は感情から湧き出たというよりも、強いられた機械的なものだった。奇妙なことに、本物のヒトラーを見たのはこれが初めてだったにもかかわらず、何の感動もなかった。ヴュンスドルフでの課程を含め、これまで難関がいくつかあったので、自分の職業上の目標を初めて達成したことが単純に嬉しかった。夜には何人かの同期生と共に、ラシュタット行きの汽車が出る真夜中まで、記念教会近くの「ハンガリー・バー」でわれわれの昇進を祝った。そして八日間の「出動休暇」。

その後は再びバンベルクの戦車補充大隊に出頭せねばならなかった。第35戦車連隊からすぐにお呼びが掛かればな、と願いながら。だが、事は早々には進まなかった。補充大隊は若手教官の維持のため、若手将校を数カ月間、手元に置きたがった。差し当たって私は、第3中隊で新兵の一般基礎訓練を指導せねばならなくなった。これは純粋に歩兵戦術に関するものだった。再度繰り返すが、私は歩兵に関する事項には全く向いていなかった。私は、命令口調や機械的動作に完璧に習熟している教官が普段やっているよりも、もっと人間的かつ知的な訓練進行を試してみることができた。自分自身が経験したような無駄なしごきなど、したくもなかった。この頃バンベルクにおいて、ドイツが開発した最新鋭戦車ティーガーを装備することになる一戦車大隊の一部として、新たな中隊が一個編成された。この戦車のプロトタイプはまだ数輌しかなかったが、その驚異的性能については噂されていた。重量は五八トン、八・八センチ砲一門と分厚い装甲を有し、生命保険も同然だった。編成途中にあるこの中隊の指揮官はランゲ大尉であり、将来の人員を補充大隊から選ぶことができた。ある日、将校集会所でランゲ大尉から、この新編成部隊に来るつもりはないかと訊かれた。しかし、私は古巣の連隊に愛着があったし、できればコッセルのもとに戻りたかったので、この非常に興味深い打診をきっぱりと断った。ランゲはベルリンの陸軍人事局に強いコネを持っており、私は数日後、第502重戦車大隊第2中隊に転属になると打ち明けられた。同時に、この中隊の編成作業はバンベルクの兵舎から、リューネブルガー・ハイデにあるファリングボステル演習場に移された。私は六月末にそこに到着した。また、短期間のうちに第502重戦車大隊の全中隊に人員が完全に満たされるよう、ほかの戦車駐屯地からも先遣隊がやってきた。

第2中隊のわれわれ七人の将校は、中隊所属の軽小隊向けⅢ号戦車を何輌か保有していたものの、ティーガー戦車は一輌たりともなかった。ここでも私は「最後任」として歩兵訓練を引き継がねばならなかった。戦車がない以上、軍人たる者、何かに従事せねばならないというわけだった。私の仕事は週四時間の砲術講義で、これは純粋に理論についてのものだった。当時の砲術は今のように発展していなかったので、しばらくするとネタが尽きてしまったが、恥をさらすことなく何とか乗り切った。私の講義は確かにあまり精力的ではなかったし、自分は理論家というよりは実践家であることが分かった。


一九四二年七月二一日から八月二〇日まで、私は腸捻転でベルゲンの軍病院に入院した。二年前と同じように今回もラシュタットで手術を受けることになった。九月三〇日まで療養休暇を取り、またも自宅で優雅な時間を過ごした。

その間、第1中隊は独自のティーガーを受領し、わが第2中隊以外の大隊全体がレニングラード付近の前線に移動した。ティーガー戦車はそこの極めて不利な状況下で初投入された。これら重戦車は、沼地の丸太道の上で攻撃されるはめになった。馬鹿げた命令だった。同様に馬鹿げていたのが、大隊長メルカー少佐の目論見だった。彼は、ティーガー戦車をいまだ保有していないわが第2中隊をレニングラード戦線の大隊に移動させ、そこで中隊の編成を完了させせようとすらしたのである。それに関連する命令が中隊に届いたが、ランゲ大尉にはそれがたいそう気に入らなかった。大隊がいたのは確固とした宿営施設ではなく、森林地帯の真ん中だったため、中隊はまず地下壕のような形態の営所を自力で設営せねばならなかった。そこでランゲ大尉は私をレニングラード戦線にいる大隊に伝令として送り込み、大隊長に対して口頭で、自分、つまりランゲ大尉は部隊の移動命令を遂行せずと伝えさせようとし、その理由も挙げた。私は、大隊長にも同じように切実かつ簡潔に上申できるよう、中隊長の言葉を正確に覚えた。前線休暇列車に乗ってベルリンを経由し、三日後にレニングラード前哨地にあるドイツ鉄道の終着駅クラスノヴァルダイスク［※ガッチナ］に到着した。事は起きるべくして起きた。メルカー少佐はと

バンベルクの戦車兵舎、1941年10月。

フォン・ローゼンは、1941/1942年の厳冬を前線で経験する必要がなかった。写真は戦車射撃場での射撃訓練の様子。

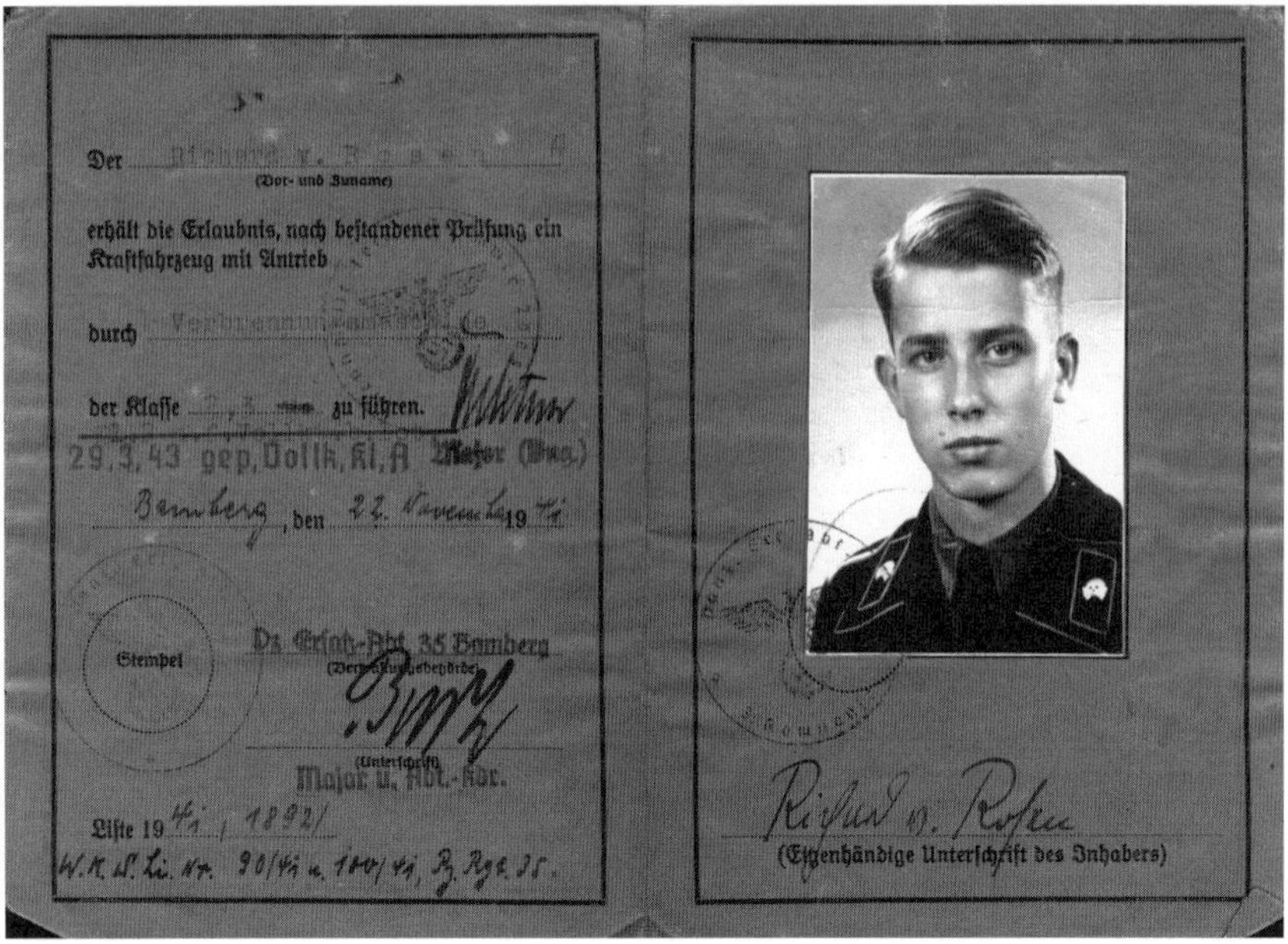

Der Richard v. Rosen
(Vor- und Zuname)
erhält die Erlaubnis, nach bestandener Prüfung ein Kraftfahrzeug mit Antrieb
durch
der Klasse 2, 3 zu führen.
29.3.43 gep. Vollk. Kl. A Major (Ing.)
Bamberg, den 22. November 1941
Stempel
Pz. Ersatz-Abt. 35 Bamberg
(Verwaltungsbehörde)
(Unterschrift)
Major u. Abt.-Kdr.
Liste 1941, 1892/
W.K.W.Li.Nr. 90/41 u. 100/41, Pz.Rgt.35.

Richard v. Rosen
(Eigenhändige Unterschrift des Inhabers)

フォン・ローゼンの運転免許証の内側部分。これは副本。原本はスタリ＝ビホフで失った。

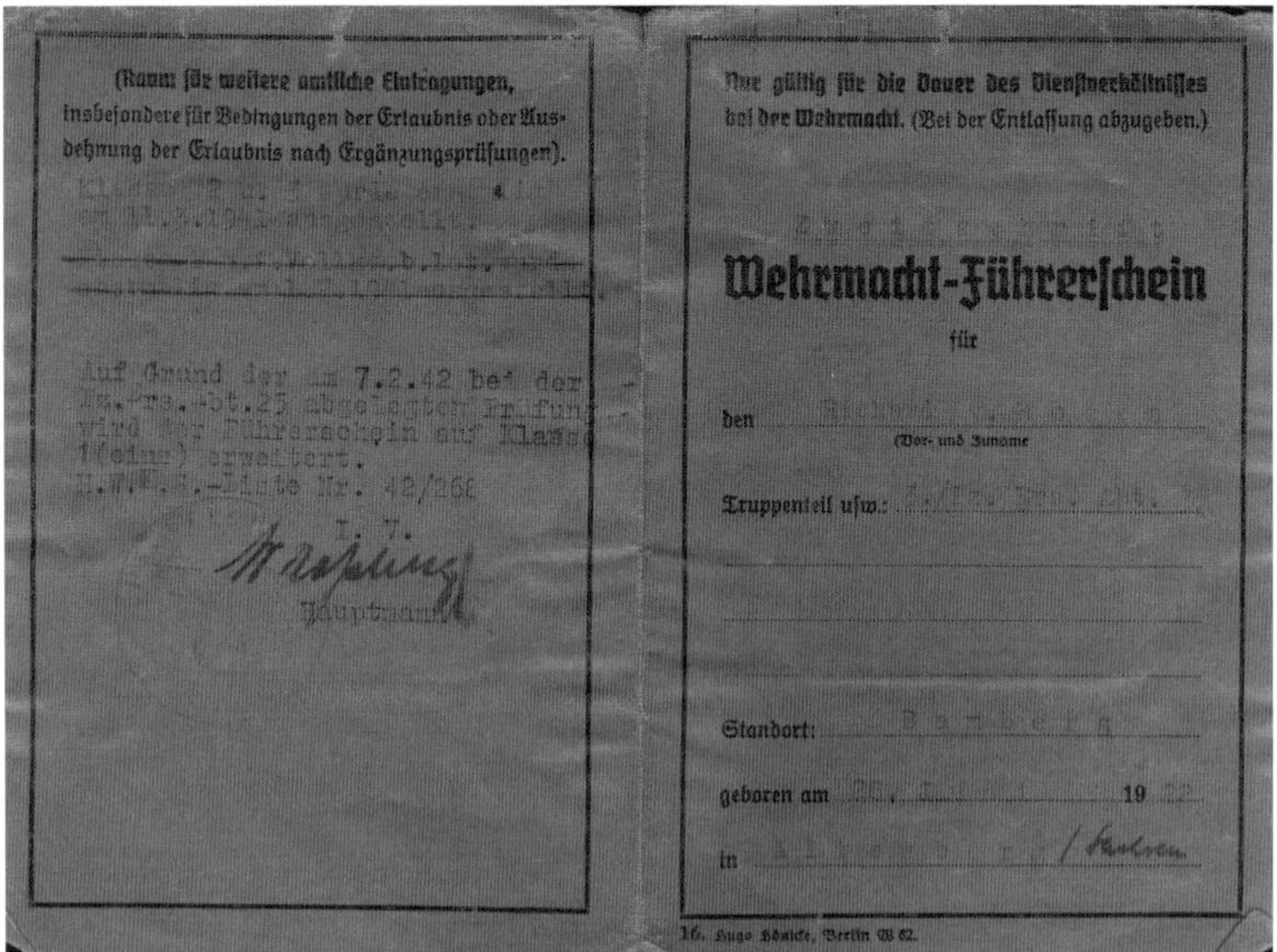

(Raum für weitere amtliche Eintragungen, insbesondere für Bedingungen der Erlaubnis oder Ausdehnung der Erlaubnis nach Ergänzungsprüfungen).
Auf Grund der am 7.2.42 bei der
abgelegten Prüfung
wird der Führerschein auf Klasse
1(eins) erweitert.
I. V.
Hauptmann

Nur gültig für die Dauer des Dienstverhältnisses bei der Wehrmacht. (Bei der Entlassung abzugeben.)
Wehrmacht-Führerschein
für
den
(Vor- und Zuname)
Truppenteil usw.:
Standort: Bamberg
geboren am 19
in
16. Hugo Hönicke, Berlin W 62.

被膜加工された布で作られたこの灰色形式の運転免許証は、1990年代まで傷まずに残っていた。

左：ヴォルシュレーガー大尉は、ヴュンスドルフの戦車学校でフォン・ローゼンの小隊長だった。右：小銃を撃つヴォルシュレーガー大尉（100メートル先の静止標的を狙う）。簡単な演習ではなかった。

ヴュンスドルフの士官候補生。ほとんどが伍長であり、フォン・ローゼンと同様に全員が既に前線経験を有していた。

ヴュンスドルフの訓練用戦車：左端にあるのはI号軽戦車、中央は3.7センチ砲とフレームアンテナを備えたIII号指揮戦車、その後ろと右は5センチ短砲身を持つIII号戦車。

演習のため外に出た5センチ短砲身型III号戦車。車体前面の機銃は今回の演習用に外された。

左：3.7センチ砲搭載型のIII号戦車。装甲部隊の戦術記号である菱形には、士官候補生課程を示す「OAL」(Offiziers-Anwärter-Lehrgang)が付け加えられている。右：このIII号戦車には増加装甲板がリベットで取り付けられている。それでもソ連軍のT-34に著しく劣り、今や訓練用に使われるのみだった。

ヴォルシュレーガー大尉(写真中央の騎士十字章を佩用した人物)と配下の第2小隊の士官候補生たち。フォン・ローゼンも同中隊に属した。

1942年4月、ポツダム視察の際の集合写真：A=フォン・ローゼン、B=ヴォルシュレーガー大尉、C=ハイグル。

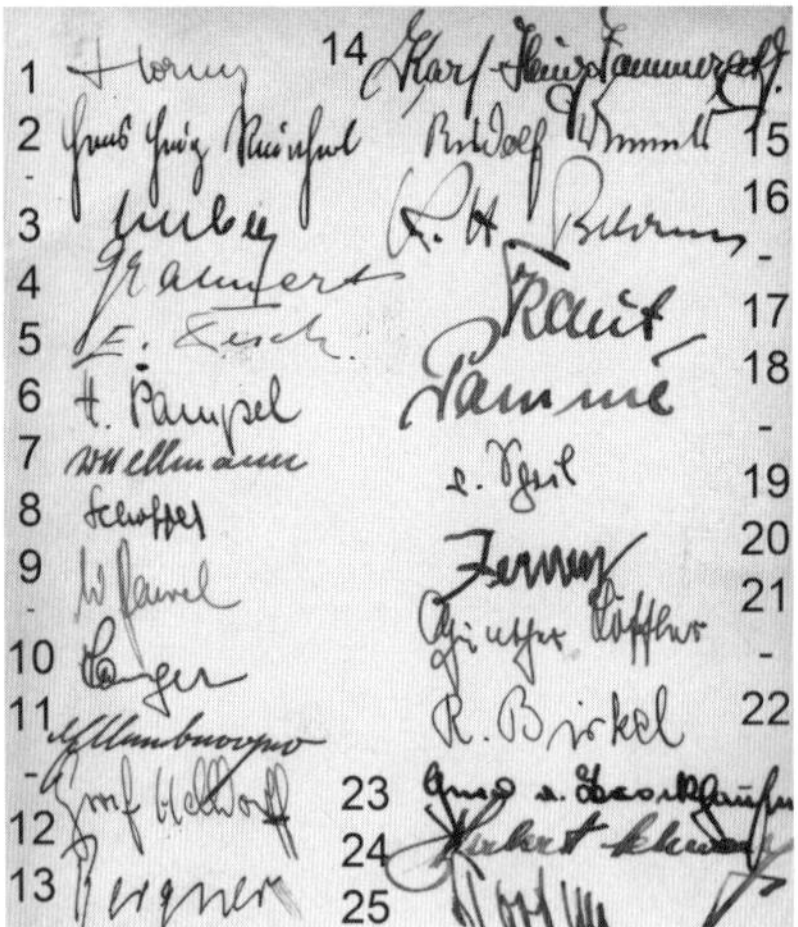

左：写真裏の署名：1 ＝ホルニー、2 ＝ ラインハルト、3 ＝フーバー、4 ＝グラウエルト、5 ＝デッシュ、6 ＝ H・パンペル、7 ＝ W・ヘルマン、8 ＝ショッファー、9 ＝パヴェル、10 ＝ランガー、11 ＝エレンベルガー、12 ＝ヘルドルフ伯爵、13 ＝ベルクネット、14 ＝カール ＝ ハインツ・ ヤンメラート、15 ＝メーンツ、16 ＝ベーレンス、17 ＝カウト・オット（ドイツ十字金章＝DKiG受章）、18 ＝パンメ、19 ＝ヘルムート・フォン・シュパイル（DKiG受章）、20 ＝ イェルネイ、21 ＝ギュンター・レフラー、22 ＝ R・ビルケル 23 ＝フォン・ブロックハウゼン、24 ＝ H・シュヴァルツ、25 ＝ホルスト・フォルトゥン（騎士十字章およびDKiG受章）。右：ポツダムでヴォルシュレーガー大尉と。

1942年春のヴュンスドルフにて、ポンツーンの前で課程同期生と共に写るフォン・ローゼン伍長（写真左）。

左：フォン・ローゼンの同期生たち。右：パンメ伍長（写真左）と伯爵ヘルドルフ伍長（写真右）。

左：1942年春の訓練において小休止中のフォン・ローゼン。右：演習について同期生と打ち合わせるフォン・ローゼン。

1942年春、ヴュンスドルフの手榴弾投擲場にて。春の陽光を満喫するのがモットー。

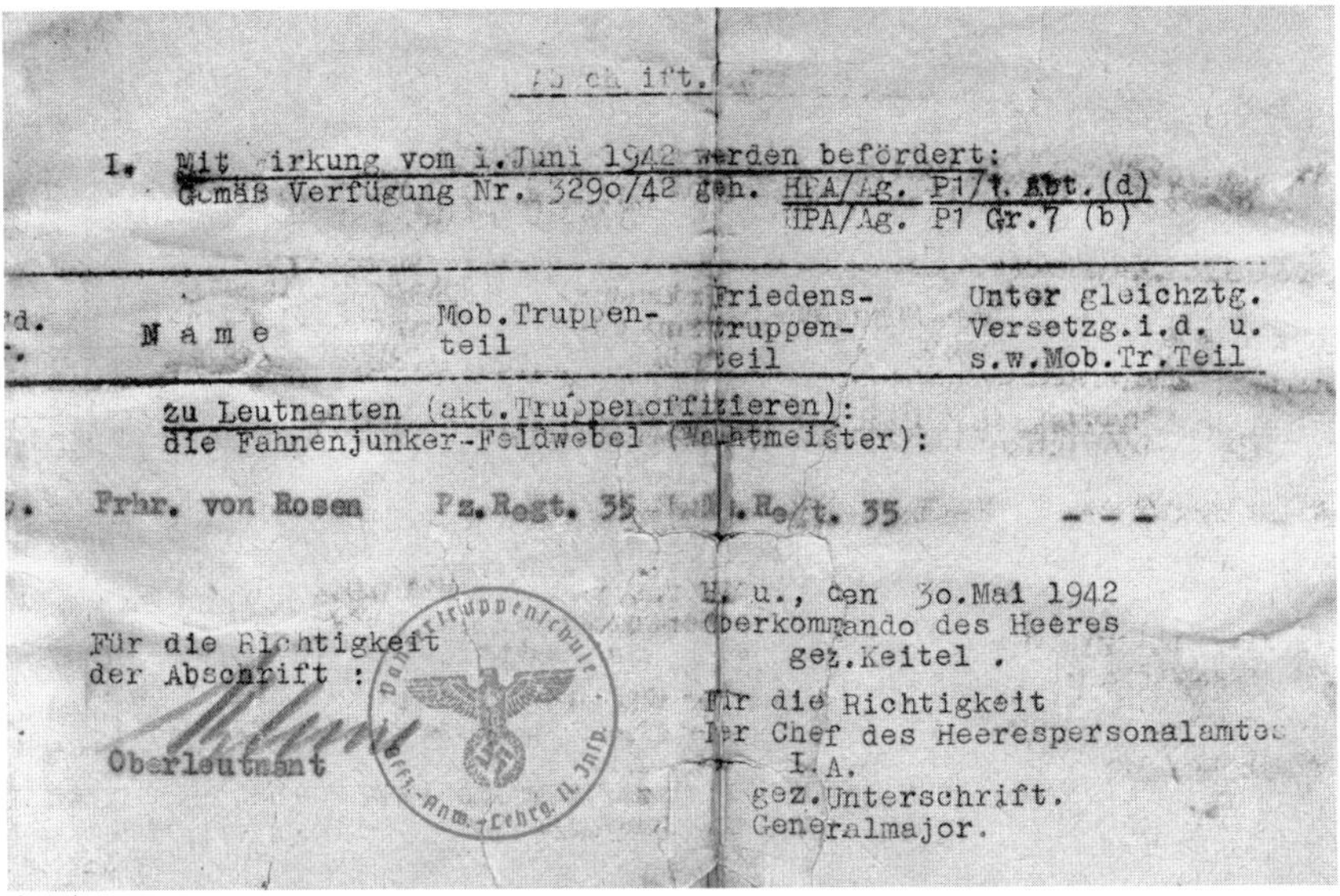

Abschrift.

I. Mit Wirkung vom 1.Juni 1942 werden befördert:
Gemäß Verfügung Nr. 3290/42 geh. HPA/Ag. P1/1. Abt.(d)
HPA/Ag. P1 Gr.7 (b)

Name	Mob.Truppenteil	Friedens-truppenteil	Unter gleichztg. Versetzg.i.d. u. s.w.Mob.Tr.Teil
zu Leutnanten (akt.Truppenoffizieren): die Fahnenjunker-Feldwebel (Wachtmeister):			
Frhr. von Rosen	Pz.Regt. 35	Pz.Regt. 35	---

H.Qu., den 30.Mai 1942
Oberkommando des Heeres
gez.Keitel .

Für die Richtigkeit
der Abschrift :
Oberleutnant

Für die Richtigkeit
Der Chef des Heerespersonalamtes
I.A.
gez.Unterschrift.
Generalmajor.

俸給手帳《ソルトブーフ》明細には、1942年6月1日付けでフォン・ローゼンが少尉に昇進した旨が記載されている。

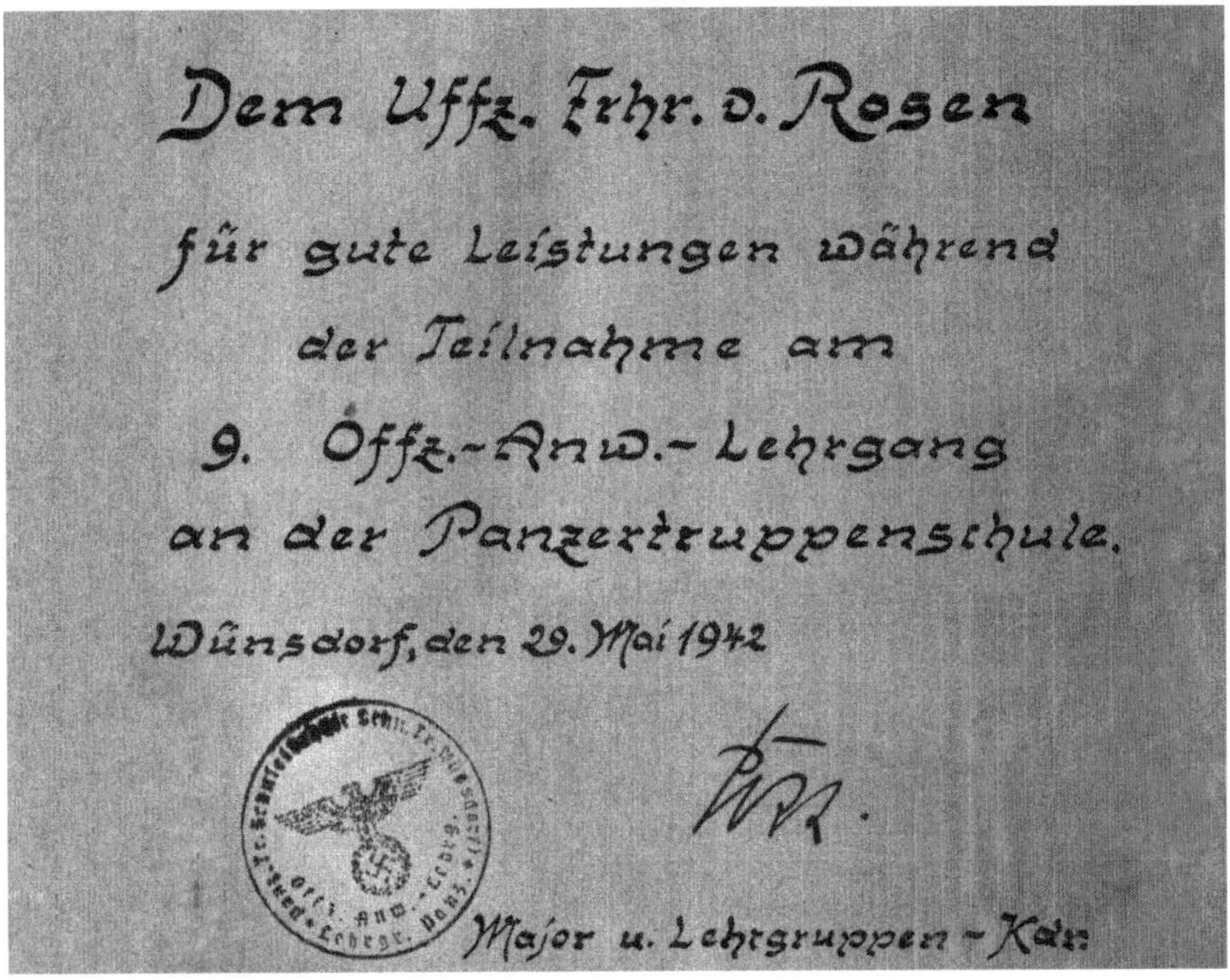

Dem Uffz. Frhr. v. Rosen

für gute Leistungen während
der Teilnahme am
9. Offz.-Anw.-Lehrgang
an der Panzertruppenschule.

Wünsdorf, den 29. Mai 1942

Major u. Lehrgruppen-Kdr.

1942年5月29日、ヴュンスドルフの戦車学校第2小隊の最優秀賞はフォン・ローゼン伍長に与えられた。[※本文内容：「戦車学校での第9期士官候補生課程参加中の良好なる成績に対し、男爵フォン・ローゼン伍長に（最優秀賞を授与する）」]

1942年6月1日、フォン・ローゼンは軍曹勤務士官候補生に昇進し、そのわずか数時間後には少尉に昇進した。
［※写真は少尉時のもの］

ベルゲン/ファリングボステルの広大な営庭に整然と並んだII号戦車とIII号戦車。

1942年、ファリングボステルでの任務割当:写真中央に立つ黒い戦車兵用制服を着た人物はゴットホルト・ヴンダーリヒ[※本文には一度も登場しないが、同人はフォン・ローゼンの上官でもあったヴァルター・シェルフの戦車操縦手であり、シェルフが第503重戦車大隊、第512重戦車駆逐大隊に転任した際も同人車輌の操縦手を務めたほか、戦後はシェルフの息子の代父となった]。

第502重戦車大隊の「マンモス」が既に部隊シンボルとして描かれているIII号戦車の前に立つエドガー・エルスナー上等兵。車体と砲塔前面の機銃はどちらも未装備。

1942年9月、長砲身5センチ砲L/60を装備したIII号戦車の前に立つヴンダーリヒ一等兵（写真左）。後に第2中隊は短砲身7.5センチ砲を装備したIII号戦車N型を受領した。

左：ファリングボステルの宿所にも「マンモス」が付いていた。窓から顔を出しているのはアン・デア・ハイデン曹長、ドアの前に立つのはハーゼ軍曹。右：第502重戦車大隊第2中隊の中隊長は、1942年5月13日にドイツ十字金章を授与されたエーバーハルト・ランゲ大尉だった。

シェルフ中尉は1942年時点では第502重戦車大隊第2中隊の小隊長を務めていた。この写真は、二級鉄十字章を授与されたばかりの将校たちと写った1941年夏のもの。

1942年秋、ファリングボステルにて：新たな任務分担を告げる小隊長のシェルフ中尉。

1942年12月末にソ連に出発する直前、最初のティーガーがカッセルから第2中隊に到着した。これは偽装ネットで覆われた新品のティーガー。

冬の飛行場に佇むJu52輸送機。フォン・ローゼンはこの機で初の空旅をした。

りあえず私の出頭報告に耳を傾けたが、中隊は移動しませんと告げた途端に烈火のごとく怒り、私の発言を遮って即座に移動しろと繰り返したあげく、私を壕の外に突き飛ばし、この命令をランゲ大尉に伝えるよう、さっさとファリングボステルに向かえと命じた。

　したがって、私はレニングラード戦線には二時間もおらず、既に帰国途上にあった。今回は護送車列の一トラックに乗り、パルチザンのいる危険地帯を五時間かけて走破し、その後、プレスカウ〔※プスコフ〕からリガまでJu52で移動した（初めて飛行機に乗った！）。そこで六時間かけて都市観光をいくらかし、前線休暇列車でベルリンに向かった。私が大隊長の反応を説明すると、ランゲは笑った。彼は電話機のところに行き、ベルリンの陸軍総司令部につなげた。その結果、中隊は移動しないことになった。ファリングボステルに留まったのである。

　一九四二年一二月、中隊が武装ＳＳに丸ごと移管されるかもしれないとの噂が広まった。ＳＳライプシュタンダルテ「アドルフ・ヒトラー」戦車連隊がティーガー中隊を一個、追加受領することになっているというのである。この頃のＳＳにおいては、経験豊富な戦車兵の「人的資源」はまだそれほど多くなく、出動可能な部隊を速やかに編成することなど不可能だったので、少なくとも目下のところ大隊から離れてファリングボステルにいるわが第2中隊に白羽の矢が立ったというわけだった。経験豊富な戦車兵からなるこの中隊を単純にSSに移籍させた方が、ティーガー戦車への人員配分が何倍も手っ取り早く行われるだろうと考えるのは当然だった。なぜなら、SS部隊は補給や装備のあらゆる問題について優遇されていたからである。したがって、この噂にも一理あったし、似たような事例は既にあった。だが、幸いかな、それが実現することはなかった。そうこうするうちに東部戦線の戦況が切迫した。ソ連の二個軍集団がドイツ軍戦線を突破後にカラチ付近で合流し、第6軍がスターリングラードで包囲されたのである。

ロシアに戻る：カルミュク草原とドネツ盆地（一九四三年一月～五月）

スターリングラードはドイツの戦争指導における一大失態だった。しかし、戦略的規模で見た場合、反動はそれだけに留まらなかった。一九四二年一一月、米軍がモロッコとアルジェリアに大兵力をもって上陸し、同時にロンメルはエル・アラメイン（エジプト）付近で西に退却せざるを得なかった。この三つの出来事と一九四三年初頭におけるUボート戦の崩壊は、第二次世界大戦の軍事的転換点を意味した。この戦争に勝利することは、もはや軍事的に不可能だった。

われわれは、今や解囲攻勢に参加すべく直ちにスターリングラードに向けて進撃することになった。独立中隊としてだ！　わが第502重戦車大隊が北のレニングラード戦線に釘付けにされている一方、われわれはドン軍集団の麾下に置かれた。独立中隊としてのわれわれは、通常は大隊の枠内にしかない通信部隊や補給部隊、整備部隊を追加で必要とした。そして今や陸軍総司令部の組織的偉業が達せられた。われわれは二日もしないうちに、補給、輸送、整備、戦車回収部隊をそれぞれ一個小隊、国中のあらゆる部署から受領した。ある方面からは物資が、ある方面からは人員がやってきた。最終的に中隊は、数日で約一五〇名から五〇〇名にまで人員数が膨れ上がった。時を同じくして、カッセルのヘンシェル工場からは新品のティーガー戦車がやってきて、一二月二一日から二六日までの間に、計九輌が納入された。中隊長用のテ

■東方戦役　1942／43年

南方軍集団

1942年	5月28日	●ハリコフの戦い
	7月7日	●クリミア攻略
	7月23日	●ロストフ・アム・ドン［※ロストフ・ナ・ドヌー］占領
	8月19日	●ドイツ軍によるスターリングラード攻撃開始
	8月21日	●コーカサスのエルブルズ山頂にドイツ軍旗が翻る
	11月19日	●スターリングラードでソ連軍の反撃開始
	11月20日	●ルーマニア第4軍の戦線をソ連軍が突破
	11月23日	●ドイツ第6軍（30万人）が包囲される
	12月12日～21日	●ドイツ軍の救出攻勢
	12月22日～23日	●ヒトラーが第6軍の包囲環突破を拒否
1943年	1月25日	●孤立地帯が南北に分断
	1月31日	●パウルス元帥の下で南部孤立地帯が降伏
	2月2日	●北部孤立地帯が降伏
	2月14日	●ロストフを明け渡し
	3月まで	●ミウス・ドン地域における冬期防衛戦
	5月7日～7月16日	●ツィタデレ作戦：東部におけるドイツ軍最後の攻勢（私の2度目の負傷）
	8月5日	●ソ連軍がオリョール奪取
	9月7日	●スターリノの降伏、ドネツ盆地の喪失
	10月23日	●ソ連軍がドニエプル下流域に向けて突破
	11月6日	●ソ連軍がキエフへ進撃

ィーガー一輌、ティーガーを各四輌装備する小隊二個、Ⅲ号戦車八輌を装備する軽小隊一個が、中隊の戦闘部門を形成した。各小隊には将校が二名おり、私はシェルフ中尉の第Ⅰ小隊の中で半小隊長を務めた。もっとも、このティーガー中隊の豊富な装備を手元に置けるのは短期間でしかなかった。なぜなら、来たるべき事件で将校の数が自然に減り、補充を受けることもできなかったからである。

読者はおそらく、この当時のわれわれがどれだけ忙しかったかを想像できるだろう。最初の鉄道輸送は一九四二年一二月二七日であり、ファリングボステルから出発した。一二月二四日、私は部下二人と共にトラックでザールブリュッケンに送られ、戦車の履帯に付ける氷雪防滑具をそこの鋳物工場まで取りに行った。クリスマスイブはエヒテルナハの居酒屋で過ごしたが、そこの店はわれわれが車で轢いてしまったウサギを調理して出してくれた。実家に電話し、両親とクリスマスイブにまた連絡を取った。今の読者には、当時これがどれだけ大変だったか、想像もつかないだろう。携帯電話や自動交換式の市外電話などまだなかった。市内電話の場合は、当時でも大方の都市ではじかに架電できた。ところが市外電話となると、通話者は常に電話交換所に申し込まねばならず、いくつもの中継所を経由してようやく相手とつながることが多かった。これには何時間も掛かることがよくあった。緊急の電話として申し込めば料金は二倍、特別至急電話なら一〇倍はかかった。この場合は一〇分以内に電話がつながった。私が電話したことで、おそらく両親は喜ぶよりも心配したことだろう。なぜなら、目下の戦況報告の中で最も名が上がる前線の場所に私が来たことが想像できたからである。その場所こそ、スターリングラードだった。

ケルン―ハノーファー間の高速道路を経由しての復路では、疲れ切った運転手の交代を夜間にしてやった。濃霧だった上、当然のことながら灯火管制されたヘッドライトだったので、ほとんど何も見えなかった。運転にたいそう疲れたため、ほんの一瞬眠り込んでしまった。トラックが左にそれて草むらに入り、そこに立っていた大きな予告標識にラジエーターが激突した。ラジエーターは持ちこたえたが、フェンダーがへこみ、フロントガラスが粉々になった。寒さでようやく目が覚めた。一二月二六日の早朝にファリングボステルに戻ると、トラックの件で中隊長からものすごい大目玉を食らったが、荷積みの前に整備廠が元どおりに直してくれた。

私を乗せた輸送列車は、一九四二年一二月二八日〇五〇〇時にファリングボステルを出発した。今回は家畜車の中に円筒形ストーブと暖房用燃料があった。ストーブの前にじかに座ると暖かくて気持ち良かった。幸いなことに、蒸気機関車が水と石炭を補給せねばならなくなると（電化された鉄道線はバイエルンとザクセンにわずかにあっただけだった）、時たま停車した。その際は足を伸ばすことができた上、同じく積載されていた野戦炊事トラックで調理された食事が支給された。何時間もスカートに興じる者もいれば（私は一度、二四時間連続でプレーし、大金をすってしまったことがある）、うとうとしたり、寝たりする者もいた。この種の鉄道旅行は、確かにさほど変化に富むものでも、快適なものでもなかった。赤信号のため駅ではない場所に停止した際は、用を足さねばならない者や足せる者は、下車して原野に駆け込んだ。貨車の中にはそれに代わるものがなかったからである。しかも、深々と冷える冬に用を足すのだ。機関車が出発進行の汽笛を鳴らすと、機関士はたいていの場合、発車するまでにズボンを上げる時間を残してくれたので、列車に戻ることができたが、たまに列車が動き出してしまうこともあった。ついでに言えば、長時間の無停車は拷問になりかねなかった。貨車の引き戸を少し開け、足を踏み台に乗せ、左手で貨車の手すりを握り、右手でズボンを緩め、紙で後始末をし、ほっと安心して貨車の中に戻るのである。踏み台が氷で覆われていたり、暗闇の中だったりすると、これは危険な作業だった。トンネルが来ようものなら、素早く中断せねば生死にかかわった。しかし、これにも慣れていった。

われわれは「電撃輸送列車《ブリッツトランスポルト》」に乗っており、ほかの東部向け輸送よりも優先されていたとはいえ、何日も輸送途上にあった。白ロシアのゴメル［※ホメリ］に到着したのは大晦日だった。そこで戦車の履帯を変更せねばならなかった。通常の行進用履帯《マルシュケッテ》では、中央ヨーロッパの路線で鉄道輸送するには幅が広すぎた。したがって、ティーガー輸送用の専用貨車に載せるため、幅の狭い「輸送用履帯《トランスポルトケッテ》」なるものがあった。ゴメルで履帯を交換することになった。凍てつく寒気の中、完全に凍結した貨物用ホームで行うこの作業は、乗員にとって重労働だった。われわれは年が変わったことにも気づかなかったが、この大晦日の晩は忘れ得ぬものとなった。三日後、われわれはロストフ・アム・ドンにいた。駅とプラットホームには、無気力な顔をしたルーマニア兵のストイックな集団があふれており、武器を持っている者はほんのわずかしかいなかった。まるで敗走中の軍隊のように見えた。ドイツ人鉄道員の情報によると、ソ連軍がルーマニア軍の戦線を新たに突破したため、彼らは今やパニックになって逃亡し、もはや立ち止まることもできないとのことだった。その鉄道員たちからは、ソ連軍がいたる場所で突破して線路に突如として現れるおそれがあるため、今後は戦車に配員して移動を続けた方がいいと助言された。そこで、われわれは言われたとおりにした。戦車に乗員が搭乗したので、必要とあらば防戦することができた。とはいえ、戦車の中は凍えるほど寒かった。スーパー戦車と共に移動しているにもかかわらず、胸がすくような痛快な戦いがわれわれを待ち受けているようには、とても思えなかった。

一九四三年一月六日、わが輸送列車は終着駅プロレタルスカヤに到着した。これより前、われわれはヨーロッパとアジアの地理的境界線と見なされるマヌィチ川を越えていた。中隊はこの日の夕方までに全員が揃った。われわれは第17装甲師団の麾下にあることを知った。翌朝、一〇時間半かけて将来の作戦区域であるクベルレ［※クベルペ］区域へと進軍した。われわれは第39戦車連隊の指揮下にあり、同連隊のザンダー戦車中隊と共に攻撃した。それはステップ地帯での戦いだった。双方ともに確固とした戦線はなかった。われわれの任務は、索敵して敵を殲滅することだった。作戦は一九四三年一月八日に始まった。今でもよく覚えているが、これについて詳述するつもりはない。だが、以下のようなことを初めて経験した。初日の夕方、われわれは戦車の支援を受けたソ連軍歩兵の攻撃を粉砕せねばならなかった。小高い良好な陣地に就くと、前方の地を遠くまで一望できた。アリの大群のような黒い点々がこちらに接近してくるのが遠くに見えた。それら黒点の間には、もっと大きな点があった。戦車だ。ソ連軍の歩兵二個連隊、約四〇〇〇人が戦車の支援を受けて攻撃してきた。接近させて戦車を撃破し、慌てて身を隠そうとする歩兵の間を走行した。敵は勇敢だったと認めざるを得ない。われわれは彼らを退却させることができず、陣地を放棄させることもできなかったので、日暮れには後退した。その後の戦闘報告では約一〇〇〇人のソ連兵が殲滅されたとなっているが、われわれはⅢ号戦車を一輌失った。同車についてはどうすることもできなかった。訳ありげにソ連軍戦線の奥深くへと向かっていったかと思うと、突如として靄の中に消えてしまった。その乗員五名の消息はそれっきりだった。さらに、負傷者を三人出したほか、フォルケル少尉が腕を骨折して脱落した。その夜は野営したが、二度とやらなかった。マイナス三〇度以上に冷え込むからだ。それ以降、その日最後の行動は村に対して行うようにし、そこで夜を越せるようにした。われわれより先にソ連兵がいた場合は、攻撃して追い出した。ソ連兵も暖かい宿所を探していた。ステップ地帯には村がさほど多くなかったので、それらを確保し、破壊しないようにする必要があった。住民がストーブの上か周囲で寝る一方、われわれは床の上か、あるいはテーブルの上か下で寝た。彼らは友好的なカルミュク［※カルムイク］人だった。もちろん、戦争で被害を受けてはいた。翌日、タウバー少尉が仆れた。戦車の外で歩兵の銃弾に当たったのだった。

われわれのティーガーには難点が多くあった。それら戦車は新品で、連続負荷下での試験がほとんどなされていなかった。エンジンや変速機の破損が多かった。相当数は製造中のサボタージュによるものという印象も受けた。したがって、われわれは二つの戦線で戦っていた。敵に対してと、計り知れない技術的困難に対してである。われわれの整備廠は破損箇所の修理に大忙しだった。

軍団の命により、中隊の出動可能戦車、つまりシェルフ中尉指揮下のティーガー三輌とⅢ号戦車七輌が第16歩兵師団（自動車化）の下に置かれた。われわれはそこでいくつかの戦闘に参加したが、何よりも長距離を移動せねばならなかった。三輌のティーガーは一月一四日、第16歩兵師団（自動車化）の解囲を防御すべく西のカマロフに向かい、その後に中隊のいるプロレタルスカヤに戻れとの指示を受けた。Ⅲ号戦車は引き続き同師団の麾下にあった。同師団の解囲は予想以上に難しく、ソ連軍がＰａｋを厳重に布陣しているなだらかな丘が行く手を遮っていた。当初、われわれ三輌のティーガーはＰａｋと撃ち合ったが、砲の数は事前に確認できたよりも多かった。命中弾を食らった。不意にシェルフから無線で呼ばれた。「砲が破損、あとは頼む！」。どうしたものか。こんな状況はこれまで一度もなかった。Ｐａｋを排除するのは今度は自分の番だ。すぐに返答せねばならず、無線でこう返した。「了解。終わり」。そして、咄嗟に「ローゼンより224号車へ、正面の丘の上にＰａｋ、前へ！」。むろん、無線で本名を使うことはなかったが、その際のコールサインについてはもう覚えていない。驚いたことに、224号車がすぐに動き出した。わが操縦手も発進させ、この土地に適した速度で走ると、丘の陣地に到達した。大いに安堵したことに命中弾はなく、ソ連兵は全ての砲と若干のアメリカ製ジープを後に残したまま逃げていった。それらはアメリカの軍事支援の一環としてソ連に送られたものであり、ここ東部では今やますます多くが現れるようになっていた。攻撃は成功、私の初戦果だ！　ようやくこつが呑み込めたのであり、非常にゆっくりと熟練の小隊長に成長した。それと同時に、部下との間に信頼関係が生まれた。つまり、互いが互いを信頼できたということだ。この関係は終戦まで続いた。

今や師団の解囲を邪魔するものは何もなく、任務を完了させたため、中隊がいるプロレタルスカヤに三輌のティーガーを戻すことになった。それがどれほどの距離だったかはもう覚えていない。三〇キロメートル以上だったろうか？　ティーガー224号はトランスミッションが故障していることが判明し、ギア操作ができなくなったため、牽引せざるを得なかった。そんな長い距離では難題だった。シェルフは、自分のティーガーで中隊まで先に行き、回収小隊に助けを求めてここに寄こすと言った。この距離で中隊に無線連絡することは、われわれの無線機では不可能だった。私は224号車を可能な限り牽引しろという命令を受けた。緊急の場合は爆破せねばならなかった。急ぐ必要があった。師団の部隊が撤収した後、今や広い原野にいるのはわれわれだけとなった上、復路は大部分が無人地帯を通るものだった。シェルフが去るとわれわれは牽引ロープを取り付けたが、牽引を担うわが小隊は想像し得る限りの非常な低速で動き出した。全てが雪で覆われていたため道の境界線がなく、どこが道なのか分からず、しかも雪中の轍は友軍のものでもソ連軍のものでもあり得た。明るいうちは、シェルフのティーガーの履帯痕が目の前によく見えた。しかし、急速に暗くなったため私はハッチを開けてキューポラに立ったが、再びひどく寒くなってきた。注意する必要があったのは、素手で装甲に触れると寒気のためにすぐにくっついてしまうことだった。操縦手の視野はキューポラに立っている私よりも狭いので、道を教えてやることが私の役割だった。しばらくすると、「少尉殿、エンジンが過熱しているので停止します」と操縦手が大声を上げた。クソ、今はステップ地帯のど真ん中だ。ファンが破損したが、われわれの限られた手段では修理できなかった。冷却水は八

1942年のクリスマスの直前、何本かの輸送列車がクラクフとミンスクを経由してゴメルに送られた。そこでマイナス30度の中、戦闘用履帯を張らなければならなかった。ハリコフとロストフを経由し、カルミュク草原のプロレタルスカヤに向かった。同地で1943年1月1日と2日に卸下し、応急の偽装を施した。

1942/1943年冬の作戦区域の概要。

中隊が最初に投入された戦闘区域は灰白色で平坦なカルミュク草原だった。反撃によってソ連軍を局地的に阻止し得た。

第502重戦車大隊第2中隊長ランゲ大尉と小隊長のヴァルター・シェルフ中尉。1943年1月14日以降、第502重戦車大隊第2中隊は第503重戦車大隊に第3中隊として編入された。

草原の草で一時しのぎの偽装をしたIII号戦車とティーガーが納屋で待機しているところ。

1942/1943年冬、極寒のカルミュク草原で休憩中のエーバーハルト・ランゲ大尉とヴァルター・シェルフ。左後方にあるのはIII号戦車。

左：フォン・ローゼンの「家主夫婦」：モンゴル人に非常に似ているカルミュク人。右：車長用キューポラから身を乗り出すランゲ大尉。胡視孔は既に何度か対戦車ライフル弾を被弾している。

小隊長シェルフの操縦手で、食事中のゴットハルト・ヴンダーリヒ伍長。操縦手胡視孔の可動ブロックがよく見え、その上には小さな非常用胡視孔が2つあるのが分かる。これは、激しい敵銃砲火の中でブロックを完全に閉じなければならない際に使用するもの。

700馬力のティーガーから1馬力のロシア馬に乗り換えたヴァルター・シェルフ小隊長。

砲塔に立つフリッツ・ミュラー軍曹のティーガー「211」号車は、「マンモスのシンボル」に被弾している。左側には軽小隊のIII号戦車。この戦車も石灰塗装がほとんど剥げてしまっている。

第502重戦車大隊第2中隊の旧砲塔番号は、第503重戦車大隊に編入された後も当初は保持されていた。発煙弾発射器の上に座っているのはゴットホルト・ヴンダーリヒ。

休憩中に乗員と共に写る第1小隊長シェルフ中尉。ティーガーは既にフェンダーの一部を失っている。

ティーガーの前で戦友と共に写るゴットホルト・ヴンダーリヒ（写真右）。フェンダーの半円状の穴は搭乗用の足掛けであろう。

焼け落ちたプロレタルスカヤの工場施設は戦車の整備廠として使用された。手前にあるのは回収されたティーガー「224」。その向こうは18トン牽引車とIII号戦車。

1943年2月初旬、ロストフ目前：ティーガー「213」が200リットルのドラム缶から給油しているところ。砲の上でくつろいでいるのはペーター・ミーデラーとギュンター・クーネルト。

ティーガー「211」は足回りに損傷を受けた。戦車の上にはいくつかの履板が分散しておかれている。

1943年春、タガンログ付近の村における第503重戦車大隊のティーガー縦列。

防御のため停止中の第3中隊のティーガー。手前のティーガーは、砲塔には旧番号「224」を、車体前面装甲にはマンモスの標識をなおも付けている。

エーバーハルト・ランゲ大尉との惜別。そうこうしているうちに、第502重戦車大隊第2中隊は503重戦車大隊第3中隊になった。1943年3月ポクロフスコエにて、シェルフ中尉、ランゲ大尉およびフォン・ローゼン少尉。

ポクロフスコエでの気楽な日々：フォン・ローゼンとヴァルター - シェルフ。

1943年春、ウクライナにおける進軍。2輌のティーガーの後には2輌のIII号戦車が続く。橋の脇には大隊の車輌があり、車輌群の円滑な通過を見守っている。

ポクロフスコエでの一級鉄十字章授与式を終えて。左から：ゴットホルト・ヴンダーリヒ、カール・ハインツ・ヤンメラート、ペーター・ミーデラー、ハインツ・ゲルトナー、ロート及びフリッツ・ミュラー。椅子に座っているのはランゲ大尉。

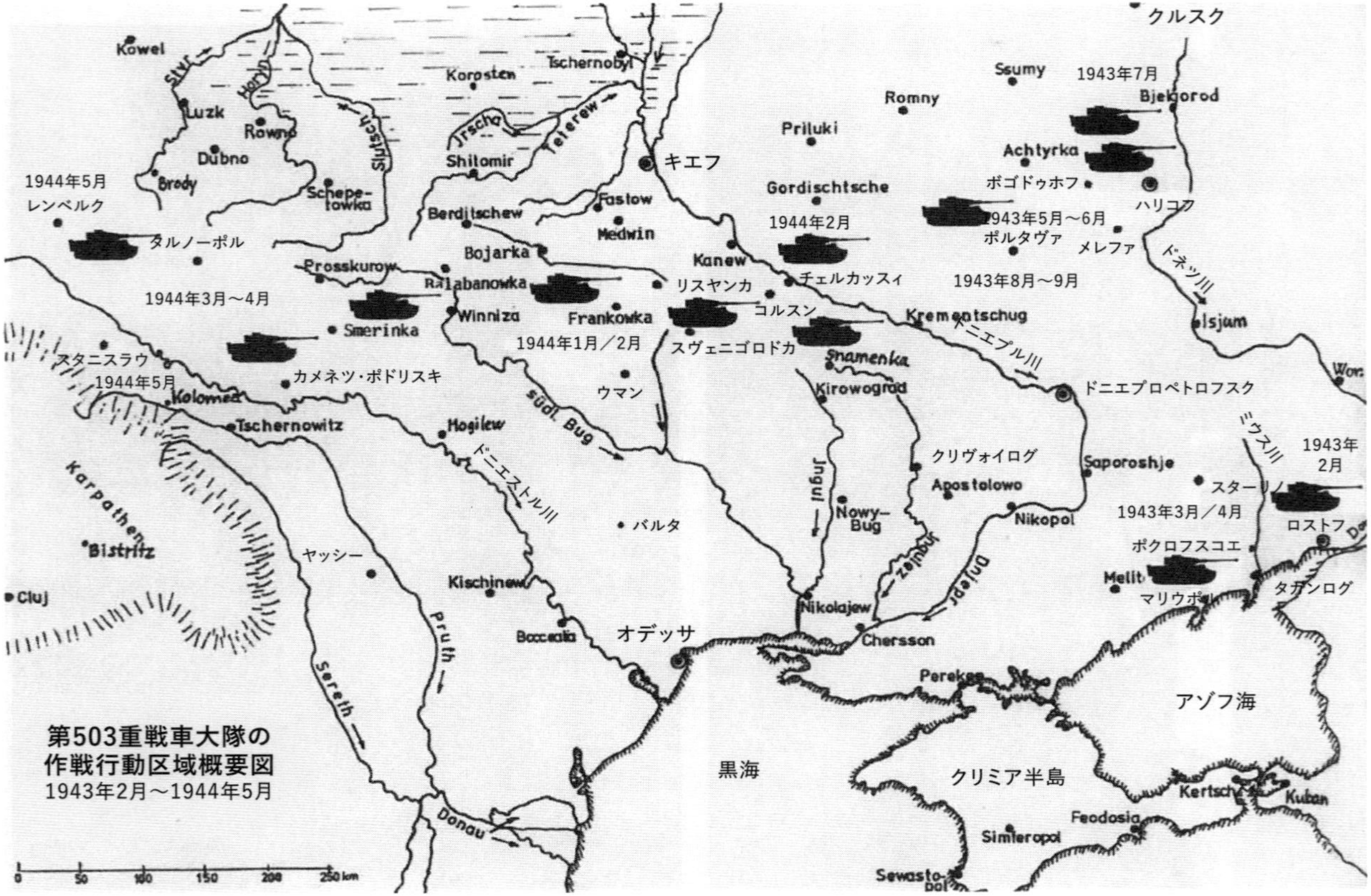

1943年2月から1944年5月に至る第503重戦車大隊の作戦区域の概要図。[※地名の訳出については、地図が雑然となるのを避けるため、大都市と本書に登場するもののみに限定した]

〇度が正常であるところ、水温計は一二〇度強を示していた。温度が下がるまで待たねばならなかった。一五分後、走行可能になったと操縦手が報告した。エンジンに過負荷をかけないよう、今度はもっとゆっくり進むが、またも同じ「エンジン過熱」。どうやってこのステップ地帯を越えろというのか。今や月が昇った。多少は明るくなり、雪道が分かりやすくなった。イワンに音を聞かれなければ良いのだが。エンジン音は静かな夜には何キロメートルにもわたって確実に聞こえたし、一定の周期で何度もエンジンを切るのも同じだった。手負いのカモが途中にいることはそれではっきり分かったし、たやすい獲物になりかねなかった。われわれはエンジンを切った時も物音に聞き耳を立てた。だが、聞こえたのは狼の遠吠えだけだった。停車時は、砲手がトーチランプに火をつけた。これはエンジンを熱するためにわれわれが各戦車に備え付けていたものであり、唯一の熱源だった。ススが多く出て、ベトベトするススが特に皮膚にこびり付いた。とはいえ、凍死するよりましだった。

夜が明けた。ここがどこで、どれだけ離れているのかは、友軍陣地にたどり着くまで分からなかった。われわれには地図がなかったし、それがあれば少しは状況が分かっただろう。われわれの道は地図に載せられるような代物ではなかった。左手の地平線に突如として黒い点が現れた。あれは何だ？　ソ連兵か？　こちらに向かって来るぞ。双眼鏡で見ると、二〇人から三〇人ほどのソ連軍騎兵が（友軍の騎兵はここにはいなかった）馬を止めてこちらを観察しているのが分かった。われわれはエンジンを冷やすためにちょうど一時停止したところだった。砲手に指示。「砲塔〇三〇〇時、騎兵、距離二五〇〇メートル、榴弾、撃て」。正式な射撃号令ならこう発するところだが、この状況ではもう少し型を崩し、もっと素早く命じた。ソ連兵の方向に三発撃つと、彼らが方向転換して原野のどこかに消えていくのが見えた。更に先に進むと、溝に架かる小さな木橋があった。吹雪のため、ほとんど見分けがつかない。牽引している戦車が少し左に行きすぎたが、操縦手には状況が分からず、橋から横滑りして溝の中に落ちてしまった。地面は滑りやすく、われわれが戦車でそれを引っ張り出してやることはできない。こうなった場合、助けられるのは牽引車輌だけであり、巻き上げ装置を使えばこれほど重い物でも救助できる。さてどうするか。ここの無人地帯に彼ら乗員を戦車もろとも置き去りにするわけにはいかない。戦車を爆破する気にもなれない。そういえば、シェルフは回収小隊に助けを求めにいったが、それはどこにいるのだろうか。別れてからもう一三時間が経っていた。爆破がいかに解釈されるか、正当か、あるいは時期尚早かの判断によって、私は軍法会議に付せられるおそれがあった。五人の乗員をわが戦車に乗せ、先に進んだ。私はついていた。遠くに車輌が見えたかと思うと、白い信号弾が一つ上がった。これは友軍部隊がやってきたことを意味した。こちらも白色信号弾で応答した。われわれはもう一〇分してから合流した。彼らは第17装甲師団の一部で、こちらのことを知っており、待ってもいたのだった。彼らの無線機で師団に連絡すると、回収小隊がこちらに向かっていると知った。われわれは滑落した戦車の所まで引き返し、ソ連軍が不意に現れた場合に備えて現場に留まることにした。これだけの大平原であれば、いつ敵が現れても不思議ではなかった。回収小隊が牽引車三輌をもって本当に現れた。救出は困難ではなく、われわれ護送隊列はプロレタルスカヤへと移動したが、これには更に数時間かかった。合計すると、シェルフ中尉が去ってからちょうど三〇時間、われわれは道中、つまりステップ地帯にいたわけだ。ラング大尉からは、「やれやれ、無知の怖いもの知らずってところだな」と迎えられた。われわれがいかに危うい移動をしてきたか、こう言われてようやく私にも分かった。

そうこうしているうちに、反攻をもってスターリングラードの友軍を救出する好期は過ぎてしまっていた。包囲環は既にきつく閉じられており、包囲された第6軍部隊には突囲するだけの余力がなかった上に（しかもヒトラーがそれを明確に禁じていた）、カルミュク・ステップ地帯に存在する戦力は、スターリングラードまで突破するにはあまりに脆弱すぎた。わが中隊は全隊をもってロストフに移動するよう指図を受けた。この町は、コーカサスから後退してきた全ドイツ軍部隊がここを通過するまで保持する必要があった。新編成の更なるティーガー大隊も一月にわれわれの地区に到着していた。それはオーストリアで編成された第503重戦車大隊であり、完全なティーガー中隊を二個擁していた。カルミュク・ステップ地帯における戦いが終わった後、われわれはとりあえず同大隊に隷属したが、その後、第3中隊として同大隊に完全編入された。独立状態が終わり、今や余計な補給部門を引き渡さねばならなくなったわれわれは、約一五〇人の隊員を擁する普通の中隊に戻った。だが内輪では、正式名称である第503重戦車大隊第3中隊の後に、常にカッコ書きで（第502大隊第2中隊）と記していた。さらに、われわれの部隊章であるマンモスを引き続き使用し、第503大隊の部隊章［※虎の側頭の図柄］をわれらが戦車に付けたことは一度たりともなかった。これは終戦まで続いた。もっとも、その頃はもう503ではなく、『フェルトヘルンハレ』と称していたが。これについては後述することにしよう。

ロストフには一九四三年二月初旬まで固定的な宿営があったが、水も電気も暖房もなかった。それらは応急的に何とかする必要があった。整備廠はフル回転で作業を行い、次から次へと全ての戦車が再び出動可能となった。無線車から中波無線機を取り外したことで、われわれはドイツの放送を受信できるようになった。その放送はソ連の妨害電波によって何度も混信した。突然、響き渡る声がこう聞こえた。「スターリングラード——集団墓地、スターリングラード——集団墓地」。国防軍最高司令部は毎日、国防軍発表を報じていた。特に危機的な状況にあるときには玉虫色の表現となったが、行間を読み取れば、東部戦線の南部、特にスターリングラードをめぐる状況が壊滅的であることは分かった。そもそも、当時のわれわれがどこからニュースを得ていたか、ご存じだろうか。むろん、小型かつ携帯可能で世界中の電波を受信できる今日のトランジスタラジオなどまだなかった。当時のラジオには真空管が備え付けられていたので、わりと大型にならざるを得なかった。したがって、前線部隊にはラジオがただの一つもなかった。そうしたことから、ラジオニュースを聞くことは——上記の例外を除けば——全くなかった。テレビ、インターネット、ファクス、ＳＭＳその他、今日存在する全てが発明されるのは遠い未来のことだった。つまり、われわれは身近な生活環境以外についてのニュースから、実質的に完全に隔絶されていたのである。われわれはまさに「無知者の谷」に住んでいたのだ［※「無知者の谷」とは戦後の表現で、閉鎖社会の東ドイツの中でも更に電波状況が悪かった地域を指す］。それだけに、流言飛語がいっそう発生しやすかった。たいていの事柄については自宅からの軍事郵便で知ったが、それとて到着までに長い時間が掛かり、しかもまずは検閲を通らねばならなかった。上級部隊との連絡を通じた正式手続からも多くを知った。われわれは、ロストフ飛行場では空軍と連絡した。スターリングラードへの輸送機はここからも飛び立っていた。今やほんのわずかしか飛んでいなかった。飛行士の話では、スターリングラードにはもはや着陸できないが、貨物の投下だけは可能とのことだった。さらに、ソ連軍が突破し、包囲地帯を分断したらしく、負傷者を飛行機で運び出すことはもはやできないとのことだった。そこでは恐ろしいことが起きているに違いなかった。一九四三年二月二日、ドイツ軍最後の抵抗が止んだ。一〇万人の将兵が捕虜になった。われわれは空軍を通じて事情に通じていた。そこでの出来事によって強烈な衝撃を受け、指導部に対するわれわれの信頼に巨大な亀裂が生じた。それまでは、分断されたり、包囲されたり、あるいは絶望的な状況に陥ったりしても、救出されるものと確信していた。今やこの確信は吹き飛んだ。第6軍は意図的かつ無意味な犠牲にされたのだ。われわれはこれについて公然と語り、政治指導部のみならず軍指導部をも非難した。彼らはスターリングラードからの脱出と幾千人もの将兵の救出がまだ可能だった時に、それをみすみす逃してしまったのである。スターリングラードは軍事的な転換点になっただけでなく、心理的な転換点にもなった。全てが一変したのだ。

二月八日、大隊は町の一部が既にソ連軍の手中にあったロストフを去った。われわれは三日にわたって町の西で強力な攻撃を撃退し、多数の戦車を撃破したが、その中にはアメリカの型も若干あった。その後、私の戦車がラジエーター破損で故障したため、整備廠にもっていかねばならなかったが、当時は退却していたため、確固とした場所になかった。私は故障したティーガーを整備廠に移せとの命令を受け、二日後には、ティーガー五輌と牽引車一〇輌からなる護送隊列と共に、アゾフ海のタガンログに到着した。ロルバーンは路面が氷結した部分が多かったため、非常に難儀な移動となった。タガンログの駅で専用貨車を求めたところ、奇跡的にそれが現れ、われわれは最終列車としてタガンログ駅を出発した。目的地が分からぬまま、われわれが兵力を積み込んだ。数日間、鉄道輸送の途上にあったが、誰一人として行き先を知らなかった。輸送隊本部自体、退却の混乱の中でわれわれをどうすればよいのか分かっていなかった。ソ連軍はその間にもはるか彼方に前進しており、ソ連邦最大の工業密集地ドネツ盆地に侵入していた。鉄道路線は多くの場所で寸断されていた。それゆえ私は戦車をこれ以上、後送することができなかった。大隊とはスターリノにいる軍団を経由して連絡できた。整備廠はマリウポルに移動したので、私は輸送隊ともどもそこに向けて出発した。われわれは完全な自立状態に置かれたので、途中で警備手薄な食糧列車や食糧庫から大量の食糧を調達した結果、輸送中にひもじい思いをすることは始終なかった。マリウポルでは破損の程度順に戦車が修理され、私は一〇日後に元の戦車を回収した。三月初め、私は同車で整備廠を後にし、ミウス戦線背後のコルホーズにいる中隊のもとへと向かった。大隊はちょうど数日前には、ミウス戦線の陣地を突破したソ連軍の戦車隊を殲滅していた。

数日後、中隊はタガンログの東約二〇キロメートルに位置するミウス川のポクロフスコエに前方移動した。ここに留まること約六週間、われわれはソ連軍の攻撃を待った。戦車の整備のほかに、通常の軍務も行った。さらに、全域を偵察する必要もあり、歩兵のいる前線の塹壕まで定期的に赴いた。高官が訪問してくることも頻繁にあり、われわれのティーガーを視察していった。夕方には中隊長とよくスカートに興じたが、私は大負けしてしまった。そうこうしているうちに泥濘の季節が始まり、ミウス川の氷も解けた。中隊は一人の漁師から見事なカワカマスとコイを手に入れた。久しぶりに映画も観た。イルゼ・ヴェルナー主演の『われら楽団員』だった。その間じゅう、われわれは酒に浸っていた。

この頃、ランゲ大尉は心肝疾患のためにドイツに送り返され、それまで第Ⅰ小隊を率いていたシェルフ中尉が中隊長になった。ヴァイナート少尉が第Ⅰ小隊を、私は第Ⅱ小隊を引き継ぎ、Ⅲ号戦車を擁する第Ⅲ小隊はアン・デア・ハイデン曹長が率いることになった。

ポクロフスコエでは、ソ連の志願補助員（ヒヴィス）を引き受けた。彼らは終戦まで誠実にわれわれに同行してくれた。陸軍総司令部令に従い、補給任務に就いている兵士を最大限ヒヴィスと交代させることになった。彼らは国章のないドイツ軍の制服を着ており、軍から給料をもらい、非戦闘任務に従事した。私はシェルフから、相応数のヒヴィスを採用するよう指示を受けた。シュタロスト（市長）に要望書を提出したが、あまり乗り気でなかった。ところがわずか一時間後、流暢にドイツ語を話す一青年から私に連絡があり、喜んでわれわれにお供すると言われた。アレックスと名乗ったこの青年はソ連を嫌悪していた。彼は、制服に加えてこちらの兵隊と同様の肌着一式、週ごとの給料、タバコ付きの夜食をもらい、大喜びだった。また、装い新たに村道をあちこち闊歩し、その場にいた村の美女たちを感嘆させた。アレックスは通訳として非常に助けになった。彼はわれわれのオートバイ伝令の一人、ライヒマン一等兵のサイドカーに乗り、二人で不可分のチームを形成した。アレックスはその後、丸腰は嫌だということでソ連軍の機関短銃一挺をくすねてきた。その翌日、アレックスに鼓舞された青年が更に一〇人やってきた。彼らも制服やカネ、タバコを欲しがっていた。私は六人を選んだが、そのうちの一人は仕立屋、一人は靴屋であり、あとの四人は燃料班に配属させた。マウス地区ではその後にソ連軍が追撃を行い、われわれが四月にそこを離れた折には、これらソ連の若者は家に帰ることも連絡することもできなかった。そこで中隊員は、休暇期間が来ると彼ら全員をドイツにいる自分の家族のもとへと連れて行き、彼らの悲運を和らげようとしたのだった。かくして彼らはわれわれにとって中隊の一部になったのである。復活祭の日曜日、われわれは再び前進命令を受けた。大隊全体がハリコフの北約六〇キロメートルに位置するベルゴロド地域に移動した。一九四三年の春になると、わが軍の新たな攻勢がもう噂されていた。私は大隊の前衛指揮官であり、中隊全員に宿所を設営せねばならなかった。私が到着した翌日には、中隊がもうやってきた。第3中隊は、緑が萌えだした非常に美しい森に置かれた。戦車ごとに乗員が幕舎を張り、できるだけ良い状態に設営した。日中は技術的な仕事で満たされ、長距離進軍したこともあり、特に戦車の足回りに関する作業が山ほどあった。それ以外に、来たるべき作戦行動の準備も全て整えられた。約三〇キロメートル離れたドネツ川に沿って走る前線までの地形や道路状況を偵察せねばならず、全車長に詳細きわまる指示が出された。私自身は、ベルゴロドの橋頭堡でドネツ川渡河の可能性を探った。ハリコフとベルゴロドを結ぶ近傍のロルバーン上では、長蛇の縦列隊が昼夜兼行で前進していた。ほぼ全てのSS師団の姿が見られた。周辺の全域には空軍の野戦飛行場が設置されていた。重高射砲がいたる場所にあり、それが長大な隊列の安全を確保していた。ソ連軍は日中に数回、夜には極めて頻繁に爆弾を投下しようとした。だが、彼らに戦果はほとんどなかった。

その間にも、わが大隊用の新たなティーガーがドイツから輸送途上にあった。戦車を卸下し、中隊に移送させねばならなかった。一部の戦車にはドイツから出る段階で既に技術的瑕疵があったため、これらを出動可能とするにはまたも膨大な手間が掛かった。中隊の全車を試射

1943年春の進軍を写した印象的な写真。向こうに見えるのは数輌のIII号戦車N型、1トン牽引車、VWキューベルワーゲン、オートバイ。ティーガーは安全でない橋を迂回して急勾配の坂を登っている。先行した戦車の履帯痕がはっきり見える。III号戦車は橋を渡ってロルバーンに戻ろうとしている。

ティーガー「324」はエンジンに問題があり、マリウポル近郊の村道で修理する必要がある。

ボゴドゥホフで食事を共にしながらフォン・ローゼン少尉と知見を交換するシェルフ中尉。1943年のイースターであり、日は照っているが、木々はまだ裸のまま。

ティーガー輸送用のドイツ国鉄の専用貨車はSsymsと呼ばれ、本国輸送中のティーガーには幅の狭い輸送用履帯が付けられた。しかし、ソ連国内での輸送は軌道に十分な余裕があったため、ティーガー戦車に細身の履帯を装着する必要はなかった。

左：藁で偽装されているフォン・ローゼン少尉のティーガー「313」、ポクロフスコエにて。前列左からエドガー・エルスナー、ギュンター・クーネルト。後列左からフォン・ローゼン、ローテマン、ロルフ・マッテス。右：軽小隊（第1中隊）の小隊長ヤンメラート少尉がボゴドゥホフでIII号戦車N型を引き渡すところ。III号戦車はティーガーとの協同行動において甚大極まる損失を出した。1943年4月末以降、3中隊はティーガーを完全装備した。

1943年5月初旬、トロコノエの森にて：キッセベルトが第3中隊の先任下士官として新たな地位に就いた折に、本人が酒を振舞う場面。シェルフ中尉、フォン・ローゼン少尉、ハーゼ第1中隊先任下士官が回し飲みの用意をしている。
［※両端の人物（キッセベルトとハーゼ）の袖に付いている2本線が先任下士官《ハウプトフェルトヴェーベル》＝中隊先任下士官《コンパニーフェルトヴェーベル》＝シュピースを表し、そのデザインから「コルベンリンゲ」（ピストンリング）と呼ばれた］

1943年春、トロコノエにおけるフォン・ローゼン少尉のティーガー「321」乗員。左からシュピーケルマン一等兵、ヴェルクマイスター一等兵、フォン・ローゼン少尉、フーアマイスター伍長、ツィーグラー伍長。

今やそれぞれが持ち場に就いた。通信手ホルスト・シュピーケルマン、装填手ルートヴィヒ・ヴェルクマイスター、車長フォン・ローゼン、操縦手アドルフ・ツィーグラー、砲手フランツ・フーアマイスター。

ハリコフの東にあるトロコノエの森はまだ明るい。シェルフ中尉のよる下命。左はBMW R75サイドカー[※フェンダーステーの形状などから判断するとツュンダップ KS750]。右側では、長らくしていなかった洗髪をしている。

シェルフ中尉がフォン・ローゼン少尉、ロンドルフ先任下士官、クレックス車輌管理曹長およびアン・デア・ハイデン曹長に命令を発しているところ。

左:1943年6月から1944年1月まで大隊長を務めた伯爵クレメンス・フォン・カゲネク大尉。1943年8月7日に騎士十字章、1944年6月26日に柏葉章を受章。右:1943年4月、リヒャルト・フォン・ローゼン少尉は某軍団の参謀長を務めていた従兄のフォン・ローゼン大佐を訪ねた。

春ながら、ここではまだ冷風が吹いているようだ。写真は1943年5月の砲撃訓練の様子。

するには、更に日数を要した。今や各中隊はティーガー一四輌を擁し、大隊全体だと四五輌のティーガーがあった。残りのⅢ号戦車は既に手放していた。勤務外には、非常になごむ時間もいくらかあった。すぐ近くには水泳に適した美しい湖があったが、水はまだとても冷たかった。われわれは祝賀の機会を探しては、見つけた。昇進祝いを何度かしたが、その際は中隊長がいつも酒をたっぷりおごってくれた。酔いは広々とした空の下で寝て覚ますことができた。この頃、先任下士官《ハウプトフェルトヴェーベル》の交代も行われた。われらが古参シュピースは、念願かなって車長としてティーガーに搭乗することが許されたので、キッセベルト本部付曹長《シュタープスフェルトヴェーベル》がその地位を継いだ。全てが然るべく祝われた。私は毎晩、二台のアコーディオン、一挺のバイオリン、一台のドラムセットからなる中隊のバンドに野外演奏会をさせた。ここに中隊全体が集い、野営生活を存分に楽しんだ。文化的生活を向上させるため、小隊の中で競技会も催した。自分たちの幕舎と環境を一番きれいに整えた乗員一組に、コニャック一本を与えることにしたのである。二日間、乗員全員が熱心に作業した結果、323号車が賞を獲得した。部下たちはこの短期間中にテーブルやベンチ、洗濯設備、燭台その他多くの物を組み立てていた。来る日も来る日もわれわれは出動令を待ち焦がれており、中隊内ではとんでもない噂も飛び交った。しかし、正確なことは誰にも分からなかった。私は五月初旬、計画されていた作戦が数週間延期され、大隊全体がハリコフに移動するらしいと知った。

　中隊はこれについてまだ何も知らなかった。私は中隊の先遣隊としてハリコフに赴き、そこで宿所を割り振った。営舎は非常に小ぎれいで、各戦車の乗員ごとに小さな家屋があてがわれた。私の家には居間が三つ隣り合っていた。最初の部屋には私が入居し、二番目にはフーアマイスターとツィーグラー両伍長が、そして三番目にはシュピーカーマンとヴェルクマイスター両上等兵が入った。私は机と白いベッドとソファが備わった立派な部屋を自由に使った。設営班員は涙ぐましいほど私に気を遣ってくれ、以前の原始的な暮らしの後でこれ以上を望むことなど、とてもできなかった。中隊長には最高の部屋があてがわれて、ピアノ付きの居間や寝室まであった。ここに他の中隊員も呼んでいつも大宴会を開き、終わるのはようやく〇三〇〇時、〇四〇〇時、あるいは〇五〇〇時になってからだった！　だが、この宴会が長引けば長引くほど、時間どおりに勤務を開始せねばならなかった。

中隊では劇場や映画館に行く機会も多かった。私はウクライナ人俳優が出演する『ジプシー男爵』を観た。一言も分からなかったが、実に素晴らしかった。また、中隊のために追加の食糧を調達するため、自分のフォルクスワーゲンでしょっちゅう外出した。かくしてハリコフとその近傍のコルホーズやソフホーズに関し、細部まで全て知ることができた。これまで見てきたソ連の都市の中で、この一〇〇万人都市が一番気に入った。中心部の市街地は、戦前と同様に今日もそっくりそのまま残っている。平屋の小さな家々は大多数がレンガ造りであり、見事な装飾や彫刻が施されている。若干の地区だけがこれ以前の戦闘で大きな被害を受けていた。町の中心部は完全にヨーロッパ風で、アメリカ風の部分さえあった。建物が非常に印象的だった。通りは広くて清潔で、いたる所に路面電車や電気バスが走っていた。大きな商店の横には、何でも注文できるコンサートカフェがあった。豆コーヒーからホイップクリームまで揃っていたが、値段は法外だった。ある晩に戻ってきた私の砲手は、一軒のカフェで四〇ライヒスマルクを支払った。驚くべきは、住民が新しい状況にいかに素早く順応したかということだった。ロシア風の住所と並んで、ドイツの広告がそこらじゅうに見られた。市内では交通量が多く、平時のドイツの大都市を上回るほどだった。

大隊長が交代した。伯爵カゲネク大尉が新たな大隊長となり、大隊に高揚感と洗練性がもたらされた。われわれは彼のためなら水火も辞さなかった。そうこうしている間にツィタデレ作戦が計画されていることは知っていたが、その期日だけは分からなかった。さらに、来たるべき作戦行動において、大隊は単一部隊としては動員されないとの連絡があった。すなわち、第1中隊は第6装甲師団の麾下に入り、第2中隊は第19装甲師団、そしてわが第3中隊は第7装甲師団の下に置かれることになった。

すべきことはこれまで以上にあった。戦車が修理されてからは、戦車の戦闘訓練や戦術の講義・演習に日々明け暮れた。

地形に関する協議や図上演習をする将校訓練は週に二回、午後にあった。各小隊は訓練を完遂すべく、毎日のように郊外に移動した。できるだけ多くの戦車操縦手を確保するため、ティーガーの操縦訓練は特に活況を呈した。町周辺の地形は所々かなり問題が多く、操縦手泣かせだった。

操縦手のゴットホルト・ヴンダーリヒ（写真右）は、自車のティーガーI型で斜面に乗り上げた。幅広の履帯がよく見える。ティーガーの車体底面は貧弱な装甲でしかなかった。戦闘中であれば、このような操縦は極めて無謀であっただろう。

私は操縦手の継続訓練を管理する必要があったが、シェルフ中尉が折に触れて進捗状況を確かめていた。当時、ティーガーとその能力については、前線部隊の中でも依然としてほとんど知られていなかった。

　これらやその他の新兵器について具体的に示すため、次の作戦行動で第3中隊が隷属する第7装甲師団の展示が、錚々《そうそう》たる観衆の前で行われた。軍団［※第Ⅲ装甲軍団］の全ての師団長、連隊長、大隊長が視察を命ぜられていた。私はわが小隊と共に、擲弾兵連隊の工兵が丸太道で通行可能にした沼地を通過せねばならなかった。

　この道はわれわれの五八トン［※ティーガー戦車の重量］に耐えられるだろうか。私は木の幹でできた丸太道の上に小隊を確実に導くことができたが、四輌目のティーガーは非常に難儀していた。

　その後、われわれは前衛小隊として通過することになっている林道に入らねばならなかった。観衆が林道に沿って立っているところを見ると、ここで何かが起きるに違いなかった。そのとおりだった。突然、左から右へとわれわれの戦車の上を発煙体が飛んだ。砲塔ハッチを閉め、こう命じた。「ガスマスク着け！」。刺激臭のある不快な煙が戦車の中に入り込み、操縦手は何も見えなくなった。私は全速を命じ、戦車を森の外に出した。われわれには大したことがなく、依然として行動可能な状態にあったが、哀れな擲弾兵たちは煙でかなりの被害を受けていた。

残りの演習は問題なく進行し、全般的にかなりの好印象を残した。われわれはチュギェフ・アム・ドネツ付近を走る近傍の前線で、実戦的な射撃訓練を行った。私は一度、わが小隊ともどもそこの歩兵師団の下に三日間置かれた。われわれは当該地区指揮官の指示に従い、前哨地に整然と並ぶソ連軍陣地に対して三カ所から射撃した。これで当面は平穏な時間を過ごせるようになった歩兵からは、非常に感謝された。歩兵部隊が確認したところによると、わが小隊は約六〇カ所のトーチカ、対戦車砲陣地および迫撃砲陣地を撃滅した。小隊には軽傷者も一人出た。われわれはこれら全体を楽しい娯楽と見なしていた。

ハリコフでの日々も終わろうとする頃、付近のコルホーズを管理するドイツ人農業指導者に出会った。野戦炊事用に新鮮な野菜やジャガイモを探しているうちに――われわれにはまずい乾燥糧食しか配給されておらず、飽き飽きしていたところだった――このコルホーズにたどり着いた次第だった。彼は私の名を聞くと、ハリコフの近くにローゼン家を名乗るロシア人が住んでおり、昔の貴族出身だと教えてくれた。私がそれについて調べられるよう、彼は住所を探そうとしてくれた。ロシア革命以降、われわれ一族と絶縁してしまったローゼン家の子孫がまだロシアにいるはずであることを、私は知っていた。その間にも、デカブリスト［※専制と農奴制の廃止を目指して一八二五年一二月に蜂起したロシア貴族・将校からなる革命家集団］だったアンドレアスなる人物の子孫がハリコフ地域に住んでいたことを家族史から知った。しかし、突然の出発命令によって、これ以上の調査はできなかった［※ドイツ語版ウィキペディアには、「男爵アンドレアス・ヘルマン・ハインリヒ・フォン・ローゼン少尉」なるデカブリストが一八五五年にハリコフ在住の長男のもとに移住したとある］。

ハリコフの交差点に据えられた興味深くも過剰な標識。「シラミ駆除(Entlausung)」の横には、第503ティーガー大隊の重要な所在地、すなわちボゴドゥホフ、メレファおよびポルタヴァといった場所を示す標識がある。第503ティーガー大隊第3中隊の宿営地を示す道路標識[※写真中の「3/503」]が特別に設置されている。

ハリコフの有名な赤の広場。写真は1930年代のもの。当時の近代的なコンクリートの高層ビル様式には、この町を通過した多くのドイツ軍兵士も感銘を受けた。

左：1943年5月10日頃以降、大隊はトロコノエの森からハリコフ市に戻った。進軍はウクライナの広大な平原を通って行われた。右：ハリコフの修理班で大隊のティーガーが点検を受けているところ。

ハリコフの都市景観の中には、第503ティーガー大隊がまだミウス川にいた1943年春の戦闘時の車輛が残骸として残っていた。これは履帯を失ったT34-76。

ツィタデレ作戦に備え、ペーター・ミーデラーのティーガー「323」はドネツ川の支流で渡渉訓練をする必要があった。これは乗員がその準備をしているところ。写真右端に写る3人は、左から右にシェルフ中尉、クレックス車輌管理曹長およびフォン・ローゼン少尉。

ティーガーに指示するシェルフ中尉（写真左端）。その右にいるのは興味津々に眺めるフォン・ローゼン少尉。ティーガーは問題なく通過できるだろうか。

水深は浅く、ティーガーは無事に渡渉した。

河床の土手を通過する際に力強く車体をせり上げるティーガー。

1943年6月に行われた第7装甲師団との合同演習。雑木林の中から出てきたティーガー「321」が斜面を下る。ティーガーが沈み込まないよう、窪地になった湿地の上には頑丈な丸太道が敷かれた。フォン・ローゼン少尉が自車のティーガーに指示を出す。

既に背後からこちらに来ようとしている次のティーガーのため、再び丸太道を整える第7装甲師団の工兵。その間で腕まくりをして立っているのはフォン・ローゼン少尉。

ティーガーは丸太道をうまく乗り越えた。工兵は安全のため横に立っている。フォン・ローゼン少尉はティーガーを自らに向かわせる。

1943年6月5日、第7装甲師団の大演習がハリコフ南部で行われ、第503重戦車大隊第3中隊が参加した。ヴェルナー・ケンプフ中将[※写真×印]や空軍のオブザーバーなど、多くの将校が参観した。

戦車との近接戦闘を模した歩兵訓練用に、模擬標的として使われるフォン・ローゼン少尉のティーガー「321」。擲弾兵は、発煙効果と刺激ガスを有する新型の対戦車近接戦闘兵器を後ろから戦車に投擲した。[※1943年に導入された目くらまし弾《ブレントケルバー》—2Hと思われる。これは電球状のガラス容器の中に別々に収められた液体状の塩化チタンと塩化カルシウムが投擲によるガラスの破砕によって混合し、化学反応による白煙を発するもの]

刺激性の煙がティーガーのあらゆる隙間から入り込んでくる。車長用キューポラのハッチを閉めるフォン・ローゼン少尉の腕が見える。

1943年夏:移動中に湿地で立ち往生するティーガー「332」。

動けなくなったティーガー「332」を今や湿地から引っ張り出すティーガー「321」と「331」。その間にも、ティーガーの履帯で地面全体が完全に掘り返されている。

工兵は切りたての厚板を使って仮橋を架けた。目下、ティーガー「331」が橋の耐久試験を行っている。写真左のティーガー「332」はまだ泥濘の中で立ち往生している。

幅広の村道で大隊のトラックから補給を受けるティーガー。回収小隊の18トン牽引車「ファモ」2輌が村道沿いにやってくる。写真左端には突撃砲部隊の軽弾薬運搬車が見える。

休憩中のシェルフ中尉のティーガー「300」。ティーガー上の左から右へ：姓名不詳、ゴットホルト・ヴンダーリヒ、フリッツ・ミュラー、ヨーゼフ・ヴァイラント。前列、サイドカー上の左から右へ：オートバイ伝令ベヒテル、ロシア人志願補助員のアレックス、ライヒマン。

今やシェルフ中尉がティーガー「323」に搭乗した。戦車のフェンダーは既に破損している。

1943年6月27日、トルコ軍代表団はいわゆる「トルコ演習」を視察し、その際、新型戦車「ティーガー」も披露された。フォン・マンシュタイン元帥（写真手前）は、ティーガーの射撃性能に全く満足していなかった。その左に立つのは第7装甲師団長フォン・フンク将軍。明るい色の上着を着た2人はトルコの将官。

自車のティーガー「300」を披露するシェルフ中尉。砲撃後のティーガーの前には煙が残っている。

砲塔の上に乗員を乗せたティーガー「333」。その左側にあるのはティーガー「332」。「トルコ演習」は1943年6月27日にハリコフとチュグエフの間の区域で行われた。その数日後、クルスクの戦いが始まった。

ティーガー「313」が対戦車壕の克服法をトルコ代表団に実演しているところ。フォン・マンシュタイン元帥（サングラス着用）はトルコ将校の隣に立っている。砲は6時方向にあり、ハッチが全て閉じられる。収納箱の構造がよく分かる。シェルフ中尉（写真右端）が実演の成行きを見守る。［※原文ママ。シェルフはこの写真の外側に写っている］

ツィタデレ作戦（一九四三年六月〜七月）

六月初旬、私は来たるべき作戦行動における任務を与えられた。攻撃の開始をもって、わが第Ⅱ小隊は第7装甲師団第7装甲擲弾兵連隊の麾下に置かれ、同連隊はゴムボートでドネツ川を渡河した後に、敵がいる対岸に橋頭堡を構築することになっていた。橋がなかったので、わが小隊は渡渉して第7装甲擲弾兵連隊の更なる攻撃を支援することになった。このため、私は直ちにベルゴロド南部地区のドネツ川に面した同連隊の最前衛部隊と連絡を取るとともに、わがティーガー隊がドネツ川を渡るための浅瀬を探した。そこで、ある快晴の夏日、私は前線の連隊に赴いた。前方観測所からはドネツ川に向かって傾斜した地形が見て取れたほか、ヤブが密生した両岸と、ソ連軍の最前衛陣地がある対岸のわずかに隆起した地形を見ることができた。川自体には、ドイツ側に前哨がいくつかあるだけで、われわれはソ連側も同じだと思っていたが、もちろん正確には分からなかった。夕方になると、第25装甲工兵小隊の小隊長バウマン曹長が部下の下士官二人を伴って私のもとに出頭した。彼は万が一に工兵の投入が必要になった場合、その部下と共にそれを遂行することになっていた。

辺りが暗くなり、月が雲に隠れると、われわれは装甲擲弾兵の偵察部隊と共に一キロメートルほど離れたドネツ川の岸に赴いた。物音はせず、聞こえるのは水が流れる音だけだった。ソ連軍がいる岸も無音であり、動きもなかった。岸に密生している背の高いヤブは忍び寄るのにちょうど良かった。水面に一・五メートルほど垂直に落ち込んでいる岸をしげしげと見た。対岸も同じ状態であれば、川から出るのは難しかろう。次に、川の深さがどれだけあり、どんな地盤なのかを確かめる必要があった。重量五八トンはあるティーガーが、ここを通れるかどうか。もう何週間もここにいる擲弾兵によれば、ここは戦区全体の中で最も浅い場所だという。私は服を脱いだ。擲弾兵は土手に沿って布陣していた。向こう側から何か聞こえてくるかどうか、もう一度待ってから、水深一・五メートルほどの川の中に身を滑らせた。水の流れは穏やかであり、水面に頭だけ出して対岸まで泳いだ。川底はしっかりしていて濁っていなかったが、敵側の岸もこちら側と同じように急勾配になっていた。しかも、水面下でも岸は急に落ち込んでいるため、垂直方向に約二・

五メートルの高さを乗り越えねばならなかった。これではティーガーには無理だった。再び味方側の土手にたどり着き、急斜面に引っ張り上げられると、ヤブの陰に隠れながら皆で協議した。工兵のバウマン曹長は、爆破して両岸をならし、われわれが通行できるようにするのはさほど難しいことではないという見解だった。川自体は、川底や水位に加えて流速についても、われわれには問題なかった。装甲擲弾兵の戦闘指揮所でとりあえず熱いお茶を一杯飲み、それからドネツ川渡渉の予定を決め、満足しながら夜にハリコフに戻った。任務についてはこれではっきりしたが、それがいつ来るのかだけは、われわれには依然として分からなかった。

六月二八日、私は二一歳の誕生日を迎え、成人になった［※当時のドイツでは二一歳が成人年齢］。シェルフ中尉は、それを確認するための証明書を私にくれた。夕方には盛大な食事会に続いて酒盛りが行われ、これには新任の大隊長である伯爵カゲネク少佐［※原文ママ。この当時は大尉］も出席した。私が両親に宛てた手紙からは、スグリケーキが二つとチーズケーキが二つあったことが分かる。ほかに何を食べたかはもう覚えていないが、部隊糧食ではなかっただろう。

数日後、その時がやってきた。攻撃開始日としては七月五日が設定されていた。ハリコフのロシア人は既に三週間前にわれわれにそう言っていた。七月一日、大隊はベルゴロドの南三〇キロメートルの指示地区に移動した。そこはわれわれがハリコフに来る前にいた場所だった。ドイツの最新鋭戦車「パンター」の輸送を待つことになった。しかし、敵が驚いたのもそれまでだった。ソ連軍は当然のことながら、既に五月初旬に行われていたドイツ軍部隊の開進を観察していた。彼らがドイツ軍の意図を察知するのは難しいことではなかった。クルスクの両側に伸びるソ連軍戦線の突出部は、両面からの挟撃によって直線化するのにまさに打ってつけであり、それによってドイツ軍戦線が一五〇キロメートル短縮されるのみならず、中央・南部戦線間の接合部にいるソ連軍作戦戦力の大部分をも排除し得た。ソ連軍が防御陣地の構築と予備の動員に時間を掛けたことは明らかだった。容易ならざる作戦になろう。だが、敵がこれらの陣地にどれほどの戦力を構築し得たのかについて、わが軍は予想していなかった。敵の指揮官や兵の養成も飛躍的に向上していた。今やわれわれが対峙しているのは、もはや一九四一年と四二年の兵士ではないことを、われわれは身をもって知ることになる。それは、戦闘能力と士気がわが軍と同等の兵士だったのである。

攻撃前日の一八〇〇時頃、中隊はベルゴロドに向けて前進した。中隊が第7装甲擲弾兵連隊の諸中隊の背後の指示地区に移動する一方、私はわが第Ⅱ小隊の戦車四輌をもって更に移動し、夜陰に乗じてこれら戦車を第7装甲擲弾兵連隊の前衛部隊に編入させようとした。私は数週間前と同じように森の端に立った。その前の土地はドネツ川に向かって緩やかに傾斜していた。バウマン曹長も部下の装甲工兵と共にここに移動し、われわれは事態の展開を今や遅しとじっと待った。部下は戦車の中で寝ており、私もそうできれば良かったものの、後続の戦車部隊のために「缶切り」役を務める重責を負っていた。

翌朝の七月五日〇四一〇時、われわれの戦区で四〇分にわたる砲兵と空軍による攻撃準備射爆撃が実施された後、攻撃が開始された。第6および第7装甲擲弾兵連隊の擲弾兵およびバウマン曹長の工兵がドネツ川に急進撃する。最初のゴムボートが渡っている間、渡渉予定地で工兵が両岸の発破を準備する。暖機している戦車のエンジン、着座している乗員、スイッチの入った無線機。取り決めておいた合図を待つ。対岸から最初の戦闘音が聞こえてくる。機関銃の射撃音、ソ連軍の迫撃砲と大砲の咆哮——朝の薄明の中で、着弾した榴弾のキノコ雲が見える。遂に取り決めどおりの合図が現れる。バウマン曹長からの二発の緑色信号弾、発破は完了との意味だ。

私の戦車四輌がどの順番で渡渉するか、他の戦車はどこで待機しているかについては、正確に決められていた。戦車《パンツァー》、前進《マルシュ》！　敵から丸見えの開豁地を突進し、わがティーガーをまっすぐ浅瀬に向かわせた。バウマンの手信号が再び緑の信号を示した。爆破されてなだらかになった土手をゆっくり後にし、川に入った。全てが順調に見える中、われわれは対岸に到着して登り始めた。しかし、発破によってかなり地盤が緩んでいる上、戦車の前に波立つ水で地面が更にぬかるんだ。川から上がり始めると、履帯が地面をしっかり掴んでくれず、空転してしまった。二度目も同じ。渡渉に失敗！　しかも、今や迫撃砲弾が恐ろしいほど近くに着弾していた。破滅的な状況だった。渡渉の失敗を無線で報告すると、小隊と共にその場に留まれと命ぜられた。その後すぐに工兵大隊長が現れた。彼は、私の渡渉場所の近くに六〇トン用の軍橋を建設せよとの命令を受けていた。ソ連軍の反撃を排除できなかったので、私はその場で工兵の作業を掩護せねばならなかった。まずは、わが戦車を堅固な場所に戻す必要があった。ヴァイゲル軍曹のティーガー324号車が、わが戦車を堅固な岸に牽引してくれた。彼の砲手イェッケル伍長は、水面下にあるシャックルを外すのが一苦労だったにもかかわらず、わが戦車の後部に牽引ロープを取り付けるという困難極まる作業をやってのけた。われわれはこの作業のために胸まで水に浸っていた上、ソ連軍の妨害射撃によって何度も邪魔された。だが成功し、戦車を川から引っ張り出したわれわれは、橋の建設現場に布陣した。そうこうしている間にも、工兵車輌の第一陣がそこに到着していた。予想作業時間は五時間であり、その間、装甲擲弾兵は戦車の支援なしで攻撃を実施せねばならなかった。最初の負傷者がゴムボートで渡されてきた。われわれ戦車兵が彼らから投げ掛けられた言葉は好意的なものではなかった。ソ連軍の抵抗は頑強かつ整然としていたため、攻撃している二個の装甲擲弾兵連隊はかなりの損失を被り、遅々として前進しなかった。われわれには、川での待機はほとんど耐えがたかった。再三にわたる迫撃砲火——遮蔽物がない中で作業している工兵が被害を受けかねなかった。しかも、いっそう暑くなると同時に戦車の中の空気もムッとするようになり、われわれも活動停止を余儀なくされた。ようやく橋が完成したのが何時だったのか、正確には覚えていないが、一四〇〇時頃だったろうか。エンジン始動、橋の上を行進、午前中に擲弾兵が奪取した地を通過。鉄道線に到達し、ラズムノエ駅付近でそれを横断、そこで第7装甲擲弾兵連隊の戦闘指揮所を見つけた。ここには、鉄道線に隣接するソ連軍の第一防衛線があり、わが擲弾兵の前進を長らく阻止していた。地図に基づいて状況を簡潔に説明し、部下の戦車長に簡潔な指示を出して出発した。

われわれは車間を詰めながら、前方にいる擲弾兵の諸中隊のもとへと前進し、これ以降、午後の間じゅう何度も激戦に従事した。ソ連軍は地下壕や対戦車砲をもって縦深防御態勢を構築していた——見事に偽装されているため、識別するのが困難だった。われわれが敵を寄せつけないことに、擲弾兵も一安心だった。とはいえ、彼らは地面に身を隠した赤軍兵士にも十分対処せねばならず、無数のタコツボや機銃座などは白兵戦で奪取せねばならなかった。その際、われわれはほとんど彼らの力になれなかった。なぜなら、ソ連軍はタコツボの中にいながら敢えて戦車を通過させ、後続の擲弾兵と頑強に戦ったからである。われわれは榴弾を発射しただけであり、この攻撃初日に敵の戦車を見た覚えは私にはない。夕暮れ時、われわれはわずかに後退した。中隊からガソリンと弾薬、糧食が届いた。夜、翌日も攻撃を続行せよとの命令を受けた。

シェルフ中尉は、私の直後にわがティーガー中隊の第Ⅰおよび第Ⅲ小隊ともどもドネツ橋を渡っていた。彼は同日午後、第7装甲擲弾兵連隊の左手に投入された第6装甲擲弾兵連隊の付近で配下の戦車隊と共に戦い、これをもって彼の左翼にある非常に堅固かつ頑強な防衛拠点ラズムノエ村を奪取した。私の印象では、この村の外れにいるソ連軍の防御は、第7装甲擲弾兵連隊付近の私の戦闘区域に関して前述した敵の防御よりも、更に頑強であるようだった。この日、ラズムノエ川の谷でドネツ川を渡ってから総攻撃が行われた。この谷は非常に見晴らしが悪く、視界を狭める多数のヤブや低木に加え、行動を阻害する水たまりや無数の沼地もあった。第7装甲擲弾兵連隊の戦闘地区は、右手の急峻な連丘が境界となっており、その丘の上にある防御厳重なクルトイ・ログ村に対しては第7装甲師団が攻撃を継続することになっていた。高低差は約五〇メートルあり、谷からは急な坂道が数本、上に向かって伸びているだけだった。夜間に擲弾兵が一本の傾斜路の奪取に成功し、そこを通った第7捜索大隊が今後の攻撃の発起点となる小さな橋頭堡を丘の上に構築することができた。

七月六日、私は今やわが第Ⅱ小隊ともども第25戦車連隊の直轄下に置かれ、日ごとに変わる彼らの無線関連文書を持っていた。私の任務は、早朝に擲弾兵が啓開した傾斜路を通って丘に達し、そこに構築された橋頭堡を北東に拡大させ、後続の第25戦車連隊が更なる攻撃のための発起位置を得られるようにすることだった。その後は命令に従って再集合し、予想される防御陣地を第25戦車連隊の前衛中隊と共に突破、バトラツカヤ・ダーチャ付近を通過し、更にその先まで攻撃することになっていた。丘に登るのは困難だったが、脱落なく成功した。われわれは戦闘隊形を取り、差し当たって敵の抵抗に遭遇することなく、命ぜられた方向へと突進した。攻撃方向横、三キロメートルほど向こうの地平線上に、広大な森林地帯があるのを認めた。これは怪しく思えた。ゆっくり近づいてから全車を停止させ、戦車連隊が追及するまで待機した。砲塔ハッチを開けると、自分がタコツボのすぐ横におり、その中から赤軍兵士がひどく怯えた目でこちらを見上げているのが分かった。私は、出てきて後方に行くように手で合図した。彼は動かなかった。私は拳銃を取り出して同じ合図を送り、こちらの意図をもう一度はっきりさせた。反応なし。命令に従わせるため、タコツボの横を撃った。反応なし。そこで私は卵型手榴弾を取り出し、安全ピンを引き抜き、下に投げつけた。そのソ連兵はそれを掴んでわが戦車に投げ返した。その気迫に負けた私は、五〇メートル先に進んだ。彼は後続の擲弾兵にきっと捕らえられたことだろう。われわれがどれだけの時間そこに立ち止まっていたかはもう覚えていない。戦車連隊がラズムノエの谷から丘に登るまでには多大な時間を要した。登りの傾斜路に問題がないわけではなかったからだ。第Ⅰ大隊が丘の上で攻撃位置に就いていた頃、私は無線で集合を命ぜられた。わが小隊の後ろには四〇輌から五〇輌のⅢ号戦車とⅣ号戦車がいた。その後ろに何が続いていたかは分からないが、おそらく第7装甲擲弾兵連隊だっただろう。だが、今までの全ては序幕にすぎなかった。今やこれまで経験したことがない苦難がやってきた。われわれは再び戦車を前進させ、あの森に近づいた。抜け道がない上に、右手に空き地があるだけだったため、行動が制限されるにせよ、それ以外の方法では前進できなかった。したがって、われわれはその空き地に向かった。左手の森までは約五〇〇メートル、右手はもう少し距離があったが、そこも鬱蒼とした森だった。不意に閃光が走った。最初は右。普通の対戦車砲などではなく、別種の閃光だった。その後に分かったことだが、これは今まで遭遇したことのないSU－152突撃砲だった。車高が低いため偽装に長けていたが、砲撃戦においては鈍重だった。右集団のわが二輌のティーガーは抜け目なかった。彼らは砲撃戦を受けて立ち、ソ連軍よりも打撃を与えた。命中弾を浴びた車輌から最初の黒煙が上がった。しかし、それと同時に森の左端でも閃光が走り始めた。四つ、五つ、六つ。彼らは数珠つなぎに並んでいた。T－34戦車だったようだ。われわれは何輌かを始末し、状況を探りつつ用心深くゆっくりと前進した。森が両側に近づいてくると、またも左手に閃光が走ったが、右側は静かだった。命中弾を浴びたものの前面装甲は強力であり、幸いかな、足回りに命中弾はなかった。

何輌を撃破し得たのか、正確なところは分からない。その空き地を通過する際は気分が落ち着かなかった。ソ連軍はここで力尽きたのか、あるいはわれわれを罠にはめたのか。後ほど知ったところによると、沈黙を保っていたＰａｋがわれわれをそのまま通過させ、後続の軽装甲戦車を射撃したのだった。それゆえに、ここでは第25戦車連隊に若干の損害が生じた。われわれは当初は急進撃していたものの、この第二の縦深防御線によって血路を開かねばならなくなった。ある時は左から、ある時は右から何度も砲火を浴びた。第25戦車連隊の戦車が後続していることが私には心強かった。地図を見ると、われわれは丘、というよりも細長い高台にまっすぐ向かっていることが分かったが、攻撃方向を維持するにはそれを左手に迂回せねばならなかった。更に進むと森が開け、二〇〇〇メートル前方に高台が見えた。今や防御陣地は突破したものと思った。すると、前方の二〇余の筒が突如として同時に閃光を発した。高台の手前の地面に無数のＰａｋが埋められていたのである。より大口径の砲や戦車も埋められているかどうかは、当初は確認できなかった。われわれは停止したのみならず、後進して遮蔽物を探した。これほど強力かつ集中的な火力に遭遇したことはかつてなかった。

この状況を無線で報告すると、戦車連隊からすぐに返答があった。「待機せよ、空軍の支援を要請せり」。その直後、「空軍の投入は三〇分後」。この夏の日、戦車の中は燃えるように暑かった。われわれは汗だくになり、喉もカラカラ、顔や手は硝煙で真っ黒だった。今はハッチを少し開けて空気を入れることができた。攻撃中はハッチを閉じておかねばならなかった。これらティーガーの初期型においては、高さ約二〇センチの車長用キューポラがあり、その内周にはガラスブロックで閉じられた透視窓があった。しかし、砲塔のハッチは開いた状態だと垂直に［※訳補：近い状態で］立ったままであり、あらゆる銃砲火の呼び水となった。車長の頭部負傷は日常茶飯事だった。したがってハッチを閉めて走行したが、それによって視界がかなり制限された。後期型のティーガーでは、車長用キューポラはもっと背が低く、展望用のペリスコープがあった。これによって頭部の保護が実質的に向上した。ハッチは、開いても水平のままだったので、攻撃時にもハッチを開けたままで走行できた。

さあ、素晴らしい芝居が始まった。急降下爆撃機《シュトゥーカ》がサイレンを鳴らしながら波状的にソ連軍陣地に急降下し、ソ連兵に地獄の魔法をかけた。短いながらも壮観な眺めだった。この先は全て完全に耕されたに違いなかった。最後のシュトゥーカがまだ飛び立たないうちに無線で進軍命令が早々に届いた。進撃が再開し、われわれは完全に掃討された陣地近くの森と高台の間の隘路を無事に通過した。最悪の事態は切り抜けたかに思えた。だが、ここはわれわれには難関だった。

わが戦車が林縁に近い左端を走行する一方、ほかの三輌のティーガーは私の右側で散開していた。突然、戦車が小さく飛び跳ねたかのような衝撃が起きた。操縦手のツィーグラー伍長がすぐに戦車を停止させたので、キューポラを開けてみると、右の履帯が後ろに伸びているのが見えた。地雷を踏んだのだ。私は無線で小隊と連隊に注意を促した。とりあえず全隊が停止した後、戦車連隊の前衛中隊は少し距離を取ってわれわれの脇を通過、先頭を引き継いだ。わが小隊のティーガー二輌がこの中隊に入って先に進み、三輌目のブルギス曹長車は近接防御のため、私のそばに留め置いた。地雷を踏まぬように、私は砲手と共に戦車の後方に付いた履帯痕の中に降りた。被害はそれほどでもなかった。ちぎれた履帯は伸びきっていたが、戦車はまだその上にあった。まずなすべきは、更なる地雷が敷設されていないかどうか、戦車の周囲と前方を確かめることだった。作業中に自分たちが吹き飛ばされないようにするためである。通信手は無線機に留まり、ほかの乗員は周囲を捜索した。地雷はいくつかが林縁付近だけに大急ぎで敷設されたようだった。われわれは八個から一〇個の木製地雷を発見したが、それらは地中には埋設されておらず、表面を草で偽装して簡単に敷設されただけのものだった。ツィタデレ作戦の準備中に全車長と実習訓練をしていたこともあり、それらを発見すると難なく信管を取り外すことができた。訓練の成果が今になって証明されたのである。

連隊の戦車が今やわれわれの前を通り過ぎていった。連隊長シュルツ中佐が私の横でしばし立ち止まった。「大丈夫です。走行可能になり次第、自分も後に続きます」。そのためには切れた履帯を再び巻き上げ、破損した履板三つを交換せねばならなかった。全てが重いため、これは重労働である。驚いたのと同時に嬉しくも、戦車連隊の集団の後ろから、補給車と共にわが第3中隊修理班の一トン牽引車一輌がやってきた。これは、あらゆる土地が走行可能な半装軌車として、必要とあらば即座に支援できるよう連隊についてきていたものだった。当然のことながら、これは大きな助けになった。熟練の整備員の手を借りながら、独力でやるよりも素早く修理を完了したわれわれは、再び走行可能になった。足回りの破損は取るに足らず、後ほど処理すればよいものだった。礼を述べて握手し、戦車に搭乗——そして連隊の履帯痕をたどっていった。連隊を見つけたのはバトラツカヤ・ダーチャの北西だった。最前衛部隊はソ連軍の新たな防衛線に遭遇したが、防御厳重な村落付近の右翼は無防備なまだった。それを確保する必要があった。だが、それには別の部隊が予定されていた。われわれはハリネズミ陣形を取り、周囲の安全を確保した。一日じゅう破城槌として進撃していたわれわれは、休息を取ることが許された。夜のうちに燃料と弾薬を補給し、エンジンにオイルと冷却水を補給した。「馬を優先、騎手はその次」——騎兵のこの言葉はわれわれにも当てはまった。まずは戦車に補給して出動準備を整え、人間はその次、というわけだ。われわれは戦車の後ろで寝た。なかなか寝つけない上に短い眠り。

シェルフ中尉の作戦行動についてはわが第3中隊（第Ⅱ小隊なし）との関連で再現するしか私にはできない。中隊は七月六日、とりあえずクルトイ・ログ付近に投入された。おそらく第25戦車連隊第Ⅱ大隊と一緒だったと思う。第25戦車連隊が二集団に分割されて作戦に投入されたことは、私の記憶から絶対に間違いない。クルトイ・ログ付近で第3中隊は二人の戦死者を出した。修理班のハインツ・ヴンダーリヒ軍曹と第Ⅰ小隊のある戦車の通信手を務めていたアダルベルト・エッスラー上等兵である。第106歩兵師団がクルトイ・ログでの戦闘に介入できるようになり、そこでの状況が明らかになると、第25戦車連隊第Ⅱ大隊は第503重戦車大隊第3中隊と共に、前進攻撃している第25戦車連隊第Ⅰ大隊を追った。この攻撃集団も、ソ連軍の第二防衛線の森林地帯に伏せて留まっていたソ連軍部隊にまずは対処せねばならなかった。しかし、その後は第Ⅰ大隊の進撃に続き、右翼を守るべくバトラツカヤ・ダーチャ村に向かった。七月六日夜の戦闘において、第503重戦車大隊第3中隊は四人の戦死者を出した。それぞれ、修理班のエルンスト・アングラー伍長、ヘルベルト・ペツカ伍長（砲手）、ヴィルヘルム・シュトューラー（装填手）、ロベルト・シュタイニンガー（装填手）である。

攻撃三日目の七月七日は、私の元の部隊編制をもって事態が進行した。またもや「缶切り」としてわがティーガー四輛が前進。昨日より難儀なことにはなり得なかった。早朝に出発してすぐ、われわれは別のソ連軍防衛線に遭遇した。しかし、予想したよりはるかに防御薄弱であり、縦深性がなかったのでわりと早く突破できた。私の記憶では、この日はこれより大きな抵抗はなかったと思う。更に前進。ソ連軍の敗残兵に時おり出くわしたが、組織だった整然とした抵抗はなかった。夕方、防御厳重な道路の結節点ミャソエドヴォを目前にした。装甲擲弾兵が町に突入したが、われわれ自身は外で待機した。

翌日は第7装甲師団の右翼を守るべく、ミャソエドヴォの南東約四キロメートルに位置する高台に移動した。ここは、前もって第6戦車連隊に占領されていた。われわれは反斜面位置に就いたが、第25戦車連隊第I大隊の戦車とは遠く離れていた。私に与えられた任務は、東に向かう集団を防御することだった。そのため、丘の背後に戦車二輌と共に布陣し、頂上越しに観察・射撃できるようにしつつ、万が一にも敵の重要標的とならないようにした。目前には適度な勾配がついた下り斜面があり、ヤブが散在していた。谷底には、大きな半円状になった場所にまばらな広葉樹林があり、その端にはヤブが密生していた。左を見ると、目前に広がる地が遠くまで見えた。暑さのために空気が揺らいでいた。われわれは四時間ごとに交代し、常に戦車二輌が防御を担うようにした。今やようやく体を洗うことができた。水の供給は限られていたが、乗員五人の一人ずつに鉢いっぱいの水があった。これで気分が良くなった。われわれは普段はガソリンだけで手洗いをした。その夜は静かなままだったので、私はまたもぐっすり眠れた。そう、睡眠不足も多く取り戻さねばならなかったのである。

第25戦車連隊は引き続き師団の左翼を守っていた。翌日に向けての大きな変更は予定されていなかった。私は連隊長のもとに出頭するよう命ぜられた。与えられた任務は、夜になると戦車の音が聞こえてくる谷底の森の偵察だった。防御のため、わが二輌のティーガーが丘の上に残ると同時に、私に掩護射撃を行った。私自身は、自車のティーガーとヴァイゲル軍曹のティーガーとで任務を実施した。ハッチ閉め、戦闘用意、前進！　長い斜面をゆっくり進み、遮蔽物もない中、目前にある森と向かい合った。四〇〇メートルまで接近し、停止して観測したが何も識別できなかった。更に進むと、前方で不意に閃光が走った。一瞬、砲弾がまっすぐこちらに向かってくるのが見えた。車体下部前面に被弾、と同時に次の射撃、そして被弾。空気が揺らいでおり、何も見えなかったが、推定方向に榴弾一発を放った。またも被弾、今度は右からだ。私は後進して発起点まで戻った。われらが

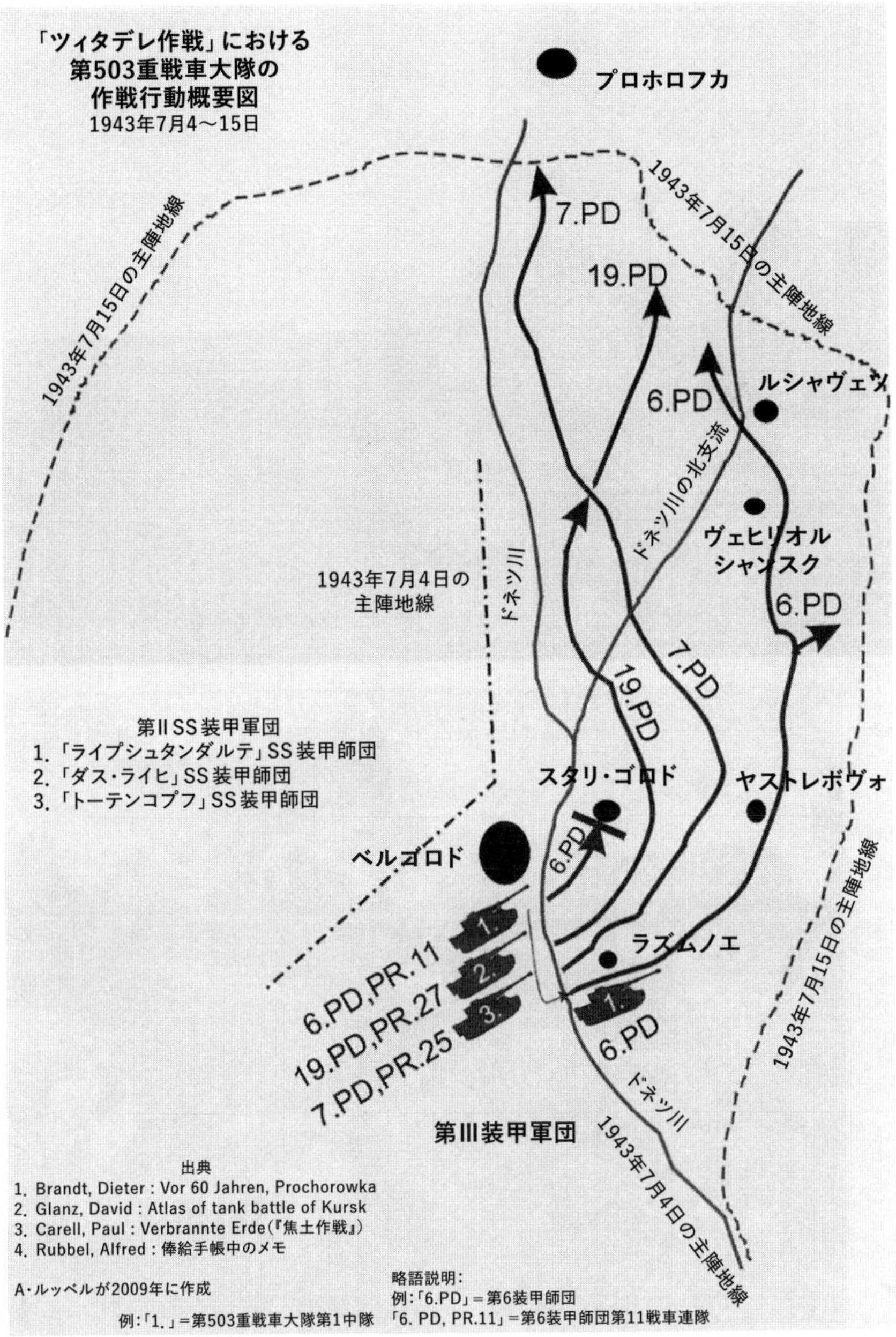
「ツィタデレ作戦」における
第503重戦車大隊の
作戦行動概要図
1943年7月4〜15日
プロホロフカ
7.PD
19.PD
1943年7月15日の主陣地線
1943年7月15日の主陣地線
ルシャヴェツ
6.PD
ドネツ川の北支流
ヴェヒリオル
シャンスク
6.PD
1943年7月4日の
主陣地線
ドネツ川
7.PD
19.PD
第II SS装甲軍団
1.「ライプシュタンダルテ」SS装甲師団
2.「ダス・ライヒ」SS装甲師団
3.「トーテンコプフ」SS装甲師団
スタリ・ゴロド
ヤストレボヴォ
6.PD
ベルゴロド
1943年7月15日の主陣地線
ラズムノエ
1.
2.
3.
1.
6.PD,PR.11
19.PD,PR.27
7.PD,PR.25
6.PD
ドネツ川
第III装甲軍団
1943年7月4日の主陣地線
出典
1. Brandt, Dieter : Vor 60 Jahren, Prochorowka
2. Glanz, David : Atlas of tank battle of Kursk
3. Carell, Paul : Verbrannte Erde(『焦土作戦』)
4. Rubbel, Alfred : 俸給手帳中のメモ
A・ルッベルが2009年に作成
例:「1.」＝第503重戦車大隊第1中隊
略語説明:
例:「6.PD」＝第6装甲師団
「6. PD, PR.11」＝第6装甲師団第11戦車連隊

別個の3装甲師団のもとで槍先を務めた第503ティーガー大隊第3ティーガー中隊の作戦区域の概要図

地平線上に着弾、ティーガーの砲身が目標を探す。1943年7月5日に始まったクルスク突出部の戦いは、戦争全期を通じて大激戦の一つとなった。

ソ連側は、15.2センチ榴弾砲を搭載したSU-152超重突撃戦車をクルスク戦で初めて投入した。これはティーガーにとっても危険な相手だった。この突撃戦車は被弾して爆発し、上部構造物の一部を失った。

とうに収穫の終わった畑を前進していく別のティーガーを覘視孔から見たもの。[※停車して車体下部を草で偽装しているように見える]

戦闘地域にあるソ連村落とその住民は戦闘でかなりの被害を受けた。

燃え盛る農家を轟々と過ぎ行くティーガー「331」と「321」。

ティーガー「311」の足回りは修理の要あり。手前にあるのは千鳥式配列転輪の中央部に置かれる二重転輪。起動輪も分解された。

左：ティーガーの車長用キューポラに被弾。ハッチの閉鎖機構が破損しているため、交換の要あり。被弾箇所を検分しているのはシェルフ中尉。右：ヴァイナート少尉のティーガー「311」の被弾痕。前面装甲の張り出し部分が命中弾でもぎ取られてしまった。通信手の機銃も被弾した。

ティーガー「334」も足回りを修理する必要がある。乗員の間に立っているのは取り外された誘導輪。

背の高いヤブに守られながらティーガーと共に進撃の準備を整える装甲兵員輸送車。

ベルゴロド付近の戦闘地帯：撃破されたT34の脇を通り過ぎるティーガー。

ティーガー「334」に下令。手前にあるのは、軍事郵便(Feldpost=FP)のナンバープレートを付けた中隊付きツュンダップサイドカー。左から右へ、ゲーリング、シェルフ(制帽を被った人物)、ロンドルフ、アン・デア・ハイデン、ヴァイナート、キッセベルト、フリッツ・ミュラー。他の兵士は姓名不詳。

空中戦を観察するイェッケル伍長。ソ連航空部隊も多数の地上攻撃機を投入していたため、ティーガー「331」は藁で入念に偽装されている。排気管カバーには、榴弾の破片や歩兵兵器によって生じた多数の穴が見える。

くつろいだ姿勢で今後の行動について協議するシェルフ中尉。Kfz 15の後部座席にはゾンダーフューラー[※特殊技能(通訳技能など)を有する民間人からの任用要員]が座っている。

「これに沿って行け」と、ロンドルフ曹長とブルギス曹長に進撃路を示すシェルフ中尉。

収穫後の畑に位置するティーガー「321」と第7装甲師団のIV号戦車。IV号戦車は、成形炸薬弾を早期に爆発させるため、車体側面と砲塔にいわゆる「スカート《シュルツェン》」を付けている。

ヘッドフォンを着けて自車ティーガーの砲塔に立つシェルフ中尉。砲手も真っ直ぐ前を向いている。残念ながら、クルスク突出部の戦いの際のフォン・ローゼンを写した写真は存在しない。

1943年7月20日頃のベルゴロド地区：シェルフ中尉のティーガー「300」がエンジン故障で立ち往生。この戦車は回収されるはずだったが、ソ連軍の反撃によって頓挫した。したがって、ティーガー「300」はソ連軍に鹵獲された。

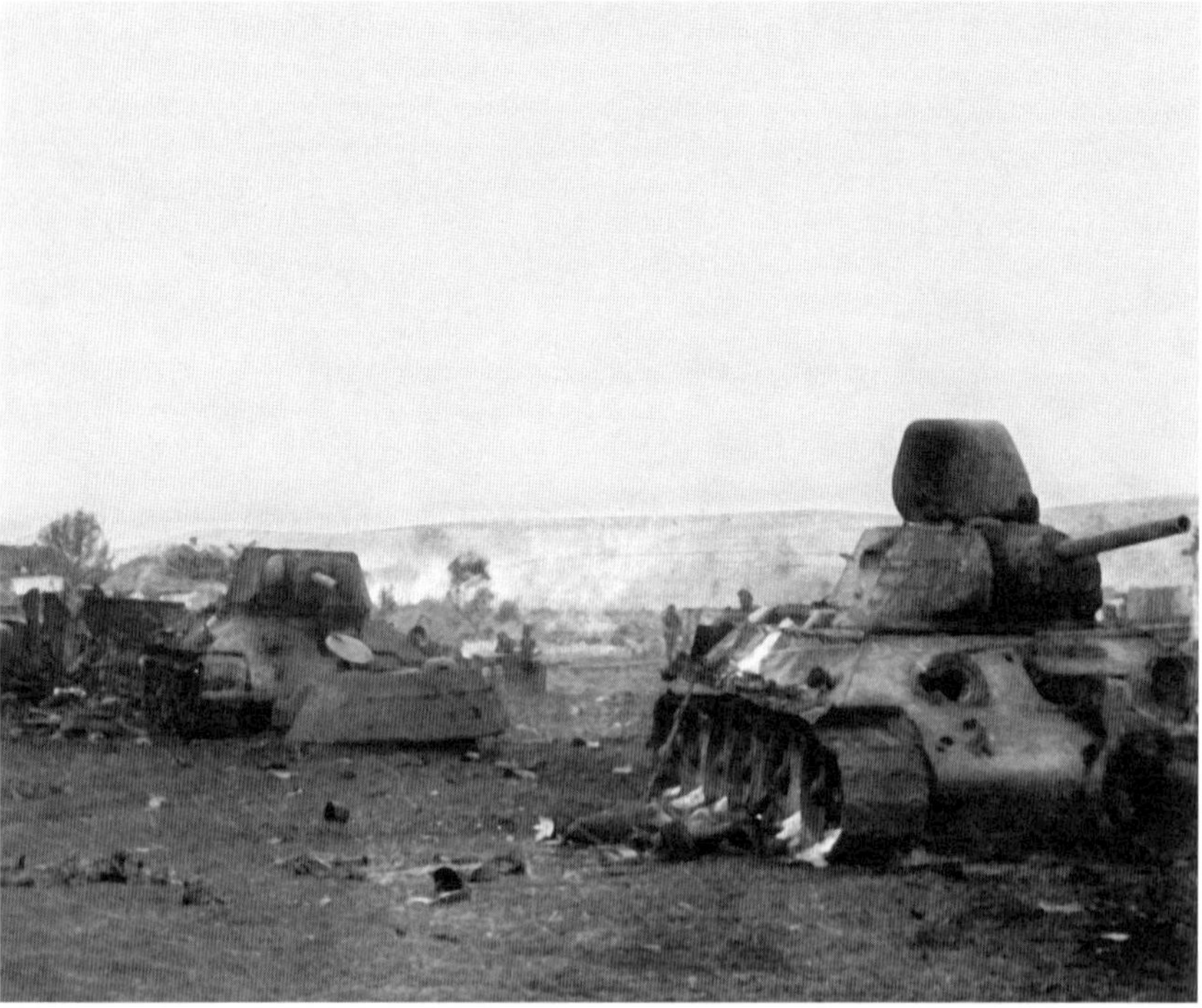

戦争の惨状：手前のT-34の前面からは操縦手の身体が垂れ下がり、側面にはさらなる焼死者が横たわっている。撃破された各型のT-34が列になって並んでいる。

ティーガー二輌は更に傷をいくつか負ったが、幸いかな、貫通弾は食らわなかった。心配だったのは、命中弾が貫通することよりも、最終減速機と同時に起動輪に命中することだった。これはわれわれの弱点であり、ソ連軍はそのことをよく知っていた。防御用に残置しておいたティーガー二輌も一部始終を見ており、発砲してもいた。彼らは森の端に突撃砲二輌が現れるや発砲し、直ちに後退した。私は連隊長に結果を口頭報告した。今や特に用心深くなることが肝要であり、そうすれば不快な奇襲を受けずにすんだ。それ以外に特段の出来事はなかった。夕方になると第3中隊のわれらが中隊事務室付下士官《シュライプシュトゥーベンフェルトヴェーベル》グローマン軍曹がやってきた。彼は郵便物や酒保の物品を持ってきてくれた。それぞれにショカコーラ一箱ずつ。私はシェルフ中尉がミャソエドヴォ付近で中隊と共に行動していることを知った。そこでは七月八日にアルブレヒト・シュミット一等兵が仆れていた。さらに、ヴュンスドルフ戦車学校での士官教育課程の同期生ヤンメラート少尉は、攻撃初日に既に戦死していた。そのような知らせに接した私はふと、今までどれだけの守護天使がついていてくれたのかを再認識した。実家からの郵便によると、故郷では何の問題もなかった。彼らはオーバーベーレンブルクに向かう準備をしていた。そう、そこはいつも美しかった。

　翌朝、防御配置に就くと、わが目を疑った。ソ連軍は、準備陣地であれ何であれ、森の中の陣地を明け渡した。戦車が一輌、二輌、三輌と短い間に姿を現し、猛スピードで自然の遮蔽物の中へと消えていった。私の砲手がそれを補足するまでに、もう二輌が短時間の間に現れては再び遮蔽物の中へと消えていった。発砲したものの命中しなかったので、偏差量の修正を行った。そして命中させると、白煙が視界を遮った。運任せに森の中に撃ち続けると、遂に静寂が訪れた。少なくとも一〇輌の戦車がわれわれから逃げたが、一輌は確実に仕留め、もう一輌も屠ったかもしれない。その間にも戦車連隊では本格的な野営が行なわれていた。戦車を弄《いじ》り回し、武器の手入れをし、日光浴し、のんびりし、トランプに興じた。この楽園はいつまで続くのだろうか。われわれもその恩恵にあずかった。防御配置に就いていない乗員も同様にした。体力回復のための休憩。私は何度か連隊本部を訪れた。状況については何ら目新しいものはなかったが、連隊長とシュナップスを一杯。ゆっくりと人心地ついた。

一九四三年七月一一日午前、私はわが小隊と共に第3中隊に戻るよう命令を受けた。地図上で、数キロメートル先の予定会合点を教えてもらった。これをもって第25戦車連隊への派遣は終わった。わが小隊と共に、連隊長に転出の報告をした。「よくやってくれたな」と彼は言った。「上出来の協同だった」。第3中隊への途上、ミャソエドヴォ付近を通過し、まだ完全にはドイツ軍の手中にない地帯を通った。この怪しげな地帯を避けるには大回りせねばならなかったので、近道を行くことにした。無人地帯に入ると、私は戦闘用意をするよう次のごとく命じた。ハッチ閉め、会敵に備え。全て順調であり、じきに終わるものと思っていた。

見通しの悪い曲がり角の陰の至近距離に、突如として走る閃光。

ズドーン、被弾！　車内照明が消えて戦車の中が暗くなり、私は右腕が砲の防危板《アブヴァイザー》と砲塔天井の間に挟まって動けない。「クソ！」。操縦手のツィーグラー伍長が戦車を後退させる。全てが自動的かつ瞬時に進む。右後方のティーガーが榴弾一発を撃ち、わずか三〇メートル前方の道の上に陣取っていた砲を破壊する。何が起きたのだろうか。砲防盾に榴弾が命中したのだ。榴弾は、大口径弾でもわれわれの装甲を貫通できないものの、かなりの威力があった。被弾の衝撃でティーガーの八・八センチ砲が俯仰装置《ヘーエンリヒトマシーネ》のギアリムから外れ、マズルブレーキ付きの長砲身がギアリムで保てずに下を向いてしまったため、戦車の内部では防危板の付いた砲尾が一気に跳ね上がり、砲塔の天井に打ちつけたというわけだ。俯仰装置の左には車長席があった。砲は一発撃つたびに三〇センチメートルほど後座するので、防危板は車長とその反対側に位置する装填手を守るようになっていた［※ティーガーI型の場合、装填手側には防危板は付けられておらず、薬莢受けのステーがあるのみ］。ハッチを閉めて車長席を低位置にして走行する際は、防危板に右肘を乗せて体を支えると楽だった。私はそうしていた。今や私の腕は防危板と砲塔の天井の間に挟まれていた。運良くも、俯仰装置はまだ作動したので、砲を水平位置に戻すことができた。かくして板挟みの状態から解放されたが、かなり大量に出血していた。砲手のフーアマイスター伍長が包帯で応急処置をしてくれ、私は当然いくらかショックを受けながらも再び車長席に座り、走行を続けた。ただし、今は別のティーガーに先頭を任せていた。またしても守護天使がついていてくれた。ハッチを開けて走行していたら、私はこの世を去っ

1943年夏、国防軍は再び大量の車輌や兵器を戦闘に投入することができるようになった。ここに写っているのはシュタイア＝グルッペンワーゲン、その後ろには8.8センチ高射砲を牽引する12トン牽引車。

ていたことだろう。

これ以外に突発事件はなかった。遂に前方に白色信号弾が上がった。これは友軍を意味した。こちらも白色信号で応答した。われわれは第7捜索大隊の一車輌に近寄り、任務は成功した。

ハッチを開けたまま走行することわずか一五分後、命ぜられた会合点に到着し、私はシェルフ中尉に帰任を報告した。

大隊付軍医大尉シュラム博士に傷の手当をしてもらった。迷彩服の上着の袖が切られた。手のひらほどの深傷が右肘の骨まであった上、橈骨《とうこつ》、すなわち前腕の薄目の骨も折れていた。早くも翌日にはハリコフの軍病院に着き、これをもって私のツィタデレ作戦は終了した。自分にとって特に重要だったのは、わが小隊中に戦死者が一人も出なかったことだった。

四週間後、私は本国ツヴィッカウの軍病院で小包と第25戦車連隊長シュルツ中佐からの手紙を受け取った。中にあったのは一級鉄十字章だった。「健康のままこの鉄十字章を長らく佩用してくれたまえ。同時に、激戦の中で貴官が連隊と共に過ごした時間を思い出してくれるよう望む」

シュルツ中佐は数カ月後、少将にして第7装甲師団長として東部で戦死した。彼はドイツ国防軍で六人目の軍人として柏葉剣ダイヤモンド付騎士十字章を授与された。

軍病院にて

私は中隊の車でハリコフに運ばれた。小さな荷物しか持たずに戦闘に臨んだので、将校行李を置いてきた昔の宿営でもう一泊した。

軍病院で必要なものを再梱包してもらい、残りは中隊を経由して丸ごと実家に送ることになった。どれだけ戦地を離れるのか、そもそも中隊に復帰できるのかも分からなかった。翌日に軍病院に送ってもらった。一刻の猶予もなかった。右肘の傷は手のひら大を超えていた上に、骨が完全に露出しており、あらゆる部位が炎症を起こしていた――後送できなかったので、ハリコフに二週間滞在した。

同室になった歩兵大佐には手紙の代筆を頼み、自分は戦地を離れているため、当面は心配する理由がない旨を親きょうだいにすぐに知らせることにした。

ハリコフの軍人保養所の責任者フォン・ヒューナースドルフ夫人のもとも訪れた。夫人の夫で第6装甲師団長のフォン・ヒューナースドルフ将軍は、数日後にツィタデレ作戦で仆れた。赤十字の看護婦は、私を少しでも元気にしようと労を惜しまなかった。食べたいものが頼めるので、スフレ・オムレツをお願いした。あまりに大きくて、気持ち悪くなってしまった。私の右腕は伸ばした状態で固定されていた。日ごとに膿の量が少しずつ多くなった。それでも、何もしないこと、何も決めないこと、何の命令もする必要がないこと、恐ろしいことを差し当たって全て乗り越えたこと、そして、思いを前後に巡らすしかできないことに大満足していた。前とは、戦友たち、中隊のことだ。後とは休養、両親、故郷のことだ。

最終的に私は後送可能になった。まずは飛行機でドニエプロペトロフスク［※ドニプロ］に向かった。そこでまた一〇日間滞在した後に病院列車でドイツに向かった。

確か六日間の道程だったと思う。まるで休暇旅行のようだった。窓際上段の寝台を使用したが、起き上がることはできなかった。食事や看護は申し分なく、一日に二回の回診があった。自分がいかに幸運だったかを実感した。

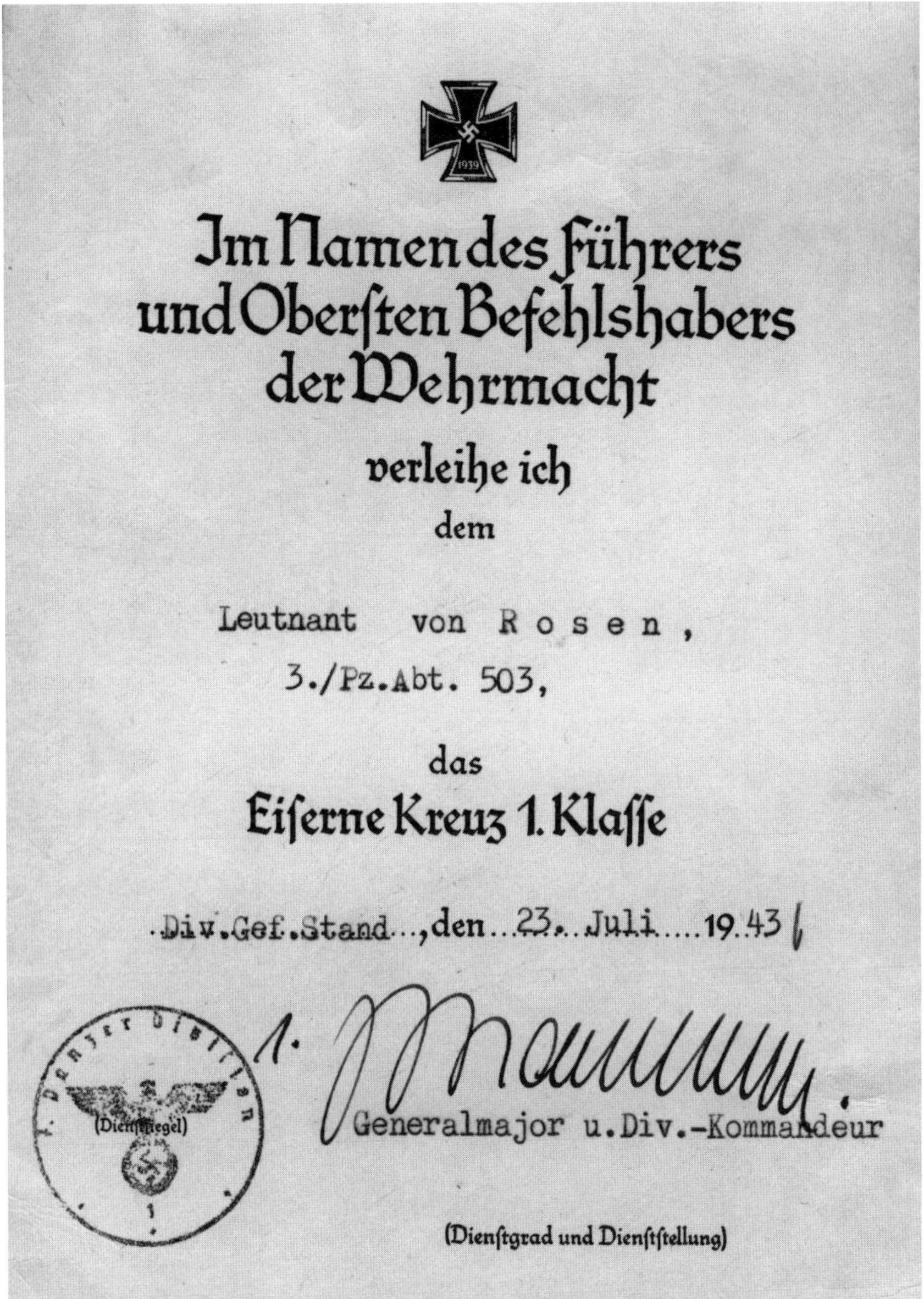
Im Namen des Führers
und Obersten Befehlshabers
der Wehrmacht

verleihe ich

dem

Leutnant von R o s e n ,
3./Pz.Abt. 503,

das

Eiserne Kreuz 1. Klasse

Div.Gef.Stand...,den...23...Juli.....19.43

(Dienstsiegel)

Generalmajor u.Div.-Kommandeur

(Dienstgrad und Dienststellung)

フォン・ローゼンに授与された一級鉄十字章の公式勲記。第7装甲師団長ハッソ・フォン・マントイフェル少将の署名がある。[※勲記内容:「総統兼国防軍最高司令官の名において、第503重戦車大隊第3中隊フォン・ローゼン少尉に一級鉄十字章を授与する。師団戦闘指揮所にて、1943年7月23日」]

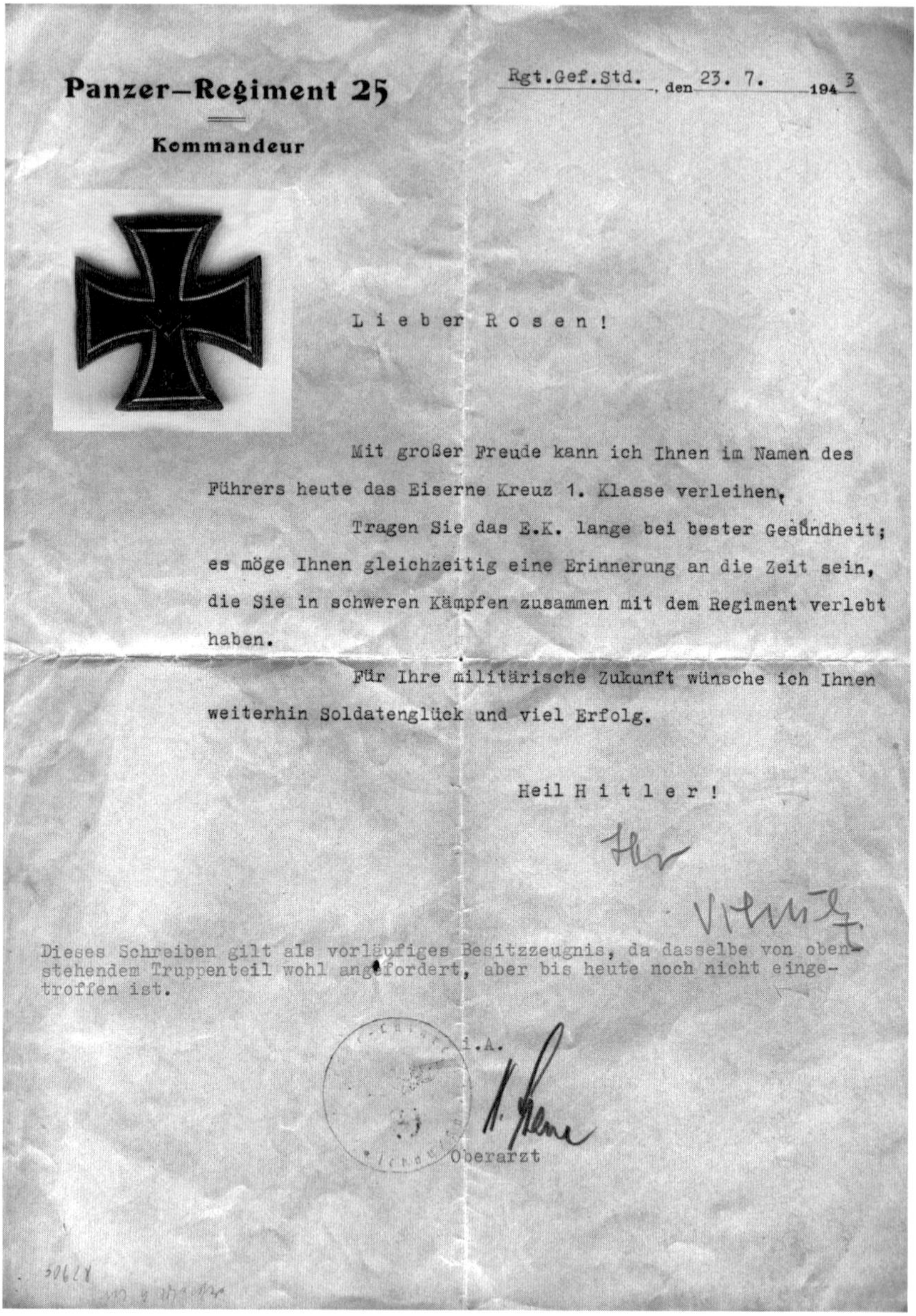
Panzer–Regiment 25

Kommandeur

Rgt.Gef.Std., den 23. 7. 1943

Lieber Rosen!

Mit großer Freude kann ich Ihnen im Namen des Führers heute das Eiserne Kreuz 1. Klasse verleihen.

Tragen Sie das E.K. lange bei bester Gesundheit; es möge Ihnen gleichzeitig eine Erinnerung an die Zeit sein, die Sie in schweren Kämpfen zusammen mit dem Regiment verlebt haben.

Für Ihre militärische Zukunft wünsche ich Ihnen weiterhin Soldatenglück und viel Erfolg.

Heil Hitler!

Dieses Schreiben gilt als vorläufiges Besitzzeugnis, da dasselbe von obenstehendem Truppenteil wohl angefordert, aber bis heute noch nicht eingetroffen ist.

i.A.

Oberarzt

フォン・ローゼンがアデルベルト・シュルツから高い評価を受けたことは、軍病院に届いたこの手紙からも明らかである。第503重戦車大隊第3中隊は、クルスク突出部の戦いで第7装甲師団の戦友と肩を並べて戦った。[※本文内容：「第25戦車連隊長より、連隊戦闘指揮所にて、1943年7月23日。親愛なるローゼン！　本日、総統の名において貴官に一級鉄十字章を授与できて誠に嬉しい。健康のままこの鉄十字章を長らく佩用してくれたまえ。同時に、激戦の中で貴官が連隊と共に過ごした時間を思い出してくれるよう望む。武運長久を祈る。ハイル・ヒトラー！　署名(※その下の追記は次のとおり)本状は仮所持証として見なされるが、上級部隊が請求したはずの所持証は本日に至るも送付されてきていない。代理人署名、軍医中尉」]

左：伝説のアデルベルト・シュルツ中佐は、第7装甲師団第25戦車連隊長だった。同中佐は、柏葉剣付ダイヤモンド騎士十字章を受章した数少ない人物の1人である。1944年1月28日、シェペトフカ付近で戦死した。[※写真は第7装甲師団長、少将時のもの]右：二級、一級の両鉄十字章を佩用するフォン・ローゼン少尉を写した1944年の写真。

ハンス・フォン・ハーゲマイスターも1943年7月15日にハリコフの軍病院に入院しなければならなかった。

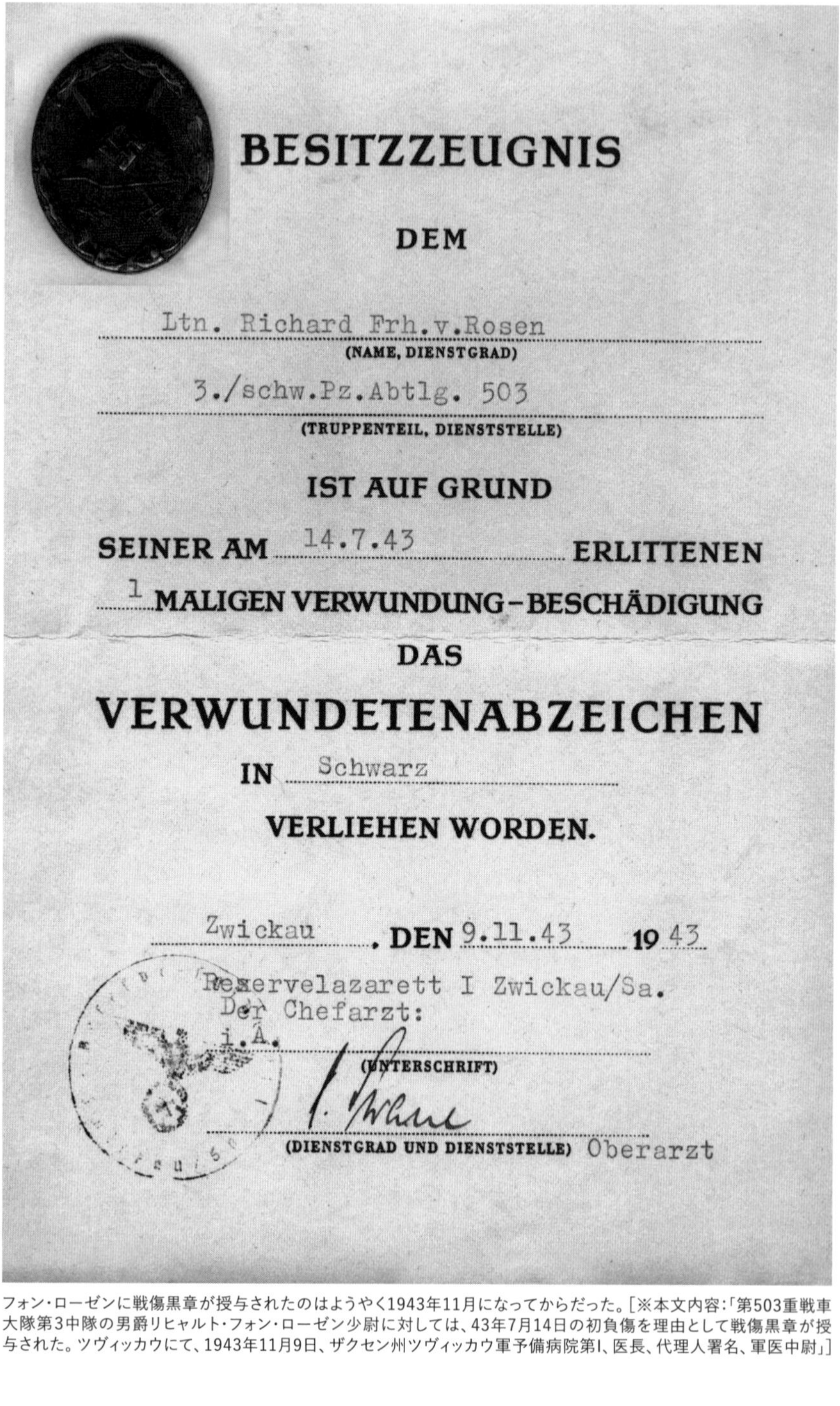

BESITZZEUGNIS

DEM

Ltn. Richard Frh.v.Rosen
(NAME, DIENSTGRAD)

3./schw.Pz.Abtlg. 503
(TRUPPENTEIL, DIENSTSTELLE)

IST AUF GRUND

SEINER AM 14.7.43 ERLITTENEN

1 MALIGEN VERWUNDUNG–BESCHÄDIGUNG

DAS

VERWUNDETENABZEICHEN

IN Schwarz

VERLIEHEN WORDEN.

Zwickau, DEN 9.11.43 1943

Reservelazarett I Zwickau/Sa.
Der Chefarzt:
i.A.
(UNTERSCHRIFT)

(DIENSTGRAD UND DIENSTSTELLE) Oberarzt

フォン・ローゼンに戦傷黒章が授与されたのはようやく1943年11月になってからだった。［※本文内容:「第503重戦車大隊第3中隊の男爵リヒャルト・フォン・ローゼン少尉に対しては、43年7月14日の初負傷を理由として戦傷黒章が授与された。ツヴィッカウにて、1943年11月9日、ザクセン州ツヴィッカウ軍予備病院第I、医長、代理人署名、軍医中尉」］

戦地にある諸大隊の乗員を訓練したパーダーボルンの第500ティーガー補充大隊。

1943年にパーダーボルンを視察した装甲兵総監グデーリアン上級大将。

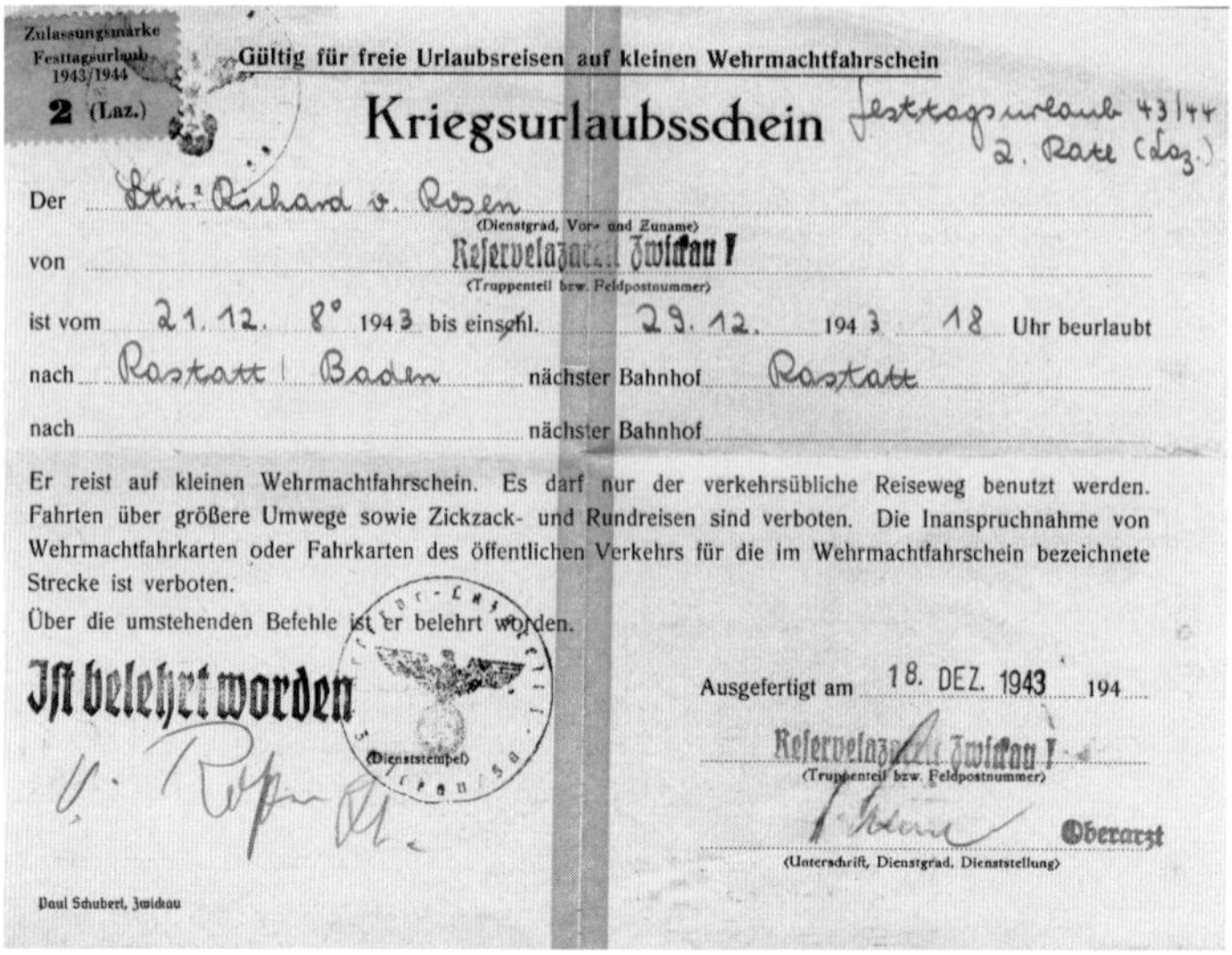
Zulassungsmarke Festtagsurlaub 1943/1944
2 (Laz.)

Gültig für freie Urlaubsreisen auf kleinen Wehrmachtfahrschein

Kriegsurlaubsschein Festtagsurlaub 43/44 2. Rate (Laz.)

Der Gfr. Richard v. Rosen
(Dienstgrad, Vor- und Zuname)

von Reservelazarett Zwickau I
(Truppenteil bzw. Feldpostnummer)

ist vom 21. 12. 8° 1943 bis einschl. 29. 12. 1943 18 Uhr beurlaubt

nach Rastatt / Baden nächster Bahnhof Rastatt

nach nächster Bahnhof

Er reist auf kleinen Wehrmachtfahrschein. Es darf nur der verkehrsübliche Reiseweg benutzt werden. Fahrten über größere Umwege sowie Zickzack- und Rundreisen sind verboten. Die Inanspruchnahme von Wehrmachtfahrkarten oder Fahrkarten des öffentlichen Verkehrs für die im Wehrmachtfahrschein bezeichnete Strecke ist verboten.

Über die umstehenden Befehle ist er belehrt worden.

Ist belehrt worden

(Dienststempel)

Ausgefertigt am 18. DEZ. 1943 194

Reservelazarett Zwickau I
(Truppenteil bzw. Feldpostnummer)

Oberarzt
(Unterschrift, Dienstgrad, Dienststellung)

Paul Schubert, Zwickau

フォン・ローゼンは、1943年末には帰省できるほど回復していた。これはザクセン州ツヴィッカウの軍病院から故郷バーデンのラシュタット行きの列車に乗るための待望の休暇証。[※記載内容概要として、休暇期間は1943年12月21日8時から同年同月29日18時までとあり、下段の注意書きには、大きな迂回やジグザグ移動、周回移動を禁ず、国防軍切符(Wehrmachtfahrschein)に記載された区間用に国防軍乗車券(Wehrmachtkarte)あるいは公的交通機関の乗車券を利用することを禁ず、などとある]

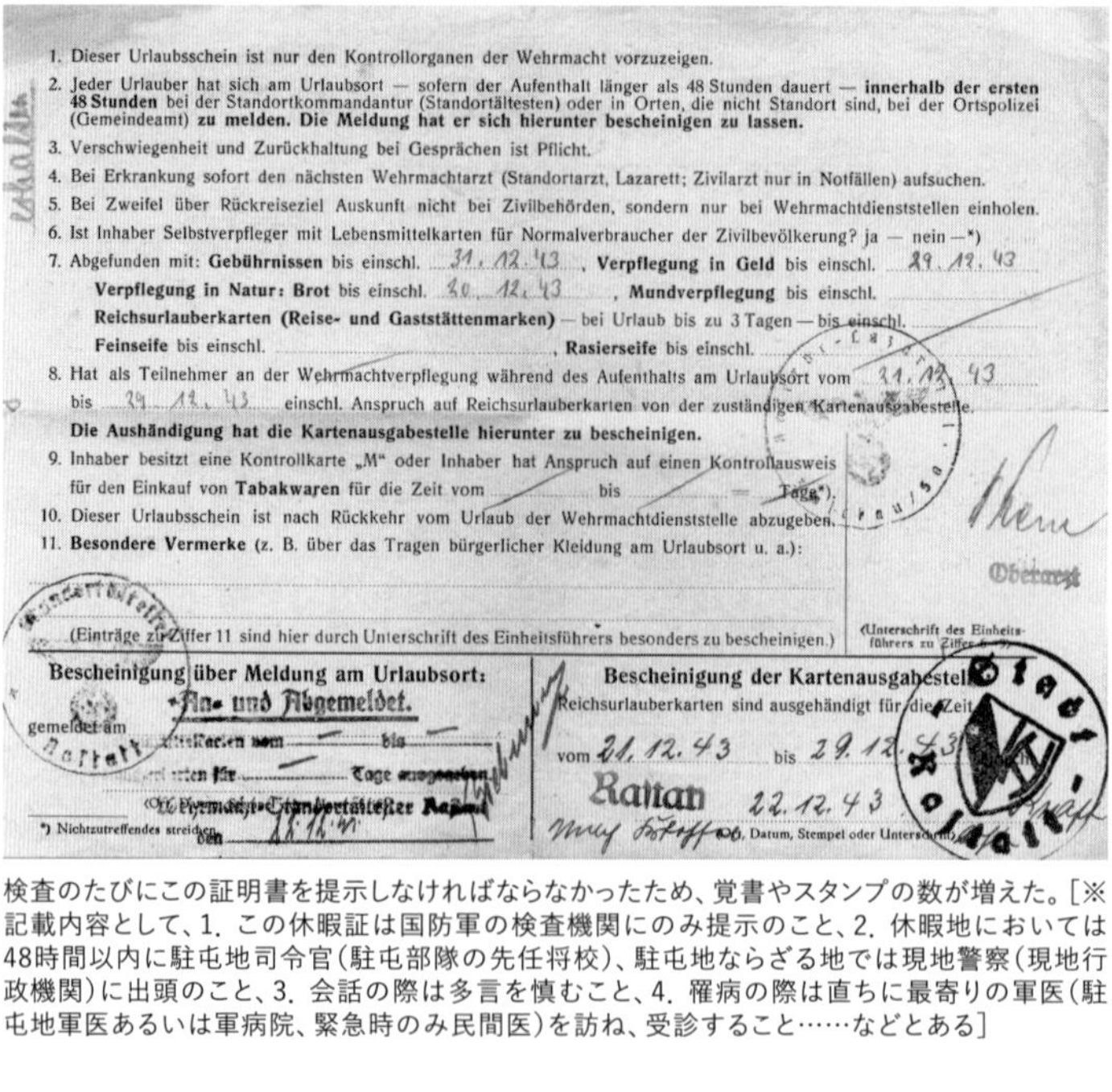
1. Dieser Urlaubsschein ist nur den Kontrollorganen der Wehrmacht vorzuzeigen.
2. Jeder Urlauber hat sich am Urlaubsort — sofern der Aufenthalt länger als 48 Stunden dauert — **innerhalb der ersten 48 Stunden** bei der Standortkommandantur (Standortältesten) oder in Orten, die nicht Standort sind, bei der Ortspolizei (Gemeindeamt) **zu melden. Die Meldung hat er sich hierunter bescheinigen zu lassen.**
3. Verschwiegenheit und Zurückhaltung bei Gesprächen ist Pflicht.
4. Bei Erkrankung sofort den nächsten Wehrmachtarzt (Standortarzt, Lazarett; Zivilarzt nur in Notfällen) aufsuchen.
5. Bei Zweifel über Rückreiseziel Auskunft nicht bei Zivilbehörden, sondern nur bei Wehrmachtdienststellen einholen.
6. Ist Inhaber Selbstverpfleger mit Lebensmittelkarten für Normalverbraucher der Zivilbevölkerung? ja — nein —*)
7. Abgefunden mit: **Gebührnissen** bis einschl. 31. 12. 43, **Verpflegung in Geld** bis einschl. 29. 12. 43
   Verpflegung in Natur: Brot bis einschl. 20. 12. 43, **Mundverpflegung** bis einschl.
   Reichsurlauberkarten (Reise- und Gaststättenmarken) — bei Urlaub bis zu 3 Tagen — bis einschl.
   Feinseife bis einschl. , **Rasierseife** bis einschl.
8. Hat als Teilnehmer an der Wehrmachtverpflegung während des Aufenthalts am Urlaubsort vom 31. 12. 43 bis 29. 12. 43 einschl. Anspruch auf Reichsurlauberkarten von der zuständigen Kartenausgabestelle.
   Die Aushändigung hat die Kartenausgabestelle hierunter zu bescheinigen.
9. Inhaber besitzt eine Kontrollkarte „M" oder Inhaber hat Anspruch auf einen Kontrollausweis für den Einkauf von **Tabakwaren** für die Zeit vom bis = Tage*).
10. Dieser Urlaubsschein ist nach Rückkehr vom Urlaub der Wehrmachtdienststelle abzugeben.
11. **Besondere Vermerke** (z. B. über das Tragen bürgerlicher Kleidung am Urlaubsort u. a.):

(Einträge zu Ziffer 11 sind hier durch Unterschrift des Einheitsführers besonders zu bescheinigen.)

Oberarzt
(Unterschrift des Einheitsführers zu Ziffer 6–9)

Bescheinigung über Meldung am Urlaubsort:
An- und Abgemeldet.
gemeldet am
den 28.12.43
*) Nichtzutreffendes streichen

Bescheinigung der Kartenausgabestelle
Reichsurlauberkarten sind ausgehändigt für die Zeit
vom 21. 12. 43 bis 29. 12. 43
Rastatt 22. 12. 43
(Ort, Datum, Stempel oder Unterschrift)

検査のたびにこの証明書を提示しなければならなかったため、覚書やスタンプの数が増えた。[※記載内容として、1. この休暇証は国防軍の検査機関にのみ提示のこと、2. 休暇地においては48時間以内に駐屯地司令官(駐屯部隊の先任将校)、駐屯地ならざる地では現地警察(現地行政機関)に出頭のこと、3. 会話の際は多言を慎むこと、4. 罹病の際は直ちに最寄りの軍医(駐屯地軍医あるいは軍病院、緊急時のみ民間医)を訪ね、受診すること……などとある]

私の右下にいる若い中尉は、横断麻痺だった。毎日、軍医がゴム手袋をして腸を空にしてやっていた。他人の力を借りて露命をつなぐしか将来の希望がないというのは、恐ろしいことだ。

列車はゆっくりと進んだ。釘を打ちなおした線路では高速走行ができず、再三にわたって長めに停車した。

いずれの病院列車にも警戒員が同乗していた。彼らは武装した兵士であり、各車輌と機関車に配員されていた。われわれが通過した後方地域は全体がパルチザン地帯だった。毎日のように鉄道線への攻撃があり、列車も毎日のように襲撃されていた。赤十字の標識が付いた病院列車も例外ではなかった。一九四三年七月七日から八月三日までの間だけでも、パルチザンは中央戦区において六五本の列車を脱線させた。一九四三年八月中には、鉄道路線の一万二〇〇〇カ所以上を破壊した。線路の左右には横転して燃え尽きた貨車が見えた。しかし、われわれは妨害を受けずに通過した。

目的駅はポーランドのルブリンだった。ここで再び軍病院に入り、まずは徹底的にシラミを駆除された。

その後、トリアージが行われた。負傷の種類と重度に応じ、本国の特定の軍病院に搬送された。ルブリンでは、既に本国に半分いるような印象を受けた。嬉しいことに、私の病室を担当している看護婦はラシュタット出身の若い赤十字看護婦で、姉の元同級生であることが分かった。

自分が最終的にどこに行き着くのか、まだ分からなかった。またも病院列車でザクセンに向かった。ドレスデンであれば入院生活もたいそう素晴らしかったものを、わが列車は更に先に向かった。われわれはツヴィッカウで降ろされた。州立の大病院には、予備の軍病院としての部局が設置されていた。私は一九四三年八月二一日にここに到着し、一九四四年二月一二日まで滞在した。

両親と姉妹のエリザベートが、オーバーベーレンブルクからの帰路に訪ねてきた。私はクリスマスの八日間を実家で過ごした。

傷の治癒は非常に遅く、化膿が引くのに時間が掛かった。右腕を負傷したことは痛恨の思いだった。常に誰かに手紙を書いてもらわねばならないのが苛立たしかったので、左手で書くことを覚えた。絵も描き始めたが、残念ながら作品は一つも残らなかった。私の右腕は完全に硬直していた。数日ごとに麻酔下で腕を力任せに動かし、伸ばせたところをギプスで固定した。麻酔が覚めた後は地獄の痛みに襲われたので、その後はいつも一日じゅう

フォン・ローゼン少尉率いる第3中隊がシェルフ大尉とゲルトナー伍長の前を行進するところ。

第503重戦車大隊第3中隊のハインツ・ゲルトナー伍長（写真左）は、1944年6月10日にオーアドルフにおいてシェルフ大尉の手からドイツ十字金章を拝受した。この写真ではシェルフ大尉が騎士十字章を佩用している。

アイゼナーハで新型ティーガーII型を受領。残念ながら第2、第3中隊の新品ティーガーI型の受領についての写真は存在しない。

第503ティーガー大隊は、クルスク突出部の戦いが終わった後の1943年末から1944年初めにかけて激しい撤退戦を戦い抜かなければならず、その後は再編が急務となった。

1944年6月22日、装甲兵総監グデーリアン上級大将が来訪した。ポルシェ砲塔を搭載した最初のティーガーII型は第1中隊に引き渡された。

新型ティーガーII型の戦車砲が洗浄された。高位の視察官たちがその横に立って見守る。

左:大戦果を収めたティーガー車長ハインツ・ゲルトナー伍長と、砲塔番号「314」を付けた新品のティーガーI型。
右:新任の大隊長フロンメ大尉。既に騎士十字章を佩用しており、オーアドルフで大隊を引き継いだ。

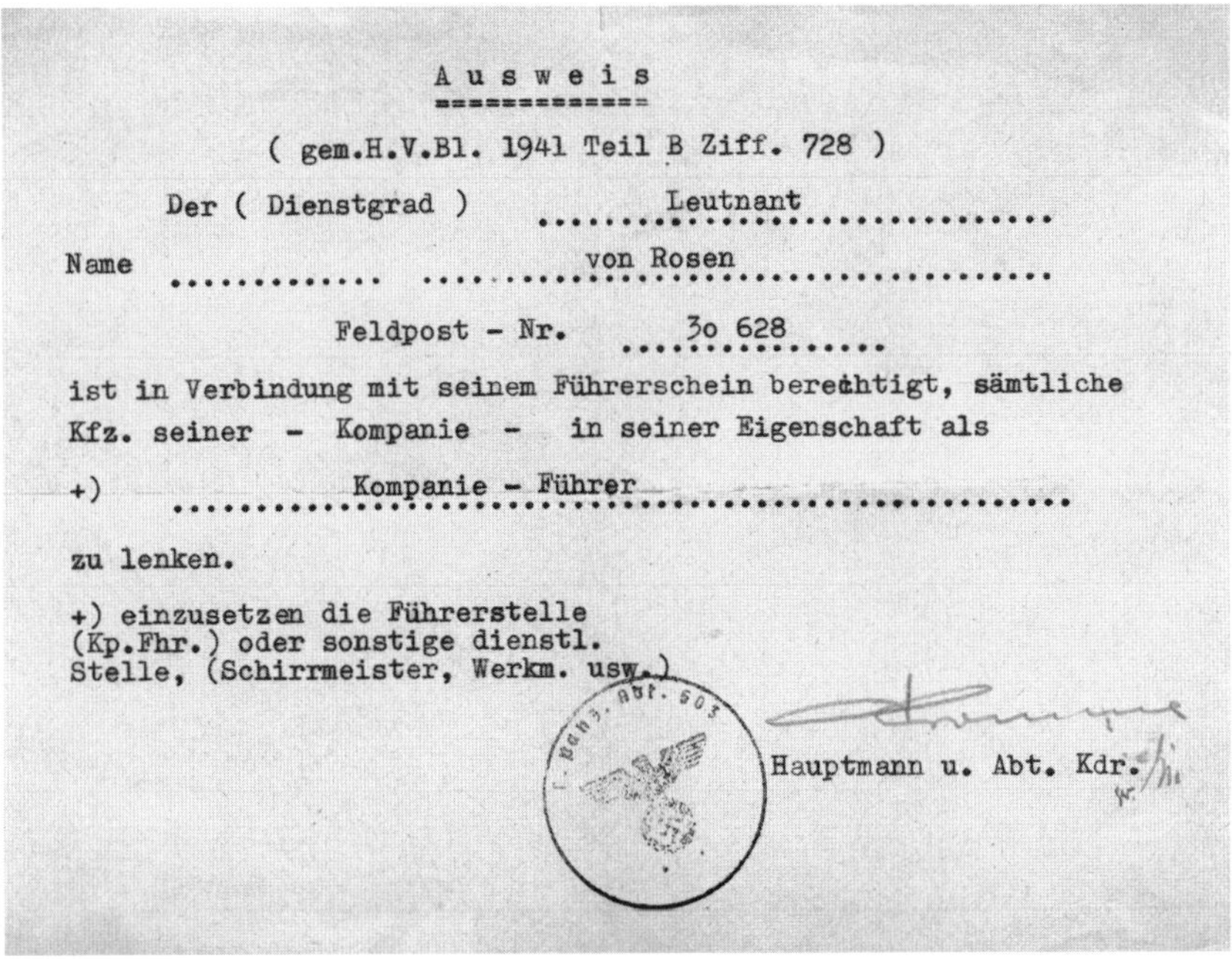

A u s w e i s

(gem.H.V.Bl. 1941 Teil B Ziff. 728)

Der (Dienstgrad) .... Leutnant

Name .... von Rosen

Feldpost - Nr. 3o 628

ist in Verbindung mit seinem Führerschein berechtigt, sämtliche Kfz. seiner - Kompanie - in seiner Eigenschaft als

+) Kompanie - Führer

zu lenken.

+) einzusetzen die Führerstelle (Kp.Fhr.) oder sonstige dienstl. Stelle, (Schirrmeister, Werkm. usw.)

Hauptmann u. Abt. Kdr.

新たに第3中隊長[※原文ママ。厳密にはKompanie-Führer＝中隊指揮官]となったフォン・ローゼン少尉にとって重要な文書。新任大隊長フロンメ大尉の署名入り。[※中隊指揮官として所属中隊のあらゆる自動車の運転免許を有する旨の証明書]

ベッドで横になっていた。診察予定日の合間には、劇場やコンサート、映画館での公演に足を運ぶ機会があった。私はこの時間を最大限に活用しようとした。中隊、特にヴァイナート少尉と連絡を取っていたが、彼は残念ながら一一月に仆れるのだった。コッセル戦死の報も届いた。

軍病院での時期を締めくくったのは、回復途上にある将校に対するボンでの講習だったが、私はすぐにそれから姿をくらますことができた。われらがティーガー大隊のいるパーダーボルンに車で向かい、いつものようにシエルフからすぐにまた呼び戻されるだろうと願った。ところがジフテリアにかかってしまい、パーダーボルンのレオコンヴィクト感染症病棟に収容され、一九四四年四月末にようやく自由の身となった。

またもや続いた療養休暇は単に快適なだけだった。そして遂に503大隊から呼び戻されたのである。

1944年6月/7月のノルマンディにおける連合軍の進撃に関する概要図。

ノルマンディ侵攻作戦の上陸地となった海岸から見る1944年6月6日の夜明けの眺め。見渡す限りの連合軍艦艇。

【三】一九四四年の侵攻戦線にて

一九四四年六月六日、連合軍がノルマンディに上陸した。第503重戦車大隊は一九四三年夏のツィタデレ作戦の後、一九四四年春まで続く南方軍集団による激しい撤退戦——ウクライナとルーマニアを経由してハンガリー国境にまで至る戦い——を乗り切らねばならなかった。彼らには戦果も損失もあった。大隊長のカゲネク伯爵は、柏葉騎士十字章を受章した。大隊は今や新編成のためチューリンゲンのオーアドルフ演習場におり、私はそこで一九四四年六月初旬に同隊に復帰した。大隊長が新たにフロンメ大尉になった一方、第3中隊は依然としてシェルフが指揮を執っていたが、同人は大尉に昇進するとともに騎士十字章を受章してもいた。私が大隊に復帰した頃には、古顔の多くはもう見当たらなかった。東部戦線からオーアドルフにやってきた大隊最後の中隊である第3中隊の隊員は、今や大部分が休暇中だった。そこでフロンメ大尉は、差し当たって私を大隊本部付将校として起用してくれた。私は装甲兵総監グデーリアン上級大将の訪問を準備せねばならず、その案内将校として、訪問の式次第が滞りなく進行するよう手配する必要があった。六月一五日、われわれは総監を晩餐会に招待した。夕方、彼はわれわれ下級尉官グループの机にやってきた。そして、西部と東部の戦線の状況について極めて深刻に語った。フランス侵攻戦線でのわれわれの予定作戦域における任務がいかに困難になるかを明言し、「今後二週間で敵の上陸堡を排除できねば、この戦争は負けだ」と述べた。

私の頭からは上級大将のこの言葉が離れなかった。六月一四日にはロンドンに対するV兵器（報復兵器）の攻撃が始まった。わが方のプロパガンダが急にやかましくなった。イギリスの被害は甚大だ！　これが西部での急変をもたらすだろう！　しかも更なるV兵器が投入されよう！　V1号の次はもっと破壊力のあるV2号だ……。戦争も五年目になると人々はより懐疑的になり、メディアで紹介されたことや意図的に流された噂を額面どおりには受け取らなくなった。とはいえ、それには何かがあ

■1944年夏、ノルマンディ

1944年	6月6日	●連合国が北フランス侵攻
	6月14日	●米軍がコタンタン半島を突破
	6月26日	●シェルブールの市街地および港湾の奪取
	7月9日	●英軍がカーン奪取
	7月18日〜20日	●グッドウッド作戦
	7月24日〜8月4日	●コブラ作戦：米軍がアブランシュを突破
	7月29日まで	●連合軍兵士150万人がフランスに上陸
	8月9日	●ル・マン占領
	8月12日〜21日	●ファレーズ包囲
	8月25日	●パリ陥落
	9月11日	●連合軍がトリールの北でドイツの本国国境を越える
	10月21日	●米軍がアーヘン占領

るはずだ、全部が全部でたらめであることなどあり得ない、と自分に言い聞かせた。少なくともそう思い込みたかった。ところが連合国があっという間にノルマンディに地歩を固めることができたことで、ひどく心配になった。しかも彼らの航空優勢ときたら！　われわれの空軍はいったいどこにいるんだ？　いつもあれほど威張っているゲーリングから、なぜ何の連絡もないのか？　同時に、六月二二日にはドイツ軍の中央軍集団に対するソ連軍の大規模攻勢が始まった。そこのドイツ軍戦線がいかにぐらついたか、ぞっとするほどだった。それから気をそらそうとした。われわれは大隊が早急に出動するための準備に追われた。ある日曜日、われわれは一九四四年ドイツサッカー選手権の決勝戦をエアフルトで観戦した。どのチームがどのチームと対戦したのか、もう覚えていないが、試合は現在のようなスタジアムではなく、普通のサッカー場で行われた［※ドイツ語版ウィキペディアによると、エアフルトで行なわれた試合はドレスナーSCとFCニュルンベルクが一九四四年六月四日（日曜日）に対戦した準決勝戦。決勝戦は同月一八日にベルリンのオリンピックスタジアムにて開催］。私には感動も関心もなかったが、演習場の外で一日を過ごせて良かった。今では考えにくいだろうが、当時サッカーはまだ大きな

役割を演じていなかった。それよりもっと人気のあったスポーツはフィールドハンドボールであり、全中隊のスポーツの時間に確固とした地位を占めていた。

一九四四年六月二六日から二七日にかけ、大隊は八本の輸送列車にて侵攻戦線方面に移動した。私はまたしても輸送隊指揮官として輸送列車一本を指揮した。六月二七日夕方、私の輸送隊はまずオーアドルフで列車に積載された。出発は翌朝〇六〇〇時の予定で、私の二二歳の誕生日だった。積み込みが終わると、VWキューベルワーゲンに乗ってエアフルトに戻った。数日前に偶然に知り合った人物が、送別会と誕生会を私と共にしたいと言ってくれた。目覚まし時計を〇四〇〇時にセットしておいたが、鳴らなかった。目が覚めたのは〇五三〇時、オーアドルフでの出発予定時刻の三〇分前だった！　車でそこに猛スピードで向かった。積み込み駅の方角を見ると、既に蒸気の雲が高く上がっているのが見え、機関車がひっきりなしに蒸気を吹き出していた。輸送列車はまだそこにいるようだった。一〇分後、最後のカーブを全速力で曲がり、荷役ホームの横で車が急ブレーキを鳴らして止まった。私は車から飛び降り、イライラしながら待っている鉄道員に「出発していいぞ」と伝えて貨車に

米軍の上陸用舟艇が渡し板を下げるとGIが腰高の水をかき分けて海岸に向かい、後続部隊のために橋頭堡を構築する。

飛び乗った。すると列車がすぐに動き出した。またも辛うじてうまくいった。

われわれはまたしても最優先の弾丸輸送列車だった。連合軍の整然とした空襲により、特に侵攻の初期段階で鉄道網が再三にわたって寸断された。空襲が見込まれる場合はトンネルの中で何時間も待機し、橋や鉄道施設が破壊された場合は長距離を迂回することが何度もあった。輸送列車は最終的に全て無傷で目標駅に到着したが、七月二日と三日まで掛かった。われわれはパリの西約七〇キロメートルのドルーで戦車を卸下した。何度かの夜行軍でヴェルヌイユ—レーグル—アルジャンタン—ファレーズを経由し、カーン東の作戦行動予定区域に移動した。敵の戦闘爆撃機が活動しているため、昼間の進軍など全くもって不可能だった。したがって、天候に応じて毎晩二三〇〇時頃から翌〇三〇〇頃まで走行し、森の中に隠れ、翌晩に次の一区間を進んだ。安心したことに、曇り空が多く、敵空軍の作戦行動が阻害された。進軍途中でV1号の発射場を通過した。その飛行爆弾は火の尾を引きながら天に上昇し、西に向かって消えた。これにはかなり感心した。とはいえ、プロパガンダがわれわれに信じ込ませようとしているように、これが転機をもたらせるのか、あるいは戦争の決定打となるのか、私には非常に懐疑的だった。これまでのところ、V1号の投入には効果がないようだった。V1号よりはるかに強力で精密な兵器だというV2号はいつごろ配備されるのだろうか。全ては空想なのか、あるいはそんな奇跡の兵器が本当に存在するのか。もしこれがわれわれを引き留めるための単なるプロパガンダだとしたら、ドイツ軍人に対する、想像し得る限りの最大の犯罪的行為だろう。そんなことはまだ信じたくはなかった。

英軍の目に物見せる

第503重戦車大隊は一九四四年七月七日、第LXXXV軍団に派遣された。七月八日には第21装甲師団、すなわち同師団の第22戦車連隊の下に置かれたが、同連隊は当時、Ⅳ号戦車からなる大隊を一個しか擁していなかった。われわれは同大隊と共に即応装甲部隊を形成し、あらゆる不測の事態に備えて戦線のすぐ後方で準備を整えた。連隊がトロアーン地区にいる間、われわれはエミエヴィル周辺を担当することになった。われわれが新たな作戦区域に到着するまでに、侵攻戦線の状況は以下のようになっていた。すなわち、オルヌ河口とコタンタン半島西海岸の間の一四〇キロメートルに及ぶ戦線では、ドイツ国防軍と武装SSの二一個師団が損失を増しながらも防戦していた。オルヌ川の東方では、英軍が二五平方キロメートルに及ぶ橋頭堡を侵攻開始以来、保持していた。強化陣地を伴う堅固な戦線は存在しなかった。双方による幾多の個別攻撃、効果的防戦、牽制作戦により、前線は常に動いていた。だが、連合軍は依然として決定的な突破を達成していなかった。とはいえ、彼らがその努力を続けるであろうことは誰の目にも明らかだった。七月八日にはカーン攻防戦が始まり、ドイツ軍は七月一〇日夜、命令に基づいて同市を明け渡した。前線はオルヌ川の東岸に退いた。カーン南東の郊外はドイツ軍の手中に留まり、ファレーズ平原への連合軍の進出を阻止した。わが第3中隊は、大隊の戦闘指揮所が置かれたエミエヴィルから二キロメートル半離れたマンヌヴィル馬匹《ばひつ》飼育公園にあった。戦闘段列はトロアーン地区に駐留していた。

　七月の第二週、われわれの大隊長フロンメ大尉は負傷した目の炎症のため、数日間パリの軍病院に入院せねばならなかった。その不在中、中隊長シェルフ大尉が大隊を指揮し、私は中隊の最先任少尉として第3中隊の戦闘部隊に対する指揮権を有した。戦車長全員と共に今後の作戦域や前線へのさまざまな進軍ルートを偵察することで、われわれは現地の実情に精通することができた。私は地図を手に、敵の攻撃のあらゆる可能性を考慮し、できるだけ正確に地図のイメージを記憶した。作戦行動中はそれが非常に頼りになるからである。大隊の各戦闘中隊は、そのつど二四時間直の警戒中隊として割り当てられ、その時間中は臨戦態勢にあらねばならなかった。だが、戦線は差し当たって静かなままだった。

　われわれは老樹の下にうまく隠れながらマンヌヴィル公園に腰を据えた。どの戦車の下にもタコツボが掘ってあり、乗員の一部は戦車の中で、残りは戦車の下で寝た。私は横になりたかったので、いつも戦車の下で寝た。戦車の中なら、車長席に座って夜を過ごさねばならなかっただろう。馬匹飼育所本館の地階には、前線に投入された空軍野戦師団が包帯所を設置していた。私の好きな場所は野戦炊事所だった——中隊員の気分は食事次第である。馬匹飼育所には野菜園も付属していた。年配の園芸職人は逃げておらず、私はかなりのフランを支払って彼から大量の野菜やサラダを買い、別の場所からは料理に使えるそれ以外の美味いものを手に入れた。この時の食事は実に素晴らしく、第3中隊の炊事の評判は――妬みに満ちていたとはいえ――大隊全体で高まった。リンゴ酒の大きな樽が置かれることもたまにあり、誰でも好きなだけ飲めた（よりによって警戒中隊になっていない限り）。乗員は夜になると、特にフライドポテトやプディングといった小夜食を好んで作った。私はしょっちゅう宴会に誘われ、一晩に三回連続で招待に応ぜねばならないこともあった。その際はいつも格別に楽しく、大いに盛り上がったし、われわれがアルコール不足に悩まされたことは一度もなかった。まさにちょっとした女人禁制パーティだった。われらがシュラム博士のもとでの晩はとても愉快だった。彼は羽目を外しすぎて果て、その後われわれはそこで、ポルディこと副官のバークハウゼン中尉をポルディの歌で起こしたが、本人はこれをあまり快く思わなかった。われわれの公園の前にはジャガイモ畑があり、見事な新ジャガがあったが、その上では好漢フューアリンガー少尉指揮下のわれらが対空小隊が防空を担っていた。彼も客人としてわれわれにしょっちゅう歓迎された（残念ながら一九四五年にハンガリーで戦死した）。野外での夜は素晴らしく、わずか数キロメートル先の戦線からも交戦音はめったに聞こえてこず、思いのほか平和な雰囲気を楽しむことができた。こんな牧歌的な生活が永遠に続くわけではないことは分かっていた。

任務でカーンに赴くと、市街地の光景は荒涼としていた。侵攻開始前の連合軍の空襲による破壊は甚大だった。市街地に残った民間人はほんのわずかだった。昼には中隊のもとに戻った。小高い地点のいくつかからは、外洋があるはずの遠い西の地平線上に阻塞気球が無数にあるのが見えた。連合軍の艦隊がそこにいるのであり、それらの気球は防空用だった。それにしても、大集結したこの前代未聞の軍艦の群れを攻撃すべきドイツ空軍はどこにいるのだろうか。われらが空軍にはもはやその能力がないということに気づき、落胆した。西部戦線では、空軍は空から消え去っていた。その夜、カーンに対して更なる空襲が行なわれた。火の明かりが町の上に見え、恐ろしい火災が猛威を振るっているに違いなかった。それから距離を置くことができ、われわれは安堵した。ここで行われている戦争は別物だということは、東から来たわれわれには分かっていた。敵の航空優勢は議論の余地がないということだ。翌朝、同市をめぐる戦いが始まったが、二日後にはわが軍部隊によって明け渡され、放棄された。今や前線がかなり近づいた。

一九四四年七月一一日の朝、私は大隊のオートバイ伝令に〇五〇〇時頃に起こされた。直ちに警戒態勢に入り、私自身が大隊の戦闘指揮所に出頭を命ぜられた。すぐさま命令を発し、バイクで戦闘指揮所まで送ってもらった。そこでシェルフ大尉から状況説明を受けた。短時間の激しい砲撃の後、英軍戦車とカナダ軍歩兵からなる敵戦力がキュルヴェルヴィルとコロンベルの間のわが主陣地線を突破し、コロンベル工場群の北側の高台を占領したという。そこに配置されていた空軍第32猟兵連隊はキュヴェルヴィルに移動し、ジベルヴィルに通じる道とカーン東部地域が敵に開かれた。戦車の大集結が見られるとのことだった。私が命ぜられたのは、「第3中隊は直ちに反撃し、突破した敵戦力を殲滅した上で旧主陣地線を修復、別命あるまでその位置を保持せよ」というものだった。それからオートバイ伝令に中隊に送り返してもらった。そこではエンジンの暖機運転が行われており、乗員は戦車の前で、車長は中隊長車の前で私を待っていた。車長への指示を手短にすませた――搭乗して戦闘用意をなし、前進。警報が発せられてから三〇分後、中隊は全速でジベルヴィルに轟々と向かった。実はこの夜、第3中隊は警戒中隊などではなかった。大隊のほかの両戦闘中隊は私同様に警報を受けていた。だが、私は他の誰よりも早く戦闘指揮所に到着していたので、第3中隊がその任を負ったという次第である。大隊の残りは、事態の進展に応じて警戒態勢を維持した。

一五分後、われわれはジベルヴィルに到着した。ここでまたも停止する。大破した家屋が、通過した戦車の振動で二番目の戦車の上に倒壊したのである。幸いかな、怪我人は一人も出なかったものの、大量の瓦礫の中から戦車を救い出してやらねばならない。よりによってここの道は非常に狭く、中隊が通過することは不可能だ。急がば回れとはこのことか！　私は急いでジベルヴィルの北端にオートバイを飛ばし、前線部隊と連絡を取ろうとした。最後の家屋であるパン屋の屋根裏には、第200突撃砲大隊の観測所があった。屋根裏に登って中に入れてもらう。砲隊鏡を覗くと、サン・トノリーヌの下方に家々が見え、英軍のシャーマン戦車数輌がそこに布陣しているのが見て取れる。そこが、空軍野戦師団の擲弾兵が早朝に敵の圧力下で明け渡したおよその線に違いない。つまり、これがわれわれの目標だ。私は数百メートル離れた中隊を迎えに行き、再び車長を集めてこう命じた。「車長は搭乗して戦闘に備え」。先頭車（コッペ少尉）が村の北側の出口に辛うじて到達するや否や、激しい砲火を浴びる。われわれは一時停止したが、その後は万事が順調に進む。ザクス曹長指揮下の第Ⅰ小隊が左に、第Ⅱ小隊（コッペ少尉）は右に離れる一方、私は両小隊の間に入ってこれらと横一直線に並ぶ。第Ⅲ小隊（ランボウ少尉）を私の背後に配置し、特命用とする。敵前で中隊をこのように展開させる瞬間はかなり脆弱になり、わが戦車隊は早くも初の命中弾を受けている。それでも彼らは辛うじて配置に就き、応戦している。私は今や無線で交互躍進を命ずる。これは、一個の小隊が素早く前進する中、ほかの小隊は掩護射撃をするものである。別命が発せられるまでこの手順を繰り返す。ところが、私の無線命令に何の反応もないので、今度は語気を強めて同じ言葉を繰り返す。だが、一輌も動かず、わが戦車隊は引き続き敵と砲火を交えている。英軍戦車がいる場所の上に厚い黒煙が昇る。炎が噴出するのが時おり見える——またも何かが爆発した。反復している無線命令に従う動きを他車が依然として見せず、私も堪忍袋の緒が切れた。「さっさと取り掛からないと、砲塔を六時方向に回して後ろに撃つぞ！」。信じがたいことに反応なし。その間も敵戦車による被弾や頭上をかすめ過ぎる砲弾の音がひっきりなしに鳴り響いている。自分にはこれ以上に愉快なことが想像できる。キューポラのペリスコープを覗くと、わが戦車のアンテナが砲弾でもぎ取られており、これでは無線交信ができないことが分かる。なぜ中隊全体が反応しないのか、これでピンときた。さてどうしたものか。無線機が故障していない別の戦車に乗り換えるのは論外だし、そもそもわれわれの戦車は命中弾を嫌というほど浴びている。したがって、攻撃するほかない。

私の戦車は三〇〇メートルを高速で躍進したため、一発も被弾しなかった。周囲を見渡すと、安堵したことに第Ⅰ小隊が私についてきている一方、第Ⅱと第Ⅲ小隊は従前の位置から射撃を続けていた。わが小隊長たちは状況を把握しており、命ぜられなくとも何をすべきかが分かっていたのだ。われわれは今や無線機なしで攻撃を実施し、全ての行動が演習場にいるがごとく自動的に進行した。小隊一個が発砲して援護する中、別の小隊が更に前へと躍進した。農家の周囲に立ちはだかっていた敵戦車の姿はもはやさほど見えず、その農家も今や一筋の黒煙雲と化していた。今度は敵歩兵が煙幕を張りながら撤退した。煙が少し晴れると、まだ何輌かの敵戦車が見えた。われらの戦車砲が一発撃つたびに、更なるシャーマンが炎に包まれた。対するわが方は、もはや砲火を受けることもなく、最後の二〇〇メートルを躍進して乗り切った。今やあの農家の前におり、旧主陣地線にたどり着いた。これら全てに掛かった時間は、おそらく三〇分ほどだろう。

私は遮蔽物の乏しい地で中隊を防御陣形にまとめた。その行動が終わるか終わらないうちに、英軍の砲兵観測機一機が頭上高くに現れた。これは良からぬ兆候だった。事実、われわれは視聴覚を失うほどの集中砲火を英軍から浴びた。あたかも誰かが一つかみの巨大なエンドウ豆をわれわれの上にこぼしたかのようだった。一度に一〇発の着弾——大地が地震のように轟き、振動した。大量の埃と泥が宙で渦巻き、急に夜のように暗くなった。そんな状態が五分ほど続いた。われわれはすぐに気を取り直したが、こんなことは今まで経験したことがなかった。これほど大規模な集中砲火が可能だとは、今まで思ってもみなかった。一時間ほど静かになり、われわれが五〇メートル後方に移動すると、同じ芝居が再開した。戦車の中で頭を引っ込めながらじっと座り、事態が収拾するのを待つこと以外にできることは何もなかった。そしてズドーン——わが戦車がまたも直撃弾を受けた。全員がかなりの衝撃を受けた。照明が消え、まだ生きていることに驚きつつ、しばらくは意識が朦朧としていた。英軍が高感度信管を用いていたことと、ドイツを離れる直前にわれわれが砲塔の装甲を第二の装甲板で強化していたことが幸いした。戦車の溶接の継ぎ目部分がいくつか裂けていたので、後送して別の戦車に乗り換えねばならなかった。かくしてわれわれは、そこを離れるまで八時間以上待っていた。狂騒はもう数回繰り返された。英軍の艦砲射撃は狙いが非常に良く、私が陣地変換させるたびになされた一斉射撃においては、弾着誤差が中隊の遠近一〇〇メートル以上になったものは一発もなく、ほぼ全弾がわれわれのど真ん中に着弾するほどだった。各車は散開していたので、更なる損失はなかった。英軍の低速砲兵観測機はわれわれの行動を長らく逐一注視していたが、燃料が尽きたようであり、われわれもようやく一休みできた。戦車から出ることができたので、近くから敵戦車をよりじっくり見てみた。シャーマン一一輌が燃え尽きており、そのほとんどが七・五センチ砲を搭載していたが、中には最新の一七ポンド砲（「ファイアフライ」型）もあり、これらはわれわれにとっていっそうの脅威になり得た。これ以外にも、われわれはＰａｋ五門も撃破していた。さらに、農家の家屋の間に完全に無傷のシャーマン二輌が残っているのが分かった。これらは陣地変換しようとした際に互いに衝突して動けなくなり、乗員に見捨てられたものだった。うち一輌の中には、印などが記入された地図数枚を始め、無線関連書類、命令書その他があった。私はこれを携えて、デムヴィル近郊の鉄道線に前線戦闘指揮所を構えている大隊に駆けつけた。ここには、パリの軍病院を退院したフロンメ大尉が午前中に到着していた。私が出頭すると、可能ならそのシャーマン二輌を牽引せよと大尉から命ぜられた。私が再び前線に戻ると、空軍野戦師団の擲弾兵が到着し、元の陣地に就いたので、われわれと交代した。コッペ少尉は、中隊を率いて以前の宿営地マンヌヴィルに戻った。私はシャーマンを確保するため、自車と修理班の操縦員二人と共に居残った。しばらく試してみたところ、実際にこの二輌を動かすことができた。近くのサン・トノリーヌからこれを眺めることができる英軍の目の前で、われわれは二輌のシャーマンともども、鼻高々と引き上げた。これは大勝利だった。中隊に損失はなく、戦車の被弾損

侵攻直前に沿岸部を視察するロンメル元帥（写真中央）と防御策を説明するフォイヒティンガー将軍（写真右）。後者は後にフォン・ローゼン少尉が鹵獲したシャーマン戦車を検分することになる。左は第200突撃砲大隊長ベッカー少佐。

傷箇所は整備廠で修理可能だった。戻る途中、わが戦車縦隊は、その日捕虜になった英軍戦車兵の一団とすれ違った。この哀れな連中は、これがかつての自分たちのシャーマンだと分かったらしく、目を大きく見開いていた。彼らは後の尋問において、われわれの戦い方を高く評価した。というのも、私は戦車から脱出した敵の乗員を撃つのを禁じていたからである。

　勝利に酔いしれる時間は長くはなかった。それ以降、公園内とその近隣には火砲とネーベルヴェルファーの中隊が何個か配置されていたため、もはやさほど平穏ではなく、小規模な集中砲撃が時おり行われていた。さりとて敵の返答がないわけがなく、艦砲の重砲弾をもってする反撃は一段と不愉快であり、われわれは戦車の下の「英雄の穴倉《ヘルデンケラー》」［※退避壕のこと］で、何時間も過ごさねばならなかった。状況証拠がいよいよ示すところでは、英軍がすぐにでも大攻勢を実施しそうだった。われわれは、一九四四年七月一一日に成功を収めて以来、それへの準備ができているものと思っていた。だが、われわれを実際に待ち受けているものが何なのか、全く分かっていなかった。私は、褒美としてパリ行きの休暇数日を大隊長から約束された。だが、残念ながらそれが実現することは

反撃のため集結している第12SS装甲師団「ヒトラーユーゲント」の「パンター」と擲弾兵。侵攻最初の数週間においては、ドイツ軍部隊は依然として連合軍に猛然と抵抗することができた。

なかった。

　私は何年も経ってから、英軍が一九四四年七月一一日の攻撃で何を意図していたかをイギリス側の資料で知った。一九四四年七月九日、第51ハイランド師団長ブレン＝スミス少将は、計画された「グッドウッド」作戦に備え、オルヌ川東岸にある英軍橋頭堡を拡大すべく、コロンベル村とその工場群の奪取を命ぜられた。

　本攻撃の実施に当たっては、ＲＡＧ（王立機甲部隊）第148戦車連隊のシャーマン中隊一個および第61対戦車大隊の対戦車砲（一七ポンド砲）小隊二個の増援を受けたマレー准将の第153旅団が、その任を負った。

　七月一一日〇六〇〇時、同旅団のライト少佐は、中隊の前に私のティーガーが現れたことを旅団に報告した。〇七四五時、同少佐は一一輛のシャーマンのうち一〇輛が四五分足らずの間に撃破されたと報告した。〇八〇〇時、第153旅団長は攻撃を中断し、サン・トノリーヌへの全部隊の撤退を命じた。「ハイランド」師団砲兵隊は、煙幕を張って撤退行動を支援した。英軍の計画は頓挫した。早朝に同様の警報を発せられた第22戦車連隊の戦車および第192装甲擲弾兵連隊の二個中隊は、投入の必要がなくなった。ノルマンディ戦線におけるわれわれの初の作戦行動は成功したが、それは局地的な意義しかなく、動向全般には影響を与え得なかった。

「グッドウッド」作戦

　侵攻戦線の戦況全般は、七月中旬にはわが軍にとってかなり有利だった。英軍はいかなる犠牲を払ってでも転機をもたらそうとし、膠着した戦線を打開した上でその先の地域を得ようとした。そのためには、防御に有利な垣根が張り巡らされた地から自軍の戦車部隊を出し、戦車戦に適したファレーズ周辺の平原に達する必要があった。英軍のこの大規模計画の支点かつ中心点となったのが、英軍のオルヌ橋頭堡から八キロメートル東に位置するブルゲビュ高地の占領であり、ここは作戦の更なる進展にとっての要所だった。ここで英軍は、ドイツの装甲部隊とその予備を戦闘に誘出してこれを撃滅、もってパリへの道を切り開らかんとした。

　一九四四年七月一八日、英第Ⅷ軍団は近衛機甲師団三個（戦車計八七七輛）をもってオルヌ橋頭堡から攻撃し

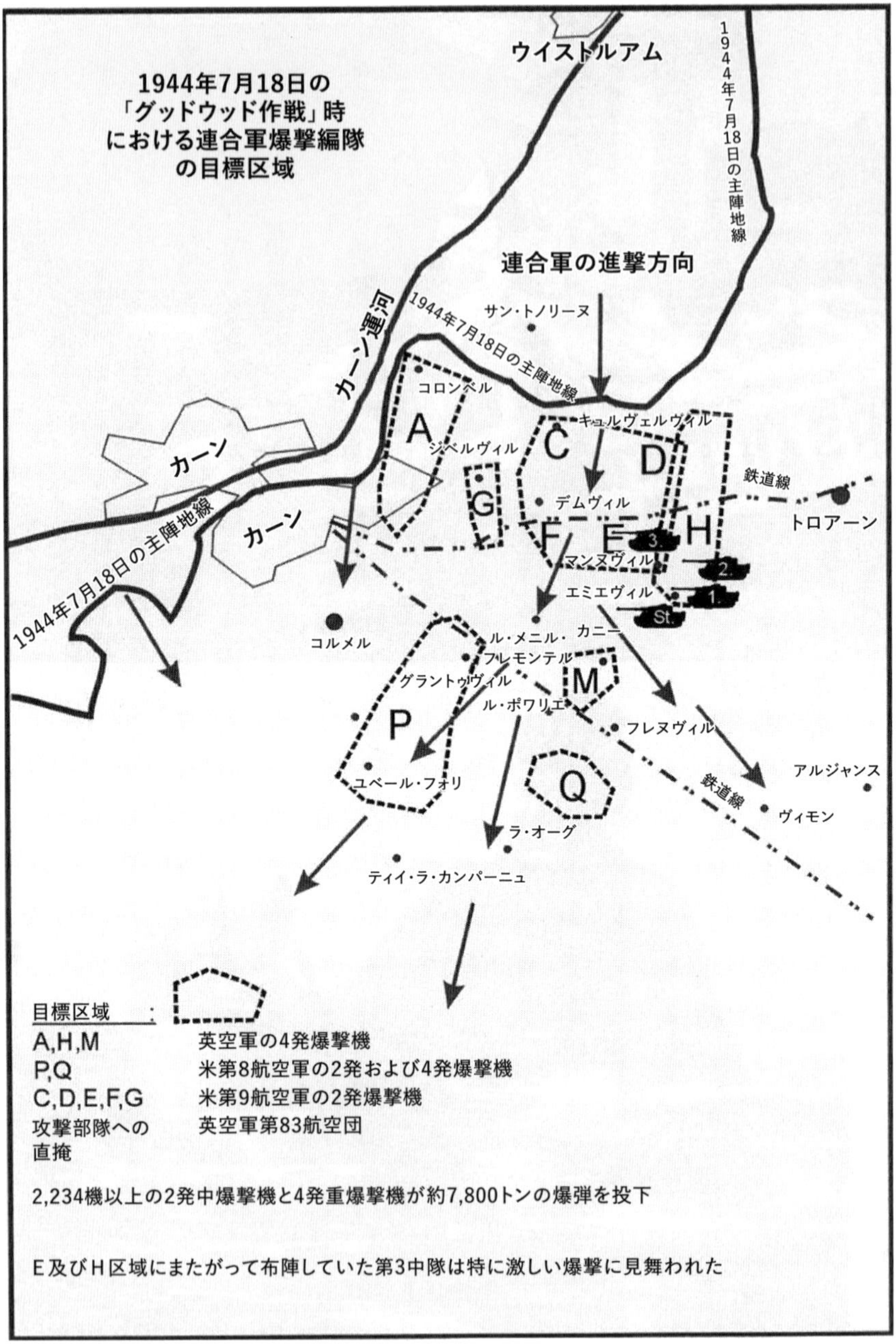

1944年7月18日の爆撃時における第503重戦車大隊第3中隊と大隊本部の配置区域に関する概要図。

連合軍の爆撃機部隊は1944年6月から7月にかけ、ドイツの物資供給に重要なフランスの鉄道結節点を大規模空襲によって全て破壊した。写真は、完全に破壊されたヴェルサイユ駅にいる大隊員ローデ、フューアリンガーおよびヴィーガント。

ドルーの森の中で見つけた人懐っこいフクロウにシェルフ大尉も顔をほころばせる。大尉はここではケッテンクラートの運転席に座っている。

1944年7月、ドルー付近の森の中にて、ティーガーI型のキューポラハッチ内のハンネス・シュナイダー。 全てのペリスコープが45度の角度で設置され、全周を展望可能なように配置されていることがよく分かる。[※ペリスコープは計7個のため、それぞれ360度÷7≒51度の角度で配置されている]

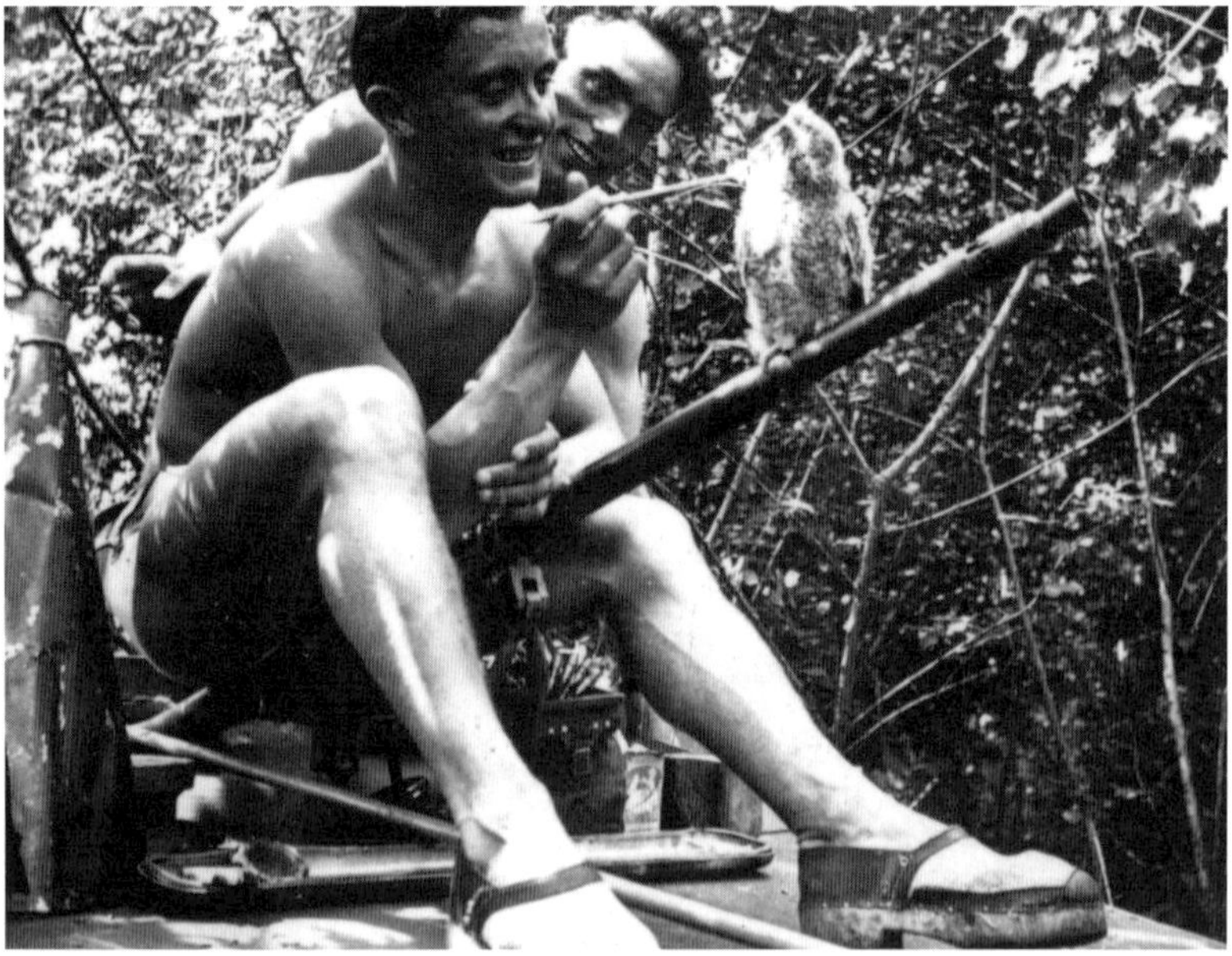

対空機銃の上に留まる人懐っこいフクロウ。それと戯れるゴットホルト・ヴンダーリヒとハンネス・シュナイダー。ゴットホルト・ヴンダーリヒが履いている手作りの木靴に注意。

1944年7月6日：巧みに偽装されたティーガー「323」がカノン経由で行進中。

そして不運に見舞われる。線路に架かる橋はティーガーの重さに耐えられず、ティーガー「323」もろとも線路上に落下した。

第503重戦車大隊の戦闘指揮所で赤ワインを一杯：副官のバークハウゼン中尉、第3中隊長シェルフ大尉、本部付中隊長ヴィーガント大尉、第2中隊長フォン・アイヒェル＝シュトライバー大尉。

エミエヴィル城に設置された大隊戦闘指揮所。素晴らしいバラ園の中からこちらに敬礼するシェルフ大尉。この小さな城が1944年7月18日に爆撃され、大損害を受けるとは、誰も予想していなかった。

連合軍の度重なる低空攻撃に対し、2センチ四連装対空砲は有効な火器だった。しかし、この砲には効果的な防盾が付けられていないため、砲員は低空攻撃時に大きな危険に曝された。

とはいえ、ドイツ側も侵攻部隊に対して戦果を上げげた。フォン・ローゼン少尉は第3中隊と共に数輌のシャーマン戦車を撃破した上、そのうちの2輌を無傷で鹵獲できた。写真はドイツ国章をつけた鹵獲戦車で、フォイヒティンガー将軍の視察を受けているところ。このシャーマンは後ほど徹底的に試験された。

爆弾の爆発の威力は60トンのティーガー重戦車をも上下逆さに投げ飛ばした。爆発の勢いによって、起動輪と前部転輪が軸首ごと引き裂かれた。

ザクス軍曹[※本文では曹長]のこのティーガー「313」では、軍曹のほかにもう2人を救出できた。他の乗員2人は空襲で死亡した。

左：マンヌヴィル付近の森が大隊の運命の地となった。絨毯爆撃が同地を襲い、多数のティーガーが破壊された。この航空写真は米軍が1944年7月18日に撮影したもの。右：1944年7月18日にマンヌヴィル／エミエヴィル付近で戦死した第503重戦車大隊第3中隊ロルフ・マッテス伍長の墓。

ティーガー「323」は半分埋まり、砲塔は固定具から外れている。

た。英軍とカナダ軍の更なる軍団一個ずつが攻撃師団の右翼と左翼を掩護した。この攻撃の準備をなしたのが、七八七〇トンの爆弾を投下した爆撃機二〇七七機を始め、砲弾二五万発を備えた中・大口径砲七二〇門だった。〇五四五時から〇六三〇時まではＲＡＦ（英空軍）の重爆撃機一〇五六機が空襲し、〇七〇〇時から〇七三〇時までは米航空軍の爆撃機五三九機が、〇八〇〇時から〇八三〇時までは米航空軍の更なる爆撃機四八二機が空襲した。この事前爆撃により、エミエヴィル村、カニー村、そして第3中隊がいたマンヌヴィル村が特に打撃を受けた。これほどの爆撃編隊が攻撃の準備のために投入されたことは、今まで一度もなかった。ちなみに一九四五年二月のドレスデン空襲では、動員されたＲＡＦと米航空軍の「わずか」一〇八四機が投下した爆弾は、三四二五トンだったといわれる。〇八〇〇時、英第11機甲師団は第29戦車旅団および第159歩兵旅団と共に発起線上に並んだ。当初ほとんど抵抗がなかったのは、前方配置されていた第16空軍野戦師団の諸大隊が空襲によって全滅していたためである。〇八三〇時、英前衛部隊は既にカーン―トロアーン鉄道線を越えており、第503重戦車大隊の指定域前面に友軍部隊は一つもなかった。第3中隊の指定域においていて、私は「筆頭《プレミエー》」として発言権を持っていた。プレミエーとは、第Ｉ小隊長にして中隊長代理でもある将校に対する呼称である。わが中隊長シェルフ大尉は、エミエヴィルの大隊戦闘指揮所に引き続き「宿泊」した。そこの頑丈な家屋は、われわれの野営所よりも快適だった。彼はこの頃、中隊の戦闘部門にあまり姿を見せなかったが、中隊長にとっては作戦行動の合間の日中にやるべき雑務が多く、そのために、遠く離れればなれに置かれていた段列、修理班、整備廠と事務室との間を往復していたのである。

遡ること七月一七日の夕方、大隊の伝令将校へーアライン少尉は、晩餐会を催すべく大隊の手すきの者全員を大隊戦闘指揮所に招待していた。だが、相当に激しい集中砲火によってすぐに中断され、その際、遺憾ながら伝令二人が死亡した。むろん、それゆえに全てが直ちに中止された。私はこれより前、英軍側に逃げようとした一民間人が主陣地線で射殺されたと聞いていた。同人からは、中隊と大隊戦闘指揮所の位置を記した詳細なメモ付きスケッチが発見されていた。それゆえ大隊長は、大隊を別の集結地に移動させる許可を何度もしつこく要請していた。ひょっとすると、別のスケッチが英軍側に届いていたのかもしれない。しかし、上層部、この場合はおそらく軍集団［※B軍集団］が、集結地の変更を承認していなかったのである。集中砲火を浴びた後、私は可及的速やかに中隊に戻った。ここでは何事もなかった。だが、従前以上に激しいこの砲撃をどう解釈すべきなのか、私には分からなかった。攪乱を狙った砲撃か、あるいは大規模作戦の前の、砲兵隊数個による砲撃だったのか。私は戦車の下に這い、毛布にくるまってすぐに眠りに落ちた。事前に警備体制をチェックしておき、不審な点があればすぐに起こすよう、厳命しておいた。

私は砲手のヴェルクマイスター伍長とわが311号車の下の掩蔽壕の中で寝ていた。他の乗員三人は戦車の中で寝ていた。〇六〇〇時頃、空に轟くエンジンの爆音で目が覚め、戦車の下から這い出してみると、われわれの頭上と前方に色彩豊かな「クリスマスツリー」がゆらゆらと舞い降りてくるのが木の葉の間から見えた。爆撃機用の目標指示弾だとピンときたが、それについてじっくり考える暇などなかった。われわれがいる林の二〇〇メートル手前で煙と土が一列になって噴出するや、私は強烈な衝撃波に見舞われ、危うく倒れそうになった。数秒後に戦車の下に戻ったが、間一髪だった。第二波の爆弾は今やいっそう近くに着弾して戦車を揺るがし、爆圧のせいで鼓膜が痛かった。この攻撃がわれわれに対するものであることは明らかだった。だが、これ以降は何も考えることができず、自然の猛威に曝されて溺れ死ぬ人間のごとく、途方に暮れるのみだった。落ちてくる爆弾の音で宙が満たされ、私は本能的に自分の体を地面に強く押し付けた。今度は耳をつんざくような破砕音と衝撃波がやってきたが、次々と爆発する爆弾がこちらに近づけば近づくほど、その両方がいっそう激しくなった。当然のことながら、一機が一度に投下できる爆弾は一発ではなく、一五発から二〇発あった。しかも、われわれの上空を飛んで行ったのは一機だけではなく、一〇機から一五機の編隊だったのであり、これらが縦横に広がりながら同時に爆弾を投下したのである。第一波の次に第二波が続いた。またも大地が揺れ、またも自分がまだ生きていることに驚いた。この暴威に翻弄され、どうしようもない無力感を覚えた。逃げ場はどこにもなかった。これがいつまで続くのか見当もつかなかったし、時間の感覚が全くなくなっていた。この戦車の下で安眠したことが永遠の彼方のように思えた。突然、ヴェルクマイスターと私は衝撃波で隅に投げ飛ばされて完全に土に埋もれてしまい、しばらく気を失っていたが、意識を取り戻すと生きていることに気づいた。走行装置に沿って積んでおいた土が衝撃波で吹き飛ばされていた。転輪の脇を通り過ぎると、外の光景がいくらか視野に入った。私の隣にはもともと戦車があったが、その場所は煌々と燃えていた。ヴェスターハウゼン伍長の戦車312号車は直撃弾を食らっていた。それ以外は、私のいる戦車下の掩蔽壕からは見えなかった。とはいえ、衝撃波でわが戦車がかなり横にずれていることに気づいた。これは至近弾によって生じたに違いなく、それに続いてわれわれは失神したのだ。新たな爆撃がまたも始まった。次の爆弾が降ってくると、またしてもこの悪夢のような業火の嵐に耐えねばならないことを実感した。私の記憶では、これは——短い中断をはさんで——二時間半ほど続いた。この間の出来事とわれわれの心境を概ね正当に評価できる言葉で描写することなど、私にはできない。覚えているのはただ、戦車の下に横たわり、両耳をふさぎ、悲鳴を上げないように毛布を噛んでいたことだけだ。

ようやく空襲が終わったようだった。戦車の下から這い出てきた時に目に飛び込んできた光景たるや。かつての美しい公園には、ズタズタに引き裂かれた木々や爆弾で掘り返された草原、いくつも重なり合っている巨大な爆弾孔のほかは何一つ残っていなかった——灰色で単調な月面のような風景、息をするのも困難な厚い砂塵の靄。木々も穀物畑も燃えており、赤い火が靄の中で反射しているのが見えた。これが、自分の戦車の後ろに立って周囲を見渡した時の第一印象だった。周りの世界がどう変わったのか、全く理解できなかった。それでも生命が再び姿を現し始めた。乗員たちが戦車下の掩蔽壕や戦車の中から這い出てきた。彼らは青ざめており、自分たちがどれほど死に近づいたかを知った、というよりも死を実感し、動揺した。私は右隣の戦車に歩み寄った。直撃弾を受けていたそれは、開封されたイワシの缶詰のように見えた。瓦礫の中では炎がまだちらついていた。ヴェスターハウゼン伍長とその乗員の姿は跡形もなかった。倒れた巨木や爆弾孔の上を苦労して進み、正真正銘の原生林を通ってザクス曹長の313号車にたどり着いた。その前に巨大な爆弾孔があったほか、戦車自体が衝撃波で転覆しており、今は砲塔を下、走行装置を上にして横たわっていた。乗員二人が戦車の下に横たわったまま死んでいるのを見つけたが、他の乗員は痕跡がなかった。前進配置したわが修理班がいた場所には、爆弾孔しか目に入らなかった。ここには五、六人いたはずであり、おそらく二輌の戦車の下に退避しようとしたのだろうが、跡形もなかった。

小隊長たちがやってきたが、まだ状況を把握していなかった。われわれが今しがた耐えねばならなかったことを振り返る時間などなく、今は行動せねばならなかった。われわれの戦車を戦闘可能に戻す必要があったが、ほとんどが砲塔まで土に覆われていたので、まずはスコップで掘り起こしてやらねばならなかった上に、木々が倒れ込んでおり、履帯も切れていた。各車スコップ二本につるはし一本という限られた車載装備で、どうやって中隊を戦闘可能状態に戻すというのか。そのための作業は、おそらく艦砲と思われる重火器がわれわれの地区に砲撃し始めると、頻繁に中断せねばならなかった。だが、部下たちは超人的な偉業を成し遂げた。今や生死にかかわる問題だと皆が承知していた。わが戦車の一〇メートル手前に、ティーガーが楽に収まってしまいそうな六メートルから八メートルの深さの爆弾孔ができているのが見えた。ほんの数秒遅れて爆弾が投下されていたら直撃していただろうし、私が今日こうしてこの回想録を書き留めることもなかっただろう。わが戦車後部のエンジンカバーである強力な装甲板は激しく変形しており、不発弾が掠ったかのようだった。さらに、強い衝撃波でエンジンのラジエーターが引き裂かれていることも確認した。したがって、わが戦車は運用可能ではなく、新たに乗り換える必要があった。

われわれの立場は今やかなり怪しくなった。さほど遠くない所から、戦車砲や機関銃の発砲音が聞こえた。もしや英軍が突破し、われわれがいる高地に達したのだろうか。大隊とは依然として連絡が取れていなかった。そもそもそこがどうなっているのかは分からなかった。そもそもこの殺人的な砲撃を受けた後でも、英軍の攻撃に抵抗できる状態にある部隊がわれわれの防衛線の中にあるのかどうか、まるで分からなかった。それをはっきりさせるため、とにかく誰かと接触しようと徒歩で出発した。その間も砲撃は間断なく続いた。今やそれが非常に強まり、われわれの前の大地にじかに着弾した。私は爆弾孔から爆弾孔へと飛び移り、新たな斉射がやってくると何度も掩体を探した。そのため前に進むのに苦労し、しかも木の幹や大きな爆弾孔も乗り越える必要があった。公園の外周に沿ってエミエヴィルに至る農道に、ようやくたどり着いた。ここは爆弾孔が少なく、今までより進むのが容易だった。道の曲がり角の向こうから、フロンメ大尉を乗せたティーガーI型がこちらに向かってきた。私が中隊の状態を報告すると、彼から、中隊と共にわれわれの指定区域から可及的速やかに移動し、マンヌヴィルとカニーの間にあると思われる英軍の攻撃路の左翼に防衛線を構築するよう命ぜられた。これによってエミエヴィル方向への突破を阻止できるはずだった。とはいえ、中隊との移動にどれほどの時間が掛かるのか、当初はさっぱり分からないままだった。そうこうしているうちに西方からの戦闘音が非常に大きくなったので、われわれが戦闘能力を回復する時間的猶予をそもそも英軍が与えてくれるかどうかも分からなかった。そう遠くない所では、大量の車輌が北から南に移動しているかのような轟音が絶え間なく宙に響いていた。しかし淡い靄が大地を覆っており、何も見えなかった。

私は大急ぎで中隊に戻った。艦砲の重砲弾が風を切りながら飛んできては炸裂し、破片と噴出した土が降り注ぐと、またも爆弾孔の中に隠れねばならなかった。中隊では事態が相変わらず悪いようだった。被害が最少だったのはランボウ少尉の第Ⅲ小隊だった。わが第I小隊ではティーガー三輌が大破と見なさざるを得ず、四輌目に対する作業に総力が挙げられた。第Ⅱ小隊では、近いうちに三輌の戦車の戦闘用意が整うという希望があった。今や私の最大の懸案は、英軍がそれだけの時間的猶予をわれわれに与えてくれるかどうかだった。この時点で英軍が戦車をわれわれの指定区域に繰り出していたなら、われわれは近接戦闘用の武器で捕虜になるのを逃れようとするしかなかっただろう。戦闘用意が整った戦車は、公園敷地の入口の位置に就いた。強大でいささか鈍重なティーガー戦車を、巨大な穴の間を縫ってそこまで行かせるのが一苦労だった。強力なハリケーンが通った後の、巨木があちこちに横たわる森を一度でも見たことがある者なら、かつての手入れの行き届いた公園が今はどのようになっているかを想像できるだろう。車輌の走行音が相変わらず近くに聞こえた。その合間にも止むことのない戦車砲と機銃の発砲音。とはいえ、これらの戦闘音は今ではより遠くから聞こえてくるように思えた。英軍は既にわれわれのいる場所を通過していったのだろうか。友軍部隊はどこにいるのだろう。絨毯爆撃で全滅したのか。無線でも伝令でも、連絡は皆無だった。

われわれが六輌の戦車を走行可能にしたのは、一〇〇〇時頃かもっと遅かったかもしれない。これらは依然として整備廠に入れるべき状態ではあったが、少なくとも走行は可能だったし、武器も使えるように私には思えた。私が搭乗した戦車の砲塔ナンバーについてはもう覚えていない。重要なのは、われわれが走行したということだ。公園の壁に沿って一キロメートル半ほど進み、マンヌヴィルの南西に布陣した。二輌の戦車が途中でエンジン火災を起こし、低速で後についてくるしかできなかった。一一〇〇時頃、二輌のシャーマンが窪地に突進し、こちらを偵察しようとした。その時になってようやく、少し前には気づかなかった損害をわれわれの戦車が絨毯爆撃で負っていたことがはっきり分かった。砲撃したものの、命中しなかったのである。本来ならこんなことはなかった。衝撃波によって、戦車砲の軸線と照準線が完全にずれてしまっていたのである。いつもは一発で十分だが、今や三発必要だった。われわれの位置も理想的ではなかった。視界が生垣とヤブに遮られており、多少は遮蔽になったが、火力を発揮するのは難しかった。物音から判断するに、われわれの真正面に英軍の突破路があるのは間違いなかったため、より良い視射界を得るべく陣地変換した。敵の側面を突くことが目標だ。林を迂回した後、中隊はとりあえずカニー方向の南西に向かい、それから西に向かってル・プリュレの分農場で反転した。計画はここまでだった。この戦術機動中、短時間に相次いで激しい爆発が二度あった。シェーンロック軍曹の戦車が炎に包まれた。前方から貫通されたのであり、ミュラー軍曹の戦車もこれと同様だった。われわれは負傷者を収容し、ティーガーの車体後部に乗せて近くのマンヌヴィル包帯所に搬送した。最悪の命中弾を浴びたのはマテス伍長だった。彼は重度の火傷を負った。残りのティーガーは私の命令で二〇〇メートル後退し、そこに新たに占位した。どこから撃たれているのか、分からなかった。両戦車ともに正面から撃ち抜かれたので、一二〇〇メートル先のカニー方向から撃たれたに違いなかった。ところが、その頃のカニーはまだ友軍の手中にあった。謎が謎を呼んだ。というのも、われらがティーガーを正面から貫通できる英軍の兵器など、これまで知らなかったからである。

フロンメ大隊長とやっと無線連絡できるようになった。彼はマンヌヴィルの「シャトー」のすぐ近くにある大隊本部の本部付戦車と共にいた。シェルフ大尉も300号車と共にそこにいた。いくらか静かになったので、私は徒歩で直々に連絡に向かい、中隊の状況を報告した。正面からの貫通による大破二輌、戦車砲の照準器のずれ、ラジエーター系統の故障によるエンジン火災。その間に一六人の死者が出た。そもそもわれわれは全戦車を整備せねばならなかったが、この状況では、敵に対して抵抗可能な状態にあるかのように、なるべく長く振舞う必要があった。私は更に先の中央包帯所まで歩いて行った。そこにはマテス伍長が横たわっていた。体がひどく損傷しているようだったが、注射を打たれていた。彼にまだ私のことが分かったどうかは分からない。彼はその後すぐに死んだ。私は更に旧指定区域に向かった。そこに残された戦車の乗員は、その間にわれわれの戦闘段列に拾われていた。改めて戦車を見てみた。わが311号車は、引っ張り出せば牽引できたかもしれない。ほかの戦車はダメージが大きすぎた。ザクス曹長の313号車は砲塔を下にして転覆していた。この五八トンの重戦車がいとも簡単に吹き飛ばされていた。爆撃でどれほどの力が生じたのだろうか！　われわれを突然襲ったものに、私はなおも唖然としていた。前進配置した修理班が以前あった場所で、冷めた茶が入った二〇リットル缶を見つけた。それを肩に担いで中隊に戻った。そこでは目新しいことは何もなかった。この日の日中は暑く、われわれにはお茶がありがたかった。一六〇〇時頃、フロンメ大尉から第3中隊の戦線離脱と、修理可能な戦車の独自回収を命ぜられた。そこで私は牽引小隊を編成した。武器を損傷しただけの走行可能戦車が、エンジンや変速機の故障で動けない戦車を牽引した。牽引小隊がルピエールのわが戦闘段列Ⅰに向かう一方、私はティーガーでわれわれの配置区域にもう一度赴き、そこでわが311号車を牽引しようとした。乗員が回収作業に取り掛かっている間もわれわれは時間に追われており、私は部下の戦車がある場所を改めて見て回った。ザクス曹長の313号車にまた戻った。腹を上にして横たわる鋼鉄の怪物の光景が印象的だった。足回りの一部と履帯が引き裂かれていた。逆さになった戦車の後ろに立ってあれこれ考えていると、内側からしか開けられない砲塔の脱出ハッチが数センチ開いていることに気がついた。このハッチは、内側から開くとその自重によって即座に全開になる構造になっている。ところが、戦車が砲塔を下にして横たわっているため自然に開くことはなく、力を込めて持ち上げる必要があった。乗員が戦車の戦闘室からこれをすることは不可能だった。そこで私は開口部のわずかな隙間を見つけて歩み寄り、内部に声を掛けた。すると何たる奇跡か、返答があった。一人でハッチを持ち上げても駄目だったので、三人に助けを求めた。力を束にしてハッチを開け、太い木の角材でそれを支えることができた。最初に出てきたのがザクス曹長、次に装填手、そして最後に操縦手のズィール上等兵だった。全員が打撲傷を負っており、中には重度の挫傷とバッテリーの液漏れによる火傷を負った者もいた。彼らはおそらく数時間意識を失っていたのであり、逆さになった戦車の中でなす術もなく身動きできず、瀕死状態だったところをわれわれに救い出されたのだった。今やここから撤収すべき時だった。

大隊は敵の突破部隊を一掃すべくカニーに向かっていた。新たな防衛線は約五キロメートル離れた内陸側に構築されていた。それを全く知らなかった私は、まずは自転車で牽引ルートを探り、夕暮れ時にわが311号車を一苦労しながら牽引することができた。この際、特段の能力を発揮したのがズィール上等兵であり、少なからぬ火傷を負っていたにもかかわらず、いたく精力的に牽引戦車を操縦した。われわれが出発して間もなく、英軍が公園を占領した。私はまたしてもうまく切り抜けた。英軍がカニーを奪取できたのはようやく七月一八日の午後遅くになってからだった――英軍の計画よりもだいぶ遅れた――が、これは英側の一報告によると、第503重戦車大隊のティーガー六輛が奇跡的に絨毯爆撃を逃れ、攻撃路の左翼を攻撃したためである。一九四四年七月二四日付けのドイツ国防軍発表にはこうある。「侵攻戦線においては、わが軍は火曜日［※この前の週の七月一八日（火曜日）のことか］の正午以降、四二〇輛の英米軍戦車を無力化した。大多数の敵戦車はオルヌ川東での戦闘によって破壊もしくは鹵獲された。各日の撃破数は、戦闘の激しさと作戦の推移を示している。フロンメ大尉率いる第503重戦車大隊およびヴィッツェル大尉率いる第1039対戦車砲大隊は、特に甚大なる損失を敵に与え、後者は単独で三五輛の英軍戦車を撃破、ヴィッツェル大尉は激戦の最中に壮烈なる死を遂げた」

ルピエールの戦闘段列Ⅰのもとで、私は大樹の下で毛布に包まってごろごろしながら睡眠をむさぼった。七月一九日には、わが戦車を整備廠に入れる手配をした。その時、三日間の休養のため直ちにパリに赴けとの大隊長令が届いた。私は大隊長を始め、あらゆる人々にカネをせびり、戦闘の合間のこの功労休暇を楽しみにした。わが大隊副官の博士バークハウゼン中尉も一緒だった。彼は学生時分からパリのことをよく知っており、案内人と

パリの凱旋門の下にある「無名戦士の墓」で敬礼するドイツ兵。

パリの閑散とした大通りを抜けて付近の前線へと向かう第503重戦車大隊のティーガーII型。背景に見えるのは凱旋門。パリもじきに連合軍の手に落ちるだろう。[※先頭車は予備履帯フックのない極初期型のヘンシェル砲塔を備えた砲塔番号「301」]

して申し分なかった。七月二〇日朝の出発が遅れたのは、前夜に整備中隊で祝杯を上げすぎてしまい、早朝に旅立てる状態ではなかったためである。われわれはようやく昼に出発し、期待に胸を膨らませながらフォルクスワーゲンでパリに向かい、約三時間の素晴らしい旅路の末にそこに到着した。当時、どのように車を走らせたかというと、同乗者が常に右側前のフェンダーに座り、後方の上空を監視できるようにした。前方空域については運転手と残りの乗客が見張った。しかし、この際は空襲には遭わなかった。敵の戦闘機爆撃機は全てノルマンディでの戦闘に投入されているようだった。

宿泊したのはオスマン大通りに面したホテル・コモドールであり、これは国防軍用のホテルだった。バークハウゼンは、パリでの最初の夜にモンマルトルの「ラパン・アジル」に連れていってくれた。ここはまさに客を選ぶ文学的キャバレーだった。私はどちらかというと「肉感的なショー」を期待していたが、バークハウゼン博士のプログラムにはそんな安っぽい享楽はなかった。二二〇〇時頃にオスマン大通りに戻ってくると、辺りをうろついている娼婦に声をかけられた。われわれは彼女らからヒトラー暗殺について教えられた。また、パリでは目下、

SSがドイツ国防軍に逮捕されているとも聞いた。こんなことがこれほど早く広まったことに驚いた。私がこのニュースに当時どう感じたかといえば、仮にその重大性が予想されたものであったとしても、それほどには動揺しなかった。正確なところは誰にも分からなかった——噂、噂、噂のみ。結局、詳細は不明ながら暗殺が失敗に終わったことを知った。正直なところ、私は当初、この事件自体にほとんど気が高ぶらなかった。暗殺が事実なのか失敗なのかはどうでもよかったが、SSの逮捕にはある種の満足感を覚えた。前線ではなかったが、ここのような後方におけるSSの振舞いや優遇措置に対しては、かなりの反感があった。ただし、後方においては、われわれ「前線のブタ」には、どのみちあらゆる軍機関に対してかなりの反感があった。今日の出来事についてはじっくり考えねばならなかったのかもしれないが、われわれはまずもってパリにいるのであり、この街の雰囲気に完全に魅了されていた。二日前に体験したばかりの作戦行動の後のパリの気楽な生活、娯楽、優雅さ、平和そうな様子、賑わいは、この世のものとは思えないほど素晴らしかった。われわれには、今はこれを体験して楽しんでやろうという気持ちしかなかった。

最初の数時間は、初めて大都会にやってきた農夫のように感じられたが、すぐに内外両面で新たな環境に慣れ、順応できたように感じられた。

われわれは、パリを訪れた観光客として見物すべきものはほぼ全て見た。廃兵院にルーブル美術館、ジュ・ド・ポーム国立博物館、ノートルダム寺院、モンマルトルのサクレ・クール寺院、トロカデロ宮殿、エッフェル塔。ポルト・ド・クリニャンクールの露店市では、家に送れる品を持ち金の範囲内で買った。遂にはスーツ一着分の生地も買ったが、金欠になるや質入れした。最初の二日間はあっという間に過ぎ、三日目の午前に前線への帰路に就くことになった。

マイイ＝ル＝カンと新たな負傷

驚いたことに、シェルフ大尉がわれわれのホテルに現れ、次のような知らせを持ってきた。すなわち、第3中隊は手持ちの戦車を全て第2中隊に引き渡して戦線から離脱し、シャロン近郊のマイイ＝ル＝カン演習場で新たなティーガーを受領せよという。中隊の離脱はコッペ少尉によって指揮され、同中尉は数日後にマイイへの途中、パリで中隊と落ち合うことになっていた。再編期間中、われわれはランスの第X装甲旅団の下に置かれ、シェルフ大尉と私は命によってすぐにそこへ連絡を取りに行った。その移動中に彼から打ち明けられたところによると、彼は間もなく異動になり、おそらくティーガー大隊一個［※ヤークトティーガーを装備した第512重戦車駆逐大隊］を引き継ぐとのことだったが、私にとって最も重要なことは、第3中隊の中隊指揮官になってもらうと言われたことだった［※中隊指揮官（Kompanieführer）とは、中隊長（Kompaniechef）が不在の際に一時的に任命される地位で、中隊長代理のこと］。

中隊の先発隊がマイイに向かい、私は二日後にこれに続いた。そこでは既に準備万端整えられていた。翌日、私はパリに戻るように命ぜられ、西方総軍司令部や輸送司令部その他あらゆる種類の有用あるいは余計な司令部と共に、われらが新戦車の供給を手配することになった。というのも、書類戦争［※煩雑な文書のやり取り］が頻発していたからであり、特にパリでは、あらん限りの司令部が自らの存在意義を証明しようとしていた。われわれが待ち望んでいた戦車はまだドイツを出ていなかったので、何日かの時間的余裕ができた。シェルフ大尉は中隊員たちにもいくらかパリを楽しませてやろうと、ノルマンディからマイイへの輸送をパリで二日間中断させた。小グループに分かれた彼らは今や街を歩き回ったり、名所を見物したりすることが許された。われわれは中隊をヴァンセンヌ城に宿泊させた。マイイ＝ル＝カン演習場では、ソンピュイ村近くの露営地に入った。われわれの戦車は八月初めに到着した。ティーガーの最新型であるティーガーII型（ケーニヒスティーガー［※英名「キングタイガー」］）だった。ところが、装備品の大部分が欠落していたため、直ちにドイツに特命隊を派遣し、欠品分を運んでくる必要があった。私はついでにラシュタットにトラックを一台送り、パリの露店市で購入した品を両親に届けることができた。その間、われわれはできるだけ多数の戦車の出動準備を整えるべく、全力を傾注した。迷彩塗装を施し、砲塔番号を塗り、慣熟運転を行い、戦車砲を試射する日々が続いた。その合間にPK［※宣伝中隊］カメラマンの一団がやってきて、『出動中の一戦車中隊の日常』を撮影した。ザイデル軍曹とイェッケル伍長の戦車はその際、エンジンあるいは手動変速機の破損で脱落した。

私は前線の大隊戦闘指揮所にまた戻り、再編の状況や困難について大隊長に口頭報告した。この移動中、私は初めてマキ（フランスのレジスタンス組織）と接触した。危険がなくはなかったが、何事もなかった。とはいえ、この移動を終えての感想は、事態はバラ色どころではないということだった。戦闘指揮所でロベルト・ライ博士についての話を聞いたが、彼は国家組織指導者にしてドイツ労働戦線（統一労働組合）指導者であり、不快極まる扇動者の一人だった。七月二〇日後に行われた悪名高い演説の中で、彼は貴族階級を「名門出のブタ野郎たち」と呼び、恐るべき脅しを口にした――私は不安になり、衝撃を受けた。われわれはそれについて話した。フロンメ大尉はそっけない口調でただこう言った。「気にするな若造、俺たちがきっと守ってやる」。そうこうするうちに、七月二〇日事件の暗殺者の名前がいくつか知られるようになった。大部分が旧貴族の家系であり、それが私を苛立たせた。彼らは全くの利己心から行動したと公式には非難されているが、そんなことは私にはとても信じられなかった。むしろ、そうするだけの重大な理由があったに違いなかった。これは私には疑問の余地がなかった。ロンメルが七月一七日に重傷を負って脱落したのは残念だった。われわれは彼に全幅の信頼を置いていた。彼からの一言があれば、今のわれわれには大いに助けになっただろう。私は補給中隊長のヴィーガント大尉を始め、副官の博士バークハウゼン中尉、第2中隊長のフォン・アイヒェル＝シュトライバー大尉と自分の心配を共有できた。国内は分裂していたが、国民にとってもわれわれ自身にとっても、絶望的な状況から抜け出す方法は皆無だった。とはいえ、中隊は最前線で必要とされているため、今やわれわれの考えの中心にあるべきは、出動準備を可及的速やかに整えるという課題だった。軍事的急変がもたらされることはもはやないと分かったので、極端に見え透いた徹底抗戦スローガンに騙されることはもうあり得なかった。だが、われわれの作戦行動がもしや名誉ある停戦をもたらすのではないかと願っていた。名誉ある停戦が新たな標語だった。それゆえ、われわれは再び総力を結集する覚悟だった。また、戦後はまず国内で一掃が行なわれるに違いないという話も時々した。国防軍は七月二〇日以降は守勢にあり、全てがSS国家に向かって動いていた。ヒムラーが予備軍の司令官となり、人事管理や訓練、士官養成学校など、全てがその指揮下に入った。国防軍にはドイツ式敬礼が命ぜられ、軍の旧来の敬礼は廃止された。われわれはこれに大きな衝撃を受けた。なぜなら、軍の敬礼はわれわれが武装SSとは違うことを示す最も基本的な外見的特徴であり、武装SSのことは確かに卓越した部隊として一目置いていたとはいえ、われわれにとっては党の軍隊であり、どんなことがあってもそうはなりたくなかったからである。

一九四四年八月一一日、われわれはティーガー五輌の輸送第一陣を積み込む準備ができた。私自身がこの輸送隊を指揮したが、ノルマンディでの作戦行動がもはや問題外となった後でもあり、卸下駅としてはパリが指示された。由々しきことに、前線は既に首都に近づきつつあった。われわれは更に、戦車用の弾薬を積んだ貨車三輌に加え、予備部品と整備用品を積んだ貨車二輌も受領した。重量七二トンのティーガー［※ティーガーII型］がレール路盤に掛ける負荷は非常に大きかったため、貨車を相前後して連結することはできず、ティーガーを搭載した二輌の貨車の間には、いわゆる保護用貨車を常に組み入れねばならなかった。われわれの場合、これらは空荷の貨車ではなく、前述のように弾薬と予備部品を積んだ貨車五輌だった。これは危機的な航空情勢のもとでは非常に好ましくなかったが、私にはどうしようもなかった。

汽車旅は素晴らしい夏の日に恵まれて始まり、楽しかった。ちょうどセザンヌを通過したところだったが、敵機にとって価値ある目標となっているこの駅を後にしてほっとした。われわれはSsymsワーゲンに搭載された戦車の後ろで日光浴をし、生を満喫した。Ssymsワーゲンとは、ティーガー戦車輸送用の国鉄の特殊車輛である。突然、青天の霹靂のごとき機銃火音。機関車が蒸気を吹きながら悲痛な汽笛を鳴らし、すぐに停止する。この地域で特に多く出没するマキのことが真っ先に頭に浮かんだ。だが、前後一列になった五機のサンダーボルトが飛来するのがあそこに見える。私は飛び降り、Ssymsワーゲンの下の線路の間に隠れる。何度かの来襲をそこで耐え忍んだが、爆裂弾の破片が周囲に飛び散っているため、そこに留まることはできない。次の来襲が終わるのを待ってから戦車に飛び乗ると、既に部下乗員が中にいるのを見つけた。だが運命のいたずらか、キューポラハッチが動かず、私はパニックのあまりそれを開けることができない。そこにまた来襲。私は何の遮蔽物もない戦車の砲塔の上に横たわり、こちらに突っ込んでくる敵機を見ると、搭載武器の銃口炎が見える――せいぜい一〇メートル上空を轟々と飛びながら列車を越えていく。もう一度キューポラハッチを開けようとするも、またも来襲、私はまたしても遮蔽物のない戦車の上。こちらに突っ込んでくる飛行機のパイロットが見えるような気さえする。今度の来襲でも何も起きず、ようやく戦車の中からキューポラハッチを開けてもらう。中に滑り込んだちょうどその時に次の来襲があり、砲塔上の私の前で弾が炸裂する。私はハッチをわずかに開けながら胸の前で腕を組んでいたので、右前腕に大量の小破片、胸には少し大きめの破片をいくらか浴びた。

顔や目を全く負傷しなかったのは恐ろしく幸運だった。同時に、私の通信手タンホイザー上等兵は、搭乗用ハッチを数センチ開けていたところ、この狭い隙間から首に重傷を負った。砲手のヴェルクマイスター伍長も腰を負傷した。われわれは一時しのぎに包帯を巻いたが、その間も次から次へと空襲が続いた。再びキューポラのペリスコープから覗くと、ぎょっとした。われらが戦車の車体後部から火の手が上がっており、前後に連結された二輌の弾薬搭載貨車が撃たれて燃えていた。われわれのすぐ横では、榴弾が轟音を立てながら爆発していた。炎はひどい熱を放った。炎が戦車の機関室から出ているのか、あるいは表面の物質だけが燃えているのか、見分けるのは困難だった。その間にも、われわれに十分な損害を与えた戦闘爆撃機は飛び去っていったようだった。私は消火器を手にして砲塔内に立ち、迫りくる出しゃばりな炎と闘った。われわれは消火液で意識が朦朧としたため、徐々に戦車の中にいることができなくなってしまった。周囲では、炎上する両貨車の八・八センチ砲弾が爆発しており、さぞ素晴らしい花火大会だっただろう。恐ろしかったのは、この熱でわが戦車のガソリンタンクが破裂し、それもろとも宙に吹き飛ばされかねないことだった。なにしろわれわれは、燃料満タンの戦車の中に八・八センチ砲弾を八〇発搭載していた。かくして、われわれは火と熱を避けることもできずに戦車の中に五人で座っており、そのうち三人は負傷していた。背筋の凍るような状況であり、何かが起きるに違いなかった。貨車がまだ燃え、耳元で弾薬が爆発している以上、戦車からの脱出など考えられなかった。

私は以前、ドイツからの輸送途中に、輸送中の一パンター中隊が低空攻撃を受け、その際にこの中隊が緊急卸下をしたのを見たことがあった。つまり、全戦車が長物車《ながものしゃ》の上で九〇度旋回し、貨車からじかに地面に降りたのである。彼らはそこで離ればなれに散開することができた。後に通りがかった際は穀物畑に履帯痕が見えただけであり、この一件について報告させたところ、その中隊に損害はなかった。私の頭に浮かんだのはこの方法しかなかった。Ｓｓｙｍｓワーゲンの上で九〇度旋回し、貨車から直接地面に降りるのだ。線路が複線なので、できるはずだった。私は操縦手にその旨命じた。だが、われわれの戦車の下には重い野戦用履帯《グレンデケッテ》［※前出の「行進用履帯」の別の表現であり、幅広の履帯のこと。戦闘用履帯《ゲフェヒツケッテ》とも称される］があり、それが九〇度旋回の妨げになることにまでは考えが及ばなかった。エンジンがかかって戦車がゆっくり旋回し、Ｓｓｙｍｓワーゲンの上で方向転換しようとしたところ、この野戦用履帯に引っ掛かってしまった。不意に戦車が左に傾き、われわれが何かに掴まるより前に横転し、線路の横に転覆した。ゆっくり転がる瞬間はかなり嫌な気分だった。戦車はまだ燃えており、われわれの周囲では弾薬車の荷が依然として爆発していた。ビクビクしながら一時間ほど待っていると、遂には燃え尽きた。

　私は装填手用ハッチを通って外に出た。戦車の中や付近など、あらゆる場所に隠れようとしていた輸送隊の兵士たちも今やこちらにやってきて、わが戦車の火を完全に消すことができた。後ほど分かったことだが、両方のガソリンタンクが貫通されていた。転覆していなければ、戦車は宙に吹き飛んでいたことだろう。これによって、導管が燃え尽きた後に燃料が下の両タンクからも外に流れ出ることができ、火災の際にそこの被害が少なかったというわけだ。われわれは負傷者を救出した。付近一帯を捜索した後、重傷者六人と軽傷者五人、ヴェーアハイム伍長を発見した。彼は残念ながら機関車の横で既に死亡していた。弾薬と予備品を積載した貨車は全て燃え尽き、レールは引き裂かれ、かくしてパリへと続いていた最後の鉄道線が遮断された。われわれは負傷者を近くにあった踏切警手詰め所に連れて行った。私は借りた自転車で地元民の一人と線路沿いを走って次の駅エステルネまで行き、電話でドイツ鉄道当局とそれ経由で軍病院にこのことを知らせようとした。後者への連絡には成功しなかったが、輸送列車に戻ってくると、そこには既にフランス赤十字が救急車一台とドイツ人医師一人と共に到着していた。フランス人はエステルネから攻撃を見ており、救急車で直ちに出発していたのだった。低空攻撃が始まる直前には、隣の線路を走る帰国途上のドイツの病院列車がわれわれに近づいていた。彼らは停車しながら攻撃を見ており、われわれの所まで戻ってきていた。負傷者は直ちに信頼すべき手に渡った。ただし、ボルマン曹長にとってはいかなる手当も手遅れだった。彼は搬送中で死亡した。私は包帯を巻いてもらい、破傷風の注射を打ってもらうだけにした。輸送隊を指揮官不在にさせるわけにはいかなかったからである。そこで、報告書を携えさせたオートバイ伝令一人をマイイにいる中隊残余に派遣し、もう一人をシェルフ大尉がいると思われるパリのホテル・コモドールに送った。この時点では知る由もなかったが、フロンメ大尉もそこに滞在しており、ファレーズ包囲環やセーヌ川流域から撤退してきた大隊の装輪車輛部隊をポントワーズ付近に集結させていたところだった。数時間後、国鉄の軌道敷設列車が重量八〇トンのクレーン車と共に到着した。だが、それがようやく作業に着手したのは、辺り一面に転がっている無数の不発弾を私の部下が取り除いてからだった。線路は夕方には再び運行可能になった。機関車が到着し、私の輸送隊残余は最寄りの小さな駅に停められた。その前に、死んだヴェーアハイム伍長を森の端の美しい場所に埋葬してやった。

前後の線路が何度も空襲で寸断されたため、われわれは四日間も停車駅に留まっていた。この数日はとても暑く、給養も中隊からの連絡もなく、おまけに自分の傷にかなり苦しんでいたので、快適とは言いがたかった。それにしても、中隊から何の連絡もないのには甚だ驚いた。どちらの伝令も、何の指示も持たずに戻ってきていた。したがって、更なる輸送指示が来るまで待つしかなかった。四日目、以前マイイに来たことのある西方装甲兵監部［※］の一大尉がやってきて、同人がそこから連れてきたランボウ少尉が私と交代した。私はこの大尉にパリの本部に連れて行かれ、そこでまず八月一二日の一件について文字どおり尋問を受け、その調書に署名せねばならなかった。しかし、自分には何らやましいところはなかったし、事実関係が明らかになった後は、最終的に何の罪にも問われなかった［※西方装甲兵監（General der Panzertruppen West）の地位には二つの系譜がある。一つはレオ・ガイア・フォン・シュヴェッペンブルク装甲兵大将が補職されたもので、これは一九四四年一月に西方装甲集団司令部（Panzergruppenkommando West）、さらに同年八月五日には第5装甲軍（5.Panzer-Armee）と改称されて終戦に至った。もう一つは一九四四年八月に西方総軍司令部（Oberbefehlshaber West）のもとに再設置されたもので、同年同月七日にホルスト・シュトゥンプフ中将がその地位に補された。すなわち、同年八月以降、本来の西方装甲兵監の流れをくむ第5装甲軍と、新たに発足した別の西方装甲兵監が併存していたことになる。したがって、ローゼンが本章の数カ所で言及している「西方装甲兵監」とは（この時点での第5装甲軍のことを本人が旧称で呼んでいるのでない限り）、時期的にこの後者を指しているはずである。なお、本件に関してはドイツ連邦公文書館フライブルク軍事文書館所属のCarina Notzke女史が記した*Stäbe, Verbände und Einheiten der Schnellen Truppen und Panzertruppen*（ネット上に公開）などを参照のこと」。

この尋問が終わった頃には夜も遅くなっていた。西方装甲兵監の本部はサン・クルーにあった。私は後の平時にパリに赴任した際、この建物の前をよく車で通ったものだ。そのたびに当時の尋問のことを思わざるを得なかった。オスマン大通りのホテル・コモドールに送ってもらいたいと要望した私は、そこでシェルフ大尉と会った。今となってはその時の会話は思い出せない。また、それ以前の数日間、どんな事情があって中隊長が私と私の輸送隊の面倒をみてくれなかったのかについても分からない。その時は何も訊かなかったが、振り返ってみると今ではあり得ないことだと思う。われわれはその晩、長らくホテルのバーに座っていた。翌朝、私はシャン・ドゥ・マルスにあるエコール・ミリテールの負傷者収容所に送ってもらった。パリは既にかなり居心地が悪くなっており、そこの軍病院も撤収していたので、私はモーのライプシュタンダルテ・アドルフ・ヒトラー病院に送られ、そこで非常に手厚い世話を受けた。

二日後、この軍病院も更に後方へと移動し、私はシャトー＝ティエリに向かった。そこの収容施設は極めて原始的で、町も荒涼としていたので、機会を捉えて翌日にはランスに向かった。ここの軍病院は、そもそも入院など考えられないほどの混雑ぶりだった。結局、負傷者収容所に行き着いた。予定された本国への後送は巧みに逃れた。私にとって、それは問題外だったからである。マイイで中隊の再編を担う馴染みの第X装甲旅団に改めて出頭した。ここでは非常に親しげに迎えられた。ホテルの部屋を斡旋してもらったほか、新しい制服、給与、給養手当、食糧配給券をもらった。自分には今やもう何事も起こりようがなかったので、歩行可能として負傷者収容所を出る許可をもらった。二日に一度は診察を受けねばならなかった。ランスでの日々は、当初はとても快適だった。レストランで食事し、なかなかの腕前のダンス音楽バンドが演奏する喫茶店でコーヒーを飲んだ。そこで初めてアメリカンジャズを聴いたが、『タイガー・ラグ』は今でも記憶に残っている。ドイツではこのような音楽は長らく禁止されていたので全く馴染みがなかった

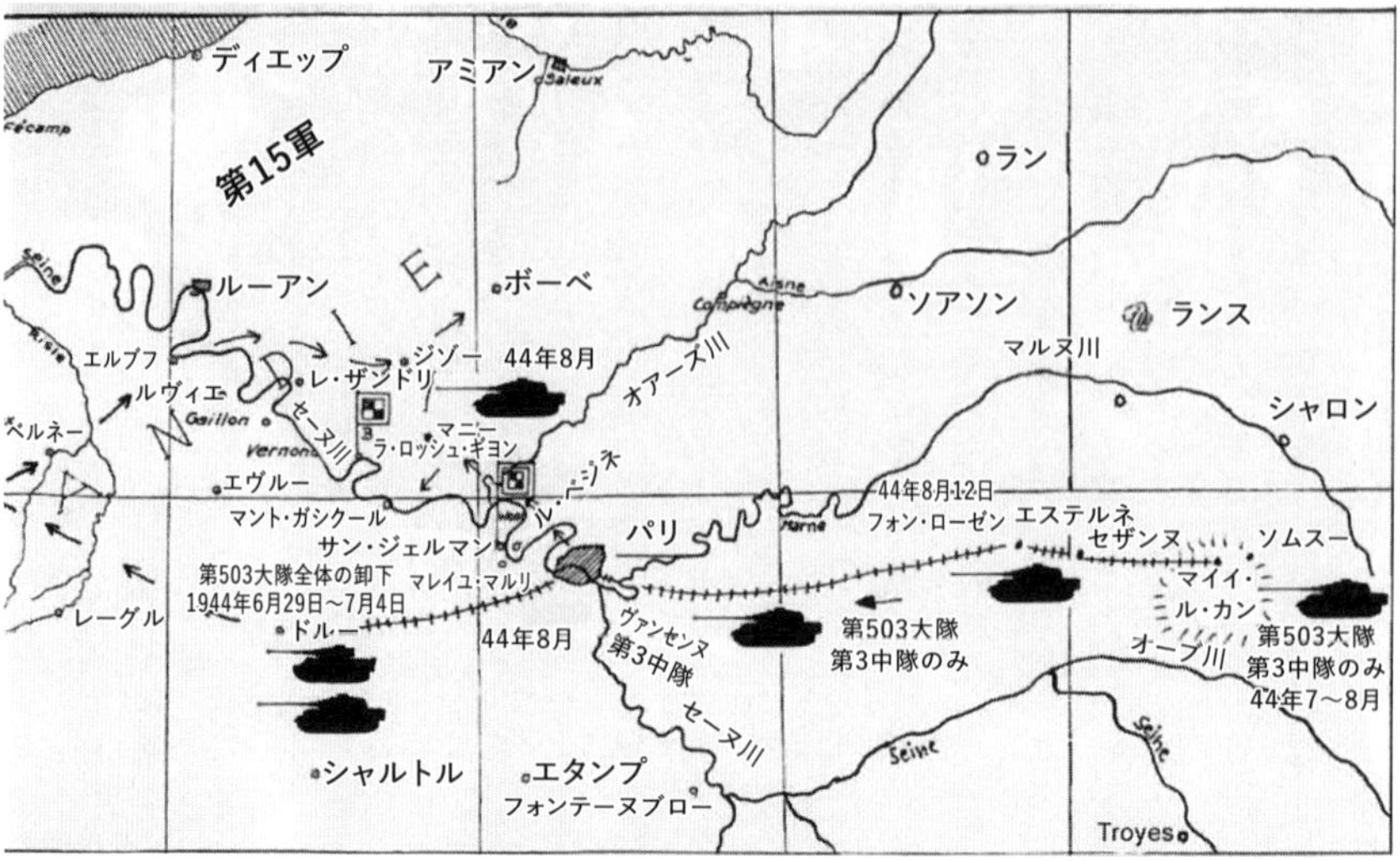

1944年7月および8月のフランスにおける第503重戦車大隊の位置を示す概要図。[※地名の訳出については、地図が雑然となるのを避けるため、大都市と本書に登場するもののみに限定した]

この写真の中でパリ凱旋門の前に立つヨアヒム・イェッケルとゴットホルト・ヴンダーリヒと同様、フォン・ローゼンも1944年7月にパリで短い休暇を過ごした。

協議中のシェルフ大尉。後ろにいるのはコッペ少尉。事務室付グローマン軍曹はリストにチェックを入れている。

1944年8月、マイイ=ル=カンにて、新型ティーガーIIの堂々たる正面を前に写真に納まるハインリヒ・スコーダ軍曹。この写真では、80センチ幅の履帯が異様に際立っている。[※本車も極初期型のヘンシェル砲塔を備えた「301」]

砲塔にシェルフ大尉を乗せた操縦訓練中のティーガーII型「300」。既に「300」という数字が白で縁取られている。このティーガーII型は「ヘンシェル」商標の砲塔を持つ。

1944年8月初旬のマイイ=ル=カン練兵場：英軍から奪ったサングラスをかけるシェルフ大尉。左後ろに立つのはハンネス・シュナイダー。

長大な8.8センチ戦車砲43L/71を試射すべく移動するティーガーII型「332」。茂みの中にはビルシュタインクレーンを使って整備中の別のティーガーが潜んでいる。

1944年7月18日の空襲後、第503重戦車大隊第3中隊は残りのティーガーを第2中隊に引き渡し、人員のみの部隊としてマイイ=ル=カンに移動して装備を一新した。中隊にはポルシェ砲塔を搭載した12輌のティーガーII型とヘンシェル砲塔を搭載した2輌のティーガーII型が引き渡された。この写真は新品のティーガーII型に迷彩色を吹き付けているところ。背景に見えるのは、木製の「部隊指揮官ハウス」を搭載した中隊のトラック。[※2輌のヘンシェル砲塔ティーガーII型のうち、1輌はシェルフ大尉の「300」、もう1輌はこの写真の車輌(「301」)であり、前述のとおり本車の砲塔は予備履帯フックのない極初期型]

ティーガー「300」上での集合写真。通信手の位置にいるのはハンネス・シュナイダー、操縦手ハッチの位置で腕まくりをしたシャツ姿の人物は、操縦手のオット・クロンアイゼン。

砲の試射。ゲルトナー伍長のティーガー「334」。シャロン=シュル=マルヌ南方に位置する大練兵場マイイ=ル=カンにて。

付近の森から採取した枝で偽装するティーガー「300」。第503重戦車大隊第3中隊は再編成のため、後方で静かな数週間を過ごした。

演習の休憩中に写真を交換するコッペ少尉（写真左）とフォン・ローゼン少尉（写真中央）。写真右はランボウ少尉。

フォン・ローゼン少尉は、1944年8月12日にマイイ＝ル＝カンからパリに向かう最初のティーガー輸送隊を指揮したが、エステルネ／セザンヌ付近で連合軍の戦闘爆撃機による攻撃を受けた。弾薬運搬車が爆発し、偽装物資が炎上した。写真は攻撃後の列車。前方の貨車は無傷のままだった。

フォン・ローゼン少尉は、車載用履帯が付けられたティーガー「311」を横向きにして緊急卸下を試みた。その際に、戦車の下に置かれていた行進用履帯に引っかかり、この写真のように逆さに転落してしまった。

フォン・ローゼン少尉は戦闘爆撃機の攻撃中に負傷し、自車のティーガーは数日後に鉄道クレーンによって復元され、道路上に牽引されたものの、1944年8月14日、進撃中の米軍の手中に落ちてしまった。

輸送列車の後部は弾薬貨車の爆発によって完全に破壊された。貨車の上に置かれたままになっていたティーガーは、依然として戦闘可能な状態だった。

左：戦闘爆撃機が列車を攻撃した際に破片で負傷したフォン・ローゼン少尉がヴェーアハイム伍長の墓に土を盛っているところ。右：1944年8月12日に戦死したエルンスト・ヴェーアハイムの十字架の墓標。

ヴェーアハイム伍長の墓の前で呆然と立ち尽くしながら葬儀を行う戦友たち。ヴェーアハイムは戦闘爆撃機が輸送列車を攻撃した際に重傷を負い、死亡した。

輸送列車に対する戦闘爆撃機の攻撃の際に負った重傷のため、ある日、病院列車内で更なる戦友が死亡した。

数日後にようやく鉄道線路が開通すると、大隊の残りはパリ＝ヴァンセンヌに輸送され、そこの広大な公園施設に収容された。フォン・ローゼン少尉はこの時点で既にランスの軍病院にいた。［※先頭車両は迷彩パターンから中隊長車の「300」（ヘンシェル砲塔）であることは確実、後続車は予備履帯フックのないヘンシェル砲塔であることから「301」であろう］

が、非常に気に入った。今でも『イン・ザ・ムード』や『タイガー・ラグ』を聴くたびに、思わずランスでのこの時のことを思い出す。

　偶然にも何人もの大隊員と出会ったが、彼らも入院中に所属中隊との連絡が途絶えてしまっていた。私自身も、大隊が今どこにいるのか見当もつかなかった。したがって彼らを出発させることはできなかったが、その代わり、彼らをランスに宿泊させ、更なる命令を受けるべくホテルにいる私のもとに毎日一二〇〇時に出頭するよう命じた。この時すでにパリは陥落していた。ランスでは、マイイの中隊からやってきたハスルベク車輌管理曹長《オーバーシーアマイスター》と会った。彼からは、中隊所属のティーガー二輌が走行不能のまま依然としてマイイにあり、進撃してくる米軍に必然的に回収されてしまうということを知らされた。さらに、わが311号車は線路にまだ横たわっているが、エンジンが燃え尽きているという。ハスルベクは既に数日間、大隊と連絡できていなかった。ここで私が割って入らないわけにはいかなかった。部下をランスに残し、ハスルベク車輌管理曹長と共に同人のフォルクスワーゲンに乗り込んでマイイに向かった。

　マイイにあった戦車二輌の状態は非常に芳しくなかった。片方は自力で数百メートル走れたが、もう一輌は牽引せねばならなかった。翌朝、私は両戦車を積み込み用ホームに運ばせ、履帯を車載用に交換させた。必要とされた車載用履帯《フェアラーデケッテ》［※前出の「輸送用履帯」の別の表現で、幅の狭い履帯のこと］の半分が失われていたため、これはことのほか困難だった。その履帯は、もしあるとすればＳｓｙｍｓワーゲンの上にあったはずだ。長らく思案した末に、わが賢い部下たちはここでも答えを見つけだした。私自身はシャロンの輸送司令部に赴き、貨車と輸送運行番号を申請し、エペルネー駅では、私の列車用に機関車一輌が定刻に来るよう手配した。連合軍がやってくるまでに数日しかなかった。万事はここに書いてあるほど容易ではなく、軍や国鉄も含め、多くの関連官庁に事情を説明する必要があった。いつもとは違うことを命じることに、誰もが嫌がった。石頭の官僚のもとでは、われ関せずという態度に出くわすことなどしょっちゅうだった。しかし、ここで重要なのは二輌のティーガー戦車だった。いくつもの長旅が迫っている今、誰かに頼ってなどいられないので、どこかで車を調達することが最重要だった。シャロンを通過する途中、車輌管理場に立ち寄り、そこでふんぞり返っている兵站要員と話を重ねた末、わが任務の重要性を説得することができた。自由に使える乗用車として最後に残っていたのは、シャロンのフランス軍警察隊のものだった。この車用の徴用書をもらい、軍警察支部の黒いシトロエンを入手した。それからの数日、この車で優に一〇〇〇キロメートルを走破した。ランスとマイイの間を計三往復した。ティーガーも積み込めたし、万事順調に進みそうだったので、セザンヌ地区にあるわが311号車へと更に車を走らせた。転覆していた戦車はその間にも復元されていた。今度はこれを牽引車で危険地帯から引っ張り出してもらおうと考えた。そのために必要とされた一八トン牽引車は、おそらく国防軍の中で最も珍しい車輛だったろう。わがティーガーを牽引するには、少なくともそれが三輛必要だった。つまり、またも新たな課題だ。とりあえず車でマイイに戻った。別の二輛のわがティーガーを載せた輸送列車は、ちょうど駅を出たところだった。既に敵の先頭戦車が約一五キロメートル離れたアルシ＝シュル＝オーブで目撃されていた。彼らがいつ何時マイイに到達してもおかしくなかった。私はそこの軍人保養所の解散式に参列した後、車でランスに戻った。それがそこでの最後の夜たった。翌日は牽引車を得ようと頑張った。第X装甲旅団から空軍のあらゆる整備部隊まで訪ね回り、可能性を探った。牽引車はどこにも見当たらなかった。戦車を回収する希望が徐々に消えつつあった。そこで、フォルクスワーゲンをセザンヌに送り、乗員の一部を迎えに行かせた。車は正午頃に彼らを乗せて戻り、進撃中の敵にはまだ何も気づかれていないと報告した。私はそれにもかかわらず、敵接近の際に戦車を爆破させるためにそこに残留させておいた残りの乗員を安全な場所に移すべく、フォルクスワーゲン（VW）を急いで戻させた。ところが、VWはエペルネー地区で戦闘爆撃機の攻撃を受けて二時間足止めされ、その後、セザンヌ地区で敵の先頭戦車に出くわした。乗員に関しては手掛かりなし。戦車に留まっていた職工長《ヴェルクマイスター》［※軍属技術者］と操縦手は米軍の捕虜になったが、数年後に無事に帰国した。私はランスに戻った翌日に全てを知った。その間にも、私はラン地区で戦車回収小隊を見つけていた。

　そこに赴いたものの成果はなく、牽引車は全て出動中だった。しかし、少なくともここで西方装甲兵監部の所在地を知った。ランーソアソン地区には総統大本営が設営されていた。これは三つの大型施設からなり、あらゆる設備を備えていた。ここのいわゆる総統棟に今や収容されていたのが同部だったのであり、パリから逃げ去らねばならなかった後、ここに落ち着いていた。ここでも誰の力も貸してもらえず、次にいわゆる「ゲーリング棟」内にある西方総軍司令部のもとに送られると、そこで偶然にも私のかつての第35戦車連隊長だったエーバーバッハ将軍［※この時点での第5装甲軍司令官］に出会った。彼は数日後［※八月三一日］、幕僚もろとも捕虜になった。西方総軍司令部では、コンピエーニュの森にいる戦車回収小隊一個をあてがってもらった。そこで、夜にそこに赴いた。「コンピエーニュの森」という表現はかなり大雑把だったが、あてがわれた部隊を偶然にも見つけた。待ち望んでいた牽引車三輌がそこにあったので、すぐにでもシャトー＝ティエリを経由してわが311号車のあるセザンヌに向かいたいと思った。ところが、牽引車には燃料が残っていなかったので、残念ながらこれはならなかった。どんな奇術を使ってこれらを動かせばよいものか。私は二時間かけて軍団司令部の某人と電話で連絡を取り、同人からコンピエーニュの燃料庫にある一〇〇〇リットルを割り当てられた。夜明け前に給油することができた。だが、これらの牽引車が日中に路上に出ることは、航空情勢に鑑みれば自殺行為も同然だっただろう。低速で鈍重な車輌が戦闘爆撃機の餌食になっていたことは間違いない。したがって、夜の到来を待つ以外になかった。偶然にも私は大隊の一車輌と出会い、大隊がボーヴェ地区で残りの戦車と共に作戦行動中だと知った。私はその運転手に大隊長への報告書を携えさせ、大隊への早期帰隊を伝えた。その後、車でランに戻って西方装甲兵監部に出頭すると、そこの戦況図から米軍が既にランス目前にいることが分かった。戦況図によると、敵の位置は既に前線の背後にあったので、戦車の回収は諦めざるを得なかった。そこで私は牽引車の任を解き、大急ぎでランスに戻った。こうやって走り回ることは本当に骨が折れた。夜もほとんど休めず、常に長距離を移動し、絶えず飛行機に用心せねばならなかったからである。われわれは何度か大いに幸運に恵まれ、車ともども早めに遮蔽物に身を隠すことができた。

ランスに戻ると、既に町全体が騒然としていた——敵がもう門前にいた。ハスルベク車輌管理曹長がわれわれを待っていた。彼はわが311号車について前述の報告をしたほか、自身のVWが運転手の不注意で盗まれたこと、さらには、戦車二輌とその乗員を乗せた輸送列車がランスに到着したものの、敵接近により直ちに再び鉄道輸送されていった旨述べた。また、私がランスに集合させていた大隊員をまとめてその輸送列車に同乗させたとも語った。したがって、少なくともこのティーガー二輛はまだ安全な場所にあった。私にとっては今が正念場だった。シャルルヴィルへ向かうのだ。夕方、ハスルベクと共にそこに到着した。ランスでは無秩序な混沌が広まり、ぞっとするような光景を呈していた一方、シャルルヴィルでは全てがまだ整然としていた。駅停司令部では私の戦車輸送のことはまだ何も聞かされていなかった。親切な駅停司令官がわれわれ二人を宿泊させてくれたため、この夜はようやく熟眠することができた。この司令部は、第一次世界大戦中にドイツ皇帝が住んでいた家屋に収容されていた。翌朝、私はシャルルヴィル近くの貨物駅でティーガーの輸送を取り決めた。そこに車を走らせ、大規模な戦車整備廠のあるリエージュに輸送を取り次いだ。こうなるまでに、輸送継続用の機関車を確保すべく、かなりの電話をした。そうこうしている間に、シャルルヴィルでもパニックが生じていた。噂が飛び交い、うろたえた人々は全員が逃げた。軍人保養所は赤十字の看護婦に見捨てられていた。そこに兵隊が殺到し、野戦憲兵もなす術がなかった。私は悪賢い数人が備蓄タバコをまるごと持ち去るのを拳銃で防ぎ、かなり公平に分配できるようにした。ハスルベク車輌管理曹長はその間に車庫を一つ発見しており、そこには遺棄された軍政司令部の申し分ない乗用車がまだ三台残っていた。今やこれらを迅速かつ巧妙に改造した——戦術記号を塗料で覆い隠すなどしたが、極めつけが書類の偽造だった。自分にはその資格があると思った。正当な所有者に出くわさねば、実質的には何も起こり得なかった。今ではかなりくたびれてしまった私のシトロエンは、私同様に軍病院を出て自隊を探している兵隊に譲ってやった。私の三台の乗用車の中には、戦車の輸送に携わる必要のなくなった一三人の男たちが今や詰め込まれた。その後、私はこの護送隊を無事に大隊に連れて行こうと思った。問題となったのがまたも燃料だったが、レテル近くの小さな駅でタンク貨車を見つけることで解決した。可能な限りの口実を使って燃料を手に入れた。ランを経由する道は既に敵の手中にあったので、シャルルヴィルを経由して引き返し、そこからイルソン—サン・カンタン—アム—モンディディエを経由してボーヴェ地区へと車を走らせる必要があった。われわれの道は夜間、撤退する車列に次ぐ車列であふれていたので、走るのにまたも大そう骨が折れた。とはいえ、目的地には到着した。大隊の標識がきちんと設置されていたので、車三台と一三人と共に大隊長に帰隊を報告することができた。

　大隊の戦闘指揮所は森の中の小さな城の中に設営されていた。私が軍病院から帰隊したことを不意に報告したこと、既に大隊から抹消されていた両戦車をマイイから回収したこと、これら全てが大きな喜びをかき立て、われわれはますます気を良くした。ベンヤミン（伝令将校）から事情を知らされたところによると、大隊はオルヌ川の東で激戦に従事し、最終的にファレーズの大包囲環にたどり着いたのだという。何度も困難を乗り越えてきたのは確かとはいえ、そこに至る過程と、常に敵の空襲に翻弄されたその後のセーヌ川渡河においては、大きなドラマがあったに違いない。セーヌ川の北では、マント付近の米軍橋頭堡に対して利用可能なのは、新たに供給された第3中隊の戦車だけだった。これらもまた大損害を被っていた。敵の物的優位と航空優勢はとにかく大きすぎた。大隊で依然として作戦行動中にあるのは、ランボウ少尉の戦車一輌だけだった。戦闘指揮所の領域内の状況がはっきりせず、事態が目まぐるしく進展する中で、上層部も状況把握が全くできなくなっていた。そこでわれわれは、捜索小隊から斥候を独自に編成した。私はまた、シェルフ大尉が近々、大隊指揮教育課程に派遣され、その後は私が中隊指揮官として第3中隊を引き継ぐことになっていると知った。アメ公《アミ》が既に近くにいるという報告がもたらされると、われわれの気分は最高に盛り上がった。われわれは乗用車の長い車列となって城を後にし、大隊長のオープンカーが先頭を行った。車から車へとコニャックの瓶が回された。その後、私の車が動かなくなり、車列の後ろに取り残された。地図を持っていない上に、この地域を全く知らなかったので、ブロートハーゲン少尉が車ともども私のもとに留まってくれた。大隊長は段列部隊まで車を走らせるつもりだった。今や明けつつある夜の闇の中で、この状況では何もできなかったので、われわれは車を右に寄せ、とりあえず熟眠した。明け方に目が覚めると、道が妙に空いていた。通る車はまれだった。米軍がアミアンに入ったことを知った。ちょうどそこに向かおうとしているところだった！　したがって、われわれの段列部隊にはもはや到達できなかった。おそらく、彼らもとうに移動していたことだろう。それゆえ、われわれがせねばならないのは、再び敵を追い越し、アミアンを通過し、ソンム川を渡ることだった。ソンム川に架かる橋は、既に夜のうちに全て爆破されたとのことだった。大隊はソンム川の後方にいるだろうとわれわれは推測した。車も走行可能にしたが、状況が気掛かりだった。敵より先にソンムに着けるだろうか。ある小村に入ると、間近で機銃音が聞こえた。はっとして見ると、村のもう一方の入口に米軍戦車が高速で近づいていた。われわれはその場で車をバックさせ、全速で逃げた。小道や田舎道を通ってこっそりソンムに向かうと、偶然にもまだ爆破されていない小さな橋を見つけた。これは本当に全くの偶然であり、機転などではなかった。ペロンヌで友軍部隊と再合流したが、大隊がいる形跡はなかった。われわれは更に北上し、アラスとランス［※これまでの「ランス」はReimsだが、これはその約一五〇キロメートル北西に位置するLens］を経てリールにやってきた。途中、あちらこちらの司令部で大隊について問い合わせたが、成果はなかった。第一次世界大戦中にこの地で激戦が繰り広げられたことをわれわれに思い出させたのが、ドイツ兵の墓地を含む多くの軍人墓地だった。リールでようやくわが大隊の標識が見えた。今や連絡が取れ、リール近郊のスクランという小さな町で戦闘指揮所を見つけた。

この前夜、大隊長は後方へのこの大移動を命じていた。これによって大隊の段列部隊を手遅れにならないうちに救うことができたのであり、さもなくば彼らはアミアン付近でアメ公に蹂躙されていたことだろう。私はここで第3中隊を発見した。その間、彼らはヴェクサン（マント）における作戦で、米軍によって、あるいは修理の術なく戦車を失った後、アミアン付近で最後の戦車を失っていたのだった。われわれはスクランに二日間滞在した。バス付きの素晴らしい個室を使えるとは、なんたる贅沢か！　上層部からは大隊をリエージュ地区に一時的に移動させるよう命ぜられた。しかし、そこに行くまでの燃料がないため、各中隊が独自に調達することになった。ほかの中隊が給油所を次々と回っても何も見つからない一方、私はこの地域のどこにまだ燃料庫があるかを問い合わせ、そこに車を走らせて手練手管を弄した結果、五立方メートル［※五〇〇〇リットル］以上の割り当てを受けた。こうした部署の扱い方を徐々に会得した私は、ここでも「ケーニヒスティーガー」という言葉の威力を見逃さなかった。かくして、中隊のみならず、大隊全体の進軍が保証された。平時であれば、私の手法は当然のことながら全くあり得ないものだったろう。だが、戦線が完全に崩壊して混乱を極めるこの状況に際して、自分の言い分を聞いてもらう方法を誰もが自分自身で見つけ出さねばならなかったのである。

　三日三晩を掛け、大隊は一日当たり約一〇〇キロメートルを走破して北西に移動した。全中隊が雑然とした様相を呈していた。戦車はなくなったものの、乗員の大多数は残っていたため、これら人員を運ぶのが問題だった。乗員の多くが、どこかしらに置き去りにされている乗用車を再び走行可能にしたので、今や中隊は一四台の追加車輛が使えた。シェルフは、難なく時速一〇〇キロメートル以上を出せる驚異的な米国製スポーツカー、パッカードを手に入れた（読者はここでニヤリとするはずだ！）。この車は鑑賞するのも運転するのも実に楽しかった。われわれはトゥールネ─ルーゼ─ワーテルロー─ルーヴェンを経由した。中隊のマウルティーア《ムリ》（全装軌トラック［※原文ママ。実際は半装軌トラック］）が低空攻撃を受けて炎上した際には、死者が一人出た。ティーネン近くの森で野営した後、私は大隊長から特命を受けた。大隊は、再編のためパーダーボルン近郊のゼンネラーガーに移されることになった。リエージュにある西方装甲兵監の出先機関で命令書を受け取る必要があった。受命後、その内容を速やかに大隊に伝えられるよう、私には無線車一輛が加えられた。リエージュの出先機関には、この命令はまだ達していなかった。したがって、西方装甲兵監部に更に赴かねばならなかった。これはアルデンヌの小村にあり、私は長旅の末にそこにたどり着いた。そこの参謀長から聞かされたところによると、この命令書はリエージュ近くのスパにあるモーデル元帥の司令部に受け取りに行かねばならないという。ところが、モーデル自身はちょうどナミュールにいたので、今度はそこに赴かねばならなかった。この町にとりわけ魅力的な印象があったわけではなく、ドイツ兵もほとんど姿が見えなかったが、それだけにいっそう怪しげな人影があった。思ったとおり、モーデルはナミュールにはもういなかったが、「ゼップ」ディートリヒ親衛隊大将との協議のため、ジャンブルー地区にいると聞かされた。そうこうするうちに、足元に火が付いたように感じた。命令を受け取らねばならないというのに、この有様だからだ。ディートリヒの司令部では、ちょうどモーデルが発ったところだったので、スパに戻るしかなかった。一三〇〇時頃にそこに到着し、〇二〇〇頃にようやく移動令を受け取った。それを直ちに無線で大隊に伝えた。これをもって私の任務は完了した。

復路、早朝にリエージュに向かった。ここには、いよいよといった雰囲気がみなぎっており、敵はさほど遠くにいないように思えた。何たる偶然か、ファリングボステル時代からの知人であるスクルテートゥス少佐に道端でばったり出会った。彼との会話の中でついでに説明されたところによると、リエージュ近郊の貨物駅に燃料列車が到着したという。朝の空気を嗅ぎ取った私は大急ぎで別れを告げ、その駅まで車を走らせた。そこには本当にその列車があり、約五〇〇立方メートルの燃料を積んでいた。配給は一少尉が担っていた。わが大隊用に貨車一輌を要求すると、またしても「ティーガー」という言葉が威力を発揮し、この貨車も割り当ててもらった。私はマーストリヒトに移動していた大隊に無線連絡し、燃料輸送隊を丸ごと寄こして燃料を受け取るよう要請した。この距離では、彼らが四時間以内にここに到着するのは無理だった。それまで燃料を守らねばならなかった。光に集まる蛾のごとく車輌が四方八方からやってきて、燃料をいくらかでも得ようとした。私は当初、列車をあちこち歩きまわり、自分がいればそれだけで招かざる客から貨車を守れるだろうと考えていた。だが、そうはならなかった。貨車から数歩離れるか離れないうちに後ろ側からバルブを開けられ、もう最初のドラム缶が転がされている有様だった。これに早めに気づいたため、それ以降は拳銃を手にして燃料缶の上に座り、コッペ少尉が燃料輸送隊と共にやってきてからようやくそこを離れたのだった。リエージュ経由の復路では、いたる所で撃ち合いが始まっており、かなり落ち着かない気分だった。これはアメ公がすぐにでもやってくるという、いつもの兆候だった。

私は夕方には大隊のもとに戻ったが、中隊はメールセンという小さな町にあり、私はここの親独一家のもと、非常に居心地の良い部屋に入居した。われわれがここにいた二日間、オランダのこの小さな町は私には小さな楽園のように思えた。マーストリヒトではドイツ軍の食糧庫が開放された。食糧を敵の手中に落とさないようにするためである。ランボウ少尉と第3中隊に転属してきたヴァーグナー少尉と共に、私はその時たまたまそこに通りかかった。私の操縦手にわが隊の空荷のトラックを呼んでこさせ、今やそれに極上の品を積むことができた。われわれ皆が協力した。あらゆる種類の缶詰を始めとして、チョコレートにワイン、リキュール、タバコ――野戦炊事用に箱から箱へと次々に詰めて運び出した。誰を見込

徴用した車輌で第503ティーガー大隊の多くの隊員が1944年8月から9月にかけてドイツにたどり着くことができた。

んでこんな物を保管していたのだろうか。われわれのような前線のブタには、こうでもせねばこんな物は絶対に拝めなかったろうに。とはいえ、その後の数週間、われわれは中隊内での食事を大いに堪能した。エンドウ豆にニンジンあるいはアスパラガスは、今やわれわれの献立表でよく目にするようになった。干し野菜や干し芋からの一時のおさらば！　後にわれわれがパーダーボルンに滞在した際には、どの休暇者も実家用に小包を一つ持たされたものだ。

一九四四年九月五日、われわれはメールセンを出発した。走行ルートは正確に知らされ、航空脅威のため、中隊の各車輌は五分間隔で送り出された。私は、本国に行くのに他に方法がないドイツ人の一家族を同乗させた。敵機と何度か遭遇した後、一九四四年九月五日午後にドイツ国境を越えた。このような状況で帰国するのは妙な感じがして、ばつが悪かった。われわれの目的地はデューレンであり、第3中隊は小村エルゼンで宿営した。対仏戦役の開始前には私の古巣である第35戦車連隊第1中隊もこの村にいたことがあり、不思議な偶然だった。この部隊の記憶は住民にも依然として生き続けていたので、私はすぐに彼らと関係を築いた。中隊は宿泊に関してここで最高のもてなしを受けた上、人々はわれわれに親切にしようと競い合った。翌日、デューレン駅でわれわれの車輌の積込みが始まった。九月七日午後、私は大隊長のシェルフ大尉を始め、ヴィーガント大尉、博士シュラム軍医大尉、そしてベンヤミンと共に二台の乗用車で出発し、パーダーボルンのゼンネラーガーへと向かった。

ゼンネラーガーでの再編（一九四四年九月〜一〇月）

大隊本部はパーダーボルンのシュロス・ノイハウスに置かれ、第3中隊はヘーフェルホーフの立派な民間宿泊所に収容された。

毎日午前中に訓練が一時間行われ、じきに中隊は、厳格な軍紀を外見上も再び呈するようになった。その後は大部分が休暇に入ったが、先陣はシェルフ大尉など既婚者だった。

私にとっては、今や山ほどある仕事が始まった。陸軍総司令部から新たに発布されたティーガー大隊用の編制定数表（ＫＳＴＮ）によれば、われわれは新たな編制にせざるを得ず、兵員を削減することになった。今で言うところの合理化だ。

　修理班はフランスで大損害を被っており、今や補充の要ありだった。私はしばしばパーダーボルンの戦車補充大隊のもとを訪れ、わが中隊に欲しい人材をそこで選抜した。補充大隊の副官を買収することで、たいていこれに成功した。好ましからざる者は中隊から追い出した。

　私は中隊先任下士官《コンパニーフェルトヴェーベル》（シュピース）とは馬が合わなかった。彼は野戦炊事班その他数人と徒党を組んでおり、自分たちを優遇しすぎていた。私はこういう人間とは仕事を共にしたくなかった。大隊長の力を借り、中隊先任下士官が空席となっていた第1中隊に彼を異動させた。私は折り紙付きのミュラー曹長を新たな中隊先任下士官にした。彼はこの地位において、私と中隊にかけがえのない仕事をしてくれた。

　かくして私はこの頃、これ以上のものは望めないほどに中隊を再編した。この配置換えを実施したことを後悔したことは決してない。ただし、シェルフは自分のお気に入りが私によって不当な扱いを受けたと考えており、そのためにわれわれの関係がいくらか悪化した。

　そこに更なる困難が加わった。シェルフは転任に当たって部下の戦車乗員を全員連れて行こうとした。これ自体が普通のことではなかったが、私はそれを認めた。ただし、優秀な人員をもっと寄こせと言われたからには断らざるを得なかったが、彼はそれを悪く受け取ったのだった。

　私はストラスブール地域への出張を命ぜられ、大隊長の代理でヴォージュ山脈にある上級司令部で何かしらの案件を処理せねばならなかった。

　自分のフランス製乗用車を一日半運転して帰省した。両親に会えたのは良かったが、前線が既にライン川にかなり接近していたので、二人はとても心配していた。今やラシュタットも空襲を受けることが多くなった。特に標的となったのが、わが家からそう遠くないムルク川に架かる鉄道橋のある駅だった。両親と七月二〇日事件について話したところ、父はあれが戦争を終わらせるチャンスだったろうという見解だった。ヒトラーとはもはや誰も和平を結ばないだろう、と。だが、私にはそのことはとっくに分かっていた。

　スウェーデンにいる姉妹のアーヤと、ドレスデンにいる兄弟のヴーラーからは朗報が届いた。もう一人の姉妹であるエリザベートは、既にボーデン湖のシュペッツガルト寮にしばらく滞在していた。

ラシュタットの状況が危険になるや、両親はローテンフェルスのフォン・ブランクヴェート氏のもとに向かおうとした。そこはさほど攻撃に曝されていなかった。両親が移住したのは一九四四年一二月だった。ストラスブールを通る途中、白昼の空襲警報が鳴って驚いた。移動が続行できるようになるまで、ビール醸造所の地下室に一時間以上座り込んでいた。

帰路にもう一度実家に数時間寄ったが、そこでまたも空襲警報が長く続き、出発が妨げられた。その後の帰路では車のタイヤが一〇回パンクし、神経がすり減った。

スペアタイヤがなかったので、哀れな運転手グラースル上等兵はタイヤを修理せねばならなかった。一四時間の運転の末、大いに遅ればせながらもようやくヘーフェルホーフの中隊に戻った。

シェルフは休暇を終えていた。彼は九月末に中隊呼集をもって大隊長から任を解かれ、中隊の指揮は私に委ねられた。中隊の分列行進が指揮権譲渡式を締めくくった。

私は既に数週にわたって中隊を事実上率いていたが、今や正式に中隊の長《シェフ・デア・コンパニー》になった。人事局は本来、ある大尉をわれわれのもとに異動させようとしていたが、フロンメがこれを断ったのだった。それどころか、私が中隊を引き継ぐべきだと主張したのである。当時は少尉がティーガー中隊を率いることなど、例外中の例外だった［※ただし、この当時第1中隊を率いていたピープグラスの階級も少尉だった］。

その間にもわれわれのケーニヒスティーガーが到着しており、いつもの仕事が再開して大忙しになった。

ある週末［※おそらく九月二四日（日曜日）］、われわれは宣伝中隊の映画撮影隊を伴い、撮影のためゼンネに赴かねばならなかった。次の週間ニュースの一つでは、実際にその際の映像が上映された。われわれとしては、日曜日は軍務から解放されたかったのだが。

そして遂に、少し意外にも、出発命令が来た。これで次の作戦域についてあれこれ推測することもなくなった。

積み込みは順調に進み、われわれの輸送列車がパーダーボルン駅を離れる際には多くの涙が流れた。

輸送列車は、ハルバーシュタット―ハレ―エゲル―ピルゼン―プラハ―ブリュン［※ブルノ］―プレスブルク［※ブラスティラヴァ］を経由し、一九四四年一〇月一四日早朝、無事に目的地ブダペスト駅に到着した。

第503重戦車大隊第３中隊のフリッツ・ミュラー先任下士官《ハウプトフェルトヴェーベル》。フォン・ローゼン少尉によって第３中隊の中隊付先任下士官《コンパニーフェルトヴェーベル》に任命された。

真新しいティーガー「300」の上で[※第3中隊指揮官となったフォン・ローゼンの乗車]。左から右へ、ウルバンスキー上等兵、シュナイダー伍長、ゲオルグ・ハイダー軍曹。ハイダー軍曹は口にパイプをくわえ、戦車帽をさりげなく後ろ向きに被っている。

1944年9月、ゼンネラーガーにて、ティーガーII型の前での素晴らしい集合写真。上段列左から右へ:ユストゥス・ボルンシーア、エルンスト・ヴァイグル、エクハルト・ランボウ、ギュンター・クーネルト、ハンネス・シュナイダー、下段列左から右へ:ヘルマン・シャイデル、クルト・シュミット、ヴァーグナー少尉、ゲオルグ・ハイダー、トニ・ウルバンスキー、地面で横になっているのはゴットホルト・ヴンダーリヒ。

車載用履帯を履いたティーガーII型の前で、左から右へ：ザクス曹長、ブロイティガム上等兵、ハインリヒ・スコーダ軍曹。1944年9月、パーダーボルン近郊のゼンネラーガーにて。

ビールを振舞うイェッケル伍長（写真中央）。彼の舟形帽には、ティーガーII型の側面を模した大隊徽章が付けられている。この徽章は現在も家族が所有している。革ヤッケはフランスでの鹵獲品。

VWシュヴィムワーゲンは、週間ニュース用に戦車パレードをさまざまなアングルから撮影する宣伝中隊カメラマンの移動手段として使われた。その隣に立つのはスコーダ軍曹と姓名不詳の兵。

大隊は再び定数を満たし、新たなティーガーII型を装備した。週間ニュースはこの機会にフォン・ローゼン少尉が指揮するパレードを撮影した。このパレードには第3中隊全体と第1中隊の一部が参加した。[※原文ママ。次の写真にあるように参加したのは第2中隊。ただし、W・シュナイダー著『重戦車大隊記録集1』(大日本絵画)によると、第3中隊を増強するため第1中隊から転属した車輌もある]

各車に指示するフォン・ローゼン少尉。背景にあるのは第2中隊のティーガーII型。このパレードの際は履帯交換の手間を省くため、ティーガーには車載用履帯のみが取り付けられていた。

大隊のティーガーは新たな迷彩模様を塗り終えている。ティーガーのほとんどは既に砲塔番号を付けている。[※次の写真でも分かるように、番号を付けていない車輌も多い。W・シュナイダー著『重戦車大隊記録集1』によると、これらは第1中隊からの転属車とのこと]

週間ニュース用のパレードを写した印象的な写真。整列した大隊のティーガーの前をゆっくりと走行するフォン・ローゼン少尉の「300」。

ティーガーII型には全てツィンメリットコーティングが施されている。これは敵歩兵との近接戦闘において吸着成形炸薬弾から戦車を保護するためのものだった。新たな斑点迷彩塗装は最新の研究状況に応じたもの。[※新たな斑点迷彩とは、向こう左端のティーガーのいわゆる「光と影」迷彩あるいは「アンブッシュ」迷彩のこと(この写真では不鮮明だが)。また、「300」を除き、ツィンメリットコーティングを施していない車輌(1944年9月以降の生産型)も多く認められる]

これらのティーガーII型には、所属の中隊と小隊を示す砲塔番号がいまだ付けられていない。

ティーガーII型の巨大な砲塔は、後部のエンジンカバーの一部に覆い重なっている。砲塔背面の大型脱出ハッチが鮮明に見える。［※二輛目は前出の斑点迷彩］

フォン・ローゼン少尉が「戦車、前へ!」と命じ、ティーガー「300」の後に縦隊が続く。

この写真では、ティーガーII型を鉄道輸送する際に使われる車載用狭幅履帯がよく分かる。行進用履帯はもっと幅が広い。

力強くそびえ立つ8.8センチ砲。砲塔から姿を見せているのは車長(写真右)と装填手。

1944年秋、第503重戦車大隊第3中隊指揮官フォン・ローゼン少尉。

パレードからの帰路、新編部隊に所属する新造の「パンター」型戦車の縦列を通り過ぎていく大隊のティーガー。

クルト・クニスペル伍長も、1944年9月25日にゼンネラーガーで行われたこの異例のパレードにティーガー車長として参加した。同人は160輌以上の戦車を撃破し、第二次世界大戦末期において最も戦果を上げた砲手にして戦車長の一人だった。終戦直前の1945年4月28日に戦死した。

新品のティーガーの砲はゼンネラーガーで試射する必要があった。これについても撮影されていた。週間ニュースは、全映画館であらゆる娯楽映画の冒頭に上映され、ナチ政府の重要な宣伝手段となっていた。[※迷彩パターンから判断すると、手前のティーガーがフォン・ローゼン少尉の「300」号車。W・シュナイダー著『重戦車大隊記録集1』はこれをマイイ=ル=カンで撮影された写真としているが、誤り]

1944年10月9日：車載用履帯を装着した第503重戦車大隊第3中隊のティーガーが、パーダーボルンの積載駅に向かうところ。隊員は、この時点ではどこに赴くのか分からなかった。同盟国ハンガリーで危機が生じ、ティーガーは自らの出現のみをもってハンガリー人にクーデターを思いとどまらせることになっていた。

【四】崩壊　一九四四年～一九四五年

ハンガリーにおける作戦行動（一九四四年一〇月～一九四五年二月）

ブダペストでクーデター

ブダペスト東駅に到着するや、私は直ちに自分のフォルクスワーゲンを降ろさせ、大隊と連絡を取るべくそこを後にした。ブダペスト中をさまよった末に、ようやく卸下担当のバイアー少尉に出会ったが、彼もまた私を懸命に探していたところだった。わが中隊はブダペストの南にある小さな町タクショニに移駐することになっていた。私は、卸下の際には万事がうまくいくと自分を納得させ、命令を発し、VWに加えて私の中隊長車となったパッカードでタクショニに向かい、その際は先遣隊も帯同した。途中、空襲警報でホンヴェード（ハンガリー軍）に呼び止められ、初めて彼らと関わり合いを持った。私が先に進もうとすると、彼らはこちらに銃すら向けたが、ドイツ軍将校はこんな悪ふざけには動じないのだと穏便に言い聞かせた。すると、彼らは私を通してくれた。この頃のハンガリーにはドイツ軍はいないも同然であり、前線に若干数の師団が投入されているのみだった。当時のブダペストは依然として後方地だった。とはいえ、道路沿いには狙いを付けた対戦車砲や高射砲が方々に設置されており、タクショニの路上にはバリケードもあった。これは私には謎だった。しかし、ここで何が演じられているか、翌日には判明した。私が市長のもとに出頭すると、彼はちょうどハンガリー軍将校たちと協議しているところだった。彼らに大歓迎されたとは、お世辞にも言えない。軍隊が宿営するのは、田舎町にとっては決して結構なことではないのだ。それは別として、住民はわれわれを大歓迎してくれ、十分にもてなしてくれた。先の大戦

1944年	8月30日	●南ウクライナ軍集団に対するソ連軍の大攻勢開始、ルーマニア軍部隊の崩壊
	8月31日	●赤軍がブカレスト入城
	9月12日	●ルーマニアとソ連の休戦、ルーマニアによる対独宣戦布告
	9月19日	●フィンランドとソ連の休戦
	10月	●ソ連軍部隊が東プロイセン、チェコ、ハンガリーに侵入
	10月28日	●ブルガリアとソ連の休戦
	11月23日	●フランス軍がストラスブール占領
	12月3日	●ザールラウテルン付近で米軍がヴェストヴァルを突破
	12月16日	●ドイツ軍のアルデンヌ攻勢開始(1944年12月27日まで)
1945年	1月7日	●ドイツ軍によるバラトン湖からブダペスト包囲環への救援突撃
	1月12日	●バラノフ橋頭堡からのソ連軍の冬季攻勢開始
	1月20日	●ハンガリーとソ連の休戦、ハンガリーによる対独宣戦布告
	2月13日	●ブダペストで最後のドイツ軍が降伏
	2月13日〜15日	●ドレスデン空襲
	4月13日	●ソ連軍がウィーン占領
	4月25日	●ベルリンの完全包囲
	4月30日	●ヒトラーがベルリンで自殺
	5月7日	●ランスでドイツ軍が無条件降伏

に参加した元軍人は、ドイツの勲章を誇らしげに持ち出し、今こそかつての戦友関係を新たにすべきだと論じた。

車で駅に戻ると中隊の卸下が記録的な早さで終わっており、戦車が偽装を施されて並木道に並んでいた。出発は一三〇〇時の予定だった。中隊の約三分の二は、感激したブダペスト市民に家での食事に誘われていたため、まだいなかった。ただし、出発時には全員が戻っていた。われわれは、できるだけ多くを聞き出そうとするハンガリー人の男女に取り囲まれた。ここで、数日のうちにクーデターが起こるかもしれないと私も聞いた。その際、ハンガリー矢十字党の党首サラーシの名前が初めて出た。われわれはハンガリー人にドイツ軍の何たるかを示そうと思った。そこで私は、教練よろしく戦車の前に乗員を整列させた後に、手振りで搭乗させ、整然とブダペストを行進してタクショニに向かった。途中、住民はリンゴやタバコ、チョコレートをわれわれの戦車の上に投げた。いたる所から激励の声が聞こえてきた上に、顔を輝かせた人々も大勢見られた。

タクショニのわれわれの宿所は良かった。大隊の戦闘指揮所は隣村にあり、私は夕方にそこで大隊長に対し、中隊の総員集合および出動準備完了を報告した。兵たちは夜遅くまで地元住民と居酒屋に陣取っていた。一〇月一五日〇二〇〇時、私はオートバイ伝令を通じて大隊戦闘指揮所に赴くよう命ぜられた。受命内容は次のとおりだった。「中隊は払暁と同時に全隊をもってブダケスィに移動せよ」。何が起きたというのだろうか。ハンガリー政府とハンガリー軍によるクーデターが予想されたのである。居合わせたわずかなドイツ軍部隊は、事態掌握のためドナウ川左岸に集結することになった。そのため、われわれはドナウ川沿いの小さな町ブダケスィに向かわねばならないというわけだった。現地までの進軍途上で、もしやハンガリー軍の対抗措置があるまいかと予想されたが、万事が静かなままだった。午後になると状況が明らかになった。ハンガリーの摂政ホルティ提督は、ソ連に即時停戦の要望を伝えていた。ハンガリーのラジオはホルティの決意表明演説を放送した。われわれとハンガリー軍の関係は急速に悪化し、時に敵対的性格を有するようにもなった。いたる所にホンヴェードのバリケードがあったので、今や街頭に出るのは得策ではなかった。一方で、住民はかなり意気消沈しているようだった。われわれはしょっちゅう車を止められ、こんな不名誉を許してはならないと人々に訴えられた。私が見たところ、国民はひどく自尊心を傷つけられたようだった。

大隊は警戒態勢に置かれた。その間にも、ハンガリー右派抵抗勢力によって準備された対抗措置と行動が進行していた。「矢十字党員」たちは、待ち望んだ「権力掌握」の時機到来の合図をラジオ宣言中に見て取り、ラジオ局を占拠して撤回命令を放送した。その後、矢十字党組織や多数のホンヴェード部隊、憲兵隊が自発的にドイツ側についた。市街地の各所で銃撃戦が生じた。ドナウ川に架かる全ての橋に大隊のティーガーが配置され、ブダ及びペストの二市区の交通を完全に遮断した。わが第3中隊は、今や警戒中隊として町外れ近くの一公園にあった。ドイツ側の目的を支持しないハンガリー部隊は武装解除された。ティーガーを伴う小規模の別動隊が市中をくまなく走り回り、ほぼ全ての場所で抵抗なく武装解除が進んだ。私自身はフォン・アイヒェル＝シュトライバー大尉と共に、ティーガー二輌を伴ってハンガリー陸軍大学校に赴き、そこにいた将兵に武器を渡すよう要求した。私が校長室に入ると、その白髪の老大佐は自発的にサーベルを渡そうとする仕草を見せた。私は似たような仕草でそれを拒む合図を送り、サーベルを返した――似たようなシーンを以前、何かの本で読んだことがあり、それに深い感銘を覚えたものだった。その後、われわれは校長官舎で彼の家族ともども茶を飲んだ。彼はこの休戦提案の屈辱にふさぎ込んでいた。

この夜に予定されていた軍事行動では、一SS部隊のほかにわが大隊の一部も待機していたが、この行動は一〇月一六日早朝まで延期された。〇五三五時、ドイツ軍の対抗策を察知したホルティ提督は、配下の護衛隊に抵抗せぬよう命じた。〇五五五時、ホルティが城を出た。〇六〇〇時から軍事行動が発動された。城の公園にいた護衛隊の一大隊にはホルティの命令が届いていなかったために銃撃戦となり、ドイツ兵四人が死亡した。そのゆえに城は占拠された。その際にはわが大隊の第2中隊が投入された。私は、わが中隊の半小隊のみを即応部隊として城下の戦没将兵記念碑に派遣した。中隊の大分部はティーガー警備隊をもってドナウ川に架かる橋の防衛に当たった。市内では小規模な銃撃戦があっただけであり、それゆえにドイツ軍部隊は警戒しながら個々に撤収できた。治安任務は今やハンガリー軍と武装した矢十字党員に引き継がれた。これをもってブダペストにおけるわれわれの任務は完了した。

ソ連軍と再対峙

休戦布告の直接的な結果として、ハンガリー第2戦車師団はハンガリー第2軍司令官ヴェレシュ上級大将の命により、最重要地区の陣地を離れ、タイス［※ティサ］川へと退いていた。この撤退は、なおも戦闘状態にある前線近隣部隊への影響を考慮せずして行われた。それゆえに、ソルノク付近に依然として存在するタイス橋頭堡から一〇月一九日に攻撃が実施されることになった。その目的は、タイス東岸の敵戦線を突破し、デブレツェン近くのソ連軍戦車部隊の側面深くまで東進することだった。このため、第503重戦車大隊は第24装甲師団麾下に置かれた。一〇月一七日夕刻、われわれはタイス河畔ソルノクへの移動令を受けた。

燃料節約のため、戦車は列車に積み込まれ、装輪部隊は道路で移動した。まずは第1中隊が積まれ、次にわが第3中隊がそれに続いた。Ssymsワーゲンが十分になかったので、空荷の列車が戻ってくるたびに、相次いでそれぞれの中隊を急いで積み込むしかなかった。一〇月一八日夕方、わが中隊の輸送列車二本が目的駅に到着したが、第Ⅲ小隊がまだ到着していないというのに翌朝の出動令が早くも届いた。われわれは第24装甲師団の攻撃先鋒を務めることになった。第1中隊は全て揃っており、わが中隊に関しては戦車一〇輌が手元にあった。われわれの任務は、払暁時に砲兵隊によってなされる短時間の攻撃準備射撃の後に敵陣を突破し、南東に転じてメゼトゥール市を奪取、しかる後にトゥールケヴェを経由して北東に進出し、キシューイサーラーシュ付近の高地まで到達することだった。敵の布陣については不明も同然であり、われわれの向かい側にルーマニア歩兵師団が一個いるという事実すら知らなかった。

攻撃命令はまだ暗い中で受けており、今や仕事が始まった。地図を探し出して貼り直し、車長たちにブリーフを行い、その合間に再び大隊戦闘指揮所に赴いて大隊長のもとに出頭せねばならなかった——忙しすぎて頭が混乱することもあった。その後の〇三〇〇時頃、待機中の中隊を伴ってソルノク南東部の小さなタイス橋頭堡に進入すると、全てが任務達成半ばに思え、これではうまくいかないとの感を抱いた。ところがその後、万事が申し分なくうまくいった。そう、わが部下に頼ることができたのである。攻撃開始は〇五〇〇時と設定されていた。この日は第1中隊が先陣を切った。攻撃前の数時間はいつも神経がすり減った。皆、大変な緊張下にあり、これからの数時間はどうなるだろうかと自問した。辺りはまだ暗かった。各車の乗員をもう一度整列させ、来たるべき作戦行動について今一度彼らと検討した。われわれに何が期待されているのか、各人に心得てもらわねばならなかった。野戦炊事車がやってきて熱いコーヒーが供せられた。戦車のエンジンを暖機し、無線機のスイッチを入れ、交信できるか否か素早く同調させてチェックすると、もう攻撃予定時刻も迫っており、今や大隊長から符丁で「作戦開始」を命ぜられた。使用頻度の高い命令や表現については、保全的理由から日々変更される符丁があった。私が中隊に命令を伝えるやティーガーのエンジンが咆哮を始め、わが中隊を後にした第1中隊は、数分後には友軍の最前線を越えた。

　その後に続いた攻撃は例外中の例外だった。たいていの場合、事はさほど円滑には進まなかったからだ。主陣地線を越えて間もなく、最初のルーマニア軍がこちらに向かってきた。われわれは攻撃方向の横にある土手を越えることができた。これは地図を調べた後、われわれが一番気にしていたものだった。即座に次の村に達すると、ルーマニア軍が逃げようと悪あがきした。戦車隊には捕虜の面倒をみる暇がないので、手振りで後方に行くよう指示した。一本のＰａｋ阻止線を蹂躙すると、これをもって既に防御陣地を全縦深にわたって突破したことが判明した。われわれは前進路で二度地雷に遭遇したが、横によけて通ることができた。かくして、われわれ攻撃集団は後背地の更に深奥へと突き進んだ。敵の段列部隊は奇襲を受け、隊列全体が道から一掃される一方、われわれの前進衝動を妨げ得るものは何もなかった。われわれはこの地で幽霊のごとく忽然と現れたのだった。

　わが第3中隊は、すべきことが当初ほとんどなかった。前方の第1中隊と然るべき距離を保ち、彼らのペースに合わせた。〇一〇〇時頃、既に二〇キロメートルほど走破してちょうど線路を渡っていると、こちらに向かってくる列車の黒っぽい煙がかなり遠くに見えた。われわれがここにいることが、本当にまだ通報されていなかったのだろうか。実際に、その列車は急速に接近してきた。わがティーガー二輛が隊列から離れ、線路脇で射撃位置に就いた。ズドーン、蒸気機関車が直撃弾を受けて炎上した。列車が停止した。今や想像を絶する光景がわれわれの前に広がった。何百人ものルーマニア兵が家畜運搬車から湧き出てきたかと思うと、全員が命からがら小さな

ハンガリーへの鉄道輸送中の第503重戦車大隊のティーガーII型。

大隊は1944年10月13日から14日にかけてブダペストに到着し、住民の一部からは歓声が上がった。

タクソニーに向かう第3中隊。ドイツの戦車に驚嘆する民間人。待たされる路面電車。

ティーガーは、まず重要なドナウ橋を確保しなければならなかった。遠方に見えるのはブダペストの有名な「鎖橋」。

1944年10月15日：ブダ城の丘の下にいるティーガー「313」と「314」。

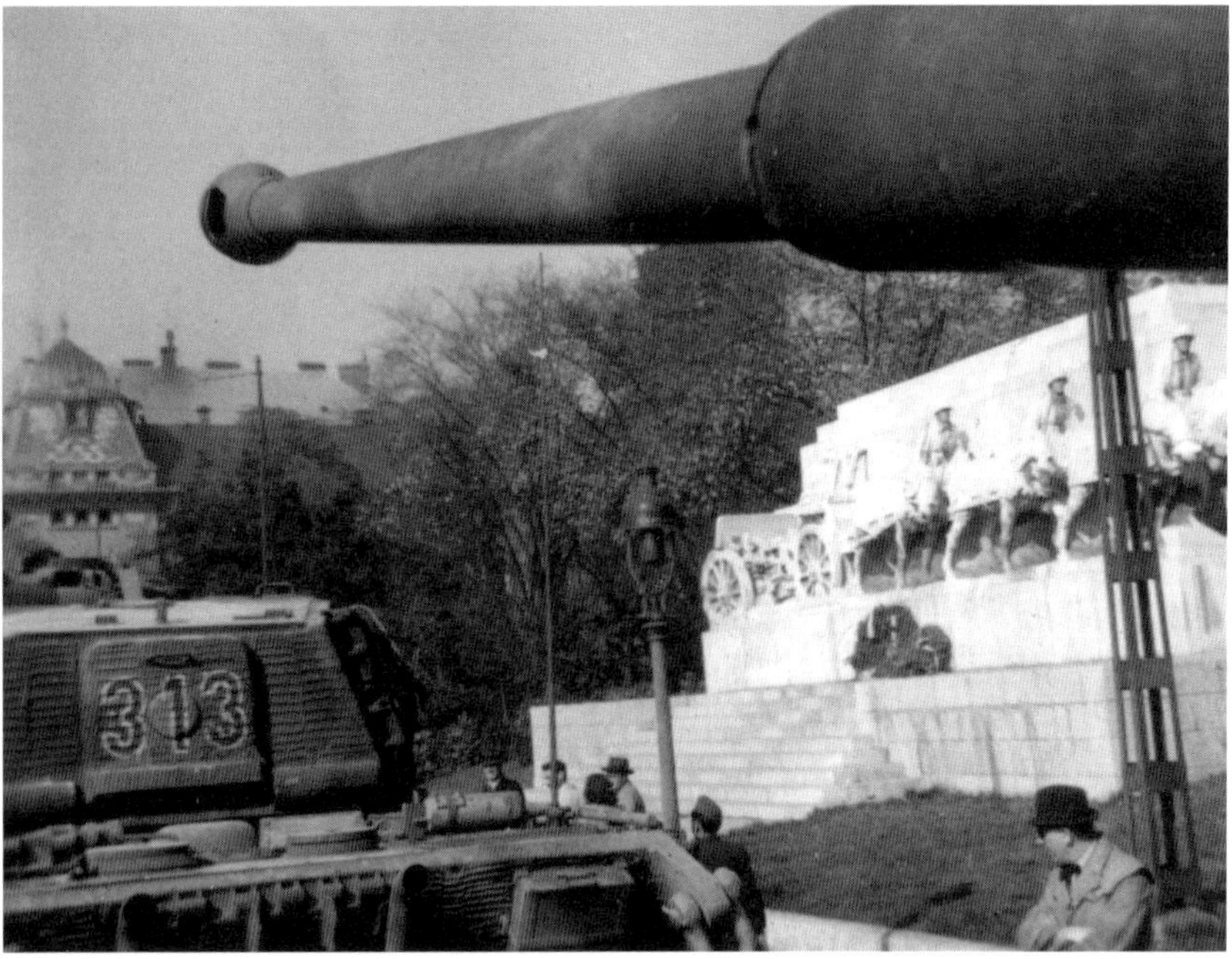

ティーガー「313」に届かんばかりの「314」の長砲身。写真右側に写るのは第一次世界大戦の戦没将兵記念碑。複雑な心境で眺める市民。

城の丘の下にいるティーガー「313」と「314」。更なる命令を待つ乗員。

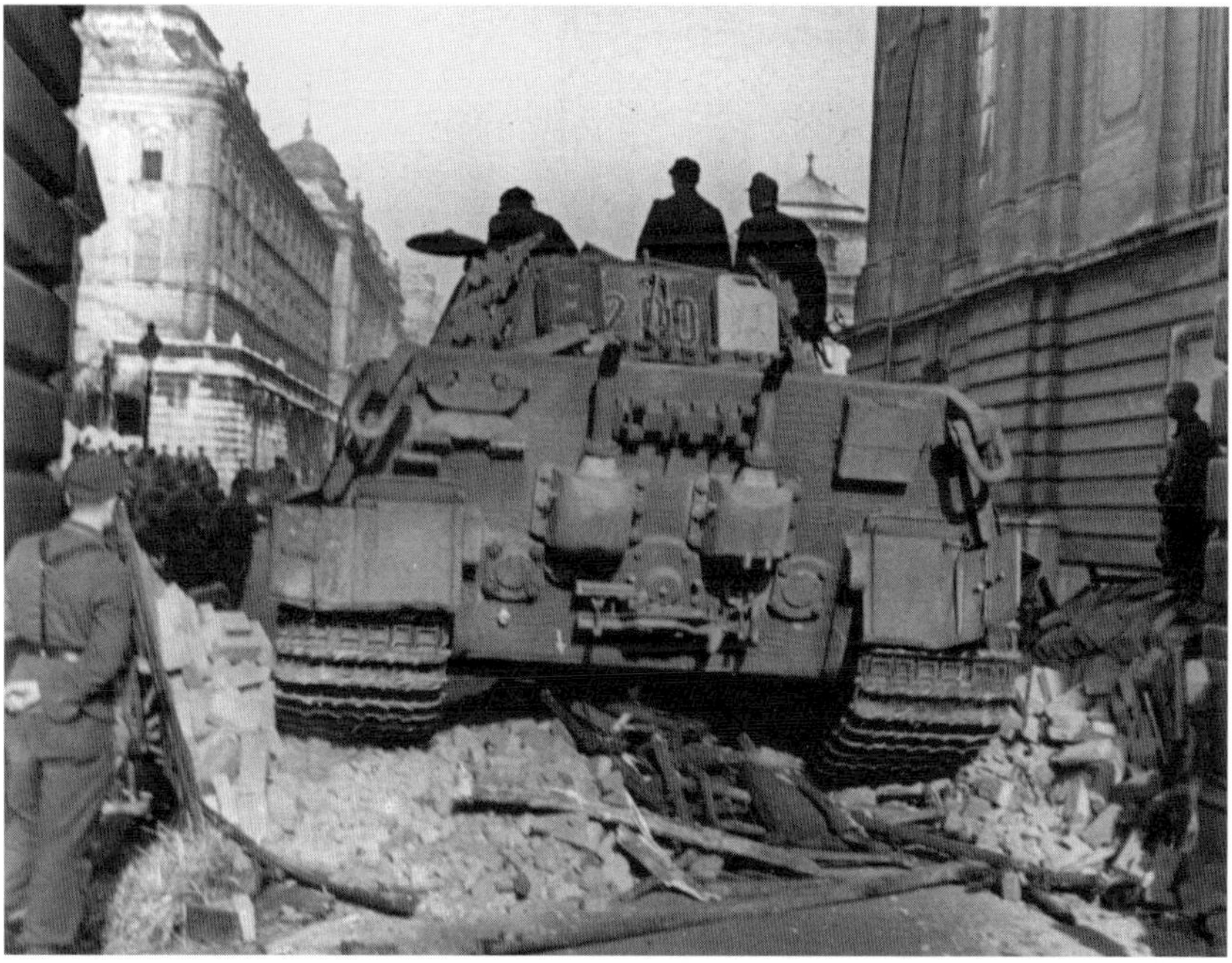

クーデターの鎮圧はオットー・スコルツェニーSS少佐によって行われた。バリケードを蹂躙したばかりのティーガー「200」の砲塔の右側に立って宣伝効果を高める同少佐。

ブダペストの通りを走行するティーガー「323」。市民生活はほぼ普通に営まれていた。

側面から撮影したティーガー「324」。

親独新政府の首領サーラシの意に従うと申し出るホルティ提督の護衛大隊長。新政権の文民が居合わせている。背景にはハンガリー兵とドイツ兵、ティーガー「233」が見える。背景の建物の正面には弾痕がいくつかある。

行進するハンガリー矢十字党の兵士と軽Pak。ハンガリー兵の中には、第一次世界大戦のドイツ軍のヘルメットに似たものを被っている者もいる。背景にはティーガー「234」。建物の左隅にあるのは4センチボフォース砲を搭載したハンガリーの対空戦車[※40Mニムロード]。

森を目指し、見捨てられた馬は無秩序に疾走し、車輌や機材を積んだ貨車はわれわれの砲撃によって炎上した。われわれはルーマニア軍一個師団の輸送に遭遇したのだった。だが、これにいつまでも関わっている暇はなかった。われわれには別の任務があり、今やはるか先に行ってしまった第1中隊を追わねばならなかった。午後遅く、わが戦闘団の最初の中間目標地メゼトゥール市に到達した。更なる前進は当分なく、まずもって燃料を補給せねばならなかった。開豁地において、大隊はハリネズミと化した。これはつまり、全方位への防御を可能とすべく円陣を組んだということである。円陣の中央には戦闘段列の装輪車輌を配置し、これらから燃料と弾薬の補給を受けた。メゼトゥール自体は第24装甲師団の部隊によって掃討された。かなり大きなこの町のいくつかの場所では各個戦闘に発展し、夜間には、メゼトゥール南東の駅の途中で降ろされたと目されるソ連軍とも交戦した。師団司令部にも既に知られていたとおり、ソ連軍はデブレツェンから大戦力を撤退させ、それをわれわれに対して投入しようとしていた。したがって、今後はソ連軍の出現も見込む必要があった。翌日に備え、われわれはあらゆる事態を覚悟した。

ハリネズミ陣での夜は、かなり落ち着かなかった。まず、燃料補給中の夕方、ソ連の地上攻撃機が攻撃してきた。彼らは大隊の戦車に襲いかかったが、大きな損害を与えることはなかった。夜になると、ソ連軍の斥候が大隊長戦車への接近に成功した。彼らは機関短銃と手榴弾数個で追い払われた。これは、用心しろとの警鐘だった。〇二〇〇時頃、私は攻撃命令を受けた。今やわれわれは前衛中隊になった。夜明けに作戦を続行することになったが、攻撃方向が変わった。われわれの第一目標は小さな町トゥールケヴェであり、ここからキシューイサーラーシュへと進むことになった。これがまた約五〇キロメートルあった「※メゼトゥールを起点としても、キシューイサーラーシュまでの距離は幹線道路を使うと三〇キロメートル弱であり、トゥールケヴェからなら、その距離は約一〇キロメートル」。

われわれは出発してすぐに砲火を浴びた。夜のうちにソ連軍が接近していたのだった。ここの道は土手の上を走っており、左右ともに通行不能な沼地だったので、困った状況だった。私は中隊を左右に展開させることができず、砲撃戦を開始できるのは先頭車のみだった。道路の左右に対戦車砲を六門発見し、それらと一〇分ほど撃ち合った。その後、この最初のＰａｋ阻止線は破砕された。ソ連軍は頑強で射撃も巧い上に、有利な陣地で偽装も巧みという利点を有していた一方、われわれは俎上の魚も同然だった。したがって多数被弾したが、われらがティーガーはこれに耐えた。私は無線で大隊に報告し、攻撃を続行した。地形は今や少しましになり、道路の両側に展開することができた。数キロメートル進むと、第二のＰａｋ阻止線に遭遇した。砲を次から次へと発見しては狙いをつけ、始末していった。その合間に、われわれも雨あられと命中弾を食らった。砲撃によって脱落した戦車もあった。履帯や砲身の損傷などによるものだが、われわれはなおも攻撃を続けた。戦車の中に座ったまま、不意に前方で閃光が走ったのが見えた途端に命中弾を浴びるのは、何とも嫌な気分だ。常に無事でいられるとは限らないからである。またもや強烈な一撃を食らい、戦車の中のわれわれ全員が意識朦朧となった。Ｐａｋが砲撃し、その際にその存在が分かれば、それと戦うことができる。だが、そうでない場合――その場合が多いのだが――、同時に全方向を監視することができないがために、二発目を食らうまで待ち、それから砲を見つけ出さねばならなかった。その際は、一輌の戦車がもう一輌と相互監視を実施し、相手が危険に陥ったとあらば、手遅れにならないうちに救援に駆けつける必要がある。状況を素早く認識、把握する者が常に敵よりも優位に立つ。これはあらゆる指揮官の中心課題である。しかも、私は中隊全体を見渡し、戦術的に正しい、時宜にかなった命令を出さねばならなかった。中隊長車であるわが戦車には、送信機一台と受信機二台があった。攻撃の間、無線通信はひっきりなしにやってきた。ある戦車はＰａｋを発見した、ある戦車は故障した、三輌目は天然の障害物に出くわした、もう一輌は被弾して行動不能と報告してくる間にも、別の周波数では――第二の受信機でそれらを拾うことができた――大隊長が何かしら新たな命令を必ず送信してきた。できることならヘッドフォンを隅に投げつけてやりたかった。無線を聞く以外にも、何より周囲を監視し、それに基づいて判断を下さねばならなかったからである。

われわれは今やソ連軍の対戦車肉攻班がいる防御陣地の真っただ中にいた。彼らは収束爆薬や同類のふざけた武器を持ってわれわれの戦車に飛びかかってきた。これに対してはほとんど防御できないので、戦車の中にいるのは実に嫌な気分だ。そこで、スロットル全開で切り抜けた。幅広い溝やヤブの列、森など、多くの天然障害物にも手を焼いた。これらは防御には理想的だが、攻撃においては邪魔になる。既にトゥールケヴェが遠くに見えた。私は、まずはこの町を左手に置き、その後に背後から攻撃しようとした。だが、そう簡単にはいかなかった。いたる所にPakがあり、ソ連軍は本当に防御の名人だった。町の全周に対戦車陣地が組み込まれていた。ここは特に難関だった。わが中隊の戦車は砲撃によって続々と脱落していった。私自身、早めに発見できなかった一門から砲の真下に命中弾を受けた。正面装甲はこれに耐えたが、もはや砲撃は不可能だった。私に残されたのはこの破損した戦車と、完全に戦闘可能状態にある戦車二輌だけだった。三輌となったわれわれは、最後の数キロメートルを走破した。村の北東端まで達していたので、ここから村に突入することができた。その間にもソ連軍は退却していた。ここで数時間、一休みした。攻撃は五時間ほど続き、中隊は三六門の砲を戦闘不能にした。ソ連軍は極めて頑強に戦い、われわれは実際に一キロメートルまた一キロメートルと血路を開かねばならなった。中隊は若干の負傷者を出したが、戦死者や全損戦車はなかった。

その後の数時間は、われらが修理班の助けによって修理された若干の戦車が合流した。したがって、私が中隊に有する戦車はまたも六輌になった。特に称賛されるべきは、修理班で常に先頭に立ち、修理中に奇跡を起こしたグロースマン軍曹だった。わが戦車はもはや砲撃不能とはいえ、私は車内に留まった。師団長が前線のわれわれのもとにやってきた。お褒めの言葉に気分が良くなった。攻撃の続行について協議し、コニャックを一杯飲んだ。これで緊張が解けた。正午頃、第3中隊は再び前進した。われわれの次の中間目標はキシューイサーラーシュだった。この成功に直ちに乗じ、敵に新たな防御措置を講ずる時間を与えないことが重要だった。なぜなら、ケーニヒスティーガーが敵の士気にかなりの影響を与えたことは明らかであり、敵は徐々に弱り始めていたからである。かくして午後もあっという間に時間が過ぎていった。われわれは戦車学校で習ったとおり、最大速で走行した。一五キロメートル走ったところで幹線道路から脇道にそれ、町に文字どおり忍び寄った。一七〇〇時頃、町の東二キロメートルのキシューイサーラーシューデーヴァヴァーニャ街道に到達し、路上で不意打ちできるもの全てを停止させた。数キロメートル先には、デブレツェンからキシューイサーラーシュに伸びる大きな道がはっきり見えた。ソ連軍の戦車、トラック、そして何よりも対戦車砲が絶え間なく市内に流れ込んでいた。短時間で五〇門以上の砲が確認できた。この物的優位のもとでは、急襲して町を奪取することは不可能であり、ましてや奪取後に持ちこたえることなど論外だった。そこで、とりあえず再びハリネズミ陣形を取った。補給は大きな混乱もなく夜間に行われた。偵察した結果、北東部で敵戦車戦力が増大していることが判明した。

一九四四年一〇月二一日朝、戦闘団はトゥールケヴェに撤収するよう命ぜられた。その間にも、ソ連軍はわれわれの背後でメゼトゥールを新たに奪っていた。第1中隊とそこへ急行したフロンメ大尉は、すぐに激しい市街戦に巻き込まれた。同じ頃、私はトゥールケヴェ付近におり、敵の手中に落とすわけにはいかない車輌の回収に忙しかった。われわれの段列は前日、われわれが突撃した後にここでソ連軍に襲われ、かなりの損害を被っていた。第3中隊もハンガリーでの初の戦死者を悼むことになった上、わが一トン牽引車とトラック一台を失った――手痛い損失だった。私は、これらの車輌から回収できるものを回収しようとした。午後、私は依然として第1中隊と共にメゼトゥールで作戦行動中にあった大隊長のもとに赴いた。ソ連軍は町に戻って間もなく、七・六二センチＰａｋ一門を教会の塔の上に設置することにすら成功していた。大隊はここで、ティーガーの前面装甲をも貫通した、円錐形の砲身を備えた米国製七・五センチＰａｋにも初遭遇した［※こうした条件に一致するＰａｋの存在は疑わしい。著者の記憶違いか］。私は大隊長から新たな計画を知らされた。夜陰に乗じて戦闘団を丸ごとテレクセントミクローシュに後退させるのだ。敵情が全く不明な上、走行不能の故障戦車をそこまで牽引せねばならず、われわれにとっては大変な難儀だった。そのためには戦闘可能なティーガーの大部分が必要だったため、今回は第24装甲師団のオートバイ狙撃兵が前衛を引き継ぐ必要があった。緊急時に直ちに運用できるように、長蛇の隊列の先頭三分の一はティーガーが走った。この際は、戦車一列が二列目をロープで牽引した。暗闇の中でしか行進できないので、移動効率はかなり低く、ソ連軍が大人しくしているように誰もが願っていた。

一〇月二二日早朝、われわれがテレクセントミクローシュから一五キロメートルほど離れた場所にいると、突如として「全隊、停止！」の号令が掛かった。私は抵抗に遭うことなく、わが戦車隊と共に更に五キロメートル進んだ。しかし、左翼に強力な敵戦力ありと斥候が報告していた。会敵せずにテレクセントミクローシュまで達する望みは、今や最終的に絶たれた。大隊は、わが第3中隊の戦車五輌を先鋒に、第1中隊をそれに続かせながら攻撃した。まだ非常にひんやりしており、霧がかかっていた。攻撃地は牧草地で、その間には果樹園や点在する農家の小家屋、密生するヤブがあるため、見通しが極めて悪く、われわれには落ち着かない地形だった。見えるのは一〇〇メートルほどだった。二キロメートル進んだ後、最初のソ連兵を発見した。彼らのうち、戦死者以外は全装備を置き去りにして大慌てで霧の中に逃げ込んだ。わが中隊の戦車は、車間距離五〇メートルの縦隊で進んだ。不意に霧の中から眼前に現れたのは、陣地にある一門の砲だった。その瞬間に砲塔に被弾し、戦車の中のわれわれはまたも視界と聴覚を失った。しかも、こちらは撃つことができなかった！　トゥールケヴェ付近で直撃を受けて以降、砲はいまだに作動しなかった。私が別の戦車に乗り換えていなかったのは、完全な戦闘可能状態にない戦車をほかの車長に走らせるようなまねはしたくなかったからだ。中隊指揮官たる私は、自分自身が砲撃に没頭するよりも、むしろ部下の戦車の砲撃を指揮する立場にあった。その直後に右側の最終減速機（伝動装置と起動輪本体）に二発目の命中弾を受け、更に左にも一発命中した。われわれは動くことも守ることもできず、ただ命中弾が貫通するのを待っていた。すると、隣の戦車がようやくこちらの状況を把握し、この砲を始末してくれた。後ほど判明したところによると、わが戦車に直接照準射撃で命中弾を食らわせたのは一〇・五センチ榴弾砲だった。砲塔の正面装甲が裂けており、大き目の穴が開いていたが、砲弾は貫通していなかった。ほかの戦車も敵の激しい砲火を浴び、またも若干の被撃破を記録せねばならなかった。だが、抵抗は破砕された。攻撃で得た地を占領することはできなかったため、もはや走行不能となったわが戦車は、他の戦車二輌に牽引してもらう必要があった。

　午後には、既にテレクセントミクローシュにあった隊と合流できた。ここに大隊の全隊が集結し、私は攻撃に間に合わなかった第Ⅲ小隊とも再会した。同小隊はあの後、ケンデレシュに先行していた別の攻撃集団のもとで戦っていた。私にとって甚大な損失となったのが、小隊長のヴァーグナー少尉が重傷を負ったことだった。彼は左腕を切断せねばならなかった。一〇月二三日、この攻撃は情勢全般の変化によってもはや無意味となり、中断された。第24装甲師団麾下で三日に及んだわれわれの攻撃は、一〇月二一日にソ連軍の手に落ちたデブレツェンをめぐる戦いの結果を変えるものではなかったとはいえ、それを遅らせることで、ハンガリー東部からタイス川に血路を開かんとして戦っていたヴェーラー軍団の背後に進撃するソ連軍の阻止に貢献できたのである。

戦闘不能なわが戦車は、ヤースィヴァーニでフル回転していた整備廠に牽引されて戻ってきた。当然のことながら、どの中隊もできるだけ多くの戦車を作戦に投入しようという野心を持っていた。中隊間には健全な競争があり、特に第1中隊と第3中隊の間では、どちらが最高の戦車撃破数を記録できるかという競争が絶えなかった［※この当時、第1中隊には敵戦車一六二輌を撃破してドイツ十字金章（DKiG）に輝いた最高の戦車エースたるクルト・クニスペル伍長がいた一方、第3中隊にもハインリヒ・ロンドルフ上級士官候補生（一〇六輌撃破。DKiGの受章日はクニスペルと同じ一九四四年五月二〇日）やハインツ・ゲルトナー伍長（一〇三輌撃破）といった錚々たるエースがいた。またローゼン自身もDKiGを受章した一九四五年二月までに三〇輌撃破の戦果を上げている］。われわれの中で依然として戦闘可能な戦車は、翌日以降、タイス川の渡河点確保のため、いくつかの小戦闘団になってソルノク両岸に投入された。ソルノク付近の橋頭堡はまだ維持可能だった。ソ連軍は実に機敏であり、われわれのティーガーが出現した頃には既に姿を消していることも往々にしてあった。

そうこうしているうちに雨季が始まり、豪雨になった。戦車は防水に決まっている、などと考えてはいけない。その逆であり、水はどこからでも入り込んでくる。身動きできない——戦車の中は狭い——ので、特に雨が何日も降り続くと甚だ不快だ。繰り返し首筋や頭に落ちる一滴の水が怒りを誘う。ソ連軍はタイス川に架かる最初の橋頭堡を構築していた。われわれにできることといえば、その拡大を阻止せんとすることしかなかった。タイス川でのこれらの作戦はほとんど成功しなかったために落胆したが、敵の攻撃を予期し、常に臨戦態勢にあらねばならなかった。それに加え、湿っぽくて寒く、わが身が汚らしく感じられた。

ブダペスト前方域の状況が、劇的に悪化した。一九四四年一一月一日、強力なソ連軍兵力がケチケメートからブダペストに進出し、ケチケメートの両側で第24装甲師団を迂回、一時的にこれを三集団に分断し、前進位置にあった師団戦闘指揮所を蹂躙した。わが大隊は、包囲された第24装甲師団の個々の部隊を救出すべく、一装甲擲弾兵連隊［※第126装甲擲弾兵連隊］と共に攻撃した。今回は第2中隊が先鋒を担い、続いてわが第3中隊、その後に本部、第1中隊と続いた。間もなくソ連軍部隊に遭遇した。彼らは、われわれの攻撃方向を横切ってブダペスト方向に既に突破していたソ連軍部隊の後を追っていたのだった。ブダペスト方向に前進していた彼らはこれまで妨害を受けていなかったため、抵抗に遭遇して完全に虚を突かれた。われわれはケチケメートに伸びる路上で攻撃を続行した。

突然、先鋒に置かれていた第2中隊が強力な敵Ｐａｋ部隊に遭遇した。私の位置からは直接これに割って入ることはできなかった。ブロートハーゲン少尉の先頭車が炎上した。道の左右の土地は見通しが悪く、ブドウ畑と庭園の間に牧草地と畑が広がっていた。しかも、既に暗くなり始めており、観察がいっそう難しくなった。敵の位置は発砲炎からしか分からず、それを拠りどころに薄明の中で敵と戦わねばならなかった。これでは正面からソ連軍に立ち向かうことができなかった。先頭車が停止し、私はフロンメ大尉から無線で、右翼に大きく展開して側面から攻撃せよと命ぜられた。部下の戦車にその旨の命令を伝達した。実に嫌な状況だった。しばし停止して観察していると、ここが沼地であることに気づいた。わが戦車は早くもゆっくりと沈降し始めていた。手遅れになる前に後退し、硬い地盤に戻ることができた。だが、部下の戦車二輌が深く沈み込み、動けなくなってしまった。敵前での好ましからざる状況。どうりで、よりによってソ連軍がここに布陣しているわけだ。地形的困難のため、戦車からだと正面からしか敵陣を攻撃できず、側面への一撃は不可能だった。敵砲火の下では回収が非常に困難なため、行動不能となった戦車の状況は今や極めて不利だった。辺りは遂に真っ暗になった。二時間後、二輌の戦車を再び浮揚させることができた。それらは何度も沈み込んだ。しかし、その後は全車を堅固な道に移動させた。言うは易しだが、こんな重い巨体を回収する際にどれだけ挫折を経験したことか。何度ロープを付け替えたことか。何度それがちぎれたことか。回収寸前の戦車が元の位置に滑っていってしまったことが何度あったことか。それだけ重労働だったのである。

その間にも、擲弾兵の突進部隊がソ連軍の抵抗拠点を奪取していた。そのほとんどは既に放棄されていた。その後、ケチケメートで包囲された部隊との連絡回復に成功した。彼らはわれわれの戦線の後方に送られた。われわれの任務は達成され、師団の救出はなったものの、ソ連軍は相変わらず邪魔されずにブダペストに進撃していた。われわれは今やソ連軍の側面を叩いてこれを阻止することになった。その間もほとんど安眠させてもらえなかった。なぜなら、突如として部下の運転手とグローマン中隊事務室付下士官が私のVWに乗って駆けつけたからである。グローマンは几帳面の模範例だった。大隊宛ての戦闘日報を気にして、今日も私のもとにやってきたというわけだ。全くあり得ないような状況の中で、彼が私のもとにひょっこり姿を現すことがよくあった。私は真夜中に、戦闘報告書と中隊の事務にまつわるその他の事項を彼に口述筆記させた。煩雑な文書のやり取りや期限付き報告の多さには本当に閉口した。これは絶対に必要なことなのだろうか、と。グローマンは、夜間はシュピースのミュラー先任下士官と交代した。彼は中隊に軍事郵便のほか、どこかで入手した何かしらのおまけを特別に持ってきてくれた。ある時はチョコレート、ある時はタバコ類やワインその他といった具合に、ほかの中隊にはないものだったので、作戦行動中の兵はことのほか喜んだ。この点についても中隊間で一定の競争があった。三番目に姿を見せたのは、私が既に何度か言及したことのある、わが修理班長のグロースマン曹長だった。彼は中隊の有能な下士官の中でも、おそらく最重要人物だった。彼はどんな危険も顧みず、常に修理班と共にその場に居合わせ、途方もない偉業を成し遂げた。この夜も不意に私の前に現れ、いかなる被害が生じたかを伝えた。機転が利き、戦車が整備廠にすぐには行けない場合でも、困難極まる修理をやってのけた。中隊の多くの戦車が戦闘可能となったのは、ひとえに彼のおかげである。彼とその部下が砲火の下で作業に当たらねばならないことも珍しくなく、非常に危険な状況で彼がやってくることもたびたびあった。その後は静かな夜だった。この頃のわれわれの作戦行動や戦果、損失については、本来であれば語るべきことが多くある。最後の数週間は一日も休む日がなく、技術的な作業を行う時間もなかった。戦車の走行距離は四〇〇〇キロメートルから五〇〇〇キロメートルに達しており、整備が至急必要だった。ほとんどの戦車がこれまでかなり持ちこたえてくれたこともあり、今やほぼ全車がほぼ同時に走行不能となった。手持ちの回収機材では、今や始まった戦車の大量故障にはとても対処できなかった。したがって、まだ走行可能なわずかばかりの戦車を牽引用に充てねばならなかった。いま最も重要なことは、全体の戦闘即応性を速やかに回復させることだった。

その後の数日のうちに、ソ連軍はブダペストの郊外近くまで縦深突破に成功した。彼らは既に郊外に侵入できたが、そこに長々と留まることもできた。一一月五日付けの国防軍発表には、大隊についてこうあった。「ハンガリー西部域では、フロンメ大尉指揮下の第503ティーガー大隊が奮戦力闘した」。われわれは今、前線からかなり離れたところにあるゲデレーにいた。私は、元ハンガリー・ドナウ汽船の船長のもとに立派な宿を得た。ようやくきちんと体を洗い、下着を変え、落ち着いて家に手紙を書き、多少は上等な料理を食べることができた。これで気分が良くなった。

一九四四年一一月一五日、私はハトヴァン地区に集結していた大隊の戦闘団の指揮を執った。全中隊から抽出された一二輌のティーガーが出動態勢にあった上、四連装対空砲搭載戦車を備えた大隊の対空小隊もあてがわれた。長距離でも大隊との連絡が維持できるように、中波無線機を搭載した大隊本部戦車I号車がわが戦闘団に配属された。燃料・弾薬車を備えた独自の戦闘段列は、補給と修理の両面においてもある程度の自立性を確保した。かくして、野戦炊事班一個と並んで回収隊と修理隊もシュペート職工長と共にこの段列部隊に属した。来たるべき作戦行動に向けて、私は今や完全に自立状態となった。二時間ごとに大隊と無線連絡を取り、毎晩、戦果報告を伝えたほか、燃料と弾薬を要求し、夜間にこれを届けてもらった。今や戦闘団は第1装甲師団第1戦車連隊の麾下に置かれた。連隊長はD［※ハリー・デュンチュ］少佐だった。

一一月一八日まで、わが戦闘団は差し当たって広域を守らねばならなかったが、不利な地形のために監視が困難だった。この際、われわれは第1装甲師団の諸部隊がジェンジェシュ付近の新たな防衛線上に撤退するのを防御した。この地のどこかに敵戦車が現れると、火消し役として再三にわたって介入せねばならなかった。新たな命令により、わが戦闘団はマトラ山地の村ジェンジェシュパタに向かった。途中、ある歩兵師団［※おそらく第46あるいは第76のいずれかの歩兵師団］の興奮したIa［※作戦参謀］に呼び止められ、ソ連軍の戦車が二キロメートル離れた歩兵陣地に侵入したが、自分たちの歩兵では戦車に対処できないと告げられた。私はティーガー一輌をそこに派遣し、連絡を取るべく自分のVWで先行した。歩兵中隊長と共にT－34の二〇メートル内まで肉薄することができた。パンツァーファウストを持ち合わせていないことが悔やまれたが、歩兵たちはそれで戦車を片付けようとした途端に戦死者を出したので、そうした企てにはうんざりしていた。私はティーガーに直々に指示を出し、同車が忍び寄ってくるのに敵が気づいた時には既に時遅し、敵は炎に包まれた。歩兵は感激していたが、われわれにとって支援は日常的に当たり前のことだった。ちょうど撤収しようとしていたところを地上攻撃機に奇襲された。よりによって出発の準備をしていた戦車の間に爆弾が落ちた。対空小隊では、無蓋車輌に乗っていた人員に若干の重傷者が出た。あの世に呼ばれそうになったことが何度あったことか。午後遅くにジェンジェシュパタに到着し、差し当たって師団の予備となった。この地は森に覆われた山間地であり、故郷のシュヴァルツヴァルトを彷彿とさせた。

ジェンジェシュをめぐる戦い

一一月一九日一〇〇〇時頃、私は緊急出動を命ぜられた。ソ連軍が不意にジェンジェシュに侵入したのである。町はドイツ軍の歩兵師団に占拠されていたが、彼らはソ連軍が姿を現した途端に慌てて逃げ出した。かくしてソ連軍はわりと小戦力でこの町を占領することができた。私は段列部隊を残したまま、戦車隊をもってジェンジェシュに急行した。だが、急行とはこれいかに。最初の一〇キロメートルは実際に速かったが、その後、ジェンジェシュから大挙して逃げてきた群衆に遭遇し、彼らの車で道路が完全に塞がってしまった。それに逆らって進むのは困難だった。しかも、この烏合の衆は地上攻撃機によってかなり激しい攻撃を受け、砲火に曝された。私は戦車のハッチを閉じ、ソ連機がどのようにこちらに急降下してくるかペリスコープから観察すると、搭載兵器の銃砲口炎が見え、わが戦車に炸裂弾が命中するのがはっきりと感じられた。彼らは射撃は巧かったが、幸いにも投弾は下手だった。わが戦車隊は大事には至らなかった。われわれはやっとのことでジェンジェシュの郊外に到達した。友軍部隊はここで迂回不能の峡谷に架かる道路橋を爆破していた。そこでわれわれは、教会墓地に布陣し、町外れの不審な家々に砲火を浴びせるだけにした。じきに、かなり激しかった敵歩兵の銃火がまず鳴りやんだ。第1戦車連隊のⅣ号戦車も徐々に到着し、連隊長D少佐もこれに同行していた。

そこに、次のような事態が新たに生じた。すなわち、わが戦闘団が置かれている第1装甲師団の装甲部隊が、ジェンジェシュからぞろぞろと出てきたばかりの歩兵師団の連隊長の指揮下に置かれたのである。わが戦闘団は直ちにこの師団に丸ごと編入されることになったが、そこに直接通ずる道は市中を走っており、それゆえ通れなかった。したがって原野を突っ切らねばならなかったが、山間地のために非常に困難だった。われわれはブドウ畑の丘陵を横断した。ティーガーは、軟弱地盤の中に深く沈み込みながらも急斜面を苦労して這い上がり、反対側を再び下っていった。一本の小川を渡渉せねばならなかったが、特に難儀させられたのが最後の五〇メートルだった。われわれはジェンジェシュ郊外の堅固な道の上で町に向かって防御に当たることになっていたが、そこに到達するには急斜面を上らねばならなかった。最初のティーガーは苦労して上ったが、軟弱な地面をひどく掘り返してしまったために、同車は後続の戦車を次々と引っ張り上げてやらねばならなかった。これを更に難しくしたのが、ソ連軍が町外れの給水塔の上にＰａｋを設置していたことであり、敵は至近距離から全て完璧に観察できたため、われわれに整然と砲撃を加えてきた。その後、われわれはこのＰａｋを撃ち落とした。第1戦車連隊のⅣ号戦車は道を進めなかった。連隊がまだ保有していた一握りの戦車は、途中のブドウ畑で既に行動不能となっていた。ティーガーに牽引されて難所を越えたのはD少佐の戦車だけだった。わがティーガーの何輛かも途中で故障しており、一部は早朝とその後の困難な地形の中でなす術もなく立ち往生していたため、わが誇るべき戦力はわずか五輛のティーガーであり、その内訳はこの場所にいる私の三輛と、二キロメートル離れた別の幹線道路にいるボルンシーア軍曹と更にもう一輛のティーガーだった。

日暮れ時、私はD少佐から戦闘指揮所への出頭を命ぜられた。ケッテンクラートに乗ってそこに向かった。軍団［※第LVIII装甲軍団］からは、歩兵師団はわれわれの支援を得ながら町を再占領せよとの命令が届いていた。魅力的な任務ではないが、予想はついた。しかし、詳細を知って少し動揺した。命令によれば、われわれは二つの攻撃集団に分かれ、夜間に二つの別個の進撃路で攻撃することになっていた。私の指揮下にあった右翼攻撃集団は、わがティーガー三輛を始め、三連装で武装した六、七輛の歩兵戦闘車《シュッツェンパンツァー》［※Sdkfz.251/21のことか］、それに約一〇〇人の歩兵からなっていた。その歩兵を見た時といったら！　傷病回復兵の行進大隊《ゲネーゼンデ・マルシュバタリヨーン》［※行進大隊とは国内予備軍から編成された軽装大隊］から編成されたばかりの部隊は武装も貧弱で、当然のことながら戦意も全くなかった。攻撃の重点はわが集団に置かれた。ティーガー二輛を有するボルンシーア軍曹の左翼攻撃集団はそれ相応に「強力」であり、われわれは無線で互いに連絡を取り合った。この戦力をもって夜中の〇二〇〇時にD少佐の指揮下で作戦を開始することになり、町全体に突入した後、その反対側の外れにいる歩兵師団の部隊と連絡を取ることになっていた。この作戦は、二四時間前からソ連軍に占領されている小さからぬ町の入り組んだ家々や道を通るものであり、しかも敵はわれわれの攻撃を確信しながら待ち構えていた。なんと馬鹿げた作戦か！　成功の見込みはさておき、私は燃料・弾薬の補給面からもかなりの懸念を抱いていた。それでも、何とかして準備せねばならなかった。

私は、わが中隊のゲルトナー伍長と第2中隊のヤーコプ軍曹の二人の車長に指示を出した。これら歴戦の古参戦車兵は、このような町への夜襲が何を意味するか、もちろん知っていた。そう、われわれは皆、これから何が起きるかを承知していたのである。この作戦全体が完全に無意味に思えた。私は、たとえ命令されていたとしても部下や戦車をむやみに危険に曝すわけにはいかなかった。二二〇〇時、歩兵師団戦闘指揮所での作戦会議に出頭するよう命ぜられた。この会議にはあきれ返った。師団長は戦車の運用についてまるで分かっておらず、D少佐は残念ながら毅然たる態度の取れる人物ではなかった。この作戦に対する私の異議は師団長に却下された。軍団は既に攻撃を命じており、それに異を唱える勇気は誰にもなかった。歩兵師団は前夜にソ連軍に奇襲され、狼狽して町を明け渡していたことから、良心に恥じるところが大いにあった。私は、戦闘指揮所からこの攻撃を指揮しようとしていたD少佐に相談した。

その後、装甲擲弾兵の歩兵戦闘車の指揮官と申し合わせをした。私は、この作戦が変更不可能なら、せめて最小の損失でそれを実施することに全力を注ぐつもりだった。手持ちの手段では、失敗が目に見えていたからである。部下が上層部の道楽の犠牲になることにも納得がいかなかった。私は――毎晩のように――無線で第503大隊に補給を要請した。補給がわれわれのもとに到達するには、マトラ山地の深雪に覆われた道を約五〇キロメートル進まねばならず、大型トラックではわれわれの戦車のように原野を横断することができなかったからである。さらに、軍団から命ぜられた作戦を第503大隊戦闘指揮所に暗号化されたモールス信号でこう報告した。「軍団よりジェンジェシュへの夜襲を下命さる。総統万歳！」。これは国民社会主義者の感情を特に表現したものではなく、生存可能性が極めて低い決死隊に注意を向けさせようとしたものだった。大隊本部もこれが意味するところを即座に理解し、大隊長は抗議のため直ちにヘーアライン少尉を軍団戦闘指揮所に派遣した。それにもかかわらず、軍団長［※フリードリヒ・キルヒナー装甲兵大将］の決定は変わらなかった。攻撃開始前の最後の二時間、私は戦車の中でいくらか睡眠を取り、〇一三〇時に戦車を準備させ、〇二〇〇時にはD少佐の戦闘指揮所を後にした。今や少佐とは無線で連絡できた。真っ暗な夜だったのでハッチを閉めることができなかった。さもなくば何も見えなかっただろう。先頭車輌はゲルトナー伍長、私の戦車の後ろにはヤーコプ軍曹、そして歩兵戦闘車と一〇〇人の歩兵が続いた。本来であれば、歩兵はわれわれの左右を横一列になって進むはずだったが、結局はやる気なさそうに、とぼとぼとついてきた。

　最初の家並みに到達したわれわれは、大兵力を装うために闇の中で全砲門を開いた。あらゆる通りが機銃火で掃討される。ソ連軍が後退し、打ち上げられた照明弾の光の中、われわれは敵に放棄された陣地を通過した。左前方に閃光が走る――最初のＰａｋだ。それが放った弾は高すぎ、光の筋が唸りを上げながらわれわれの頭上を飛び去って行く。先頭戦車による一撃で片が付く。われわれはゆっくりと前進し、午前中に砲撃を食らった給水塔に達した。照明弾が青白い光で眼前の道をほんの一刻だけ照らし、それが消えると漆黒の闇だ。前の戦車はほとんど見えず、排気炎だけがわずかに揺らめいている。われわれは手探りするようにゆっくり前進した。ズドーン、正面から被弾、ゲルトナー伍長もＰａｋによる被弾を報告してくる。さあ、落ち着いていけ。闇の中では何とも不利だ。せめて歩兵がわれわれの位置まで前進してくれ、道路の左右にある家々を掃討してくれれば。家はソ連兵でいっぱいだ！　目下われわれは町に約一キロメートル進入し、強力な砲火の下、町の中心部に近づいている。バーン、右から被弾。ソ連軍は家々の出入り門に対戦車砲を配置している。ということは、覚悟の上でわざとわれわれをここまで進出させたわけだ！　われわれが榴弾を次々と家並みに撃ち込むと、徐々に落ち着きを取り戻す。私には照明弾がほとんど残っていない。われわれの左右の家々を掃討する歩兵なしでは、これ以上の前進は無理だ。そのため、歩兵がわれわれに追及するまで差し当たって停止。私は戦車を降り、機関短銃一挺を持って後方の歩兵戦闘車に駆けつけた。そこで手に入るだけの照明弾を集める。次に歩兵部隊に向かった。ようやく指揮官の一中尉に会う。彼は頼りなく、部下を掌握していない。そこへ、一団を引き連れた一人の勇敢な伍長が、せめて戦車の両側の家並みを掃討しようとやってきた。彼らが最初の中庭に突入すると、先頭の伍長が致命弾を受けて倒れ、それと同時に歩兵の姿も消えて私一人きりとなった。わが先頭戦車から上げられた照明弾がゆっくりと降下する中、二メートルも離れていない横にソ連軍のＰａｋ一門があるのを見て取る。あわや大変なことになるところだった！　今や擲弾兵は歩兵戦闘車から降りねばならない。機関短銃や手榴弾、パンツァーファウストで個々の家を掃討し、激しく戦いながら戦車の両側の家々や通路を占拠する。われわれが攻撃を続けるも、ソ連軍の抵抗は激化している。目前には十字路がある――もしソ連軍がわれわれに対してこれまで準備を十分にしてきたのであれば、まずここで何が待ち構えているだろうか。だが、擲弾兵はもはや前進せず、攻撃はまたも停止する。Ｄ少佐との連絡も一段と悪化し、私が受けているのは「攻撃続行」といった命令だけだ。ここがどうなっているか、彼らが自分の目で確かめてみればいいものを！　そこで私は再び下車し、歩兵戦闘車で戦闘指揮所へと戻る。

Ｄ少佐は、われわれがわりと進出したことに驚いた。私と全く同様に、この一件に懐疑的だったからである。彼に状況を説明し、ソ連軍は準備を十分にしている上、一〇〇メートルの長さにも満たないわれわれの小さな戦闘団では町全体を掃討することはできないだろうから、攻撃の続行は無意味だと明言した。もしソ連軍がわれわれの規模に騙され、前日の友軍歩兵のように慌てて町を明け渡していたなら、この作戦は成功していたかもしれない。私は、これ以上は攻撃するなとの命令を彼から受けたが、到達した地点は維持するようにとも命ぜられた。これで大きな損失が免れればと願いつつ、現地に戻った。

擲弾兵と歩兵は今や私の指揮下にある。まずは脇道を先に掃討させるも、家々の中にはまだソ連兵が居座っている。夜が明けようとしている。五〇メートル先に十字路が見える。明るさが増すにつれ、われわれの立場はいっそう不利になる。前方の道、家々、ドア、窓、屋根を観察する――いたる所にソ連兵が隠れている。少し油断して戦車から頭を上げるや、次から次へと弾が音を立てて飛んでいく。厳に気をつけねば。突然、家から一人の男が出てきて、私の先頭の戦車に向かってくる。ゆっくり歩いているので一般人だろう。私が手招きすると、隠し持っていた手榴弾を投げた。奴は私が発砲する前に家の中に消えてしまった。今や擲弾兵は背後から機関短銃火を浴びており、われわれが占拠した家々から撤収せねばならない。ソ連兵は裏庭を越えて彼らの背後にやってきている。敵の勇気を認めないわけにはいかない。この窮状の中でD少佐から入電あり。「攻撃続行！」。彼らは頭が完全にいかれたのか。返答する前にもう一度繰り返してもらう。ソ連軍はあの十字路でわれわれを待ち構えているのだから、攻撃続行は狂気の沙汰だ。命令に従わねば軍法会議が待っているので、不服従もあり得ない。そこで私は一時の解決策を見つけ、戦車三輌のエンジンを数分間とどろかせるとともに再び全砲門を開き、後方にあるD少佐の戦闘指揮所でも戦闘音が聞こえるようにした。その後、十字路を越えて先に進むのは無理だと無線で報告した。そうこうしている間にも、われわれはいっそう攻め立てられている。屋根からモロトフカクテルの攻撃を受け、窓やドアからは収束爆薬が投げつけられる。またもやソ連軍の突進隊がにじり寄ってくる。その間にも、ゲルトナー伍長の戦車は片方の履帯が破損していた。ここでわれわれの履帯が切れでもしたら大変だ！

何時間もこうしていた。私は折に触れて外に出て歩兵のもとにいたが、さもなくば、あっという間にわれわれ戦車だけになっていたことだろう。ここでわれわれがやっていることは、全く無意味だった。いったい何のために、町のこの部分をわれわれに維持させようというのか。上層部についての私の考えは必ずしも建設的なものではなかった。私が戦車に戻った途端、ソ連軍が攻撃してきた。彼らはゆっくりわれわれの左右に肉薄してきており、一斉に銃火を開き、まさに雨あられと哀れな擲弾兵たちに銃弾を降り注いだ。彼らは後退を余儀なくされ、甚大な損失を被った。脇道でもソ連軍の突進隊が前進していた。私はこの道路を封鎖すべく三連装砲を配置した。幸いにも、ようやく撤退令が来た。そうこうしているうちに一四〇〇時になった。われわれはこの陣地を一二時間にわたって保持してきた。私はわがティーガーをもって撤退を掩護した。われわれの背後にも早くもソ連兵がいたので、ぐずぐずしていられなかった。ゆっくりと後退すると同時に、あらゆるものに砲火を浴びせた。これをもって攻撃は終了した。私が記憶している限り、これは任務を完遂できなかった唯一の作戦だった。

弾薬と燃料を補給した後、部下たちはいくらか休むことができた。私はD少佐のもとで新たな命令を受けた。その前に夕食に誘われ、差し出されたコニャックで緊張がいくらか和らいだ。これで前向きになれた。私には新たな難題が待っていた。修理班が修理した二輌のティーガーが夜の間に私に合流しようとしていた。その間、第1装甲師団は装軌車輌が走行可能な道を探っていた。浅瀬を越えた後の隘路では、ティーガー一輌がなす術もなく行動不能となっていた。私はこの車輌を回収せねばならなかった。さらに、わが戦闘団はジェンジェシュパタで第1装甲師団の即応部隊となることになったので、そこに戦闘団を戻さねばならなかった。それに加えて凶報も届いた。その夜、ケッテンクラートで私のもとに来ようとしていたランボウ少尉が途中で事故に遭い、軍病院に運び込まれたのである。今やわが中隊には将校が一人もいなくなってしまった。大隊中では、既に八人の下級尉官が脱落していた。

日が暮れる前に、私はD少佐からシュヴィムワーゲンを一台借り、ティーガーが立ち往生している場所に向かった。シュヴィムワーゲンは四輪駆動で、特に不整地も走行可能な車輌だった。とはいえ、道路の状態については想像だにできない。底なし沼では、不整地用シュヴィムワーゲンといえどもほとんど先に進めなかった。われわれは戦区全体をゆっくり走ったので、移動に数時間かかった。漆黒の夜に無灯火で走ったため、ソ連軍先鋒の手前にいるのか、あるいは既にその背後にいるのか、もはや確信が持てなかった。確固とした主陣地線はなく、どこに敵味方がいるのか誰にも分からなかった。時おり停車し、戦車や車輌の音を消せるようにエンジンを切った。常にあらゆる事態を覚悟しておかねばならなかった。行動不能となった戦車にようやくたどり着いた。懸命に作業したにもかかわらず、回収はとんでもなく困難だった。戦車一輌だけでは無理だった。履帯を爆破し、あらゆる

1944年11月3日のブダペストからソルノクへの鉄道輸送。この際は履帯を交換することなく、行進用履帯のままSsyms貨車に搭載された。履帯の張り出しがよく分かる。

1944年11月の鉄道輸送にて——右から左へ：シュタードルバウアー一等兵（イェッケルの装填手）、イェッケル伍長（帽子の徽章に注意）、ボトルを手にするヴァイグル軍曹。ほかの2人の大隊員の名は残念ながら不明。

1944年10月末、ソルノク付近の木橋。道路橋と並んで木橋が架けられていた。まだかなり暖かいようだ。

ソルノク付近でドナウ川に架かる橋を渡る回収部隊の18トン牽引車とその後ろのティーガーII型。ティーガーが牽引されているのか否かは不明。しかし、この牽引車1輌だけではティーガーII型を牽引するには非力すぎたという事実は、それへの反証となる。

1944年10月20日頃：装甲兵員輸送車とティーガー「101」、トゥールケヴェ近郊の大隊戦闘指揮所にて。左から右へ：軍医大尉シュラム博士、フォン・ローゼン少尉、ピープグラス少尉、姓名不詳、第24装甲師団長フォン・ノスティツ将軍およびフロンメ大尉。

1944年秋、部下の装填手／砲手ヘルムート・クライン上等兵と写るハインツ・ゲルトナー伍長（写真左）。ゲルトナーは仲間内で非常に人気があり、ティーガー戦車長として戦果も上げた。2人の後ろに立つのはクルト・シュテルター一等兵。ハインツ・ゲルトナーは1944年12月1日に軍曹に昇進し、1945年1月7日にザーモイの西で戦死した。

1944年秋、停車中のティーガー「313」。左から右へ：イェッケル伍長、姓名不詳の一等兵、ヴァイグル軍曹、ヴァーグナー少尉。皆で空中の飛行機—おそらく空中戦——を観察している。このティーガーII型は砲塔を6時方向に向けている。

第503重戦車大隊第1中隊の修理班、1944年11月、ハンガリーのポルガールディにて。後ろにあるのは信頼性の高い1トン牽引車。手前の部隊三角旗には新たな部隊標識である横向きの「T」が付いている。1944年12月、第503重戦車大隊はFHH（フェルトヘルンハレ）と改称された。［※改称日については本文中の訳注参照］

回収手段が不足しているため、ティーガーはまたも互いに牽引しなければならず、ここではティーガー「311」が「333」を引っ張り、後者はロープをクロス状にしてもう1輌を牽引している。戦車のシャシーに泥が詰まり、機動力がかなり制限されている点に注意。

フランツ・ヴィルヘルム・ロッホマンが通信手を務める第1中隊のティーガー。ロッホマン博士は第503ティーガー大隊についての文献［※Erinnerung an die Tiger-Abteilung 503(『第503ティーガー大隊回想録』:未邦訳)］を記した3人の著者のうちの1人。［※残り2人はフォン・ローゼンとアルフレート・ルッベル］

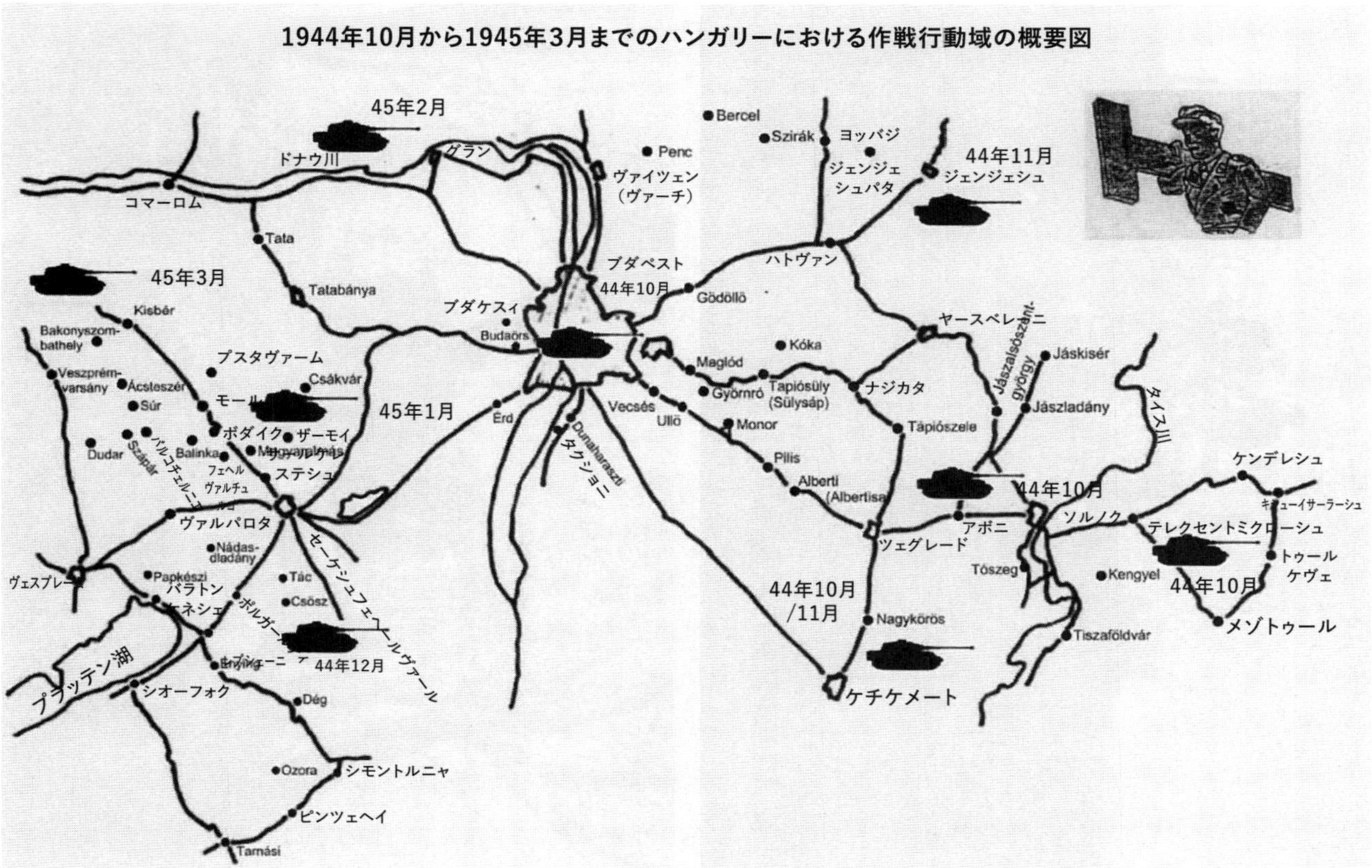

第503ティーガー大隊が『フェルトヘルンハレ』と改称され、フォン・ローゼン中尉が重傷を負って大隊を離れなければならなくなった1945年3月までの駐留地と戦闘地。
［※地名の訳出については、地図が雑然となるのを避けるため、大都市と本書に登場するもののみに限定した］

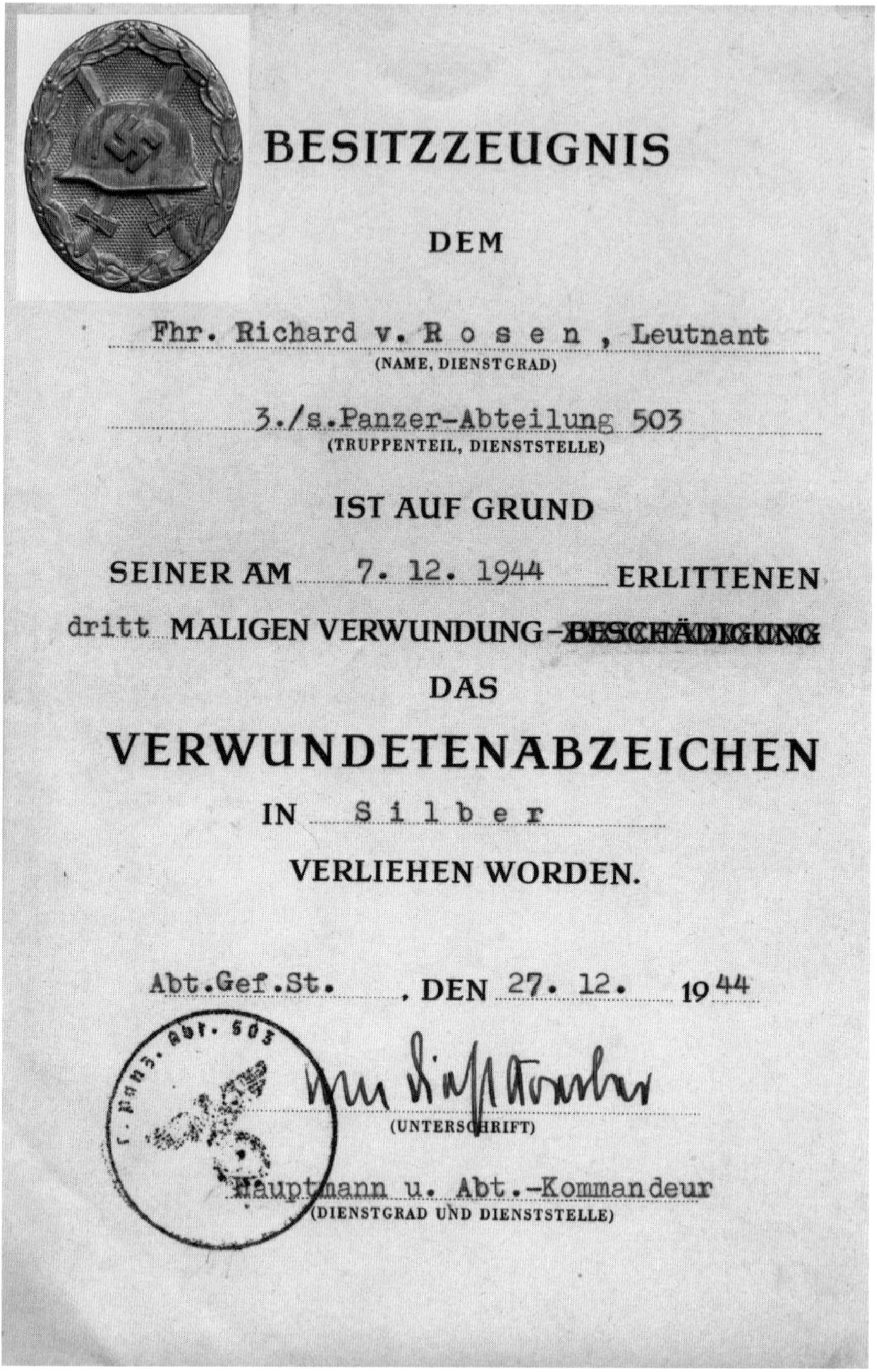
BESITZZEUGNIS

DEM

Fhr. Richard v. R o s e n , Leutnant
(NAME, DIENSTGRAD)

3./s.Panzer-Abteilung 503
(TRUPPENTEIL, DIENSTSTELLE)

IST AUF GRUND

SEINER AM 7. 12. 1944 ERLITTENEN

dritt MALIGEN VERWUNDUNG–~~BESCHÄDIGUNG~~

DAS

VERWUNDETENABZEICHEN

IN Silber

VERLIEHEN WORDEN.

Abt.Gef.St. , DEN 27. 12. 1944

(UNTERSCHRIFT)

Hauptmann u. Abt.-Kommandeur
(DIENSTGRAD UND DIENSTSTELLE)

フォン・ローゼンの戦傷銀章の所持証には大隊長フォン・ディースト=ケルバー大尉の署名が入っている。[※1944年12月7日に負った3度目の戦傷に対するもの。授与日は1944年12月27日付け]

サールケレステスにおいて修理中のイェッケル伍長の「アンネリーゼ」ティーガー「314」。1945年1月の厳冬は大雪で始まった。このポルシェ砲塔ティーガーは、フォン・ローゼン少尉の主導によって1944年の晩夏に困難極まる状況下でマイイ＝ル＝カン（フランス）から回収した2輌のうちの1輌。

偽装用の手段が不足する中、農家の家々の間で一時しのぎの板や偽装ネットで覆われたティーガー「314」。雪はほとんど溶けている。

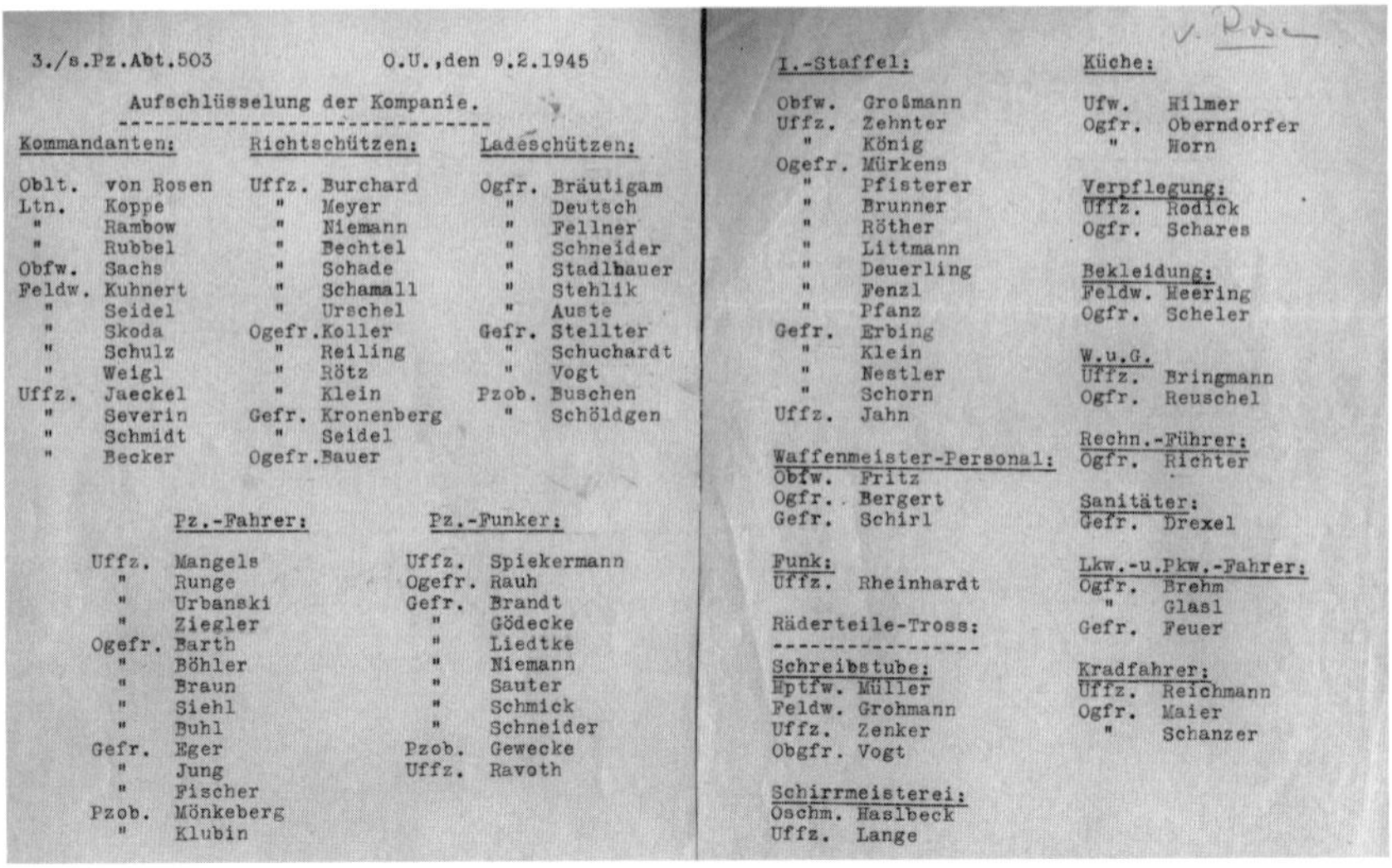

3./s.Pz.Abt.503 O.U.,den 9.2.1945

Aufschlüsselung der Kompanie.

Kommandanten:
Oblt. von Rosen
Ltn. Koppe
" Rambow
" Rubbel
Obfw. Sachs
Feldw. Kuhnert
" Seidel
" Skoda
" Schulz
" Weigl
Uffz. Jaeckel
" Severin
" Schmidt
" Becker

Richtschützen:
Uffz. Burchard
" Meyer
" Niemann
" Bechtel
" Schade
" Schamall
" Urschel
Ogefr.Koller
" Reiling
" Rötz
" Klein
Gefr. Kronenberg
" Seidel
Ogefr.Bauer

Ladeschützen:
Ogfr. Bräutigam
" Deutsch
" Fellner
" Schneider
" Stadlbauer
" Stehlik
" Auste
Gefr. Stellter
" Schuchardt
" Vogt
Pzob. Buschen
" Schöldgen

Pz.-Fahrer:
Uffz. Mangels
" Runge
" Urbanski
" Ziegler
Ogefr. Barth
" Böhler
" Braun
" Siehl
" Buhl
Gefr. Eger
" Jung
" Fischer
Pzob. Mönkeberg
" Klubin

Pz.-Funker:
Uffz. Spiekermann
Ogefr. Rauh
Gefr. Brandt
" Gödecke
" Liedtke
" Niemann
" Sauter
" Schmick
" Schneider
Pzob. Gewecke
Uffz. Ravoth

I.-Staffel:
Obfw. Großmann
Uffz. Zehnter
" König
Ogefr. Mürkens
" Pfisterer
" Brunner
" Röther
" Littmann
" Deuerling
" Fenzl
" Pfanz
Gefr. Erbing
" Klein
" Nestler
" Schorn
Uffz. Jahn

Waffenmeister-Personal:
Obfw. Fritz
Ogfr. Bergert
Gefr. Schirl

Funk:
Uffz. Rheinhardt

Räderteile-Tross:

Schreibstube:
Hptfw. Müller
Feldw. Grohmann
Uffz. Zenker
Obgfr. Vogt

Schirrmeisterei:
Oschm. Haslbeck
Uffz. Lange

Küche:
Ufw. Hilmer
Ogfr. Oberndorfer
" Horn

Verpflegung:
Uffz. Rodick
Ogfr. Schares

Bekleidung:
Feldw. Heering
Ogfr. Scheler

W.u.G.:
Uffz. Bringmann
Ogfr. Reuschel

Rechn.-Führer:
Ogfr. Richter

Sanitäter:
Gefr. Drexel

Lkw.-u.Pkw.-Fahrer:
Ogfr. Brehm
" Glasl
Gefr. Feuer

Kradfahrer:
Uffz. Reichmann
Ogfr. Maier
" Schanzer

フォン・ローゼン中尉が重傷を負って大隊を去った時点での第3中隊員リスト。[※1945年2月9日付け]

左：1945年1月中旬—左から右へ：レッツ、プール、シュタードルバウアー、ニーマンおよびイェッケル。このティーガーIIが最後の現役ポルシェ砲塔ティーガーIIの1輌であることは確実である。右：アルフレート・ルッベル少尉は第1中隊出身であり、1944年12月から1945年2月末まで第3中隊に所属し、その後は終戦まで大隊副官を務めた。第503ティーガー大隊に関する本[※前述]の3人の著者の1人。

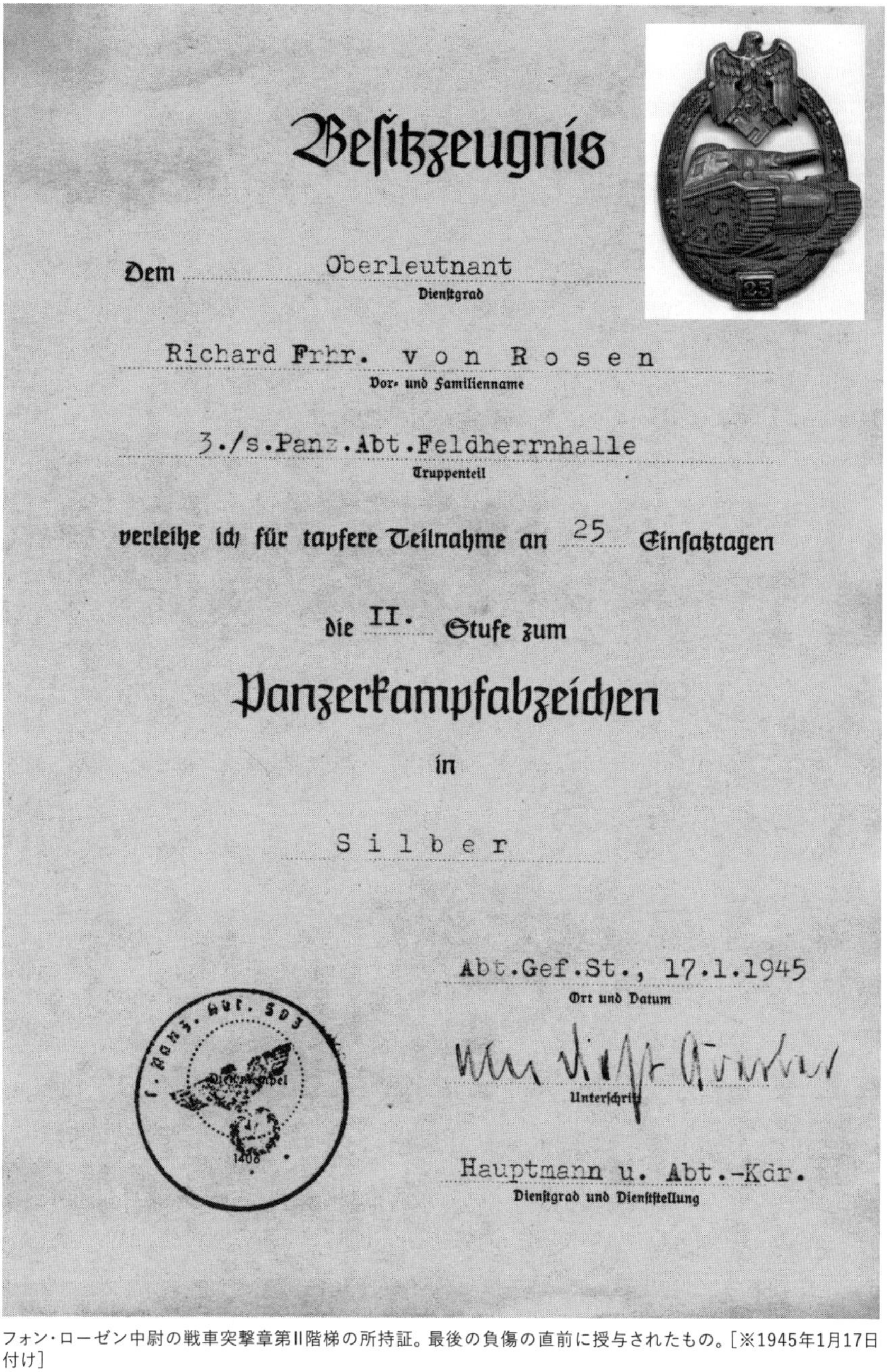

Besitzzeugnis

Dem Oberleutnant
Dienstgrad

Richard Frhr. von Rosen
Vor- und Familienname

3./s.Panz.Abt.Feldherrnhalle
Truppenteil

verleihe ich für tapfere Teilnahme an 25 Einsatztagen

die II. Stufe zum

Panzerkampfabzeichen

in

Silber

Abt.Gef.St., 17.1.1945
Ort und Datum

Unterschrift

Hauptmann u. Abt.-Kdr.
Dienstgrad und Dienststellung

フォン・ローゼン中尉の戦車突撃章第II階梯の所持証。最後の負傷の直前に授与されたもの。[※1945年1月17日付け]

可能性を試したが、戦車は一向に動かなかった。戦車二輌の助けを求めるため、私はもう一度戻った。ジェンジェシュパタから回収小隊の専門要員を連れてきた。この際、現場に通ずるもっとましな道を見つけ出すことができた。ブドウ畑の狭くて険しい小道を下り、反対側で再び急斜面を上り、小川を渡渉し、味方の気配のない村々を通過した。地元民は目を丸くしてこちらを見ていたが、最初はわれわれをソ連兵と思ったようだ。回収現場に戻る際は、不整地走破性においてあらゆる車輌を凌駕する一トン牽引車を帯同した。回収作業は徐々に進んでいるようであり、その戦車が現場から解き放たれるものと思われた。心配だったのは、ソ連軍がそれだけの時間を与えてくれるか否かだった。戦闘団の残りは——新たに見つけ出した道で——最終的にジェンジェシュパタへと向かい、私は回収用にティーガー二輌のみを手元に置いた。念のため、立ち往生した戦車の爆破準備をすませてから第1装甲師団の戦闘指揮所に再び向かい、友軍の手前にわが戦闘団の一部がまだ残っており、いかなることがあっても帰路を確保しておかねばなりませんと報告した。したがって、師団が計画どおりにジェンジェシュパタに撤退することはまだできません、と。そして、また車を走らせた。途中、回収中の戦車と再び無線で連絡を取った。全てがうまくいくと希望を抱いていたところへ、回収は中止、戦車を爆破処分との入電があった。私がいない間に何があったというのだろうか。実は、行動不能になっていた戦車がようやく隘路を脱し、牽引準備がちょうど終わったところに最初のソ連兵が現れたのである。砲撃下で牽引ロープが付けられ、ソ連兵もまだ戦車にさほど近寄っていなかったが、戦車がまたも横滑りし、以前よりもっとどっしりと腰を下ろしてしまったのだった。したがって、もうどうしようもなかった。甚だ困難な状況下でロープが解かれ、戦車は射撃処分されて炎上した。その後、残りの戦車は現場を離れたが、彼らの行く手には約一〇キロメートルに及ぶ行進が待っており、無人地帯あるいは既に敵に占領された領域を通らねばならなかった。いざという場合に力になれるよう、私は二輌のティーガーをもって彼らを出迎えた。最終的にわれわれは、今やジェンジェシュとジェンジェシュパタの間にある友軍の前線に到達した。ここでは第1装甲師団が新たな防衛線を構築し、追撃してくるソ連軍を待ち構えていた。

わが戦闘団はジェンジェシュパタで宿営し、修理班は直ちにそこで作業を再開した。翌日一九四四年一一月二一日朝には、早くも整備廠から戦車数輌がわれわれのもとに戻ってきた。わが戦力は再びティーガー一〇輌を擁するようになった。ジェンジェシュパタでは戦車の乗員一組ごとに家一軒が割り当てられており、私自身は実に立派な宿所に戦闘指揮所を設置していた。大隊からは戦闘団にフューアリンガー少尉が送り込まれてきたため、私自身が全てをこなす必要がなくなった。私は戦闘指揮所に隣接する部屋に伝令を収容し、庭には捜索小隊の無線装甲車を置き、これを経由して大隊と連絡を取った。午後になるとソ連軍が攻撃を開始したため、出動を要請された。われわれは運に恵まれ、戦車九輌を撃破できた。その中には泥濘にはまっていた戦車もいた。夕方に全員で宿営に戻り、くつろいだ。教区の地下室にはミサ用のワインがまだあり、どの家にも見事な果物があった。夕食には、部下の乗員たちがガチョウ一羽を調理してくれた。翌朝、私は防御のため戦車二輌を前方に送り、一時間ごとに状況を報告させた。これ以外は差し当たって平穏だった。ジェンジェシュパタには師団の戦闘指揮所も置かれており、私はそこに何度も顔を出した。この日の夕方には、若干の戦車撃破を再び大隊に報告できた。晩にフロンメ少佐［※原文ママ。この時点ではまだ大尉］の来訪を受け、二人とも上機嫌になった。具材入りのオムレツが供され、ろうそくの明かりの中、われわれは深夜までひざを突き合わせた。

日付が変わって一一月二三日の朝、われわれは荒っぽく起こされた。ソ連軍がスターリンのオルガンを撃ち込んできたのである。われわれの部屋の窓が次々と割れた——不快極まった。師団に赴くと、何が起きているのかが判明した。私はティーガー四輌を防御に向かわせた。たじきに、またも敵戦車八輌を撃破との報告が入った。たった三日間で二五輌撃破だ！　ここ数日で特に傑出せる兵が何人か出たため、私は二級鉄十字章を師団に口頭で申請した。すると、即座にこれを手渡されたので、部下の胸に留めてやることができた。午後には、スターリンのオルガンに加えて忌々しい戦闘爆撃機の攻撃も受けた。私の戦闘指揮所の中庭に置かれた無線装甲車は、ファンを撃ち抜かれた。数時間後には大隊の代用車が使えるようになった。私は大隊の対空小隊を投入したが、ソ連軍地上攻撃機の攻撃は相変わらず激しかった。残念ながら、兵員一人の脱落にも甘んぜねばならなかった。優秀な戦車操縦手ベーラー一等兵が爆弾の破片を受けて入院するはめになったのである。彼は入院するつもりなど毛頭なく、しかも私がいたく感心したことに、完治には程遠いにもかかわらず、後送されないように野戦病院から逃げ出してわれわれのもとに戻ってきたのである。その傷は長いこと治らず、私は一二月に彼をウィーンの軍病院に連れて行った。一一月二三日の夕方、第1装甲師団の戦闘指揮所が更に後方に移動した。われわれがいるジェンジェシュパタがあまりに居心地わるくなったためである。私も、ここ前線で段列部隊が不必要に危険に曝されないように、これを更に後送した。前線には装甲車輌部隊のみが残った。

　フューアリンガー少尉とは誠に良き時間を過ごした。われわれはよく食べ、ワインをたっぷり楽しみ、その間に地上攻撃機が攻撃してきた時には、安全のため三〇分ほど地下室で、あるいはまたも戦車の中で数時間過ごさざるを得なかった。信じられない話に聞こえるかもしれないが、われわれにとってはそれが休養の時間になった。私は毎日、後方にいる師団のもとに車で赴き、Iaと情勢を検討し、状況が許せば、圧力を掛けるべく整備廠に戻ることも何度かあった。とはいえ、ノイベルト上級職工長《オーバーヴェルクマイスター》［※軍属技術者］が作業を迅速に終わらせるよう、とうに配慮していたので、これはそもそも必要なかった。彼は私よりはるかに年長で、父親のような存在の友人だった。一九四四年春には、卓越した功績により、騎士戦功十字章を授与されていた。彼はこの勲章に十分に値した。彼のもとを訪れると、夕食と何杯かのシュナップスなしにはすまされなかった。私はたいてい帰路に大隊戦闘指揮所を訪れ、顔を見せた。中隊指揮官として、大隊長や副官にどうしても聞いてもらいたい悩みや願い事は常にあった。大隊長はたいてい外出しており、軍団や師団、軍集団のもとにいた。その後、陸軍総司令部の「詮索委員会」［※おそらく監察委員会のこと］がやってきた――楽しみをもたらすことは決してない人々だった。

終局へ：前線での最後の数週間

　私は既に三週間ほど戦闘団を率いていた。本来であれば、目下ヴァクセリの第3整備小隊のもとにいる第2中隊長フォン・アイヒェル＝シュトライバー大尉が、とうに戦闘団の指揮を引き継いでいるはずだった。われわれはちょうど非常に楽しい任務を受けていたところだったので、引き継ぎは私にとってはあまり喜ばしいことではなかった。そこで第1装甲師団長［※病に伏していた師団長ヴェルナー・マルクス少将の代理を務めていたエーバーハルト・トゥーネルト大佐］が私に加勢してくれ、戦闘団が第1装甲師団の麾下にある限りはフォン・ローゼン少尉に引き続きその指揮を執ってもらいたいと、わが大隊長に頼んでくれた。したがって私は残留が許されたのであり、それが承認されたことが自分には嬉しかった。

電話で伝えられた師団の命令に基づき、われわれは第1狙撃兵連隊《シュッツェンレギメント》［※この時点では装甲擲弾兵連隊《パンツァーグレナディアレギメント》と改称されているので、訂正して以下に示す］の担当区に移動したが、そこに至るまでが大変だった。というのも、小さな橋は渡ることができず、困難な土地のブドウ畑を通って、またも遠回りせねばならなかったからである。最大の難所を乗り切ると、私はフューアリンガー少尉に新たな作戦地まで戦車隊を指揮させ、自分はケッテンクラートでもう一度戻り、残留した戦車数輌の誘導と、師団司令部での状況把握に当たった。しかし、そこでは正確なことは何一つ分からなかった。そこで、第1装甲擲弾兵連隊の戦闘指揮所に出頭すると、わが戦車隊は既に出動したと告げられた。戦車隊がどこにいるか地図上で素早く確かめ、ケッテンクラートでそこへ急行した。原野の上ですぐに戦車の履帯痕に気づいた。私は一キロメートルまた一キロメートルと進んだ。極めて困難な地形だが、攻撃は順調に進んでいるに違いなかった。泥濘は膝まで達すると言っても過言ではなかった。そうこうしているうちに暗くなってきたが、そもそも戦車がここを走れることが私には不思議だった。更に先を急ぎ、再び一キロメートルまた一キロメートルと進んだように自分には思えた。だんだん不気味になってきた。どこにもドイツ兵の姿はなく、気配すらなかった。目の前に紛れもないティーガーの履帯痕がなければ、ソ連軍戦線の背後深くに入り込んでしまったと思ったことだろう。だがその後、わが隊にようやく出くわした。暗闇の中から彼らがぬっと目の前に現れたのである。フューアリンガー少尉が歩み寄ってきたが、彼は少し前に頭部を負傷していた。まだ生きているのが不思議なほどの幸運だった（残念ながら一九四五年三月に戦死した）。負傷直前、彼は車長ハッチを開けて走行していた――夜間ではほかにやりようがない。彼が砲手に何かを伝えようと身をかがめた瞬間、キューポラに被弾し、その破片を頭部に浴びたのである。その後、幸いにも、傷は当初見えたほどひどくないことが判明した。私は彼から攻撃について報告を受けた。実は、中隊は私の帰りを待つことができずに、直ちに攻撃せねばならなかったのだった。その際は戦車に加えて対空小隊もおり、二センチ四連装砲をもって地上戦においても大活躍した。攻撃は約一〇キロメートル離れた現在地まで行われていた。その地を掃討できる擲弾兵がいなかったので、フューアリンガーにしてみれば、私が敵に邪魔されずにケッテンクラートで自分たちの所までやってきたことが奇跡だった。彼はすぐにでも軍医に診てもらわねばならなかった。私はこの馬鹿げた状況から一刻も早く戦車を解放しようと思った。なぜなら、歩兵なしでソ連軍の真っただ中にいることなど狂気の沙汰だったからだ！　私は軍医を呼ぶため大隊に無線連絡させ、戦車をハリネズミ陣に配置し、最先任の上級下士官に指揮を任せた。それから大急ぎで第1装甲擲弾兵連隊の戦闘指揮所に戻った。そこでは私に対する良心の呵責がありありとしており、それゆえ戦車の撤収がすぐにできることになった。私は無線でこの命令を即座に伝えた。師団には前もって電話しておき、われわれがあまりにぞんざいに扱われたことに文句を言っておいた。師団に問い合わせた午後の時点で既に奇妙に思えたのは、いつもと違って誰も正確な情報を教えてくれなかったことだった。今になって分かったことだが、彼らは情報をくれるつもりなどまるでなかったのだ。なぜなら、もし私が事前にこの作戦のことを嗅ぎつけていたら、避けるのは確実だったからである。当時かけがえのなかったティーガー戦車を、ソ連軍をわずかに引き止め、自軍の撤退行動を欺くためだけに危険に曝すことなどできなかった。この戦況では、もはや戦車の補充は見込めなかったのである。

そこで私は、暗号化した撤退令をわが戦闘団に無線で連絡し、それに対する応答を得た後、ケッテンクラートで戦車隊に向かった。ある地点で道を外れねばならず、原野を通る更なる道がある場所で彼らを待つことにした。三〇分前に撤退令への応答があり、約二〇分後にはここに戦車隊がいるはずだった。ところが依然としてエンジンの鼓動音も何も聞こえず、せいぜい聞こえるのは、主陣地線のさほど遠くない場所からの散発的な機銃音だけだった。不快なほどじめじめして寒かった。いずれにせよ、靴は粘土の塊と化し、ほとんど歩くこともできなかった。今では想像もつかないようなこの泥濘と泥にはむかついた。一時間待つと不安をこらえきれなくなり、戦車隊に向かって走行を続けた。またしても果てしない距離。時おり停止してエンジンを切り、戦車隊がやってくる音がするかどうか聞こうとした。いたたまれない状況になる中、自分がソ連軍戦線から数百メートルしか離れていないことを思い出した。機関短銃を携帯していることに安堵し、時たま少し強めにそれを握った。もしここで一人きりでソ連軍に出くわしたら、自分にそれを向けただろう。更に先に進みながら、もう果てしなく走ってきたと思った。じきに、数時間前に戦車隊に出くわした場所に戻っていたに違いない。というのも、遂に彼らが私の前に姿を現したからである。状況がすぐに明らかになった。戦車にえぐられたぬかるむ地面に、不整地走破性が特段あるわけでもない二輌の対空戦車がなす術もなく立ち往生してしまっていたのだ。それを引っ張り出そうとした際に、もう一輌のティーガーもはまり込んでしまった。戦車というものは、軟弱地では操縦行動を取るたびに深く沈み込んでしまい、ほとんど操縦できなくなるものである。それに加え、深い闇が到来し、ソ連兵が近くにいた。どちらもわれわれには無用だった。離れた林の中からはソ連兵の声がはっきり聞こえ、ぞっとした。何度か苦労した末に、まずはティーガーを解き放った。とんでもない重労働だった！　非常に重い牽引ロープを固定せねばならず、それぞれのシャックルはそれ自体が重い上に外せないものもあったし、更に悪いことに、泥濘の中では動くこともままならず、足が地面に吸い付いているも同然だった。ようやくロープが全て括《くく》り付けられた。戦車が牽引の準備に入り、正念場が訪れた。前につながれた両戦車が号令に応じて同時に動くと、動けなくなっていた戦車が数センチ動き、これを引っ張る戦車が履帯を猛烈に回転させるも空転、この地盤では履帯が地面をしっかり掴めず、泥濘の中に深く沈み込んでしまった。間一髪で牽引戦車も動けなくなるところだった。そこに金属音がして叫び声が上がり、エンジンが止められると、全てが突如として静かになった。ロープの一本が切れたのだ！　なんたることか、何度もあったように、またも一縷の望みが消えてしまった！　かくして思いどおりにはいかなかった。回収するには別の方法を試す必要があった。万事休すか。徐々にこの回収作業が無意味であることに気づいた。対空戦車二輌のために、わがティーガー戦車隊を丸ごと危険に曝してしまった。

　そこで私はいくつか指示を出し、念のため対空戦車を爆破する準備をさせ、戦闘指揮所に戻った。そうこうするうちに〇二〇〇時になった。戦闘指揮所は私のことを今や遅しと待っていた。〇三〇〇時には主陣地線を後退させ、戦闘指揮所が置かれている村も同時に明け渡さねばならなかったからである。しかし、その時点までに私の戦車隊が戻ることなど、到底できなかった。師団がこんなとんでもない土地にわれわれを追い込んだのなら、今やその責任を負ってもらわねばならない。ということで、わが戦車隊が沼地から解放されるまで、撤退は延期された。とはいえ、いかなることがあろうと夜明けまでには撤退を終えておかねばならず、それは擲弾兵のためでもあった。これが意味するところは、それまでに戦車隊を救い出そうというのであれば、大急ぎで事に当たらねばならないということだった。装甲擲弾兵連隊長のもとで気付けにコニャックを急いで一杯ひっかけ、ケッテンクラートで前線に向かった。現地の状況は相変わらずだった。その合間に、またもティーガー一輌が動けなくなってしまったが、幸いにもじきに解き放たれていた。私の神経は徐々に消耗していたので、その場に立ち会わなくて良かったと思った。私はこの夜、かなり悪態をつき、自制心をなくして部下を怒鳴りつけた。だが、こんな大変な状況では、平静を保つことなどできるものではなかった。少なくとも、ソ連軍が大人しいのがありがたかった。もし彼らがこちらの状況に気づき、もう少し気力があったなら、わが戦闘団を全滅させかねないところだった。私はもう一度われわれの状況をじっくり考え、回収の可能性を洗いざらい調べた。そして、もうこれ以上は本当に如何《いかん》ともしがたいという結論に至った。せめてティーガーを無事に連れ帰るため、『メーベルワーゲン』（三・七センチ砲を搭載したⅣ号対空戦車）と『ヴィルベルヴィント』（二センチ四連装砲を搭載したⅣ号対空戦車）の二輌の対空戦車を爆破させた。このような決断は容易ではなく、なんといっても後に損害報告が軍団と軍集団に届いた際に、責任を丸ごと負わされるおそれがあった。

明け方、戦闘指揮所が置かれた村に再び赴いたところ、ヨッバッジに移動してそこのSS師団戦闘指揮所に出頭するよう命ぜられた。というわけで、戦闘団を率いて約一五キロメートル離れたそこに戻った。ひどく惨めな気分だった。こんな夜は、困難な戦車攻撃よりも何倍も神経にこたえた。そんな突発事案があったからこそ、われわれ戦車兵には白髪が生えたのだ。その師団に出頭したものの、そこではあまり良い印象を受けなかった。当面われわれは師団予備となり、村に移動した。私は大隊に電話し、夜の出来事を報告した。われわれは戦車に対して直ちに最高度の保守点検作業を開始し、その際はシュペート職工長の際立った支援を受けた。少ししてから車で大隊に向った。大隊長とコーヒーを飲み、そろそろ眠るためにいとまを告げることにした。数日前に小隊長としてわが中隊に再転任してきたコッペ少尉も帯同した。われわれ二人は特に馬が合った。それから半日かけてあらゆる必要事項に取り組み、電話をしたり、新たな作戦区域の地図を入手したり、その他の些事をすませたりした。その後、思ったとおりグローマン軍曹もやってきて、煩わしい戦闘報告書その他の事務処理をせねばならなかった。部下たちには心配事があった。わが中隊の八人が半年前、カッセルのヘンシェル工場を特別任務で訪れた際、路上で巡察勤務中の軍曹を無視し、敬礼しなかったとして、今や三度目の巡察報告が届いたのである。前線経験のある部下をそんなくだらないことで罰せよと、本当に要求してきたのだ。この巡察報告は三度にわたってゴミ箱行きとなったが、遅くとも八週間後にはまた督促が手元に届くだろうと確信していた。あれやこれやの多くの些事で負担を掛けられたが、それにも大事なことはあるにはあったし、ともかくも秩序は必要だった。久しぶりにまた軍事郵便が届いた。

四日間、何事もなかった。ここの前線は落ち着いてきたようだった。われわれはまたも移動令を受領した。宿営するため、私はVWと伝令とで先に向かった。しかし、その村は宿に関しては大したことがなかった。各農家には暖房の効いた部屋が一つしかなく、その中に男衆に加えてひい婆さん、婆さん、母子が暮らしていた。ひどいものだが、仕方なかった。一一月末では野営できず、彼らの間に無理やり体を押し込んだ。滞在が長引かなかったのはありがたかった。そうこうするうちに一一月三〇日になり、〇二〇〇時頃、大隊の伝令が次のような命令書を持って来た。「大隊は新たな作戦区に移動し、装軌車輌はヴァイツェン（ヴァーチ）駅にて列車に積載。コッペ少尉がそこまで戦車隊を先導のこと。直ちに出発すべし」。私自身は大隊の戦闘指揮所にまたも出頭せねばならなかった。ここで新たな情勢を知った。すなわち、ソ連軍は一一月下旬にブダペスト東方の戦闘で大敗を喫した後に再編成し、その重点をわが南方軍集団の南翼に置いていたのである。敵はルーマニア―ハンガリー国境を越えており、そこにはハンガリー軍の弱小戦力しかなかった。フュンフキルヒェン（ペーチュ）は陥落し、プラッテン（バラトン）湖方向へのソ連軍の急進を止めるものは何もなかった。一九四四年一二月一日、ソ連軍の前衛戦車は早くもドナウ川の西八〇キロメートルにあるドンボーヴァールとカポシュヴァールに到達した。友軍側は、ハトヴァン地区の戦線を短縮することで第23装甲師団と第1装甲師団の足かせを外すことができ、両師団をこれらのソ連軍部隊に差し向けることができた。第23装甲師団は、既に一一月三〇日にはプラッテン湖の南方域に達していた。同師団は自動車化偵察部隊をもって、ペーチューペーチュヴァーラードーバタセク域と、そこから北へと至る道路を監視した。第23装甲師団の任務は、ソ連軍の進撃をできるだけ遅らせることだった。このため、第503重戦車大隊は第23装甲師団の下に置かれた。

ということで、われわれは既に移動令を受け取っていた。コッペ少尉は自分の任務に就き、私は〇三〇〇時に大隊の戦闘指揮所に出頭した。そこではまだ全員が深い眠りについていたので、私も空いたソファに身を投げ出した。翌朝、更なるあらゆる事項について大隊長と話し合った。フロンメと共に新たな作戦区域に出向き、そこで戦闘団と連絡を取り、その地を偵察した。なぜなら、私は今後とも戦闘団を指揮することを許されたからである。われわれの経路はブダペストを経由しており、時間もあったので、そこで移動を中断した。ホテル・ハンガリアに宿を取った。風呂付きの部屋だ！　これは素晴らしい！　夜は『ゲッレールト』［※温泉ホテル］で食事した。われわれは食糧配給券を持っていなかったが、隣のテーブルにいたハンガリー人が助けてくれた。私はこの雰囲気を味わい、人々の好意に甘えた。知人にも会ったが、その一部はわれわれがブダペストを最初に訪れた際に知り合った人々で、その他は同僚だった。われわれは何時間もバーに座っていた。ホテル・ハンガリアに戻ると、まずは風呂に入り、そして——この素晴らしいベッド！　翌日一二月二日の朝、私はシュトゥールヴァイセンブルク［※セーケシュフェヘールヴァール］を経由してピンツェヘイに向かい、更にその先に行くと、既にそこに到着していたわれわれの装輪部隊を見つけた。第23装甲師団に赴き、そこで全般情勢について聞いた。それによれば、師団は約一〇〇キロメートルにわたる戦区を担当しているとのことだった。したがって、監視するか、あるいは遅滞行動を実施するしかなかった。更にその先のプラッテン湖には、地ならし機のようなソ連軍を最終的に止めるはずの阻止線が構築されることになっていた。目下、ソ連軍は一日当たり二〇キロメートルから三〇キロメートル進撃していた。彼らを食い止めるものは何もなかった。私はその後、軍団司令部に向かった。軍団を探すついでに、プラッテン湖の魅力的な湖水浴場シオーフォクにも行ったが、残念ながらあまり落ち着いて滞在できなかった。すぐ近場に不意に現れていたソ連軍戦車が、いつ何時やってきてもおかしくなかったからである。もっとも、突破すべき連続した戦線などまだなかったため、突破などという言葉を使うことはできなかったが。われわれの防衛は、ソ連軍の進撃を遅らせるべく可能な限り長く戦略的要所を保持することに限定された。

一二月三日、大隊の戦車が輸送列車で到着した。これらはバラトンケネーゼで卸下され、直ちにシモントルニャに移動した。大隊戦闘指揮所もそこのハンガリー貴族の敷地内に設置された。そこで知り合った男爵は、年配の男前のハンガリー紳士だった。彼は夕食会に大隊の将校を招待してくれた。私にとっては忘れがたい晩になった。ホストと男爵夫人がイブニングドレスでわれわれを迎え、テーブルは豪華に飾られ、高級な磁器にグラス、花とろうそくがあった。白手袋をした召使がアルコール飲料を供し、夫人がテーブルに招いてくれた。メニューの内容はもう思い出せない。前菜の後に家長が挨拶し、われわれ全員が感激する中、昔から変わらぬドイツとハンガリーの戦友のよしみに乾杯した。われわれは洗練された会話に骨折ったが、最後は故郷の『ヒンメルストルテ』に似た見事なケーキを食べたのを覚えている。われわれがモカコーヒーを飲もうと立ち上がったまさにその時、非常に賑やかな一座に捜索小隊からの一報が青天の霹靂のごとく舞い込んだ。ソ連軍が既にすぐ近くまで来ているというのだ。私は急いで外に飛び出し、部下の戦車に警戒態勢を取らせるとともに、防御部隊を派遣した。今ここでソ連軍に奇襲されると非常に不利だった。大隊長は捜索小隊を差し向けた。私は戻って自分のモカを飲み干した。大隊本部は大急ぎで移動の準備をし、夜の間に出発した。私は差し当たってわが戦闘団とそこに留まった。われわれのホストも、当初は自分の家族を安全な場所に連れて行くつもりだった。フロンメは大隊の車輌を提供しようと彼に提案しており、どんなことがあってもここには留まらぬよう、夫妻に懇願した。貨物車に荷物が積み込まれ、当初は混乱したものの、その後は全てが非常に慎重に進むように見えた。私の任務は、当面の間ここを防御し、第23装甲師団との連絡を維持することだった。

ソ連軍に立ち向かえる部隊は、わが戦車隊以外になかった。

明るくなってくると、私がいる戦闘指揮所の窓から約一五〇〇メートル離れた一番近い村が見えてきた。ソ連軍は既にそこまで前進していた。午前中に何度か撃ち合いがあった。数輌のソ連軍戦車が村から進撃してきたが、おそらく威力偵察だったのだろう。彼らはわれわれの砲火を浴びると煙幕に隠れて元の位置まで退却した。午後に知ったところによると、私はわが戦闘団と共に夕方には出発することになるとのことだった。ほぼ同時に、男爵の館で夜の間に荷物を積み込まれていた貨物車輌が、庭に再び荷を降ろしているのが見えた。男爵を探すと、逃げても意味がないので館を去らないことにしたという。彼の未成年の息子二人は、金銭と食糧を持たされ、馬でウィーンの親戚のもとへ向かうことになった。その直後、その二人が馬で走り去るのが見えた。私は男爵に、家族を安全に送れるように装甲兵員輸送車を三輌提供しましょうと申し出た。彼がなかなか決断しなかったので、納得させるために何度も強く迫った。こちらの申し出を受け入れてくれることを切に願った。私は彼の内心の葛藤を察した。その様子はドラマのようであり、いたく心を揺さぶられた。だが、彼は結局ここに留まることを決めた。ソ連軍が占領して最初の数日が過ぎるまで、自分の森の狩猟小屋に隠れていればいいと幻想を抱いていたのである。私はこれ以上、出発を遅らせることはできなかった。防御任務から戻ってきた戦車に搭乗した。男爵夫妻には前もって荘園の地下室で別れを告げていた。名刺を渡されたので、全てが終わったら互いに連絡が取れるよう、自宅の住所を書き留めて彼に渡した。彼の運命がどうなったのか、息子たちがウィーンに到着したのかどうか、今日に至るも分からない。彼の力になってやれなかったことが悔やまれるが、自力でやれる戦争などなかった。抱擁した後、私はそこを後にした。

一五キロメートル離れた場所に一時的に設置された戦闘指揮所で、私は戦車隊と共に大隊長のもとに出頭した——そこは非常に気品ある荘園の大屋敷だった。所有者はとうに逃げており、一人で屋敷を守っていた老年の使用人がわれわれにしぶしぶ開放したのだった。この、内装が現代的な立派な屋敷の中で私の印象に残ったのは、豪華な浴室に加えて、サロンの隣にある組込み式のホームバーだった。ただし、残念ながら中は空だった。暖房はまだ効いており、お湯も出たので、気持ち良く風呂に入った。爽快感を得られることが何と贅沢で幸せなことか。紐が通されている英国産のソープボールを使ったが、失敬はしなかった！　ここに長居できればと思った。使用人がお茶とビスケットを出してくれた後、われわれは〇四〇〇時に出発し、私は大隊長と共に今やわれわれが再び隷属する第1装甲師団に直行した。わが戦闘団と共にレプシェーニに移動した。

翌朝に警報が発せられ、私は直ちにわがティーガー隊をもって第1装甲師団第2装甲擲弾兵連隊のもとに駆けつけねばならなかった。その戦闘指揮所は、シオーフォクの約五キロメートル手前にあった。そこの主陣地線は若干の拠点からしか成り立っていなかった。ソ連軍は再三にわたって攻撃してきており、是が非でもシュトゥールヴァイセンブルクに決定的な突破口を作ろうとしていた。私は戦闘団を分割し、そのうちの半分を、前日にソ連軍に奪取されたシオーフォクに向かう幹線道路沿いに攻撃させることにした。コッペ少尉がこの戦闘分団を率いた。もう半分は、歩兵《インファンテリー》［※正確には「装甲擲弾兵」と表記すべきであろう。以下同］の負担を軽減させるべく、ソ連軍が再三再四わが戦線に対して突撃を繰り返している一カ所の村を攻撃することになった。私はこの第二分団を率いた。命令伝達手段として、わが中波無線装甲車を装甲擲弾兵連隊の戦闘指揮所に残した。不利な条件下で通信網機能を良好に維持することは、必ずしも容易ではなかった。私は指揮下の戦車と共に、指示された一歩兵中隊の担当地区に向かった。そこまでの道は所どころ基礎がしっかりしておらず、戦車が通りにくかったので、全く気に入らなかった。私が投入された歩兵中隊は辛うじて二一人いた。しかし、彼らの担当区は二キロメートルに達した。一人当たり何メートルかを計算するのは簡単だ。われわれがやってくると彼らは感激し、今や自信を持った。われわれは、同中隊の担当区から二キロメートル離れたその村への攻撃を直ちに実施した。われわれはティーガー三輌のみだったが、攻撃の成功にはこれで十分だった。対戦車砲六門を始末するとソ連兵は逃げていった。われわれは再び撤収し、防御のため歩兵陣地の間に立ちはだかった。歩兵は満足だった。

今やコッペ少尉とその戦闘団との連絡も取れた。残念ながらそこでの攻撃はあまり芳しくなかった。第2中隊の曹長が一人戦死していた。われわれは相当に落ち込んだ。私は大隊戦闘指揮所まで歩いて行き——そこに自分のケッテンクラートを呼んでいた——その後に連隊戦闘指揮所へとそれで向かった。連隊長と情勢について検討し、一八〇〇時に出発との命令を受けた。なぜか分からないが、何かがうまくいかないような、そんな奇妙な感じが一日中した。たまにそういう予感がすると、たいてい的中した。出発までにまだ一時間ほどあり、歩いて前線に戻っても割に合わなかったので、無線で両戦闘団に出発命令を伝達した。私が連隊本部にいた間は、いつも頼りになる古参ザイデル軍曹がわが三輌の戦車を率いていた。というわけで、両戦闘団は連隊戦闘指揮所まで後退することになった。歩兵の撤退は二一〇〇時に設定され、数キロメートル後方に新たな戦線が張られることになった。

私は一八三〇時からわが戦車隊を待っていた。そこへコッペ少尉からの入電があった。それによると、彼の戦闘団が退却中、二輌のティーガーが堅固な道路に達する直前に暗闇の中で湿原にはまり込んでしまったという。回収作業が進んでいるらしい。私はやきもきした。コッペの戦車隊が今いる場所は主陣地線にじかに接しており、ソ連軍の前哨線から百メートルも離れていなかったからである。近接防御用の友軍歩兵はなかった。したがって、またしても困難な回収作業が待ち受けていた。約三〇分後、新たな入電。三輌目のティーガーが回収作業中に動けなくなったという。これだけでは不十分といわんばかりに、ザイデル軍曹からは、三輌の戦車のうち二輌が泥道で立ち往生したとの入電もあった。私は絶望の一歩手前にいた。一挙に五輌の戦車が動けなくなってしまったのだ。破滅的な結末にだけはなってくれるな。半時間ほど悶々としていると、少なくともザイデルが戦車二輌を再び動けるようにした。私は彼らと共にコッペ少尉が足止めされている場所に向かった。前もって連隊長からは、われわれの戦車が回収されるまで歩兵を前線に留まらせるとの約束を得ていた。コッペのいる場所で目の当たりにしたのは、次のような状況だった。すなわち、シオーフォクに向かう道の右二〇メートルから三〇メートルのところで、三輌のティーガーがほとんどなす術もなく泥濘の中に沈み込んでいたのである。暗闇の中では道が非常に見えにくい上に、戦車は堅固な道に達するわずか数メートル手前で脇にそれてしまった。ソ連軍は不穏な動きをしていた。エンジン音がするたびに彼らはやみくもに猛射し、銃弾がわれわれの周囲で唸ったので、当然のことながら回収作業は困難を極めた。エンジンを始動する前には、全員が身を隠さねばならなかった。ソ連軍はあらん限りの武器で撃ってきた。超至近距離にある砲、迫撃砲、Ｐａｋ、機関銃その他、およそ考え得るものは何でもだ。彼らは目の前の幹線道路を「照準線」とし、それに沿ってやみくもに撃ってきた。われわれはその道の上を移動せねばならなかった。回収作業を遂行できるのは、その堅固な地面のみだったからである。遂にその時が来た。多大な苦労の末、われわれは少なくとも一輌の戦車を堅固な道に引っ張り上げることができた。またも突然の斉射、戦車の後ろに隠れるも、耳をつんざく轟音、至近距離の路上に着弾。私は顔面に一撃を食らい、鼻から温かいものが流れ落ちるのに気づく。砲弾の破片がかすったのだが、もう少しで目に入っていたところだった！あの虫の知らせを思い出し、ともかくも何かが起き、虫の知らせの悪夢から解放されたことに安堵する。だが、事態は悪化した。

午前零時が過ぎて一二月八日になった。われわれの立場は危うかった。右にも左にも友軍部隊はおらず、近接防御手段は何らなかった。最後の可能性を試してみようと、牽引のため二輌の戦車を路上に並ばせた。利用可能なロープを全てつなぎ合わせ、道路から三〇メートルほど離れた場所に沈み込んだ戦車に届くようにした。手持ちのロープで十分足りた。準備万端整ったところで、全員が戦車の中に隠れ、エンジンを始動させるよう無線で命じた。すぐにソ連軍がまたも不快な砲火の狂騒を始めた。彼らは道路に沿って発砲しただけだったが、実際は非常に危険だった。とはいえ、戦車一輌を泥濘から出せたので、私は大喜びすると同時に一安心した。再び少し静かになった頃、砲塔のハッチを開け、最後のティーガーの回収作業を始めようと下車しようとした。まさにその瞬間、背後から右肩に一撃を食らい、すぐに右腕が力なくだらりと垂れ下がった。今回は重傷だった。制服の上から調べさせたところ、上腕に射入口と射出口があった。大量に出血していた。後ろから撃たれたので、ソ連兵が背後にいたに違いない。私はコッペ少尉に指示を出すと、回収にあとどれほど時間が掛かるか尋ねに再びやってきたオートバイ伝令と共に後方に戻り、最寄りの隊付軍医に包帯を巻いてもらった。私はとんでもなく運が良かった。単なる肉部の貫通銃創で、骨は無傷のようだった。一時間後には大隊の戦闘指揮所に戻った。その直後、私同様に心労ですっかりやつれたコッペ少尉がやってきて、最後の戦車はもはや回収不能と報告した。ソ連軍が既に彼らを迂回して背後に回り、回収作業中の戦車に肉薄してきたからである。動けなくなったティーガーは射撃炎上せしめねばならなかった。とはいえ、当面は回収不能と思われた戦車五輛のうち、四輛が泥濘から引っ張り出されたのは嬉しかった。

翌朝、大隊付軍医に診てもらったところ、軍病院に戻れとのことだった。思案していたところ、一〇〇〇時頃に警報が飛び込んできた。つい今しがた、ソ連軍がポルガールディに侵入したというのだ。慌てて戦闘指揮所をたたみ、少ししてから全員でシュトゥールヴァイセンブルクに向かった。私は大隊長に移動の報告をし、まずバナにいる段列に赴いた。そこで部下の昇進や勲章授与の推薦など、事務の一切合財を処理した。ボルンシーア軍曹は戦死した。これは中隊にとって痛ましい損失であり、私は彼の妻に手紙を書かねばならなかった。翌朝、私はコマーロムの軍病院に車で向かった。相変わらず傷の治療を受けていたベーラー一等兵を帯同した。コマーロムで一泊のみすると、われわれは翌朝に病院列車で転送されることになった。だが、私は中隊と常に連絡が取れる状態にいたかったので、これは非常に不都合だった。そこでまずバナの段列に戻り、ここから翌朝、自分の車でウィーンに向かった。ベーラーのほかに、私の運転手グラースルとグローマン曹長も連れて行った。途中、三度のパンクに見舞われたほか、ウィーン郊外では空襲警報のため、長めの停車をした。最初に向かった先は、負傷後に相変わらず外来治療を受けながらウィーンの母親のもとにいたフューアリンガー少尉だった。翌日、彼に軍病院に送ってもらい、そこでベーラーともども非常に手厚く扱われた。私は腕を包帯に吊ったまま自由に動けるようになり、ウィーンでの時間を楽しんだ。ヒッツィングでは私の代母イレーネ・アーデンザーマーのもとを何度か訪れたが、彼女は将来のことを非常に心配していた。ウィーンがソ連に征服された一九四五年四月中旬、彼女はおじのザンダーと共に自殺したのだった。

一二月二〇日、ベーラーと私は自ら願い出て軍病院を退院した。クリスマスには中隊のもとに戻るつもりだった。私は自分の車をウィーンに迎えに来させ、一二月二一日に戻った。まだ傷は完治していなかったが、なるがままにするしかなかった。そうこうするうちに、わが段列がヴァールパロタの近くにやってきた。そこでは、私のために司祭館の内部に宿泊用の部屋がきちんと整えられていた。翌朝、私は車でベルヒダに赴き、大隊長に帰隊報告をした。フロンメ大尉は戦術指導教官として戦車学校に転属しており、既に大隊を去っていた。後任者のフォン・ディースト゠ケルバー大尉は既に着任していた。そのもとに出向き、私が「フォン・ローゼン少尉、謹んで帰隊を報告いたします」と述べると、報告内容に誤りがあるとして発言を遮られた。私は一九四四年一一月一日をもって中尉に昇進したらしい。この直後、彼は戦車隊と共にポルガールディ方面の作戦に出発し、私は自分の戦車隊に顔出ししてから段列へと戻った。もう何日か大事を取り、それから戦車に搭乗するつもりだったからだ。戻ると、両親から届いた軍事郵便を見つけた。二人はローテンフェルスのブランクヴェート家に避難していた。ストラスブールは一一月二四日に陥落しており、それ以来、ラシュタットは前線地域に近くなった。そこがこれからどうなるか、私には十二分に想像できた。

クリスマスには、クリスマスツリーとプレゼントで中隊に驚かされた。中でも、中隊の靴職人でミウス出身の一ロシア人義勇補助員は、革の残り物で書類鞄を作ってくれた。感動的な贈り物であり、私は今でもそれを保有している。シュピースのミュラー先任下士官が中隊のために用意したものは素晴らしかった。段列のもとで四頭の豚がつぶされており、五〇〇本ほどのソーセージが既に何時間か煙の中に吊るされていた。当然のことながら、段列Ⅱは戦闘段列［※原文ママ。戦闘段列Ⅰを指すはず］や戦闘部門よりも移動が少ないとはいえ、これらのソーセージは移動のたびに運搬せねばならず、中隊が飼育する食肉用家畜も新たな駐屯地に移送する必要があった。平時はパン菓子職人だったミュラーは、中隊全体のためにクリスマスクッキーも焼いていた。種類はさまざまで、チョコレート入りと無し、ナッツあるいは詰め物入りといった具合で、まるで平時にラシュタットのカフェ・モーリッツにいるようだった！　かくして中隊員は、各々がクッキー入り紙袋とソーセージ三本をもらったのだった。私は各戦車の乗員たちと共にクリスマスの夜を過ごしたいと思っていた。いろいろと考えたものの、状況によって計画が台無しになってしまった。その前夜、大隊はフェヘルヴァルチュルゴに移動せねばならなくなった。ソ連軍が猛攻し、一二月二四日にシュトゥールヴァイセンブルクへの侵入に成功したのである。われらが戦車は間断なく行動した。私は夕方に大隊戦闘指揮所に赴き、中隊からのプレゼントを大隊長に渡し、それから修理班と共にクリスマスを祝った。前線のわが戦車隊のもとには行けなかった。この夜、中隊は戦車をまた一輌失った。ランボウ少尉は敵戦車七輌を撃破した直後に自らのティーガーを放棄せざるを得なかった。悲しい聖夜だった。私は中隊のプレゼントを中隊員全員に直接手渡すために、〇二〇〇時まで出歩いた。彼らは前線あるいは整備廠への途上にあるか、さもなくばどこかで落伍していた。昇進の告知もいくつかすることができた。わけても、ドイツ十字金章の佩用者であるわれらが優秀なゲルトナー伍長は、軍曹に任ぜられた。

　一九四四年一二月三一日まで、私は段列部隊のもとに留まった。諸々の要件で前線に赴くことも頻繁にあり、傷をいくらか治す時間もあった。既に一度、大隊長のもとへ陳情に出向き、また戦車に搭乗させてほしいと訴えたものの、またも後方に送られてしまっていた。一二月三一日の夕方、私は再び戦闘団を引き継ぐことを許可された。その間に戦線はわずかに後退しており、私は戦車隊と共に、上等なワインと無数の居酒屋で有名なモールにいた。今や大隊はホルステ将軍が率いる第4騎兵旅団に隷属した。この旅団は二個の騎兵連隊（そう、一九四五年になっても国防軍の中には依然として騎兵連隊がいくつかあった）のほかに、何輌かのⅢ号戦車や装甲兵員輸送車を備えた「重装備大隊」一個を有していた。大隊長は伯爵のプレッテンベルク騎兵大尉《リットマイスター》であり、わが戦闘団はその直轄下となった。彼とその本部要員もモールにいた。

　モールでの大晦日は快適ではなかった。村はずれのブドウ畑に布陣しているソ連軍は、そこから村の全域を見渡すことができた。短めの休止時間を除き、われわれはスターリンのオルガンや迫撃砲によるほとんど間断ない砲火の中にいた。それは特に真夜中の直前にひどくなり、私の戦闘指揮所の小屋が危険なほど揺れた。私の部下は、この夜は戦車の中で過ごす方を好んだ。だが、私は同じ戦闘団にいるランボウ少尉と元気のいい数人とで、小屋の中で何杯かやりながら耐えた。真夜中、私はプレッテンベルク伯爵の戦闘指揮所に飛ぶように向かい、そこで新年の祝杯を挙げた。大隊へは韻文形式で無電を発しておいた。かくしてわれわれは一九四五年を迎えた。私には便りが久しくなく、望郷の念が募った。

　この頃、私は人的増援を受けた。士官教育課程を修了してわれわれに合流したばかりのルッベル少尉が、第Ⅲ小隊長としてわが中隊に配属されたのである。この地位はヴァーグナー少尉が負傷して以来、空席となっていた。

ルッベルは、士官教育課程に入る以前は第1中隊に二年間在籍していた。そこでフェンデザック曹長という優秀な師を得ていた。そのため、彼の希望はこの中隊に戻ることだった。私は彼と非常に馬が合ったが、本人は中隊内で歓迎されていないように感じていたらしい。それについては何も気づかなかったと告白せざるを得ないが、とにかく有能かつ経験豊富な人材を得て嬉しかった。われわれは今も交友関係にある。

新年は早朝の警報で始まった。ソ連軍はブドウ畑にいる擲弾兵を猛攻し、われわれは旅団の一部と共にモールの北にある防御堅固な一二八高地に対する牽制攻撃を開始した。この攻撃で、われわれは騎兵たちにかなりの好印象を与えた。伯爵プレッテンベルク大尉の重装備大隊とフォン・マッケンゼン騎兵連隊は南東から、われわれティーガー隊は南から攻撃することになった。また、両攻撃団は攻撃目標で合流することとされた。私はわがティーガー隊と進軍中に、ひどく道に迷ってしまった――雪景色の中で、一つの丘が別の丘のように見えた。忌々しい一二八高地はどこだ。あそこの丘の上に強力な敵戦力があるぞ。われわれは既に多大の時間を失ってしまったので、脇目も振らずにその丘を攻撃するほかなかった。ソ連兵は全ての機材を残して逃げ出した。これがまさに一二八高地であり、これをもってティーガー隊は損失を出すことなく、命ぜられた時刻に命ぜられた攻撃目標に到達した。第4騎兵旅団の攻撃隊が到着した頃には、われわれは既に全てを掌握していた。騎兵連隊が一斉に馬に乗って攻撃するさまは、信じがたい光景だった!

伯爵プレッテンベルク騎兵大尉との協同は最高に嬉しかった。彼の重装備大隊は尋常ならざる集団だった。将校団は質的に極めて均一であり、振舞いや身振り、言葉遣いにおいて洗練され、われわれに比べて武装も装甲も貧弱な車輌しかないのに、作戦行動においては極めて勇敢だった。私は、部外者として彼らの輪の中に完全に受け入れられるという特権を味わった。われわれは協同攻撃をいくつか成功裏に実施し、特にアルツィ・プスタの夜襲は見事だった。ヴェルテス山地の森を一〇キロメートル進んだ後、ソ連軍の虚を突いてアルツィ・プスタの手前に現れ、敵地を即座に手中に収めたのである。私はジェンジェシュに対する夜襲を思い出した。そう、当時これだけの支援があれば、あの攻撃もおそらく成功していたことだろう。私はさまざまな任務の合間にプレッテンベルク伯爵のもとを頻繁に訪ねた。特に思い出に残ったのは、事前に食事（小鳩のロースト！）を伴う夜会だった。皆で非常に気さくかつ自由に話をした。それまで知らなかった七月二〇日［※ヒトラー暗殺未遂事件］の詳細や背景を知った。われわれの政権、特に党とそれに関連する全てに関し、これほど率直な言葉と明確な拒絶というものを耳にしたことは、これまで決してなかった。単なる批判ではなく、公然たる反旗だった。自分はこれらの人々の輪に属していると感じた。プレッテンベルクは堂々たる男であり、その副官のオーバーンドルフ伯爵もそうだった。私を至極当然のように彼らの輪の中に入れてくれたこと、仲間と見なしてくれたこと、そして、当時は危険がないわけではなかったこれらの会話に加わったことに、私は深い感銘を覚え、さまざまな点において自由にもなれた。その夜、プレッテンベルク伯爵から、新たに編成されるパンター中隊を指揮してほしいので自分の大隊に来るよう説得された。この貴族的な世界に留まることは、私には非常に魅力的だった。だが、わが忠実なる部下たちを見捨てることは許されようか。私の決断ははっきりしていた。わが中隊と大隊に留まるのだ。そこには、共に砲火をかいくぐってきた非常に有能かつ素晴らしい戦友たちがいた。彼らに信頼されているのだから、そこが私の居場所なのだ。

重装備大隊への隷属が終わった第503重戦車大隊は、その間に二〇輌ほどのティーガーを出動可能としており、作戦においても再び大隊長によって指揮されることになった。プレッテンベルク伯爵の重装備大隊とは、今や「協同を命ぜられた場合に」のみ、行動を共にした。その後の数日間は、苦境にあるブダペスト守備隊に一息つかせるため、大規模攻勢作戦が計画された。われわれは再びフェヘルヴァルチュルゴに移動し、作戦上、非常に困難な日々が何日か続いた。困難というのは、頑強な敵と条件の悪い土地を相手にせねばならなかったからである。数日前に降った大雪が今は解け、全てが底なしの泥濘になっていた。地形は単調だった――広大で起伏のある平原で、焼けて破壊された農家がぽつぽつとあった。この荒涼とした地で方向を見定めるのは難しく、特に夜になるとなおさらだったが、われわれはたいてい夜に進軍せねばならなかった。縦列の先鋒で不快な時間を何度か経験したが、最後には必ず目的地に到着した。

今度はザーモイを奪取せよとの任務を授かった。その場所は盆地にあり、防御に適していた。攻撃は困難、ソ連兵は頑強だった。われわれはPakフロント〔※対戦車砲複合陣地〕の正面で砲声を轟かせた。正面からも側面からも激しい砲火に曝された。相手は何輌かのスターリン戦車は側面を貫通された。ゲルトナー軍曹の戦車はゲルトナー軍曹の戦車のようだった。ゲルトナーは重傷を負い、中央包帯所に搬送される途中で死亡した。太ももにひどい傷を負い、出血死したのである。またも耐えがたい損失。後に攻撃は中止された。われわれはいくらか後退し、じめじめして寒い恐怖の夜を戦車の中で過ごした。空腹で寒い上、へとへとに疲れていた。多大な苦労を漏れなく描写することなど不可能だが、幾多の混乱、誤警報に加え、戦車が故障しただの、ソ連軍が不意に突破してきただのといった悪い知らせなど、全てがわれわれの神経にこたえた。遂には何も感じなくなり、全てに耐えられるということに自分でも驚いた。一つはっきりしていたのは、広域に実施された大規模攻勢作戦が初日に所期の成果を上げられなかったことで、ソ連軍が予想以上に頑強になったということだった。

翌日の一九四五年一月八日、ソ連軍が依然として主導権を握っているように感じられた。われわれのもとには命令と取消命令が次々と届いた。ラヤマヨルに向かうよう命令されたものの、そこにはほとんどおらず、すぐにボルバイアマヨルに戻ることになった。そこに到着すると、またも命令が届いた。直ちにラヤマヨルに戻れという。その間にも敵戦車六〇輌の出現が報告されていた。砲火と迫撃砲火を除けば静かなままだった。その代わり翌朝に警報が入り、われわれはアルショプスタ付近に投入された。敵戦車七輌を撃破した。猛吹雪だった。われわれはこの夜も戦車の中で過ごした。寒かったのでトーチランプで暖を取ったが、それによって全員の顔が真っ黒になった。

ザーモイへの攻撃は一月一一日に再開された。雪が解け、泥濘となった。われわれは〇六〇〇時に出発し、準備陣地に就いた直後の〇六四〇時に攻撃を開始した。わが大隊は一三輌のティーガーを投入した。ネーベルヴェルファーによる砲撃の後、われわれはPakフロントを正面から攻撃し、私はわが中隊のティーガーと共に左翼にいた。差し当たってわれわれは、ソ連軍が必死に固守していたシュトゥールヴァイセンブルク―ザーモイ間の道路を渡ることができた。今度は方向を九〇度転ぜねばならず、わが左翼が無防備になった。私の左に一〇門から一二門の砲が布陣していたにもかかわらず、われわれが攻撃すると敵は退散した。こうした状況が更に続いた。そこへ突然、戦車の中に激しい衝撃が走った。後で分かったことだが、機関室が貫通されていた。私は別の戦車に乗り換えた。わが中隊の戦車も命中弾を更に激しく浴びた。われわれは大隊の別の戦車隊と一丸となって――命ぜられたとおりに――ある丘に到達し、そこからザーモイに対して好影響を及ぼすことができた。時を同じくして、プレッテンベルク伯爵がわれわれの背後で重装備大隊と共にザーモイに突入した。伯爵は片脚を失う重傷を負い、副官のオーバーンドルフ伯爵は戦死した。ザクス軍曹［※原文ママ。この時点では曹長。訂正して以下に示す］の戦車は、われわれがいる丘からソ連軍の連絡機三機を撃破した。これらはザーモイ外れの草原から大慌てで離陸しようとしていた。私は戦車から降り、これまでに受けた損傷を点検した。その後、さほど遠くないところにいる大隊長の戦車へと向かった。その途中、陣地内で死んだふりをしていたソ連兵を何人か捕虜にした。彼らは非常に怖がっていた。

われわれはこれ以上の時間を無駄にするわけにはいかなかったので、攻撃を続けた。突破口を今や拡大せねばならなかった。更に何門もの対戦車砲を始末すると、ブドウ畑の斜面地に出た。そこは非常に分かりにくかったが、向かって右に急傾斜しているようだった。今やこの方向への更なる進撃を遮られたわれわれは、散開して安全を確保した。その際、地上攻撃機が二度接近してきてわれわれの頭上で爆弾を投下したが、これには耐えた。だが、ソ連軍は極めて巧妙にブドウ畑にSU－152型突撃砲［※原文ママ。時期的にISU－152か］を配置していた。彼らはティーガーの正面装甲を貫通できたので、われわれには危険な存在だった。こちらがまだそれらを発見しないうちに、突如として第1中隊の最初の戦車が炎上した。乗員のうち三人は即死、残りは大火傷を負った。更に半時間後、次の戦車も同じ目に遭った。われわれはいくらか後退した。どうやら突撃砲の乗員は、差し当たって何もせずにこちらの様子をうかがっているようだった。仮にこちらの位置が相手に分かっていたとすると、彼らは狙いをつけて一発だけ撃ち、即座に後退して遮蔽物の中に消えたということだ。そうすることで、われわれに敵を発見して反撃する機会をほとんど与えなかったのである。しかも、開豁地にいるわれわれには、反斜面陣地を見つけることなどできなかった。とはいえ、われわれは高地陣地を絶対に維持、確保せねばならなかった。それによってのみ、ザーモイの側面防御が達成可能だったからである。わずかに陣地変換――数メートル前に出てまた戻り、少し左に移動して右にまた戻り――をしたものの、ティーガーが大きな標的として大地に佇んでいるという事実は避け得なかった。更に半時間後、私の左にいた戦車が撃破された。ここでも乗員に死者が出た。われわれを苦しめる突撃砲を発見することが、とにかくできなかった。敵は左から右へと次々と順序だって戦車を撃破していくので、次は自分の戦車の番だろうと予想した。神経を研ぎ澄ませ、集中して観察した。今はただ落ち着け。だが、吐き気を催すような状況だった。徐々に薄暗くなった。今日は夜の到来をどれほど待ち望んだことか！　真向いに強大な閃光が見えると同時に、わが戦車の中で凄まじい音が鳴り響く。無秩序に連打され、不意に戦車の中に日光が差し込む。貫通され、エンジンはもはや動かない。私が「脱出しろ《アウスボーテン》」と叫ぶと、五秒もしないうちに全乗員が戦車から飛び出る。

やれやれ、全員が外に出たが、操縦手のみ負傷していた。彼に包帯所への道を教えてやってから戦車隊に戻った。今や下りた夜の帳《とばり》がこれ以上の損失からわれわれを守ってくれた。私にはまだ無傷の戦車が二輌あった。大隊長の戦車まで歩いて行き、そこで情勢検討を手短に行った。その後、乗員一人を連れ、機関短銃一挺で武装し、燃えていないわれわれの戦車の所まで忍び足で戻った。これを元に戻す必要があった。そこで、牽引の準備をした。これはつまり、戦車内でボルトを何本か緩め、エンジンと伝動装置を切り離してから牽引ロープを取り付けるということだ。この間、私は機関短銃で奇襲から身を守った。これは実際の効果よりも、精神的な支えのためだったのかもしれない。辺りが真っ暗になってから、ソ連軍の目と鼻の先で第1中隊の戦車一輌でわが戦車を牽引し、戻ってきた。われわれがまたもいかに幸運だったか、今ようやく分かった。というのも、装甲が大きく破砕していたにもかかわらず、負傷者は一人だけだったからだ。

朝に行動を開始した大隊の戦車一三輌のうち、夕方になってもなお三輌が戦闘可能だった。第1中隊の死者は七人だったが、わが第3中隊は運良く負傷者を一人出したのみだった。二輌の戦車が大破した。残りのティーガーは、命中弾を多数浴びたものも含めて回収され、後送することができた。ヘーアライン少尉はこの牽引行動に際して負傷した。この日は大隊に甚大な損失をもたらした。それに対し、成功もあった。ティーガーを投入したことでザーモイを奪還できた。大隊はその際、戦車と突撃砲二一輛、対戦車砲二〇門、航空機三機と多連装砲一基を破壊した。われわれは再びアルショプスタに向けて出発した。

翌朝、私は大隊長と共にボダイェクの大隊戦闘指揮所に戻った。そこで中隊長《コンパニーシェフ》に補された。今まで私は中隊指揮官《コンパニーフューラー》でしかなかった。この任命は、私が中尉に昇進して初めて可能となったものだった。職務内容には何らの変化もなかったが、「長《シェフ》」として一定の時間が経つと大尉に昇進可能だった。その限りにおいて、この補職は私にとって重要な出来事だった。ここで二、三日休養を取った。未完治の傷は大隊付軍医に任せ、私自身はわが中隊の戦車の面倒をみた。それらを一刻も早く整備廠から引き取るためである。

その後の数週間、われわれはフェヘルヴァルチュルゴ－ザーモイ－シュトゥールヴァイセンブルクを結ぶ三角形に配置された。重要なのはプラッテン湖とヴェレンツァ湖の狭間を守ることだった。われわれは突破した敵に対して投入されることがほとんどだったので、これも攻勢作戦のようなものだった。シュトゥールヴァイセンブルクは所有者を何度か変えた。ブダペストは二月一〇日に落城した。ヴェレンツァ湖の両岸で行われた二度の救援の試みは、ブダペストの近くに迫ったものの、結局わが軍の戦力が不十分だった。われわれはその際、多数のソ連軍戦車、突撃砲、対戦車砲を撃破し、上々の戦果を上げた。こちらの損失は限られ、この間にわが中隊には一人の死者も出なかった。戦闘可能なティーガーが大隊に多目にある場合は、大隊長が大隊自体を、われわれ中隊長は自らの中隊を引いた。戦闘可能戦車の総数が少ないと、それぞれの戦車は一個の戦闘団に統合され、それを三人の中隊長のうちの一人が指揮した。およそ七日ごとに指揮官が変わるので、全て順調に進むと、七日間の作戦行動を終えるごとに休息期間がやってきた。とはいえ、常に順調とは限らず、その場合は私が長めに作戦行動に留まった。また、乗員たちも再三にわたって休息を取った。なぜなら、ほぼ全ての戦車が被弾による損害や技術的欠陥のために時おり整備廠に入れねばならなかったからである。そして乗員は常にその戦車のもとに留まったのだった。

われわれにとって今や大きな気掛かりだったのが、戦争の全般状況だった。わが中隊にはシュレージエンやオストプロイセンの出身者が何人かおり、彼らはソ連軍が本土国境を越えてからは家族のことを一番気にしていた。家族が避難したという知らせを受け取った者がいる一方で、何週間も軍事郵便を受け取っていない者もいた。こうした不安は耐えがたいものだった。私は兵の家庭事情をよく知っていた。彼らは心配事を抱えて私のところにやってきたが、こうした場合は力になってやれなかった。われわれは、休暇順位を決める際は常に既婚者を優先した。実家で慶弔事があれば、わが部隊がどんな状況にあろうと、必ず特別休暇が与えられた。家族が空襲に遭ったという知らせが届き、兵に休暇を与えねばならないことが、今やますます多くなった。これらの兵が中隊に戻ってくると、常に特段の面倒を見てやる必要があった。家庭の状況が深刻になればなるほど、中隊は兵たちにとって安らぎの場、あるいは一種の「代理家族」になっていった。自分が理解されていると感じ、戦友の輪の中で安心感を覚える場所がここだった。故郷から戻った彼らが語ることはたいてい良いことではなく、戦争はそこでの生活領域の全てに影響を与えていた。そこで多弁を弄したのは、前線を一度も経験したことがない者だった。したがって、「家の」大勢のもとに戻るとほっとしたものだった。私も心配だった。数週間、実家からは何の音沙汰もなかったが、少なくとも両親がローテンフェルスにいることは知っていた。だが、こうしている間にも実際はどうなっているのだろうか。ドレスデン空襲の後、兄弟のヴーラーがどうなったかについては、もちろん聞いていた。このように、誰にでも悩みはあった。

大隊は上層部からの命令で『フェルトヘルンハレ』重戦車大隊と改称された［※一九四四年一二月二一日付け指令によって一九四五年一月四日に改称された］。同時に、『フェルトヘルンハレ』装甲軍団の一部となった［※配属日は二月一一日］。われわれはこれを馬鹿げたことと感じ、503の方が好みだったため、内輪ではそう呼び続けた。503は今や武装ＳＳの重戦車大隊を意味した。一九四五年二月五日頃、われわれが戦線から引き抜かれるとの噂が広まった。当面の間、移動先は不明だった。二月一二日、モールでティーガーの積み込みが始まった。われわれは『フェルトヘルンハレ』装甲軍団のもとに到着した。同軍団は、ソ連軍のグラン［※エステルゴム］橋頭堡を排除する計画において主役を演じることになっていた。この際、わが大隊は『ホッホ・ウント・ドイッチュマイスター帝国擲弾兵師団』の下に置かれた。輸送第一陣は二月一五日にペルベテに到着し、大隊はチューズに移動した。輸送用貨車が十分なかったため、第3中隊は空荷の貨車がペルベテからモールに戻るまで待たねばならなかった。したがって、わが中隊は少し遅れてようやく積み込まれた。私はモールでの時間を利用し、極上ワインを飲んでみようと思った。われわれはブドウ栽培農家でワインを試飲し、南斜面のワインの方がそれ以外よりも味が良いとすぐに分かるようになった。

ソ連軍はドナウ川支流のグラン川（ガラム川）［※スロヴァキアでは「フロン川」］を越えて大規模橋頭堡を構築しており、わが軍戦線とウィーンにとって絶えざる脅威となっていた。これを排除すべく、わが装甲軍団に加えてライプシュタンダルテ・アドルフ・ヒトラー師団を擁する武装ＳＳ装甲軍団も集結した。攻撃は一九四五年二月一七日に開始された。大隊は第3中隊の戦車わずか数輌を含む二二輌のティーガーを投入した。攻撃が勢いづいた後、大隊長車が砲塔側面に被弾した。フォン・ディースト＝ケルバー大尉は――全ての戦車長と同様に――方向を見定めるべく必然的に夜間にハッチを開けており、榴弾の破片で後頭部に重傷を負った。ヘーアライン少尉が攻撃を続行し、大隊長は装甲救急車に乗せられて後送された。彼はその後、プレスブルク（ブラティスラヴァ）の空軍病院に入院した。補給中隊長にして大隊の最先任中隊長であるウィーガンド大尉が前線にやってきて指揮を引き継いだ。私自身はこの攻撃に参加しなかった。というのも、第3中隊の大部分は遅れてペルベテに到着したからである。中隊は二月一八日早朝に出動可能となり、大隊の更なる攻撃に参加できた。明け方、われわれは大隊の枠内でキス＝ニファルに向かう線路沿いに攻撃した。三時間後にその地を占領したが、それ以前には強力なＰａｋ・戦車フロントを再び突破していた。われわれは砲兵隊による卓越した支援を受け、その前進観測員は六人目の乗員としてわが戦車に搭乗していた。かくして私は常に自分の要望を砲兵隊に直接伝えることができ、それは命令の形で砲兵に無線で伝達された。われわれは砲兵隊による煙幕の壁から幾度もぬっと姿を現し、ソ連兵を村から放逐することができた。ソ連軍の防御が揺らいだ。その場所を掃討した後、更に奥へ突進しようとすると、突如として、あからさまに敷設された地雷原の前に出た。時間を無駄にせぬように、私は下車して戦車用の道路を自ら啓開し、一九四三年にトロコノエでバウマン工兵曹長から教わったように、木箱地雷やタール地雷の信管を外した。半時間のうちに五〇個の地雷を処理した。われわれは無事に地雷原を通過することができた。

最初の中間目標に到達したが、微弱な抵抗にしか遭遇しなかった。そうこうしているうちに、われわれはソ連軍戦線のかなり背後に来ていた。師団から新たな命令が入電した。復号したところ、われわれは当初、これは何かの間違いだろうと思い、再送を依頼した。いや、間違いない、現在地から約二〇キロメートル離れた新たな目標を命ぜられたのだ。辺りはもう暗くなっていた。したがってわれわれは攻撃を続け、原野をかまわず突っ切り、時おり敵の戦車に遭遇し、砲撃戦を行い、撃破し、更に進んだ。一番難しかったのは、漆黒の闇の中で現在地を知ることだった。真夜一二時頃、かなり湿地の多い場所に出くわし、苦労した。少し遠くの左前方に「友軍」の標識である白色信号弾が上がるのが見え、ドイツ軍戦車の典型的な音も聞こえた。更に一時間後、直接連絡を取ることができた。これは北方から進撃してきたライプシュタンダルテ・アドルフ・ヒトラー師団で、四〇輛から五〇輛の戦車をもって攻撃していた。当初われわれは彼らに加わったが、その後は師団命令によって停止した。これはムスラ地区でのことだった。ヴィーガント大尉は連接のため師団に向かった。私が戦車隊と共に数時間、補給を待っていると、〇四〇〇頃にそれが到着、待ち焦がれていた野戦炊事班も一緒だった。ところが料理は冷たく、温かいのはコーヒーのみだった。〇七〇〇時頃、私は戦車隊と共に命令どおりケベルクート［※グベルチェ］に到着した。ここでは、新たな命令を受けていたヴィーガント大尉がわれわれを待っていた。われわれは二つの村を解放することになったが、どうやらソ連軍はティーガーの到来を嗅ぎつけていたようだった。彼らは逃げ去っており、われわれは大した抵抗も受けずにこの任務を完遂した。ここで一息つきたいところだったが、入電した新たな任務に追われた。

今回の進軍は山間部へと続いた。われわれは四八時間一睡もしておらず、特に操縦手にとっては一苦労だった。早春の美しい陽光がせめてもの埋め合わせだった。新たな目標地には夕方に到達した。われわれはこれを待ち望んでいた。なぜなら、ケメンドへの夜襲にすぐにでも参加することになっていたためである。したがって、またも睡眠なし。攻撃地は困難な地形で、深い峡谷をいくつも横断せねばならなかった。辺りは暗く、いつなんどき会敵するか分からないときては、二重に落ち着かなかった。われわれは既にソ連軍戦線を越えていた。戦線は放棄されており、不気味極まりなかった。通過困難な峡谷を越えると、わずかに下に傾斜している広い高原がわれわれの前に現れた。攻撃方向は推測するしかなかったので、非常にゆっくりと前進した。だが、本当の困難は夜明けにやってくることが私には分かっていた。もし実際に夜にケメンドに着いたら、日中にそこで頼りになるのは自分たちだけだろう。なぜなら、グラン川の対岸にあるソ連軍陣地から丸見えになるからである。昼間は補給や補充など不可能だった。しかし、これは後ほど何とかして実施せねばならなかった。われわれの攻撃は差し当たって続行していたが、ソ連軍の沈黙は不気味だった。不意にまたも地雷原に出くわした。右も左も目の前も、全て地雷であふれていた。それどころか、われわれは境界線の見分けがつかない地雷原に既に部分的に踏み入れていた。数千の地雷がここに敷設されているに違いなかった。それらを除去しようとしたものの、入念に敷設されていた上、完全に凍りついていた。われわれはほとんど前進できず、結局ここでは何もできないと悟らざるを得なかった。破損した履板を交換しようと必死で作業した。その際はいくつかの地雷がまたも爆発した。不快な状況であり、何かが起きるに違いなかった。地雷原を突破できず、既に明るくなり始めていたので、後退するしかなかった。これは二月二〇日のことであり、私の出動はこれが最後の日となるのだった。

ちょうど峡谷まで後退すると、朝一番の陽光の中でソ連軍に煩わされた。彼らは戦車で非常に勇敢に攻撃してきたが、戦車戦ではわれわれにいくらか分があった。昼頃には状況は落ち着いた。ヴィーガント大尉は戦闘指揮所に戻った。私は防御用に戦車二輌を前方に置き、残りの戦車と共に二キロメートルほど離れた採石場まで後退し、乗員が休息をいくらか取れるようにした。二時間ごとに前方と交代することにした。私はわが戦車の車体後部の上で横になり、下から上がって来るエンジンの熱と頭上の太陽を味わいながら、すぐに眠りに落ちた。しばらくすると、よりによってこの狭い場所が突如として砲撃された。榴弾の破片で私の左肘が砕かれた。

夢うつつの中でそれに気づいたが、本当にそのことが分かったのは、軍医が何やら私の腕を弄っている時だった。救急包帯を巻いてもらい、装甲兵員輸送車に乗せられて戦闘指揮所のあるケベルクートに搬送され、そこでビュリー博士に手当してもらった。皆にとても心配され

1945年2月にプレスブルク(ブラティスラヴァ)の空軍病院に搬送されたフォン・ローゼンに付き添った第503重戦車大隊第2中隊長ヴォルフラム・フォン・アイヒェル=シュトライバー大尉。

軍病院のベランダで赤十字の看護師と共に春光を楽しむ負傷者。

た。

私は今や中隊の指揮を引き継いだコッペ少尉と重要事項を隈なく話し合った。

モルヒネを打たれていたので、痛みには耐えられた。私はヴィーガント大尉に離任報告を行い、まず整備廠に向かい、そこでバークハウゼン中尉と夕食をとった。その後、大隊長の快適なメルセデスで、タルドシュケッドにいる段列まで運ばれた。深夜一二時頃にそこに着くと、ミュラー先任下士官が待っていた。モルヒネのおかげで、少なくとも熟眠はできた。

翌朝、自分で処理しようと思っていた重要事項、つまり昇進や勲章授与その他について事務室で口述筆記させた。

その後、別れを告げるため、中隊の有能な下士官を呼んだ。最後に、ちょうど前線での作戦行動に就いていなかった中隊員全員の前で、離任の挨拶を行った。かなり気分が悪く、包帯も血があふれんばかりに滲んでいたので手短にすませた。

部下に対する最後の言葉は、この時点では自分自身でも固く信じていたものだった。「二カ月後には諸子のもとに戻ってくるぞ!」

それから一人ひとりと握手し、大隊長の車でプレスブルクの空軍病院へと搬送されたのだった。

軍病院と終戦(一九四五年二月〜七月)

プレスブルクまでフォン・アイヒェル゠シュトライバー大尉に付き添われた。わが大隊長フォン・ディースト゠ケルバー大尉も空軍病院にいたので、同室にされた。最初の数日間は、できる手当はあまりなかった。傷が大きく、腫れがひどかったため、腕にギプスをはめることができなかった。傷は麻酔下で二度治療され、榴弾の破片と骨片を除去した。化膿がひどかった。私の再三にわたる要望で、軍医からは毎日のように鎮痛剤を注射してもらったが、中毒にならないような量しか与えられなかった。数日後、大隊長が念願かなって退院を許されたので、手紙を書くのをできるだけ手伝ってもらった。だが、負傷したことを両親に知らせるこの手紙は届かなかった。両親が私から最後に受け取った郵便物は、一九四五年二月一七日付けのものだった。私の軍事郵便よりも先にフランス軍がバーデン地区に到達していたのである。

私は長らく病床にあった。ギプスなしでは骨が癒合せず、しかも関節が粉々になっているため上腕と下腕の両端が接合できず、軍医らは少し戸惑っていた。腕はまだかなり腫れており、傷口は化膿したままだった。切断については何度か話題に出たが、軍医らにはそのつもりがなかった。私は後送可能になり次第、本国の軍病院に転院することになった。その頃、わが中隊は休息を取っており、時おり隊員が車で見舞いに来てくれた。既に二月末［※］となったある日の午後、またも驚きの訪問を受けた。非常に改まった顔をしたフォン・アイヒェル＝シュトライバー大尉が、わがシュピースのミュラー、ザクス曹長および軍病院の軍医たちを従えて私の部屋に入ってきたのである。アイヒェルは、私に授与されたドイツ十字金章を大隊長の代理で届けてくれた。ミュラーは大量のアルコール類に加え、自分で焼いたトルテや魔法瓶に入れた豆コーヒーも持参してくれた。ますます大勢がわれわれの愉快な一団に加わり、ますます頻繁に私のために乾杯してくれたので、その日はそれ以降、鎮痛剤を必要としなくなったほどだった。中隊からは兵全員の署名入りの滑稽な祝辞を、大隊長からは非常に心のこもった手紙をもらい、とても嬉しかった。両方とも、私にとっては今でも貴重品である［※414ページの写真にあるフューアリンガー第1中隊長からのカードの日付（三月二一日）と、416ページにあるフォン・ディースト＝ケルバー大尉からの手紙の日付（前同）から、この訪問を受けたのは「二月末」ではなく、「三月下旬」であろう。おそらくドイツ十字金章の書類上の授与日（二月二八日）と実際の受領日とを混同して生じた誤記と思われる］。夕方、プレスブルクのドイツ特命全権公使が軍病院を訪問した。一九三九年に私のＳＡ騎手免許試験を担当したハンス・ルディン特命全権公使は、一九四一年にＳＡ大将から外交団に転向し、一九四七年にブラティスラヴァで戦犯として絞首刑に処された。彼は私のベッドの前に立って祝いの言葉をかけてくれ、私の頭上の黒板に書かれた名前を読むや、「ラシュタットのローゼン爺さんの息子さんか」と訊いてきた。私がそうですと答えると、ラシュタットで城塞禁固になった際に私の実家で何度も日曜日の昼食に招待されたことを思い出していた。その翌日、彼は使節の若い女性秘書にシャンパン二本を持たせて寄こした。

数日後、私は病院列車で本国に移送されることになった。ところが、またしても運に恵まれた。三月中旬、軍集団の顧問外科医でグライフスヴァルト大学の一教授が、定期訪問のために軍病院にやってきた。彼は、軍集団域内の軍病院を全て自由に使うことができ、治療困難な事例に対して助言したり、場合によって自ら執刀したりしていた。プレスブルクでは四件の難治療が彼に紹介されていた。私を診察するや、彼は直ちに手術に取り掛かり、それによって私の腕は硬くなったものの、保たれたのである。彼は天才的にも、胸・上腕・下腕ギプスで私の腕を一九〇度曲げて固定し、その際、傷口部分を開いたままにし、傷口に達するフックを使ってこの位置で骨を固定した。こうすることで骨が癒合する見込みがあった。

三月末、ソ連軍は既にプレスブルクに危険なほど接近していた。町を離れる最後の病院列車に私も乗せられ、復活祭の日曜日に本国国境を越えた後、一九四五年四月三日にガルス・アム・インの軍病院に送られた。四月六日にはハーグ・アム・インの軍病院に移された。ここではミュンヘンの高名なフレイ教授が医長を務めており、私は最高の医療チームの手に委ねられた。ここ数週間でかなり体重が減ったので、ギプスが緩くなりすぎ、こすれ始めた。何たる苦悶か！　そこで、部分的にひどく化膿した新たな傷を治療できるように、ギプスに切れ目を入れるのを手伝ってもらった。

もちろん、私は前線の出来事についても注視しており、四月には更なる大都市が毎日のように陥落した。終わりが非常に近いこと、われわれの完敗は何らの奇跡によっても免れ得ないことは、もはや明白だった。四月二〇日の「総統誕生日」にゲッベルスが述べた賛辞は、相変わらず「昔も今もわれらにとって変わらぬ存在でありますように、われらがヒトラーよ！」という一文で締めくくられていた。このフレーズを覚えていたのは、ギムナジウム七年生の時に、ゲッベルスによるこうした誕生日の演説を間接話法で暗唱させられたからだった。われわれは、こんな課題はくだらないと当時すでに思ったものだが、一九四五年四月二〇日のこの状況下で今またこの言葉を聞くとは頭を振るしかなく、いったいどんな人々にこれまでずっと何年も乗せられてきたのかと、驚くほかなかった。五月一日、ヒトラー死去の特報が届いた。不当にも、この情報は一二時間われわれに伏せられていた。そ今や「帝都攻防戦で戦死した」などと言われていた。そんな報に接して何が頭をよぎったかと言えば、あまりに無意味になり果てたこの殺戮に、ようやく終止符が打てるということだった。早くしてくれ、終わりのない恐怖よりも、恐怖で終わる方がましだから。私自身に関しては、この数日前にはギプスが外されていた。胸甲が取り外されるまでの長い道のりだった。骨は癒合していたが、肘の傷は依然として大きい上に化膿が続いていた。ギプスの重さから解放されて非常に軽くなった腕は、包帯で吊ることができた。手首は硬直しており、肩の関節は自由な動きには程遠かった。初めて着替え、初めて村を散歩したものの、すぐに軍病院に戻ってほっとした。日を追うごとに少しずつ快方に向かった。今は肘だけが包帯を巻かれて太くなっていた。小さな骨片が何度も化膿して出てきたが、それはそれで良かった。四月二六日、米軍が到着するまで軍病院に留まるか、自分で選んだ場所に直ちに向かうかの選択を迫られた。私は後者を選んだ。ここよりもテーゲルンゼーの方が環境の変化に富んでいると思ったのと、まだ傷の治療が必要だったこともあり、テーゲルンゼーの軍病院に移してもらった。ブリッタおばさんがテーゲルンゼーのロットアッハにいることはまだ知らなかったが、いとこのブリッチェン・エアラッハーがいるボッシュホーフがその近くにあるはずだった。私は身分証とカルテ、いくらかの携行食をもらった。装具をベルトに着け、出発した。鉄道もバスも、公共交通機関はもはや運行していなかったので、ヒッチハイクをせねばならなかった。とはいえ、国防軍の車輌が途中に多数あったので、これはかなりうまくいった。ただし、地図を持っていなかったので、遠回りした上に少し道に迷ってしまった。計画どおりとはいかなかったものの、昼頃にオーストリア国境のブランネンブルクに到着した。そこで目的地の方向に連れて行ってくれる車を待っていると、何人かのフランス人義勇兵と会話したが、彼らは自分たちがどこに向かえばよいのか、良く分かっていなかった。負け馬に賭けてしまった哀れな連中だ。夕方になってようやくテーゲルンゼーに到着した。なんと素晴らしい場所か！　荒らされていない手つかずの自然。

軍の中央病院に出頭すると、旧簡易ホテル『バイエルンハイム』という軍の臨時病院に入院するよう指示された。患者の半数は将校であり、私は感じの良い意欲旺盛な少尉二人と三人部屋に入れられた。まずは二日間の休暇をもらい、再びヒッチハイクでボイアーベルクのボッシュホーフにいるいとこのエアラッハーのもとに向かった。そこにはカールスルーエから来たリリーおばさんもいた。彼女はカールスルーエに滞在していたヴァルターおじさんを通して、ラシュタットにいる両親に関する情報を取りあえず私に教えてくれた。翌朝〇六〇〇時、興奮ぎみの親戚に起こされた。ゲルンググロス大尉なる人物［※「バイエルン解放運動」を率いたルップレヒト・ゲルンググロス大尉］がミュンヘンでクーデターを起こし、連合軍に不戦開城をしようとしていた。だが、クーデターはすぐに鎮圧された。とはいえ、少なくともボッシュホーフでは、万が一の事態に対する懸念が当初は大いにあった。私は制服を着ており、一刻も早く姿を消した方が良いので、ヒッチハイクでテーゲルンゼーに戻った。これに先立ってボッシュホーフでは、ブリッタおばさんがロットアッハにおり、クルトおじさんは代替病院に改装されたテーゲルンゼー城にいることを知った。私は同じ日の午後、クルトを訪ねようと思った。彼が世界大戦中の一九一五年に受けた戦傷は、事あるたびに何度も口を開けた。彼はかなりみすぼらしい広間に九人の男たちと共におり、私を見て驚くと同時に喜び、親族として温かく迎えてくれた。いろいろ話をするに飽き足らず、私について多くを知りたがったが、両親についてだけは何も教えてやることができなかった。いとまを告げる前、彼は電話の所に行き、ロットアッハにいるブリッタおばさんに電話した。「ここに誰がいると思う？　リヒャルトだよ！」。ブリッタおばさんは最初、リヒャルトというのは隊付軍医としてクーアラントにいるはずの、長らく音沙汰のない自分の息子のことだと思った。その後に勘違いと分かり、彼女にとってはむしろがっかりだった。翌日の日曜日、クルトおじさんと一緒にブリッタおばさんを訪ねた。その日は春らしい素晴らしい陽気で、われわれと同じように湖畔を散策している人が大勢いた。誰もが平和を期待しており、少なくともこの穏やかな環境の中で、どの顔も希望に満ちていた。一族のもとに戻れて良かった。ブリッタおばさんはいつもと変わらず接してくれ、昨日の失望の色は微塵も感じさせなかった。

その後、また戦争に追いつかれた。四月三〇日、米軍がミュンヘンに侵入した。今やここでも彼らの出現が日々見込まれた。米軍は迫撃砲による何度かの砲撃をもって到着を知らせ、その砲弾はわれわれのすぐ近くのザンクト・クヴィリーン付近に着弾した。われわれのバルコニーからは、何輌かのシャーマン戦車が湖畔道路をヴィースゼーに向かって前進していくのが見えた。ドイツ軍の抵抗は皆無だったが、非常に慎重かつゆっくりと進んでいた。われわれは双眼鏡でこの光景を見ながら意見を言い合った。午前中には、私も他の大勢と同じように近くの森の中に拳銃を埋めた。油を塗った布に包み、後で見

米兵に身体検査を受けるドイツ軍捕虜。

つけられるように、目立つ木の下に隠した。おそらく今もそこにあることだろう。夕方になると、米軍が既にテーゲルンゼー村に侵入したとの噂が広まった。翌朝、われわれは全員が自室に留まるよう命ぜられるとともに、米軍の軍医がわれわれの軍医長と共に部屋から部屋へと見て回り、個々の症状を説明させた。軍病院敷地の入口の前には今や米軍の衛兵が一人立っており、われわれはもはや敷地から出ることができなかった。親戚を訪問できなくなったのは残念だった。アルザス出身の一兵士が連れ去られ、二日後にわれわれを訪ねてきた際にはフランス軍の制服を着ていた。私は彼に両親宛の手紙を託し、それがフランス占領域内に運ばれてくれればと願った。だが、それが届くことはなかった。

五月八日、全面降伏の効力が発効した。やっとだ。それが避け得ないことは、もう何日も前から分かっていた。戦いはこれ以上なく、まだ完全な平和ではないものの、空襲も銃撃も死者もなく、負傷者が新たに出ることもなかった。戦いや危険のない生活が続くのだという希望があり、いつしか本当に平和がやってくるかもしれないと思えた。テーゲルンゼーには夕方になると再び明かりが灯され、長年の暗闇に慣れていたわれわれの周囲にも明るさが戻ってきた。だが、この日を経験し得なかった大勢の人々に対する大きな深い悲しみは消えなかった。戦友への心配も募った。あの中で誰が生き残っただろうか。今ごろ全員がソ連軍の捕虜になっているのだろうか。いつか再会できるだろうか。

この頃の私はハンニバル・フォン・リュッティヒャウ少佐［※元第509重戦車大隊長］や、外務省のフォン・リンデン中尉と多くの時間を過ごしていた。行動の自由がない日々はかなり長く、リュッティヒャウとは「農夫のスカート」［※トランプゲーム］やポーカーをしょっちゅうやった。われわれ三人で議論も盛んにした。私にとっては、起きたこと全てを今日明日に非難できるものではなかった。ここでは突如として全てが「バイエルン的」になり、ドイツ的なものはもはや皆無だった。私には、それが非常に不愉快だった。私は、バイエルン政権に入りたがっている顔の広いリンデンから「青銅の岩《ロシェ・ドゥ・ブロンス》」［※ゆるぎない物の例え。ヴィルヘルム一世の言葉から］と呼ばれた。われわれは今やドイツ赤十字ではなく、バイエルン赤十字の世話になった。新聞はまだなく、放送局は米軍の手中にあった。そこで聞かされた多くはプロパガンダと受け止められた。この戦争に付随して生じた身の毛もよだつ事態について、われわれはまだほとんど何も知らなかった。少なくともホロコーストや強制収容所の組織的規模については全く知らなかったし、それを知った時、最初はあまりにも理解しがたいことだったので、これらの恐ろしい光景に目を見開くことができるようになるまでに、しばしの時間が掛かった。差し当たって忙殺されたのは、自分自身が責任を負わねばならない人生についてや、目の前にある時間についてなど、ごく当たり前の事柄についてだった。軍隊では誰かがいろいろと考えてくれたが、今は自分で考え、自分自身に責任を負わねばならなかった。

六月中旬、ドイツ系ユダヤ人が多数を占める米軍尋問官によって全員が尋問された。訊かれたのは、家族や職業、党組織に属しているか否か、軍務期間などだった。尋問官はドイツの状況を驚くほどよく知っており、質問は非常に的確だったので、正確に答えねばならなかった。私は左腕にまだかなり大きな包帯を巻いており、脇の下にSS慣例の血液型の刺青が入っているかどうかを判断するため、包帯をほどく必要があった。六月二五日、遂にその時がやってきた。医学的に可能な限りにおいて、われわれ全員が退院することになった。〇八〇〇時、テーゲルンゼー軍中央病院の前に階級順に整列させられた。その後、矢継ぎ早に名前が読み上げられ、一人ひとりが前に出て退院証を受け取った。それを受け取った者はこれで自由になり、帰郷できた。式が終わり、私を含めた五人がその場に居残った。われわれは、なぜ退院証が受け取れなかったのか分からず、非常に落胆した。すると、ジープが二台やってきて、乗るよう指示された。

ジープはバート・アイブリングの巨大な捕虜収容所に向かった。管理棟がいくつかある以外は、捕虜二〇〇人から三〇〇人ずつ用に大きな囲いがあるだけで、風雨除けは皆無のくせに、有刺鉄線で囲まれていた。草は何ら残っておらず、踏み荒らされた地面は柔らかくなり、ぬかるんでいた。収容所に到着したわれわれは、まず上着と帽子の国章、肩章と襟章を外すように命ぜられた。今や単なる捕虜何某でしかなかった。食事は惨めで、脂肪の玉がいくつか浮いた水っぽいキャベツスープが日に一度出るだけだった。夜はある程度乾燥している場所を探した。毛布などなく、各自の服だけで暖を取った。この頃は夏のような暖かさではなく、天気は荒れ、しょっちゅう雨が降った。私はわが中隊のグラムリヒ伍長と出会った。彼は既に数日長くおり、ここのやり方を知っていた。中隊については何も知らなかった。彼もしばらく前に中隊を離れており、その後はどこかで「ヘルデンクラウ」（最後の戦力となる人員の軍籍編入）活動の中で拾われ、歩兵として戦うことになっていた。彼がどうやってアイブリングに来たのかについては、もう覚えていない。

テーゲルンゼーで経験したのと同じような尋問が再び行われた。ここの尋問官の方がはるかに非人間的で不愉快だった。とはいえ、すぐに釈放証をもらった。その間にも、フランス占領域に居住している者が選り分けられた。次の日、つまり私の二三歳の誕生日、われわれはダッジトラックに積み込まれて出発した。われわれの黒人運転手は話をしたがっており、誰か英語が話せるかと訊いてきた。そこで私は前の運転台に座り、道を案内することになった。一行はフランス占領ゾーンのトゥットリンゲンに向かった。その際はミュンヘンを経由した。名状しがたいこの破壊。焼け落ちた廃墟がまだ部分的に残っていたが、再び市街地の道に入ると、左右全てが平らになっており、道路の両側には山と積まれた瓦礫が延々と続いていた。かつてここに住んでいた人々はどこにいったのだろうか。路上には人の姿がわずかしか見えなかった。再建には何世代も掛かるだろう。その後、まだ路面電車が走っている地域に戻ってきた。郊外では破壊は少なかったものの、ここもひどい状態に見えた。われわれは田園地帯も経由した。小ぎれいな、破壊されていない村や小都市での生活は普通に見えた。一七〇〇時頃にトゥットリンゲンに到着した。私は収容所までの経路について尋ねた。「引き留められないよう、気をつけろよ。毎日ここからフランスに移送されているからな」。またも捕虜、しかもフランスの捕虜になろうとは。今やフランスが戦勝国に属していることは、われわれにはいささか滑稽に思えた。なんと言おうと、当時われわれはフランスをわずか数週間で完膚なきまでに叩きのめしたのだ。フランスの捕虜収容所にやってきた時、そんなようなことを考えていた。収容棟まで黒人運転手に付き添われ、そこで身分証の検査とフランス入国許可を受けた。これは同時に故郷へのパスポートでもあった。そうしたものがなければ居住地を離れることが許されなかったからである。誘導されながら全員がトラックに戻ってくると、親切な運転手が明日はシュトゥットガルト経由で帰るとわれわれに教えてくれた。シュトゥットガルトに一緒に行きたければ歓迎するし、〇九〇〇時に収容所前を出発するとのことだった。トゥットリンゲンからライン渓谷への交通の接続は非常に面倒であり、シュトゥットガルトから鉄道で行こうとしていた私にとって、これは願ってもないことだった。宿泊所を探したところ、カリタス会や類似団体が大規模な収容施設を維持していた。自由になった最初の夜、民間人としての最初の夜だった。今はもう捕虜ではないのだから。ここでも、できるだけ街に出ないように警告された。フランス人が誰かれ構わず誘拐しており、信用ならないという。トゥットリンゲンの彼らの軍隊に信頼が置けるようには思えなかった。

われわれの車輌は翌日曜日の〇九〇〇時ちょうどに到着し、シュトゥットガルトまで一緒に送ってもらった。シュトゥットガルトの路面電車の終点で降ろしてもらったわれわれは、大いに力になってくれた親切な運転手に手厚く礼を述べてから別れた。私は、彼がわれわれを気の毒に思っているような印象を受けた。シュトゥットガルト郊外のどの辺にわれわれがいたのかは、もう覚えていない。われわれが少し途方に暮れて教会広場に立っていると、鐘が鳴り響き、礼拝を終えた人々が出てきた。皆が日曜日らしい服装をしており、休日気分だった。われわれ復員軍人はかなりみすぼらしく見えたことだろう。寄ってきた人々に話し掛けられ、家に招かれた。間もなくわれわれは親切な人々と日曜日の食事を共にした。しかも役立つ助言をもらった。「シュトゥットガルトを移動する際は路面電車には乗りなさんな。路線が合流するシュロスプラッツじゃ、元兵隊らしき恰好をした人間はみんな電車から連れ出されている。ここじゃ勝手がまかり通っているし、われわれには何の権利もない。鉄道で町を遠回りしてツッフェンハウゼンに行きなさい。駅はまだアメリカ軍が押さえているし、フランス軍もそこじゃ君たちに手出しできないからね」。私はこの助言に従って無事にツッフェンハウゼンに到着したが、カールスルーエ行きの貨物列車が出発するまで何時間も駅で待たされた。そこに到着したのは真夜中であり、しかも中央駅ではなく、西カールスルーエ駅だった。二二〇〇時以降は外出禁止だったので、駅に泊まる必要があった。他の大勢と共に貨物倉庫で一泊した。体を丸めて寝た。明日の今頃は絶対に家にいるはずだ！

朝一番に町中を歩いて中央駅まで行き、列車について尋ねた。ラシュタット行き列車は午後にあるかもしれないとのことだった。私は町を散策した。ここでも多くが破壊されていたが、ミュンヘンの方がもっとひどく見えた。カールスルーエには米兵がいたので、危険に曝されることなく移動することができた。米仏占領地区の境界線は、カールスルーエとラシュタットの間のドゥルマースハイム付近を走っていた。そこの道路と検問所には遮断機があり、本当の境界線があった。一七〇〇時、遂に旅客列車がラシュタットに向けて出発した。ラシュタットの改札口を通った時、駅員にズィビレン通りの様子を訊いてみた。「全部そのままだよ」という答えに安心した。駅の施設、ルートヴィヒ・ヴィルヘルム通りを抜け、わが家のあるズィビレン通りに曲がった。何とも言えない気分、全てが終わった果てのこの帰郷。輸入食料品店で夕食用に何かを買った母親の姿は遠くからでも分かった。こちらに向かってきた。その顔はどれだけ疲れて見えたことか。私に気づくと互いに駆け寄った。「帰ってきたのね！」

この瞬間がどれほど感動的だったか、今でも筆舌に尽くしがたい。私は母に手を引かれながら家まで歩き、庭を通って裏口に向かった。「エーリヒ、リヒャルトよ！」と母が叫び、ベランダに近づくと、父が――私はこの光景をまだはっきり覚えている――飛び上がって絶句する中、われわれは互いに歩み寄った。父の顔が晴れやかになったが、長年の心配と苦労、屈辱の後でもあり、こんなことは滅多にないことだった。両親のもとに帰郷したこと、そして両親も生き残っていたとようやく分かったことが、どれだけありがたかったことか。この数行を読んでもらえれば、私の幸福感を感じてもらえるだろう。

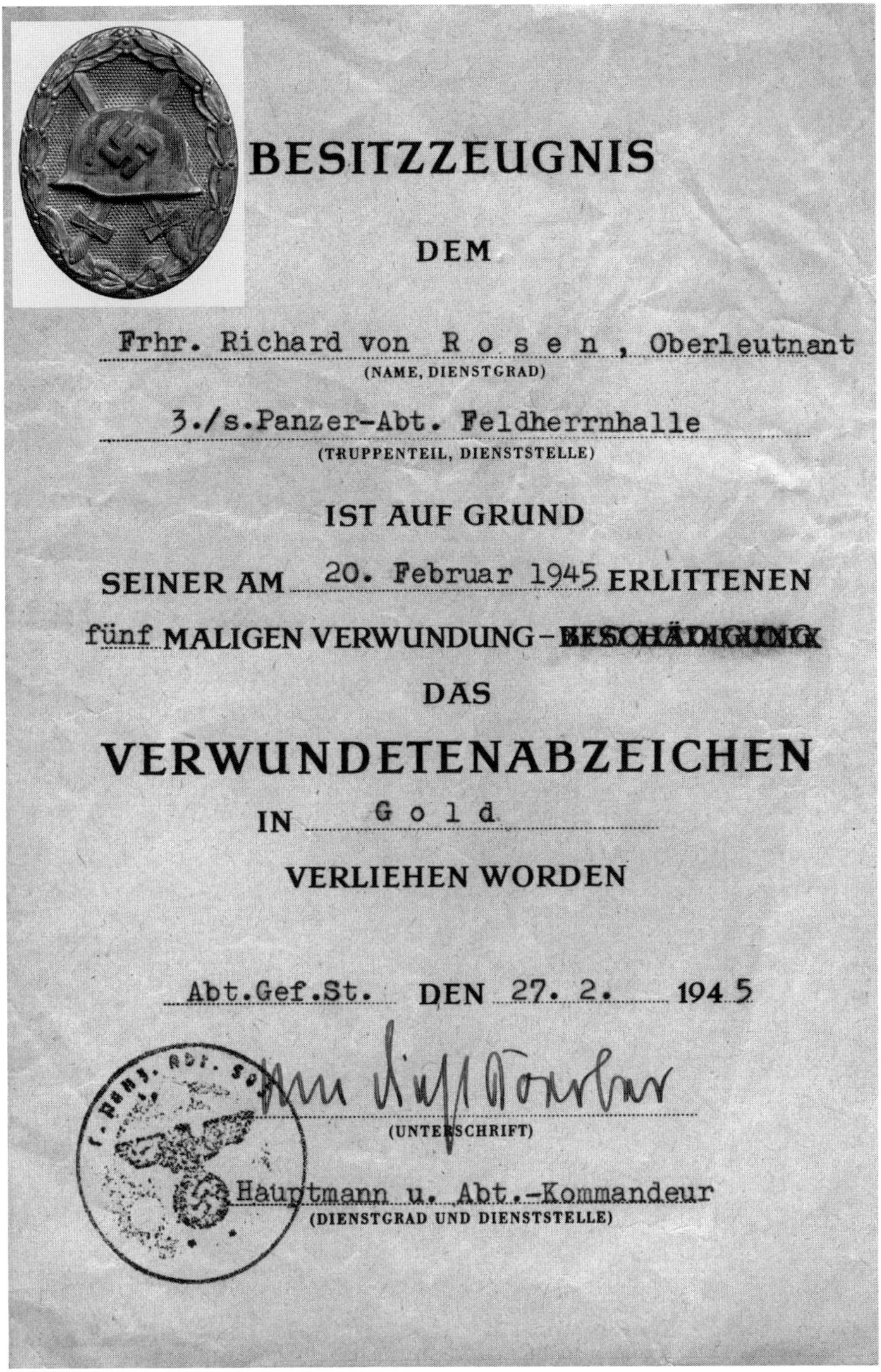
BESITZZEUGNIS

DEM

Frhr. Richard von R o s e n , Oberleutnant
(NAME, DIENSTGRAD)

3./s.Panzer-Abt. Feldherrnhalle
(TRUPPENTEIL, DIENSTSTELLE)

IST AUF GRUND

SEINER AM 20. Februar 1945 ERLITTENEN

fünf MALIGEN VERWUNDUNG-~~BESCHÄDIGUNG~~

DAS

VERWUNDETENABZEICHEN

IN Gold

VERLIEHEN WORDEN

Abt.Gef.St. DEN 27. 2. 1945

(UNTERSCHRIFT)

Hauptmann u. Abt.-Kommandeur
(DIENSTGRAD UND DIENSTSTELLE)

五度目の負傷の後にフォン・ローゼン中尉に授与された戦傷金章。5度負傷したにもかかわらず戦争を生き抜いたのは極めて幸運だった。[※1945年2月27日付け]

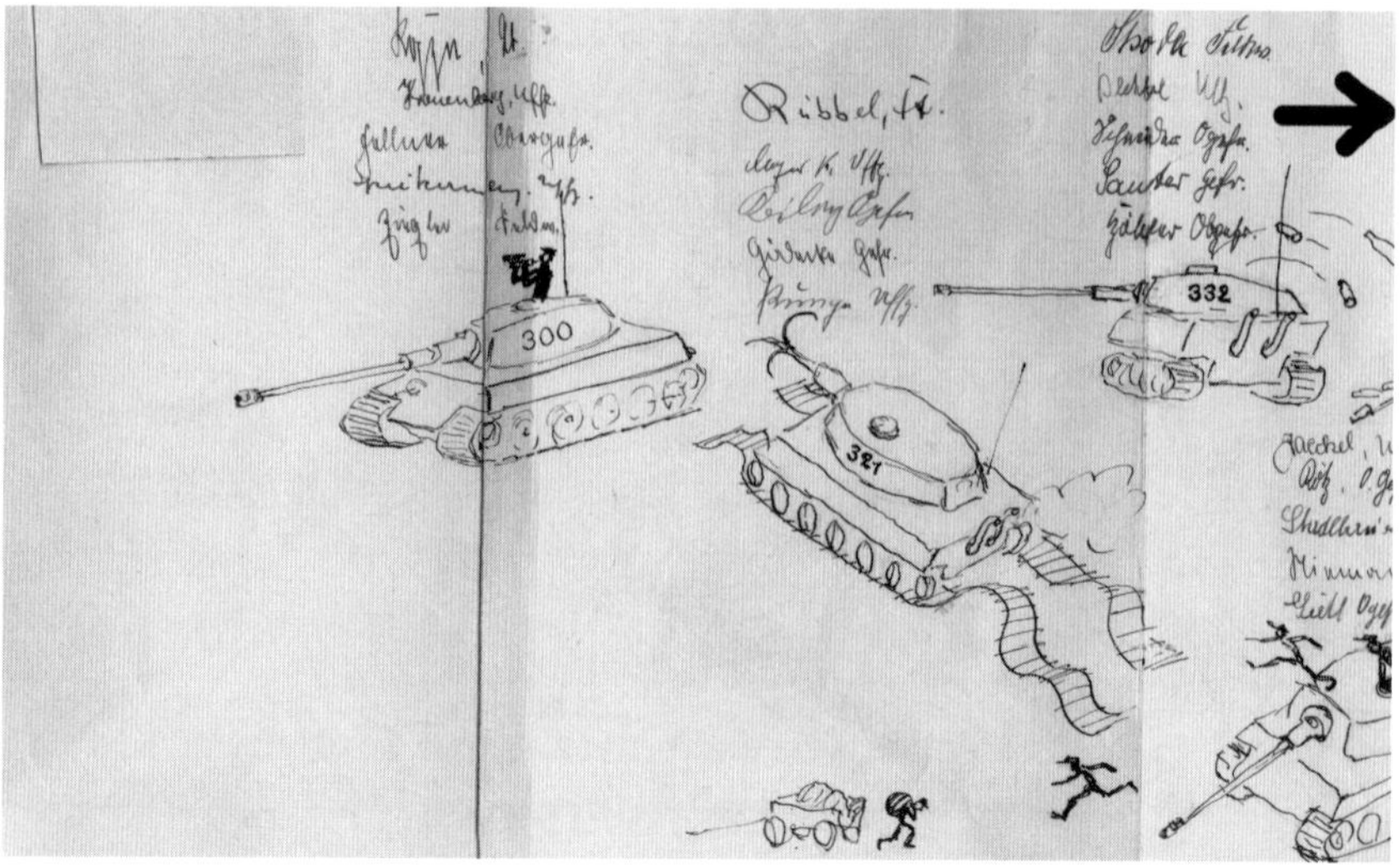

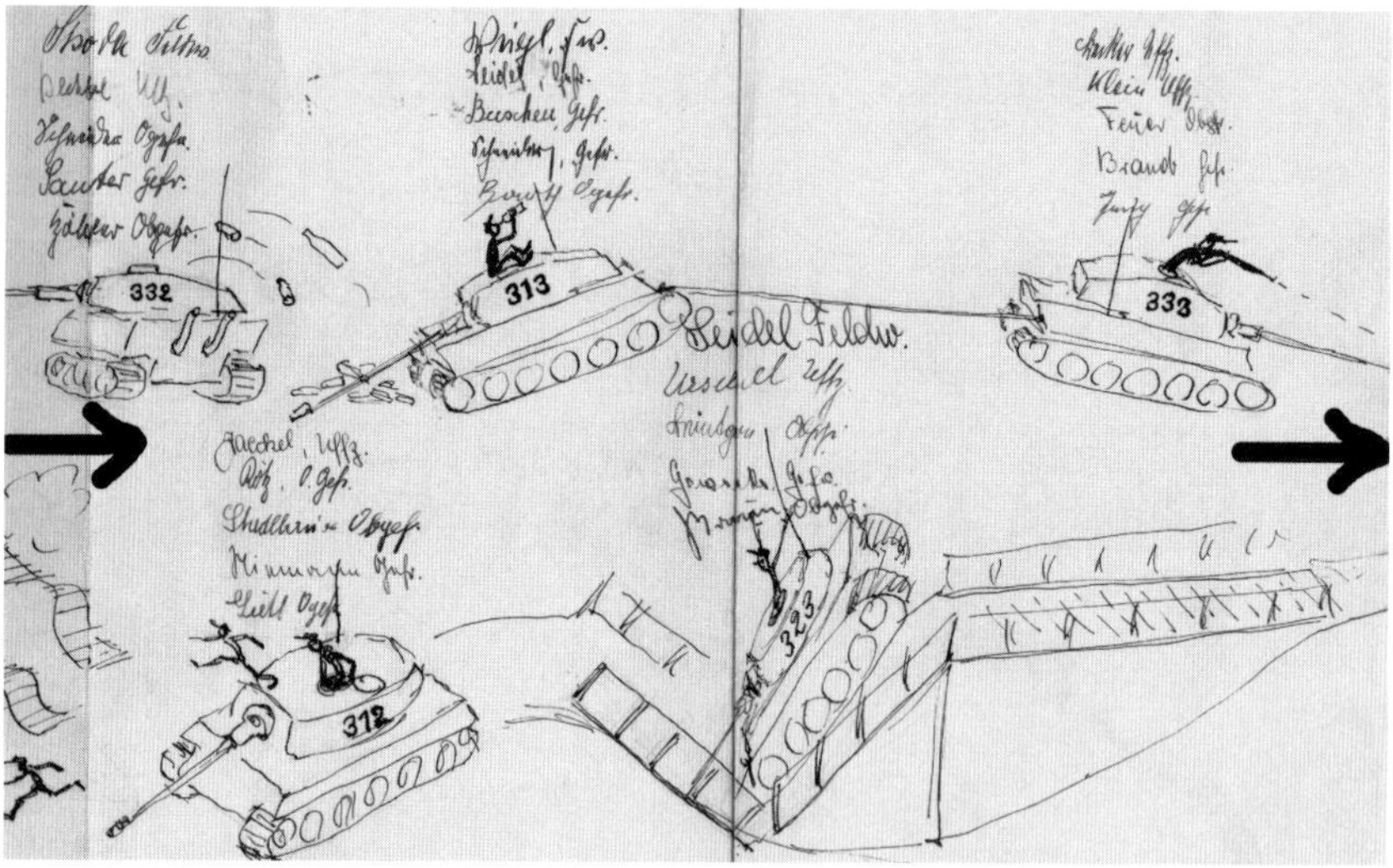

フォン・ローゼン中尉が1945年2月末にプレスブルクの軍病院に入院していた際、リンサー少尉は第503／フェルトヘルンハレ・ティーガー大隊での事態推移をスケッチし、それに全員の署名を書かせた。今日まで保存されているこの希少な文書は3分割されている。矢印に沿って御覧いただきたい。[※各車の乗員名は多数あるため、とりあえず車長名のみ記す：「300」＝フォン・ローゼン中尉、「321」＝ルッベル少尉、「332」＝スコーダ軍曹、「312」＝イェッケル伍長、「313」＝ヴァイグル軍曹、「323」＝ザイデル軍曹、「333」＝ベッカー伍長「322」＝シュミット軍曹]

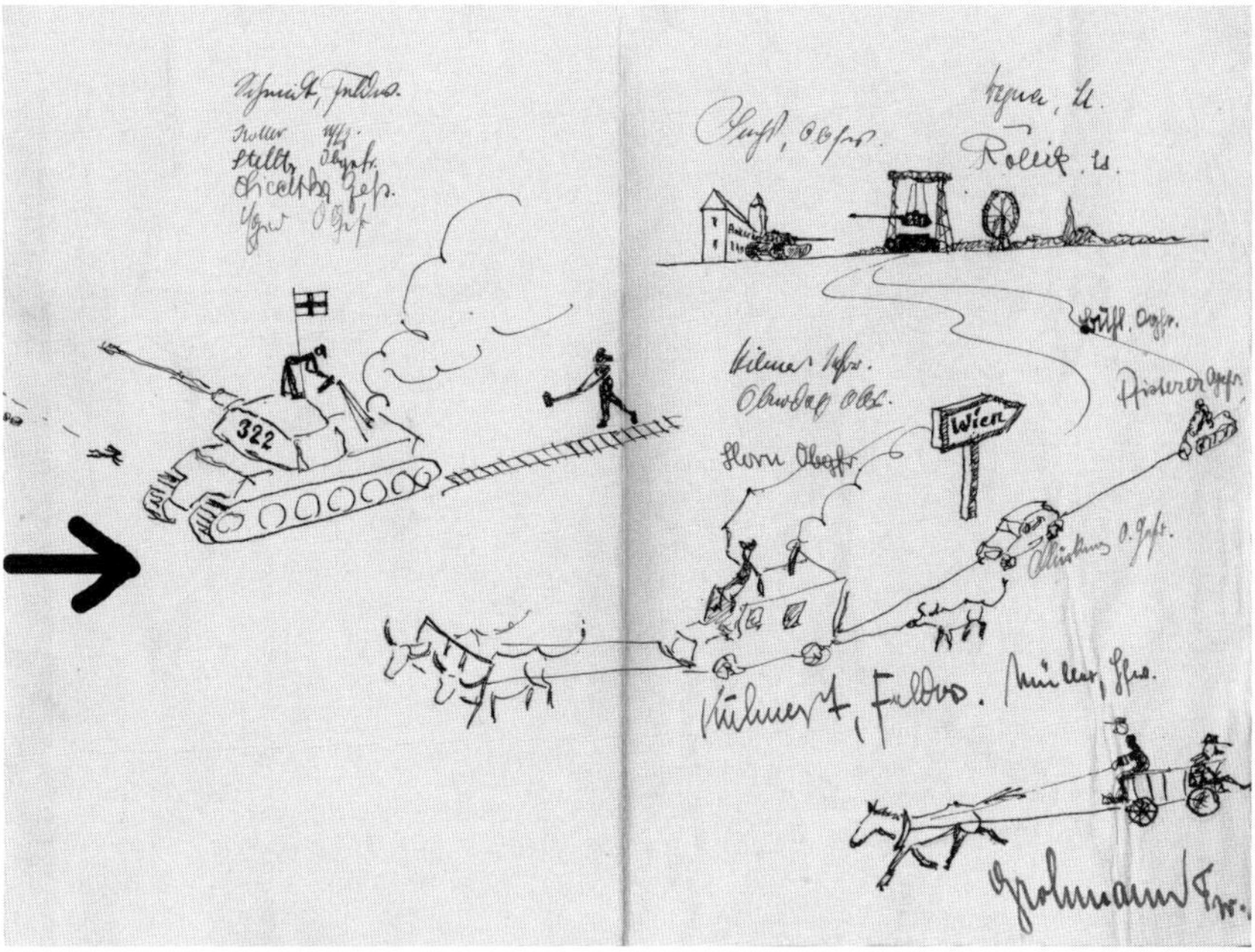

フォン・ローゼン少尉へのドイツ十字金章の授与に際して送られた中隊全員の心のこもった祝賀状と、リンサー少尉が現物を模して賀状の見開きに描いた十字章。その下にあるのは現物であり、兵士たちの間では嘲笑的に「目玉焼き」とも呼ばれていた。[※旧書体(ズュッターリン)にて書かれた文面内容:「全員が衷心よりお祝い申し上げますとともに、早期の全快をお祈りいたしております」]

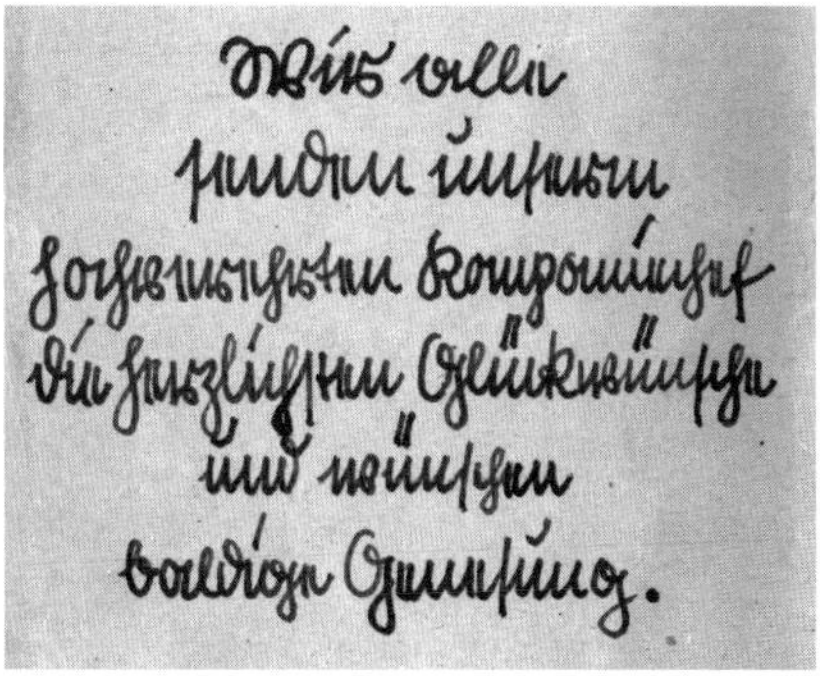
Wir alle
senden unserem
hochverehrten Kompaniechef
die herzlichsten Glückwünsche
und wünschen
baldige Genesung.

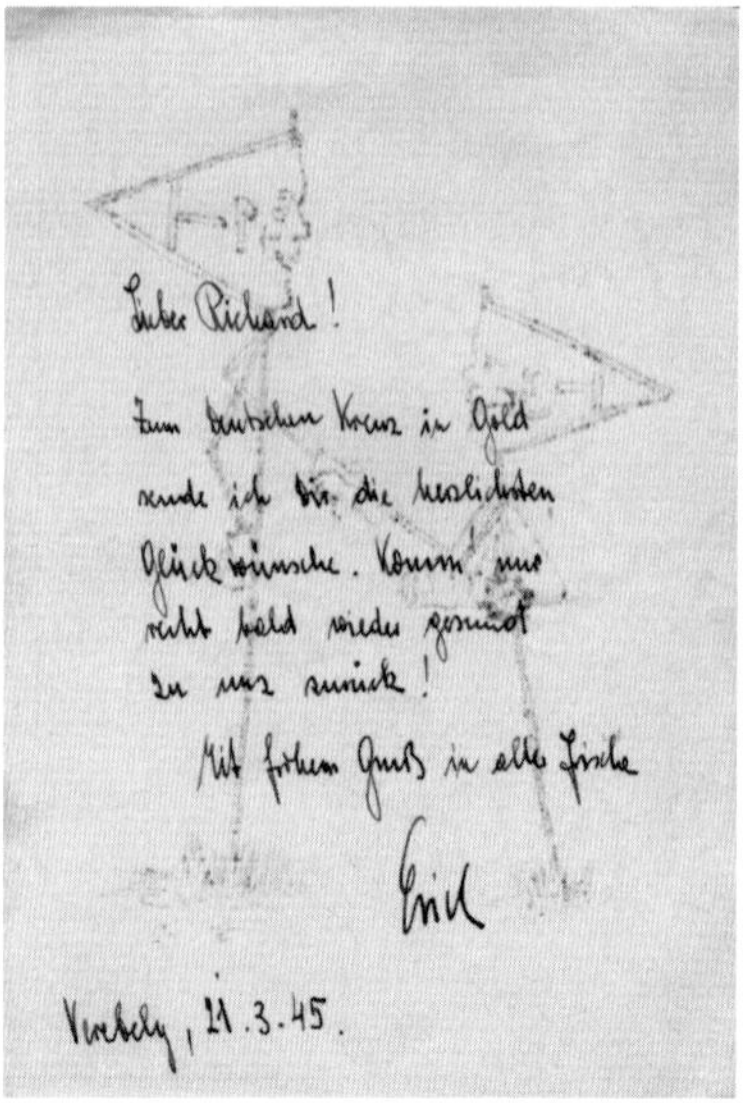

Lieber Richard!

Zum Deutschen Kreuz in Gold sende ich Dir die herzlichsten Glückwünsche. Komm nur recht bald wieder gesund zu uns zurück!

Mit frohem Gruß in alter Frische

Erich

Verebely, 21.3.45.

第1中隊のエーリヒ・フューアリンガーからも全快を祈る葉書がフォン・ローゼンに届いた。フューアリンガーはこの数日後の1945年3月27日に戦死した。［※文面内容：「親愛なるリヒャルト。ドイツ十字金章の受章に心から祝意を贈るよ。早くまた良くなってこちらに戻って来てくれよ！　昔と変わらず元気でな。敬具。エーリヒより。ヴェレベイにて、1945年3月21日」］

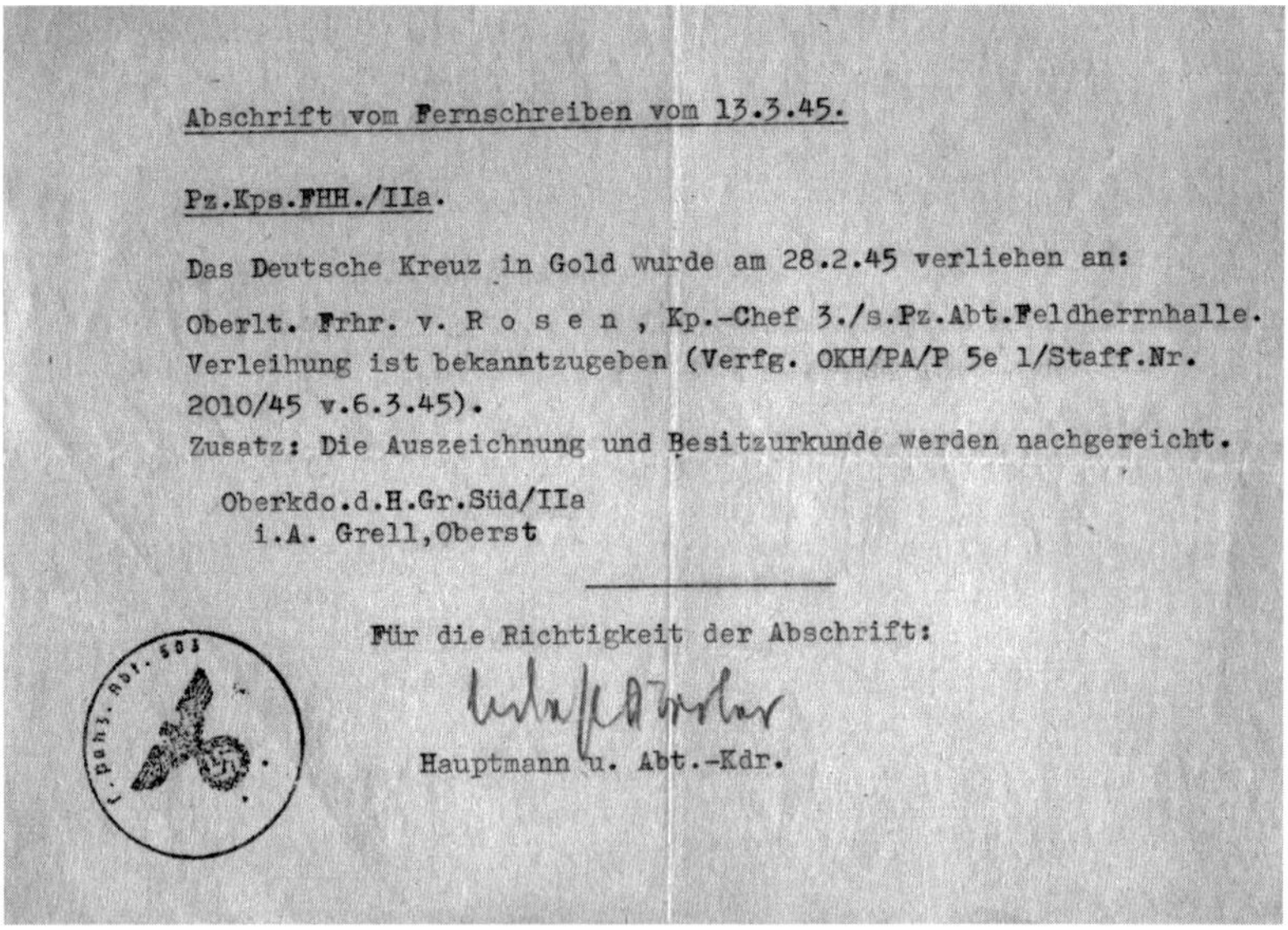

Abschrift vom Fernschreiben vom 13.3.45.

Pz.Kps.FHH./IIa.

Das Deutsche Kreuz in Gold wurde am 28.2.45 verliehen an:

Oberlt. Frhr. v. R o s e n , Kp.-Chef 3./s.Pz.Abt.Feldherrnhalle.
Verleihung ist bekanntzugeben (Verfg. OKH/PA/P 5e 1/Staff.Nr. 2010/45 v.6.3.45).
Zusatz: Die Auszeichnung und Besitzurkunde werden nachgereicht.

Oberkdo.d.H.Gr.Süd/IIa
i.A. Grell,Oberst

Für die Richtigkeit der Abschrift:

Hauptmann u. Abt.-Kdr.

s. Panz. Abt. 503

大隊長フォン・ディースト＝ケルバー大尉がフォン・ローゼン中尉へのドイツ十字金章の授与を確認する文書。［※フォン・ローゼンに対してドイツ十字金章が1945年2月28日に授与された旨、南方軍集団司令部副官がフェルトヘルンハレ装甲軍団副官に宛てた1945年3月13日付け電信の謄本である本書類の真正を、フォン・ディースト＝ケルバーが証明するもの。なお、「追記：勲章と所持証書は後日送致される」とあり、左下の証印はS. Panz. Abt. 503＝「第503重戦車大隊」のまま］

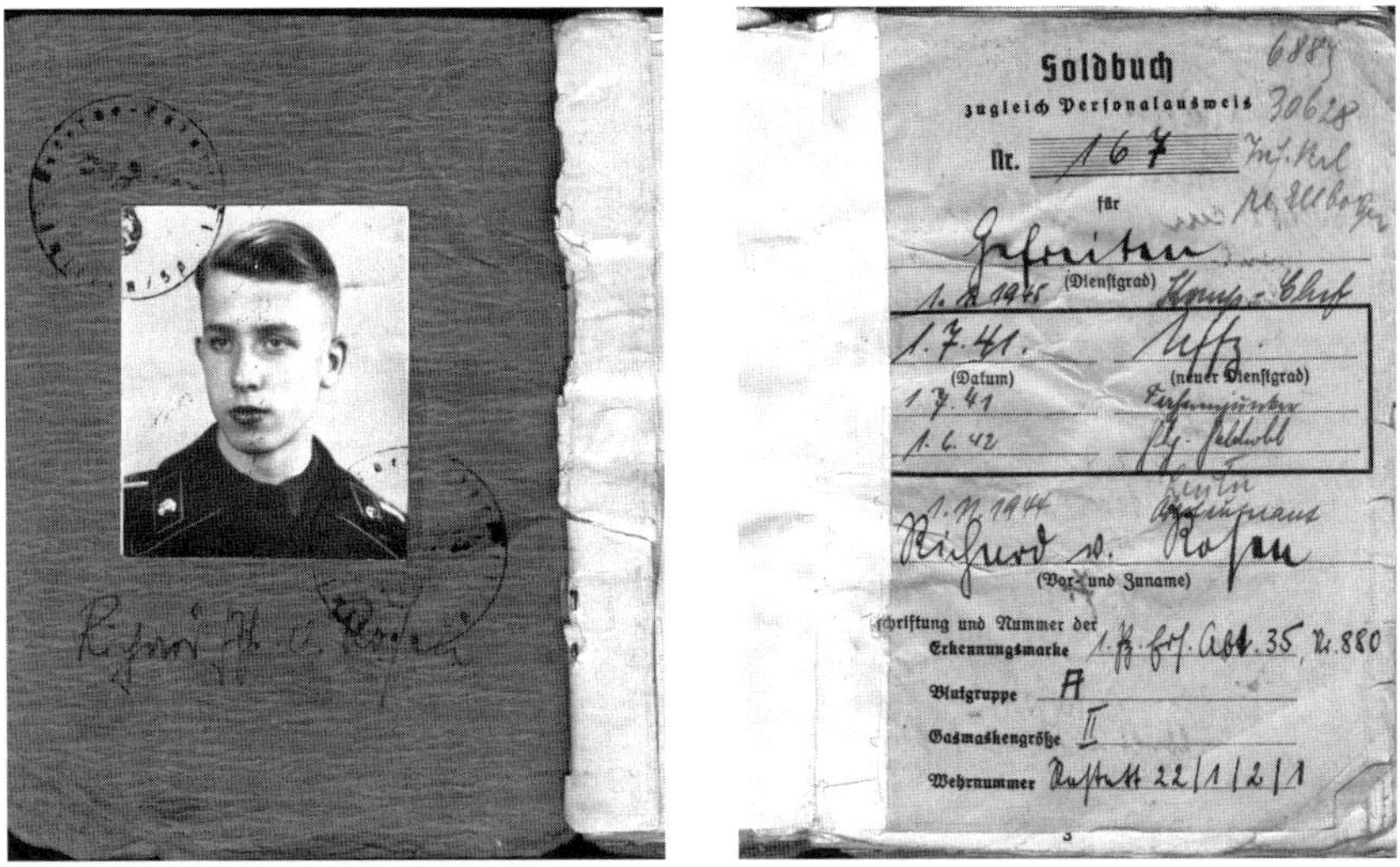

フォン・ローゼンの俸給手帳に記載された昇進に関するデータ。[※まず5行目の一等兵Gefreiten(日付なし)から始まり、最後の1944年11月1日中尉Oberleutnantに至るまで、各階級の昇進日が記載されている。詳細は本書440ページの軍歴を参照のこと]

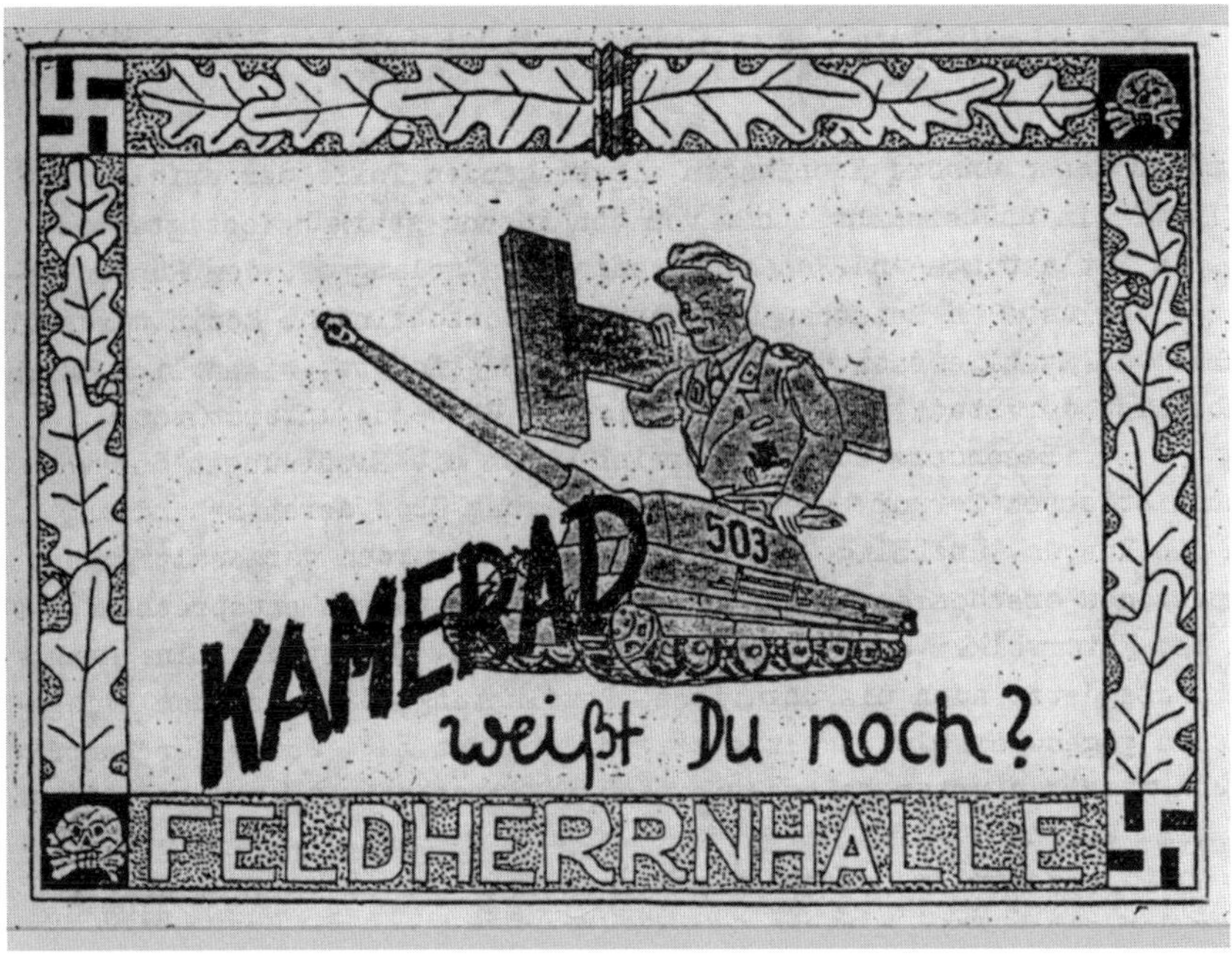

第503重戦車大隊が『フェルトヘルンハレ』重戦車大隊に改称された1945年の大隊新聞の図柄入り表紙。[※「戦友よ、君はまだ覚えているか? フェルトヘルンハレ」とある]

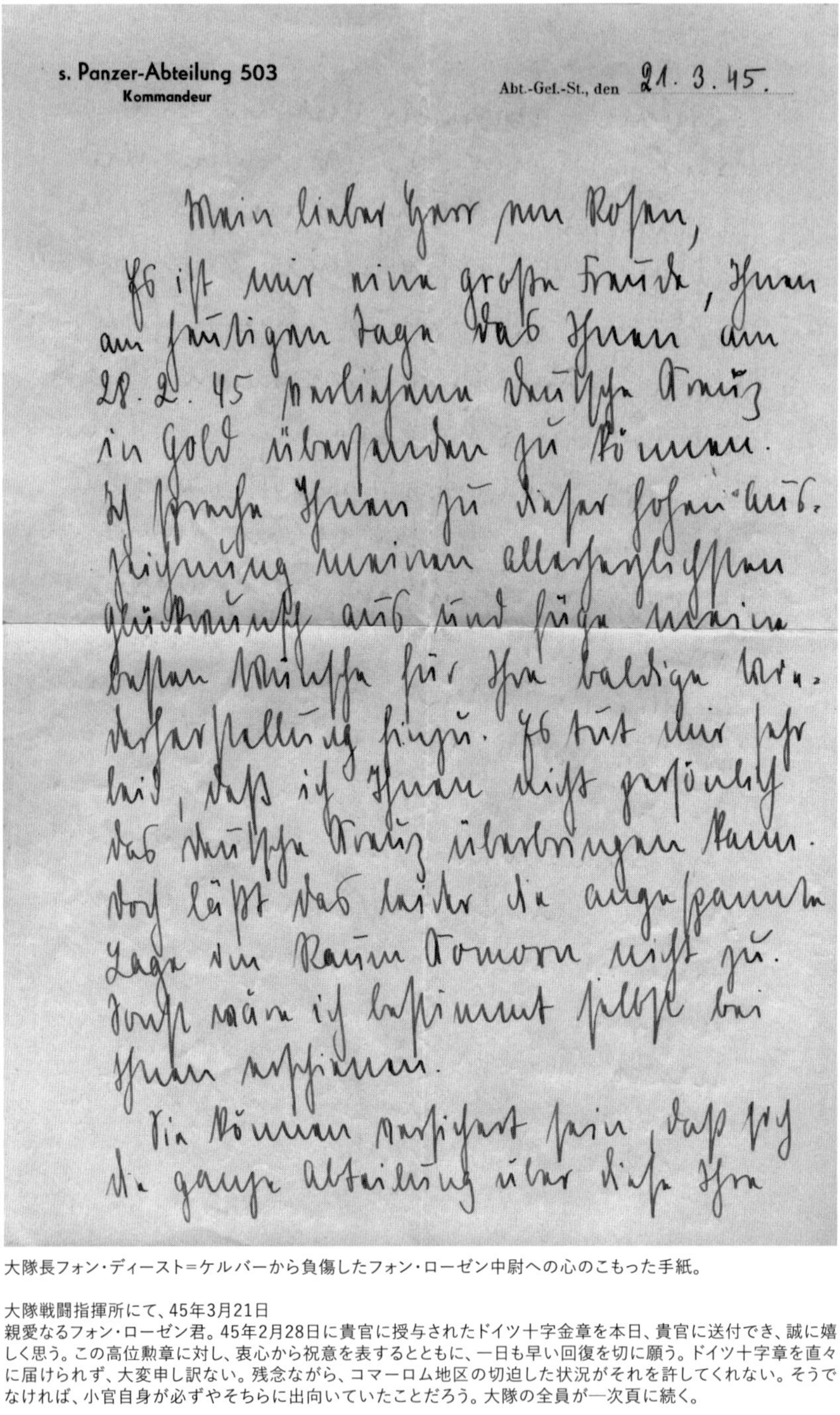
s. Panzer-Abteilung 503
Kommandeur

Abt.-Gef.-St., den 21. 3. 45.

Mein lieber Herr von Rosen,

Es ist mir eine große Freude, Ihnen am heutigen Tage das Ihnen am 28. 2. 45 verliehene Deutsche Kreuz in Gold übersenden zu können. Ich spreche Ihnen zu dieser hohen Auszeichnung meinen allerherzlichsten Glückwunsch aus und füge meine besten Wünsche für Ihre baldige Wiederherstellung hinzu. Es tut mir sehr leid, daß ich Ihnen nicht persönlich das Deutsche Kreuz überbringen kann. Doch läßt das leider die angespannte Lage im Raum Komorn nicht zu. Sonst wäre ich bestimmt selbst bei Ihnen erschienen.

Sie können versichert sein, daß sich die ganze Abteilung über diese Ihre

大隊長フォン・ディースト=ケルバーから負傷したフォン・ローゼン中尉への心のこもった手紙。

大隊戦闘指揮所にて、45年3月21日
親愛なるフォン・ローゼン君。45年2月28日に貴官に授与されたドイツ十字金章を本日、貴官に送付でき、誠に嬉しく思う。この高位勲章に対し、衷心から祝意を表するとともに、一日も早い回復を切に願う。ドイツ十字章を直々に届けられず、大変申し訳ない。残念ながら、コマーロム地区の切迫した状況がそれを許してくれない。そうでなければ、小官自身が必ずやそちらに出向いていたことだろう。大隊の全員が—次頁に続く。

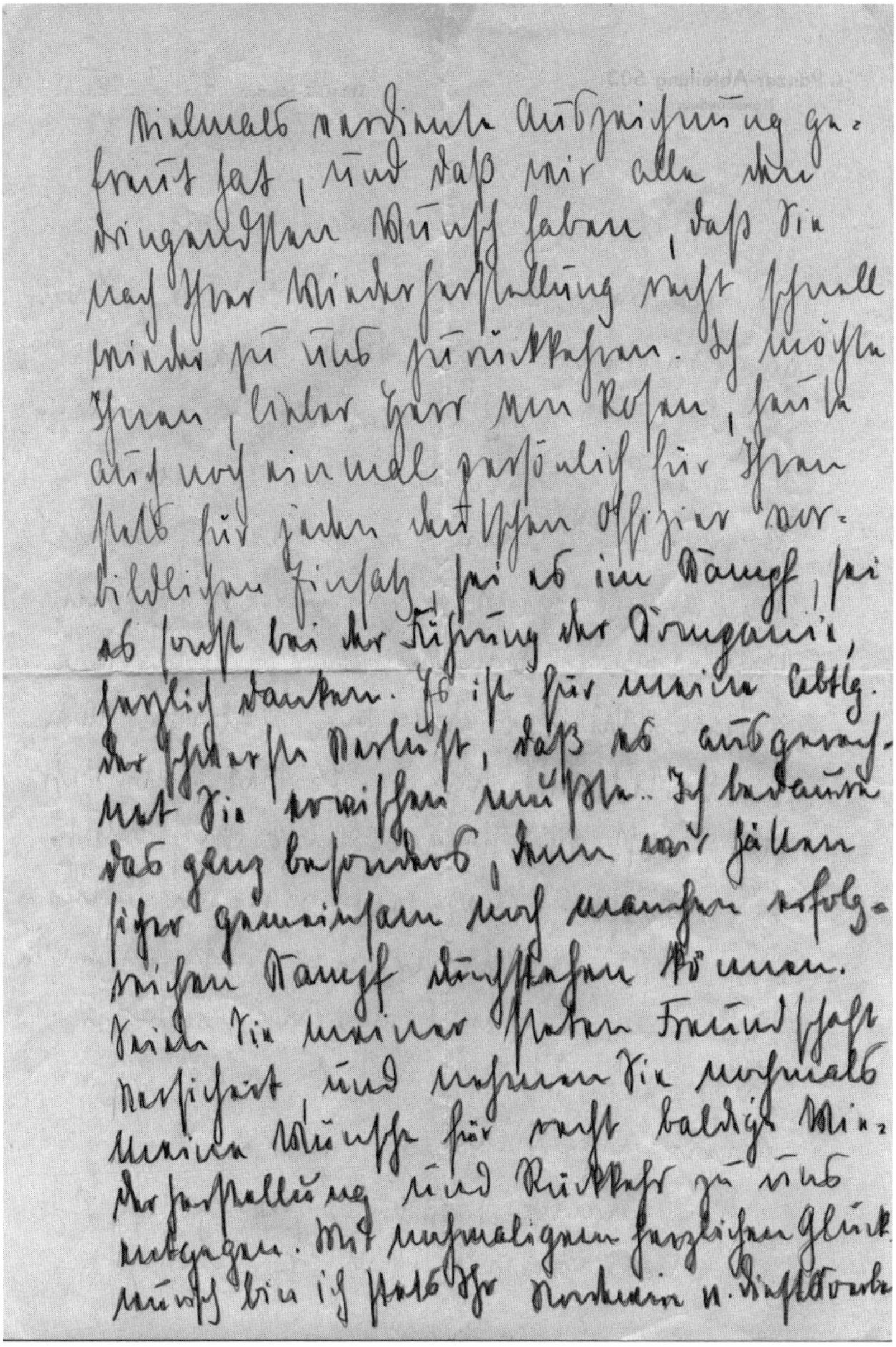
nochmals verdiente Auszeichnung ge-
freut hat, und dass wir alle den
dringendsten Wunsch haben, dass Sie
nach Ihrer Wiederherstellung recht schnell
wieder zu uns zurückkehren. Ich möchte
Ihnen, lieber Herr von Rosen, heute
auch noch einmal persönlich für Ihren
stets für jeden deutschen Offizier vor-
bildlichen Einsatz, sei es im Kampf, sei
es sonst bei der Führung der Kompanie,
herzlich danken. Es ist für meine Abtlg.
der schwerste Verlust, dass es ausgerech-
net Sie erwischen musste. Ich bedauere
das ganz besonders, denn wir hätten
sicher gemeinsam noch manchen erfolg-
reichen Kampf durchstehen können.
Seien Sie meiner steten Freundschaft
versichert und nehmen Sie nochmals
meine Wünsche für recht baldige Wie-
derherstellung und Rückkehr zu uns
entgegen. Mit nochmaligem herzlichen Glück-
wunsch bin ich stets Ihr Nordewin v. Diest-Koerber

このような栄誉ある勲章を貴官が受章したことを喜んでおり、回復後の一刻も早い復帰を切に願っていることも請け負う。親愛なるフォン・ローゼン君よ、本日あらためて個人的に心より貴官に感謝したいのは、貴官が戦闘においても中隊の指揮に際しても、ドイツ軍将校各々の模範となるよう常に尽力してくれたことだ。よりによって貴官が負傷してしまったことは、わが大隊にとって甚大な損失である。このことは特に遺憾に思う。なぜなら、われわれが共にいれば、更なる戦闘を必ずや首尾よく乗り切ることができたはずだからである。一日も早い回復と復帰を願う小官の思いと変わらぬ友情を改めて受け止めてくれたまえ。重ねて、心からおめでとう。敬具。ノルデヴィン・フォン・ディースト＝ケルバーより。

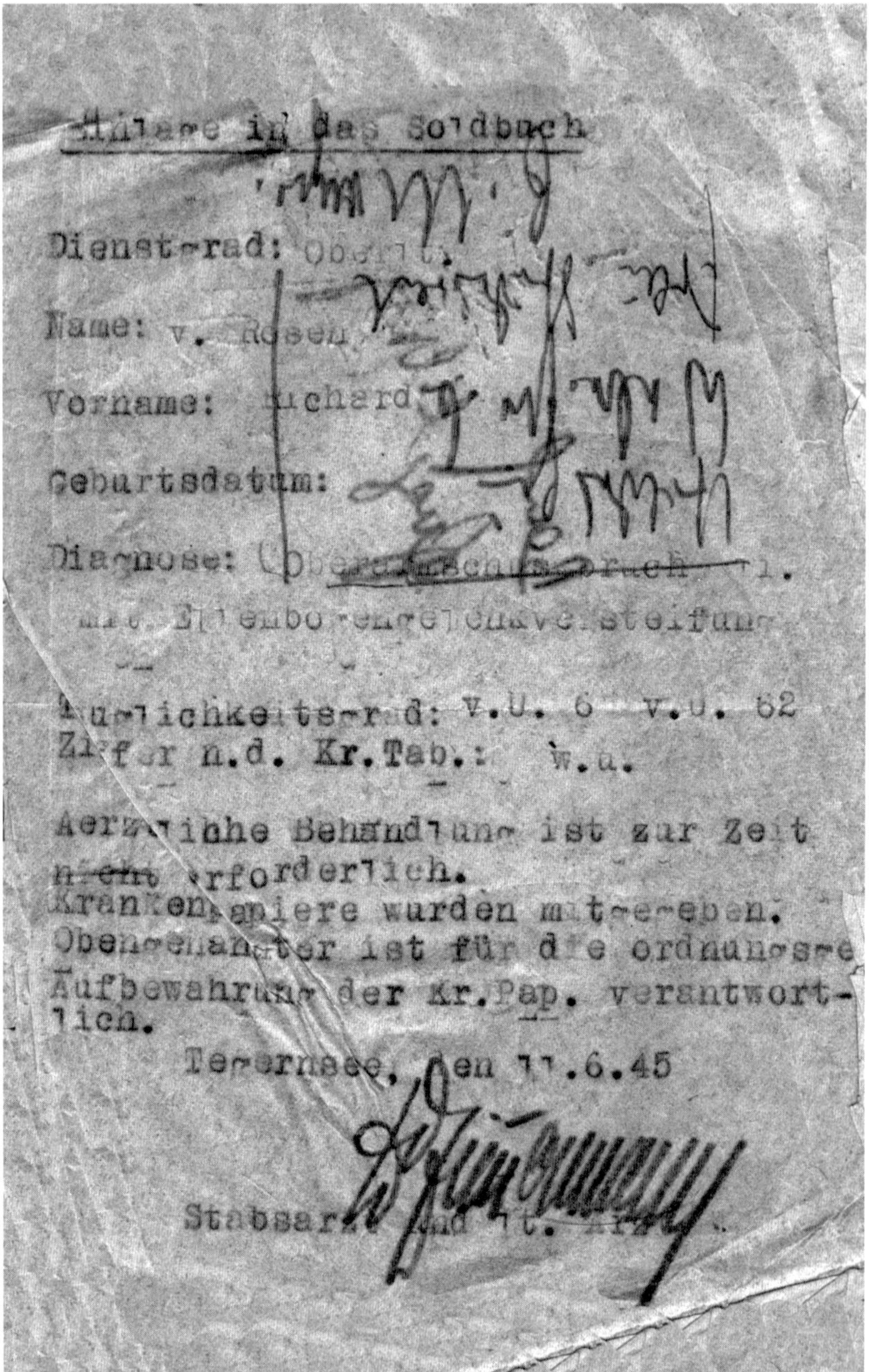

Anlage in das Soldbuch

Dienstgrad: Oberlt.

Name: v. Rosen

Vorname: Richard

Geburtsdatum:

Diagnose: Oberarmschussbruch li.
mit Ellenbogengelenksversteifung

Tauglichkeitsgrad: v.U. 6 v.U. 62
Ziffer n.d. Kr.Tab.: w.u.

Aerztliche Behandlung ist zur Zeit
nicht erforderlich.
Krankenpapiere wurden mitgegeben.
Obengenannter ist für die ordnungsgemäße
Aufbewahrung der Kr.Pap. verantwortlich.

Tegernsee, den 11.6.45

Stabsarzt und lt. Arzt

フォン・ローゼンの俸給手帳添付書類。1945年6月11日、既に終戦を迎えたテゲルンゼーにて発行されたもの。

［※状態が悪くて判読困難だが、フォン・ローゼンの上腕負傷に関する診断等が記載されており、末尾に軍医大尉の署名がある］

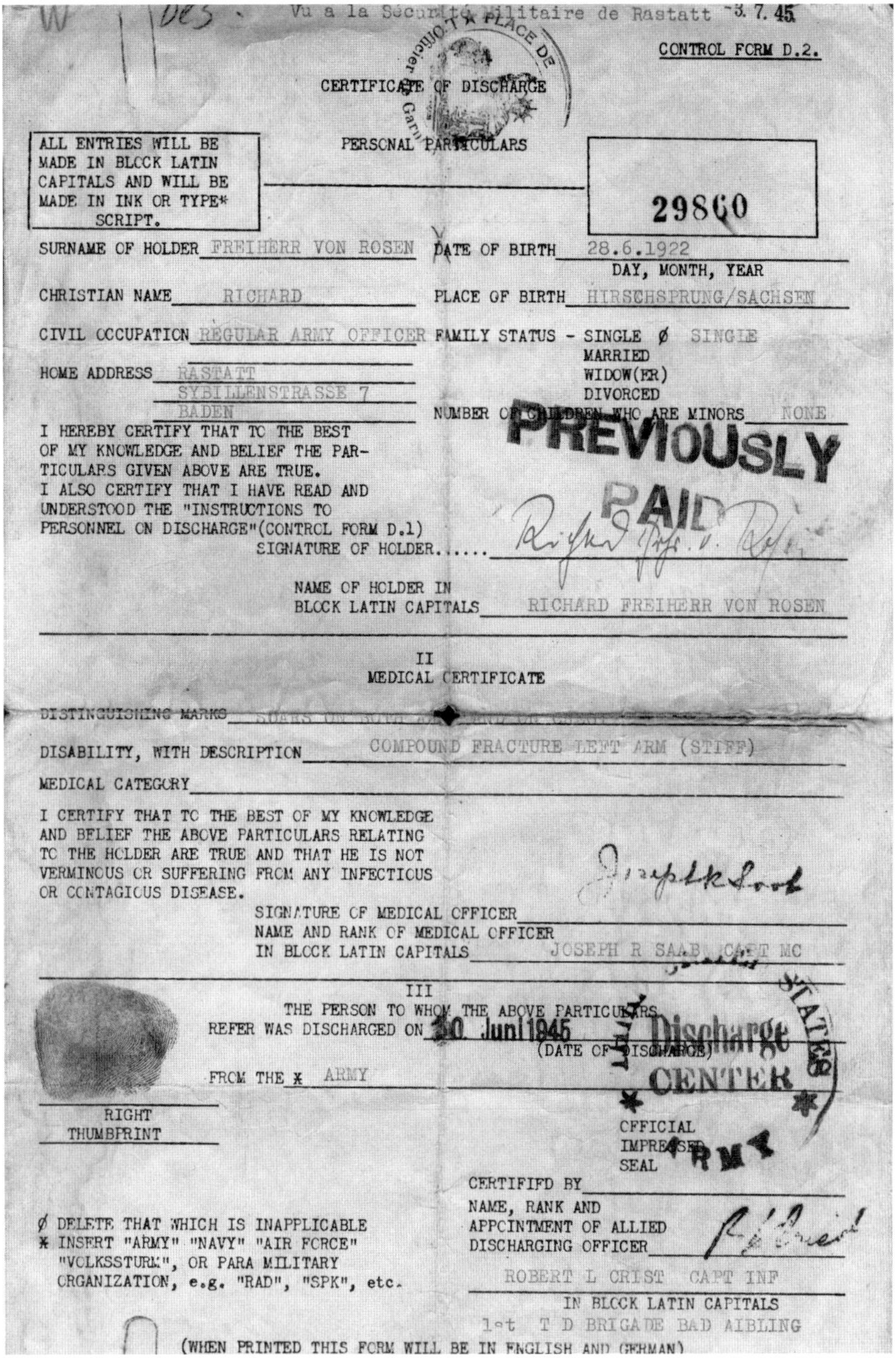
Vu a la Sécurité Militaire de Rastatt -3. 7. 45

CONTROL FORM D.2.

CERTIFICATE OF DISCHARGE

PERSONAL PARTICULARS

ALL ENTRIES WILL BE MADE IN BLOCK LATIN CAPITALS AND WILL BE MADE IN INK OR TYPE* SCRIPT.

29860

SURNAME OF HOLDER FREIHERR VON ROSEN DATE OF BIRTH 28.6.1922
DAY, MONTH, YEAR

CHRISTIAN NAME RICHARD PLACE OF BIRTH HIRSCHSPRUNG/SACHSEN

CIVIL OCCUPATION REGULAR ARMY OFFICER FAMILY STATUS - SINGLE Ø SINGLE
MARRIED
WIDOW(ER)
DIVORCED

HOME ADDRESS RASTATT
SYBILLENSTRASSE 7
BADEN

NUMBER OF CHILDREN WHO ARE MINORS NONE

PREVIOUSLY PAID

I HEREBY CERTIFY THAT TO THE BEST OF MY KNOWLEDGE AND BELIEF THE PARTICULARS GIVEN ABOVE ARE TRUE.
I ALSO CERTIFY THAT I HAVE READ AND UNDERSTOOD THE "INSTRUCTIONS TO PERSONNEL ON DISCHARGE"(CONTROL FORM D.1)
SIGNATURE OF HOLDER...... Richard Frhr. v. Rosen

NAME OF HOLDER IN BLOCK LATIN CAPITALS RICHARD FREIHERR VON ROSEN

II
MEDICAL CERTIFICATE

DISTINGUISHING MARKS SCARS ON BOTH ARMS AND ON CHEST

DISABILITY, WITH DESCRIPTION COMPOUND FRACTURE LEFT ARM (STIFF)

MEDICAL CATEGORY

I CERTIFY THAT TO THE BEST OF MY KNOWLEDGE AND BELIEF THE ABOVE PARTICULARS RELATING TO THE HOLDER ARE TRUE AND THAT HE IS NOT VERMINOUS OR SUFFERING FROM ANY INFECTIOUS OR CONTAGIOUS DISEASE.
SIGNATURE OF MEDICAL OFFICER
NAME AND RANK OF MEDICAL OFFICER IN BLOCK LATIN CAPITALS JOSEPH R SAAB CAPT MC

III
THE PERSON TO WHOM THE ABOVE PARTICULARS REFER WAS DISCHARGED ON 30. Juni 1945
(DATE OF DISCHARGE)

FROM THE * ARMY

RIGHT THUMBPRINT

Discharge CENTER ARMY

OFFICIAL IMPRESSED SEAL

CERTIFIED BY

NAME, RANK AND APPOINTMENT OF ALLIED DISCHARGING OFFICER

ROBERT L CRIST CAPT INF
IN BLOCK LATIN CAPITALS
1st T D BRIGADE BAD AIBLING

Ø DELETE THAT WHICH IS INAPPLICABLE
* INSERT "ARMY" "NAVY" "AIR FORCE" "VOLKSSTURM", OR PARA MILITARY ORGANIZATION, e.g. "RAD", "SPK", etc.

(WHEN PRINTED THIS FORM WILL BE IN ENGLISH AND GERMAN)

フォン・ローゼンに対する米軍捕虜収容所からの釈放証明書。後にフランス軍からも釈放された。［※1945年6月30日釈放とあるが、「6月」の部分だけJuniとドイツ語で表記されている］

1955年8月12日から14日にかけてバッサムで元第503ティーガー大隊員が会合した際の集合写真。1=フォン・ローゼン、2=アルフレート・ルッベル、3=フランツ=ヴィルヘルム・ロッホマン、4=ロルフ・フロンメ。

1958年8月の会合参加者の一部：フォン・ローゼンは右から3番目、チェック柄のシャツを着て右下にいるのはアルフレート・ルッベル。フランツ=ヴィルヘルム・ロッホマン博士は左から3番目。

【五】帰郷

フランス占領下のラシュタット

われわれはこの麗しの七月の夜にベランダに長らく座り、緑豊かな庭を眺めていた。私には帰郷したこと、もう戦争に行かずにすむこと、そして年老いてやつれていようとも、両親と生きて再会できたことが名状しがたかった。どれほど大勢がこの幸福を味わえなかったことか。両親は再び元気になってもくれた。私が戦争最後の数カ月間と敗戦をどうやってしのいだのか、という二人の最大の心配事は今や取り除かれた。私は帰郷したのであり、腕は不自由なものの、それ以外は健康で、自分に負けないだけの生気にあふれていた。

互いに連絡できなかった期間中には、語るべき多くのことが起きていた。両親に届いた最後の手紙は、一九四五年二月中旬のグラン作戦の直前に書かれたものだった。最後に負傷する直前のことでもあった。軍病院にいた頃に書き、さまざまな人々に託した私の手紙は一通も届かなかった。郵便事業は既に数カ月にわたってまともに機能していなかった。私の最初の質問は兄弟姉妹に関してだった。ヴーラーは、ソ連軍を逃れてドレスデンを離れ、避難先のオーバーベーレンブルクでルート・フォン・クヴァストと結婚していた。彼がドレスデンの凄まじい爆撃を生き延びたことは、私がまだハンガリーにいた時に知った。スウェーデンにいるアーヤからは何の知らせもなかったが、中立国にいるので危険はないと思われた。当時、彼女が既に抑留されて強制送還されていたことは、われわれはこの時点では知らなかった。エリザベートはバーデン＝バーデンの軍病院で看護助手として働き、そのような形で役立てたことを喜んでいた。彼女はシュペッツガルトの学校を卒業していた。これらは全て朗報だった。だが、親族や友人の輪の中には多くの悲劇もあった。母方のおじヴィリー・ザイドリッツは、一九四五年三月三一日にアイゼナハ付近で低空攻撃によって戦死した。

母方の伯母マリー・シェーネは、ベルンハルトに続いて戦争末期にコンラッドとゴットフリートも亡くした。どうすれば息子三人の戦死に耐えられるだろうか。いとこのオスカー・フォン・レヴィースも戦死した。私は彼には本当に世話になった。

私が前回、実家に寄ったのは、一九四四年九月のある日だった。ラシュタットは当時まだ空襲を免れていたが、その直後の一九四四年秋、連合軍の侵攻に対する防衛が失敗すると、西部戦線は息を呑む速さで接近してきた。一一月にはストラスブールが陥落し、一二月以降はアルザスのライン川左岸で激戦が繰り広げられた。前線はライン川に沿って走っていたため、わが家からわずか六キロメートルしか離れていなかった。ラシュタットは前線の町となり、初空襲によって駅の周辺地区が壊滅したほか、敵の砲弾が再三にわたって町に降り注いだ。両親はズィビレン通りの家を離れ、ローテンフェルス城に宿泊した。わずかばかりの避難用荷物を自転車で運んだものの、家財は全て家の中に置いていった。こんな状態が一九四五年春まで続くとは、誰にも予想できなかった。両親は最初のうちはまだ時おり自転車で自宅に向かい、貴重品をいくつか地下室に保管したり、自分たちでリュックサックいっぱいに物を入れて持ってきたりすることができた。父は自分自身のことを難船者に例えた。難破船はまだ島の沖にあり、干潮になるとそこから物を調達できるというわけだ。その後、ドイツ兵がわが家に宿泊し、三月にはフランス軍の占領下に入った。両親は当初、ラシュタットが変わりないか、敢えて確かめようとはしなかった。すぐに発砲する略奪部隊に加え、労働収容所から自由になったポーランド人とロシア人を中心とした流民（DP）が徒党を組んでこの地域を通過しており、物騒極まりなかった。ラシュタットの大病院は明け渡さねばならず、彼らはここで乱暴と略奪を働いた。両親が初めてズィビレン通りに戻った際にそこで見た光景といったら！　家はまだ立っていたものの、一階の窓ガラスは残らず粉々になっていた。家の中が大変そうだった。屋根裏から地下室までの戸棚や箪笥、箱はひっかき回され、引き出しは空になり、中身が家中に散らかっていた。彼らはトイレを使わずに、部屋の中はおろか、家具の引き出しの中にすら用便し、悪臭を残していった。想像を絶する破壊行為だ！　だが、その際は美術通もいたようだった。何枚かの貴重な印象派の絵画、ムーニエの美しいブロンズ像、レーヴァル［※タリン］産の磁器、そして古い家族用銀食器は、家に置かれた二つの金庫にしまわれたものでない限り、姿を消したり、盗まれたり、持ち去られたり、無意味に破壊されたりしていた。父は、この家が再び住めるようになるとは思っていなかったと述べた。だが、母はすぐに片づけ作業に取り掛かり、部屋から部屋へと徐々に掃除し、片付けていった。なくなったソファや椅子といった家具は、近所の別の家々で見つかった。兵士たちがそこに持ち去っていたのである。

　生活は徐々に元どおりになり始めた。ドイツ当局はもはや存在せず、権力は占領軍によって行使された。フランスは、ナチ時代を生き抜いた老共産主義者の市長代行を任命し、同人が同志と共に市政のようなものを再建した。市の主はフランス軍の一大佐であり、軍政が敷かれると、同大佐は軍総督と呼ばれた。しかし、本当の主は国家保安部《スレテ・ナシオナル》のシェーファーという小柄なアルザス人少尉だった。彼は警察権を行使し、そのもとにはドイツ人の情報提供者によって人々が送り込まれた。これら人々は、彼の本部となったヴィラ・マイヤーで尋問を受け、しばしば大けがを負わされた。ラシュタットはフランスとドイツの共産主義者の手に渡り、個人的な問題がいくつも清算された。ドイツ人には裁判権がなく、ドイツ人による地方裁判所が再び認められたのは一九四五年一二月になってからだった。それまで父は無職だった。幸いなことに、まだ夏だったため暖房は必要なく、ベランダや庭で生活することができたし、庭には果物もあった。フランス占領地区では食糧配給が特に乏しかった。一人当たり、一日わずか八〇〇カロリーしか摂取できなかった。ラシュタット地区の食糧経済は完全に崩壊し、店の前には人々が行列を作った。パンもジャガイモもなかった。夏はまだどうにかなった。だが、冬場はどうだったのだろうか。当時、父は知人宛に次のような手紙を書いている。

「われわれ二人ともかなり健康ですが、冬は大変です。暖房は一室しかつけられず、二人とも食べ物に飢えた目をしています。物覚えが悪くなっているのはそちらもほかも同じ状況でしょう。量の乏しい低脂肪の食事のせいで視力も落ちています。われわれ老人が良き時代をもう一度経験するという見込みは、いささかもありません。それどころか、事態は更に悪化しています。無能な政府が先頭に立っている上、占領軍は破壊に専心しており、その中でもフランス軍が最も悪意に満ちています」

　とはいえ、私は差し当たって自分の部屋の自分のベッドで再び寝ることができ、幸運だった。将来のことや、軍に拘束されない民間職に就いて全くの新生活をどう始めるかなど、まだ何も考えていなかった。ただ、礼節をもってこの五年間を送ってきたことだけが満足だった。しかし、遠く離れた戦友たちがどうやって暮らしているのか、非常に心配だった。実家に戻って初めての朝は、早くに目覚めた。太陽が部屋に差し込む中、私は窓際に近寄り、昔の懐かしい風景をわが物とした。ここに破壊はなく、全てが平和に見え、思い出のまま何も変わっていなかった。そもそもの問題は、何を着ればよいかということだった。まだ手元にあった古着はもうサイズが合わなかった。私は召集されるまで半ズボン［※ヒトラーユーゲントの制服を示唆］を履いていた。その後に何か見つけたが、夏だったのでズボンとシャツで十分だった。しかし、靴もなかった。父と一緒にベルンハルト硝子店にも行った。それぞれが窓枠を持っていったが、これがやたらに重かった。窓ガラスはなかったが、金網の上に薄いガラスを張った、いわゆる網ガラスがあり、これは丸めることができたが、あまり丈夫ではなかった。これさえ品薄だったので、数個の窓しか作れなかった。他の窓は合板パネルで閉じた。本来であれば、家に隙間風が入ってこないように、差し当たって私が中心になってやらねばならなかったのだろうが、きつい肉体労働から父を解放してやることはできた。私の負傷した左腕はまだ包帯で吊られたままであり、傷はまだ治っておらず、依然として小さな骨片が化膿して出てきた。私は包帯を巻いてもらうため、毎日のように旧城塞刑務所に通った。われわれドイツ人用の病院がもはや使えなくなって以来、そこには民間の診療所が設置されていた。学校や少年団の旧友数人と顔を合わせた。終戦間際の数カ月間に誰が戦死したかを知り、ぞっとした。仲の良かった友人の多くがもう家に帰ってこなかった。彼らの両親と会った時、自分がほとんど無傷で帰って来たことに罪悪感のようなものを感じた。

帰郷した初日、一人のフランス軍将校に釈放証を持っているかどうか、路上でさっそく検査された。私は駐屯軍司令官事務所で元現役将校として登録せねばならず、今後は毎週土曜日の午前中にこの事務所に出頭せねばならなかった。ラシュタットから離れることは禁じられた。些細な嫌がらせは無数にあった。例えば、フランス軍将校がやってきたときは、歩道から車道に出て、しかも敬礼せねばならなかった。あるいはまた、小さな町の役場の前にはフランスの三色旗を掲揚する旗竿が設置され、そのそばを通り過ぎるときは脱帽して旗に敬礼せねばならなかった。ある日のこと、父が知り合いの漁師から何かをもらうためにライン川沿いの村を自転車で通った折、父は役場の前の三色旗に注意を払わなかった。そこをフランス軍の衛兵に止められ、自転車を降ろされて帽子を脱がされたあげく、旗竿の前をもう一度歩いて通らされた。とんだお笑い種だったが、なんとも屈辱的だった。

フランス軍の拡声器搭載車が町中を走り、軍総督の最新の命令を発表した。昨日は〇八〇〇時までにミシンを全て家の前に置かねばならず、数日前は乗馬用も含めて長靴を全て供出せねばならなかった。既に占領初日には無線機が丸ごと没収されていた。われわれのラジオはとうに盗まれていた。大した損失ではなかった。どのみち信用ならないフランス占領軍の放送しかなかった。新聞はまだなく、占領軍が再発行許可を出したのはかなり後になってからだった。したがって、占領地やドイツのほかの場所で何が起きているのかニュースがなく、ごく狭い範囲の知識に限定されたままだった。

当然のことながら、フランス占領軍に対する反感は増大する一方だった。勝利に酔った彼らの傲慢さと、われわれを辱めようとする憎悪に満ちた意志のために、解放感も萎えてしまった。それどころか、今や一斉に検挙されて一斉に絞首刑にされるという話だった。勝者の意志は平和構築にあるのではなく、集団的処罰、弾圧、ドイツの解体にあることをわれわれもいたる所で思い知らされた。出発点からして、われわれが経験したのは解放ではなく、完全かつ自業自得の敗北だった。確かにわれわれには幻想を抱く理由などなかったが、今や洗練された生活様式をもって文明の時代が始まると信じていた人々は、失望させられたとすぐに気づいた。破壊や飢餓、絶望、四〇〇〇万人の死者、一〇〇〇万人の捕虜と行方不明者、無価値なカネ、効力のない法律、要求、契約。それを免れる者は一人もおらず、われわれ皆がその結果を背負わねばならなかった。だが、壊れたものはもっと多かった。あまりにも大勢の「民族同胞《フォルクスゲノッセ》」が堕落し、今や同僚や隣人、上司、「金持ち」に対する密告、復讐願望が横行したのである——名状しがたい精神的荒廃だった。これがその後の非ナチ化時代の序曲となったのであり、その時代のフランス占領地域において、前ヒトラー時代とナチ時代の責任を「今日の階級の敵」に取らせたのが、何よりも共産主義者だった。フランス占領軍にも共産主義

1944年から1945年にかけ、連合軍に奪還された地域のいたる場所で民間人もドイツ兵を捕虜にしていた。

者が浸透していた。ここにいる部隊はほとんどが新編されたものであり、共産党が戦闘員多数を提供した旧レジスタンス部隊に由来した。したがって、彼らを通じてドイツの共産主義者や自称共産主義者が特別な支援を受けたのは驚くに当たらないことだった。ラシュタットのような小さな町の人々には、こうしたこと全てが重荷だった。それでも生の実感が徐々に戻り、やせ我慢的なユーモアを言ってみたり、今後の計画を立てたり、教養を求めたりしたのである。ためになる本、長らく聴けなかった楽しい音楽、立派な説教、皆がそれらに飢えていた。当時の生活は物々交換と急場しのぎで成り立っていた。闇市が立ち上がり、特に流民（ＤＰ）が他店にはない食品や嗜好品を提供していた。人々はとにかく改善を期待していたので、終戦直後のこの時期をそれなりに許容できるようになった。フランス占領軍はわれわれの日常生活のあらゆる事項を管理しており、彼らの車輌や制服は旧ナチスの「金鶏」[※ナチ高官]と全く同様、すぐに町の景観の一部となった。

帰郷して三週間ほど経ったある日の朝、拡声器を搭載した車が再び通りを走り、フランス軍の行進の合間に次のような伝達がなされた。元軍人は明後日にバーデン＝バーデンのマルシュバッハ収容所に全員が登録に出頭せよ、と。釈放証に加えて二日分の食糧と毛布一枚も持参しろとのことだった。私の中で警鐘が鳴った。フランス軍が釈放ずみの捕虜を路上から無作為に連れ去り、フランスに強制的に送り込んでいることをわれわれは何度も目の当たりにしていた。ここには正義も法律もなかった。この新規登録をもってフランス軍が何を企んでいるのか、われわれには不明のままだった。とはいえ、ろくでもない事だろうという察しはついた。両親と手短に話し合った結果、一刻も早く姿を消した方がいいということで意見が一致した。その日のうちに緑の境界線を越え、米軍ゾーンに属していたカールスルーエまで歩いて行った。そこから貨物列車で一日半かけてテーゲルンゼーに向かった。米軍ゾーンの方が規則が遵守されており、私は米軍の釈放証を持っていたので安心だった。ロットアッハにいるブリッタおばさんは、近所のトーマホーフにいるフォン・リーバーマン夫人のもとに私を泊めてくれるように手配してくれ、私はそこで三週間を過ごした。負傷した腕はまだ包帯で吊っており、仕事を探せる状態になかった。山歩きや湖水浴をして往年の辛労から立ち直った。役場で食糧配給券をもらったので、旅館で日替わり定食を毎日食べる余裕があった。その間、私はクロイトで三日間を過ごし、いとこのハインツとリヒャルト・マイの診療所でちょっとした手術を受け、腫れた左腕に残っていた骨片を取ってもらった。だがその後、どうしても家に帰りたくなった。自分の人生を今後どう歩むべきなのか、まるで見当がついていなかったが、どんな職業に就くつもりなのか、じきに決断を迫られるのは目に見えていた。元現役将校だった私には多くが閉ざされたままであり、さまざまの占領地区には実にさまざまな規定があった。私が身をもって知った中では、英軍ゾーンが一番ましに見えた。

とりあえずヒッチハイクでニュルンベルクに向かった。部下のグローマン中隊事務室付下士官の住所がここであることは知っていた。彼から、中隊がチェコで終戦をどのように迎えたかを知った。困難な退却戦を行った後、第503重戦車大隊は休戦当日、ソ連軍と米軍の戦線の間にいた。米軍は自らの境界線の背後に同部隊を受け入れるのを拒否したので、大隊長のフォン・ディースト゠ケルバー大尉は大隊を解散して全将兵の軍務を解き、小集団で米軍の境界線を越えてドイツ本土領域までなんとかたどり着くよう勧めた。そのために軍隊手帳《ヴェーアパス》と給与、携行食を各自が受け取った。グローマンは数人の仲間とどうにか本土にたどり着いたものの、ほかの仲間がどうなったかについては、その時点では分からなかった。実際には約三分の一が帰国に成功し、約三分の二は米軍に拘束されてソ連軍に引き渡されていた。私が負傷した後に中隊を率いていたコッペ少尉は、一九五五年のクリスマスになってようやく帰国した。

ラシュタットに戻ってほっとしたのは、姿をくらました私のことを誰も尋ねていなかったことだった。したがって、再び安全になったように思えた。その頃マルシュバッハ収容所にいたラシュタットの私の同級生は、全員が戻ってきていた。父は、自分もマルシュバッハに出頭せねばならないと述べた。もう六五歳になっており、軍人だったのは三〇年も前のことであるにもかかわらずだ。しかし、父は将校だったので、それが決め手になったのは明らかだった。私は、今回は数日しか家におらず、英軍ゾーンでもっといい機会を探ろうとした。そこで再び家を出て、まずデュッセルドルフ、次にエッセンに向かい、そこで元中隊長のヴァルター・シェルフに会った。次の駅はハノーファー、ブレーメン、ハンブルクだった。駅の地下壕に泊まり、大衆食堂で食事し、ヒッチハイクでおんぼろトラックに乗せてもらい、石炭を積んだ貨車で移動した。不思議なことに、貨車に乗っていても切符の検査を受け、車掌は貨車から貨車へと積み荷を乗り越えていった。私の切符は釈放証であり、捕らわれの身を解かれて帰郷するところだと毎回説明した。リューネブルク近郊のクロスター・リューネにはエバおばさんがおり、そこにしばらく身を寄せながら、わが家の状況について教えてやったり、ちょっとした仕事を手伝ってやったりすることができた。その当時、郵便はまだなかったので、近親者についての知らせはどんなものでもありがたかった。ゲッティンゲンとハンブルクでは、大学に問い合わせた。しかし、当時は元現役将校が大学で勉強する機会は皆無だった。希望が叶っていたら、おそらく法学を始めていたことだろう。職を得る可能性が最も見込めたからだ。私は多くの駅に立ち寄ったが、手始めとする連絡先をそれ用に控えておいた。ほとんどは名前しか知らなかったが、役所の住民登録課で住所を知ることができた。かくして今回は昔の大隊の仲間と何人も会った。各人が二、三の住所を知っていたので、わが大隊の所属員に関する初のリストをすぐに作成できた。これが実質的に互助会の始まりとなったのであり、それが一段と拡大できた結果、今日まで存続しているのである。

一九四五年一〇月初旬、私は再び実家に戻った。そこの状況に変化はなかった。自分自身の将来に関しても何ら進展がなかった。

エリザベートはバーデン＝バーデン軍病院での職務を終え、シュトゥットガルト・ホーエンハイムの農業大学で農業技術助手としての研修職に応募した。この頃、次のようなことがあった。ある日、エリザベートが食べ物を何か調達しようと私の自転車に乗って田園地帯を回ったところ、かなりの収穫があった。その帰り道、ポーランド人に行く手をふさがれ、自転車から引きずり降ろされて脇へ突き飛ばされたあげく、自転車とジャガイモを持ち去られた。とうに帰宅しているはずのエリザベートが帰ってこないので、われわれが心配し始めていたところへ彼女がかなり動揺、憤慨しながら徒歩で帰宅し、何があったかを話してくれた。

基本的に彼女はまだ幸運だった。というのも、当時は暴行が日常茶飯事であり、ポーランド人やロシア人だけでなく、フランス駐留部隊も潔癖ではなかったからである。ある日の夜、またしても怪しい人影がわが家の庭に押し入り、木になっていた最後の果物を盗んでいった。その後、父は病院内にあるソ連軍事務所に赴き、ロシア語で文句を言った。これには実際に成果があった。今やわが家の玄関にはキリル文字で書かれた次のような看板が掲げられた：「ロシア人一家がここに居住のため、立入禁止」。それ以降は平穏になった。

その間にアーヤも帰郷していた。彼女は『ドイツ・アカデミー』（現在のゲーテ・インスティテュート）の一員としてスウェーデンによってまず抑留され、その後にリューベックに強制送還された。今は家にいたが、ブレーメンで秘書として働く計画をさっそく立てていた。

フランス軍の捕虜に

一〇月半ば、五人のフランス兵が突如としてわが家に現れ、家宅捜索を行った。家族が食堂に閉じ込められている間に、彼らは家中をひっかき回し、全てを滅茶苦茶にしていった。われわれにはこれがどういうことなのか分からなかったが、ずっと後になって、父が密告されていたことを知った。フランス兵は——もちろんやっても無駄だったが——罪証を探していたのである。最上階の私の部屋の番になった時、彼らはシャンゼリゼ通りで撮られたわが中隊の戦車の写真を見つけ、いきり立った。さらに、信管を外して文鎮として使っていたフランス軍の迫撃砲弾を見つけて没収した。家を出る前には私の本を非常に丹念に調べていった。しかし、わずか半時間後にまた戻ってきて私を逮捕した。エンゲル通りの刑務所に連行された私は、独房に収監された。その時の施錠音は今も耳に残っている。椅子一つ、テーブル一つ、折りたたみベッド一つ、トイレ一つ。小さな格子窓の曇りガラスが外の眺めを遮っていた。狭い隙間からは、少なくとも空の一部が見えた。裸電球が黄ばんだ光を放つ中、私は椅子に座って状況を考えた。この刑務所には、フランス人看守のほかに、補助業務を担わされたドイツ人刑務官も何人かいた。ドアが開くと一人のドイツ人官吏が入ってきて、名前と逮捕理由を訊かれた。「なんと、フォン・ローゼン区裁判事の息子さんじゃないか」。彼はただ首を横に振りながら独房から出ていき、シーツ二枚と毛布一枚を持って戻ってきた。「朝起きたら、フランス人に見つからないようにすぐにマットレスの下に隠しなさい」。こんな親切な人に出会えて良かった。夕方には洗面用具と下着をいくらかもらった。両親が刑務所の門番に託したものだった。三日間、私は誰からも相手にされることなく独房で座っていた――尋問も質問も、何もなかった。一人きりにされた。私の部屋から持っていかれた本があったとしたら、どんな本だろうかとじっくり考えた。自分の信用を損なうような本は書棚には何もなかったはずだ。私が捕虜になった時、既に母は国民社会主義的と見なされかねないもの全てを処分していた。

　四日目に連れ出された。小銃を携えた護送兵と共に徒歩で町を抜け、旧城塞刑務所へと向かった。少年団の集会場が以前そこにあったので、私には馴染みがあった。今やフランス軍は広々とした建物の中に、いわゆる「強制収容所《カン・ドゥ・コンセントラシオン》」を設けていた。そこには収監者が一〇〇人ほどおり、ほぼ全員がラシュタット地区の末端党員だったが、密告の被害にあった無辜《むこ》の人々も数人いた。ガゲナウ所在のメルセデス・ベンツの元エンジニアだったカプラー氏も拘置されていた。両親の友人であるローテンフェルスのフォン・ブランクヴェートケ氏もいた。私は二〇人部屋でベッド一つを割り当てられた。収容所を監視していたのはスパーヒ（アルジェリア・モロッコ騎兵）だった。彼らもフランス人に虐げられていると感じていたので、われわれには友好的だった。われわれは夜になると自分たちの大きな部屋に閉じ込められた。部屋にはバケツが一つあり、毎朝それが縁までいっぱいになった。収監者は全員が仕事をせねばならず、小グループに分かれて午前中にさまざまな仕事場に連れて行かれた。私はまだ左腕を包帯で吊っていたので、仕事をする必要はなかった。面会時間は土曜日の一五〇〇時から一七〇〇時の間だった。親族が近づけるのは収容所の門までで、その後に収監者が呼ばれ、フェンス越しに五分ほど話をすることができた。しかし何よりも、下着や食事、書物の持ち込みが許されていた。母は、肉屋やパン屋から私のためにとこっそり手渡されたとっておきの品をいつもいくつか持ってきてくれた。私は日中に監房に一人でいる時間用に、英語の教科書を頼んだ。フランス人は私がフランス語を勉強しないことに立腹していた。家で読みかけていたゴールズワーズィーの『フォーサイト家物語』をちょうど読んでいるところだった。母が第二巻を持ってきてくれた。スパーヒが収容所の門でそれを検査し、どんな内容の本か訊いた。母がイギリス人作家に関するものだと言うと、没収された。「イギリス人、ユダヤ人多い。ユダヤ人、良くない」。ノーコメント。

その間にも、フランス軍はラシュタットに軍事法廷を設置していた。裁判長のブラマン大佐がわれわれの収容所を訪問し、収監者各々の名を名乗らせた。「大佐殿《ヴォワスイ モン コロネル》、この者はフォン・ローゼン男爵の息子です《セ ル フィス デュ バロン ドゥ ロズン》」。「おや、なぜここにいる？《メ ブールコワ ヴー ゼットゥ イスィ》」。彼とは、私の戦時中のことや捕虜になったこと、そしていま拘禁されていることについてしばらく話した。彼がドイツの強制収容所で受けた頭の傷跡を見せると、私は負傷した両腕を見せて返した。同行者は「放っておきましょう《レッセ ル》。こいつはいつまでたっても《イレ エ イル レスト》ナチのままです《アン ナツィ》」と言った。フランス人の口から発せられたこの言葉を聞いて冷笑した。彼らに屈してなるものか。数日後、私は荷物をまとめるよう命ぜられ、その際にこう言われた。「君は政治犯ではなく《ヴー ネットゥ パ アン プリゾニエ ポリティック》、犯罪者だ《ヴー ゼットゥ アン クリミネル》」。かくしてエンゲル通りの刑務所に戻されると、そこの厨房で働かないかと打診された。独房の退屈さから逃れるために、私は喜んで同意した。そこにいたかなり年配の未決囚二人と共に、朝食前に大きなかまどを温め、カブの皮をむき、昼に出される薄いスープの調理を手伝わされた。仲間の勾留者の一人は違法畜殺で有罪判決を待っていたが、もう一人はゲルンスバッハで妻をペーパーナイフで殺害していた。彼は妻がフランス人と関係を持ったことに耐えられなかった。三五回刺して犯行に及んだことを強調し、それによって激情ゆえの行動だったことを証明したとのことだったが、この一件を私の父に取りなしてほしいと頼み込んできた。だが、このような案件は父の担当外だった。午後に厨房の掃除をすると、更なる作業を口実にして監房に戻らず、厨房に居残ってスカートに興じた。不意にフランス人が入ってくるや、電光石火でカードを隠し、忙しいふりをした。ある日曜日の午後、意外にもこんなことが起きた。ブラマン大佐が厨房に現れ、妻と娘に刑務所を見せて回ったのである。われわれの「気をつけ！《アトンシオン》」の号令が特に高らかに響き渡り、われわれは不動の姿勢で直立した。ブラマンが妻に私が誰かを説明すると、二人の女性の哀れみに満ちた眼差しと励ましの笑顔を受けた。動物園にいるような気分になった。翌晩、ブラマンが私の監房を訪ねてきた。彼は私が一二月二二日に軍法会議に付せられる旨を伝えたほか、家宅捜索の際にどんな本が見つかったかを知ろうとした。私は差し障りのない題名をいくつか挙げたが、この当時、軍国主義的な文学はナチ文学と同じように禁止されていた。次の日、召喚令と起訴状を受け取ると、それにはこうあった。「軍国主義的文献と弾薬の所持」。父は私のために弁護士を指名したと知らせてくれた。これは実に心強かった。さらに、ブラマン大佐と最後に話した後、大佐は私に友好的との印象を受けた。

軍事法廷はラシュタット城の中にあり、その部屋では以前、簡易裁判が開かれていた。私は、逃亡しないように小銃を持った兵士に見張られながら法廷に引き渡された。その前の待合室で父と、なんとヴーラーも見つけた。彼はこの前日、その妻ルートと共に危険な方法で緑の境界線を越え、ドレスデンからラシュタットへとやってきていたのだった。私の案件は公開審理だった。訴訟案件は計八件あり、そのほとんどが通行証違反、夜間外出禁止令違反および類似の不法行為に関するものだった。その点で、私の案件は他のものより興味深いはずだった。担当弁護士と少し話すことができたが、あまり関心がないようで驚いた。私の名が呼ばれ、判事のテーブルの前に立った。被告人質問が始まったが、通訳の訳がお粗末だった。私が「否認する」と言ったにもかかわらず、通訳が勝手に「認める」と返答し、私が何度も口を挟まねばならなかった。それから弁護人が発言し、最終弁論においては特にフランス元帥《マレシャル・ドゥ・フランス》のコンラー・ローゼン［※フォン・ローゼンと家系を一にし、一七世紀の仏蘭戦争において軍功を立てたフランス軍人］のことも指摘した。その後、私は外に連れ出され、最終的に判決が出るまで次の案件で呼ばれた。ブラマン大佐は酌量すべき情状として、私が一八歳で軍人になったこと、勇敢に祖国を守ったこと、五回負傷したこと、そして最後にフランス元帥の子孫であることを挙げた。彼の判決は懲役四週間だったが、これまでの勾留期間が差し引かれたため、即座に自由の身となった。「被告人を自由の身とする《ヴー ゼットゥ リーブル》」が最後の言葉となり、私は安堵して法廷を後にした。すぐに家に帰れると思っていたが、誤りだった。フランス人の看守から、この時間では翌日まで釈放できないと説明された。再び監房のドアが私の背後で音を立てて閉じた。また嫌がらせか。暗澹《あんたん》たる気分に浸っていると、事務室に呼び出された。驚いたことに、そこにはブラマン大佐がおり、釈放書類に記入していた。私が待っていると、その監視役にこう怒鳴りつけた。「フォン・ローゼン男爵に椅子を一つ持ってきて《アポルテ ドンク ユンヌ シェーズ プール ル バロン ドゥ》やらんか《ロズン》！」。男は従わざるを得なかった――ざまみろ！この男こそ一番の意地悪者であり、私は前日には背中を蹴られていた。その後、ブラマン大佐に付き添われて帰宅した。途中、彼は法廷で私の姿を見るのがどれほど気の毒だったかと述べ、私に有罪判決を下して見せしめにするようバーデン＝バーデンの最高司令部から指示を受けていたと説明した。元来は私が人狼部隊の活動をしていることを証明しようと意図したものだったが、これは本当にこじつけもいいところだった。「わたしが見つけた解決策に君が同意してくれることを望むよ」。立派なフランス人もいたのだ。私にとっては、この体験がきっかけとなり、隣国に感情的にならずに公平に評価できるようになった。家に帰るとブラマンは父にこう言った。「男爵閣下、息子さんですよ」。彼はそれ以上の言葉を発せずに父と私と握手し、まだ明かりの灯されていない道の闇の中へと消えていった。

　ここで少し先のことを話さねばなるまい。一九六四年、私はフォンテーヌブローにある中欧連合国軍総司令部で参謀を務めていた。偶然にも、当時のあのフランス人判事がフォンテーヌブローの近くに住んでいることを知った。全く普通の状況下で再会でき、嬉しかった。この友情は彼が亡くなるまで続いた。彼は立派な人物であり、私が彼の故国をよりよく理解できるよう、尽力してくれた。私は戦後の軍歴において、連合国軍の複数の司令部、フランスの士官学校《エコール・シュペリウール・ド・ゲール》、そして最後には駐パリ・ドイツ大使館付武官として、断続的に計一二年間フランスで勤務した。わが家族と私は長年にわたってこの国を知り、愛し、フランス人の友人を作り、独仏協力と友情を唱えてきた。

　翌々日はクリスマスイブだった。わが家のクリスマスツリーには、古いろうそくの燃えさしを溶かして作ったろうそくが付けられていた。プレゼントなど必要なかった。一番の贈り物は、われわれ全員が一緒になれたこと、全員がこの戦争を生き延びたことだった。アーヤも来ていた。父が歌い始め、皆で合唱した。「いざ歌え、いざ祝え、この恵みの時」。この時ほど感謝の念と将来への確信をもってこの歌の最後の歌詞を受け止めたことは、いまだかつてなかった。「救世主キリストここにあり」

【六】結び

気楽で楽しい青春時代が人生の厳しさに代わった時、私は一七歳だった。われわれ全員に戦争が情け容赦なく迫ってきた。私はその影響を受けた。最終的に、二三年の人生のうち、四年半を前線や軍の病院で過ごした。私は決して厳格な青年ではなかったが、まずは自分に対して、次に上官として部下に厳しくあらねばならなかった。幾人もの部下に死をもたらすような命令を下さねばならなかった。これは辛いことであり、容易に克服できるものではなかった。われわれはなぜこぞって出征したのか。それは単に法的強制力の問題だけではなかった。祖国《ファーターラント》が危機に瀕していたのである。われわれ世代にとって、「ファーターラント」という言葉には多くの意味があった。フランスやイギリス、合衆国、そしてほとんどの国では今でもそうだ。われわれは自分が呼び求められているように感じたのであり、どんな事件によってこの戦争が生じたのか、あるいは引き起こされたのかなど、どうでもよかった。当時のわれわれの常識は現在の常識とは違った。とはいえ、それは私の動機のほんの一部でしかなかった。残りの動機は、自分の能力を試したいという願望だった。同時に、今日の自分を恥じねばならぬようなことは絶対にしなかったと確信している。人の道を踏み外さぬようにするのに役立ったのは、教育と天分だった。むろん、善悪の判断を迫られるような要請をされたことは一度たりともなかった、とも言っておかねばならない。あの時代にあって、私は誠に幸運だった。しかし何より、私には卓越した上官がおり、彼らによって自分は指導され、感化され、おそらく守ってもらったのである。

私と共に戦った一八〇〇万人のドイツ軍人のうち、四〇〇万人が戦死し、その中には私の青春時代の仲間も大勢いた。終戦時のバランスシートはいかに見えたか。大都市のほとんどは英米の爆撃で焼け野原となっていた。それによって八〇〇万人が死んだ。女子供に老人。ほとんどの家族が死を悼まねばならなかった。軍人に民間人。

ドイツの東部諸州は本土領域から切り離され、約一二〇〇万人の住民が逃げたか追放された。だが、これら全ての犠牲が不当かつ極めて犯罪的な目標のためにもたらされたことを知り、敗北は耐えがたいものとなった。この暗澹たる認識の中には、どれほどの辛苦があったことであろうか。終戦後の最初の数カ月間を特徴づけたのは、残された者たちを守るための闘い、飢えと寒さとの闘い、そして占領軍の屈辱に対する内なる反発だったが、今やそれに新たなものが加わった。呆然自失の状態からゆっくり目覚めると、われわれをこの惨状に追い込んだ者たちへの名状しがたい怒りを感じたのである。

一九四五年一一月末以降、ドイツの主要戦犯がニュルンベルク国際軍事法廷に出廷した。投獄されたり逃亡中に逮捕されたりした後、彼らは暗闇から再び姿を現し、今や被告席に座っていた。彼らと共に、一二年間のヒトラー時代の、不鮮明で霞んだような不快な記憶が時期を追って蘇ってきた。検察の論告から、われわれは恐るべき真実を知った。それは辛い、悪しき覚醒だった。今日の読者がほとんど納得しないにせよ、国民社会主義者による迫害と絶滅計画の詳細を知っていたのは、国民の中でもほんの一部のみだったと私は理解している。これは何よりもホロコーストについても該当する。数年前にダニエル・ゴールドハーゲンが、ドイツ国民は「自発的死刑執行人」から成り立っていたと主張し、これに賛同を得たことは、当時の状況を完全に誤解していることを明示している。確かにユダヤ人への差別は国外追放と同様に一般に知られていた——それに対する抗議がなんら生じなかったことも間違いない。だが、これは移住措置だと常に言われていた。組織的な絶滅活動は国家機密であり、直接の関係者のみに知らされていた。一般大衆は「最終的な解決」について何も知らなかった。指導部は、このような残虐行為には支持はおろか理解も得られないことを十分承知した上で、この件について黙っていたのである。今では、体制側とその支持者によってなされた組織的かつ計画的な犯罪が、われわれの歴史において比類なきものであることが分かっている。私も自身の前線での体験に鑑みて、目が覚めるまではドイツによる「汚れなき正義の戦争」を信じていた。盲目的にあの戦争に引っ張られたドイツ人青年の多くにとっては、当時はそういうものだったのだ。共に戦い、共に苦しんだ結果が恥、後悔、そしてある種の運命論だったのであり、ほとんど誰しもがそこにたどり着いたのである。

リヒャルト・フォン・ローゼン男爵

二〇一二年九月、クロイトにて

男爵リヒャルト・フォン・ローゼン少尉

リヒャルト・フォン・ローゼン男爵の軍歴

出生：一九二二年六月二八日
一九四〇年一〇月二五日：新兵、第35戦車補充大隊（バンベルク）
一九四一年一月五日：士官候補生課程、第35戦車連隊
一九四一年二月二〇日：砲手、第35戦車連隊第1中隊
一九四一年三月一日：一等兵
一九四一年七月一日：伍長勤務士官候補生（敵前での勇敢な行動により昇進）
一九四一年一〇月一日：新兵教育係、第35戦車補充大隊（バンベルク）
一九四二年二月二五日～同年五月三〇日：将校教育課程、ヴュンスドルフ戦車学校
一九四二年六月一日：軍曹勤務士官候補生、少尉
一九四二年七月一日：第502重戦車大隊第2中隊半小隊長（後に第503重戦車大隊第3中隊に転任）
一九四三年一月一五日：第503重戦車大隊第3中隊小隊長
一九四四年九月一五日：第503重戦車大隊第3中隊指揮官
一九四四年一一月一日：中尉、第503重戦車大隊第3中隊長［※原文ママ。本文によると中隊長に補されたのは一九四五年一月一二日］
一九四五年二月二八日：ドイツ十字金章受章
一九五二年七月一日：ブランク局（ボン）［※国防省の前身機関］入局
一九五二年七月一〇日：欧州防衛共同体（ＥＶＧ、パリ）会議にドイツ代表団の一員として参加
一九五四年一〇月一日：ブランク局（ボン）にて装甲擲弾兵課担当官
一九五五年六月一日：地上軍担当官として欧州連合軍最高司令部（ＳＨＡＰＥ、パリ）に転任
一九五五年一一月一六日：大尉、連邦軍に編入
一九五八年一月二日：第13戦車大隊（シュヴァネヴェーデ）中隊長
一九五九年四月一日：第74戦車大隊（ゼードルフ）中隊長

一九五九年六月一日：連邦軍指揮大学校にて第3参謀教育課程
一九五九年一〇月一日：フランス士官学校（パリ）
一九六〇年一〇月一日：少佐
一九六一年七月一日～一九六四年一月九日：第10装甲擲弾兵師団（ズィグマリンゲン）G1将校［※人事参謀］
一九六四年一月一〇日～一九六六年九月三〇日：連合軍地上軍最高司令部（AFCENT、フォンテーヌブロー）G3将校［※作戦参謀］
一九六四年八月九日：参謀本部中佐
一九六六年一〇月一日～一九七〇年一月一八日：第294戦車大隊（シュテッテン・アム・ケルテン・マルクト）大隊長
一九七〇年一月一九日～一九七二年三月三一日：連邦国防省（ボン）課長
一九七〇年三月三一日：参謀本部大佐
一九七二年四月一日～一九七六年九月三〇日：第21戦車旅団（アウグストドルフ）旅団長
一九七五年一一月三日：准将
一九七六年一〇月一日～一九八〇年三月三一日：ドイツ大使館付武官（パリ）
一九八〇年四月一日：少将
一九八〇年四月一日：駐ドイツ・フランス軍最高司令部付ドイツ全権委員
一九八二年九月三〇日：退役
［※二〇一五年一〇月二六日死去］

受勲：
二級鉄十字章
一級鉄十字章
ドイツ十字金章
戦車突撃章第Ⅱ階梯
戦傷金章
レジオン・ドヌール勲章オフィシエ
国家功労勲章コマンドゥール

第503重戦車大隊第3中隊が存在した三年の間に、総計三一〇人の将兵が同中隊で勤務した。死傷による人員の損耗は比較的多く、われわれの通常兵力の三倍に上った。この三年間に将校二人、下士官二二人、兵三二人が戦死した。現在われわれが知る限り、戦争墓地維持国民同盟が管理する東西の戦没軍人墓地に埋葬された中隊員の墓は、二十七基しかない。

一九四五年の終戦時、中隊は米軍とソ連軍の戦線の中間にあった。大隊長以下数人は、バイエルンの森を長らく夜間行軍してドイツにたどり着けた。将校の大半を含む大隊の大多数は、ヴァレルンの米軍捕虜収容所で再会した。米軍は合意に反し、数週間後に大隊の捕虜全員をソ連軍に引き渡した。どれほど多くの戦友が捕虜になって死亡したか、もはや立証は不可能である。私が五度目の戦傷を負った後に中隊を率いたコッペ少尉は、アデナウアー連邦首相の尽力により、一〇年間の捕虜生活を経てようやく釈放された。

運に恵まれた者は皆、自身の生活を再建しながら戦後のこのひどい時代を生き抜かねばならなかった。互いの連絡は散発的にしか行われなかった。後年になって、第3中隊の存命の元隊員八六人の名簿が徐々に出来上がった。ほぼ全員が市民生活に地歩を築いていた。労働者やサラリーマン、機械工、職人から自営業者、農民、弁護士、ワイン生産者に至るまで、多くの職業人が参加した。一九五五年以降は、五人の中隊員が連邦軍の軍人となり、異なる三個の軍を率いる将官三人を輩出した。連邦軍で将官になった私のほかに、私の部下で非常に優秀だった下士官の一人は、ドイツ民主共和国において国家人民軍（NVA）の将官になった（ドイツ統一前に亡くなった）。

アルザス出身の戦車兵の一人はフランス軍の将官になったと言われる。彼はわれわれとの接触を一切避けたが、この情報は信頼に十分足る筋からもたらされたものである。さらに、別の中隊員はNVAの大佐になった。統一後にわれわれに連絡してくれた彼とは、それぞれ違う過去について、とても興味深い会話を重ねることができた。

一九七六年、約四〇人の元中隊員が戦後初めてバンベルクで一堂に会した。夫人を同伴したので、家族の会合のようだった。これを主導したのは数人の元中隊員であり、ほかの大勢と同様、彼らもかつての戦友にもう一度会いたいと願っていた。われわれは二〇〇八年までほぼ毎年会っていたが、毎回会うたびに何人かの死を悼まねばならなかった。二〇一三年の現在、存命の元第3中隊員は五人しかおらず、全員が九〇歳を超えているため、もはや会うことはできない。

第35戦車連隊と第503重戦車大隊の戦友には大変感謝している。彼らは何十年も前の事実の確認を手助けしてくれた上、追加情報も提供してくれた。未公開写真の多くはこの筋からもたらされたものである。

ユルゲン・アハッツにも特段の謝意を表したい。その父君は第35戦車連隊の古参にして経験豊かな戦車兵だった。私と同様、彼もスタリ＝ビホフの戦いを経験したが、同地でソ連軍の捕虜になった。私にとって特に貴重だったのは、この間について記した私の日記に彼の補足が役立ったことだった。数年前にユルゲン・アハッツからその素晴らしい贈り物をもらったことがきっかけとなって、私は自らの戦争体験を書き留めようと決意したのである。

なお、本文に添付されている年表は以下を典拠としている。

- “Volks-Ploetz”, Auszug aus der Geschichte, 3. Auflage 1979
- “1939-1945: Der zweite Weltkrieg in Chronik und Dokumenten”, Wehr und Wissen Verlag, 1959.

解説

【一】本書の全般概要

(一)本書の特性と価値

ドイツ戦車隊のエースで騎士十字章を受章した人物は、[※1]**『鉄十字の騎士』**などで数多く紹介されている。中でも代表的な人物は[※2]**「ミヒャエル・ヴィットマン」**、と[※3]**「オットー・カリウス」**であり、伝記や回顧録が出版され身近に感じることができる。しかしながら、本書の主人公「リヒャルト・フォン・ローゼン」は、彼らと同等の戦功を上げながらもあまり知られていない。これは日本語版伝記がなかったからであり、その空白を埋めるように初めて翻訳出版されたのが本書である。

これら三名の戦車将校は、いずれも乗員からの叩き上げであり、車長、小・中隊長として数多くの戦車戦をくぐり抜けてきた。ヴィットマンは英軍戦車に撃破され最期を遂げたといわれるが、彼らが戦技に優れ、多数の戦車・対戦車砲等を撃破したこと以外にも本書で共通する資質を見い出すことができるであろう。

本書の価値は主に第一線の下級指揮官として戦闘したその記録性にあり、ローゼンは、多くの写真をもって一連のフィルムを見るようにティーガーとともに如何に戦ったか、戦場の日常を克明に映し出している。

緒戦では高揚感を伴いながらも、次第に厳しさを増す戦況の中、戦車とともに駆け抜け、格闘し、眠り、再び疲労の極から起き上がり、生命を託し合った戦友たちの絆の物語ともいえよう。

彼は戦後もドイツ連邦軍に留まり、戦車中隊長、大隊長、旅団長等の職務を勤めた（最終職、駐ドイツ・フランス軍最高司令部付ドイツ全権委員、少将）。その識見を重ねた著者が執筆していることも本書の大きな特色である。

(二)ローゼンの戦歴概要

リヒャルト・フォン・ローゼン男爵（一九二二年、生）は、一八歳で士官候補生要員として戦車部隊に入隊、Ⅲ号戦車（二一トン）の砲手、ティーガー戦車（五七トン）の車長、小隊長を経てティーガー戦車Ⅱ型（七〇トン）の中隊長までを勤めた。

著者の初陣である「バルバロッサ作戦」において第35戦車連隊（第4装甲師団）のⅢ号戦車の砲手として乗り込み、ブーク川の国境を越え、「スターリン線」を突破してモスクワを目指した。しかし、負傷して後送された間に第502重戦車大隊第2中隊に転属となる。新鋭のティーガー戦車で編成された大隊はレニングラードに向かうが、その途上、第2中隊はそのまま、長年所属することになる第503重戦車大隊に第3中隊として編入されることになった。

ローゼンはその後も度重なる戦傷を負いながらも一貫して彼の中隊及びティーガー戦車とともにスターリングラード、クルスク、ノルマンディ、次いでハンガリー正面に転戦し、これら戦車戦史の貴重な傍証となっている。

これらの実戦を通じて戦車乗員としての経験を積み上げ、同時進行的に戦車中隊長まで成長していくまでの過程が観察される。本書では戦車の戦闘場面が中心となっているので読者により臨場感をもって共感していただくため、戦車乗員の基本的な職務について説明しておきたい。

(三)戦車乗員の基本的職務と役割

戦車一両には最小限の戦闘機能が集約されており、その機能とは「**視察、運動、射撃**」であり、この戦車の威力を支えているのは「**通信、整備、補給**」である。これらの機能は相互に連携することにより、人車一体の有機

［**※1鉄十字の騎士**］ゴードン・ウィリアムスン『鉄十字の騎士　騎士十字章の栄誉を担った勇者たち』（大日本絵画、一九九五）。［**※2ミヒャエル・ヴィットマン**］カール・コーラッツ『ティーガーの騎士』（大日本絵画、一九九三）。［**※3オットー・カリウス**］オットー・カリウス『ティーガー戦車隊第502重戦車大隊オットー・カリウス回顧録（上・下）』（大日本絵画、一九九六）。

的戦闘が可能となる。端的な例として視野が限られた戦車では、五名の乗員それぞれの配置からの視察によって相互に死角を補い合っている。

▲「**車長**」の職務は、命令に基づき「状況判断」を行い、主に前進方向・経路を示す「運動指揮」と、射撃号令をもってする「射撃指揮」により、戦車を指揮することである。

車長は、車長用キューポラの視察窓を通し、あるいはハッチから頭を出し、双眼鏡を用いて敵情、地形を視察し、彼我の状況について様々な情報を得る。戦車長は全周を展望できるが、どこからでも狙撃されるため、頭部に致命傷を負いやすく、戦死率も最も高い。

▲「**砲手**」は車長の射撃号令に基づき目標の捕捉、照準、発射を行う。この際、専ら照準眼鏡で捉えるので最も視野は狭いが、高倍率の照準器によって発射した弾道をたどり、射撃効果を観測することができる。

戦車砲と同様に効果があるのは同軸に連装されている機関銃である。何しろ架台が安定しており、弾数も豊富なのでかゆい所に手が届く射撃ができる。よって乗員の運命は砲手の腕に託されていたといえる。

▲「**操縦手**」は車長の運動指揮に基づき地形の利用、進路の選定、敵弾の回避などが任されていた。だが、操縦手の視界は潜望鏡のみに限られ、戦車の動揺によって視野は狭く、かつ視座が低いので地形の判断には熟練が必要となる。各種の障害や湿地通過は車長の誘導にもよるが、その可否は操縦手の技量に託すしかなかった。

▲「**前方銃手**」(兼、通信手)はマウントされている前方機関銃により、低い位置から効果的な射撃ができた。射撃用の照準具により上下左右に射撃でき、発射速度が速いので陣地突入等での掃射に威力を発揮した。

▲「**装塡手**」は、車内では最も危険に近く位置しているといえる。装塡時においても砲身は上下動し、射撃時は砲は後座するので砲の直後方にいたら即死である。また、砲身は突堤などに衝突すれば後退し、戦車が横転した場合に天井壁との間に頭を挟まれたら圧死する。砲塔の動力旋回時は足を挟まれないよう、常に協同連携が必要となる。

この他、乗員共通の任務として警戒・監視、偽装、履帯痕の除去の他、点検整備、燃料補給、給油脂、弾薬補充など乗員の共通した基本的行動を押さえておくことが必要だ。次はティーガー戦車そのものについて触れていこう。

【二】ティーガー戦車の特性

(一)ティーガー戦車の開発と誕生

新しい兵器の開発は、まず初めに**「作戦的必要性」**(ニーズという「卵」)があった。このニーズがあってこそ**「技術的可能性」**が引き出され兵器(生産物としての「鶏」)が生み出されるのである。この意味でティーガー戦車の要求性能には、良くも悪くもヒトラーが深く関わっていた。

第二次世界大戦前、戦車の役割は、大きくは歩兵支援か、機動的運用か、に意見が分かれ、対戦車戦闘はまだ主任務では(想定されて)なかった。この時代、あくまで軽・中戦車が主流であり、重戦車は陣地攻撃などの火力支援に限られていた。ドイツの西方電撃戦においてもⅡ号戦車(二〇ミリ砲)・Ⅲ号戦車(三七ミリ砲)が主力であり、英仏軍の重装甲の歩兵戦車に対処するには八八ミリ高射砲で撃破しなければならなかった。

一九四一年四月、ソ連進攻を目前としていたヒトラーは、国防軍首脳及び軍需産業代表者に対して新戦車への要求を「第一に敵戦車に対して絶大な貫徹力を有すること、第二に強固に装甲されていること、第三に速度が時速四〇キロメートルを下回らぬこと」の三点を上げた。具体的には八八ミリ高射砲を搭載し、かつ前面装甲が一〇〇ミリ、側面が六〇ミリ以上とすることが要求されていた。火力と装甲、そして機動の三要件を同時に満たすことは至難であり、この要求を整合するには運用上の機動性を犠牲にするしかなかった。

しかし、同年七月、ソ連が新たにT－34(三二トン)とKV重戦車(四五トン)を完成していたことが分かると、生産性よりも作戦的要求が優先され、一挙に重戦車としての期待が高まった。そして一九四二年四月二〇日、ティーガー戦車(Ⅵ号重戦車)の試作車が誕生した。

ティーガー戦車は敵の射程よりも遠くから撃破すること、即ち数的劣勢を質的優位によって凌駕するよう設計されていた。この火力と装甲を優先した結果、重量は五七トンの本格的な重戦車となった。よって指揮官として

【図1】III号中戦車とVI号重戦車の機動性

（※は筆者計算値）

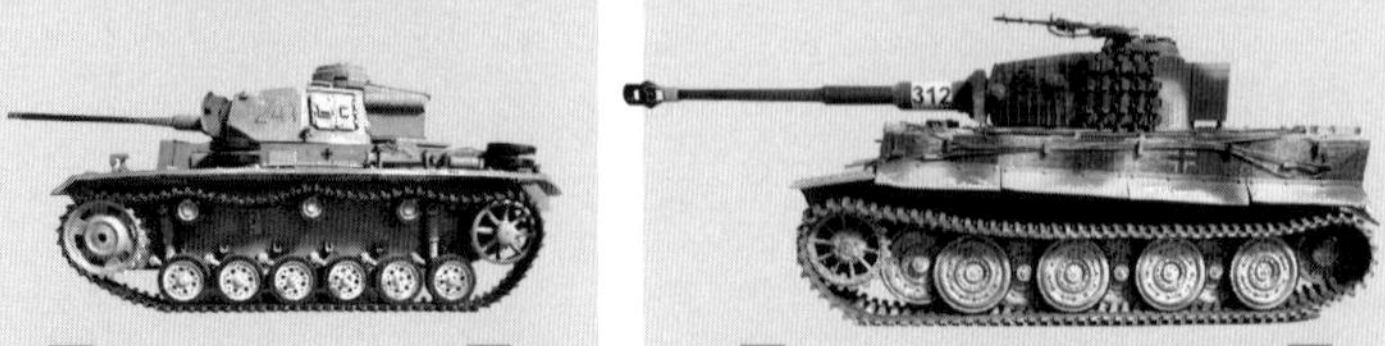

	III号中戦車	VI号重戦車
重量	21ton	57ton
履帯幅 接地長	40cm 286cm	72.5cm 381cm
接地圧	※0.92kg/㎠	※1.03kg/㎠（★T-34/76:0.74）
出力（比）	300HP（14HP/ton）	700HP（12HP/ton）
最高速度	40km/h	40km/h
航続距離	155km	110km

運用するにあたっても、乗員にとっても、いかにしてこの機動性を維持するかが最大の課題となったのである。

（二）ティーガー戦車の機動性

ティーガーの機動の特性を把握するため、【図1】「Ⅲ号戦車とⅥ号重戦車の機動性」により比較した。

ティーガー戦車は、Ⅲ号戦車のほぼ三倍の重量を有したが、高出力のガソリンエンジン（七〇〇馬力）により、速度は毎時四〇キロメートルと中戦車と同等とした。しかし、出力比はトンあたり一二馬力と低くなっている。また、燃費から道路上で一四〇、不整地で八五キロメートルを目安とし、作戦地域への推進は鉄道輸送との連携が不可欠であった。

特に重視したのは重戦車の車重をいかに支えるかであり、履帯全般に均等に分散させるため、計二四枚（一六枚と四組）の転輪を組み合わせた複合転輪方式とした。【図2】「複合転輪の構造・配置」参照。

さらに「接地圧」（1平方センチ当たりの重量）を低下させるため、幅広い履帯（七二五ミリ）を使用した。この結果、車幅が増加し、鉄道輸送にあたっては、輸送用

【図2】複合転輪の構造・配置

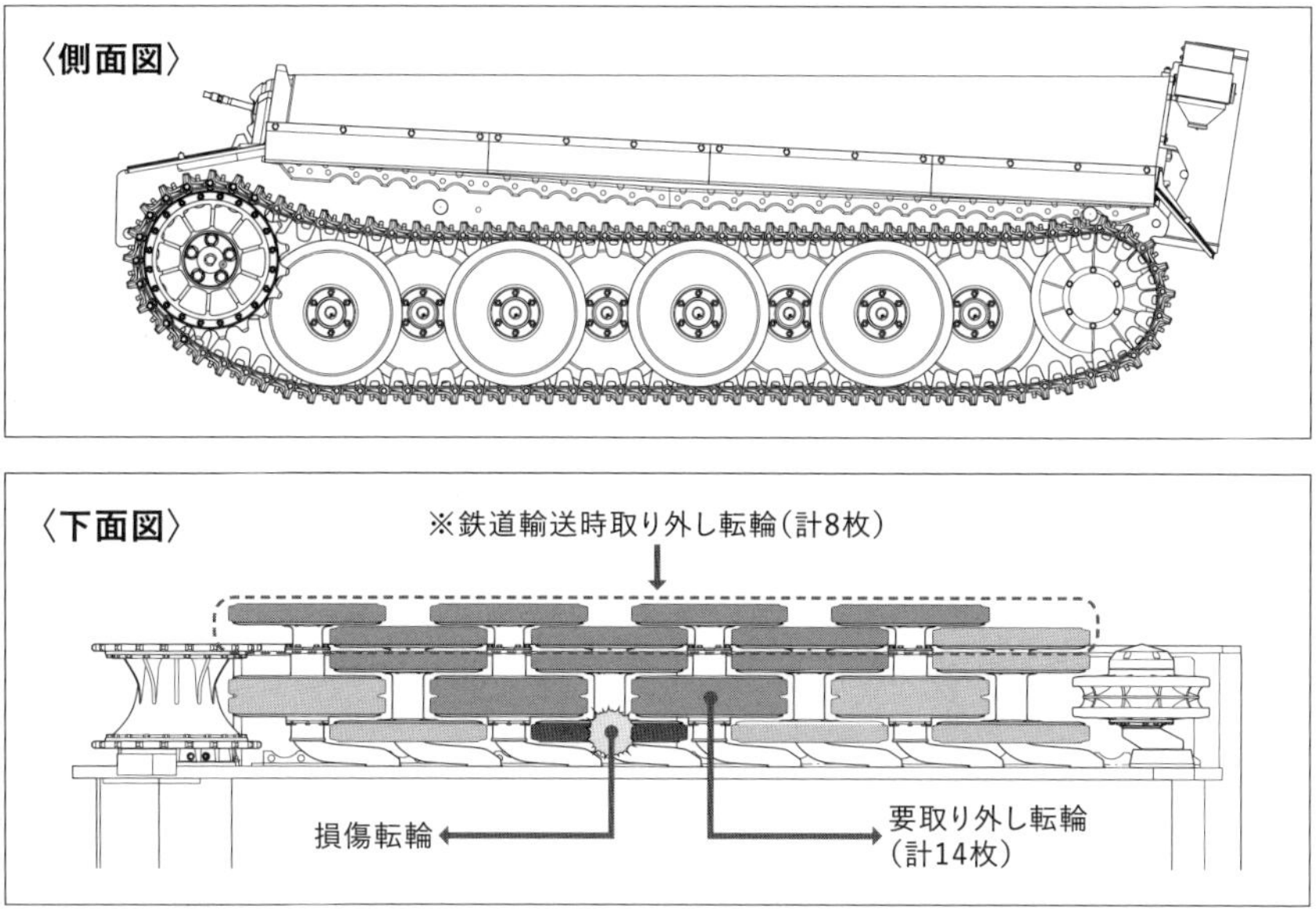

作図：大里 元

の狭軌履帯（五二〇ミリ）に履き代え、外側の転輪八枚を外さなければならなかった。加えて地雷等で最も内側の転輪一枚が損傷し交換する場合は、パズルのように計一四枚（一〇枚と二組）の転輪を外さなければならなかった。この複雑な構造による整備所要の増加は、戦車乗員に大きな負担を負わせることになった。

ティーガー戦車の初陣は一九四三年、四月のレニングラードであったが、四輌のうち、三輌が変速機の初期故障等により動けなくなり回収された。運用にあたっては湿地、渡河、渡橋に最大の注意を払わなければならなかった。この重いティーガーは、いったん泥に沈み始めれば、もがけばもがくほど深く沈み込み、乗員は戦闘よりも泥との戦いに泣かされることになる。ティーガーは動く国家機密であり、最悪の事態でも鹵獲されないよう爆破する必要があった。次にティーガー戦車が最強の戦車と言われる理由について述べる。

（三）ティーガー戦車砲の威力と役割

ローゼンが砲手をしていたⅢ号戦車（J型）の五〇ミリ砲は、ソ連のT－34（七六ミリ砲）出現以降、不利な

【図3】戦車砲を基準とする照準要領

①照準具と砲・銃の平行規正の要領

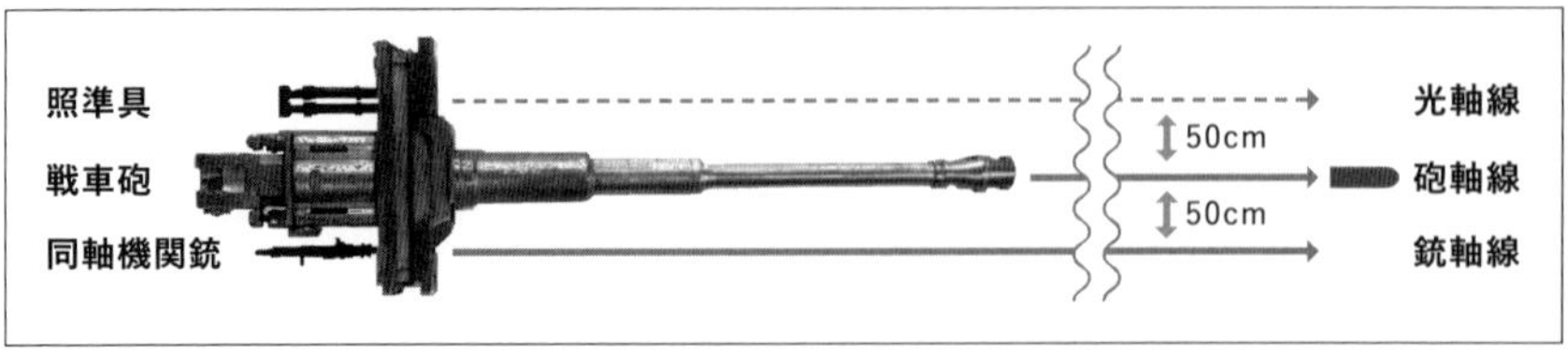

②「ティーガーフィーベル」の照準要領図（部分抜粋）

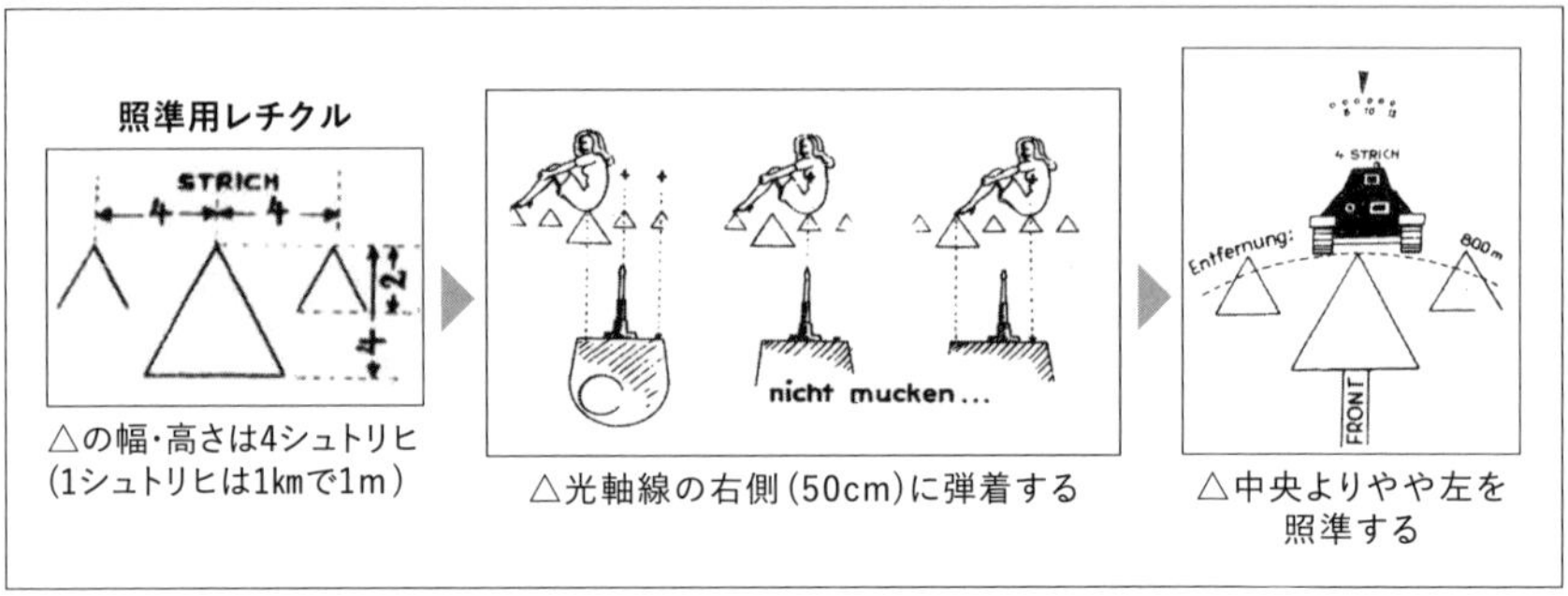

△の幅・高さは4シュトリヒ
（1シュトリヒは1kmで1m）

△光軸線の右側（50cm）に弾着する

△中央よりやや左を
照準する

戦いを強いられていた。だが、ティーガーの八八ミリ戦車砲は、高初速（八〇〇メートル／秒）かつ高威力（貫徹量二〇〇〇メートルで八四ミリ）であり、T－34の側面は二〇〇〇メートルから、正面に対しても[※4]**八〇〇メートルから貫通できた。**

この際、正確に照準するためには照準具の規正（ボアサイト）が必要であり、その要領は【図3】「戦車砲を基準とする照準要領」の通りである。

この砲軸線を中心に照準眼鏡及び連装機関銃の軸線を平行になるよう調整し、どの距離においても戦車砲は照準線の右約五〇センチに、連装機関銃は右約一メートルに必ず弾着した。

ティーガーの照準眼鏡の倍率は二・五倍と低いが、双眼鏡方式であるため、目標を立体的に捕捉し、射弾の観測修正が容易であった。

ソ連のT－34／76（乗員四名）は、火力・装甲・機動力のバランスに優れていたが、最大の欠点は、車長が砲手を兼務していたので戦闘効率が低い（砲の発射速度が遅い）ことであった。車長は目標発見後、砲手席に潜り込んで射撃しなければならず、射撃間は、運動指揮ができなかった。

【図4】ティーガー戦車の「戦闘照準」の一例

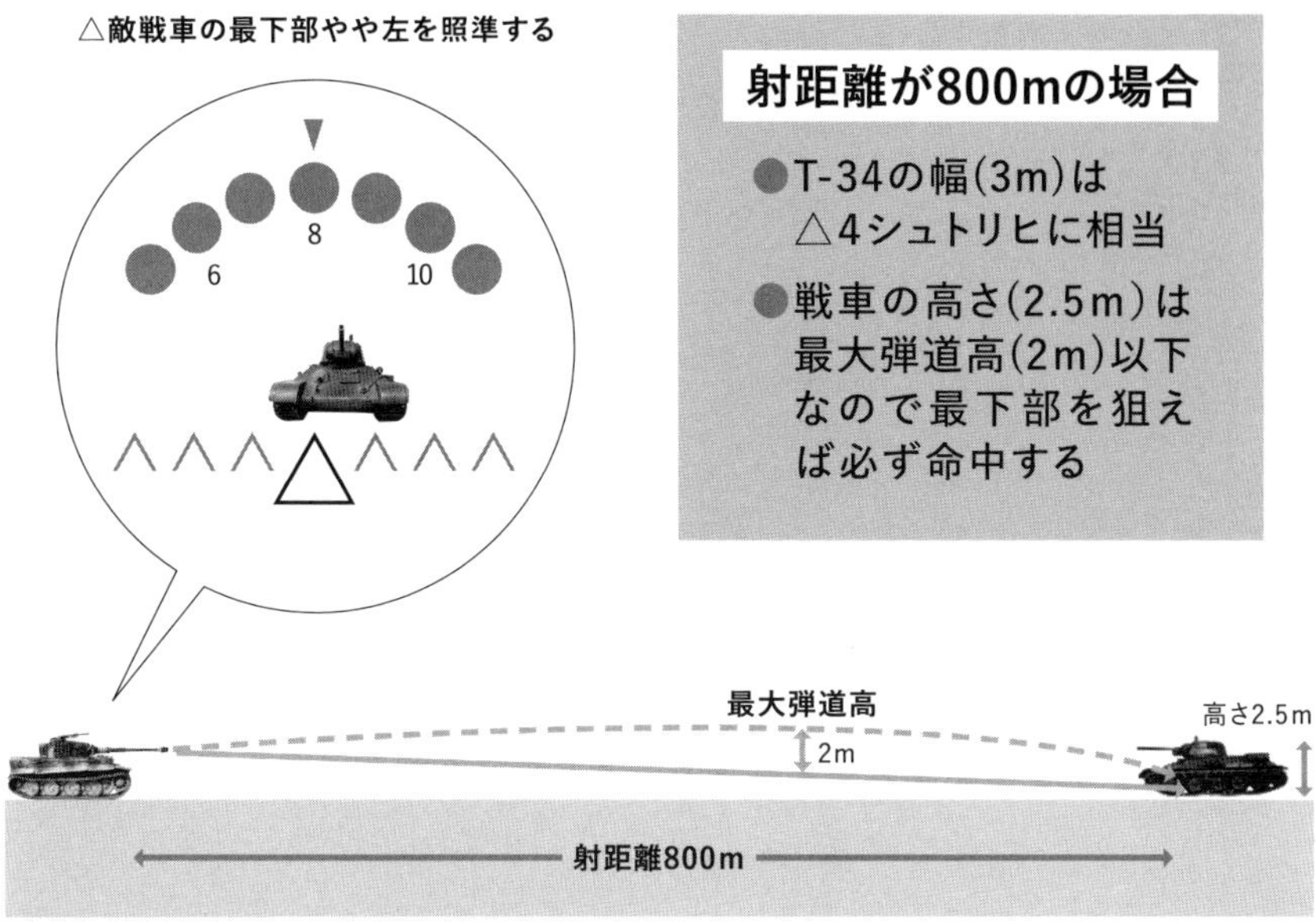
△敵戦車の最下部やや左を照準する
8
6
10
射距離が800mの場合
●T-34の幅(3m)は△4シュトリヒに相当
●戦車の高さ(2.5m)は最大弾道高(2m)以下なので最下部を狙えば必ず命中する
最大弾道高
2m
高さ2.5m
射距離800m

これに比してティーガー（乗員五名）は、最大発射速度で搭載弾薬（九二発）の範囲で連続的な射撃ができた。この高い砲威力と交戦力は、一輌のティーガーの撃破数が圧倒的に高い理由となった。

正確かつ迅速な射撃を行うための照準要領は、戦車乗員用の取扱いマニュアル「ティーガーフィーベル」によれば、【図４】「ティーガー戦車の戦闘照準の一例」の通りであり、砲弾道の低伸性を最大限活用していた。戦車砲の最大弾道高は射距離一〇〇〇メートルで二メートルであり、T－34（全高、二メートル五〇センチ）の底板を照準すれば、一〇〇〇メートル以内ではほぼ一〇〇％命中した。

また、ティーガーの防護力はT－34に対し、正面五〇〇メートル、側面一五〇〇メートル以上の距離をもって交戦すれば、被弾しても防護できるとした。この範囲を四つ葉のクローバーに例え、この内側に敵を入れないことを基準とし、もし、距離内であっても目標に斜行して停止することにより、被弾しても傾斜により砲弾を跳飛

［※４**八〇〇メートルから貫通できた**］デイヴィッド・フレッチャー『ドイツⅥ号戦車ティーガーⅠEのすべて』（大日本絵画、二〇一一）。一一七頁。

【図5】「ティーガーフィーベル」による対T－34戦闘法チャート

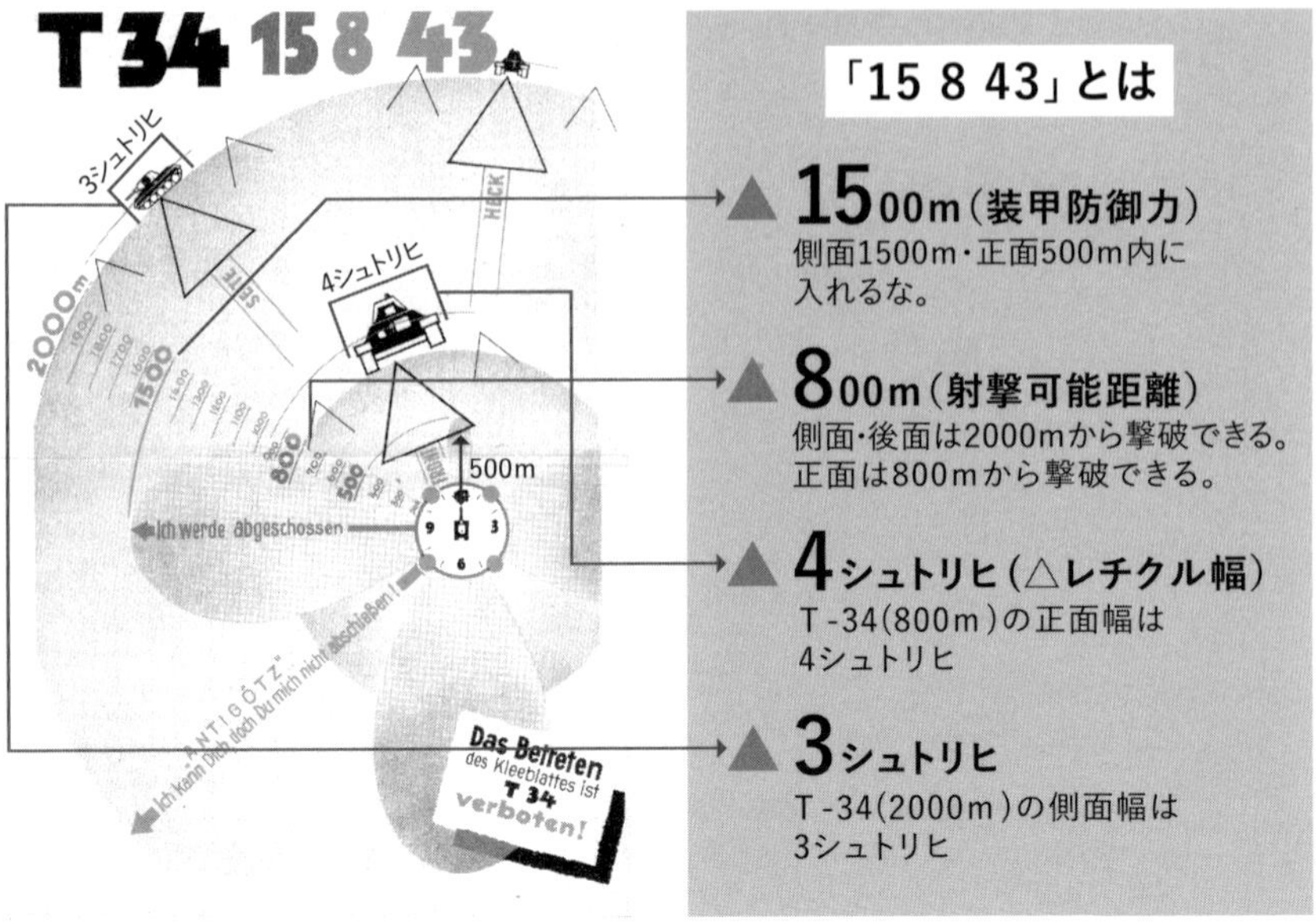

させる確率を高めることができた。

このようにティーガーの攻撃力と装甲防護力は相互に連携し、【図5】「『ティーガーフィーベル』による対T－34戦闘法チャート」のように戦法を徹底していた。この際、T－34の正面幅は、射距離八〇〇メートルにおいて四シュトリヒ、側面幅は三シュトリヒとして、射撃目標を△形の目盛りに乗せるように照準させた（一〇〇〇メートルにおける一メートルの幅、または高さの角度を一シュトリヒ〈ミル〉として算定していた）。

こうして敵からは撃たれ強く、しかも敵より遠くから撃破できるティーガーは、陣地攻撃においては「破城槌」、あるいは「鉄の楔」（パンツァーカイル）として「缶切り」に例えられる役割を担った。

また、防御において進入した敵戦車部隊に反撃する役割は「火消し」に例えられていた。よってティーガーは攻防ともに指揮官にとって最後の最後まで頼りになる「最終戦力《ターミネーター》」といえた。

【三】独立重戦車大隊の特性とは

(一)東方戦場の重戦車大隊

一九四一年六月、独軍のロシア進攻時、北方、中央、南方の各方面軍集団(計一四五個師団、三二〇万)には、それぞれレニングラード、モスクワ、スターリングラードが目標として与えられた。このうち計一九個の装甲師団(計三六〇〇輛)の主力はⅢ号またはⅣ号戦車であり、機動戦による短期決戦が追求されていた。

要は道路の未発達なロシアで「電撃戦」が通用するか否か、であり、その成否は鉄道を含む補給物資の推進力にかかっていた。だが、独軍はあまりにもロシアの国土及びソ連軍戦力の縦深性についての理解が浅かった。

秋雨により幹線道はたちまち泥濘化し、補給活動の遅延が機械化部隊の前進を停滞させ、全正面の作戦を膠着させた。その「泥将軍」の後には、さらに厳しい「冬将軍」が待ち構えていたのである。

四二年一一月、南方軍のスターリングラードでは、寒気と飢餓の中、第六軍(約三〇万)が包囲されていた。この救出に向かったのがマンシュタイン元帥率いるドン軍集団であり、第503重戦車大隊が配属されていた。

泥濘が凍土となる冬季は機動戦の再生が期待されたが、零下三〇度の寒気に冷却水のみならず油脂類まで凍りつき、エンジンをストーブで暖め続けなければ始動が困難となっていた。よって戦車部隊の戦力は一輛ずつ戦車の稼働率そのものの積み上げであり、最終的には保守整備が個々の乗員の責任として重くのしかかっていた。

戦車部隊の中でもまさに「虎」の子であったティーガー重戦車大隊を投入するにあたっては、時期・場所、特に地形を慎重に考慮し、重戦車大隊にしか成し得ない縦深陣地に対する突破力が期待されていた。

次にその重戦車大隊の編成と運用について確認してみよう。

(二)独立重戦車大隊の編成と運用

ティーガーの配備は当初、装甲師団の二個戦車連隊（戦車九八輌）に続く第三の戦車連隊として編成されること が構想されていた。だが、複雑な製造工程と資源材料の配分により生産数が制限され、軍レベル以上の戦区で直轄運用される「独立重戦車大隊」として編成されることになった。

一九四二年五月から、第501、502、503重戦車大隊が逐次、編成された。第501重戦車大隊は北アフリカ戦区へ、第502重戦車大隊はレニングラード正面の北方戦区へ、ローゼンの所属する第503大隊は東部戦線南方戦区へ派遣され、編成された重戦車大隊は計一〇個大隊を数えた。さらに親衛隊の四個師団にそれぞれ一個大隊を加え、総計一四個重戦車大隊が編成された。

初期の重戦車大隊（戦車四六輌）は、第一～二戦車中隊（Ⅲ号戦車一〇輌とティーガー戦車九輌）は混成であったため、Ⅲ号戦車は重戦車が戦闘加入する以前の地形偵察や索敵に活用されていた。この他、大隊には本部中隊の他、燃料・弾薬等を輸送する補給中隊、現場での整備・回収を支援する整備中隊などが含まれていた。

一九四三年以降、ティーガーが量産されるに従い、重戦車大隊は、ティーガーのみの三個戦車中隊（各中隊一四輌、計四五輌）の完全編成となり、本部中隊の偵察小隊、工兵小隊、高射小隊を含め、人員一〇〇〇名以上、各種車輌三二〇輌以上の大所帯となった。

純然たる重戦車大隊となったことで戦力のポテンシャルは高くなったが、かえって中隊単位で分割され師団等に配属されることが多くなった。しかし、戦況に関わらず最も困難が予測される場面に運用されたことは変わりなかった。その例として第503大隊の戦歴を見てみよう。

(三)重戦車第503大隊の戦歴

第503大隊は、一九四二年五月に編成され、九月から受領したティーガー戦車で訓練しつつ、一二月、東部戦線に送られた。四三年五月には、ハリコフで再編成されティーガー戦車四五輌の完全編成となった。

七月の「ツィタデレ作戦」（クルスク戦）には大隊の各中隊はそれぞれ異なる装甲師団に配属され、攻撃の先陣を担い、四輌損耗したものの最も対戦車密度の高い縦深陣地を突破して後続部隊を先導した。

しかし、翌四四年二月、大隊はドニエプル河のチェルカッシーでウクライナ方面軍にコルスンで包囲され、離脱及び後退戦では大きな損害を受けた。この後、人員・装備の補充を受けるため、本国に帰還し再編成された。大隊は新たに最新鋭のティーガー戦車Ⅱ型一二輌を配備した最初の大隊となった。

ティーガーⅡ型にはさらに長砲身化された八八ミリ戦車砲（七一口径）が搭載され、その初速は一〇〇〇メートルを超え、スターリン重戦車を含むすべての戦車を正面から撃破できた。

同年六月、連合軍がノルマンディーに上陸後の七月、同進攻方面に対処するための大隊は急遽、第二一装甲師団に配属された。橋頭堡を拡大した英軍は、三個機甲師団（八七七輌）をもって内陸部への進攻を開始した。この英軍に対し、大隊は激しい艦砲と空爆の中、多大の損害を受けつつも残存した六輌のティーガーで反撃し、英軍戦車三五輌を撃破した。

九月、大隊は再編成のため本国に後退し、ティーガーⅡ型のみ四五両の完全編成となった。最強の戦車大隊となった威容は宣伝中隊によって撮影され、ニュース映画としてドイツ国内で上映された。

一〇月、大隊はハンガリーに転進して強大になったソ連軍と再び激闘した。四五年一月、大隊は後退戦においても残存したティーガーで反撃し、戦車・突撃砲二一輌を撃破した。

大隊は五月、チェコで終戦を迎え、残存した全戦車を破壊した隊員五二〇名は小グループに分かれドイツを目指して脱出したが、本国にたどり着いたのは一二〇名だった。

総括としてティーガーの生産数と撃破数を上げる。生産数はⅠ型で一三五〇輌、Ⅱ型が四一七輌、合わせて[※5]**一七六七輌**であった。このうち第503重戦車大隊が受領したティーガーは、計二五二輌（全体の約一四％）であったが、その全数を損耗、喪失し、最大の損害を受けた大隊となった。だが、大隊の撃破数は、戦車一七〇〇輌、対戦車砲二〇〇〇門以上と、[※6]**大隊が敵に与えた損害もまた最大であった。**

［※5 **一七六七輌**］ヴァルター・j・シュピールベルガー『ティーガー戦車』（大日本絵画、一九九八）一〇七、一二九頁。［※6 **大隊が敵に与えた損害もまた最大であった。**］歴史群像欧州戦史シリーズ・一三『ドイツ装甲部隊全史〈III〉』（学習研究社、二〇〇〇）一七四頁。

【四】戦車戦とその観察

(一)作戦・戦闘の様相の変化と対応

連合軍のノルマンディー上陸は第二戦線としてソ連の要望に応じたものであったが、以降、戦闘の様相は一変した。上空からの観測機の誘導による艦砲射撃、戦闘爆撃機による対地攻撃等と凄まじい三次元下の攻撃に晒され、戦車の残存性そのものが課題となった。

これはB軍集団司令官ロンメル元帥が最も恐れていた事態であった。ロンメルは制空権下の内陸部での機動反撃は成立しないと判断し、二四時間以内に水際部への速やかな機動反撃を主張していた。このため、西部軍直轄の装甲師団の多くを沿岸部に推進するよう総司令部に要求するとともに第503大隊を含む第21装甲師団を沿岸部カーン郊外に直接配備していた。

連合軍の侵攻以来、戦車の一輌ずつがサンダーボルト戦闘爆撃機の目標となった。ローゼンの戦車も砲爆撃の衝撃により戦車砲の砲架と照準具がズレてしまい、射撃後の弾着を誘導して撃破するという状況が窺える。この錯綜した状況下、ローゼン中隊長は英軍のM4シャーマン戦車の一群を発見し、英軍一個中隊一一輌を撃破炎上させ、二輌を無傷で鹵獲して帰ったのは痛快である。

八月、北からの英軍と南からの米軍の攻撃により、カーン南方のファレーズで独軍五万が包囲された。ここで約五〇〇輌の戦車、突撃砲が黒焦げの残骸と化し、「ファレーズの虐殺」と言われた。

ついで東部戦線でも作戦の様相が変化した。ソ連軍は米英軍の進攻に連携して独ソ開戦五年目の六月二二日、全正面からの大規模攻勢を開始した。ドイツは東方と西方の二正面に対処しなければならず、本来、攻撃で運用すべき戦車部隊が、主力の後退掩護の場面で多用されるようになった。

一〇月、ハンガリーでのクーデターに対応するため、ブダペストに転進した以後は、ソ連軍の接近とともに政情が不安定となったが、ティーガーII型の存在感が市内の治安安定に寄与した。だが、身動きのとれない市街地近郊での近接戦闘を強いられた。それでも残存した戦車を回収しつつ集めて指揮官としての責任を果たしていくローゼンの姿は戦友の結束をますます強くした。

(二)戦車指揮官としてのローゼン

ローゼンは小隊長から中隊長となり、戦術的にも視野の拡大が見られた。命令受領後、行動地域の経路沿いを偵察し、敵の対戦車火砲の配置等の予測に基づいて対処している。

ハンガリー戦で中隊長として指揮中、敵弾により自車の戦車砲が射撃不能となったが、部下の戦車に乗り換えることなくそのまま前進を続けている。これは陣頭に立つことの多い中隊長として胆力(勇気)のいることであった。

また、後退に際しても、撃破された戦車や転覆した一輌ずつの戦車も、乗員の安否を確認しつつ、乗員と戦車を回収して回った。この「ファースト・イン、ラスト・アウト」の姿勢は、指揮官としての責任感の表れである。

ローゼンは上司に恵まれない場合もあったが、部下に対してはいかなる時も責任感と思いやりをもって接していた。部下の状況に応じ適時、休養、休暇を与え、炊事給食、傷病者の後送、戦死者の取扱いを含む人事業務を疎かにしなかった。中でも部下の貢献を記録し、その功績を立証するため、負傷、戦死の状況、昇進や勲章授賞に関する推薦など、戦闘記録や個別の人事記録を克明に残すことに多大の注意を注いだ。二二歳ながら自ら「代理家族」の家長としての役割を不眠不休でやり遂げていたのである。

また、この姿勢は戦車の整備と稼働率の維持についても同様であり、ドイツに撤退する場面においては、燃料の確保に奔走し、ティーガーII型であることを説いて回り全車の回収に努めている。最終的にはセーヌ河を渡河することができず全車を失うことになるが、この姿勢は一貫していた。

この間、何度も瀕死の負傷を負いながらも、彼が生かされてきたことは、歴戦の第一線指揮官としていかに必要とされていたかを物語るものでもあった。

彼は戦後も生還した戦友との交流を何よりも生きがいとしていたが、この戦友会は隊員たちに中隊長として受け容れられなければ続きようがない。この回顧録も体験を伝えるとともに戦友たちの貢献を記すために書き残すことから始められたのである。

(三)重戦車大隊の戦闘を振り返って

以上、ローゼンの回想録を通じて過酷な戦場で戦車乗員相互がいかに労苦と危険に耐えてその任務を果たそうとしたかが分かる。この戦友としての連帯感は、ローゼンが負傷の度に野戦病院等に後送されても早く原隊復帰したがっていたことから窺える。同時にこのことは戦車兵が地上に降り、一人になった時、いかに無力であるかを共感させるものでもある。

ここで筆者の経験をもとに個人的な感慨を添えさせていただきたい。

軍隊は戦場では「教えかつ戦う」といわれる。実際、兵士は戦場で逞しく鍛えられたが、せっかく教え育てた兵士、頼りになる下士官が次々と失われ、期待を懸けていた若い少尉は鍛える間もないうちに斃《たお》れていく状況が窺える。

部隊の人的戦力の根源は指揮官にあるといわれ、中隊長を育てるのに一〇年、大隊長、連隊長は二〇年の年月がかかると言われるが、戦時の濃密な時間は平時の何倍にも相当して彼自身を鍛錬していたのであろう。本戦記を通じ、平時、有事を問わず、人の育成こそが部隊が生き残り戦い続けるための根本となっていたことが分かる。

また、重戦車大隊は大隊であっても独立部隊であり、部隊としての機能の完結性、総合性が求められた。特に重装備部隊は、補給、整備、衛生部隊を含め、いわゆる「部隊の重さ」に見合う専門の幕僚の補佐が不可欠であったが、この幕僚システムは十分であったとはいえなかったであろう。

進攻初期はともかくも、敗勢が濃くなってからは、部隊の集結地を変えつつ、ローゼンが燃料の確保等に車で走り回る場面が出てくる。その上で自らの地形偵察に基づき、協同する擲弾兵、工兵等との調整にはさらに時間を割かなければならず、指揮官として多忙を極めたことは想像に難くない。このような錯綜した状況の中で重戦車部隊としての士気、規律、そして稼働率を維持し、戦い続けた敢闘を讃えたい。

最後に彼がすべての任務を終え、帰郷して両親に再会できたことは、彼の献身に値する最大の報いとなったことを読者とともに喜びたい。

葛原和三(元陸自機甲一佐)

訳者あとがき

第二次世界大戦中の有名なドイツ戦車兵の名を挙げよ、と言われてまず念頭に浮かぶのが、武装SSのミヒャエル・ヴィットマンと陸軍のオットー・カリウスであろう。この二人のうち、本書の著者リヒャルト・フォン・ローゼン男爵は、後者との共通点を多く持っている。共に一九二二年に生まれ、共に対ソ戦に当初から参加し、共に第502重戦車大隊に所属してティーガー戦車を操り（フォン・ローゼンは後に第503大隊に転出）、戦後は共に戦時の回想録を著し、共に二〇一五年に亡くなっている。カリウスは既に一九六〇年に回想録を出版しているため、その名が流布するのが早かった一方、フォン・ローゼンが本書を上梓したのは二〇一三年のことだった。そのようなハンデを負っているとはいえ、フォン・ローゼンも戦車兵として約四年にわたる死闘を戦い抜いた人物であるゆえ、その体験談の濃密さはカリウスのそれに匹敵すると言っても過言ではなかろう。本書は、そうしたフォン・ローゼンの戦時中の体験を記した *Als Panzeroffizier in Ost und West* の全訳である。

フォン・ローゼンは、当初はⅢ号戦車、次いでティーガーⅠ型、そして最後はティーガーⅡ型戦車（ケーニヒスティーガー＝キングタイガー）に搭乗して戦ったため、当然のことながら本書には戦車に搭乗しての作戦行動や戦車戦の場面が数多く登場する。その舞台は、最初はバルバロッサ作戦始動からクルスクの戦いまでの東部戦線（白ロシア、ロシア、ウクライナ）、次にノルマンディ上陸作戦以降の西部戦線（フランス）、最後に再び東部戦線（ハンガリー）である。

一方、そうした戦闘の合間に関する記述も多く、例えば、士官教育課程での理不尽なしごき、戦車の整備、撃破された戦車から逃れた後に偶然見つけて退避したトンネル・地下壕からの息詰まる脱出行、巨体ティーガーの困難きわまる回収作業、終戦後のフランス軍による不当な扱い等々があり、興味深い。また、多数の関連写真や図表、地図が掲載されている上、陸上自衛隊の元戦車兵だった葛原和三氏の解説もあるため、本書の内容の理解は飛躍的に深まるであろう。

本書の読後感としてまず残るのは、やはりティーガー戦車の圧倒的存在感である。それは単に最強の戦車という即物的な理由のみによるものではない。本書には、ティーガーの出現を嗅ぎつけたソ連軍が戦闘前に姿を消したという記述が登場する。彼らにとって、ティーガーは是が非でも交戦を避けたい対手であり、恐怖の代名詞だったのだ。他方、大戦末期の混沌とした状況の中で、少しでも多くの燃料をわれ先に得ようとドイツ軍の諸部隊が悪戦苦闘している最中、著者フォン・ローゼンが「ティーガーという言葉の威力」をもって必要な燃料を兵站要員から確保したという場面も二度出てくる。敗戦の色濃いドイツ軍にあって、ティーガー戦車は一筋の光明であり、最後の希望だったのだ。かくして、この戦車は敵味方の双方に絶大な心理的影響をも及ぼしたのである。まさに「伝説の兵器」たる所以であろう。

本書の特に後半部分を訳している間、常に頭から離れなかったのが、三〇数年前にドイツのムンスター戦車博物館でその姿（ティーガーII型）を初めて目の当たりにした時のことだった。展示館の片隅にひっそりと鎮座しているものの、他の戦車とは明らかに違う威容に圧倒されるとともに、これに搭乗して戦った戦車兵の矜持と、これと対峙した敵兵の恐怖心に思いを馳せざるを得なかった。そして、この戦車が激闘の果てに博物館の中でかつての敵手と肩を並べて平穏な余生を送っていることに、深い安堵と感慨を覚えたものである。ティーガー戦車を駆使して死地を幾度もくぐり抜け、遂には故郷への帰還を果たしたフォン・ローゼンの体験を通じ、読者もそれに似た感覚を抱くものと確信したい。

なお、本書は独語原版からの翻訳である点を特にお断りしておきたい。読者の中には入手しやすい英語版*Panzer Ace*を既にお持ちの方もおられるだろうが、独語版は英語版とは章の立て方や巻頭言の有無など、体裁にかなりの違いがある。訳者としてはオリジナルを尊重したため、このような形となった点、無用な誤解を避けるために敢えて明記させていただいた。

末尾になるが、本書の出版企画を訳者（並木）に打診していただいたホビージャパン社と同社編集部の望月隆一氏を始め、解説文の執筆依頼を快諾してくださった元陸自一佐の葛原和三氏、編集協力の内田恵三氏、そしてドイツ語解釈に協力いただいた元ドイツ連邦軍降下猟兵のゲルト・クラマー氏（「オートバイに乗った降下猟兵」平和プロジェクト www.FschJg-auf-Krad.de を推進していることで有名）その他の方々に、この場を借りて衷心よりお礼を申し上げたい。

二〇二一年一〇月二九日

並木　均

【著者】
リヒャルト・フォン・ローゼン（Richard Freiherr von Rosen）
1922年6月28日生まれ。1940年10月、18歳でドイツ国防軍入隊。第35戦車連隊第1中隊に配属、III号戦車の砲手として「バルバロッサ作戦」に参加。その後、第502重戦車大隊第2中隊小隊長、第503重戦車大隊第3中隊長。スターリングラード、クルスク、ノルマンディなどを転戦する。終戦後はドイツ連邦軍第74戦車大隊中隊長、第294戦車大隊大隊長などを経て第21戦車旅団旅団長、駐ドイツ・フランス軍最高司令部付ドイツ全権委員となる。1982年9月退役。最終階級は少将。2015年10月26日死去。生涯を通し、ドイツ十字金章、レジオン・ドヌール勲章オフィシエ、国家功労勲章コマンドゥールほか叙勲多数。

【訳者】
並木 均（なみき ひとし）
1963年新潟県上越市生まれ。中央大学法学部卒。近訳書に『急降下爆撃』（ホビージャパン）、『情報と戦争』『ナチスが恐れた義足の女スパイ』（以上、中央公論新社）などがある。

HJ軍事選書
パンツァー・エース
若《わか》き男爵《だんしゃく》のティーガー重戦車戦記《じゅうせんしゃせんき》

著　者　リヒャルト・フォン・ローゼン
訳　者　並木均

2022年1月20日　初版発行

編集人　星野孝太
発行人　松下大介
発行所　株式会社ホビージャパン
〒151-0053　東京都渋谷区代々木2丁目15番8号
Tel.03-5304-7601（編集）　Tel.03-5304-9112（営業）
URL;http://hobbyjapan.co.jp/
印刷所　株式会社広済堂ネクスト

Als Panzeroffizier
in Ost und West
© VDM Heinz Nickel
Flechsig Verlag
Kasernenstr. 6-10
D-66482 Zweibrüken
Germanay
www.VDMedien24.de

Printed in Japan　　ISBN978-4-7986-2705-2　C0076

Publisher/Hobby Japan.
Yoyogi 2-15-8, Shibuya-ku, Tokyo 151-0053 Japan
Phone +81-3-5304-7601　+81-3-5304-9112